사랑을 앓는 철새들

이청준 李淸俊 (1939~2008)
1939년 전남 장흥에서 태어나, 서울대 독문과를 졸업했다. 1965년 『사상계』에 단편 「퇴원」이 당선되어 문단에 나온 이후 40여 년간 수많은 작품들을 남겼다. 대표작으로 장편소설 『당신들의 천국』 『낮은 데로 임하소서』 『씌어지지 않은 자서전』 『춤추는 사제』 『이제 우리들의 잔을』 『흰옷』 『축제』 『신화를 삼킨 섬』 『신화의 시대』 등이, 소설집 『별을 보여드립니다』 『소문의 벽』 『가면의 꿈』 『자서전들 쓰십시다』 『살아 있는 늪』 『비화밀교』 『키 작은 자유인』 『서편제』 『꽃 지고 강물 흘러』 『잃어버린 말을 찾아서』 『그곳을 다시 잊어야 했다』 등이 있다. 한양대와 순천대 교수를 역임했으며 대한민국예술원 회원을 지냈다.
동인문학상, 대한민국문화예술상, 대한민국문학상, 한국일보 창작문학상, 이상문학상, 이산문학상, 21세기문학상, 대산문학상, 인촌상, 호암상 등을 수상했으며, 사후에 대한민국 금관문화훈장이 추서되었다. 2008년 7월, 지병으로 타계하여 고향 장흥에 안장되었다.

이청준 전집 33 장편소설
사랑을 앓는 철새들

초판 1쇄 발행 2017년 1월 10일

지은이 이청준
펴낸이 주일우
펴낸곳 (주)문학과지성사
등록번호 제1993-000098호
주소 04034 서울 마포구 잔다리로7길 18(서교동 377-20)
전화 02)338-7224
팩스 02)323-4180(편집) 02)338-7221(영업)
전자우편 moonji@moonji.com
홈페이지 www.moonji.com

ISBN 978-89-320-2153-9 04810
ISBN 978-89-320-2120-1(세트)

이 도서의 국립중앙도서관 출판예정도서목록(CIP)은 서지정보유통지원시스템 홈페이지 (http://seoji.nl.go.kr)와 국가자료공동목록시스템(http://www.nl.go.kr/kolisnet)에서 이용하실 수 있습니다. (CIP제어번호: CIP2016030117)

이청준 전집 33

사랑을 앓는 철새들

문학과지성사

일러두기

1. 문학과지성사판 『이청준 전집』에는 장편소설, 중단편소설, 그리고 작가가 연재를 마쳤으나 단행본으로 발간되지 않은 작품과 미완성작 등을 모두 수록했다.

2. 전집의 권별 번호는 개별 작품이 발표된 순서를 따르되, 장편소설의 경우 연재 종료 시점을, 중단편소설의 경우 게재지에 처음 발표된 시점을 기준으로 삼았다. 단, 연재 미완결작의 경우 최초 단행본 출간 시점을 그 기준으로 삼았다. 중단편집에 묶인 작품들 역시 발표된 순서대로 수록하였으며, 각 작품 말미에 발표 연도를 밝혀놓았다.

3. 전집의 본문은 『이청준 문학전집』(열림원) 발간 이후 작가가 새롭게 교정, 보완한 내용을 충실히 반영하여 확정하였다. 특히 미발표작의 경우 작가가 남긴 관련 자료에 근거하여 수록하였음을 밝힌다.

4. 전집의 각 권에는 작품들을 수록하고 새롭게 씌어진 해설을 붙였으며 여기에 각 작품 텍스트의 변모 과정과 이청준 작품들의 상호 관계를 밝히는 글을 실었다. 이 글은 현재의 문학과지성사판 전집의 확정 텍스트에 이르기까지 주요한 특징적 변모를 잘 보여준다.

5. 이 책의 맞춤법은 국립국어연구원의 '한글 맞춤법'에 따르는 것을 원칙으로 하되, 띄어쓰기의 경우 본사의 내부 규정을 따랐다. 단, 작품의 분위기에 영향을 준다고 판단되는 방언이나 구어체 표현 · 의성어 · 의태어 등은 작가의 집필 의도를 살려 그대로 두었다(괄호 안: 현행 맞춤법 표기).
   예) ① 방언 및 의성어 · 의태어: 밴밴하다(반반하다) 희멀끄럼하다(희멀겋다) 달겨들다(달려들다) 드키(듯이) 뚤레뚤레(둘레둘레) 뎅강(뎅궁) 까장까장(꼬장꼬장)
   ② 작가의 고유한 표현:
   -그닥(그다지) 범상찮다(범상치 않다) 들춰업다(둘러업다)
   -입물개 개없고 아심찮게도 목짓 편뜻 사양기
   ③ 기타: 앞엣사람 옆엣녀석 먼젓사람 천릿길 뱃손님 뒷번
   그리고 나서(그러고 나서) 그리고는(그러고는)

6. 이 책의 외래어 표기는 국립국어연구원의 '외래어 표기법'에 따라 바꾸었다. 단, 작품의 제목이나 중요한 어휘로 등장하는 경우에는 원본을 그대로 살렸다.
   예) ① 맘모스(매머드) 세느(센) 뎃쌍(데생) ② 레지('종업원'으로 순화)

7. 이 책에 쓰인 문장부호의 경우 단편, 논문, 예술 작품(영화, 그림, 음악)은 「 」으로, 단행본 및 잡지, 시리즈 명 등은 『 』으로 표시하였다. 대화나 직접 인용은 큰따옴표(" ")와 줄표(—)로, 강조나 간접 인용의 경우 작은따옴표(' ')로 묶었다.

차례

『사랑을 잃는 철새들』은 1973년 4월 2일부터 12월 2일까지 『서울신문』에 209회에 걸쳐 천경자(1924~2015) 화백의 삽화와 함께 연재되었다. 본문 중간에 아라비아 숫자는 연재 횟수를 가리킨다.

봄이 오면

1

"아가씨에게도 무슨 재미있는 버릇이 있습니까?"

"재미있는 건 아니지만 전 오줌을 서서 누는 버릇이 있어요. 남자분들처럼 엉거주춤하구 서서 말예요."

"아가씨가요?"

"그러길래 제 버릇이라고 했잖아요. 여자가 앉아서 오줌 누는 것도 버릇이라고 하나요?"

유지연(柳之硏)은 장난기 어린 어조로 사내의 말을 납죽납죽 받아냈다. 남의 말하듯 덤덤하기만 하던 사내의 얼굴 표정이 비로소 조금 달라지는 것 같다. 그는 잠시 할 말을 잊은 듯 콧소리를 흠흠거리고 있더니,

"아가씨에게 그런 버릇이 생긴 사연을 묻기는 좀 뭣한 것 같군요."

은근히 호기심을 드러내놓는다.

오후 2시 반에 서울역을 출발한 호남선 특급열차는 그새 평택을 지나고 있었다. 따스한 봄볕이 열차의 서쪽 창문으로 해서 지연의 어깨와 가슴팍까지 스며들고 있었다. 햇볕의 한 자락은 지연과 자리를 나란히 하고 있는 왼쪽 사내의 외투 자락— 다른 사람들 같으면 이미 두 주일도 훨씬 전에 벗어 팽개쳐버렸어야 할 그 사내의 외투 자락까지 뻗어가서 차가 흔들릴 때마다 팔락팔락 요동치고 있었다.

사내는 처음엔 말을 할 것 같지 않았다. 기껏 해야 마흔을 조금 넘었을까 말까 한 사내의 인상은 적어도 5년은 넘어 입었을 연회색 외투 빛깔 때문에 좀더 늙어 보였다. 낡은 연회색이 사람들에게 주는 느낌이 언제나 그렇듯이 사내는 그 외투 빛깔 때문에 자신의 나이에 대해 훨씬 더 많은 피곤기를 견디고 있는 것 같았다.

그는 서울역에서 자리를 찾아왔을 때부터 아무 말이 없었다. 손가방 하나 없이 방금 나온 석간신문 한 장을 구겨 쥐고 와선, 묵묵히 좌석 번호를 확인하고, 그리고 외투를 입은 채 그냥 자리에 털썩 주저앉아서는 들고 온 신문을 펴 들어버렸다.

그렇고 그런 남자였다.

그런데 그때부터 지연에겐 한 가지 이상한 일이 일어났다. 느닷없이 옆의 남자에게 마음이 쓰이기 시작한 것이었다.

지연이 사내의 얼굴을 정면으로 바라볼 수 있었던 것은 그가 지연의 곁으로 와서 자기의 좌석번호를 확인하기 위해 창문 위를 쳐다보고, 그리고 그 번호표 밑에 앉아 있는 지연을 한번 힐끗 내려다보았을 때, 그때 한 번뿐이었다. 그리고는 내내 신문을 들여다보고 있는 옆모습뿐이었다.

모처럼 여행에 하필 나 같은 녀석이 아가씨 곁에 합석을 했군요.

미안해죽겠다는 듯 자리도 지연과는 한 뼘이나 떼어 앉아 있었다. 하지만 지연은 그 한 번이 중요했다. 아마 틀림없이—

지연은 그 순간, 전에 어디선가 이 남자를 한 번 만난 일이 있다고 생각했다. 게다가 지연은 사내 쪽에서도 그가 그녀를 힐끗 내려다보았을 때, 무엇인지 그 눈길이 흠칫 놀라는 듯한 기색을 본 것처럼 생각되었다. 그가 열심히 신문을 들여다보고 있는 것도 지연에게 무관심을 꾸며 보이려고 일부러 그러는 것 같았다. 남자와 여자 사이의 그런 무관심이란 흔히 상대방에 대한 이편의 호기심이 지나치지 않을까 겁을 먹고 있을 때나 볼 수 있는 것이었다.

누굴까. 어디서였을까.

하지만 사내는 도대체 말이 없었다. 언제까지나 입을 열 것 같지 않았다. 신문만 읽고 있었다. 시흥과 안양을 지났다. 수원도 그런 식으로 훌쩍 지나쳤다. 그러던 사내와 뜻밖에 이야기가 시작된 것은 오산을 조금 지나서부터였다. 지연의 조그만 계략 덕분이었다.

2

"쑥스러워하실 거 없어요. 알고 싶으시다면 말씀드리죠. 공중

변소를 자주 사용하게 되면 여자들도 오줌을 서서 누는 버릇을 배우게 되어요. 제 경우는 그랬어요."

지연은 여전히 장난기 어린 표정으로 거침없이 지껄였다. 지연의 그 희한한 버릇에 대해 사내는 이제 자못 감탄스럽기까지 한 얼굴이다. 노리끼한 머리칼에 피곤한 이마 그리고 조금은 고집스럽게 도독한 콧날하며 식욕이 무척도 약해 보이는 입모습, 그런 것이 한데 어울려 묘하게 친근감을 주는 얼굴이다.

역시 어디선가 본 듯한 얼굴이다.

누구였을까.

하지만 그녀의 계략은 어쨌든 효험을 본 셈이었다.

오산역을 지나고 있을 무렵까지도 사내는 아직 입을 열 기색이 보이지 않았다. 지연은 궁금증을 풀어낼 수가 없었다. 호기심만 점점 더해갔다. 왕성한 호기심은 그녀에겐 일종의 건강이었다. 지연은 흐르는 차창 밖으로 시선을 내보낸 채 계속 기억을 좇고 있었다.

언제 어디서였을까.

지난겨울이나 작년 가을? 또는 재작년이나 그 재작년의 어떤 여름? 무교동의 술집에서? 해운대나 송도 해수욕장의 바닷가에서? 아니면 단풍에 파묻힌 가을의 설악산이나 바로 이렇게 서울을 떠나는 어느 해 봄날의 열차 안에서?

'아' 뭐라는 화장품의 커다란 광고판이 멀리서부터 천천히 다가왔다. 철탑에 실린 ××타이어의 거대한 광고판이 무섭게 소리치며 달아났다.

세계의 길은 로마로! 나지막한 산비탈에 빨갛고 노란 가루비누 거품들이 곱게 걸려 있었다.

지연에게 문득 한 가지 생각이 떠올랐다. 그녀는 창틀에 걸어 놓은 핸드백을 열고 성냥과 은하수 담뱃갑을 꺼냈다. 담배를 한 알 빼물고는 천천히 성냥을 그어댔다. 두어 차례 불을 빨아 붙인 다음, 그녀는 마지막으로 연기를 한 모금 깊숙이 빨아 삼켰다. 이내 심한 발작이 일어났다. 암만 별렀다가 다시 시작해도 번번이 그 모양이었다. 연기에 대해선 아무래도 쉽게 익숙해질 수가 없는 모양이었다.

요란스런 재채기 소리에 놀란 사내가 비로소 지연을 돌아다보았다.

"담배가 서투르시군요."

무척 잔잔한 목소리였다. 지연이 틈을 놓치지 않았다.

"하지만 걱정 마세요. 선생님이 신문을 보시는 것보다는 덜 서투르니까요."

캑캑거리는 목소리로 사내의 말을 냉큼 되받았다.

"무슨 얘깁니까, 갑자기……"

사내는 영문을 알 수 없다는 듯, 그러나 아직도 남의 말을 하듯 열적은 표정이었다.

"신문 한 장을 반 시간씩이나 읽고 계시던걸요."

"아, 신문을 빌려드릴까요."

"신문을 빌려주시라곤 하지 않았어요. 전 그저 선생님이 신문 한 장을 읽는 데 반 시간이 걸릴 만큼 서투르시다는 말씀을 드린 것뿐이에요."

"전 실상 기사를 읽고 있었던 건 아니니까요."

"그럼 신문은 왜 들고 계셨죠?"

"그저 버릇이죠. 제 버릇이에요. 이런 데선……"

사내는 결국 그렇게 해서 입을 열게 된 것이었다. 그리고 바로 그 버릇이라는 것이 화제가 되어 지연은 느닷없이 자신의 점잖지 못한 용변 버릇까지 들추어내서는 사내의 음침한 호기심을 돋워놓은 것이었다.

"아가씬 어디까지 가십니까?"

사내가 문득 화제를 바꾸고 있었다.

서투른 담배질로 소동을 피운 것이나 신문을 오래 읽느니 어떠니 공연한 시비를 걸어온 지연의 속셈이 이젠 좀 짐작이 가고 있는 모양이었다.

3

"차표는 목포까지 사 가지고 있어요."

지연은 사내의 모습을 좀더 세심하게 살피면서 아리송한 대답으로 이야기를 유도해나갔다.

"목포까지 차표를 샀다면, 그럼 아가씬 목포까지 차를 타지 않을 수도 있단 말입니까?"

"그럴지두 몰라요. 하지만 전 목포 표를 가지고 있어요."

"알 것도 같고 모를 것도 같은 대답이군요."

"아마 그게 아시고 싶은 건 아니실 테니까요."

지연은 여기서 다시 패를 걸어보았다.

"아가씬 내 말속을 다 점치고 있는 투로군요."

"선생님이 알고 싶으신 건 저의 행선지가 아니라 그 행선지로부터 다른 어떤 연상을 끌어내려는 쪽이 아니세요?"

내친김이었다. 지연은 단도직입으로 대어들고 있었다. 그런데 그때였다. 사정이 일시에 분명해져버리고 있었다.

"그럼 아가씨도 전에 날 본 일이 있는 것 같다는 겁니까?"

뜻밖이었다. 지연은 느닷없이 양어깨에서 힘이 쑥 빠져나갔다.

역시 그랬었군.

그러나 그것은 실상 지연이 바라고 있던 쪽은 아니었다. 기분 좋은 곳에서 기분 좋은 인연으로 만난 사람일 리가 없었다. 그야 만난 일이 있으면 어떻고, 인연이 나빴으면 어떠랴 싶었지만, 기왕이면 그녀는 아니기를 바라고 있었다. 모든 것이 다만 그녀의 버릇에서 온 착각이기를 바랐다. 부득부득 확인을 해버리고 싶었던 것도 사실은 그러기를 바라서였다. 그러나 지연의 속을 알 리 없는 사내는 이제 은근히 보채기 시작했다.

"아마 아가씨도 그런 생각이 들었나 본데, 사실 난 아까 신문을 들여다보고 있을 때부터 계속 그 생각을 하고 있었어요. 분명히 어디선가 만난 일이 있는 아가씨 같은데 그게 언제 어디서였는지 영 생각이 나질 않았거든요. 지금도 그래요. 아가씨는 어때요? 뭐 좀 생각나는 일이 있지 않아요?"

기차가 천안에 가까워지고 있었다. 창문으로 들어오는 햇빛이 이젠 통로까지 뻗치고 있었다.

"아마 착각이었겠지요. 사람들은 가끔 그런 착각을 일으킬 때가 있지 않아요? 전 특히 그런 착각을 자주 해요."

이번에는 오히려 지연 쪽에서 시들해지고 있었다. 이 이상 일이 확실해질 필요는 없었다. 밝혀진들 뻔한 일이었다. 어차피 그렇고 그런 곳일 게 틀림없었다.

"아가씬 그렇게 사람을 많이 겪어냈을 나이도 아닌데 벌써 그런 착각을."

"나이로 사람을 겪어내는 것만은 아니잖아요?"

"그럴 수도 있겠지요."

사내는 지연 같은 여자만이 할 수 있는 말을 대수롭게 넘겨버리고 있었다.

"하지만 아가씬 그렇다 치더라도 나 역시 같은 느낌이 든 것은 이상하지 않아요?"

"선생님도 착각을 하실 수 있지 않아요?"

"아니지요. 이건 착각이 아니라 건망증일 겁니다. 난 아가씨보다 적어도 10년은 나이를 더 먹었을 테니까요."

사내는 의외로 진지했다. 안 되겠다 싶었다. 지연은 이야기에 마무리를 짓고 싶었다.

"전 여행을 많이 하니까 혹 찻간 같은 데서 이렇게 스쳐 지난 일이 있을지도 모르겠어요. 하지만 그런 일이 있다고 해도 생각이 나지 않는 일은 처음부터 없었던 거나 마찬가지예요. 하니까 그만두세요. 가만 놔두면 또 혹시 문득 떠오를 때가 있을지 알아요?"

4

지연은 눈 딱 감고 민망스럽게 지껄여댔다.

"공연한 일로 선생님이 열을 내시는 걸 보니까 마치 여인네 속옷 색깔 알아맞히기라도 하고 있는 기분이에요."

말을 끝내고 나서는 창문 쪽으로 곧 눈을 돌려버렸다. 사내는 그만 맥이 풀린 모양이었다. 멋쩍은 표정으로 어름어름 다시 신문을 펴 드는 기척이었다. 그러나 사내는 아직 단념할 수가 없는 모양이었다. 차가 천안역을 출발하자 좀이 쑤신 듯 슬그머니 다시 지연을 향했다.

"참 아까 여행을 자주 하신다고 하셨는데 언제나 그런 식입니까?"

10년이나 나이를 더 먹었노라 자랑해놓고 말씨는 더욱 정중해졌다.

"그런 식이라니요?"

대화가 시작되었을 때처럼 다시 장난기가 어린 눈길로 되물었다.

"목포 표를 사고도 아무 데서나 맘 내키는 곳에서 차를 내려버리는 쪽 아닙니까?"

"아무 데서나 차를 내린다고 하지는 않았어요."

"그럼 역시 목포까집니까?"

서울 말씨로 이미 짐작을 하고 있는 건진 모르지만 집이 어디냐고 묻지 않은 것만이 고마울 뿐이었다.

"아니에요. 해가 떨어지는 역이에요."

지연은 막연히, 그러나 그녀 나름으로는 그만큼 절실해지면서 대답했다.

"해가 떨어지고 밤 열차가 연락을 기다리는 역에서 전 차를 내릴 거예요."

"……"

사내가 겨우 입을 다물었다. 이것저것 묻지 않아도 그는 이제 옆자리에 앉아 있는 이 수상쩍은 아가씨의 정체를 웬만큼은 짐작을 하게 된 모양이었다.

"이리(裡里)가 되겠군요. 이리— 참 좋은 곳이오."

차체의 움직임에 따라 한동안 말없이 몸을 흔들리고만 있던 사내가 이윽고 다시 입을 열었다. 혼잣말처럼 들리긴 했으나 지연을 위로하고 싶은 기미가 역연했다.

"이리에서 해가 지나요?"

"그렇지요. 요맘때 이 기차를 타면 틀림없이 이리 근처에서 석양을 보게 됩니다."

"이리가 좋은 곳이라는 말씀은 무슨 뜻에선가요?"

"이리에서 차를 내리면 거기서부턴 누구나 사랑을 하게 마련이니까요."

사내는 웃지도 않고 말했다.

"그럼 선생님도 이리에서?"

"그렇습죠. 언제나 이리에서 차를 내립니다."

"그리고서는요?"

"전주 쪽 버스를 갈아타지요."

지연은 조금씩 다시 호기심이 솟기 시작했다.

"그쪽에 선생님이 그토록 좋아하시는 여자가 있나요?"

"아까 그 말은 나를 제외하고 한 말입니다."

"어쨌든 전주라면 처음부터 버스를 타시는 편이 나았을 텐데요?"

"고속버스 말이군요. 하지만 이건 내 버릇입니다. 무슨 생각을 할 때마다 공연히 신문을 뒤적이는 것처럼 말입니다. 도대체 역에서 기차를 타지 않으면 서울을 떠나는 것 같지가 않거든요."

"선생님도 여행을 퍽 좋아하시는 편인가 봐요."

"그렇습죠. 나 역시 아가씨처럼 여행을 좋아합니다. 하지만 난 언제나 이쪽입니다. 그리고 특히 이 차를 많이 타게 되지요."

5

알고 보니 사내에겐 괴이한 취미가 있었다.

"그래서 이 기차에 해가 지는 곳을 다 알고 계시는군요."

"그것만이 아니죠."

이름이 백기윤(白基允)이라는 이 중년 사내는 서울에 있는 어떤 제약회사의 외판원 겸 수금사원이었다. 그는 대개 서울 일원에서 개미 쳇바퀴 돌 듯하며 하루하루 생활을 이어가는 처지였지만, 어쩌다 지방 출장이라도 나설 기회가 생기면 그는 꼭 이쪽으로만 행선지를 정한다고 했다. 그러고는 한두 나절 안에 들를 곳을 죄다 돌아버리고는 남은 시간을 그가 '반해 있는' 어떤 곳으로 숨어들어가 은밀한 한때를 즐기고 돌아온다는 것이었다. 이틀 정도의 휴일이 겹치는 날이면 일부러 그곳을 찾아 내려갔다 오는 때도 있다고 했다.

알 수 없는 취미였다. 그러나 그보다도 더 알 수 없는 것은 사내의 태도였다. 자기의 여행지에 관한 이야기가 시작되자 그 백기윤의 태도는 놀랄 만큼 달라져가고 있었다.

"직업이라고 내놓고 말할 수도 없는 일입지요. 하지만 난 그런 생활에 진력을 내본 일이 없어요. 1년에 몇 차례씩 이렇게 그곳을 찾아갈 수가 있기 때문이죠."

지연은 처음 전혀 그런 기색을 눈치채지 못하고 있었다. 그녀는 다만 사내의 직업이라는 것이 그리 당당하지 못한 것이나, 그가 그런 자신의 처지를 허물없이 털어놓고 있는 것이 오히려 나이 든 오빠의 그것처럼이나 편안하게 느껴지고 있었다.

한데 이야기를 듣다 보니 그게 아니었다.

백기윤이란 사내는 언제부턴가 목소리에 열기가 끼고 있었다. 헌 옷보퉁이처럼 보잘것없던 그의 몸집이 꼿꼿하게 일어서면서 눈에는 알 수 없는 긴장감마저 감돌고 있었다.

지연과의 사이에 한 뼘쯤 떠 있던 좌석의 공간이 사라지고 그의 상체는 어느덧 지연에게로 잔뜩 기울어져 있었다. 그 모든 것은 마치도 그가 반쯤 정신이 나간 사람처럼 보이게 했다.

열차는 대전과 논산을 지나 이젠 강경역에 가까워지고 있었다. 풀기 잃은 저녁나절 태양이 멀리 벌판 너머로 평풍처럼 돌아가는 산마루 위를 기웃거리고 있었다.

사내가 무슨 신이라도 내린 사람처럼 정신없이 지껄여대고 있었다. 이번에는 그가 그토록 열심히 찾아다니노라는 마을의 이야기를 시작하고 있었다.

그런데 그 사내의 이야기가 더욱 기묘했다. 백기윤의 이야기는 대략 이런 것이었다. 전라북도 부안군 어느 바닷가 마을 근처. 아직 인가는 보이지 않는 산비탈. 그 산비탈을 일구어 가꾼 콩밭. 어느 해 여름.

드문드문 수수를 섞어 심은 그 콩밭에서 마을의 아낙 하나가 하염없는 여름을 보내고 있었다. 마을에서 정절이 굳기로 소문난 그 과수댁 아낙은 해만 오르면 산비탈 밭뙈기로 나와 지글지글 끓는 해를 머리 위에 이고 지냈다. 콩밭을 이 끝에서 저 끝까지 왔다 갔다 하면서 머리 위의 태양을 서산 너머로 이어 넘기고 나서야 마지막 호미 흙을 털면서 밭이랑을 걸어 나오곤 했다. 그녀는 그런 식으로 그 한여름을 꼬박 콩밭에 묻혀 지냈다. 그리고 그녀가 그 콩밭에 묻혀 이랑을 왔다 갔다 하는 동안은 언제나 빠지지 않는 일이 한 가지 있었다.

6

"산비탈 콩밭에서는 반짝반짝 멀리까지 파도가 부서지는 바다가 내려다보였습니다."

백기윤은 설명을 이어나갔다.

그 바다 위에는 가끔 움직이는 듯 마는 듯 느릿거리면서도, 어느 순간 한눈을 팔다 보면 자취도 찾을 수 없는 돛단배가 심심찮게 떠다니곤 했다. 그 바다를 굽어보며 흘러내린 산골짜기 쪽은 녹음이 엄청나게 깊었다. 사람이 몇백 명씩 숨어 들어가도 흔적을 찾아볼 수 없을 만큼 녹음이 울창했다. 그러나 그런 바다, 그런 산골짜기는 여기서 상관되는 일이 아니다.

아낙이 가끔 호미질을 쉬고서 그 돛단배에 시름을 띄워보내고 있었는지 모르지만, 그리고 그 후미진 녹음의 그늘에서 더워진 이마를 식히고자 잠시 눈을 감는 때가 있었는지도 모르지만 그것도 중요한 일은 아니다.

노랫소리였다. 콩밭의 아낙에겐 그 한여름 언제나 노랫소리가 있었다. 골짜기에 우거진 녹음 속에서는 언제나 구성진 남도 육자배기 노랫가락이 흘러나오고 있었다.

아낙이 콩밭에 들어서기만 하면 노랫가락은 어디선지도 모르게, 멀리서 혹은 가까이서, 콩밭 사이로 그녀의 모습이 사라졌다 떠올랐다 하는 동안, 한 나절 두 나절씩 끊임없이 흘러나왔다. 어디쯤인가 소리의 모습을 붙잡아보려 하면 거기엔 늘 우연한 녹음

뿐, 사람의 흔적이라곤 그림자도 찾아볼 수 없었다. 그러다가 노랫가락은 아낙이 마지막 호미질을 거두고 날 무렵이면 언젠지도 모르게 또 그 깊은 녹음과 저녁 바람 소리 속으로 잦아지듯 숨어들어가고 없었다.

하지만 아낙이 그 노랫가락을 얼마나 마음에 가까이하고 있었는지는 물론 확실하지 않다. 다만 이것만은 확실했다. 여인은 골짜기의 녹음으로부터 노랫가락이 흘러나오면 가라앉을 듯 콩밭 사이를 오가면서 자신도 늘 묘한 소리를 내고 있었다. 우우우, 무슨 바다 울음소리 같기도 하고 또 혼자 그저 콧노래를 흥얼거리고 있는 것 같기도 한 소리를 그녀는 쉬임 없이 흘러 내고 있는 것이었다. 그것은 아마 그 녹음 속의 노랫가락이 이미 그녀의 마음을 홀려 그녀로 하여금 스스로 가슴을 울게 한 것이었는지도 모른다.

아낙은 그런 식으로 오로지 그 뜨거운 태양과 울창한 녹음 속에 살고 있는 육자배기 노랫가락 속에서 그 한여름을 지내고 있었다.

그러던 어느 날이었다. 그날도 물론 태양은 뜨겁게 불탔고, 산골짜기 쪽에서는 한나절 내내 노랫가락이 메아리져 내리고 있었는데, 이날은 뜻밖에 한 가지 괴변이 일어났다. 소리가 산을 내려온 것이었다.

어찌 된 일인지 이날은 아낙이 늑장을 부리고 있었다. 전에도 가끔 그런 일이 있긴 했지만 이날따라 아낙은 유독 일이 늦고 있었다. 녹음 속의 노랫소리도 아직은 끝나지 않고 있었다. 산그늘이 어느덧 그녀의 콩밭을 덮고, 슬금슬금 산기슭을 기어 내려온 저녁 어스름이 마침내 아낙네에게까지 다가와 있었다.

그때였다. 바로 그때 그 소리가 산을 내려왔다. 그리고 뱀처럼 산 어스름을 타고 살금살금 산을 내려온 소리는 아낙에게로 다가가 아낙을 범하고 말았다.

"그 여인은 그 후 태기가 있었습니다. 소리를 배게 된 거지요."

백기윤은 마치 어떤 환상에 취한 듯 몽환적인 목소리로 간신히 이야기를 끝냈다.

"그리고 그 여인은 열 달 뒤에 조그만 계집아이 모습으로 그 소리를 낳았습니다."

7

기차가 이리 역에 들어서고 있었다.

이리에는 과연 해가 떨어진 다음이었다. 텅 빈 서쪽 하늘이 연보라로 곱게 물들고 있었다.

"이를테면 난 그런 내력을 지닌 어떤 여인의 소리를 쫓아다니고 있는 셈입죠."

백기윤은 서둘러 이야기를 끝맺었다.

"대단한 소리겠어요."

지연이 모처럼 한마디 응대했다.

"아비의 소리를 받았으니까요."

"아버지에게서 자랐나요?"

"어느 날 밤 여자는, 마을로 내려와 잠들고 있는 사내의 집 앞에다 그의 씨를 안아다 놓고 가서 치마끈으로 목을 매어버렸으니까요."

차가 머물러 섰다.

이윽고 두 사람은 약속이나 한 듯 어깨를 나란히 출찰구를 빠져나갔다.

"어떻게 하시겠습니까?"

백기윤이 비로소 지연의 눈치를 살피기 시작했다. 지연은 이제 금년 들어 첫번째 약속을 남길 때가 왔다고 생각했다. 내일 다시 그를 만나게 되는 일이 있더라도 우선은 약속을 남겨야 했다.

"전 이리서 하룻밤 지내면서 다음 행선지를 정하겠어요."

"이리에선 뭣 하러?"

기윤은 좀 서운한 모양이었다.

"차를 내리면 이쪽 동넨 어디서나 사랑을 하게 된다면서요?"

"그렇담…… 언젠가 또 만날 때가 있겠지요."

기윤은 의외로 간단히 단념하는 눈치였다. 비적비적 벌써 발길을 옮겨놓기 시작한다.

지연은 얼핏 그 기윤에게로 다가섰다.

"사실이에요. 우린 아마 틀림없이 다시 만날 수가 있을 거예요."

"정말입니까?"

기윤이 지연을 돌아보았다.

"전 겨울이 되서야 다시 서울로 돌아가요. 봄이면 서울을 떠났다가 겨울에 다시 서울로 돌아가는 철새들 아시죠. 이맘때쯤은 그런 여자들이 많아요. 선생님만 좋으시다면 서울에다 약속을 해요."

"그럽시다. 너무 먼 약속이긴 하지만."

기윤은 이미 그런 지연을 알고 있었다는 듯 별로 표정이 달라지지 않았다.

"전화번호 알려드릴게요. 23국의 ×948번. 무교동이에요. 번호가 바뀌진 않을 테니까 유지연을 찾으세요."

"거기서도 유지연 씁니까?"

"전 이름이 하나뿐예요. 언제 어디서나 유지연이니까 안심하세요."

"23국의 ×948번…… 알았어요. 날짜하고 시간은."

"첫눈이 내리는 날! 시간은 오후 5시쯤으로 해요."

미리 생각해놓았던 것처럼 날짜와 시간을 척척 대준다.

"첫눈이 내리는 날이라, 멋있는 생각이군요. 그야 지연 씬 해가 지는 역에서 차를 내려 여행을 끝내버리는 정도니까."

"대낮에 차를 내리면 쓸데없이 이곳저곳 헤매 다니게 되니까 그렇죠."

"아무튼 겨울까지 가지 않고도 운좋게 다시 만나게 되길 바라겠소."

"그렇게만 된다면 저도 선생님의 다음 이야기를 좀더 빨리 들을 수가 있겠죠."

지연은 정말 그럴 수도 있을 거라 생각했다. 그녀는 기윤까지도 어디선가 만난 일이 있는 듯한 착각이 들었을 만큼 많은 사람을 만나고 있었다. 그토록 차도 많이 탔고, 머물러 지나간 곳도 많았다. 어떤 식으로든 자신의 정처를 예측할 수가 없는 처지였다.

게다가 이번은 두 사람이 다 이리에서 차를 내리고 있었다. 내일이라도 지연이 전주를 찾게만 된다면 문제는 더욱 크게 달라질 수 있었다.

8

백기윤과 헤어지고 나서 지연은 혼자 시내로 들어섰다.

전주까지 기윤을 따라나서버릴걸 그랬나 싶어지기도 했지만, 역시 그럴 수는 없다고 생각했다.

대전이나 이리는 사실 그런 곳이었다.

그런 풍속이 있었다. 지연이 이리에서 하룻밤을 지내기로 한 것은 기윤이 말한 사랑보다도 실상은 그 풍속 때문이었다. 그냥 지나치기는 어딘지 좀 꺼림칙한 것이 느껴질 만큼 지연도 거기에는 물이 들고 만 것이었다.

이리에서 차를 내린 것은 이번이 처음이었지만 어느 핸가 대전에서 하룻밤을 지낸 일이 있었다.

목포는 항구다.

여수도 항구다.

이별의 부두다.

그날은 마침 봄비가 촉촉이 내리고 있었다. 지연은 동료 아가씨 두 사람과 함께 여인숙 방구석에 틀어박혀 삼남지방의 주문을 기다리고 있었다.

아가씨들이 그런 유행가를 흥얼거리고 있었다. 일행은 아직 행선지가 정해지지 않고 있었다. 목포도 될 수 있었고 여수도 될 수 있었고, 혹은 경부선 쪽으로 대구나 부산, 진해가 될 수도 있었다.

이쪽에서 정할 일이 아니었다. 아예 그럴 맘도 먹질 않았다. 주문이 오는 쪽에다 행선지를 맡겨버리고 있었다.

그건 이미 풍속이 되어 있었다. 길이 갈리는 곳에선 언제나 그렇게 차를 내려 하룻밤을 기다렸다 떠나게 된다는 것이었다.

지연은 끔찍스러웠다. 다음 해부터는 그녀 혼자서 서울을 떠나곤 했다. 그리고 그녀 스스로 행선지를 정해 나가곤 했다.

하지만 그 지연에게도 어느새, 차를 내린 곳에서 하룻밤을 지내고 가야 속이 개운할 만큼 한 가지 버릇은 물이 들어 있었던 것이다.

그야 어쨌든 이제 지연은 잠자리부터 정해야 했다. 그녀는 우선 눈에 띄는 식당으로 들어가 시장기를 달랜 다음, 이리의 저녁 거리로 하룻밤 잠자리를 찾아 나섰다.

이리는, 큰길이 갈리는 도시치고는 이상스럴 만큼 활기가 없어 보였다. 기차로 지나면서 내다본 언젠가의 인상 — 역에 쌓인 석탄 가루가 시가지까지 번져나가 모든 거리를 검게 오염시키고 있는 듯한 그 인상 그대로였다. 길은 좁고 간판들은 영세성이 더덕더덕하고, 사람들은 시들시들 깡다구가 없어 보였다. 미안하다.

이리여.

지연은 이리라는 도시가 자기에겐 별로 맞지 않은 동네라고 생각되었다.

그렇지만 이리여. 이젠 벌써 밤이 다 되었으니 하룻밤만 신세를 지고 가게 해다오.

문득 잠을 자고 난 다음의 행선지들이 떠올라왔다.

노랫가락 속의 목포가 있었고 여수가 있었다. 하지만 그곳들은 너무 멀고 또 여름철에나 좋은 동네였다. 여수 쪽엔 또 순천이 있었지만 지연에겐 그곳이 오히려 여수보다도 더 먼 동네처럼 생각되었다. 군산은 처음부터 생각 밖이었다.

"군산엔 가지 마라. 군산 여자들은 소문나게 남도 소릴 잘한단다. 시시한 맘먹구 갔다간 코나 베이고 쫓겨나기 알맞다더라."

동료들 간에 널리 알려진 이야기였다.

전주나 광주 쪽이 아직 남아 있었다.

전주나 광주까지는 길이 나쁘기로 소문나 있지만, 그 도중에 봄 내장산이 있었다.

봄 내장산은 가을의 그것 못지않게 정읍 고을의 큰 장사거리였다.

9

이튿날 12시쯤, 지연은 아직 옷가방을 지닌 채 전주 중심가의 다방 〈오아시스〉에 앉아 있었다.

그녀는 결국 전주 쪽을 택하고 만 것이었다. 아침까지도 확실한 예정이 없이 버스 정류장을 찾았더니, 시간 맞춰 떠나는 차가 마침 전주행이었다.

〈오아시스〉를 찾은 건 우선 백기윤의 말이 생각났기 때문이었다.

"전주 쪽으로 오시게 되면 〈오아시스〉라는 다방에 한번 들러봐 주십시오. 난 아마 하루쯤은 그 근처를 서성거리고 있을 겁니다."

지연과 헤어지면서 그가 남기고 간 말이었다. C방송국 근처라 했다.

"지방도시에서 사람이 모이는 곳은 그래도 방송국이나 신문사 근방이거든요."

한번쯤 그 백기윤을 다시 만나보고 싶은 생각도 있고 해서 지연은 차를 내리는 길로 곧장 〈오아시스〉를 물어온 것이었다.

아직 백기윤의 모습은 보이지 않고 있었다. 그보다도 지연은 지금 이 〈오아시스〉 다방의 분위기를 하나하나 꼼꼼히 점쳐보고 있는 중이었다.

지방도시치곤 손님들의 거동이 제법 깔끔하고, 짧은 스커트 아래로 쭉쭉 뻗어내린 레지 아가씨들의 다리가 한결같이 시원스러워 보인다는 점을 빼고 나면 별반 다른 특징은 없는 다방이었다.

지연은 이윽고 작정이 서고 있었다. 때마침 카운터 부스 근처에 손님이 비어 있었다.

지연은 냉큼 자리에서 일어났다. 그리고는 이 다방의 얼굴마담인 듯 유독 그녀 혼자서 차림을 달리하고 앉아 있는 30대의 한복 여인에게로 다가갔다.

"주인이 따로 계신가요? 드릴 말씀이……"

여인이 지연을 힐끗 훑어보았다.

"무슨 얘긴데요. 제게 하세요."

"아르바이트를 해볼까구요. 자리가 날 수 있을는지 의논드릴 수 있을까요?"

여인은 다시 한 번 지연을 훑어보았다.

하더니 여인은 알겠다는 듯 금세 표정이 달라졌다.

"일루 와 보세요."

단도직입이었다. 주방 뒤로 지연을 이끌고 가더니 대뜸 그녀의 스커트 자락을 걷어 올린다. 흠집 하나 없는 지연의 쭉 곧은 다리가 허벅지까지 뽀얗게 드러났다.

벌써 짐작이 가는 일이었다.

"그만하면 됐어요. 여기서 사람을 쓰는 기준은 다리 하나뿐이니까."

여인은 음미하듯 천천히 지연의 다리를 쓸어보고 나서 스커트 자락을 내려주었다. 어느새 말씨까지 달라져 있었다.

"그런데 집이 서울인가 보군. 말씨가."

"그런 셈예요."

"잠깐 등록금을 벌러 온 여대생인 게로군?"

어지간히 눈치가 날랜 체하는 여자였다.

"그건……"

"아르바이트라고 말할 때부터 그런 식이었어요."

"제 버릇이에요, 전 언제나 아르바이트라고 해요."

"국수 한 그릇 얻어먹으러 가면서 한사코 저녁 초댈 받아 간다고 말하는 친구가 있었지. 상관없는 얘기야. 그보다도 맘이 정해지면 홀에서 입을 옷가지를 가져와 봐요. 알고 있겠지만 보수는 옷가지 수에 따라 정해지니까요."

"돌아가서 저도 좀 생각을 해보구요."

"그리고 참, 차는 낮뿐이구 6시부턴 맥주를 팔고 있어요. 난 상관없는 일이지만 댁은 나이가 좋으니까 야간도 겸할 수 있을 거야."

"그것도 생각해보구요."

"생각을 자주 하는 쪽인가 본데, 나쁜 버릇이야."

"지내보면 아시겠지만 그렇지도 않아요."

"그럼 학생 티엔 역시 자신이 없는 건가. 등록금 모으기는 외려 그쪽이 나을 텐데 말야."

여인은 좀 짓궂게 웃고 있었다.

10

지연이 다시 홀로 나와 보니, 거긴 뜻밖에도 그녀의 비워놓은 자리를 차지하고 앉아서 벌써부터 그녀를 기다리고 있는 사람이 있었다.

물론 백기윤이었다.

"가방을 보고 와 있는 줄 알았습니다."

기윤은 그사이 〈오아시스〉를 들어섰다가 용케 지연의 가방을 알아보고는 무작정 그녀를 기다리고 있었던 모양이다.

처음 찾는 고을이 되어 그런지 지연은 그런 기윤이 우선 반갑고 고마웠다.

"뛰어봐야 벼룩인가요?"

농지거리부터 건네며 기윤의 맞은편으로 자리를 잡고 앉았다.

그러나 기윤은 으레 일이 그렇게 될 줄 알고 있었다는 투였다.

"이리에선 일찍 출발하신 모양이군요."

"아침 먹고 바로 나섰어요."

"어쨌든 잘 왔어요. 한데 마담은 왜?"

"아르바이트를 구해보려구요."

"아 다방에서요?"

조금도 의외라는 기색이 없다.

"저도 바로 백 선생님하곤 입장이 좀 비슷하거든요. 시골에서 말벗 삼고 지낼 만한 한량들이 자주 스치는 곳은 그래도 방송국 하구 신문사 근처예요. 마침 백 선생님 말씀도 생각나고 해서 차를 내려선 곧장 이리로 온 거예요."

"그래 이야기는 잘 됐습니까?"

"생각해보기로 했어요."

"그건 또 왜?"

"마담이 좀 맘에 들지 않았어요. 서울내긴가 보던데 무척 불행한 여자처럼 보였거든요."

"난 그렇게 보아오지 않았는데……"

"아니에요. 말씨나 분위기가 다 그랬어요. 그 여자에겐 아마 세상이 무척도 슬픈 곳일 거예요."

"하지만 지연 씨가 어차피 이 전주에다 자리를 정해보시겠다면 난 이곳을 권하고 싶군요. 지연 씰 다른 데서 만났더라도 난 여기로 데려왔을 겁니다."

"이곳을 그렇게 잘 아시나요?"

"잘 알아서라기보다 사실은 그게 제 희망입니다."

이야길 하다 보니 기윤의 말속엔 무슨 다른 뜻이 숨어 있는 것 같았다. 지연의 거취에 대한 관심이 실상 여간 아닌 듯했다.

"이 다방, 선생님하고 무슨 사연이 있는 곳인가요?"

"숙제가 한 가지 있습니다. 지연 씨가 도와줄 수 있을 거예요."

기윤은 비로소 실토를 하고 나섰다.

하더니 그는 웬일인지 거기서 그만 입을 다물어버리고는 자리를 일어서버린다. 어디 가서 점심부터 하면서 이야기를 계속하자고 했다.

지연도 자리를 일어설 수밖에 없었다.

그러나 이젠 그녀에게 한 가지 작정이 내려져 있었다. 그녀는 우선 카운터 부스로 가서 그 한복 마담에게 그녀의 옷가방을 넘겨버렸다.

"안채에 애들 숙소가 있어요. 정해진 잠자리가 없으면 오늘 밤부터 이리로 와서 함께 지내도 좋아요."

옷가방을 넘기고 나자 조금은 의기양양해지고 있는 마담을 남겨두고 지연은 기윤을 뒤따라 다방 문을 나섰다.

"선생님을 돕자면 숙제가 어떤 건지 그것부터 들어둬야겠지요. 이제 그 숙제를 말씀해보세요."

음식점을 찾아들고 나자 지연이 다시 아깟번 화제를 끄집어냈다.

11

지연의 추궁에 기윤도 이젠 자기의 숙제를 말할 차례가 되었다고 생각한 모양이었다.

"지연 씬 자기 자신 이상으로 남자를 아껴본 일이 있습니까? 그런 남자를 가져본 일이 있느냔 말입니다."

선뜻 이야기의 서두를 꺼내버렸다.

그러나 그는 좀 이상한 데서부터 이야기를 시작하고 있었다. 이를테면 애들 말로 연애이야기 같은 것이었다.

지연은 좀 장난스런 기분이 들었다. 그러나 영문을 알 수 없어 우선은 고개를 가로저어 보였다. 기윤은 그러자 느닷없이 엉뚱한 단정을 하고 나섰다.

"하지만 곧 나타나게 될 겁니다. 지연 씨가 정말 한번 마음을 주고 싶은 멋진 상대가 말입니다."

"어떤 식으로?"

지연은 웃음을 흘리고 있었으나, 기윤은 사뭇 진지한 얼굴이었다.

"지연 씨가 그 다방에만 있어준다면."

"손님 가운데서 말이겠군요. 하지만 제가 그곳에 있는 것만으로 일이 그렇게 될 수 있을까요? 이 동네가 아무리 사람이 많은 동네라곤 하지만 말씀이에요."

"지연 씬 눈이 크지요. 눈이 큰 여잘수록 사랑을 쉽게 시작한다더군요."

"백 선생님에겐 벌써 저의 상대방이 정해져 있는 거 아닙니까?"

"그럴지도 모르죠."

"마저 말씀을 해보세요. 당사자는 저니까 제 말부터 들어야지 않아요."

"물론 그래야죠."

때가 좀 지났는지 식당 안은 지극히 한산했다. 상이 나오자 기윤은 전주의 콩나물비빔밥을 조금씩 조금씩 정성들여 비벼나가며 말을 이었다.

"강명수(姜明秀)라고, 아까 그 〈오아시스〉 다방에 나오는 친구가 있습니다. 기회 있으면 내가 가리켜드리겠지만 그 친군 마담하고도 제법 잘 아는 사이니까 가만있어도 아마 금방 알게 될 겁니다."

"아까도 다방에 있었습니까?"

지연은 기윤이 하필 그 강명수라는 인물을 둘러메고 나서는 데도 곡절이 있으리라 생각했다.

"아깐 없었어요. 무슨 일을 하는 사람인지는 나도 잘 알 수 없지만, 그 친구가 〈오아시스〉엘 나타나는 건 대개 낮시간 다방 영업이 거의 다 끝나갈 무렵일 때가 보통입니다."

"정말 선생님이 추천하실 만큼 멋쟁이인가요?"

"늘 점잖고 깔끔한 신사지요. 마담하고 어울리는 걸 보면 우스개도 제법이구요. 가는 금테 안경을 썩 잘 어울리게 쓰고 다니는데, 흠이라면 오히려 그 금테 안경 너머로 깨끗하게 솟아오른 이마라고나 할까요. 그게 어찌나 희고 매끈한지 어딘지 좀 차가운 느낌이 들 지경이니까요."

"나이가 많은 듯싶네요."

"마흔 정도면 누구에게나 아직 실망할 정도는 아니죠."

"됐어요. 무슨 주문 같은 건 없으세요?"

지연은 이제 백기윤의 정곡을 겨누고 들었다.

기윤이 일부러 그런 일을 꾸미고 나서는 덴 필시 무슨 속셈이 있을 게 틀림없었기 때문이었다.

"주문이라기보다도 한 가지 미리 일러둘 일이 있어요. 그 친군 일본 사람입니다."

12

"일본 사람이라뇨? 그 남자가 말입니까?"

강명수라는 사내가 일본인이라는 백기윤의 말은 지연을 약간 어리둥절하게 했다.

그러나 기윤은 자신 있게 설명을 계속했다.

“그렇습니다. 그는 우리말을 하고 우리 옷을 입고 짜디짠 우리 음식을 먹습니다. 이름도 번듯한 우리식 아닙니까. 일본 사람 같은 덴 한 가지도 없습니다.”

“그런데 선생님은 그걸 어떻게 아셨나요?”

“내 느낌입니다. 하지만 이런 덴 나의 느낌이 틀린 일이 별로 없어요. 그는 틀림없는 일본 사람입니다.”

느낌말을 자꾸 내세우고 있는 푼수로 보아 백기윤은 실상 근거를 가지고 한 말이 아닌 것 같았다. 그 자신이 강명수라는 사내와 가까이 지내고 있는 것 같지도 않았다. 지연은 백기윤이 〈오아시스〉 다방 마담을 제법 잘 알고 지내는 듯이 말하고 있었지만, 아까 그 다방에서는 그렇지도 못해 보이던 일이 생각났다. 모든 것은 백기윤 혼잣속의 일 같았다.

“선생님은 너무 자신을 믿으시는군요.”

“사실 그의 우리말은 너무도 유창하고 정확해요. 일본 사람들은 대개 ㄴ이나 ㅁ 발음을 흘리고 마는데 그 친군 그런 데도 없어요. 어순(語順)이나 생략법 같은 건 오히려 우리보다 적절하게 사용하는 편이구요.”

“유창한 한국말을 한다는 것은 그가 일본 사람이 아니라는 증거가 될 텐데요.”

“그건 그렇지 않습니다. 그는 우리말을 문법으로 배운 사람입니다.”

“그 사람에게 자신의 정체를 숨기고 지낼 만한 이유가 있나요?

백 선생님은 그걸 알고 계신가요?"

"그게 취미일 수 있지요. 일본 사람들은 달팽이 요리를 먹어보기 위해 지구를 반 바퀴나 돌아도 좋을 만큼 값진 취미들을 기르고 있는 중이거든요."

"사랑도 취미로 하겠군요."

"오히려 부담이 안 갈지도 모르지요."

"하지만 그뿐만은 아닐 거예요. 백 선생님은 어째서 이런 일을 꾸미시는 거죠? 저만을 위해서는 아닐 텐데요?"

"지연 씬 언제나 재치가 있지만 그게 제 기분을 상하게 한 적은 한 번도 없군요."

"속셈을 말씀해보세요."

"숨기려 하진 않습니다. 하지만 지연 씨에겐 먼저 보여드릴 일이 있어요. 설명을 대신해서 말입니다."

"무엇인데요?"

"이따 저녁에 안낼 하겠습니다."

두 사람은 거기서 자리를 일어섰다.

점심 집을 나오자 백기윤은 전주에 남은 일 때문에 일단 지연과 헤어졌다. 5시쯤에 다시 〈오아시스〉에서 만나기로 했다.

5시가 되자 백기윤은 정확하게 다시 〈오아시스〉로 돌아왔다. 그리고는 곧 약속한 곳으로 지연을 안내해 갔다.

한데 이날 저녁 기윤이 지연을 안내해 간 곳은 좀더 뜻밖이었다.

13

이날 저녁 백기윤이 지연을 안내해 간 곳은 다름 아닌 술집이었다.

지연을 앞서 가던 기윤이 시가지 북단에 위치한 진북동의 한 외딴집, 쓰레기가 산더미처럼 쌓인 공지와 벽돌담 옆길을 지나, 그 벽돌담이 끝나는 데서 이웃이라곤 등을 맞대고 앉은 판잣집 한 채밖에 없는 허름한 한옥 술집 앞에서 발을 멈춰 서버린 것이었다.

"강명수라는 그 일본 친구가 가끔 찾아오는 술집이오. 알아두는 게 좋을 거요."

집 앞에서 기윤이 일러준 말이었다.

간판이 걸려 있거나 손님이 드나들고 있지는 않았다. 밖에서 보아서는 전혀 술집 기미를 알아볼 수 없었다. 주인아저씨가 시내 어디서 가락국수 집이라도 내고 있을 법한 그런 평범한 여염집이었다. 쪽대문을 두드리자 안에서는 기다란 머리채를 헝겊 끈으로 질끈 동여맨 여인 하나가 고무신을 끌고 나타났는데, 그녀에게서도 별반 술집 여자 티 같은 건 찾아볼 수 없었다. 조심스런 지분 화장을 하고 있는 탓인지 서른 안팎의 여인들에게선 흔히 볼 수 없는 술집 여자 특유의 어떤 피곤기 같은 것도 쉬 엿보이지가 않는 여자였다.

그러나 어쨌든 그곳은 술집이고, 백기윤이 낮부터 지연을 안내하겠노라 약속한 곳은 바로 그 술집이었다.

"손님이 있네."

백기윤은 벌써 그 여인에게 지연을 소개하고 있었다.

"유지연 씨라구, 어제 차에서부터 동행해온 아가씬데 잘은 모르지만 아마 자네도 한번 친해볼 만할걸세."

그는 마치 직장에서 방금 돌아온 남편이 그의 아내에게 말하듯 자기들의 인사는 쏙 빼놓고 반말지거리 비슷하게 지연을 소개했다.

"그리고 이쪽은 송정화라구, 이 집 주인 겸 접대 역이 되는 셈이구."

이상스런 것은 여인 쪽에서도 역시 기윤과 마찬가지로 별다른 감정의 표시가 없는 점이었다. 그녀는 문을 열어주고 나서 어딘지 좀 질린 듯한 눈초리로 잠깐 기윤을 쳐다보았을 뿐이었다. 그리고는 그만이었다. 또 와줘서 고맙다든가, 두 사람 사이에선 뭐 그런 절차가 비정하리만큼 싹 생략되어버리고 있었다.

"들어오세요."

아무것도 말하지 않고, 아무것도 묻지 않는 것이 습관인 것처럼 여인이 모처럼 한마디 말을 건넨 것도 지연 쪽이었다.

어쨌든 그런 식으로 해서 지연은 이날 엉뚱하게도 그 송정화라는 여인의 집에서 하룻밤을 지내게까지 되었는데, 사실은 그 밤 사이의 일이 더욱 별났다.

"어차피 잠자리가 정해지지 않은 터이니 오늘 밤은 여기서 그냥 지내도록 해요."

"그러세요. 마루 건너쪽에 제 방이 있어요. 피곤하실 테니 먼저 건너가서 쉬도록 하세요."

그러기로 약속이나 한 듯 백기윤과 여인이 번갈아 권해오는 바람에 지연은 그 정화라는 여인의 방으로 건너와 밤이 이슥하도록 생각을 쌓고 있던 참이었다.

아직도 백기윤의 술상이 물러나지 않고 있는 안방 쪽에서 느닷없이 여인의 육자배기 노랫가락이 흘러나오기 시작했다.

14

지연은 정신이 번쩍 들었다.

저게 바로 백기윤이 내게 보여주겠다던 건가.

지연은 조심조심 자리를 빠져나와 안방 쪽에다 귀를 모으기 시작했다.

'함평천지 늙은 몸이 광주 고향을 보려 하고 제주 어선 빌려 타고 해남으로 건너갈 제.'

여인의 노랫가락은 도도하고 구성지게 이어져나갔다.

'홍양에 돋는 해는 보성에 비쳐 있고 고산의 아침 안개 영암에 둘러 있다. 쿵따닥 쿵딱……'

앞서거니 뒤서거니 북장단이 노랫가락을 잘라나갔다. 어디서 그런 힘이 나오는지 배에서부터 끌어올린 듯 도도한 여인의 목소리는 느린 듯하면서도 조금도 처지는 느낌이 없었다.

끊어질 듯 높았다가는 절벽처럼 떨어지고, 해심처럼 깊었다가는 태산처럼 치솟았다. 그런 소리는 별로 들어보지도 못한 지연이었지만, 여인의 노랫가락은 그녀에게 이상스럴 만큼 쉽게 젖어오고 있었다. 소리에 귀를 기울이다 보니 지연은 사지에서 힘이 다 빠져나가버린 느낌이었다. 언제부턴가는 백기윤이 기차에서 말한 그 바닷가 풍경이 하늘하늘 떠올라왔다. 반짝반짝 햇빛이 부서지는 바다와 녹음 짙은 산골짜기가 그녀 자신의 추억이나 된 것처럼 역력하게 다가오고 있었다. 부표처럼 깜박이는 밭고랑의 여인— 그리고 불볕을 안고 그녀의 머리 위를 지나가는 태양이 지연 자신의 머리 위에서 이글이글 불타고 있는 것 같았다.

정화가 바로 그 여자다!

지연은 어느새 그렇게 단정하고 있었다.

저 여자가 바로 그 여름날 저녁 밭고랑의 여인에게 자기 씨를 배게 한 그 소리의 핏줄이 틀림없는 거다.

그런데 백기윤이란 사내는 어째서 지금 내게 그걸 보여주고 있는 것일까.

강명수라는 일본인 친구가 저 정화를 찾아드는 것이 자기하고 무슨 상관이라도 있단 말인가.

백기윤이 지연에게 자기 주문을 말하기 전에 보여주겠다던 것이 바로 정화의 소리라면 그의 주문은 필시 그 정화하고도 상관되는 데가 있을게 틀림없다.

생각을 좇고 있는데 안방 쪽에서 문득 소리가 그쳐버렸다. 쿵따닥거리던 북장단이 먼저 가락을 멈추자 노랫소리도 이내 의지

(依持)를 잃은 듯 맥이 풀어져버렸다. 「호남가」라는 그 남도 단가의 중간쯤에서였다.

잠시 안방 쪽에서는 아무 소리도 들려오지 않았다. 한동안 답답한 침묵이 집 안을 가득 채우고 있었다.

웬일일까.

지연은 터무니없이 초조한 심경으로 안방 기척을 기다렸다.

한 식경이나 시간이 흘렀다.

그제서야 안방에선 다시 소리가 시작되었다. 이번에는 먼젓번 노래가 아니었다.

쑥대머리 귀신형용 적막 옥방 찬자리에 —

「춘향가」 중의 한 대목이었다. 북장단도 이내 소리를 좇아 나섰다.

보고 지고 보고 지고 한양 낭군 보고 지고—

정화는 역시 절창이었다. 적어도 지연에게는 그렇게 들렸다. 가난한 무덤처럼 한스럽다가는 여름날의 가뭄처럼 원망스러워지곤 하는 그녀의 목소리였다.

일인 십창, 정화는 혼자서 열 사람으로 노래하고 있었다.

지연은 다시 바닷가가 떠올랐다. 뜨거운 태양이 그녀의 머리 위에서 다시 불타기 시작했다.

그러나 도대체 무슨 곡절인가. 소리는 이번에도 그만 중간에서 그치고 말았다.

뒤따라 누군가가 방문 열어젖히는 소리가 났다.

15

문소리가 한번 있고 나서도 집 안은 다시 한동안 깜깜한 침묵뿐이었다.

아무래도 수상한 일이었다.

지연은 슬그머니 미닫이문 틈으로 눈을 가져갔다.

마루 하나 사이로 미닫이문이 반쯤 열려 있는 안방은 지연의 그 문틈으로 해서 안이 환히 들여다보였다.

백기윤과 정화가 술상을 옆으로 비켜놓은 채 괴상한 대좌를 하고 있었다.

북을 안고 있는 기윤은 웬일인지 말아 삼킬 듯한 눈초리로 뚫어져라 정화를 노려보고 있었고, 백기윤과 엇비슷이 자리를 마주하고 있는 정화는 마치 그 기윤의 눈독이라도 쏘인 듯 고개를 반쯤 숙인 채 꼼짝도 하지 않고 있었다. 질리고 피곤해 보이는 그녀의 이마에는 땀방울이 범벅으로 얼룩져 있었다. 이상한 열기가 방 안을 가득 채우고 있었다. 누군가가 그 열기를 쫓기 위해 문을 밀친 모양이었다.

"그자가 왔었군."

이윽고 백기윤의 입에서 힐난조의 한마디가 흘러나왔다. 두 번씩이나 노래를 중단하면서 그들은 좀 엉뚱한 싸움을 벌이고 있었다.

지연은 숨을 삼키며 두 사람의 거동을 지키고 있었다.

정화는 대꾸가 없었다. 기윤이 다시 입을 열었다.

"언젠가? 그자가 찾아온 게."

누군가를 질투하고 있는 것 같았다.

정화가 이번에는 가만가만 고개를 가로젓고는 애원하듯 사내를 건너다본다.

"속이려 해도 소용없네. 자넨 나를 속일 순 있을지 모르지만 자네 목소리는 속일 수가 없어. 맘속에 잡기가 끼는데, 소리가 온전할 성싶은가. 자네 소리에 그 잡기가 묻어나오고 있단 말일세."

이상한 얘기지만 기윤은 정화의 소리로 다른 사내가 다녀간 걸 안다는 식이었다. 백기윤은 그렇게 정화의 소리에 귀신이 다 되어 있는 모양이었다.

정화가 다시 고개를 숙여버린다. 그러자 기윤은 좀더 단호해지고 있었다.

"팔자를 고쳐가지고 싶은가 본데, 그건 안 될걸세. 내가 그렇게 되게 하진 않아. 그게 진짜 자네 팔자야."

지독한 질투였다. 질투의 상대가 누군지가 문제였다. 그러나 지연은 그것도 이미 짐작이 가고 있었다. 전부터 기윤이 지연에게 말한 이런저런 사정으로 보아, 그가 그토록 질투를 하고 있는 상대는 강명수라는 친구가 틀림없을 것 같았다. 그래야 앞뒤가 맞았고 기윤이 지연을 굳이 그 강명수에게 접근시키고 싶어 하는 의도도 분명해질 수 있었다.

지연은 슬그머니 맥 풀린 웃음이 솟아올랐다.

그녀는 마침내 문틈으로부터 눈을 떼고 물러났다.

그쪽 사정이 있었을 테지.

안방에선 이윽고 다시 소리가 시작되고 있었다. 무척도 충직한 여자였다. 몇 번이고 목청을 고쳐가며 노랫소리로 자신의 결백을 증명해 보이고 말겠다는 듯 정화는 다시 그 힘든 소리를 시작한 것이다. 이번에는 심청이 뱃길을 떠나면서 심 봉사를 이별하는 대목이었다.

지연은 땀을 뻘뻘 흘리며 소리를 휘어나가고 있을 정화가 눈앞에 보이는 듯했다.

"어떻거나 저들은 오늘 밤 잠자리를 함께 펴겠지. 무척도 난폭한 잠자리를 말야."

16

한꺼번에 너무 많은 일을 만나버린 때문일까. 지연은 머릿속이 몹시도 뒤숭숭했다.

혼자 몰래 집을 빠져나가 여관 같은 데로나 가버리고 싶었다. 하지만 그러기엔 시간이 너무 늦어 있었다.

몇 번씩 되풀이 느끼는 일이지만 사람의 인연이란 참 묘한 것이었다. 어제까지만 해도 지연은 이런 집, 이런 방, 정화 같은 여인의 침구에다 자신의 체온을 묻히게 될 줄은 상상도 못한 일이었다.

그녀는 정화의 화장대 위에 꺼내놓은 머리빗을 집어다가 몇 번

힘차게 빗질을 계속했다. 세찬 고갯짓과 함께 머리칼을 훑어내릴 때마다 아이를 가져보지 않은 그녀의 탄탄한 젖가슴이 얇은 잠옷 속에서 푸륵푸륵 떨고 있었다.

지연은 그제서야 겨우 머릿속이 좀 트이는 것 같았다. 차차 뿌듯한 자신감 같은 것이 되살아났다.

금테 안경이 썩 어울리는 사내라 했겠다!

일본인이 틀림없으리라는 그 강명수라는 사내의 일이 불쑥 떠올랐다. 어렴풋이나마 백기윤의 속을 짚고 나니 그 백기윤에게 터무니없는 반발이 도사리기 시작했다. 새삼 강명수라는 사내가 궁금해지고 있었다. 그게 정말 작자의 소원이람 한번 멋있는 게임을 해 보여?

마침내 그녀는 빗을 다시 던져두고는 성미 급한 수영 선수가 물속에 뛰어들듯 난폭스럽게 잠자리로 뛰어들어버렸다.

꽃들은 왜 피나. 세상이 글쎄 그토록 번거롭다면 말야.

그 이튿날 아침이었다. 이날 아침 지연은 물론 해가 반나절이나 높아진 다음에야 눈이 뜨였다. 눈을 뜨고 보니 간밤에 백기윤과 잠자리를 같이할 줄 알았던 정화가 웬일인지 지연 곁에 누워 있었다. 정화 역시 그런 일을 하는 여인이면 누구나 그렇듯이 늦잠 버릇이 어지간한 모양이었다. 토실토실 살이 찐 아랫도리를 민망스럽도록 훌렁 드러내놓고 있는 것이 무척도 곤한 모습이었다.

지연은 가만가만 자리를 빠져나와 옷을 대충 걸쳐 입고는 방문을 나섰다.

간밤에 부엌 심부름을 하고 있던 여인이 마당을 쓸고 있었다.

기윤은 벌써 집을 나간 다음이었다.

정화는 그 백기윤 같은 단골손님 몇 사람에게 생활을 떠맡기고 있는 모양이었다. 간밤에 백기윤 외에 다른 손님이라곤 그림자도 비쳐보지 않은 눈치였는데 밝은 날에 보니 살림살이 규모가 그런 대로 제법 깔끔해 보였다.

정해진 집안 식구도 고작 그 부엌 여인 하나와 정화가 전부인 모양이었다.

화장실을 들러 방으로 돌아오니 정화는 그사이 잠이 깨어 있었다.

밤새 힘든 소리를 하고 난 때문일까. 정화는 마치 체력이 좋은 사내와 치열한 하룻밤을 지새우고 난 여인처럼 심신이 온통 허탈해 보였다.

"나보다도 더 늦잠꾸러기군요."

지연이 웃어 보이니까 그제서야 정화는 마지못해 웃음을 피식 흘리며 그녀를 올려다본다. 무척도 공허한 웃음, 공허한 시선이었다.

"백 선생님은 벌써 떠나셨더군요."

"그랬겠죠. 아직 지방 용무가 남았을 테니까요."

"서운해하시지 않는 것 같네요."

"내일이나 모레쯤 일이 끝나면 또 들를 거예요."

기윤이 차 속에서 말한 대로였다.

"기다려지겠어요."

"글쎄요. 그렇게 보이나요?"

여인의 본능으로 이미 짐작을 하고 있었을까. 그녀는 지연이 어떤 여자인지는 묻지도 않았다. 뜻 모를 미소를 흘리다가는 혼잣말처럼 중얼거리고 있었다.

"그 사람…… 나를 죽일지도 몰라요. 아마 나를 죽이고 말 거예요……"

청부 연애

17

"언니 언니 언니."

미스 콩이 또 지연을 뒤따라오며 한사코 말을 시키려 한다.

"손님도 없는데 이젠 일루 좀 앉아 쉬어요. 내가 이 다방 단골 손님 얘길 해줄게요."

지연은 이날 낮부터 〈오아시스〉에서 일을 시작하고 있었다. 백기윤과 정화는 뭔가 폭발을 기다리고 있는 사람들 같았다. 더 이상은 위험스러워서 가까이 있을 수가 없었다.

일을 해가면서 천천히 사연을 알아보기로 했다.

강명수라는 사내의 일이 염두에 두어진 것은 물론이었다. 강명수에 대해선 지연 자신이 이미 그 정도까지 호기심을 품어버린 것이었다. 기왕지사 그를 보게 된다면 유쾌한 인연이 되어주었으면 싫기도 했다.

정화가 좀 서운해하는 눈치였으나, 일간 다시 틈을 내어 오겠노라 다짐하고 이날로 곧 〈오아시스〉를 나오기 시작한 것이었다.

미스 콩이 단골손님 얘길 해준다는 바람에 지연은 주방에다 차판을 밀어넣어놓고 나서 슬그머니 자리로 주저앉았다.

강명수에 대한 이야기가 나올 듯싶어서였다.

"언니 같은 처지에선 우선 단골손님부터 잘 알아 모셔야잖아요."

한데 그러는 미스 콩은 여간 재미있는 아가씨가 아니었다.

〈오아시스〉에선 키가 제일 작대서 '미스 콩'이란다고 자기를 소개하고 난 그녀는, 바로 그 인사가 끝난 순간부터 웬일인지 줄곧 지연만을 쫓아다니고 있는 것이었다. 습관처럼 늘 뜨거운 엽찻잔을 안고 다니며 틈만 나면 그녀는 마구 '언니 언니'를 연발해댔다.

"언니 언니 언니, 유 언니 다리는 이 다방에서도 일등이에요. 유 언닌 정말 다리 미인이에요."

"언니 언니 언니, 내 소원이 뭔 줄 아우? 난 말이우, 미역국을 먹어도 좋으니까 언젠가 한번 꼭 미인대회엘 나가보고 싶은 거라우."

대꾸를 해주지 않아도 쉴 새 없이 보채왔다. 홍 마담에게 야단을 맞고도 소용없었다.

야단을 맞고도 그녀는 예의 그 엽찻잔을 돌려대며 샐샐 웃고만 있었다.

천성인 듯싶었다.

밉지 않은 아가씨였다. 게다가 그녀는 키가 좀 작은 대신, 그

키만큼이나 길고 탐스러운 머리채를 가지고 있었고, 토실토실 복스러운 뺨에는 깜찍스럽도록 귀여운 보조개가 자주 패곤 했다.

〈오아시스〉의 마스코트 같은 아가씨였다.

"어디 그럼 단골손님을 쫌 소개해 봐요. 재미있는 손님이 있어요?"

지연이 미스 콩에게 모처럼 관심을 보였다.

"재미있는 손님이 있구말구요. 우선 루돌프 아저씨라는 분이 있어요."

미스 콩은 신이 날 수밖에 없었다.

기다리고 있었다는 듯 그새 이야기를 쏟아놓기 시작했다.

"코가 빨갛대서 루돌프 아저씨라고 하는 분예요. 그 빨간코 루돌프라는 사슴 노래 있잖아요. 이 옆 동네 방송국에서 연속극을 쓰는 분인데 전에도 별명이 딸기코였대요. 틈만 나면 괜스레 그 코를 싹싹 문질러대거든요. 글을 쓰면서 생긴 버릇인데 그러다 보니 콧잔등이 온통 빨개져버렸대요."

강명수의 이야기는 아니었다.

한데 바로 그때였다.

미스 콩의 이야기를 들으면서 무심스레 출입구 쪽을 바라보고 있던 지연이 문득 눈빛을 빛내기 시작했다.

사십을 넘었을까 말까 한 깔끔한 사내 하나가 방금 그 다방 문을 들어서고 있었다. 크지도 작지도 않은 키, 잔잔하게 가라앉은 흰 이마에 금테 안경을 걸친 사내였다.

강명수가 틀림없었다.

18

"그리고 참, 다방만 나오면 한나절씩 죽치고 앉아서 쓸데없이 애를 먹이는 손님이 또 한 분 있어요."

미스 콩은 짧은 미니스커트 자락이 허리 밑까지 기어오른 것도 모르고 계속 지껄여대고 있었다.

"이 사람 저 사람 레지 아가씨들을 번갈아 불러 앉혀놓고는, 요담번 일을 쉬는 날은 꼭 자기하고 야외 소풍을 가자는 거예요. 가자고 하면 막상 그러지도 못하면서 공연히 그래 보는 거죠. 하지만 다방 드나드는 손님들 수작치고 공연히 그러지 않는 것이 따로 있나요, 그죠 언니?"

이번에도 물론 강명수의 이야기는 아니었다.

지연은 이제 미스 콩의 이야기엔 신경을 쓰지 않고 있었다.

"그러는 사람이 있지."

건성으로 말대꾸를 하면서 강명수에 틀림없는 그 금테 안경의 거동을 하나하나 눈여겨보고 있었다.

그는 다방 문을 들어서자 곧바로 카운터 부스 아래로 자리를 잡고 앉아서는 나직나직 처음부터 홍 마담만을 상대하고 있었다.

홍 마담이 금세 카운터 부스를 나와 그의 자리로 갔기 때문이었다.

기윤이 말한 대로 너무 깔끔한 인상이나 차림새가 흠이라면 흠이랄 수 있는 틀 잡힌 멋쟁이었다. 정화를 두고 백기윤이 질투를 느낄 만도 했다. 한데 그러고 있을 때였다.

"미스 유, 여기 좀 와봐요."

사내와 이야기를 나누고 있던 마담이 생각난 듯 문득 지연을 손짓해 불렀다.

지연은 기회가 왔다고 생각했다. 미스 콩을 남겨두고 얼른 그쪽으로 건너갔다.

"미스 유라구, 오늘부터 새로 나온 아인데…… 인사드려요. 늘 우리 집을 아껴주시는 어른이세요."

예상대로 홍 마담은 사내에게 지연을 소개했다.

"미스 유예요. 잘 부탁합니다."

지연은 이름을 댈까 하다가 그만 미스 유라고만 했다.

"미인이신데 부탁은 이쪽에서 해야 할 것 같군요. 나, 강이라는 사람입니다."

사내도 제법 정중하게 자기소개를 했다.

강명수가 틀림없었다.

"좀 앉아요. 미인이라고 칭찬까지 해주셨는데…… 우리 강 선생님은 좀처럼 그런 칭찬을 하시는 분이 아니세요."

홍 마담은 지연에게 자리까지 권했다.

지연은 사양하지 않았다. 홍 마담 곁으로 자리를 끼여 앉았다.

그리고는 6시까지 10여 분 남짓 셋이서 함께 이야기를 나누었다.

6시가 되자 강명수는 정확하게 자리를 일어섰다.

아닌 게 아니라 안팎이 다 정연한 사내였다. 말씨나 거동에 조금도 흐트러진 곳이 없었다. 구질구질 환심을 사려 하지도 않았고 거드름을 피우며 자신을 과시하려 하지도 않았다.

더구나 일본 사람 같은 데라곤 눈을 씻고 봐도 찾아낼 수가 없었다.

"이거 공연히 〈오아시스〉엘 자주 쫓아다니게 되겠는걸. 미스 유 같은 미인하구 애길 하고 싶어서 말야요."

익숙한 손짓으로 안경테를 고쳐 써가며 그는 적당히 말하고 또 적당히 자리를 일어섰다. 그래서 오히려 틈이 보이지 않는 사내였다.

그러나 어쨌든 그런 식으로 강명수와의 첫 대면을 끝내고 난 인상은 지연에게 그리 나쁜 편은 아니었다.

"미스 유, 어때? 지금 그 강 선생하구 한번 친해보지 않을래? 그래 봬도 그 양반 여간 멋쟁이가 아니시거든."

홍 마담도 비슷한 생각인 모양이었다.

강명수가 돌아가고 나자 홍 마담은 그녀가 특히 지연에게 강명수를 소개한 것은 그런 뜻이 있어서였기라도 한 듯 은근히 뜸을 주고 나서는 것이었다.

강명수와는 하여튼 묘한 인연이었다.

19

홍 마담이 강명수를 일부러 지연에게 소개까지 해준 일은 그러나 간단히 받아들일 수 없는 복선이 있는 것 같았다.

이날 저녁이었다.

저녁을 끝내고 나서 지연은 일찍부터 안채에 붙어 있는 종업원 숙소에다 잠자리를 펴고 있었다.

미스 콩과 함께였다.

지연은 아직 밤일 생각이 없었고, 다른 아가씨들 가운데서도 밤일을 나가지 않은 사람은 미스 콩 혼자뿐이었기 때문이었다.

미스 콩은 그게 무척도 다행스러운 모양이었다.

"언니 언니 언니, 이거 좀 봐요. 난 이게 뭐야. 밥종지모양 뚱그럼하기만 하고. 언니처럼 어떻게 좀 예쁜 복숭아 젖을 만들어 가질 수가 없을까?"

한동안 철부지 어린애처럼 짓궂게 젖가슴을 꺼내 쥐고 야단이더니, 나중엔 또 무슨 생각이 들었는지 후닥닥 그 가슴을 여며버리고는 불시에 걱정스런 얼굴이 되는 것이었다.

"근데 참 언니, 아까 그 강이란 분하곤 무슨 애길 길게 했수?"

"애길 길게 하긴? 홍 마담이 소갤 시켜주길래 인살 드린 거지."

지연은 처음 별로 신경을 쓰지 않고 대답했다.

"인살 10여 분씩이나요? 하지만 정말로 다른 애긴 없었어요?"

"없었다니까. 그런데 그건 왜 묻지 갑자기?"

지연은 그제서야 좀 수상한 생각이 들기 시작했다.

"왜 묻지가 아녜요. 나 유 언니한테 미리 일러두구 싶은 게 있어서 그래요."

"일러두고 싶다니 무얼?"

"그 사람 홍 마담이 점찍어두고 있는 사람이에요. 벌써 짝짜꿍이 다 되어 있는 사이래요. 밤늦게 함께 호텔로 들어가는 걸 본 사람도 있다나 봐요."

"하지만 강이라는 분을 내게 소개해준 건 홍 마담인데? 게다가 나더러는 한번 그 사람하구 친해보지 않겠느냐고 농담까지 하면서 말야."

"거보세요. 그런 얘기가 있었잖아요. 그래서 언니더러 조심을 하라는 거예요. 강 선생님하고 마담이 짝짜꿍이라는 건 누구나 다 아는 사실인데 공연히 언니에게 그런 소릴 했잖아요. 잘못했다간 나중 가서 틀림없이 홍 마담의 질투를 사게 될 거예요."

"그렇담 홍 마담은 왜 내게 그런 질투를 사게 될 짓을 한 거지? 첨부터 그런 짓은 하질 말아야 했을 텐데 말야."

지연은 이해할 수가 없었다.

하지만 그 점에 대해선 미스 콩도 잘 알 수가 없다고 했다.

"하지만 사실이 그런 걸 어떡해요. 언니가 모르고 있을 듯해서 미리 알려드린 거예요."

"미스 콩은 그럼 그 강명수라는 사람이 어떤 위인인지도 알고 있어요?"

"그것도 그래요. 구질구질한 데가 없고 교양이 많은 사람이라는 건 누구나 보고 아는 일이지만, 그 이상은 통 알려진 게 없는 사람이거든요. 무얼 하는 사람인지, 어디서 사는 사람인지, 모두가 비밀이에요. 한데 그 비밀을 아는 사람이 딱 한 사람, 홍 마담이라거든요."

"무얼 숨기고 사는 사람인 게지."

"잘은 모르지만 뭔가 그런 게 있다나 봐요. 하지만 홍 마담도 그걸 알아내기 위해서 자신이 먼저 옷을 벗었대요."

"옷은 왜?"

"그 사람 정체를 벗겨내려면 반드시 이쪽에서 먼저 옷을 벗어야 한다나 봐요. 진짜 옷을 말예요."

"그렇담 다른 사람도 옷을 벗으면 비밀을 알아내겠군?"

"그럴지도 몰라요. 하지만 아직까지 그랬단 사람은 없어요. 홍 마담 한 사람밖엔 알려진 사람이 없어요."

20

이튿날, 지연은 하루 종일 홍 마담의 눈치를 살폈다.

강명수에 대해 그녀가 또 무슨 얘길 건네오지 않나 해서였다.

그러나 마담은 조금도 다른 기색이 없었다. 강명수의 일은 지연 앞에서 다시 입에 올릴 생각이 없는 것 같았다.

"어제 그 강 선생님이라는 분, 혹시 일본 사람 아녜요? 터무니없는 생각이겠지만 괜히 그런 느낌이 들던걸요."

무슨 얘기 끝엔가 지연이 슬쩍 비집어보았을 때도 홍 마담은,

"미스 유는 아마 재일교포나 일본 관광객하구 연애한 경험이 있나 보군. 어째 갑자기 그런 뚱딴지같은 생각이 들었지?"

아무렇지 않게 웃어넘기고 말았다. 미스 콩의 얘기처럼 지연에 대해 무슨 질투 같은 걸 준비하고 있는 기색도 아니었다.

한데 그런 식으로 지연이 그럭저럭 하루해를 넘기고 있는데 낮 영업이 끝나갈 무렵쯤 해서 백기윤이 불쑥 그 〈오아시스〉엘 나타났다.

기윤은 그날 아침 혼자 정화의 집을 나간 다음 근처 지방을 돌아 방금 전주로 들어오는 길이라 했다.

〈오아시스〉까지 일부러 또 지연을 찾은 것은 전날의 부탁을 한 번 더 다져두기 위해서라는 것이었다.

"언젠가는 제 입장을 알게 될 겁니다. 하지만 우선은 지연 씨가 그 강명수라는 사람으로부터 정화를 좀 지켜주십시오. 소원입니다."

백기윤은 초라하게 지친 모습으로 이번엔 숫제 애원을 해왔다.

지연은 처음 그 기윤이 우습게만 보였다.

"질투가 참 대단하시군요. 그토록 자신이 없으세요?"

"솔직히 저로서는 자신이 없습니다. 하지만 질투를 하고 있는 건 아닙니다."

"정화 씬 백 선생님이 자기를 죽일지도 모른다고 하더군요."

"정화를 끝내 지켜낼 수가 없다면 그렇게 될지도 모릅니다. 하지만 그것은 질투 때문이 아닙니다."

"질투가 아니고도 그런 끔찍한 생각을 하게 될 이유가 있을까요?"

"정화의 소리 때문입니다. 정화는 평생 동안 소리로 살아가야 할 팔자를 타고난 여잡니다."

"백 선생님만이 정화 씨의 소리를 지켜줄 수 있다고 생각하시는 건 너무 일방적인 욕심이 아니세요?"

"욕심이래도 할 수 없습니다. 어떻든 정화에겐 나 한 사람뿐이어야 합니다. 정화도 그걸 느끼고 있습니다. 그래서 날 두려워하고 있습니다."

정화에 대한 백기윤의 점유욕은 절대적이었다. 그것은 거의 신앙에 가까운 것이었다.

지연은 자신도 모르게 그 기윤의 분위기에 끌려들고 있었다.

"저 강명수라는 사람 만나보았어요. 하지만 일본 사람 같은 덴 하나도 찾아볼 수 없더군요."

안심시키듯 슬그머니 화제를 바꾸었다.

그러자 기윤도 겨우 좀 마음이 놓이는 표정이었다. 목소리가 한결 가라앉고 있었다.

"하지만 그는 분명 일본 사람입니다. 아마 지연 씬 그걸 쉽게 증명해낼 수도 있을 겝니다."

"방법이 있나요?"

"이것 한 가지만 물어보십시오. 소리를 듣고 있을 때 그가 무엇을 볼 수 있느냐고요. 소리를 들으면서 그의 마음의 눈이 무엇을 보느냐고 말입니다."

"무슨 뜻인가요?"

"그에게 물어보면 무슨 뜻인지 알게 됩니다. 오늘이라도 당장 그래 보십시오. 지연 씬 아마 오늘 밤 정화의 집에서 그 강명수 씨를 만날 수가 있을 테니까요."

21

지연은 이날 저녁 다방 일이 끝나자 곧 정화한테로 갔다.

정화의 집에서 강명수를 만날 수 있으리라는 것은 백기윤의 추측이었다. 6시가 되도록 강명수가 〈오아시스〉에 모습을 나타내지 않고 있었기 때문이었다.

그런 날은 대개 강명수가 정화를 찾고 있는 걸로 보아 틀림없을 거라고 백기윤은 자신있게 점을 쳤던 것이다.

"전 지금 여길 나가는 길로 바로 밤차를 타야 합니다. 정화에겐 따로 들를 시간이 없어요. 하지만 지연 씬 오늘 밤 정화의 집에서 틀림없이 그 사람을 만날 수 있을 거예요."

정화를 찾아가봐달라는 투가 분명한 소리를 덧붙이고는 정말 밤차를 타버린 기윤이었다.

지연이 너무 이른 탓인지 정화의 집엔 아직 강명수가 와 있지 않았다. 하지만 어쨌든 정화는 지연을 꽤 반기는 눈치였고, 지연은 또 강명수가 없었기 때문에 그 정화하고는 많은 이야기를 나눌 수가 있었다.

"백 선생님이 아까 저 있는 델 들르셨더군요. 정화 씰 만나보지 못하고 밤찰 타신다구요."

지연은 정화에게 우선 백기윤의 소식부터 전했다.

"일이 바빴던 모양이지요."

"섭섭해하지 않으세요?"

"늘 그런 식인걸요."

정화는 별로 서운해하는 빛이 없었다.

그날 아침 백기윤이 혼자 집을 나가버린 것을 보고 그가 기다려지지 않겠냐고 물었을 때처럼 그녀는 또 이상스럽게 체념기 어린 미소만 흘리고 있었다.

"백 선생님 말고도 정화 씰 자주 찾는 손님이 있어요?"

짚이는 데가 있어 지연은 좀더 추궁하고 들었다.

"우리 집 자주 찾는 손님이야 몇 분 계시지요. 그래야 먹고살게 아니에요."

"아니 그런 손님 말구, 정화 씨가 백 선생님한테처럼 꼼짝달싹을 못하는 사람 말예요."

"강명수라는 사람 말이군요. 벌써 그 사람 얘길 들은 모양이네요."

정화는 의외로 대답이 쉬웠다.

지연은 이제 어물거릴 필요가 없었다. 궁금한 것들을 하나하나 분명하게 물어나갔다.

"그 사람 일본인이라지 않아요?"

"백 씨 말로는 그럴 거라더군요. 하지만 확실한 건 아무도 몰라요."

그가 일본 사람이라는 걸 모른다는 것은 그 앞에서 아직 옷을 벗어본 일이 없다는 것일까.

"어쨌든 백 선생님은 그 사람을 몹시 질투하고 계신 것 같던데요?"

"글쎄요. 하지만 질투라고 할 순 없을 거예요."

남의 말을 하듯 하면서도 정화는 또박또박 지연의 물음을 받아 주었다.

한데 이상스런 것은 정화 역시 그 백기윤의 간섭을 질투 때문이 아닐 거라고 말하고 있는 것이었다.

"자기 사람을 만들고 싶지 않은 계집 때문에 사내가 질투심을 일으킬 수 있나요. 그 양반은 날 한 번도 진짜 자기 계집으로 만들어준 일이 없었어요. 그러려고 하지도 않구요."

점점 알 수 없는 이야기였다.

지연은 문득 백기윤이 불구가 아닌가 싶은 의심이 들기까지 했다.

"그렇담 백 선생님은 무슨 열 터졌다고 강명수라는 사람을 그리 심하게 경계하지요?"

그러나 정화는 거기까지도 또 기윤과 똑같은 말을 하고 있었다.

"내 소리 때문이랍니다. 아마 그게 사실일지도 몰라요."

"정화 씨의 소리하고 강명수란 사람하고는 그렇게 상관이 큰 건가요? 정화 씬 정말 강명수라는 남자 때문에 그 소리를 상해가고 있는 건가요?"

22

강명수는 아직도 문을 들어서는 기척이 없었다. 지연의 연거푼 추궁에 정화는 비로소 좀 자신이 없어지는 모양이었다.

“그건 나도 알지 못해요. 그런 건 난 아무것도 알질 못한답니다. 내 소리가 강명수라는 사람하고 무슨 상관이 있는지, 또 그 남자 때문에 내 소리가 어떻게 변해가고 있는 것인지 아무것도 말예요.”

멍청한 표정으로 횡설수설 늘어놓고 있었다.

“소리를 하고 있을 때도 그래요?”

“그땐 더욱 그렇지요. 소릴 한번 시작하고 나면 세상일들은 모두 다 눈앞에서 사라져버리니까요.”

“하지만 그때도 마음속의 눈은 열려 있겠지요.”

지연은 기윤이 강명수에게 물어보라던 말을 정화에게 하고 있었다. 그리고는 뭔가 자신의 예감에 사로잡히며 혼자 지껄여댔다.

“그때도 정화 씬 그 바닷가의 풍경들을 보고 있겠지요. 녹음 우거진 산골짜기와 뜨겁게 이글거리는 태양과, 그 녹음 속의 기나긴 노랫가락들을 말예요.”

정화는 좀 의외라는 표정이었다. 그러나 그녀는 금세 짐작이 가는 모양이었다.

“얘길 다 듣고 있었군요. 사실예요. 언제부턴가 난 소리를 하면서 그런 것들을 보고 있었어요.”

“고향 동네겠지요.”

기이한 일이었다. 정화의 소리에선 모두가 그 바닷가의 풍경을 보고 있었다. 그 바닷가의 뜨거운 햇덩이와 녹음 우거진 산골짜기를 보고 있었다.

백기윤도 그랬고 정화도 그랬고 지연까지도 그랬다. 누구에게선가부터 그것은 소리를 타고 그 소리를 듣는 사람들에게 그처럼이나 쉽게, 그리고 그처럼이나 역력하게 널리 옮겨 번지고 있는 풍경이었다.

"그렇다나봐요. 그게 내 고향이고 내가 세상을 태어난 내력이라는군요."

정화는 여전히 남의 말을 건네듯 하고 있었다.

"잘 가보진 않는 편인가 보네요."

"지어 만들어준 곳이니까 갈 수가 없거든요."

이야기가 점점 더 이상해져갔다.

정화가 전라북도 고창읍의 어느 조그만 주막에서 그녀의 소리 하나를 밑천으로 됫박술을 팔고 있었을 때라 했다.

하루 저녁은 그 정화네 주막에 별난 손님 하나가 찾아들었단다. 차림새는 보잘것없었으나 정화의 소리를 남달리 유심스레 듣고 있던 그 손님은 노래가 끝나자 정화에게 자꾸만 지내온 내력을 캐묻고 들더란다.

하지만 정화는 별로 그런 걸 알지 못하고 살아온 여자라 했다. 그냥저냥 웃어 넘기려고 했더니 사내가 영 단념을 하지 않더라는 것이었다. 머리가 이상한 사람처럼 며칠씩 정화를 쫓아다니며 추궁을 계속하더란다.

견디다 못해 별 쓸모도 없는 몇 가지 기억을 더듬어 보였더니, 사내는 그나마도 매우 소중한 걸 찾아낸 듯 정화의 말을 찬찬히 귀담아 듣고 가더니, 며칠 뒤엔 다시 그녀를 찾아와서 엉뚱하게도 그 바닷가의 이야기를 들려주더라는 것이었다.

"아마 내 고향이 그런 곳일 거라고, 날더러 그런 곳을 고향으로 지니고 살아가라는 거예요."

그때 그런 이야기를 자기에게 일러준 그 괴상한 남자가 바로 지금의 백기윤 그 사람이라 했다.

"하지만 그 사람은 한 번도 내게 그곳이 어디라고 말을 해준 일이 없어요. 지어 만든 얘기니까 그렇죠. 갈 수는 없는 곳이에요."

이야기가 끝나가는 참인데 기윤의 예언대로 강명수가 때마침 대문을 들어서고 있었다.

23

정화의 집에 지연이 와 있는 것을 본 강명수는 여간 뜻밖이 아닌 모양이었다.

"아니 이거…… 〈오아시스〉의 미스 유 아닙니까."

방을 들어서다 말고 강명수는 어리둥절한 표정으로 한참 동안 두 여인을 번갈아 쳐다보고만 있었다.

"어머, 강 선생님이시군요. 어제 인살 드렸지요. 어떻게 또 여기서 만나 뵙게 됐네요."

지연도 짐짓 놀라는 시늉을 해 보였다.

"한데 여긴 어떻게? 〈오아시스〉는 그만두신 건가."

"아니에요. 정화 씬 제 언니거든요. 언니의 소릴 좋아하기 때문에 가끔 이렇게 언니의 소릴 들으러 와요."

지연은 정화 쪽에 눈을 껌벅여 보이면서 좀더 능청을 떨었다.

"한데 강 선생님은 웬일이세요. 이런 델 다 남자분 혼자서 살짝 살짝 찾아오시구?"

"그야 나도 저 정화 씨의 소릴 워낙 좋아하니까요. 그러니까 미스 유하곤 마침 잘 만난 셈이 아닙니까. 하지만 거참 묘한 인연도 있군……"

아무래도 우연한 일 같지가 않은 모양이었다. 하지만 한참 뒤엔 술상이 마련되어 들어오고 거기다 정화의 소리까지 시작되어 버리자 강명수는 금세 기분이 달라졌다. 촉촉이 술기가 배어 오른 얼굴로 정화의 소리에만 곰곰 귀를 기울이기 시작했다.

이날 저녁은 정화 혼자서 소리와 북장단을 함께 잡아나갔다.

그녀는 이내 이마에 땀을 솟으며 힘든 소리를 휘어나가고 있었다. 지연도 자리를 함께하고 있었음은 물론이었다.

한데 이날은 그 지연이 두 사람에게 아무래도 좀 신경이 쓰이는 존재가 되고 있었을까, 좌석의 분위기가 자꾸만 허물어지고, 두어 차례 정화의 노래가 끝난 다음부터는 소리판이 아주 끝장이 나다시피 되어버리고 있었다.

강명수가 의외로 소리에는 오래 귀를 기울이려 하지 않고, 그 소리를 화제 삼아 자꾸 이야기를 꺼내곤 했기 때문이었다.

지연도 사실은 그러는 편이 나았다.

정화의 소리를 듣고 있으면 지연은 자기가 멀리 그 소리에 압도되어 정화에 대해선 아무것도 자신이 없어져버리곤 했다. 똑바로 말해, 정화를 향한 강명수의 관심을 자기 쪽으로 돌려보겠다던 생각도, 바로 지금 자기가 그런 자리에 와 앉아 있다는 생각까지도 이따금은 까맣게 잊어버리곤 할 지경이었다.

다행히도 강명수가 그런 지연을 부추겨준 셈이었다.

하지만 그는 역시 거동을 흩트리지는 않았다. 아무 데나 함부로 몸을 기대지도 않았고 손짓을 헤프게 쓰지도 않았다. 단정하게 술을 마셨고 단정하게 화제를 이끌어나갔다.

그는 주로 남도 소리에 관해서 많은 말을 했다.

진정한 한국의 토착 정서는 뭐니 뭐니 해도 남도 지방의 그것으로 대표될 수 있으며, 그 남도 정서의 정수는 다시 육자배기를 포함한 일련의 남도 소리가 분명하다고 했다.

그는 또 남도 판소리의 발생과 정착 과정에 대해서 신이 나서 설명했고, 그것이 함축하고 있는 투철한 민중정신과 높은 예술성을 극구 찬양했다.

소리에 대해선 놀랄 만큼 박식한, 소리의 박사였다.

한데 그런 모든 이야기를 듣다 보니 지연은 문득 한 가지 생각나는 일이 있었다. 강명수가 정말 일본 사람인가 아닌가는 그가 소리를 들으면서 마음의 눈으로 무엇을 보고 있는가를 물어보면 알게 되리라던 백기윤의 말이었다.

지연은 이제 그걸 물을 때가 온 것 같았다.

24

이날 밤, 강명수 수수께끼는 지연에 의해 결국 정체가 밝혀졌다.

하지만 그것은 두 사람이 그 정화의 집을 나온 다음이었다.

지연 때문에 아무래도 마음이 차분치 않았던지 강명수는 이날 밤 의외로 일찍 자리를 일어서버렸다.

지연이 그 강명수를 따라나섰다. 정화의 눈치가 보이긴 했으나, 다음 날 다방 일을 핑계로, 길동무가 나선 김에 일찍 〈오아시스〉로 돌아가겠노라 했다.

한데 그렇게 정화의 집을 나온 두 사람은 잠시 후 시내 한복판 어떤 맥주홀의 어두운 램프 아래 자리를 마주하고 있었다.

"저 아까부터 강 선생님께 좀 여쭤보고 싶은 게 있는데 한 가지만 말씀해주시겠어요?"

"미스 유가 내게 말이오?"

"강 선생님 혹시 먼 데서 오신 분 아니세요?"

"먼 데서라니? 어디 먼 데 말입니까. 서울? 부산?"

"서울이나 부산보다 더 먼 곳, 이를테면 동경이나 오사카 같은 데서 말예요."

"동경이나 오사카? 하하, 이제 보니 미스 유는 공상을 썩 좋아하는 아가씬가 보군. 어째서 갑자기 그런 생각을 하게 됐지요?"

"아니라는 말씀인가요? 그럼 한 가지만 더 여쭙겠어요."

"이번엔 런던이나 파리 쪽인가?"

"강 선생님은 오늘 밤처럼 정화 언니 소리를 무척 자주 들으러 오시나 보던데, 언니의 소리를 들으시면서 선생님은 그 소리 속에서 무얼 보고 계신지요?"

"무얼 보다니…… 소린 듣는 거지 보는 쪽이 아닐 텐데?"

"하지만 제겐 그 소리 속에서 분명하게 볼 수 있는 게 있어요. 동경이나 오사카에서 온 사람이 아니라면 누구라도 분명하게 볼 수 있는 걸 말예요. 그런 사람들은 소리를 귀로만 듣는 것이 아니라 또 한 가지 마음의 눈으로 그 소리를 보고 느끼는 거예요. 강 선생님은 아마 동경이나 오사카 같은 데서 오신 분이 틀림없을 거예요."

"……"

정화의 집을 나와 공해도가 낮은 전주의 밤공기 속을 걸으면서 지연과 강명수가 나눈 말들이었다.

한데 그렇게 시치밀 떼던 강명수가 나중에는 무슨 생각을 하는지 한참 동안 잠잠히 입을 다물고 있더니, 이윽고는 지연에게 술을 한잔 더 하고 가지 않겠느냐고 뜻밖의 제의를 해왔던 것이다.

하지만 이제 지연은 거의 확신을 하고 있었다.

백기윤은 강명수의 한국말이 너무 유창한 점이 오히려 그가 한국 사람이 아니라는 증거가 될 수도 있다고 했다.

똑같은 이치였다. 강명수는 지나치게 남도 소리를 잘 알고 있었다. 그에 비하면 정화의 소리를 못지않게 좋아하면서도 백기윤이란 사람은 한마디도 그 소리를 설명한 일이 없었다. 그는 아마 설명을 할 수가 없었을는지도 모른다. 그는 다만 소리를 듣고 느낄 뿐이었을 게다. 그건 지연도 마찬가지였다.

하지만 강명수라는 사람은 모두가 그 반대였다.

소리에 대한 그의 해박한 지식은 오히려 그가 그 소리하고는 별로 상관이 없는 사람이라는 증거가 될 수 있었다.

그러나 맥주홀에 들어선 강명수는 아직 말이 없었다.

몇 잔째나 술을 비워내면서도 도대체 그는 이렇다 저렇다 말이 없었다.

하더니 이윽고 그는 천천히 팔을 뻗어 지연의 턱을 받아 올리고는 그답지 않게 갑자기 독한 눈길을 퍼붓기 시작했다.

"내가 졌어……"

그가 드디어 손을 들고 말았다.

"참 이상한 아가씨로군. 지금까진 한 번도 내가 먼저 옷을 벗은 일이 없었는데 말야. 나를 먼저 벗기다니, 비상한 솜씨야. 하지만 이젠 어차피 상관없는 일이지. 아마 순서가 좀 바뀐 것뿐일 테니까."

25

아마 순서가 좀 바뀐 것뿐일 테니까. 어느 정도 정체가 드러나게 된 강명수는 이제 그것으로 자기의 다른 비밀들도 다 지연 앞에 탄로가 난 것처럼 태도가 거꾸로 당당해지고 있었다.

지연의 턱을 받아들고 있던 손으로 맹세하듯 다시 그녀의 오른 손을 말아쥐고는 제법 뻔뻔스럽게 지껄여댔다.

"하지만 그깟 순서쯤 어떻게 됐더라도 상관없는 일이야. 누가 먼저 옷을 벗었든 이제 우린 어차피 친구가 될 테니까."

말하자면 자기가 옷을 벗은 이상 순서를 바꿔서라도 지연이 자기 앞에 옷을 벗어야 하리라는 투였다.

지연은 그 뜻을 잘 알고 있었다.

어떻게 흘러나온 말인진 모르지만 그날 밤 미스 콩이 일러준 대로였다. 그리고 그 옷을 벗는다는 것이 다만 어떤 사람 앞에 정체를 드러내놓는다는 상징적인 의미 이상의 구체적인 뜻이 포함되어 있다는 것도 지연은 잘 알고 있었다.

그러나 지연은 거기까지 아는 체를 해 보일 필요는 없었다.

"이상한 말씀을 하시네요. 순서가 바뀌었다면 이젠 제게도 정체를 밝히라는 말씀이세요?"

시치미를 떼 보이며 붙잡힌 손을 뽑아내려 했다.

그러나 강명수는 생각처럼 만만치가 않았다. 억세게 힘을 주고 있는 강명수의 손아귀 속에서 지연의 그것은 옴짝달싹을 할 수가 없었다.

"그렇다니까. 난 지금까지 빨가숭이가 되지 않은 여자 앞에선 먼저 옷을 벗은 일이 없어요. 그런데 오늘은 순서가 바뀐 거야."

"하지만 제겐 옷을 벗구 보여드릴 만한 비밀이 없는걸요."

지연은 약간 긴장을 하며 농기로 웃어 넘기려 했다.

그러나 강명수는 물러서지 않았다.

"내 말을 잘 못 알아듣는군. 비밀 얘기가 아니에요. 정말로 옷을 벗는 거야. 그리고 그 속엔 미스 유의 가장 귀중한 비밀이 숨어 있어요. 난 그걸 보고 싶은 거요."

그는 선언하듯 내뱉고 나서는 이제 맘대로 해보라는 듯 지연의 손을 놓아주었다. 그리고는 혼자서 벌컥벌컥 술잔을 들이켜댔다.

"흉한 말씀을 하시는군요."

"아직도 곧이듣지 않으려는 건가?"

"곧이들을 필요가 없다면요?"

"왜 이러실까, 이제 와서?"

"이제 와서라뇨?"

"우린 친구가 될 수 있어요."

"제가 옷을 벗기로 한다면 그렇다는 건가요?"

"나도 마저 벗어 보일 게 있어요."

강명수는 사뭇 은근한 눈초리로 지연을 바라보았다.

지연은 이제 자리를 일어서야겠다고 생각했다. 애초 생각대로라면 일은 제법 그럴듯하게 되어가고 있는 셈이었다.

당분간은 기윤이 안심을 해도 좋을 정도였다.

하지만 지연은 어쩐지 이날 밤은 더 이상 강명수를 상대하고 있기가 싫었다.

두려워서가 아니었다. 들어온 데를 보지 못한 낯선 장사꾼 아낙이 터무니없이 당당하게 대문을 나가는 것을 본 것 같은 꺼림칙한 기분이었다. 강명수 같은 성미의 위인에게는 실상 그래 둘 필요도 있었다. 그런다고 아주 한번에 돌아서고 말 강명수가 아님을 지연은 이미 점치고 있었던 것이다.

지연은 자리를 일어섰다.

"잠깐만…… 잠깐만 더 내 말을 들어봐요. 우린 정말 친구가 될 수 있어요."

강명수가 다시 한 번 그녀의 손을 억세게 움켜쥐고 들었으나 지연은 타이르듯 상냥하게 그의 공세를 피했다.

"술이 통 취하질 않네요. 더 마셔도 오늘 밤은 소용이 없을 것 같아요."

26

강명수는 과연 지연이 예상한 대로였다. 이튿날부터 그는 저녁 때만 되면 〈오아시스〉를 찾아와서 집요하게 지연의 근처를 맴돌았다. 그의 표현대로 한다면 자기가 지연 앞에 옷을 벗어 보인 이상 지연도 언젠가는 자기 앞에 빨가숭이가 되게 하고 말겠다는 속셈이 분명했다.

하지만 지연은 꺼림칙했다. 귓구멍에 들어박힌 날벌레 새끼가 서걱거림을 멈추고 있을 때처럼 기분이 개운칠 못했다. 마저 벗어 보일 것이 있노라던 강명수의 말엔 뭔가 위태스런 느낌마저 들고 있었다.

지연은 당분간 다음에 취할 태도를 보류하고 있었다. 미스 콩의 귀띔도 있고 해서 홍 마담 앞에서는 더구나 거동을 조심했다.

한데 그러던 어느 날이었다.

"어때요, 미스 유? 강 선생님이라는 분, 사귀어보니까 내 말이 별로 틀리진 않았지?"

바로 그 홍 마담이 느닷없이 강명수의 일을 들추고 나왔다.

그사이 강명수와 지연 사이에는 으레 무슨 거래가 있었으리리라는 투였다.

"아직 그렇게 사귀어볼 틈이 있었어야죠."

지연이 일단 오리발을 내보였으나 홍 마담은 이미 모든 걸 알고 있는 눈치였다.

"하지만 강 선생님 쪽에선 미스 유한테 대한 관심이 여간 아닌 듯싶던걸. 웬만한 건 벌써 다 알고 있다니까 얘기지만 정말 한번 미스 유를 알고 싶은 모양이야."

이야길 들은 게 분명했다.

"그 양반 남의 여자 옷 벗기는 취미가 대단한 모양이던걸요."

"모른 척하고 한번쯤 벗어 보일 수도 있잖을까? 게다가 한번 벗었던 옷은 다시 입으면 되는 거구."

"재일교포나 일본 관광객 같은 사람들하구 연애는 언니가 싫어하는 줄 알았는데요?"

홍 마담은 거기서 잠시 대꾸를 망설이고 있었다.

하더니 이윽고 결심을 한 듯 한결 은근한 목소리로 다가들었다.

"미스 유는 이까짓 시시한 다방 심부름이나 하고 있기에는 자신의 미모가 아깝다고 생각해본 적이 없는지 모르겠어."

"아깝다면 별수가 있나요?"

"타고난 밑천이 고만하면 남하곤 좀 다른 꿈을 꾸어볼 만도 하지 뭘. 어때 일본 구경 한번 가보지 않을래?"

이젠 대강 사정을 알 만했다.

우린 친구가 될 수 있을 거라고 몇 번씩 되풀이 말하던 강명수의 얼굴이 떠올랐다.

"동업자가 있겠군요."

"좀더 점잖은 말이 있을 거야. 연예인으루다가 해외여행을 나가는 거야."

"그렇담 초청인라고 해야 하나요?"

"정히 알고 싶담 다시 말해줄 수도 있지. 하지만 여기까지 왔으면 난 벌써 초청인이 소개가 된 줄로 알았는걸."

"강 선생님 말이겠지요."

"초청인으로선 아주 썩 훌륭한 편이지. 우선 그분에게 점수를 얻어놓도록 해요. 절차가 맘에 들지 않을진 모르지만 경쟁이 전혀 없는 것도 아니니까."

"옷을 먼저 벗어 뵈줘야 동업자로 뽑힐 수가 있다는 거군요. 그분, 전문간가요?"

"우선 그 말버릇부터 좀 고쳐야겠어. 강 선생님은 어엿한 일터가 있는 분야. 그것도 그분 말 한마디면 어떤 공장의 기계가 온통 다 거꾸로 돌아가게 할 수 있는 대단한 자리란 말야."

"아직도 궁금한 게 있어요. 언니하고 그분 도대체 어떤 사이세요. 언닌 그분의 조수 격인가요?"

"또 그 말버릇! 하지만 난 그저 미스 유를 돕고 싶어 하는 사람이라고만 믿고 있으면 되는 거야. 다른 건 미스 유 자신이 직접 알아 봐요."

홍 마담은 말투가 한결 자신만만해져 있었다.

27

사정은 훨씬 분명해졌다.

지연은 서울에서부터 그런 소문을 들은 일이 있었다. 얼굴깨나 반반한 아가씨들이 춤이나 노랫가락 같은 걸 조금씩 배우고 나선, 연예인입네 하고 몇 달씩 일본 나들이를 다녀오곤 한다는 것이었다. 명목이야 교포 방문입네 뭐네 하고 이러저러한 구실들이 붙는 모양이었지만, 바다만 한번 건너갔다 오면 신색들이 갑자기 훤해져버리는 것이 아무래도 그쪽에선 무슨 꿍꿍이가 있는 것 같다는 얘기들이었다.

확실한 건 알 수 없지만 그런 일본 구경에 재미를 붙여 두 번 세 번씩 바다를 건너갔다 온 아가씨가 부지기수라는 소문도 있었다.

이를테면 지연에게도 그런 비슷한 기회가 찾아온 셈이었다.

관심이 없을 순 없었다.

어디 가서 무슨 일을 당하든 결국은 자기 맘먹기에 달렸을 테지.

은근히 마음이 들뜨려고 했다.

알고 보니 홍 마담에겐 그녀의 주선으로 〈오아시스〉를 떠나간 아가씨도 한둘쯤 있는 모양이었다. 홍 마담이 특히 강명수에게 잘 봐달라는 부탁을 건넨 아가씨는 얼마 안 가서 꼭 자취를 감추기 마련이었고, 그러다 보면 반년쯤 뒤에는 또 어디선가 느닷없이 그 아가씨가 나타나서 이번에는 전주의 다른 구석에다 제 맘대로 다방 같은 걸 차려놓고는 나보란 듯이 떵떵대기가 일쑤라는 것이었다.

강명수 앞에 옷을 벗은 아가씨의 이야기가 알려지지 않은 것은 그런 식으로 아가씨들이 은밀히 〈오아시스〉를 떠나갔고, 그다음 일은 또 그토록 철저하게 비밀이 잘 지켜지고 있다는 말이 되는 것이었다.

경쟁이 전혀 없는 건 아니라던 홍 마담의 말만 해도 그랬다. 홍 마담은 아마 미스 콩을 두고 그런 소릴 한 것 같았는데, 그러고 보면 미스 콩이 지연더러 강명수나 홍 마담을 경계하라던 것도 실상은 지연에게 순서를 뺏기고 싶지가 않아서였는지 모를 일이었다.

어쨌든 사정은 그런 식이었다. 본직이 무엇이든 강명수는 그런 식으로 어디론가 다른 줄이 닿아 있는 사람이었고, 홍 마담은 또 그녀 자신이 뭐라고 불러주기를 바라든 분명한 강명수의 동업자였다.

게다가 그런 일이 있고 나서부터 강명수의 태도는 여간만 당당해진 게 아니었다.

어떠냐. 그래도 더 버티기만 할 테냐.

기횔 잡아보라구……

이젠 사뭇 자신있는 미소까지 지어 보이며 여유만만 지연을 기다리는 눈치였다.

홍 마담으로부터 귀띔이 있었던 게 분명했다.

하지만 지연은 물론 손을 함부로 내밀 수가 없었다.

이래 봬도 난 아직 상처를 모르고 살아왔거든.

상처를 입게 되면 무척도 마음 아파할 거야.

자신을 타이르면서 인색하게 기분을 아껴버리곤 했다.

하필이면 이 전주까지 와서 그런 기회를 만나게 된 것이 수상쩍어지기도 했다.

다만 옷을 벗기는 취미 때문일 수도 있을 거야.

짧은 다리를 비관하고 있는 미스 콩에게까지 그런 미끼를 던지고 있다면 그건 분명 취미 이상일 수가 없었다.

정화에 대한 강명수의 태도도 물론 마찬가지였다. 여자의 매력하곤 별로 인연이 없는 정화에의 접근은 백기윤의 말대로 그저 단순한 호기심에서가 아니면 일본 사람의 그 값진 취미에서라고밖에 달리 말할 수가 없었다.

지연은 조심조심 강명수를 살피고만 있었다.

한데 그러던 어느 날이었다.

하루는 서울의 백기윤으로부터 뜻밖의 사연이 날아들었다.

28

—이런 글 받고 지연 씬 좀 의외라고 생각하시리라 믿습니다.

하지만 제가 지연 씨에게 다시 이런 글을 드리게 된 것은 아무래도 마음이 놓이질 않았기 때문입니다.

백기윤의 편지는 이렇게 시작되고 있었다. 그의 글은 이내 본론으로 들어갔다.

—지연 씨에게 제 입장을 이해시켜드리기 위해서 먼저 중요한 사실 한 가지를 밝혀드리겠습니다. 저번에 찻간에서 말씀드린 그 바닷가 이야기 말인데요. 그 이야기 가운데는 실상 중요한 사실 한 가지가 빠져 있었던 것입니다.

오늘은 우선 그것부터 말씀을 드리겠습니다.

어떠냐 하면, 그 수수를 섞어 심은 바닷가의 콩밭 머리에는 언제부턴가 잔디가 말갛게 닳은 묘지 하나가 있었답니다. 봉분이 다 납작해지도록 돌보아주는 이가 없는 그 묘지의 벌안 잔디 위에선 지나가는 사람들이 자주 다리를 쉬어가곤 했습니다.

한데 바로 그 무덤가의 잔디밭에선 어느 여름, 잠방이도 걸치지 않은 조그만 사내아이 하나가 고삐처럼 허리에 띠를 매인 채 볕 따가운 그 여름 한 철을 보내고 있었습니다.

반짝반짝 멀리까지 햇빛이 부서져 내리는 바닷가를 내려다보며, 녹음 우거진 산골짜기와 그 노랫가락을 들으면서, 뜨거운 햇볕 아래 아이는 하루 종일 부표처럼 밭이랑을 흘러 다니는 여인을 기다리는 것이었습니다.

그러면서 아이는 그 산골짜기의 노랫가락과 바람결에 묻어오는 여인의 웅성거림과, 그리고 언제나 말이 없는 그 주인 없는 무덤들, 그런 것들과 이상하게 깊이 친해지고 있었습니다.

한데 그러다가 아이는 어느 날 저녁 그 녹음 속의 소리가 산 어스름을 타고 밭 사이의 여인에게로 오는 것을 보았던 것입니다.

전번엔 바로 그 아이의 이야기를 빼놓았던 것이지요.

그땐 거기까지 이야기를 드릴 필요가 없어서였지만, 다음엔 또 정화를 위해 지연 씨에게도 입을 다물어둬야겠기 때문이었습니다.

정화도 벌써부터 그 바닷가의 이야기는 알고 있는 터이지만, 그때 그곳엔 나중까지 이야기를 간직하게 될 또 한 사람의 조그만 눈이 숨어 있었다는 사실이나, 그때 그것이 바로 이 사람 백기윤이었다는 것까지는 아직도 까맣게 모르고 있으니까요.

벌써 짐작을 하고 계실 일이지만, 말하자면 정화는 저의 씨 다른 누이가 된다는 말입니다.

이야기를 마저 계속하겠습니다.

어쨌거나 저는 그 후, 미욱하고 가엾은 한 여인이 자신의 치마끈으로 목을 매어버린 후 저를 대신 맡게 된 사내를 따라 마을을 떠났습니다. 의붓아비가 된 사내와 그가 저의 어머니를 범해 얻은 핏덩이 같은 계집아이까지 그렇게 셋이서 함께 말입니다.

셋은 그렇게 마을을 떠나 이곳저곳 낯선 고을들을 흘러 다녔습니다. 고을을 찾아들 때마다 사내는 소리를 하였고 우리 셋은 그 사내의 소리로 끼니를 벌고 있었던 것이지요.

한데 언제부터였는지 모릅니다. 괴상한 일이 시작되었어요. 사내가 제게 소리를 옮겨주고 싶어 하는 것이었습니다.

그는 가끔 제게 소리를 시켜보며, 제가 그의 소리를 이어받아주기를 무척도 열망하고 있었어요.

하지만 그건 물론 어림없는 일이었습니다. 분명하게 말하면 저도 그땐 사내를 죽일 생각을 품고 있었거든요. 전 사내를 따라다니면서 언제부터인가 늘 그를 죽이겠다고 생각했고, 끊임없이 그럴 기회를 엿보고 있었단 말입니다.

그건 생각만 해도 가슴이 떨리는 일이었습니다. 하지만 전 혼자 몰래 가슴을 떨면서도 계속 어머니를 죽게 한 사내가 좀더 늙어버리기만을 기다렸습니다.

29

백기윤의 사연은 좀더 계속되었다.

—그러나 사내를 죽이고 말겠다는 저의 두려운 음모는 끝내 실패를 하고 말았습니다.

사내의 소리 때문이었지요.

사내는 그 무렵 갑자기 머리가 센 노인이 되기 시작했어요.

한데 그 유창하고 한스러운 사내의 소리를 듣고 있노라면 전 곧잘 기분이 한량없이 처량해져버리곤 했어요.

말없이 소리만을 일삼고 끌어가는 사내의 흉중을 속속들이 알 수 있는 것 같았고, 나중엔 세상일이 다 부질없게만 여겨질 지경이었어요.

사내의 소리는 머리가 세어갈수록 점점 더 저를 못 견디게 했습니다.

전 노인의 소리에 그만 자신을 잃고 말았습니다. 노인 곁을 도망쳐버리지 않고는 견뎌낼 수가 없었습니다. 전 도망을 치고 말았어요.

어느 날, 인적 없는 산 고갯길에서 노인이 또 그 구성진 노랫가락으로 하염없이 한나절 해를 보내고 있을 때였습니다.

그리고 그로부터 20년도 더 지난 어느 날 전 노인의 소리와 핏줄을 함께 찾아냈던 것입니다.

워낙에 어렸을 적 일이라 정화의 옛날 기억 속엔 조금도 저의 존재가 남아 있지 않은 모양이었지만, 전 한눈에 그녀가 바로 그 옛날 사내의 소리를 이어받고 있는 사내의 핏줄이라는 사실을 금세 알아볼 수 있었거든요.

지금까지 정화하고 저 사이엔 그런 내력이 숨겨져온 것입니다.

이제 지연 씬 그럼 어째서 제가 정화에겐 계속 그런 내력을 숨기고 있는 건가 궁금하시겠지요. 마저 말씀을 드리겠습니다.

역시 정화의 소리 때문입니다.

전 실상 정화를 죽일 수도 있을 만큼 이제는 그녀의 소리를 사랑하게 되어버린 것입니다.

그래서 전 정화에게 그녀의 사랑을 실패시키고, 그 사랑의 실패와 절망 속에서 그녀가 소리를 계속하게 하고 싶은 것입니다.

저는 그 소리의 한을 알고 있습니다. 그리고 그것을 사랑하고 있습니다.

정화에겐 그녀의 소리를 위해 한 맺힌 인생을 만들어줘야 합니다. 그리고 그 한을 안은 소리를 계속하게 해줘야 합니다.

정화는 그런 소리의 숙명을 지니고 태어난 여잡니다.

전 정화의 사랑을 실패시키기 위해 그녀를 사랑하고 있는 것입니다.

한데 정화는 지금 엉뚱한 꿈을 꾸고 있습니다.

강명수…… 저에 앞서 그는 지금 정화의 무덤을 만들고 있습니다.

지연 씨.

이제 제 부탁을 말씀드릴 차례가 된 것 같습니다.

그가 파놓은 무덤에 정화가 더렵혀진 몸을 누이게 하지 말아주십시오. 지연 씨에게 이 긴 사연을 말씀드리는 것은 바로 이 한 가지 부탁을 위해서인 것입니다.

강명수라는 사람으로부터 저와 함께 정화를 지켜주십시오.

정화에겐 제가 허수아비처럼 슬픈 남자가 되어야 하지만, 지연 씬 그 강명수라는 사람 앞에 훨씬 더 현명한 여자가 될 수도 있을 것입니다.

마지막으로 저와 함께 정화에겐 제발 이 모든 비밀을 지켜주십시오.

저는 처음부터 지연 씨를 믿고 있었습니다. 앞으로도 물론 지연 씨를 믿고 싶습니다……

기윤의 편지는 비밀을 당부하는 말로 간신히 끝을 맺고 있었다.

정화의 소리에 대한 기윤의 정도는 한마디로 광기에 가까운 것이었다.

지연은 그의 글을 읽으면서 시종 어떤 살기마저 느끼고 있었다.

30

강명수를 대하는 지연의 태도가 한결 부드러워졌다.

기윤의 편지를 받고 나서 지연은 한동안 자신의 기분을 가눌 수가 없었다.

금세 정화에게로 달려가 모든 사실을 알려줘버리고 싶었다.

백기윤이란 한 남자의 광기 어린 집념에 노랗게 시달리고 있는 정화의 처지가 가엾기가 그지없었다.

하나 지연은 그럴 수가 없었다.

지연은 그 기윤이 두려웠다. 그리고 이젠 기윤의 그 살기 어린 광기가 지연에게까지 전염이 되고 만 것일까. 지연은 차츰 그 기윤을 이해하기 시작했다.

강명수로부터 정화를 지켜주고 싶었다.

강명수의 관심을 자신에게 끌어매놓기로 마음을 작정했다.

"정말 한번 생각을 고쳐먹어볼까 부다."

홍 마담을 통해 던져진 강명수의 미끼에 제법 군침을 흘려 보이곤 했다.

강명수는 한층 의기양양해질 수밖에 없었다. 튼튼한 낚싯줄을 드리우고 있는 낚시꾼처럼 그는 느긋한 표정으로 지연이 미끼를 꼴딱 삼켜줄 때만을 기다리고 있는 형색이었다.

"내 오늘은 멋있게 한턱 저녁을 사지."

"좋은 델 데려가줄까. 전주에선 가장 신나는 델 말야."

선심을 쓰는 데도 이젠 마치 반쯤은 제 계집이 된 여자에게나 하듯이 했다.

그러면 홍 마담은 또 곁에서 한술을 더 떠서,

"암만 해도 미스 유는 오래 놔두고 볼 수가 없겠어. 당장 여길 쫓아내버리든지 해야지, 질투가 나서 죽겠구먼."

음흉스레 강명수를 부추기고 나서는가 하면,

"기회가 자주 오는 건 아냐. 내 첨부터 미스 유가 생각을 많이 하는 쪽인 줄은 알았지만, 그런다구 일이 더 좋아지는 것도 아니지. 미스 유라구 항상 지금과 같이 물이 자르르 올라 있으라는 법도 없는 거구 말야. 옆에서 보구 있으려니까 괜히 내가 먼저 몸살이 나서 하는 소리야."

넌지시 지연의 결단을 다그치기도 했다.

하지만 지연으로서도 이미 결단은 서 있었다. 물론 강명수나 홍 마담이 바라는 쪽은 아니었다.

지연은 처음부터 강명수 앞에 옷을 벗어 보일 생각은 없었다. 바다를 건너가볼 염사 같은 것도 그것하고는 애초 상관을 짓고 싶지 않았던 지연이었다.

침을 흘리는 척 미끼 근처를 맴돌고 있는 것은 정화 때문이었다. 정화로부터 강명수의 관심을 빼앗아놓기 위해서였다.

그러고 지연 자신의 조그만 호기심 때문이었다. 그녀는 옷을 벗지 않고도 견딜 수 있는 데까진 강명수를 벗겨볼 생각이었다.

자연 위험스런 고비를 가끔 넘겨야 했다. 언제나 강명수가 가슴을 조이고 있는 순간에 가선 그가 드리운 낚시를 아슬아슬하게 비껴나가곤 했다.

하지만 그것은 사실 위험스러운 덫이었다. 지연은 그녀 자신을 위해서는 얼마든지 삼가도 좋을 위험스런 덫을 스스로 만들고 있는 셈이었다.

덫이란 원래 그것을 만든 사람일지라도 어느 순간 한눈을 팔다 보면 사정없이 덮쳐들어버릴 수가 있었다.

하더라도 그것은 물론 덫을 탓할 일은 아니었다.

31

지연은 하루하루 그녀의 위험스런 덫을 용케 잘 피해내고 있었다.

하지만 한번 놓아둔 덫에는 누군가가 기어이 치여들기 마련이었다.

"언니 언니 언니."

하루 아침은 미스 콩이 또 지연을 붙들고 별안간 숨이 넘어가기 시작했다.

"나 이거 유 언니한테만 귀띔해주는 건데 말유. 어쩜 나 오래잖아 〈오아시스〉를 그만두게 될지도 모르겠어."

"왜 무슨 일이 생겼나?"

지연은 미스 콩이 간밤에 합숙소의 잠자리를 비운 일이 생각나서 처음엔 좀 걱정스런 얼굴로 물었다. 다방 아가씨들이 합숙소의 잠자리를 비우는 건 원래 괘념할 만한 일이 아니었다. 하지만 미스 콩만은 한 번도 그런 일이 없었는 데다가 이날은 그녀가 아침부터 그런 소릴 하고 나서는 걸 보니 지연으로선 좀 예사로 여겨지지가 않았던 것이다.

그러나 미스 콩의 표정은 지연과는 정반대였다. 그녀는 이른 봄 빨래터의 아낙들처럼 활짝 갠 얼굴로 소곤소곤 수다를 늘어놓고 있었다.

"글쎄 두고만 봐요. 내 일이 결정되면 언닐 한번 깜짝 놀라게 해줄 테니까 말예요. 그 대신 아무한테도 내가 〈오아시스〉를 그만둘 거라는 기밀 보여선 안 된단 말예요. 알았지요? 언니."

말을 끝내고는 엽찻잔을 안은 채 뱅그르르 혼자 맴을 돌고 있었다.

"이번엔 진짜 그 미인대회에라도 나가게 될 모양이군."

"아녜요. 아니라니까. 기다려만 보세요. 내 유 언니한테 꼭 말을 해주구 떠날 테니 말예요."

그리고는 또 팬티가 훤히 들여다보일 만큼 커다랗게 몸을 맴돌리고 있다. 생각만 해도 즐거워서 몸살이 날 지경이라는 표정이었다.

하지만 지연은 생각이 달랐다.

저게 혹시 멋모르고 강명수의 미끼를 삼켜버린 건 아닐까.

처음부터 지연은 그런 생각으로 가슴이 내려앉아 있었다.

애초부터 미스 콩에겐 그런 기미가 있었다. 그랬을 가능성이 많았다. 며칠간 다방 출입이 뜸해진 강명수의 행적도 개운치가 않았다.

미스 콩이 너무 들떠 있는 바람에 더 이상 캐어묻기를 단념하고 만 지연이었지만, 〈오아시스〉를 떠날지도 모른다는 그녀의 말 속엔 아무래도 마음을 놓을 수 없는 곳이 있는 것 같았다.

한데 아니나 다를까. 기어이 일이 벌어지고 말았다.

지연에게 그런 소리를 하고 나서 미스 콩은 한동안 영 기분을 가누지 못하는 것 같았다. 누가 뭐래도 엽찻잔을 안고 다니며 평평 게으름만 피워댔다. 그러다가 밤이 되면 또 으레 합숙소의 잠자리를 비우기가 일쑤였다. 아침 일찍 합숙소로 돌아와선 전에 없이 속옷 빨래를 자주 하는 것도 그녀의 새로운 버릇이었다.

그러던 어느 날이었다. 6시가 되자마자 의기양양 〈오아시스〉를 뛰쳐나간 미스 콩이 이날 밤은 웬일인지 자정이 다 되어가는 시간에 비척비척 술기가 만발해서 합숙소로 들어섰다. 그리고는 밤이 깊도록 혼자 어둠 속에서 넋이 다 나간 사람처럼 허탈하게 앉아 있었다. 지연이 뭘 좀 달래보려고 해도 소용이 없었다.

"내가 미친년야. 내가 미쳐서 눈이 뒤집힌 거야."

"언니에게 미안해. 하지만 언니 아무것도 묻진 말아줘. 아무것도. 뭐가 어떻게 되든 나 혼자만 벌을 받으면 그만인 거야. 응, 언니."

오히려 지연에게 입을 다물어주기만 애원했다.

지연은 물론 입을 다물었다. 하지만 지연은 이제 알고 있었다.

더 이상 말을 시킬 필요가 없었다.

강명수라는…… 지연 자신이 만들어놓고 위태위태 그것을 피해 다니고 있는 그 강명수라는 덫에는 재수 없게 미스 콩이 먼저 치여들고 만 것이었다.

32

미스 콩은 다음 날 아침 일을 나오지 않았다. 아침도 먹지 않고 이불을 뒤집어쓴 채 계속 염치없는 농성을 벌이고 있었다.

한데 미스 콩의 낭패는 단순히 그녀 혼자만의 일은 아니었다. 엉뚱하게 지연에게까지 바람을 몰아올 기세였다.

"잘못 걸린 거지. 붕얼 낚자고 미낄 드리웠는데 웬 미꾸라지가 걸려 올라온 거야."

홍 마담은 이미 사정을 훤하니 꿰뚫고 있었다. 미스 콩이 사리고 누워 있는 안채를 향해 한마디로 단정을 내렸다.

미상불 적절한 표현 같기는 했다.

한데 바로 그 마담의 태도가 간단칠 않았다.

"누군가 화풀일 당하게도 됐지 아마. 하지만 멋모르고 덥석 미끼를 물고 나선 쪽에야 잘못이 있을라구. 아이가 워낙 순진해서 눈치가 좀 모자란 탓인걸."

지연을 걸고 들어가려는 투가 분명했다. 게다가 홍 마담은 그런 소릴 지껄이면서도 시선만은 계속 지연을 향해 기분 나쁠 만큼 냉랭한 웃음기를 담아 보내고 있는 것이었다.

결국 미스 콩이 무슨 낭패를 보았든 자기로선 알 바가 아니며, 그 책임은 모두가 강명수의 미끼를 얼핏 삼켜주지 않은 지연 쪽에 있노라는 소리 한 가지였다.

"하지만 그런 땐 누구에게라도 화풀일 하고 싶어지는 게 오히려 당연한 노릇이겠지. 미스 콩처럼 공연히 애꿎은 사람만 변을 만나서 탈이지만 말야."

이쯤 되면 지연으로서도 잠자코 있을 수가 없었다.

"미스 콩은 애가 너무 어수룩했던 것 같아요. 바다를 건너진 못하더라도 나 같으면 다시 이 〈오아시스〉로는 돌아오질 않았을 거예요."

"무슨 이득이 있을까?"

"그 대신 저쪽도 더 이상은 이 전주 바닥에서 얼굴을 내밀지 못하게 만들어놓았겠죠, 뭐."

그러나 마담은 그 말에도 벌써 대답을 만들어놓고 있었다.

"하지만 그런 생각까지 가질 필요는 없었을걸. 강명수란 사람은 상상보단 늘 뒷일을 깨끗이 해주는 신사거든."

"어떤 식으로 말이지요?"

"두고 보면 알겠지. 그보다도 미스 유는 아마 아직도 생각해둘 일이 남아 있지 않을까."

"……"

"쓸데없는 간섭인지 모르지만, 내 생각으론 그 사람 화풀이가 또 엉뚱한 사람에게로 번지지 않는 게 좋을 듯싶으니까 말야."

아직도 지연에겐 기회가 계속되고 있다는 뜻이었다. 그리고 그것이 여의치 않을 때는 누군가가 또다시 지연 대신 강명수의 화풀이를 당하게 되리라는 협박기가 역력한 말이었다.

지연은 다시 가슴이 내려앉았다.

그녀는 정화의 일이 떠올랐다. 강명수가 정화를 알고 있는 이상 홍 마담도 그녀를 모르고 있을 리 없었다. 그리고 그처럼 철저하고 교활한 간지의 소유자들이라면 정화에 대해서도 결코 마음을 놓고 있을 수가 없었다.

방금 그 홍 마담의 말도 정화를 충분히 염두에 두었을 수 있었다.

오후가 되자 미스 콩은 과연 홍 마담의 예언대로 아무렇지 않게 다시 다방 일을 나왔다. 홍 마담은 물론 거봐란 듯이 지연을 보고 웃었고, 지연은 며칠 전과 아무것도 달라진 것이 없는 그 미스 콩의 왼손 손가락 마디에서 희한하게도 루비 반지 한 개를 새로 발견할 수 있었다.

하지만 지연은 이제 그런 미스 콩에 대해서는 더 이상 길게 관심을 가질 수가 없었다.

마담의 말을 듣고 나서부터 자꾸만 정화의 일이 뇌리에 얽혀들고 있었다.

어떻게든 오늘은 자기가 먼저 정화를 한번 찾아가봐야 할 것 같았다.

기윤의 편지를 받고부터도 늘 한번 찾아가보리라던 정화였다.

33

지연이 다방 일을 끝내고 정화의 집을 찾은 것은 밤이 어둑어둑해진 오후 8시경이었다.

저녁을 조금 일찍 서둘러 먹고 나서 어스름결에 〈오아시스〉를 나섰더니 어느새 시간이 그렇게 되고 있었다.

한데 이날 저녁 정화네 외딴 주점 안방에서는 참으로 기괴한 일이 벌어지고 있었다.

우리 옆집 순이는
밤만 되면 나간다.

지연이 정화네 대문 앞에 닿았을 때였다. 정화네 안방에선 느닷없이 그런 잡소리가 흘러나오고 있었다. 막걸리집 같은 데서 젊은 녀석들이, 그것도 소리를 죽여가며 조용조용 불러대곤 하던 듣기 흉한 잡소리 가락이었다.

지연은 자신도 모르게 대문 앞에서 우뚝 발을 멈춰 서버리고 말았다.

그러고 서서 그녀는 한동안 멍청하게 자기 귀를 의심하고 있었다.

그러나 집 안에서는 분명 그 망측스런 노랫가락이 계속 문을 새어나오고 있었다.

지금쯤은 근끼다.

쭈빠 벗고 근끼다.

눈이 뱅뱅 돌끼다.

더한층 놀라운 것은 그 소리의 주인공이었다. 자세히 들어보니 그 잡소리를 홍이 나서 주절거리고 있는 것은 다름 아닌 강명수 바로 그 사람이 틀림없었다.

해괴한 일이었다.

지연에 앞서 그 강명수가 정화를 찾아와 있는 것부터가 예삿일은 아니었다.

하지만 그보다도 정화의 집에서 그 구성진 남도 가락 대신 어이없는 시정 잡가가 불리고 있으리라고는 상상도 못한 일이었다.

더더구나 지금까진 정화의 소리를 그처럼 소중스레 아껴왔다는 강명수 그 사람이 바로 그 정화 앞에서 그런 소리를 풀어놓고 있는 데는 더 이를 말이 없었다.

지연은 알 수 없는 긴장감으로 몸이 잔뜩 굳어지고 있었다.

이상하게 불길한 예감이 오싹 머리를 스치고 지나갔다. 그녀는 감히 대문을 두드릴 용기도 나지 않았다. 그렇다고 이내 발길을 돌려 정화의 집 앞을 떠나버릴 수도 없었다.

지연은 마치 발밑에 뿌리라도 내려버린 듯 꼼짝 않고 서서 집 안 동정을 살피고 있었다.

대문 안에서는 아직도 그 잡소리가 계속되고 있었다.

눈이 뱅뱅 돌끼다.

돌끼다……

한 번뿐 아니라 두 번 세 번 되풀이해서 서두가 다시 시작되곤 했다.

“홍을 좀 내라구. 홍을! 어디 술자리 노래가 남도 소리만 맛인가. 좀더 홍을 내봐요. 홍을!”

아닌 게 아니라 강명수는 짤깍짤깍 젓가락질 소리까지 곁들이고 있는 품이 여간만 신이 나지 않는다는 판세였다. 정화더러 자꾸만 홍을 돋우라고 성화였다.

그러면서 그는 할끼다, 돌끼다, 구절마다 할끼다, 돌끼다를 한 번씩 더 되풀이하며 백코러스처럼 정화에게도 그 대목을 합창하게 하고 있었다.

눈이 뱅뱅 돌끼다.

돌끼다……

지연은 소름이 끼쳤다.

눈에서는 문득 예기치도 않았던 눈물이 뜨겁게 두 뺨을 흘러내리고 있었다.

복수를 당하고 있는 거다!

정화가 지금 저렇게 잔인하고 무서운 복수를 당하고 있는 거다!

34

지연은 이윽고 발길을 돌렸다.

정화의 집 앞을 떠나 정신없이 〈오아시스〉로 돌아온 지연은 아직도 두려움 때문에 몸이 떨리고 있었다.

몸속에 깊숙이 숨어 잠복기를 끝낸 병균이 바야흐로 독성을 발휘하기 시작한 느낌이었다.

그러나 지연의 두려움은 정화를 상대로 한 강명수의 그 잔인한 유희 때문만은 물론 아니었다. 강명수의 그것보다 더 두려운 것은 송정화 바로 그녀였다.

누구의 권에 못 이겨서든 정화가 자신의 오랜 소리 대신 그 해괴한 시정 잡소리를 합창하고 있는 것은 지연으로서도 견딜 수가 없었다.

그것은 백기윤과 그녀 자신의 소리에 대한 이중의 배반이었다. 그리고 그토록 오랜 세월을 소리 하나로 참아온 그녀의 생 전체에 대한 허무한 복수일 수 있었다. 정화는 그런 식으로 쉽사리 그녀의 힘든 세월과 숙명에 대해 허무한 복수를 배워버릴 수 있었다.

지금은 그 목소리가 지극히 조그맣고 자신 없는 것이지만 언젠가는 보다 더 당당하게 그것을 밤마다 즐기게 될 수도 있었다.

지연은 그 정화가 두려웠다.

한데 이튿날 오후였다.

강명수는 지연이 밤새 정화의 집을 다녀간 사실을 알고는 적지 않이 놀라는 얼굴이었다.

밝은 날이 되자 지연은 금세라도 정화에게로 달려가 밤사이 일이 어떻게 되어갔는지를 짚어보고 싶었다. 하지만 아무래도 그 정화에 대한 두려움 때문에 냉큼 길을 나서지 못하고 있는 참이었는데 이날따라 강명수가 예정 없이 일찍 〈오아시스〉를 찾아왔던 것이다.

"어젯밤에 정화 씨넬 찾아왔다구? 그참 어떻게 꼭 내가 거길 가 있는 줄 알고나 그런 것 같구먼그래. 한데 거기까지 와놓구선 왜 또 왔단 기척도 없이 슬그머니 혼자 돌아가버렸다누?"

눈치로는 밤새 일에 갈피를 잡을 수 없었다. 지연이 먼저 사정을 대충 털어놓으니까 강명수는 처음 그런 식으로 얼렁뚱땅 당황하는 기색이 역력했다.

하지만 그것도 잠깐뿐, 그는 이내 어조가 싹 달라져버리고 있었다.

"하긴 뭐, 미스 유가 나타났더라면 오히려 방해가 됐을지도 모르지. 난 상관없었겠지만, 정화 씨에겐 어젯밤이 모처럼 귀중한 분위기였으니까."

"그 멋진 노래판이 깨어질까 봐서요."

"흠…… 엿들으신 모양이군. 하지만 어젯밤엔 그보다도 더 분위기를 소중하게 아낄 이유가 있었지. 난 정화 씰 모처럼 여자가 되게 해줘야 했으니까."

"그렇게는 안 되었을걸요."

"질투를 하시는 건가."

"아직 정화 언닐 잘 모르시는 모양이니까요."

"미스 유야말로 정말 정화 씰 잘 모르고 하는 소리 같구먼. 아마 그 백기윤인가 하는 친구 얘기인 모양인데, 도대체 한 여자에겐 한 남자의 이름만이 영원해지라는 법이 없어요. 더구나 정화 씨에겐 아직 어떤 남자도 그처럼 이름이 분명해진 일이 없었거든. 물론 그 백기윤이라는 이름도 포함해서 말이지."

강명수는 점점 더 뻔뻔스러워지고 있었다.

"한 여자에겐 반드시 한 남자의 이름이 있어야 한다는 법도 없지요. 그 남자의 이름을 다른 것이 대신하고 있을 수도 있어요. 정화 언니에겐 소리가 있어요."

"하지만 정화 씬 이제 그 소리보다 더 소중한 걸 알기 시작했을 걸."

"그 말 곧이들을 거라고 생각하세요."

"그야 곧이듣고 안 듣고는 미스 유의 자유니까."

강명수는 숫제 지연을 비웃고 있었다.

35

지연은 이제 한층 더 정화를 찾아보기가 두려워졌다.

그녀는 물론 강명수의 말을 다 곧이들을 수는 없었다. 하지만 강명수는 지연 앞에 너무도 의기양양했다. 정화를 지켜주려던 노력이 오히려 강명수를 그런 식으로 자극한 결과가 되었다면 지연으로선 더 이상 낭패가 있을 수 없었다.

지연은 차마 정화를 찾아가 사실을 확인할 수 없었다. 두려웠다.

그런 식으로 또 하루를 보냈다.

한데 다음 날 점심때쯤이었다.

지연은 뜻밖에도 그 정화를 두고 더 이상 망설이거나 두려워하고 있을 필요가 없게 되어버렸다.

정화 쪽에서 먼저 〈오아시스〉로 지연을 찾아온 것이었다. 정말 예기치도 않은 일이었다.

하지만 정화가 지연을 마주하고 나서 그녀 앞에 꺼낸 이야기는 좀더 뜻밖이었다.

"자신이 없어졌어요. 이젠."

정화는 담담하게 표정이 바랜 얼굴로 말하고는 지연을 빤히 건너다보고 있었다.

지연은 벌써 가슴이 내려앉았다.

예상대로였다. 강명수와 정화 사이가 어떻게 되었는지는 처음부터 깊이 따져볼 필요가 없었다. 문제는 정화의 태도였다. 정화가 그런 식으로 나온다면 그 이상 자세한 사정을 알 필요가 없었다. 그녀는 충격을 받고 있었고 그것 때문에 자신이 몹시 흔들리고 있음에 틀림없었다. 그날 밤 일에 대해 지연이 알고 싶었던 것은 그것으로 충분했다.

"강명수 씨 때문이겠군요."

지연도 이젠 사연을 감출 필요가 없었다. 정화의 기분을 흩뜨리지 않을 만큼 눈치를 보아가며 그날 밤 정화를 찾아갔다가 대문 앞에서 발길을 되돌려버린 일을 대충 다 털어놓았다.

그러나 정화는 역시 담담한 표정이었다. 눈 하나 깜짝하지 않고 묵묵히 지연의 얘기만 듣고 있었다. 그것은 이를테면 지연의 추궁에 대한 말없는 수긍일 수도 있었다.

지연은 점점 실망이 깊어져가고 있었다.

"뜻밖이군요, 전 정화 씰 그렇게 간단한 여자로 알고 있지 않았어요."

"상상을 너무 비약하진 마세요. 전 그저 자신이 없다고 말했을 뿐이에요."

정화가 비로소 풀기 없는 목소리로 한마디 대꾸했다.

"하지만 정화 씬 또 여자라고 말하고 싶으신 게 아녜요? 여자로서 그 강명수라는 남자 앞에 자기 소리를 지켜낼 수가 없노라고 말이에요."

"그건 그럴는지도 모르겠군요. 그러나 난 지금 지연 씨가 여자라고 한 말, 지연 씨 자신은 정말로 그 말의 뜻을 알고 있는지가 의심스럽군요."

"……"

이번에는 지연 쪽에서 입을 다물 수밖에 없었다. 그러자 정화는 한숨 쉬듯 혼자서 말을 이어나갔다.

"그래요. 난 여자예요. 전 지연 씨 상상대로 아직까지 소리 하나로 제 팔자를 참아온 여자예요. 남자는 알 수도 없었고 알려고도 하질 않았지요. 하지만, 하지만 말입니다. 그러면서도 전 날마다 밤이 되면 깨끗한 속옷을 갈아입고 나서야 안심하고 잠자리를 들곤 했습니다. 남자를 알지 못한 여자가, 생전 여자 노릇을 해 보지 못한 여자가 10여 년간을 밤마다 깨끗한 속옷을 갈아입고 있었다면 그건 무슨 미친 짓일까요. 지연 씬 그걸 그냥 단순한 습관이나 청백증 같은 거라고 생각해버리겠어요? 여자란 그런 것입니다. 기다려지는 것이지요. 그토록 은밀하게, 누구의 눈에도 뜨이지 않으려고 원망을 참으면서 언제까지나 늘 그렇게 기다리는 것이란 말입니다. 그건 어쩔 수가 없는 일이에요."

36

정화는 백기윤을 원망하고 있는 게 분명했다. 그녀는 강명수에 대한 자기의 굴복도 결국은 그 백기윤에 대한 원망에서였던 거라고 말하고 싶은 기색이 역력했다.

어쨌거나 정화의 말은 마디마다 지연에게 사무쳐오는 것이 있었다. 백기윤과 정화의 관계를 알고 있는 지연으로서는 그런 정화가 더욱더 안타까웠다. 금세 정화에게 그녀의 비밀을 털어놓아 버리고 싶었다.

그러나 지연은 좀더 참았다. 정화의 소리에 대한 기윤의 그 광기 어린 집념이 떠올랐다.

"하지만 정화 씨가 그토록 오랜 세월을 두고 기다려온 것은 강명수가 아닌 백기윤 씨 그분이 아니었던가요?"

그녀는 아직도 정색을 한 목소리였다.

한데 이상한 일이었다.

정화가 다시 말갛게 웃었다.

"제가 아직까지 남자를 알려고 하지 않았다는 건 백기윤 그 사람까지를 포함한 말이었습니다. 그분…… 처음부터 제겐 그런 사람이었어요."

"무슨 뜻인가요?"

지연은 다시 가슴이 내려앉고 있었다.

정화는 이제 조금도 망설이지 않았다.

"그분은 나하고 같은 어머니의 배 속에서 자란 사람입니다."

정화는 놀랍게도 백기윤이 숨기고 있는 그 비밀을 말하고 있었다.

지연은 오히려 정신이 어리벙벙했다.

"정화 씬 그걸 언제부터 알고 있었나요?"

"그게 언제부터였는진 정확하질 않아요. 하지만 그건 아마 그분이 제게 그 바닷가의 이야기를 건네준 바로 그 무렵부터라고 해도 과언이 아닐 거예요. 그분은 제게 그런 이야기를 일러주고 나서도 도대체 자신의 내력에 관해서는 한마디도 입을 뗀 일이 없었거든요. 전 차츰 그 바닷가의 이야기가 저에게보다는 그 백기윤이라는 사람에게 더 잘 어울리고 있다는 느낌이 들기 시작했어요."

"하지만 그 한 가지 사실로 어떻게 모든 걸 그런 식으로 단정해 버릴 수가 있을까요?"

"한 가지만은 아니지요. 또 있어요. 그분의 표정이지요. 그분은 제가 조금이라도 가까이 접근해가는 기색이 보이면 이상스럽게 겁을 집어먹고 금세 사람을 죽일 것처럼 무서운 얼굴이 되곤 했어요. 그분은 제게 비밀을 감추고 있었고 그 비밀이 바로 그런 표정하고 관련이 있었던 거예요. 하지만 무엇보다 확실한 건 저의 느낌이고, 저의 느낌이 그분을 저의 오빠라고 생각하기 시작한 거예요."

"백 선생님은 무엇 때문에 여태 그걸 정화 씨에게 비밀로 하고 있을까요?"

"그건 제 소리 때문이지요."

신기할 만큼 모든 것이 정확했다. 지연은 정화에게 다시 백기윤의 이유를 물을 필요는 없었다.

"정화 씨 쪽에선 먼저 말을 시작할 수 있었지 않았어요?"

"그것도 그분이 바라는 쪽은 아니었기 때문입니다. 그분은 제게 그런 비밀을 숨긴 채 모든 남자를 가로막고 서서 어떻게든 슬픈 사랑을 앓도록 만들고 싶어 했고, 그렇게 소리만을 계속해나가기를 바라고 있었습니다. 제 팔자였지요. 전 그 팔자를 따르려고 했어요. 정말로 살을 나눈 오빠를 사랑하면서 이루어지지 않는 사랑의 슬픔이나마 제 것을 만들어보려고 말입니다. 하지만 이젠 자신이 없어졌어요."

"오늘 절 찾아오신 이유가 따로 있으신가요?"

지연은 숫제 그 정화가 무서워졌다. 강명수보다도 백기윤보다도 그 정화가 더 무서워졌다. 여자라는 것이— 그 여자의 운명이라는 것이 더욱더 무서워졌다.

지연은 슬그머니 화제를 돌리고 말았다. 그러나 정화는 고개를 젓고 있었다.

이상하게 잔잔한 웃음이 번지고 있는 얼굴로 그녀는 계속 머리를 젓고 있었다.

"없어요. 따로 지연 씰 찾아온 이유는…… 지연 씨한테 이걸 알아두시라고 말씀드렸으면 그걸로 그만이에요."

37

정화는 돌아갔다.

기윤과 정화는 다 같이 비밀을 알고 있었다. 그러면서도 둘은 서로 말을 하지 않고 상대방을 속이고 있었다.

한데 그 정화가 돌아가고 나자 지연은 다시 이상한 생각이 들기 시작했다.

정화가 일부러 자기에게 그런 이야기를 하러 온 이유가 석연칠 않았다.

정화는 지연을 찾아온 이유가 따로 없다고 했다. 그녀는 다만 백기윤과 자기 사이의 비밀을 지연에게 말해주면 그것으로 족하다고 했다. 하지만 정화는 왜 갑자기 내게 그런 이야길 털어놓고 싶어진 것일까. 내게 그걸 말해둬야 할 무슨 이유가 있었던 건 아닐까.

문득 한 가지 예감이 머리를 스쳐갔다. 지연은 다방 일이 끝나자 곧장 정화의 집으로 달려갔다.

역시 예감대로였다.

정화는 이미 종적을 감추고 없었다.

"어디로 간다는 말도 없었어요. 자리가 잡히면 연락을 하겠다고, 얼마나 될진 모르지만 그동안 저더러 이 집을 지키고 있으라는군요."

부엌일을 보던 여인의 말이었다.

마지막으로 지연을 만나고 나서 그녀는 간단한 옷보퉁이 하나로 전주를 떠나갔음에 틀림없었다.

지연에겐 이제 모든 것이 확실해졌다. 전주에선 이제 정화가 죽은 것이다. 백기윤에게서도 이제 그 정화는 죽어버린 것이었다. 그것은 강명수에 의해서일 수도 있었고 백기윤에 의해서일 수도 있었고 또는 지연에 의해서일 수도 있었다. 정화를 죽일지도 모른다던 기윤의 말은 어쨌든 이제 그런 식으로 이상하게 실현이 되고 만 셈이었다.

정화는 그렇게 전주를 사라져가면서 그 소리에 대해선 얼마나 아픔을 견디면서 그것을 지키고 싶어 했던가를, 그러나 끝내는 그것이 어떻게 불가능했던가를 지연을 통해 기윤에게 전하고 싶었음에 틀림없었다.

〈오아시스〉로 돌아오자 지연은 곧 그 기윤에게 편지를 썼다.

―일간 한번 전주에 내려와주십시오.

―정화 씨도 비밀을 알고 있었습니다.

―그녀는 이 10년 동안 밤마다 깨끗한 속옷을 갈아입고 잠자리

를 드는 그런 여자였답니다.

정화가 자취를 감추어버린 것을 안 기윤은 아마 언제까지나 그 정화의 소리를 찾아 남도 천리 구석구석을 하염없이 헤매 다니겠지.

하지만 지연도 이젠 더 이상 그 백기윤을 두고 볼 생각은 없었다.

그녀는 기윤이 나타나기 전에 자기가 먼저 전주를 떠나버릴 작정이었다.

전주에선 다시 그를 만나기가 싫었다. 그의 광기와 절망스런 얼굴을 맞대하기가 두려웠다. 무엇보다도 그녀에겐 이미 그 전주에서의 일이 모두 다 끝나버린 셈이었다. 이젠 지연 자신이 전주를 떠나야 할 차례였다. 사람이 많은 동네라곤 하지만 그녀는 이 보름 남짓한 시간 사이에 만난 그 전주의 무거운 분위기를 더 이상 견뎌내기도 어려웠다.

좀더 경쾌하고 다정스런 동네를 그녀는 벌써부터 꿈꾸기 시작하고 있었다. 백기윤과 한 번 더 그 무교동의 첫눈 오는 날 저녁을 약속하지 못하게 된 것이 아쉽기는 했지만, 그것도 전혀 낭패거리는 아니었다.

기윤에게 이야기가 남아 있다면 전번 한번으로도 겨울까진 기억을 남길 수가 있었다.

한번 작정이 서고 나니까 지연은 부쩍 마음이 들뜨기 시작했다.

그녀는 마치 지금 당장 그 전주를 떠나기라도 할 것처럼 때 이른 기원을 보내고 있었다.

자 그럼 이제 그 강명수 같은 인간들로 하여 추악하게 병들기 시작한 땅이여.

부디 원기를 회복하여 하루빨리 다시 쾌차하기를!

따뜻한 산

38

"언니 언니. 광주라는 데 시인하구 화가가 많다더니 유 언니 말이 진짠가 봐요."

미스 콩은 아까부터 연방 입을 쉬지 않고 있었다. 다방 벽에 둘려 붙인 그림들을 쳐다보며 어린애처럼 잔뜩 호기심에 들떠 있었다.

광주(光州)의 번화가, 금남로(錦南路) 관광호텔 아래층, 다방 〈무등산〉.

백기윤에게 편지를 쓴 이튿날 저녁, 지연은 벌써 그 〈무등산〉의 한쪽 자리에 끼여 앉아 미스 콩과 함께 시간을 기다리고 있었다. 어느 도시에나 대개 관광호텔이라는 데가 한 곳씩은 마련되어 있었다. 정해놓고 갈 곳이 없을 때 지연은 택시를 타고 나서 곧잘 그 관광호텔을 대곤 했다.

이날도 물론 마찬가지였다. 미스 콩과 함께라서 이번엔 그 행선지에 대해 좀더 당당해질 필요가 있었다.

다방 〈무등산〉을 찾아든 경위였다.

한데 마침 그 〈무등산〉 다방에 어떤 젊은 화가의 개인전이 열리고 있었다.

—광준 시인과 화가가 많은 동네란다.

강명수란 작자로부터는 제깐에 제법 상처가 깊었던 탓일까, 낌새를 알아차린 미스 콩이 한사코 지연을 따라붙고 나섰을 때 위로 삼아 그녀에게 한마디 귀띔을 해준 말이었다.

한데 〈무등산〉 다방의 그림들이 의외로 일찍 그 지연의 말을 증명해준 셈이었다.

지연도 기분이 제법 괜찮았다. 그 한 가지 징조만으로도 광주에 대한 이번 기대가 크게 빗나가진 않을 것 같았다.

"정말이 아님…… 그럼 내가 미스 콩을 꾀어내려구 거짓말을 했을까 봐?"

"아무리. 유 언니가 날 꾀긴요. 언닐 따라붙이고 나선 건 내 맘이었는걸."

"후회하지 않을까?"

"후횐커녕 이제부턴 지겨워지도록 유 언니만 물고 붙어다닐 테니 두고 보세요."

카운터 부스 뒤에 걸린 벽시계 바늘이 10시에 들어서고 있었다. 이젠 자리를 일어서도 좋을 만큼 밤이 꽤 늦어진 셈이었다.

지연들이 다방을 들어선 지도 벌써 두 시간 가까이나 되고 있었다. 첫 밤 잠자리를 헤매지 않기 위해 일부러 늦은 차를 탔는데도 그렇게 시간을 기다린 꼴이었다.

그러나 미스 콩은 아직 만판이었다. 잠자리 걱정 따윈 아주 지연에게 내맡겨버린 듯 마음을 탁 놓고 있었었다.

"근데 참 언니, 시인하구 화가가 많은 것 말고 또 이 광주에서 유명한 게 뭐예요?"

"그거야 무등산 수박도 있고 옛날 광주학생사건 같은 것도 있지. 하지만 그보다도 더 유명한 건 여기 사람들 마음씰 거야."

"사람들 맘씨가 어떤데요?"

"말도 못하게 너그럽지."

"깡다구가 세다던데요?"

"그야 가끔은 그럴 때도 있겠지. 너그러운 사람 화나면 더 무섭지 않아? 하지만 지내보면 알 거야. 뭐랄까. 어머니 같은 도시라고나 할까.

난 여기가 벌써 세번째지만 그때마다 꼭 고향에라도 돌아온 기분이거든."

"홀딱 반해버렸군요."

"무등산이 있어서 더 그런가 봐. 아침에 무등산을 보면 미스 콩도 아마 나처럼 반하고 싶어질 거야."

"무등산이 어째서요?"

설명을 해줘도 해줘도, 미스 콩의 물음은 끝이 없었다.

한편 지연으로서도 그편이 더 다행스러운 것 같기는 했다. 지연 역시 자리를 일어서버리기에는 미상불 아직 마음이 내키질 않은 참이었다.

실상은 그럴 이유가 있었다.

지연들이 앉아 있는 대각선 방향으로 서른 안팎의 사내들이 아직 자리를 뜨지 않고 있었기 때문이었다.

차림새들이 좀 단정해 보이지 않는 사내들이 아까부터 별로 이야기도 나누지 않고 앉아서 이상하게 자꾸 이쪽 기척만 눈여겨보고 있었던 것이다.

39

지연은 처음 사내들이 아마 전람회하고 무슨 상관이 있거나, 아니면 그저 그렇고 그런 놈팡이 신세들이거니만 여기고 있었다.

그러나 사내들이 거동은 갈수록 심상치가 않았다. 뭔가 제법 도전적인 눈길을 보내오는가 하면 저희끼리 신호를 건네고 있는 듯 가끔은 고개를 마주 꺼떡거리기도 했다. 그리고는 또 언제까지든지 지연들이 자리를 일어설 때를 기다리겠다는 듯 무한정 시치밀 떼고 앉아 있었다.

먼저 자리를 일어서기가 왠지 좀 꺼림칙했다.

두려운 것은 아니었다.

몸집이 커서 괜히 불량기가 끼어 뵈는 사내.

그리고 가르마가 없는 머리칼을 우산살처럼 아무렇게나 흰 이마 위로 내려 뻗고 있는 사내. 밤늦게 이런 사내들을 만난 여자라면 누구나 조금은 두려움을 품게 마련이었다.

그런 식의 불량기야말로 이 광주라는 도시하고는 이상하게 잘 어울리는 것이었다. 그리고 이 광주라는 도시에선 그처럼 눈에 드러난 불량기가 오히려 어떤 지극한 선량성의 표현만 같았다.

지연은 차라리 호기심을 느끼고 있었다.

"글쎄 무등산이 어째서 반할 만한지는 내일 아침에 보면 알게 되겠지. 하지만 이것만은 지금 말할 수 있어. 아침에 엷은 안개에 싸인 무등산은 그처럼 웅장하고 위엄스러우면서도 그처럼 부드럽고 인자스러워 보일 수가 없거든. 광주가 그처럼 너그러운 도시일 수 있는 건 아마 그 무등산 때문일 거야."

지연은 사내들을 의식하면서 일부러 좀 큰 소리로 광주와 무등산을 극찬해댔다. 그러나 미스 콩은 등을 돌리고 앉아서 그런지 아직 사내들의 기색은 눈치를 채지 못하고 있었다.

"무등산. 무등산…… 이 다방 이름이 무등산이지요?"

"그래 무등산이지…… 광주엔 어디를 가나 무등 아니면 무등산이란 말이 많아. 여기 사람들은 그만큼 그 말을 좋아하는 모양이야."

"무등이 무슨 뜻인데요?"

"글쎄, 나도 확실한 건 알 수 없지만 등(等)이 없다〔無〕는 말이니까 아마 산으로 치면 밋밋한 산이라는 뜻이 될까. 밋밋하니 높은 줄 모르게 높은 산이라구 말야."

"어쨌든…… 멋있는 동네예요. 어머니 같은 도시, 무등산이 있는 도시…… 그리고 시인하고 화가가 많은 도시……"

미스 콩은 말만 듣고도 벌써 신이 나서 어쩔 줄을 몰랐다.

"근데 참 언니, 우린 오늘 밤 이 광주의 첫 밤을 어디서 보내게 되죠? 우선은 그것부터 정해야잖아요?"

갑자기 잠자리 걱정까지 시작했다.

그러나 지연은 물론 생각이 이미 정해져 있었다.

"그야 요 위층이 호텔이니까."

"호텔에서 자려구요?"

"가진 돈을 빨리 써버려야 또 일자릴 구하게 될 거 아냐?"

한데 그때였다. 느닷없이 두 사람 사이로 굵직한 남자의 목소리가 끼어들었다.

"자, 이제 일어나시죠."

화장실을 다니러 가는가 싶던 몸집 큰 사내가 어느새 지연의 등 뒤로 다가서 있었다.

"이젠 다방도 끝날 모양이니까 그만들 일어나요. 어서."

웃지도 않고 서서 사뭇 명령을 하고 있었다.

기겁을 하고 놀란 것은 미스 콩이었다. 지연도 미처 거기까지는 예상 밖이었다.

그러나 사내는 지연들의 반응에는 아예 아랑곳을 하지 않았다.

"애, 찻값 받아라. 여기 일행 네 사람."

레지 아가씨를 자리까지 불러대더니 부석부석 제 맘대로 혼자 지연들의 찻값을 치러버리고 있었다.

40

"우린 댁하구 일행이 되어드린다고 한 일이 없는데요."

지연은 가만히 앉아만 있을 수가 없었다. 꼿꼿하게 사내를 쳐다보며 한마디 쏘아붙였다.

그러나 사내는 조금도 기가 꺾이지 않았다.

"아하, 거참 유감이군요. 우린 벌써 그렇게 알고 있는 줄 알았는데……"

다 그렇고 그런 일을 여태 모르고 있을 리가 있느냐는 투였다.

"하지만 그건 댁의 사정이구 이젠 일어나주셔야죠. 여태까지 우린 얼마나 아가씨들을 기다리고 있었다구."

"그거야말로 진짜 댁의 사정이지요."

지연은 이제 더 이상 앉아서만 버틸 수가 없었다.

발딱 자리를 일어서버렸다. 뒤도 돌아보지 않고 카운터 부스로 걸어가서 다시 두 사람분의 찻값을 치렀다. 미스 콩이 겁먹은 얼굴로 허둥지둥 그 지연을 따라 붙었다.

그러나 지연은 다방 문을 나서자마자 사내들에게 다시 길이 막히고 말았다.

"보아하니 벌어가면서 돈을 쓰는 아가씨들인 모양인데 함부로 호텔 같은 데다 낭비를 하면 못써요. 우리가 좋은 델 안내해줄 참이니까 따라와요."

아까 이야기를 다 엿듣고 한 말이다.

"아가씨들을 즐겨 맞아줄 좋은 집이 있어요. 그러니 공연히 겁들을 내지 말구……"

"상관 말구 길이나 어서 비켜요."

"저런…… 광주가 너그러운 동네라고 실컷 칭찬을 하더니 아가씨는 실상 너그러운 걸 너그럽게 받아들일 줄은 모르는 모양이구만그래."

"소릴 지를 테예요."

"이젠 숫제 불량배 취급인가."

"불량밸 쫓는 법도 알고 있는 줄 아세요."

"정 그렇담 할 수 없지."

사내는 그제서야 겨우 좀 물러서는 기색이었다.

"하지만 저 아가씬 꽤 섭섭하겠는걸. 아가씬 아직 이 광주라는 너그러운 동네를 실감해본 일이 없었을 테니까 말요. 그렇지요 아가씨."

미스 콩을 눈짓하여 그래도 뭔가 쉽사리 단념하기가 싫은 눈치였다.

"댁 같은 사람들뿐이라면 벌써 이 동네엔 진력이 났겠어요."

한동안 옥신각신이 더 계속되었다. 그러나 잠시 후 싸움은 좀 엉뚱하게 끝이 나 있었다.

지연과 미스 콩은 사내들과 한 택시 안에 몸을 담고 있었다.

이야기를 하다 말고 어느 순간 사내가 갑자기 지연의 팔짱을 끼어버렸다. 그리고는 상상도 못할 만큼 억센 힘으로 지연을 호텔 문밖까지 끌어내버린 것이었다.

실랑이 한번 쳐볼 틈이 없이 눈 깜짝할 사이에 당한 일이었다. 하지만 지연은 앙탈을 부릴 생각은 없었다.

—갈 데까지 가보라지. 못 따라갈 건 또 뭐야.

마음을 단단히 도사려먹으며 사내들의 거동만 지키고 있었다.

어느새 차는 백운동(白雲洞)이라고 하는 제법 먼 변두리 동네를 향해 시내의 번화가를 빠져나가고 있었다.

"안심하세요. 불량배치곤 뜻밖에 얌전한 사람들일지도 모르니까."

한동안 잠잠히 입을 다물고 있던 그 몸집 큰 사내가 다시 지연들을 달래기 시작했다.

"우릴 한번 믿어 봐요. 어쩌면 우린 아가씨들에게 가장 멋있는 아침의 무등산을 구경시켜주고 싶은 것뿐인지도 모르잖아요."

운전수 옆자리에 앉아 찻길을 이리저리 안내하고 있는 그 우산살 머리칼만이 아직 한마디도 말이 없었다.

이윽고 차는 시내를 거의 다 빠져나가 어떤 널따란 과수원 앞에서 속력을 늦추었다.

과수원 안에 서너 칸쯤 되는 한옥 초가집 한 채가 시커먼 어둠 속에 괴물처럼 웅크리고 있었다.

41

지저분하게 사내 냄새가 물씬거리는 방이었다. 차를 내려 과수원 집을 들어서자 사내들은 던져넣듯 대뜸 두 여자를 한쪽 모퉁이 방으로 밀어넣어버렸다.

"오늘은 우선 여기서 하룻밤을 지내 봐요."

기를 쓰고 사람을 붙들어 올 때와는 딴판으로 싱겁게 그 한마디를 남기고는 내 모르노란 듯 저희끼리 안마당 쪽으로 돌아가버린 것이었다.

그러나 지연은 물론 아직 마음을 놓을 수가 없었다. 금세 무슨 일이 일어나고 말 것 같은 조마조마한 기분이었다. 겉옷도 벗지 않은 채 사내들이 사라진 안마당 쪽으로 계속 신경을 곤두세우고 있었다.

미스 콩은 지연의 그런 모습이 더욱 견딜 수 없는 모양이었다.

"언니, 우린 이제 어떻게 되는 거예요?"

"어떻게 되긴…… 설마 우릴 잡아먹진 않을 테지."

"잡아먹히지 않는 것만 대수유? 도대체 언닌 무슨 배짱으로 여기까지 저 사람들을 고분고분 따라온 거유?"

"고분고분하지 않았음 그럼 미스 콩이 앙탈이라도 좀 부려보지 그랬어."

"방법을 꾸며봤어야 했잖아요."

"소용없는 짓이야. 이런 땐 그저 고분고분 굴어서 남자들 신경을 건드리지 않는 게 제일인 거야. 앙탈 같은 걸 부리다가 괜히 그 못된 남자들 성밀 자극해놨어 봐라 그땐 정말……"

"난 몰라요."

"글쎄 가만히만 있어. 없는 듯이 가만히만 엎드려 있으면 별일은 없을 거야."

지연은 미스 콩을 안심시키면서 자신도 애써 그렇게 믿으려고 했다.

어쩌면 정말 아무 일도 일어날 것 같지 않아 보이긴 했다. 안마당 쪽에선 사내들이 간간 저희끼리 호탕한 웃음을 주고받을 뿐 지연들 쪽으로는 전혀 마당을 건너오려는 기척이 없었다.

지연은 그 사내들의 조심성 없는 웃음소리 때문에도 좀더 마음을 놓을 수 있을 것 같았다.

그러나 지연은 끝내 이 도깨비 같은 남자들에게 마음을 놓을 수는 없었다. 수상쩍기로 말하면 우산살 같은 머리칼 아래서 취한 사람모양 사람을 하얗게 쳐다보면서, 그러나 좀처럼 말이 없는 그 꺽다리 사내 쪽이 훨씬 더 했다.

지연은 아무래도 마음이 걸려 그냥 자리를 잡고 눈을 붙일 수가 없었다. 긴장한 탓인지 이젠 오줌까지 마려왔다.

그녀는 슬그머니 문을 열고 방을 나섰다.

울타리 쪽으로 가서 아무 데나 대고 아랫배의 긴장을 풀었다. 그리고는 가만가만 안마당 쪽으로 들어가 그쪽 동정을 살폈다.

그러나 안방 쪽은 이미 불이 꺼져 있었다. 깜깜한 어둠 속에 사내들은 벌써 기척이 끊어져 있었다.

"언니 우리 오늘 밤은 한 사람씩 잠을 서로 번갈아서 자요."

미스 콩은 이제 졸음이 온 모양이었다. 지연이 돌아오자 미스 콩은 그새 잠옷을 갈아입고 있었다. 하지만 그녀는 먼저 눈을 붙이기가 차마 좀 뭣한 눈치였다.

"얌체 같으니라구. 졸리면 먼저 자. 아무 일도 없을 테니까."

"정말 아무 일도 없겠수?"

"이렇게 문고리까지 꼭 걸었으니까 안심하고 푹 자라구."

지연은 미스 콩을 안심시키기 위해 자신도 훌훌 옷을 갈아입으면서 일부러 더 자신을 섞어 말했다.

"그 대신 불은 그냥 밝혀놓을 테니 자다가 깨더라도 놀라지 말구."

42

아닌 게 아니라 이날 밤은 일단 아무 일도 없이 날이 밝았다.

지연들의 방에는 아침까지 전깃불이 뽀얗게 밝혀진 채로였고 문고리도 간밤 그대로 얌전히 걸려 있었다.

지연은 그러나 기분이 좀 비좁았던 탓일까, 이날 아침은 미처 해도 오르기 전에 일찍 눈이 뜨였다.

자리를 일어나자 그녀는 미스 콩이 아침잠을 설치지 않도록 가만가만 옷을 갈아입고 혼자서 쪽마루로 나섰다.

해돋이 전의 무등산이 금세 그녀 앞으로 다가왔다.

무등산은 방금 그 육중한 잠으로부터 밤을 걷어내고 있는 듯, 한 가닥 한 가닥 상봉에서부터 안개를 밀어내리고 있었다. 그리고 그 부드럽게 흘러내리던 무등산의 산기슭은 지연의 발뿌리에서 문득 다시 모습을 드러낼 듯이 아래쪽의 짙은 안개 속으로 슬그머니 자취를 감춰버리고 있었다.

지연은 언제나 그랬듯이 그 무등산엔 무턱대고 기분이 훈훈해져왔다. 가슴까지 마구 두근거리고 있었다.

그녀는 넋을 잃고서 그 너그럽고 인자스런 산의 모습에 취해 사람이 다가오는 기척도 알아보지 못하고 있었다.

"어젯밤엔 아마 이 동네 놈팽이들이 몹시 바빴던 모양이군."

불쑥 내던지는 소리에 돌아보니 언제 다가왔는지 그 몸집이 큰 사내가 장난스럽게 웃고 있었다.

"이렇게 멋진 아가씨들을 놔두고도 밤새 업어갈 줄을 모르다니."

겉옷도 걸치지 않은 속셔츠 바람으로 짓궂게 지연을 놀려대고 있었다.

지연은 그 차림새 때문에 정면으로 사내를 상대하고 나설 수가 없었다. 입을 다문 채 가만히 시선을 외면하고 있었다.

하니까 사내가 다시 헐렁헐렁 말을 이었다.

"이제 보니 아가씬 정말 대단한 무등산 팬인 모양이군그래. 옆엣사람 말소리도 듣지 못하고 그렇게 산에만 홀딱 반해 있으니 말요. 그야 아가씨들을 이 방에 모셨던 게 바로 그런 배려에서였는진 모르지만서두."

"……"

"하지만 어젯밤엔 아가씨도 한 가지 빠뜨린 게 있던걸. 인자하고 너그럽다는 말도 맞는 소리긴 하지만 저 무등산은 또 한 가지 다른 모습이 있어요."

지연은 그제서야 사내를 돌아보았다.

"내 말해드리지. 그건 무등산이 따뜻한 산이라는 거예요. 아침도 좋고 저녁도 좋고 언제나 무등산은 보는 사람에게 따뜻한 느낌을 주고 있거든요. 계절하고도 상관이 없어요. 봄엔 봄대로 여름엔 여름대로 단풍이 든 가을이나 흰 눈을 이고 선 겨울철까지도 저 산은 이상스럽게 따뜻한 모습이란 말입니다."

지연도 그렇다고 생각했다.

따뜻한 산.

지금 바로 무등산이 그런 모습이었다.

"댁은 도대체 누구시지요?"

지연은 비로소 사내의 정체가 궁금해지기 시작했다. 이젠 작자들을 조금은 알아둬도 좋을 때가 된 듯싶었다.

"왜…… 이젠 우릴 고발할 참인가요?"

"그럴지도 모르지요."

"간밤엔 대접이 너무 정중해서 아가씨들이 외려 싱거웠던 게로군. 하지만 너무 맘을 놓진 말아요. 간밤엔 아침까지 불을 켜놓고 자던데, 그걸 알고 있다면 창구멍으로 엿보았을 수도 있잖아요."

"무얼 하는 분들이냐고 물었지 않아요."

"그야 밤늦게 길을 방황하는 아가씨들을 보면 집까지 데려다가 친절하게 잠도 재워주고……"

"그러고는요?"

"그러다가 기회가 생기면 창구멍으로 아가씨들을 엿보면서 환장을 해서 지내기두 하구…… 하하하."

"그게 직업인가요?"

"차차 알게 되겠지만 그게 직업이 아니라면 여간 실망을 할 것 같은 눈치구려."

43

사내의 말을 다 곧이듣고 보면 지연은 망측스러워서 한순간도 더 이 집엔 머물러 있을 수가 없었다. 하지만 지연은 그게 설마 사실이랴 싶어 입을 다물어버리고 말았더니 아침때가 되자 드디어 모든 사정이 밝혀졌다.

허철(許喆)과 나영욱(羅永旭).

사내들의 이름이었다. 몸집 큰 사내가 허철이었고 껑뚱하니 키가 큰 그 우산살 머리칼의 사내가 나영욱이었다.

한데 재수가 좋았던 것일까. 두 사람은 뜻밖에도 이 광주라는 동네에서도 가장 광주 사람다운 광주 사람이었다. 허철은 화가였고 나영욱은 시인이었다. 자기들 말대로 하면 허철은 여자만을 전문으로 하는 나체 환쟁이고, 나영욱은 말무당이라 했다.

지연이 아침거리를 돕겠대도 이날만은 톡톡히 손님 노릇을 시켜주겠노라, 사내 둘이서 상을 만들어 내왔을 때였다. 부득 자리를 함께하자는 바람에 상을 마주했더니 거기서 비로소 통성명들이 오갔다.

그리고는 그 허철이라는 몸집 큰 사내가 먼저,

"궁금한 델 오래 놔두면 쓸데없이 오핼 받을까 봐 얘긴데…… 내 하는 일은 여기서 그림을 그리는 거요."

공연히 화가 난 듯한 목소리로 자기 일을 소개했다.

"어머, 그럼 선생님이 바로 화가시군요."

미스 콩이 신기해서 반색을 하고 나서니까 그는 좀더 퉁명스러워졌다.

"이를테면 그런 셈이지. 하지만 삼류예요. 이류쯤 되고 싶지만 아직 그렇겐 안 되고 있어."

"이 친군 그림쟁이 중에서도 여자 나체만 전문으로 하는 사람이니까 조심들 하슈. 까딱 잘못하면 댁들도 이 친구에게 벌거벗기우구 말 테니까."

나영욱이 그제서야 모처럼 한마디 끼어들었다.

"무식한 소리. 이 친군 여자의 몸이 지니고 있는 아름다움을 몰라서 그래요. 여인의 육체는 그 자체가 비길 데 없이 훌륭한 예술품이란 걸 모르는 친구란 말요."

"얼씨구."

"아가씨들이 조심할 건 오히려 이런 무지한들일 겁니다."

"절씨구."

"그런 주제에 시는 어떻게 쓰는 건지 모르지. 이 친구 시인이거든요. 하긴 그래서 아직 나처럼 삼류 말무당 꼴을 못 면한 신세긴 하지만 말요."

시인은 이제 입맛이 떨어진 듯 그만 입을 다물어버렸다.

화가와 시인을 한꺼번에 만나버린 미스 콩만이 아직 머릿속이 잔뜩 분주했다.

"놀랐어요. 선생님들이 두 분 다 예술가시라니. 그렇담 맘씨들도 그렇게 고운 분들이 아니겠어요. 우린 참 재수가 좋은가 봐요."

간밤의 일은 깡그리 다 잊어버린 듯, 눈빛을 사뭇 빛내고 있었다.

"그러니까 안심하고 여기서 푹 한참 쉬어요. 둘 다 홀아비들이라 맘이 안 내킬진 모르지만 여긴 우리 과수원이구 우리 집이니까 방세 걱정은 말구. 이 친구도 내가 시를 좀 잘 써보시라고 모셔왔지만 마음씬 실상 그리 엉큼하지 않은 편이니까 괘념할 거 없구."

지연들의 처지 같은 건 물어보지도 않았다. 하지만 지연은 이제 사정을 대강 짐작할 수 있었다. 간밤의 그 전람회가 열리고 있는 다방에서 허철들을 만나게 된 사연하며, 그가 일부러 지연들을 집까지 데려다가 곱게 잠자리를 내어준 까닭들— 그 모든 일에 어느 정도까진 추측이 닿고 있었다. 노골적으로 말을 해오진 않았지만, 언젠가는 허철이 둘 가운데 한 사람이라도 옷을 벗기고 싶어 할 게 분명한 사실처럼 보였다.

44

어쨌든 광주에선 지극히 광주다운 생활이 시작되고 있는 셈이었다.

지연은 별로 망설이지 않았다. 어딜 가나 늘 한두 가지 사정은 있기 마련이었고, 또 그걸 하나하나 가려 따질 처지도 못 되는 자신이었다.

이번엔 그래도 운이 좋은 편이었다. 옷을 벌거벗기게 될지 모른다고 하지만 허철이란 사내의 그 그림 일에 대해서도 은근히 호기심이 동했다.

미스 콩은 물론 찬성이었다.

"우린 재수가 좋아요. 재수가 참 좋은 거예요. 그죠, 언니?"

지연의 결정에 오히려 안심을 했다는 투였다.

시작을 하고 보니 사내들과의 그 소꿉장난 같은 생활도 제법 기대 이상이었다.

허철과 영욱은 지연들이 첫 밤을 지낸 모퉁이 방을 아주 그녀들에게 내어주고 자기들은 안마당 쪽에 남은 방 하나를 함께 썼다. 하지만 그 방은 대개 영욱 한 사람의 차지였고, 허철은 그 방 옆으로 대청마루를 고쳐 꾸민 널따란 화실에서 더 많은 시간을 보내곤 했다. 거기서 그림도 그리고 커피도 끓여 마시고, 때로는 잠까지도 거기서 자고 나왔다. 가끔가다 과수원 수목 사이로 화가(畵架)를 끌고 나가는 때를 제외하면 허철은 대부분의 시간을 그 화실 안에서 혼자 보냈다.

하니까 그 화실은 완전히 허철 한 사람만의 밀실이었다. 그는 절대로 지연들에게 화실을 들어오지 못하게 했다.

"보여줄 때가 오면 다 보여줄 거야. 하지만 지금은 안 돼."

미스 콩이 마구 억지를 써 봐도 번번이 그런 식으로 따돌려버리곤 했다. 둘 사이엔 세상 허물이 없을 듯싶은 영욱까지도 그 화실만은 함부로 드나드는 일이 없었다.

하지만 그건 어쨌든 좋았다. 보여주지 않는 화실 따윈 상관이 없었다.

화실을 구경하지 않아도 지연들은 얼마든지 즐거웠다. 가끔 허철이 일을 쉬러 나왔을 때 그의 말동무가 되어주고, 예술이 어떻고 그림이 어떻고 하는, 그 무심스러울 리 없는 설교엔 귀나 좀 기울이는 체해주고, 그리고 과수원을 거닐거나 자고 싶은 대로 실컷 낮잠을 잘 수 있으면 그것으로 그만이었다.

잠자리도 언제나 안심이었다.

미스 콩은 아주 신이 나 있었다.

그녀는 스스로 부엌일을 도맡았고 사내들의 빨래를 시작했다. 얼굴을 붉히는 체하면서도 나중에는 사내들의 가장 깊은 살이 닿은 속옷까지 즐겨 빨아냈을 정도였다.

아직도 꺼림칙한 것이 있다면 그 나영욱이라는 사내의 태도였다.

처음부터도 그랬지만 그는 허철 한 사람하고밖에 지연들하고는 이상스럽게 잘 어울리려 하질 않았다. 말이 적은 건 물론이고 그는 하루도 빠짐없이 매일 늦잠을 잤다. 아침을 먹는 둥 마는 둥 하고 나면 또 그 방구석에만 틀어박혀 하루 종일 뒤적뒤적 책을 들추고 있었다. 기껏 방문을 나섰는가 하면 어딘가 몹시 토라진 것이 있는 사람처럼 흔들흔들 혼자 나무 그늘 같은 델 찾아가서 낮잠이나 자다 돌아오기 일쑤였다.

그러다가 저녁때만 되면 그는 또 반드시 시낼 나갔다가 밤늦게 술걸레가 되어 돌아오곤 했다. 허철하고 함께가 아니면 그 혼자서라도 반드시 술을 마시고 돌아와선 그 우산살 머리칼 아래로 하얗게 지연을 쏘아보곤 하는 것이었다.

알 수 없는 난폭성 같은 것이 느껴지는 사내였다. 위태롭다면 허철보다는 그쪽이 훨씬 위태로울 수 있는 사내였다.

하지만 그쯤은 지연으로서도 그리 괘념할 바가 아니었다. 괘념하는 체하질 않았다.

모든 것이 그런 식으로 무사태평이었다.

그러나 사태는 역시 그런 식으로는 무사할 리가 없었다.

드디어 한 가지씩 심상치 않은 징조가 나타나기 시작했다.

45

애초 예상대로 허철은 서서히 지연들을 설득하려 들기 시작했다.

하루는 또 그 말무당 나영욱이 외출을 하고 없는 저녁참인데, 화실 일을 끝내고 나온 허철이 불쑥 지연들을 불러냈다.

"어떠슈. 오늘 내 일판을 좀 구경시켜드릴까?"

느닷없는 선심이었다.

지연은 사양할 리가 없었다.

"보여주시지 않음 언제 도둑 구경이라도 할 참이었어요."

"그러다가 공연히 야단이나 맞구 쫓겨났을라구. 다 그럴 만한 이유가 있어서 그랬던 건데."

"이유가 있으리라는 생각은 하고 있었어요."

"그 이율 생각해본 일이 있어요?"

"……"

"물론 짐작이 가진 않았겠죠. 자 그럼 그건 구경부터 하고 나서 설명을 드리기로 하지."

그는 선뜻 지연과 미스 콩을 화실 안으로 안내했다.

화실 안은 상상했던 대로 정신을 차릴 수 없을 만큼 너저분했다. 커피통과 물주전자 따위가 아무렇게나 탁자 위로 널려 있었고, 철늦은 석유난로가 아직 방 가운데 도사리고 있는가 하면, 탁자하곤 아예 상관도 없이 한쪽으로 비껴놓은 소파 위엔 누덕누덕 때가 묻은 베개하며 남방셔츠 나부랭이가 낭자하게 흩어져 있었다.

여기저기 널려 서 있는 화가(畵架)에는 아직 다 끝을 내지 못한 그림들이 마지막 손질을 기다리고 있기도 했다.

완성된 그림들은 대개 화실 벽을 빙 둘러 채우고 있었는데, 어떤 것은 벽에다 매달고 어떤 것은 그냥 마룻바닥에다 두서너 점을 한꺼번에 겹쳐 기대놓기도 했다.

대개가 무등산이 아니면 여자의 나체를 그린 것들이었다. 멀거나 가깝거나 또는 여름이나 겨울이나 어느 철을 말할 것 없이 언젠가 그가 말한 것처럼 한결같이 따뜻한 느낌을 주는 무등산들이 화실을 가득 채우고 있었다.

그리고 그 사이사이로는 비스듬히 누워 있거나 입에다가 무슨 꽃 같은 걸 물고 있는 갖가지 포즈의 벌거숭이 여인들이 그지없이 무연스런 시선들을 보내오고 있었다.

"어마, 망측해라. 저 여자들 다 어떤 사람들이에요."

미스 콩은 처음 그 여인들을 보자 공연히 혼자 민망스러워져서 허철을 흘기는 체했으나, 그러나 그녀는 워낙 무등산 같은 덴 흥미가 덜한 모양이었다. 나중엔 역시 그 벌거숭이 여인들 쪽으로만 호기심이 끌리고 있는 듯, 하나하나 다시 그 나체화를 훑어나가고 있었다.

"허 선생님이 여태 우리한테 여길 감추고 계신 이유를 말씀하실 차례예요."

화실을 대강 훑어보고 난 지연이 정색을 하고 다시 허철에게 물었다. 그녀는 사실 그 수많은 여인들의 나체화를 보고 이미 짐작한 바가 있었다.

영욱의 농담대로 허철은 사실 무등산 한 가지를 빼고 나면 순전히 여자의 나체만을 전문으로 삼고 있는 그림쟁이인 것 같았다. 그리고 그가 다방에서 집까지 지연들을 끌고 온 것도 결국은 그런 일과 상관이 있으리랄밖에 없었다.

문제는 다만 그 허철이 미스 콩과 지연 가운데서 누굴 먼저 벗기고 싶은 것인지 그것만이 아직 확실치 않을 뿐이었다.

한데 허철의 대답은 역시 예상한 대로였다.

"누구나 여인들은 옷을 벗는 곳을 따로 갖고 싶어 하니까. 안방과 화실이 아무 차이도 없는 곳이라면 아마 지금까지 한 여자도 내 앞에선 옷을 벗으려 하지 않았을 거요."

46

방법이나 목적이 조금씩 다를 수는 있겠지만, 여자란 어딜 가나 결국은 옷을 벗기고 싶어 하는 남자들 사이에 끼여 있게 마련인가 보았다.

지연은 다소 씁쓸한 느낌이었다. 맨 처음 허철의 셔츠 바람을 보았을 때처럼 입을 다문 채 묵묵히 시선을 외면해버렸다.

허철은 그러는 지연을 상관하지 않았다. 그답지 않게 갑자기 긴 말을 늘어놓기 시작했다.

"전에도 말한 일이 있지만 여자의 육체란 사실 그 자체로서 충분히 예술품일 수가 있어요. 신으로부터 특별한 은총을 받은 것이지요. 하지만 불행하게도 그 신의 은총은 지극히 잠깐 동안뿐이에요. 금세 끝이 나고 만단 말입니다. 사람의 일생이 얼마나 됩니까. 그 신의 은총이 우리 인간에게 머무르고 있는 것은 더구나 짧은 한순간뿐입니다."

그는 말을 꺼낸 김에 여인들이 그의 앞에서 쉽사리 옷을 벗을 수 있도록, 지금까지 화실 안에다 특별히 간직해온 분위기를 지연들에게 실컷 익혀주고 싶은 모양이었다.

"예술 한다는 게 별것 아니에요. 창작이니 창조니 제멋대로 말들을 하고 있지만 내 경운 그림 예술이란 걸 이렇게 생각하고 있어요. 가령 지금 말한 여자의 육체를 예로 든다면, 그 육신의 신비를 찾아내어선 그렇게 잠깐 동안에 시들어버릴 순간의 아름다움에다 영원의 생명을 불어넣어주는 거라고 말입니다."

"인생은 짧고 예술은 길다는 말, 저도 들었어요. 그 말이죠, 허 선생님."

느닷없이 미스 콩이 끼어드는 바람에 허철의 말은 거기서 잠깐 중단이 되고 말았다.

셋 사이에 잠시 쑥스런 침묵이 지나갔다.

미스 콩은 그제서야 좀 머쓱해져서

"근데 여긴 왜 하필 오늘이에요?"

어린애 투정 부리듯 엉뚱한 불평을 하고 나섰다.

"그야 같은 여자라도 가장 아름다워 보일 땐 따로 있으니까. 난 여태 그땔 기다리고 있었던 거예요."

허철은 이제 그 미스 콩을 달래듯 부드러운 목소리로, 그러나 시선은 여전히 지연을 향한 채 다시 말을 이어갔다.

"언니하구 나한테서 말이죠? 유 언니나 나한테도 그럴 때가 있을 거란 말이죠?"

"그렇게 생각하지 않았다면 불량배 취급을 받아가면서 예까지 당신들을 모셔오질 않았겠지."

"여자가 가장 아름다워 보일 때가 언제게요?"

"그야 말로는 어떻게 설명할 수가 없어요. 뭐랄까. 사랑 같은 거라고나 할까요. 어떠면 그건 사랑 바로 그 자체일 수도 있을지 모르겠군요. 아름다움이란 원래가 다분히 주관적인 정서 반응인데다가, 무얼 아름답게 본다는 건 그 대상에 대한 사랑이 없이는 절대 불가능한 일이거든요."

미스 콩을 다리 삼아 자꾸만 이상스런 대화가 계속되어나갔다. 번번이 미스 콩의 물음을 이용하고 있는 허철은 너무도 분명하게 그걸 의식하고 있는 듯했다.

하지만 이야기가 거기까지 오고 나니 이젠 지연도 머릿속이 아리송해지고 말았다. 뭔가 잡힐 듯 잡힐 듯하면서도 분명하게 잡혀오는 것이 없었다.

오히려 미스 콩 쪽이 거기엔 훨씬 더 투철했다.

"듣고 보니 선생님이 여자가 아름답다는 거, 보통 우리가 예쁘다는 거하고 똑같은 말이네요. 그야 여잘 좋아하고 보면 어련히 예뻐 보일라구요."

그녀는 '아름답다'를 '예쁘다'로 '사랑한다'를 '좋아한다'로 바꿔놓고는 제멋대로 의기양양해 있었다.

"근데 허 선생님이 오늘 여길 구경시켜주신 걸 보면 유 언니나 제가 인제서야 좀 예뻐 보이기 시작한 모양이지요. 그죠 선생님."

허철은 이제 그저 웃고만 있었다.

47

이제 허철로부터는 확실한 통첩이 떨어진 셈이었다.

어느 쪽을 먼저 벗기고 싶은지도 암암리에 다 말이 되어진 셈이었다.

옷을 벗어라. 어차피 이곳에 머물러 있다면 옷을 벗어줘야 할 거다.

뜻만 추리면 허철의 말은 바로 그런 식이었다.

지연은 그걸 알고 있었다. 그걸 알고도 당장 과수원을 떠나지 않는다는 것은 언젠가 그에게도 옷을 벗어주겠다는 거나 마찬가지라는 것도 잘 알고 있었다. 하루하루 날이 갈수록 그 괴상한 빚이 무게를 더해갈 것도 너무나 당연한 이치였다.

하지만 지연은 당분간 과수원을 떠날 생각을 하지 않았다. 우선은 좀더 이 과수원에서 허철들과 함께 지내고 싶었다. 아침부터 저녁까지 무등산을 바라보면서 실컷 게으름을 피워볼 수 있는 생활을 금세 또 단념해버리기가 싫었다. 허철 앞에 한번쯤 옷을 벗는 것으로 족하다면 당분간은 새 일거리를 찾아나설 생각이 없었다.

그림 한 장 그리겠다는데 못 벗을 건 뭐람.

멋지게만 벗겨보라지.

게다가 그 허철이 당장 벌거숭이가 되라고 성화를 들이대고 있는 것도 아니었다.

“여자들이란 실상 자기들이 지니고 있는 아름다움을 알고 있는 사람이 퍽 드물어요. 그건 일단 불행한 일이 아닐 수 없겠죠.”

허철은 이제 지연들이 좀더 쉽게 옷을 벗을 수 있도록 분위기나 실컷 익혀주겠다는 태도였다.

"실상은 그래서 그림쟁이가 따로 있는 거요. 여인들에게서 그 육신의 신비를 찾아내어선 거기에 새로운 생명을 불어넣어주는 게 그림쟁이의 일이니까 말요. 한다면 그 그림의 대상이 되는 여인들 입장에서도 그건 이만저만 고마워해야 할 존재가 아닌 셈일 게요."

참말 같기도 하고 꾐수 같기도 한 말을 틈 날 때마다 되풀이하고 있을 뿐이었다.

한데 사람의 마음이란 역시 한 곳에만 오래 붙들어 매어놓을 수가 없는 변덕스런 요물 단지였다. 어찌 된 일인지 지연은 조금씩 생각이 달라져가고 있었다. 허철 앞에 옷을 벗는다는 일이 점점 마음에 내켜오질 않았다. 처음같이 생각이 쉽질 않았다. 뭔가 자꾸만 망설여지기 시작했다. 날이 가면 갈수록, 그리고 허철의 설득이 되풀이되어지면 질수록 점점 더 그것이 짐스러워지기만 했다.

지연은 차츰 허철의 말에 귀를 주지 않게 되었다. 일부러 자꾸 자릴 비켜버리곤 했다.

자연 허철이 미스 콩 한 사람을 상대하고 있을 때가 많아졌다.

다행히 미스 콩은 호기심이 대단한 아가씨였다. 호기심 정도가 아니라 그녀는 처음부터 허철의 그림 일에는 터무니없이 열이 나 있었다.

"언니 언니, 언닌 아마 상상도 해보지 않고 있을 테니 말야."

은근히 선수를 치고 나서는가 하면,

"하지만 나, 허 선생님한테 정말 그림 한 장 그려달랠까?"

호기심 많은 어린애가 사진기 앞에 서고 싶어 하듯 간단한 기분으로 의향을 털어놓곤 했다. 잠옷 바람이 될 때마다 언젠가 그녀가 미인대회 염두에 두고 있을 때처럼 자신의 종지 젖과 짧은 다리를 놓고 고심고심하고 있는 걸 보면 여간 생각이 굴뚝같지 않은 모양이었다.

겉보기론 적어도 두 사람이 제법 잘 죽이 맞아 돌아가고 있는 셈이었다.

하고 보니 지연으로선 더욱 소극적일 수밖에 없었다. 허철에게만 늘 신경을 곤두세우고 지낼 필요가 없었다.

하지만 지연이 허철의 일에 그토록 거북한 느낌이 들게 된 데는 또 하나 중요한 이유가 있었다.

그것은 그 말없이 술만 퍼마시고 다니는 말무당 나영욱 때문이었다.

48

나영욱은 됨됨이가 꽤 복잡한 사내였다. 한마디로 말해 그는 안팎이 다 꽁꽁 닫혀 있는 인간이었다. 허철이 열려 있는 사람이라면 나영욱은 닫혀 있는 사람이었다.

아침에 잔뜩 늦잠을 자고 일어나면, 하루 종일 방구석에만 붙어 박혀 얼굴 한번 제대로 구경할 수 없는 그의 일상생활은 물론, 밤마다 술이 취해 들어와 그 신경질적인 우산살 머리칼 아래로 하얗게 지연을 노려보곤 하는 심사도 그녀는 잘 이해할 수가 없었다.

천성이 조용한 성품인가 싶다가도 까닭 없이 두려운 난폭성 같은 것이 느껴져올 때가 있었고, 세상만사 다 그렇고 그런 식으로 폭넓게 받아들일 듯싶은 아량이 엿보이다가도, 금세 그것을 발기발기 찢어 없애고 싶은 듯한 표독한 신경질이 눈빛을 덮어버리곤 했다.

술이 취하고 보면 말이 아주 없는 것도 아니었다.

"개새끼들! 아아 개새끼들! 그 위대한 개새끼들 다 어디 갔어."

"존경하옵는 선배님, 이 고집불통 계집애 같은 광주의 만세를 부르겠습니다. 술과 나체 그림쟁이와 말무당의 도시 광주 만세. 무등산 만세!"

이마까지 술이 차올라가지고 와선 앞도 뒤도 없이 그런 소리를 씹어 뱉을 때가 있었다.

그 지경이 되고 보면 그는 또 으레,

"흥! 하지만 난 이제부터 실례를 좀 해야겠어!"

반드시 무등산 쪽을 향해 오줌을 철철 싸갈기거나 구역질을 국국 시작하기도 했다. 누군가가 등이라도 두드려주려고 하면,

"가만 둬! 가만 놔두란 말야."

한사코 혼자서 등을 구부리고 엎드려서는 그 불결한 목구멍의 고통을 견디어내곤 했다.

"흠! 무등산이 거기 있었군. 미안하다. 미안해!"

작업을 끝내고 났을 때마다 눈앞까지 시커멓게 다가선 무등산

을 향해 침을 택택 뱉어대는 걸 보면 그의 그런 버릇은 단순한 생리작용이라기보다는 어떤 괴팍한 취미 같기도 했다.

하지만 그의 말이나 거동이 지연으로선 도대체 요령부득이었다.

알아낼 수 있는 것이 있다면 그것은 다만, 그가 이 광주라는 도시에 대해서 이상한 혐오감 같은 걸 품고 있다는 것뿐이었다. 그것도 물론 그의 분위기로 추측해볼 수 있는 데 불과한 사실이지만, 어쨌든 그는 이 광주라는 도시에 대해 허철과는 번번이 의견이 엇갈리고 있었다.

광주뿐만 아니라 그 광주와 상관되는 것, 이를테면 시인이나 화가가 많다든지, 그곳을 안고 있는 무등산의 너그러운 모습이라든지 그런 것들을 하나도 달갑게 받아들이려 하지 않았다.

"문화도시 좋아하네. 말무당 환쟁이가 들끓는 게 뭐 자랑거린가. 할 일들이 있어봐. 할 일들이. 하고많은 학교들 중에 야구 '팀'이라도 하나 똑똑한 걸 만들어내보란 말야. 말무당 노릇 그만두고 '텔레비전' 구경이나 좀 하게."

"계집처럼 곱살스럽기만 하구 창피한 도시야. 저놈의 무등산하구 할 일 없는 말무당 환쟁이들이 광줄 이런 계집 같은 도시로 만들어버린 거야."

저주에 가까운 소리들을 서슴지 않았다.

무엇 때문에 그처럼 광주라는 도시를 못마땅해하는지 이해할 수 없었다.

도대체 속이 짚이지 않는 사내였다.

한데 여자란 원래 열려진 것보다는 닫혀 있는 것에 더 마음이

끌리기 마련인가 보았다. 지연은 언제부턴가 그렇게 속이 짚이지 않는 영욱에게 자꾸만 관심이 쏠리기 시작한 것이다.

그리고 그 영욱에게 관심이 쏠리고 있는 동안은 이상스럽게 허철 앞에 선뜻 옷을 벗고 나서기가 망설여지는 지연이었다.

무엇보다도 그 영욱이 지연에게 그것을 바라고 있는 눈치가 역력했기 때문이었다.

49

허철 앞에 지연이 옷을 벗느냐 마느냐 하는 일에 영욱이 무슨 간섭을 해온다는 것은 다만 그녀의 추측에 불과할 수도 있었다.

하지만 지연은 그게 사실이든 사실이 아니든 그녀 나름의 분명한 느낌이 있었다.

"이 무식한 아가씨들. 아직도 우리 허철 선생의 고매한 예술작업을 이해하지 못한 모양인가? 어째 아직도 애를 먹이고 있단 말인고."

"예술합시다. 우리 다 같이 허철 선생의 대작을 위해 훌렁훌렁 옷을 벗어 던집시다."

술에 취해 그런 소릴 정신없이 지껄여댈 때가 있으나, 그건 분명 허철 아니면 그의 앞에서 정말 옷을 벗게 될지도 모르는 지연들을 비양거리고 있는 쪽이었다.

그런 식으로 그는 허철의 그림 일에 대해선 매양 모멸스런 언동뿐이었고 지연들에게도 은근히 어떤 경고 같은 걸 보내고 싶어 했다.

우산살 머리칼 아래로 하얗게 지연을 쏘아보곤 하는 그 눈빛만 해도 그랬다. 그럴 때 그 영욱의 눈빛에선 늘 어떤 알 수 없는 비난기 같은 것이 느껴지곤 했는데, 도대체 허철 앞에 옷을 벗게 될지도 모른다는 한 가지 일을 제외하면 영욱이 그처럼 지연을 비난하고 싶어 할 이유란 없었다.

지연에게 어떤 경고를 주고 싶은 게 틀림없어 보였다.

무엇 때문에 그가 그토록 허철의 그림 일을 못마땅해하고, 지연들에게까지 그런 식으로 훼방을 놓고 나서는지는 알 수가 없었다.

그러나 지연은 이유 따윈 알고 싶지 않았다. 알 필요도 없었다.

그녀는 다만 그러는 영욱이 싫지 않을 뿐이었고, 그렇게 영욱의 일거일동에 잔신경이 가 닿아 있는 동안은 함부로 허철 앞에 옷을 벗고 나서고 싶지가 않았다.

그녀는 계속 어물쩍거리고만 있었다.

한데 하루는 기어이 일이 벌어지고 말았다.

미스 콩이 결국 선수를 치고 나서버린 것이었다.

이날 오후 지연은 모처럼 만에 시내까지 나가 찬거리를 좀 보아왔던 참이었다. 한데 찬거리를 보아가지고 돌아와 보니 미스 콩이 웬일인지 얼핏 눈에 띄어오질 않았다.

"언니 나 골치가 좀 아파서 집에 그냥 있겠어요. 모처럼 시내 구경도 하고 싶지만 혼자 다녀오세요. 미안해요."

아닌 게 아니라 얼굴색이 좀 안되어 보인 듯해서 그냥 무심히 혼자 시낼 들어갔다 와보니 그 미스 콩이 싹 방을 빠져나가버리고 없는 것이었다.

처음엔 어디 나무 그늘이라도 찾아가 쉬고 있는가 했다. 그러나 시간이 한참 지나고 나도 미스 콩은 영 모습을 나타내지 않았다.

지연은 비로소 좀 수상쩍은 느낌이 들기 시작했다. 이리저리 집 안팎을 살피고 나섰다. 한적한 저녁나절 햇볕 속에 한창 교교하게 가라앉은 안마당 쪽은 화실에 들어박힌 허철조차도 쥐 죽은 듯 기척이 없었다. 영욱은 그렇지 않아도 늘 흔적이 없는 사람이다.

근처 과수원을 돌아보았다.

역시 종적이 없었다.

그럴 수밖에 없는 노릇이었다.

다름 아니라 미스 콩은 이때쯤 해서 허철의 화실로 스며들어와 다람쥐처럼 그 앞에 가슴을 두근거리고 있었기 때문이었다.

미스 콩이 지연에 앞서 옷을 벗어버리고 만 것이었다.

사랑과 예술

50

점심을 끝내고 나서 지연이 시내로 찬거리를 보러 나간 뒤 허철은 혼자 서성서성 뜰을 거닐고 있었다. 그렇게 한참 시간을 흘리다 보니 그는 문득 집 안이 이상스럽게 텅텅 비어버린 느낌이 들기 시작했다. 여느 때도 그맘때면 집 안이 온통 잦아들 듯한 정적에 휩싸여들기 일쑤였다. 무등산이 훨씬 가깝게 다가앉고 있는 느낌이 짙곤 했다. 들려오는 소리라고는 남광주역을 지나 화순, 보성 쪽으로 나가는 광주선 여객 열차의 심심찮은 기적 소리뿐이었다.

이날은 그 한적한 정적 속에 야릇한 허허로움마저 깃들이고 있었다.

허철은 마치 그 허허로운 분위기에 쫓겨 숨어 들어가듯 화실로 되돌아갔다.

한데 허철이 그렇게 화실 문을 들어섰을 때였다. 그는 놀라지 않을 수 없었다. 언제부턴가 미스 콩이 먼저 그 화실 안으로 스며들어와 그를 기다리고 있었던 것이다. 소파 한쪽에 조그맣게 몸을 웅크리고 앉아서, 미스 콩은 허철이 문을 들어서는 것을 보고도 입술이 잘 떨어지지를 않은 듯 말이 없었다. 자리를 일어서거나 자세를 바꿔 앉으려고도 하지 않았다. 알 수 없는 불안기가 스민 눈초리로 초조하게 허철을 지켜보고 있는 미스 콩의 모습은, 그러나 여태까지 그렇게 허철을 기다리고 있었음에 틀림없었다.

"왜, 옷을 벗고 싶은가?"

허철은 좀 엉뚱한 느낌이었다. 말없이 그 미스 콩을 내려다보고 있다가 불쑥 그렇게 한마디 내던져놓고는 아무렇지 않게 담배를 한 개비 꺼내 물었다.

미스 콩은 대꾸가 없었다.

"옷을 벗어줄 텐가?"

허철은 좀 딱딱해진 어조로 다시 물었다.

스스로 화실에 스며들어왔다면 으레 알 만한 일인데도 그걸 재우쳐 묻고 있는 걸 보면 미스 콩 쪽에는 별로 기대를 걸고 있지 않았던 것 같기도 했다.

미스 콩은 여전히 대꾸가 없었다. 한순간 얼굴이 붉어지는 듯싶기는 했으나 허철이 그걸 눈여겨보았을 리는 없었다. 그녀는 금세 다시 얼굴색을 되찾고 나서, 이번엔 차라리 오연하기까지 한 표정으로 곰곰 허철의 거동을 지켜보고 있었다. 처분만 기다리겠다는 속셈이 분명했다.

"벗어 봐."

미스 콩을 외면하고 서서 뻐끔뻐끔 허공에다 담배 연기를 내뿜고 있던 허철이 드디어 그녀를 향해 돌아섰다. 미스 콩이 무슨 생각을 하고 있었든 이젠 그냥 화실을 내보내지 않을 결심인 모양이었다. 단호한 목소리였다. 그건 차라리 명령이었다.

"꾸물거리지 말구 벗어보라구, 어서. 생각이 정해졌음 된 거야."

한 번 더 재촉을 하고 나서는 이제 더 이상 쓸데없는 말을 시키지 말라는 듯 휭하니 혼자 방을 나가버렸다.

허나 제 발로 선수를 치고 나선 미스 콩도 여기까지 오고 보니 막상 용기가 덜한 모양이었을까. 마음을 편하게 해주기 위해 허철이 무슨 젊은 산부인과 의사나 된 것처럼 거칠게 굴어주었으나 그녀는 아직 부끄럼을 타고 있었다.

한참 만에 허철이 다시 화실을 들어서보니 그녀는 겨우 옷 저고리 하나를 벗어 들고는 엉거주춤 울상이 되어 어찌할 바를 모르고 있었다.

"허, 이거 왜 이러구 있어. 스트립쇼를 벌일 참인가. 한꺼번에 몽땅 벗어버리지 않구."

"……"

"자 여기 수건이 있으니까 정 뭣하면 우선은 이걸로 가리고 싶은 델 가리고 시작해봐."

허철은 다시 한 번 커다란 소리로 윽박지르고 나서는 줄에 걸린 수건을 집어내려다가 풀썩 미스 콩에게로 던져주었다.

51

그만 둘래요 소리를 하진 않은 게 신통했다.

지연에 대한 시샘에서였을까, 아니면 허철의 말을 듣고 정말 한번 자신의 벗은 몸을 그림으로 보고 싶은 여자다운 욕망 때문이었을까. 어쨌든 미스 콩은 참을성이 꽤 대단했다.

허철이 다시 화실로 들어섰을 때는 온몸을 발가벗은 채 여자가 가장 부끄러운 한 곳만을 간신히 수건으로 가려 덮고 서 있었다.

얼핏 보기에도 어깨의 곡선이 꽤 부드러운 편이었다. 가슴께도 종지 젖이 바람직스럽진 못하지만 자세를 잡아주기에 따라서는 그런대로 괜찮을 듯싶었다.

다리가 역시 좀 짧은 편이었다. 옷을 입고 있을 때보다 벗었을 때가 그녀의 다리는 좀더 짧아 보였다. 오금 위로 갑자기 살이 오른 그녀의 굵은 허벅지 때문이었다.

하지만 그런 건 다 별로 문제가 되지 않았다. 그는 아직도 중요한 걸 보지 못하고 있었다. 젖가슴 아래로 흘러내린 그녀의 복부 곡선이었다. 허철에겐 무엇보다 그게 중요했다. 목줄기나 어깨의 곡선도 중요하지 않은 건 아니었다. 젖가슴의 탄력이라든지 엉덩이의 순박스런 양감도 무시할 순 없었다. 하지만 허철은 그 어느 것보다도 여인의 몸뚱이 가운데서 복부의 곡선을 중요시했다.

그리고 그것을 사랑했다. 한데 미스 콩에게선 지금 그게 가려져 있었다.

"거 무슨 목욕탕 온 여자 같군."

그는 아직도 퉁명스런 표정을 지우지 않은 채 불쑥 미스 콩 앞으로 다가섰다. 그리고는 아직도 흠칫흠칫 표정이 흔들리고 있는 그녀에게서 다짜고짜 수건을 낚아채버렸다.

"처음이라 좀 멋쩍은가 본데 차츰 괜찮아질 거야. 이런 걸 가지고 있으면 외려 불편한 맘을 감추는 게 돼."

처음 그가 미스 콩에게 그런 걸 던져준 것은 그녀가 옷을 벗을 때나 맘을 좀 달래라는 뜻이었다는 듯, 냉큼 다시 줄 위로 수건을 던져 올려버렸다. 그리고는 자기 쪽에서 먼저 미스 콩을 서너 발짝쯤 물러선 다음,

"손 같은 건 맘대로 해도 좋으니까, 어디 그렇게 거기 좀 서 있어 봐요. 배를 너무 웅크리지 말구."

손짓을 해 보이고는 천천히 또 담배를 피워 물었다.

복부의 곡선을 살피는 기색이었다.

수건까지 빼앗기고 나서 완전 벌거숭이가 되고 나니 미스 콩도 이젠 차라리 마음이 편해진 모양이었다.

"이렇게 그냥 서 있기만 해요?"

흘끔흘끔 벽에 걸린 여인들의 포즈를 훔쳐보며 제법 그럴듯하게 흉내를 내보이고 있었다.

"아이 숭해. 선생님이 어떻게 하라구 좀 가르쳐줘요. 그렇게 가만히 바라보고만 계시지 말구요."

몸을 비꼬며 제법 어리광을 떨기까지 했다.

그러나 허철은 아직 말이 없었다. 넋 나간 사람처럼 멀겋게 미스 콩을 바라보고 있을 뿐, 이렇다 저렇다 도대체 말이 없었다.

안타까운 건 물론 미스 콩 쪽이었다.

역시 이 짧은 몽달다리 몽당이가 맘에 들지 않은 것일까.

될수록 다리를 앞에 내세우지 않으려고 애쓰며 초조하게 허철의 다음 처분을 기다렸다.

그러나 허철은 아직도 한 식경이나 더 미스 콩을 바라보고만 있었다. 저녁거리를 만난 산짐승이 아직 발톱을 세우기 전에 그놈의 가엾은 발버둥을 즐기듯이 멀뚱멀뚱 그렇게 미스 콩을 구경하고만 있었다.

"이렇게…… 손을 좀 올려 잡아볼까."

이윽고 생각이 난 듯 천천히 허철이 미스 콩에게로 다가온 것은 그러니까 새로 불을 붙인 그의 담배가 필터를 태우기 시작했을 때였다.

52

"언니 언니. 그러니까 내가 허 선생님을 얼마나 애먹게 한 줄 아오? 기껏 자세를 잡아주고 가면 내가 또 슬그머니 몸을 비틀어 버리곤 하니까, 왔다 갔다 계속 시계방울 꼴이 됐지 뭐유?"

이날 밤 미스 콩은 화실에서의 일을 신이 나서 한창 지연에게 털어놓고 있었다.

지연은 그러는 미스 콩이 얄밉기도 하고 또 한편으로는 화실에서 벌어진 일이 은근히 궁금해지기도 했다.

"망할 것! 왜 가만히 시킨 대로 하고 있지 않고 자꾸 자세를 허물어뜨리긴?"

미스 콩의 속셈을 떠보기도 할 겸 자꾸 그녀의 말꼬리를 거들어주었다.

미스 콩은 기고만장이었다.

"언니두, 그래야 나두 허 선생님을 좀 곁으로 불러볼 수가 있을게 아녜요. 실오라기 하나 걸치지 않은 여자 나체 곁에서 허 선생이란 분 어떤 꼴을 하는가 좀 보아두게 말예요."

"그래 허 선생님은 어떤 표정이시든?"

"그야 뻔한 속 아녜요. 허 선생님이라고 뭐 통뼈겠어요? 첨엔 그래도 제법 아무렇지 않은 척 이래라저래라 위엄을 떨어대시더니, 나중엔 웬걸 숨도 제대로 쉬는 것 같지 않던걸요 뭐. 제 곁에선 괜히 큰 소리로 화를 내는 척 나무래곤 했지만 그게 알조지 뭐예요. 호호호."

"알긴 뭘 알조라구그래. 네가 하두 답답하게 구니까 그랬겠지."

"언닌 몰라서 그래요. 정신없이 담뱃불을 켰다 껐다 하면서 혼자 공연히 초조해서 화실을 왔다 갔다 서성대고 있는 허 선생님을 한번 상상해보세요."

"그래 허 선생님은 널 어떻게 하고 있으래?"

지연은 자기도 모르게 어떤 질투 같은 걸 느끼면서 질문을 쉬지 않았다.

"글쎄 그건 하두 여러 가질 시켜놔서 나도 잘 기억을 못하겠어요. 하지만 나중엔 이런 거였어요."

미스 콩은 느닷없이 자리를 박차고 일어나더니 두 팔을 머리 뒤로 잡으며 다리 하나를 앞으로 껴 감은 괴상한 모습을 지어 보였다.

"이게 가장 오래였어요. 글쎄 이런 꼴을 시켜놓고는 또 담배 한 대를 다 피우고 있었을 거예요."

"그림을 그리진 않구?"

"그림을 그리긴요. 오늘은 아예 그런 거 시작할 참이 아니었나 봐요. 그냥 어떤 모양을 그리는 게 좋을까 하구 이리저리 생각만 정하고 있는 것 같았어요."

미스 콩은 그제서야 자세를 풀며 가슴팍이 깨져라 다시 자리로 어푸러졌다.

"한나절 내내? 그래 한나절 내내 그림은 그리지 않고 나체 감상만 하고 있었단 말야?"

"글쎄 그랬다니까요. 하지만 난 뭐 그냥 이쪽만 감상시키고 있었을까."

"그렇담 미스 콩도 그런 꼴루 뭘 감상하고 있었다는 거야!"

"그렇지 않구…… 언닌 그게 뭐였는지 상상이나 가우?"

"글쎄다. 무엇이었을까."

하지만 미스 콩이 이번에는 얼핏 대답을 해주지 않았다. 무슨 생각을 하고 있는지 한동안 혼자서 킬킬대고만 있더니,

"뭐긴 뭐겠어요. 허 선생 바지 단추 자락이지."

제풀에 얼굴까지 붉히면서 면박 주듯 소리치고는 혼자서 또 킬킬거리기를 계속한다. 하지만 지연은 처음 그게 무슨 말인지 얼핏 뜻을 알아들을 수가 없었다. 지연이 어리둥절해 있으니까 미스 콩이 이번에는 좀더 노골적이었다.

"한데 참 요상한 일이지 뭐예요. 화가도 남잔 남잔데 어떻게 벌거벗은 여잘 앞에 놔두고도 그렇게 천연스럴 수가 있어요. 암만 유심히 지켜봐도 허 선생님 바지 앞단춘 한 번도 수상해 뵌 일이 없지 않아요. 정말 그럴 수도 있어요?"

우습고 신기하고 그리고 도대체 납득할 수가 없는 일이라는 듯한 표정이었다.

53

미스 콩은 다음 날도 허철의 화실로 들어갔다. 이번에는 허철의 말이 있기 전에 그녀 스스로 옷을 벗었다.

그러나 허철은 이날도 금세 미스 콩의 모습을 화폭으로 옮기려 들질 않았다. 담배를 피워 문 채 언제까지나 그녀의 벌거벗은 모습을 곰곰이 지켜보고 있을 뿐이었다.

미스 콩은 그러는 허철을 이해할 수가 없었다.

은근히 조바심이 나기 시작했다.

망신스런 느낌마저 들었다. 자세를 허물어뜨려서 허철이 왔다

갔다 골탕을 먹게 하고 싶은 장난기는 아예 엄두도 낼 수 없었다.

"맘에 들지 않으심 자세를 바꿔 봐요."

"……"

"허 선생님 좋으신 대로 자셀 좀 바꿔줘보시란 말예요."

허철은 도대체 말대꾸조차 없었다. 미스 콩이 뭐라고 하든 그녀가 어떤 포즈를 지어 보이든 그런 건 도시 아랑곳을 않으려는 태도였다.

꼭 뭔가를 기다리고 있는 사람 같았다. 아니 그는 정말로 그렇게 뭔가를 기다리고 있는 게 분명했다. 마음속 한구석에다 미스 콩을 향해 특별한 겨냥을 재어놓고, 그녀가 그 자기의 겨냥 안으로 들어와주기를 기다리고 있는 계산임이 틀림없었다.

미스 콩은 그 허철의 겨냥이 어느 쪽인지를 눈치챌 수가 없었다. 그의 겨냥 안으로 들어서줄 수가 없었다.

허철은 언제까지나 그렇게 말없이 시간만 흘려보내고 있었다.

"좀 쉬었다 할까. 피곤할 텐데."

한 시간쯤 지나고였을까. 그러던 허철이 한마디를 남기고는 그나마 화실을 나가버렸다.

미스 콩은 어이가 없었다.

그녀는 옷을 벗은 채로 털썩 소파 위로 주저앉고 말았다. 그만 옷을 입고 화실을 뛰쳐나가버릴까도 생각했다.

하지만 그녀는 좀더 참았다. 기왕 옷을 벗은 김에 그림은 꼭 한 장 그려 갖고 싶었다. 허철이 화실을 나간 것도 자기를 실망시키려고 일부러 그런 것 같지는 않았다. 그는 여태까지 제법 힘든 일을 계속하고 있었기라도 한 듯한 말투였고, 미스 콩에게도 이제 그만 일을 끝내려는 눈치는 보이지 않았다.

(좀더 멋진 그림을 그리고 싶어설 거야. 생각이 아직 잘 떠오르질 않은 얼굴이었어)

마음을 느긋하게 고쳐먹으며 미스 콩은 허철이 다시 화실로 들어서길 기다렸다.

정오로 가는 과수원의 아침나절은 조용하기만 했다. 뒷벽을 헐고 창문을 낸 대신 앞문을 두꺼운 커튼으로 가려버린 화실 안은 더더구나 교교했다.

지연도 이젠 화실 안의 일을 다 알고 있는 터였지만 근처에도 얼씬하는 기척이 없었다. 영욱은 원래가 대낮엔 집 안에 있으나 마나 한 사람이었다.

미스 콩은 마치 그 넘치는 고요 속에 소리 없이 혼자 목욕을 즐기고 있는 기분이었다.

이윽고 허철이 다시 화실로 돌아왔다.

그는 문소리도 내지 않고 스며들 듯 슬그머니 화실로 들어섰는데 이번에는 그도 좀 기분이 썩 쉬워진 모양이었다.

"그대로 있어요. 이번엔 그렇게 소파 위에다 포즈를 잡아볼 테니까."

의외라 싶게 처음부터 미스 콩을 거들고 나섰다. 더군다나 어조마저 이상스럽게 은근해서 미스 콩은 가슴이 다 철렁 내려앉았을 지경이었다.

한데 바로 그때였다.

아닌 게 아니라 미스 콩은 그만 자신도 모르게 흠칫 하고 놀랐다.

허철에겐 그사이 기겁할 일이 일어나 있었다.

54

뜻밖에도 허철은 작업복 바지의 앞단추 부근이 보기 거북하게 부풀어올라 있었다.

그 바람에 허철은 거동마저도 영 자연스럽질 못한 것 같았다.

이상한 일이었다.

벌거벗은 미스 콩을 바로 눈앞에 두고 있을 때는 아무렇지도 않아 보이던 허철이었다. 한데 그 허철이 잠시 미스 콩을 떨어져 나갔다가 그녀가 없는 데서 오히려 여자를 느낀 모양이었다.

어쨌거나 미스 콩은 그제서야 좀 두려운 생각이 들기 시작했다. 집 안이 너무 조용한 것도 마음이 편칠 않았다.

하지만 그녀는 불안한 기색을 보일 수는 없었다. 아무것도 못 본 척, 아무것도 느끼지 못한 척 그저 허철이 시키는 대로 가만히 소파 위에다 몸을 기대고 앉아 있었다.

하니까 허철 쪽에서도 그 이상 수상한 징조는 엿보이지 않았다. 그 역시 미스 콩에겐 전혀 새삼스런 느낌을 지니지 않은 사람처럼 한두 가지 주문을 끝내고 나서는 이내 그녀의 곁을 물러섰다.

너덧 발짝 거리를 두고 서서 언제나처럼 그 불편스런 눈초리로 곰곰 미스 콩의 나신을 지켜보기 시작했다.

한데 이상스런 일은 오히려 이때부터였다.

허철이 이번에도 물론 본격적인 작업을 시작하려는 눈치가 없었다. 그는 실상 화가도 여태 제대로 마련하질 않고 있었다. 아직도 뭔가 채워지지 않은 것이 남아 있는 듯 그는 그렇게 말없이 기다리고만 있는 것이었다. 한데 그러다 보니 어느 사이엔가 그의 바지 앞자락 부근의 그 거북살스런 팽만감이 거짓말처럼 긴장을 풀고 사그라들어버린 것이었다.

미스 콩은 도대체 모든 게 불가사의였다. 자기가 없는 곳에서 여자를 느껴가지고 들어온 허철의 긴장이 오히려 자기 앞에선 흐지부지 맥이 풀려버린 것을 보자 그녀는 다행스럽다기보다 먼저 실망감이 앞설 형편이었다.

한데 이번엔 그 허철도 미스 콩과 비슷한 느낌이 들고 있었던 것일까. 긴장이 완전히 사라지고 나자 이젠 뜻밖에도 그 허철이 좀더 낭패스런 표정이었다.

그는 한동안 풀기가 하나도 없는 눈길로 멍청하게 미스 콩을 건너다보고 있더니, 이윽고는 입맛까지 쩝쩝 다셔대며 어정어정 다시 그녀에게로 다가왔다. 그리고는 느릿느릿 그녀에게 자세를 되잡아주고 있었다.

"이번엔 이렇게 비스듬히 눠봐요."

뭔가를 다시 시작해보고 싶은 모양이었다. 한 손으로 머리를 괴고, 다른 한 손으로는 아랫배를 쓰다듬는 듯한 자세로, 언젠가 한창 주머니 성냥갑을 주름잡던 서양 여자의 그것 같은 포즈를 취하고 눕게 했다.

희한한 것은 그런데 그사이에 또 허철의 아랫도리엔 그 거북살스런 긴장이 슬그머니 되살아나 있는 것이었다. 그리고 이번에는 허철도 그 긴장을 견디기 위해 상당히 애를 먹고 있는 것 같았다. 그는 아깟번보다도 표정이 훨씬 굳어져 있었다. 화가 난 사람의 그것처럼 찌를 듯한 눈동자가 사뭇 한 곳에만 고정되어 있는 것도 심상치가 않았다.

그는 그렇게 자신을 견디면서 아직도 뭔가를 열심히 기다리고 있는 모습이었다.

미스 콩은 다시 불안해지기 시작했다.

집 안팎을 가득 채우고 있는 정적이 새삼 기분을 오싹하게 했다.

"아직도 안 되세요? 웬만하면 이제 그만 시작을 해도 좋지 않아요."

그런 소리라도 지껄이지 않고는 참을 수가 없었다.

"하지만 예술이란 참 어려운가 봐요. 허 선생님이 그렇게 애쓰고 계신 걸 보니까 제가 외려 민망스러워 죽을 지경이네요."

응석기를 섞어가며 자신도 모르게 허철의 기분을 주저앉히려 애쓰고 있었다.

55

"남자들의 그건 원래 시치밀 잘 떼는가 봐요. 이번에도 또 어느새 빵구 난 타이어 꼴이 되어버리지 않아요."

미스 콩은 이날 밤 자랑 삼아 또 화실에서 일어난 일을 낱낱이 지연에게 털어놓고 있었다.

"하지만 그런 거야 뭐 나하곤 상관도 없는 일이니까 그렇다 치고, 문제는 허 선생님이 아직도 그림을 시작해주지 않은 거지 뭐예요. 바람만 빠지면 그 양반 이상스럽게 기가 죽어서 그림 같은 건 아예 염두에도 두지 않고 있는 얼굴이었거든요. 그러다 보면 또 어느새 내 곁으로 다가와선 요모조모 숭헌 자세를 지어놓고 가서 새판잡이로 또 한참씩 뭔가를 기다리고 있는 거예요. 별 망측스런 모양이 다 있었다니까요, 글쎄. 그게 하루 종일이었어요. 저 그림을 그리기 시작한 건 그러니까 허 선생님이 그런 식으로 마지막 바람이 다 빠지고 난 다음이었어요."

미스 콩은 자신을 모델로 한 허철의 그림을 벽에 걸어놓고 자랑스럽게 그걸 바라보곤 했다. 비스듬히 누워 있는 미스 콩을 그리 힘들이지 않고 스케치한 것이었다. 미스 콩의 특징들을 골라내어 어지간히 그녀를 닮게 해놓은 걸 보면 그건 단순한 스케치라기보다 일종의 나체 초상화라고나 해야 할 그런 그림이었다. 그림이 끝나자 허철에게 그걸 달랬더니, 그는 두 말 않고 미스 콩에게 그 그림을 떼어주더라는 것이었다.

한데 지연은 그 미스 콩의 이야기를 들으면서 차츰 이상한 생각이 들기 시작했다.

미스 콩을 두고는 허철이 아무래도 일을 열심히 하지 않고 있는 것 같은 느낌이었다. 첫 번엔 으레 손을 풀기 위해 그러는 것인지도 모르지만, 허철이 그녀를 정식 화폭에다 담지 않고 스케치 정도로 간단히 대접하고 있는 것부터가 그랬다. 그것도 이만저만 가벼운 손길이 아니었다. 미스 콩이 내달랜다고 선뜻 그림을 뜯어준 걸 보면 허철은 아예 처음부터 작품을 하겠다는 생각이 없었던 것 같기도 했다.

왜 그런 걸까. 미스 콩이 그토록 맘에 들질 않았다는 것일까.

지연은 생각이 자꾸 자기 쪽으로만 기울고 있었다.

그렇다면 결국 언젠가는 내게도 차례가 오고 말 거라는 건가. 미스 콩 대신 허철은 기어이 나를 벗겨놓고 말겠다는 것인가.

또 한 가지 있었다.

도대체 일을 시작하기 전에 몇 시간이고 혼자 허철이 뜸을 들이는 그 괴상한 버릇이었다.

지연으로서는 그게 도시 이해할 수가 없는 일이었다. 끔찍스런 생각만 들었다. 그까짓 옷을 벗고 서는 일쯤 대수냐 싶다가도 그 생각을 하면 영 정나미가 떨어지곤 했다.

나영욱은 뭐라고 할까. 그에게라도 한번 속을 떠보고 싶어질 지경이었다.

어쨌든 좀더 두고 볼 일이었다.

그러나 사정은 그 뒤로도 줄곧 마찬가지였다.

미스 콩은 아침 설거지만 끝나면 슬그머니 또 허철의 화실로 스며들어갔고, 그리고 하루 종일 두 사람 사이에 괴상한 싸움 같은 것이 계속되고 나면, 해가 질 때쯤 해서야 겨우 한두 장쯤 그나체 초상화 같은 미스 콩의 스케치가 완성되어 나오곤 했다.

언제나 스케치뿐이었다.

한데 그러던 어느 날이었다.

이날은 좀 별스런 일이 생겼다.

지연이 이날사 말고 혼자 아침 설거지를 끝내고 방으로 돌아와 보니 벌써 화실로 들어간 줄 알았던 허철이 웬일로 벌렁 아랫목을 차지하고 드러누워서 그녀를 멀뚱멀뚱 기다리고 있었던 것이다.

전에 없던 일이었다.

56

이제 올 것이 오고 만 것이다.

아무렇게나 작업복을 걸쳐 입은 허철이 빠끔빠끔 담배 연기를 뿜고 드러누워 있는 것을 보자 지연은 우선 수상쩍은 생각부터 들었다.

허철은 지연이 나타난 걸 보고도 얼핏 자리를 일어서려는 기색조차 없었다.

하지만 지연은 그 허철에게 당황한 빛을 보일 수는 없었다.

"웬일이세요? 아침부터 함부로 숙녀님들 방을 쳐들어오시구?"

"그러니까 불한당 아니오?"

허철은 빙긋빙긋 웃으며 계속 담배 연기만 내뱉고 있었다.

"쫓아낼까 봐요."

"하지만 아무도 없는 집 안에서 아가씨 혼자 불한당을 상대하려면 여간 조심해야지 않을 거요."

그러고 보니 집 안이 이상스럽게 조용했다. 허철이 미스 콩을 화실에 놔두고 나와서 혼자 이러고 있을 리가 없는데 그 미스 콩마저 통 꼴을 볼 수가 없다.

"흠— 오랜만에 날불한당을 만나고 보니까 원군을 찾게 되시나본데, 글쎄 이 집엔 지금 지연 씨하고 나밖엔 아무도 가엾은 아가씰 구해줄 사람이 없다니까요."

"다들 어디 갔지요?"

지연은 엉거주춤 쪽마루 위로 걸터앉으며 계속 의연스런 어조였다.

"우리 나 시인께서 미스 콩을 꾀어내갔지 뭐요. 지연 씨 몰래 미스 콩을 좀 위해주고 싶다고 말요."

그랬던가.

하지만 알 수 없는 일이었다. 허철의 말이 사실이라면 미스 콩이 왜 말을 하지 않았을까. 그사이 나영욱과 미스 콩 사이에 무슨 꿍꿍이가 있었던 것일까. 그리고 지연 몰래 미스 콩을 위해주련다는 허철의 말은 또 무슨 뜻인가.

"하지만 뭐 실망하실 건 없어요. 지연 씨 곁엔 여기 아직도 화가 한 사람이 남아 있으니까요. 둘 다 어차피 삼류 주제들이지만 멋있기로 말하면 환쟁이도 말무당 못지않거든요."

"오늘은 그림일 쉬시나 보죠?"

지연은 그만 말머리를 돌렸다. 허철을 따라가고 있기만 하다가는 아무래도 이야기가 더 실없이 되어갈 기세였다.

하니까 허철은 그제서야 자리를 벌떡 일어나 앉는다. 비로소 진짜 용건을 말할 때가 왔다는 듯 얼굴 표정까지 고쳐 잡았다.

"미안한 얘기지만 그 아가씨 아무래도 안 되겠어요. 그 아가씨론 안 돼요."

"왜요? 몸이 그리 맘에 들지 않아요?"

지연은 남의 얘기처럼 시치밀 떼는 수밖에 없었다.

"몸은 뭐…… 그럭저럭 괜찮은 편이더군요."

"몸이 좋으면 그만 아녜요?"

"그보다도 더 중요한 게 있어요."

"그럼 고분고분 말을 잘 듣지 않았던 게로군요."

"그것도 틀려요."

"그것 말고 또 무슨 이유가 있나요?"

"무엇보다도 난 처음부터 미스 콩을 그릴 작정이 아니었으니까요. 난 그때 무등산 다방에서 미스 콩을 만난 건 아니었습니다."

"하지만 지금까지 미스 콩과 일을 하지 않으셨어요?"

"그랬지요. 하지만 그건 모두 간단한 스케치뿐이었습니다."

"……"

"무척 애를 써봤지요. 하지만 잘 되질 않았어요."

"저더러 미스 콩을 대신하라는 건가요?"

"그사이엔 미스 콩이 지연 씰 대신하고 있었지요."

"알 수가 없어요. 어째서 그게 꼭 저라야 한다는 것인지를 말예요."

"무엇보다도 난 미스 콩을 사랑할 수가 없으니까."

허철이 다짜고짜 지연의 어깨를 세차게 부여잡았다. 어느 사이엔지 그의 얼굴이 무척도 가까이 다가와 있었다.

57

허철의 눈에는 잠시 어떤 위험스런 격정 같은 것이 지나가고 있었다.

지연은 그 허철의 뜻을 너무도 분명하게 알고 있었다.

사랑하지 않으면 아름답지 않다—

언젠가 그가 한 말이었다. 허철의 분위기에 이끌려 그랬는지, 그때는 그게 지극히도 추상적이고 어려운 말로만 생각되더니, 이제 와선 그보다도 더 구체적이고 분명한 말이 없는 것 같았다.

'처음부터 점을 찍은 건 지연이 너다. 넌 내게 아름다워질 수 있다. 네가 벗어라.'

하지만 지연은 아무 대꾸가 없었다. 그녀는 허철의 격정에 선불리 휘말리고 싶지가 않았다. 게다가 지연은 그 순간 이상스럽게도 그 비난기 어린 나영욱의 시선이 떠올랐다. 그런 식으로 일을 시작하고 싶지가 않았다.

그녀는 잔인스러울 만큼 맑고 총총한 시선으로 미동도 없이 허철의 눈길을 맞받고 있었다.

"빌어먹을! 대낮하군 참 육실허게 조용하군."

이윽고 허철이 지연의 어깨를 내밀치며 혼잣말처럼 투덜댔다.

다시 담배를 꺼내 물었다.

잠시 어색한 침묵이 흘렀다.

지연은 그제서야 참았던 숨을 소리 없이 길게 내뿜었다. 그리고는 이 쑥스러운 분위기를 자기가 먼저 바꿔놔야 되겠다는 듯,

"하지만 선생님은 어쩌면 지금 식으로 미스 콩을 그리시는 게 더 낫지 않겠어요?"

엉뚱한 소리를 지껄여놓고는 뱅긋뱅긋 장난스런 웃음기를 띠어 보였다.

"내게 무슨 설교를 하고 싶은 게로군."

정직해질 때는 늘 무뚝뚝한 허철이었다. 그는 아직도 좀 무뚝뚝한 어조였다.

그러나 지연은 그 허철을 아랑곳하지 않았다. 그녀가 그런 소리를 시작한 데는 실상 다른 이야기가 있었기 때문이었다.

"설교가 아니라 그저 좀 물어두고 싶은 거예요. 언젠가 선생님이 그리고 싶은 대상을 사랑할 수 있어야 아름다움도 볼 수 있다고 하신 말씀, 저 아직 기억하고 있어요. 하지만 선생님이 정말로 미스 콩을 사랑하게까지 되어버린다면 그다음엔 어떻게 되는 거죠?"

"그게 무슨 걱정이오?"

"사랑한다는 건 나중 가선 결국 가지고 싶어지는 거 아닌가요?"

"미스 콩의 팔자까지 망가뜨려놓을 참이 아니냐 이거로군. 하지만 그건 안심해도 좋을 거요."

"무얼루요?"

"이번엔 내가 좀 설교를 해야겠구먼. 예술이란, 사실은 대상에

대한 자기 욕망의 절제라고도 할 수 있는 것이랍니다. 무슨 말인고 하면 우리들의 욕망이란 아무 곳에서나 함부로 눈을 뜨게 마련이죠. 하지만 그 욕망대로 대상을 소유해버린다면, 그건 예술이 될 수 없습니다. 대상에 대한 자신의 욕망의 절제. 바꾸어 말하면 실제 대상을 가만 놔둔 채 그 욕망을 승화시켜 자기 속에 또 하나의 대상을, 아니 실제 대상보다도 더 완벽한 아름다움의 실체를 창조해 가지게 된단 말입니다. 그것이 예술입니다. 하니까 대상에 대한 사랑이 크면 클수록 소유 욕망도 커지고, 그것은 예술가의 자기 절제에 의한 창조력을 자극하는 원동력이 되는 거라고 할 수 있어요."

"알아들을 수가 없군요."

"지연 씨 말대로 우리가 사랑하는 것을 실제로 소유해버린다는 것은 예술이 아니라 단순한 파괴 행위일 뿐이라는 겁니다. 한 남자와 여자의 경우도 마찬가집니다. 그들의 사랑 때문에 결혼을 한다는 것은 한평생 동안 그 상대방에 대한 사랑을 파괴해가는 과정의 시작이 아니고 뭡니까. 언젠가도 말했지만 예술은 아름다움을 파괴하는 것이 아니라 그것에 보다 완벽하고 긴 생명을 불어넣는 것입니다."

58

오정이 지나고 나서도 집 안은 여전히 교교했다.

미스 콩과 나영욱은 아직도 시내에서 돌아오는 기척이 없었다.

허철은 한창 지연에게 열을 쏟고 나서는 그 혼자 다시 화실로 들어가버린 다음 시장기도 때우러 나오지 않았다.

"아마 이제 미스 콩은 옷을 잘 벗으려 하지 않을 게요."

다짐을 주듯 마지막으로 지연에게 내던지고 간 말이었다.

"영민한 아가씨가 아직 눈치를 못 채신 모양인데 우리 나 시인께서 그걸 무척 싫어하시니까 말요. 아마 녀석이 오늘쯤은 미스 콩을 단단히 세뇌시켜가지고 돌아올 게 틀림없어요."

하지만 지연은 그 허철을 내버려둔 채 과수원 언덕으로 집을 나와버렸다. 허철의 화실이 내려다보이는 배나무 둥지에 몸을 기대고 앉아 이리저리 생각을 좇고 있었다.

그녀는 아직도 작정이 서지 않고 있었다. 자꾸 이상한 생각만 들었다. 무엇보다 우선 허철의 말을 모두 곧이들을 수가 없었다.

영욱이 나 몰래 미스 콩을 위해주고 싶어 한다? 게다가 영욱은 미스 콩이 허철 앞에 옷을 벗고 나서는 것조차 싫어하는 형편이라고?

도대체 일이 어떻게 돌아가고 있는 것인지 짐작할 수가 없었다. 짐작이 가지 않으면서도 우선 언짢은 생각부터 들었다. 나영욱이 그 우산살 머리칼 아래로 하얗게 자기를 쏘아보곤 하던 눈길 속엔 전혀 다른 의미가 숨어 있었던 것 같기도 했다.

네가 벗어라 나쁜 계집! 어째서 자꾸 미스 콩만 내세우는 거냐. 애꿎은 미스 콩을 네년의 방패막이로 삼으려는 거냐.

허철의 말대로 한다면 영욱의 시선은 당연히 그런 식으로 읽어져야 했다. 지연이 허철 앞에 옷을 벗지 못하도록 어떤 경고를 주고 싶어 했으리라는 건 터무니없는 상상에 불과한 것 같았다.

하지만 지연은 아직도 그 나영욱이란 사내의 속심이 확실하게 붙잡혀오질 않았다.

질투를 사게 할 참인가.

그럴 수도 있을 것 같았다.

한데 지연은 거기서 그만 몸을 벌떡 일으키고 말았다. 아까부터 서물서물 다리 아랫도리께를 기어 다니던 개미 한 마리가 어느새 오금 위를 침범해오고 있었다. 몸을 일으킨 지연은 재빨리 옷자락을 눌러서 그 버릇없는 침입자를 잡아냈다.

녀석을 어떻게 할까 잠시 망설이고 있는데 발끝 아래서부터 겁없이 또 한 놈이 다리를 타오르고 있었다. 자세히 보니 오랑캐꽃이 오수수 모여 앉은 풀더미 아래로 황토 흙이 소복이 올라와 있었다. 개미굴이었다.

지연은 문득 장난기가 솟았다.

슬금슬금 주변을 둘러보았다. 아무도 없었다. 아래쪽 화실에서도 별다른 기척이 없었다. 남향 창문은 언제나처럼 커튼이 무겁게 드리워져 있었다.

그녀는 이윽고 안심이 되는 듯 엉거주춤 속옷을 내리기 시작했다. 오랑캐꽃 더미를 향해 슬그머니 치마를 열었다.

개미집은 금세 홍수를 만났다. 황토 흙더미가 무참하게 부서져나가고 버둥거릴 틈도 없이 개미 몇 마리가 그 황토 흙에 휩쓸렸다.

지연은 키들키들 웃고 있었다.

한데 바로 그때였다.

"하하하."

등 뒤에서 갑자기 커다란 남자의 웃음소리가 지연을 소스라치게 했다.

59

지연은 순간 기겁을 하고 놀랐다.

반사적으로 치맛자락을 추슬러 안으며 소리가 나는 쪽 과수 사이를 살폈다.

"하하하…… 여잔 국수를 먹고 있을 때만 빼곤 뭘 하고 있든지 보기가 좋다니까."

언제부터였는지 웃도리를 벗어제친 나영욱이 러닝셔츠 바람으로 언덕을 올라와 있었다. 그는 배나무 둥지에다 한 손을 버티고 서서 유유히 지연을 내려다보고 있었다.

지연은 창피하고 난처했다. 언제 어떻게 영욱이 거길 와 있게 되었는지, 그런 건 생각해볼 여유도 없었다. 몸 둘 곳을 모른 채 멍하니 영욱을 쳐다보고만 있었다.

아마도 그는 아직도 웃고 있을 터였지만, 저녁나절 해를 등에 지고 서 있었기 때문에 이쪽에선 그 영욱이 표정을 볼 수조차 없는 것이 더 안타까웠다.

"왜 방해가 되었나요? 난 별로 허물을 하시잖을 줄 알았는데 그 좀 너무 언짢은 얼굴인걸."

영욱은 밉살스럽도록 의기양양했다. 평소의 그답지 않게 유들유들했다.

"썩 꺼져 없어져요!"

지연의 입에서 마침내 욕설이 튀어나왔다.

"치사한 남자, 엉큼한 말무당……"

제대로 입이 풀려 막 화풀이를 시작하는 판이었다.

영욱의 뒤에서 느닷없이 또 한 사람의 그림자가 솟아올랐다.

미스 콩이었다. 시내에서 돌아오던 두 사람이 집으로 들어오질 않고 바로 그 언덕 너머 과수원 나무 사이로 숨어 들어가 있었던 모양이었다.

"어머! 저게 유 언니 아녜유? 영욱 씨 혼자 웬 말소린가 했더니 유 언니가 여긴 갑자기 웬일예유?"

미스 콩은 영욱의 곁으로 나란히 붙어 서며 지연의 출현이 오히려 의외라는 투였다. 백주부터 낮술기가 낀 목소리였다.

맹랑한 아가씨였다. 술기운 탓인지 그 미스 콩은 전에 없이 도도해져서 엉뚱한 소리로 마구 지연을 추궁해오고 있었다.

"언니 정말 날 이렇게 바지저고리로 만들 테유? 말을 좀 해봐요. 영욱 씨가…… 영욱 씨가 여기 온 줄은 도대체 어떻게 알았지요?"

나영욱을 함부로 영욱 씨 영욱 씨 하고 불러대는 것도 예삿일이 아니었다.

오히려 이젠 영욱이 입을 다물고 있었다. 알고 보니 영욱 역시도 술이 제법 취해 있는 기색이었다. 유들유들 지연을 골리고 든 것도 그 술기운 탓이었던 게 분명했다.

"부러운 팔자들이군."

지연은 그만 발길을 돌렸다. 자신의 몰골이 터무니없이 초라하게 느껴져서 더 이상 그러고 버티고 서 있을 수가 없었다.

"왜 그냥 가려구요? 가만있어도 누가 언닐 쫓진 않을 텐데 뭘……"

미스 콩은 못된 닭 새끼처럼 아직도 지연의 심사를 헤집어발기고 싶어 했다.

"가만 둬. 가라구 내버려 둬요."

영욱이 마침내 미스 콩을 가로막고 나섰다. 실상은 그 영욱의 심술이 좀더 사나웠다.

"지연 씬 지금 마저 끝내고 싶은 일이 있을 테니까."

"좋아요. 알았어요. 그럼 가보세요. 난 이제 언닐 방해하진 않을 테니까 맘 놓고 허 선생님한테 옷을 벗어주란 말예요."

"하하…… 이제 보니 미스 콩도 아주 제법인걸. 하지만 지금은 그게 아니에요. 지연 씬 오줌을 누다가 그만 중간에 참아버리고 있었던 거예요."

그 순간 지연은 발뿌리에서 돌멩이를 하나 번쩍 집어 들었다. 그러나 그녀는 언덕 쪽을 향해 몸을 획 돌려 섰을 뿐 차마 그 돌멩이를 집어 던지지는 못했다.

이미 그럴 수가 없었다.

언덕 위에 나란히 해를 지고 서 있던 두 그림자가 방금 그녀의 눈앞에서 보아란 듯 하나로 엉켜들고 있었기 때문이었다.

60

쫓기듯이 방으로 돌아와 생각하니 지연은 새삼 화가 치밀어 올랐다.

치사하고 음흉스런 사내.

앙큼하고 맹랑한 계집.

아침결에 허철이 귀띔해준 말들이 모두 사실이었던 것 같았다. 그럴 수가 없었다. 그런 꿍꿍이를 꾸미면서 그토록 의뭉스레 시치밀 떼고 있을 수가 없었다.

나영욱에 대해서, 미스 콩에 대해서 지연은 똑같이 어떤 배반감을 맛보고 있었다.

괘씸하고 분했다.

하지만 한편으론 또 이상한 생각도 들었다.

나영욱이 정말로 미스 콩을 좋아하고 있는 것일까.

그게 만약 사실이라 해도 무엇 때문에 영욱이 자기 앞에서 그런 짓궂은 시위를 벌여야 했는지를 이해할 수가 없었다.

영욱 자신의 어떤 질투 같은 것이 엿보이기도 했다. 영욱의 행동은 지연에게 모종의 질투가 촉발되어지기를 노리고 그런 것 같기도 했는데, 그게 정확하다면 결과는 오히려 그 영욱 자신의 질투만을 지연 앞에 착실히 노출해 보이고 만 셈이 되었다. 그리고 영욱에게 정말로 그러한 질투가 숨겨져 있었다면 그의 행동은 지연에 대한 괴상한 자기 고백의 한 방법일 수가 있었다.

하지만 그 모든 것은 다만 지연 혼자만의 행복한 상상에 불과하기가 쉬웠다.

미스 콩의 태도에서 지연은 차츰 그걸 느끼기 시작했다.

미스 콩은 이날 오후 과수원 숲 너머로 해가 완전히 기운 다음에야 비틀비틀 영욱과 함께 언덕을 내려왔다. 그리고 그녀는 더 이상 술기를 견디기가 어려운 듯 게슴츠레 맥풀어진 눈길로 방문을 들어서더니, 말도 없이 벌렁 아랫목으로 나자빠지며 순식간에 깊은 잠 속으로 파묻혀버렸다.

저녁상이 차려졌을 때도 그녀는 아직 자리를 일어나지 못했다. 거기선 물론 그녀를 찾는 사람도 없었다.

영욱은 괜히 입맛이 떨떠름한 표정이었고, 허철도 이날 낮 일에 대해선 이미 다 짐작을 하고 있는 듯 미스 콩에 대해 전혀 신경을 쓰지 않았다.

한데다 허철은 이날따라 특히 주의가 한데 집중되질 못한 기색이었다.

그에겐 평소 좀 염치없는 버릇이 한 가지 있었다. 누가 곁에 있든 말든, 그 자신이 무엇을 하고 있는 중이든, 언제 어디서나 함부로 마구 창자 속을 부셔대는 버릇이었다. 아무에게도 시선이 가닿아 있지 않은 지극히 무연스런 표정으로 그는 가끔 그렇게 느닷없이 염치를 버리는 수가 많았다.

부르륵—

이날 저녁은 밥상 앞에서마저 전혀 그 버릇을 사양하지 않았다. 벌써 두번째였다. 그의 작품에 냄새가 없는 것처럼 그러고도 그는 도대체 표정이 없었다.

"개새끼!"

마침내 영욱이 찜찜스런 얼굴로 한마디 윽박질렀다.

그래도 허철은 여전했다. 아무에게도 시선이 닿아 있지 않은 멍청스런 얼굴 그대로였다.

면구스러움을 무릅쓰고 일부러 사내들 틈에 끼여 앉았던 지연은 결국 아무 소득도 없이 상을 물러 나오는 수밖에 없었다. 무엇보다도 나영욱이 더 이상 미스 콩과의 관계를 분명히 하고 나설 생각이 없는 것 같았다. 이날 낮 일로 해서 그는 이제 그럴 필요를 느끼지 않은 것인지도 모를 일이었다.

하지만 미스 콩은 역시 달랐다.

"언니 나 냉수 한 그릇 갖다줄 테유?"

이날 밤 그녀는 자정이 거의 가까워올 무렵에야 간신히 정신을 되찾았다.

냉수 찾는 첫마디가 정신이 되돌아오는 신호였다.

한데 뭐니 뭐니 해도 그 미스 콩은 자기 속에 무슨 일을 숨겨두고는 하루를 온전히 못 지내는 딱한 천성의 아가씨였다.

61

"언니 나 아깐 엉망이었지요?"

지연이 가져다준 냉수 한 그릇을 벌컥벌컥 송두리째 다 들이켜고 난 미스 콩은 그제서야 지연에게 좀 미안해지는 모양이었다. 머리를 절레절레 흔들며 변명하듯 물어왔다.

"언니한테 무슨 말을 했는지도 생각이 잘 나질 않아요. 술김이라 아마 언니한텐 좀 못되게 굴었을 거예요."

시치밀 떼고 싶은 모양이었으나 제 말마따나 못되게 굴어야 했던 속심까진 미처 감추질 못하고 있었다.

"근데 언닌 어떻게 하필 그때 거길 나와 있었지요?"

"그냥 심심해서 바람이라도 쐴까구."

"언니가 막 영욱 씰 나무라구 있었지요?"

"……"

"왜 그랬어요. 무슨 일이 있었어요?"

한창 입이 달아오르고 있었다. 이젠 제법 영욱을 자기 사람으로 치부해놓고, 그 영욱에게 일어난 일은 당연히 자기도 알아둬야 할 권리가 있지 않느냐는 듯한 투였다.

하지만 그보다도 더 미스 콩의 기분이 잘 엿보이는 건 그렇게 자꾸 이야기를 참을 수 없어 하는 점이었다. 실상인즉 그녀는 지금 지연에게 말을 시키고 싶은 게 아니었다. 그녀는 뭔가 자기 이야기를 하고 싶은 것이었다.

"무슨 일이 있었긴. 그저 술이 좀 취해 있는 것 같아서…… 그보다도 니네들은 거기서 그래 뭣들을 하고 숨어 있었지?"

어물어물 자기 대답은 피해버리고 나서 지연은 슬쩍 미스 콩에게 질문을 되돌려주었다.

좀 쑥스런 기분이 들기는 했다. 뭣 때문에 그런 걸 묻고 있는지 자신도 잘 이해할 수 없었다. 만약 두 사람 사이가 지연의 짐작대로라면 미스 콩 대신 이제부턴 그녀 자신이 허철의 화실로 가서 옷을 벗어줘야 할 처지가 되고 있기는 했다. 하지만 지연의 관심은 그걸 따지기 위해 두 사람의 뒤를 쫓고 있는 건 아니었다. 오히려 지금의 지연으로선 그 두 가지가 전혀 별개의 일처럼 생각되고 있는 터였다. 하면서도 지연은 미스 콩과 영욱의 관계에 대해 좀더 분명한 말이 바라지는 심경이었다.

미스 콩은 물론 지연의 기대를 저버리지 않았다.

"이건 얘길 하지 말아야 하는 건데…… 하지만 언니한테람 뭐 상관있을라구."

그렇지 않아도 혼자선 참고 있기가 여간 힘들지 않았다는 듯 묻지도 않은 소리까지 제풀에 다 술술 털어놓기 시작했다.

"우린 영화 구경을 하고 나와서 점심을 먹었어요. 왜식집에서 김초밥을 사주데요. 그리곤 곧장 차를 타고 돌아왔는데요. 뒤에까지 와서 영욱 씨가 집엔 좀 있다가 들어가자고 하지 않아요. 콜라랑 소주를 사가지고 뒷길로 해서 과수원으로 들어갔어요."

"김밥하고 콜라를 먹었으면 소풍 간 기분이었겠구나."

"하지만 언니한텐 좀 미안해야지요. 늦었지만 언닐 부르자고 했지요. 한데 영욱 씨가 관두래요."

"왜 내가 술이래두 빼앗아 먹을까 봐?"

지연은 벌써 짐작이 있으면서도 일부러 농 섞은 소리를 했다.

한데 이번엔 미스 콩의 대꾸가 전혀 뜻밖이었다.

"언닌 아마 허 선생님하구 그림을 그리고 있을 거라고 방해하지 말라구요."

자신도 으레 그런 줄 알았기 때문에 여태까진 그 말을 피하고 있었다는 듯 어조가 꽤 단정적이었다.

지연은 갑자기 어이가 없어졌다.

"그럼 허 선생님 화실엔 가보지도 않은 나만 손핼 본 셈이게?"

"그야 언니하고 허 선생님 사이의 일인 걸 내가 알 수나 있수?"

시치밀 뗄 게 뭐냐는 표정이었다. 네 일은 네 일, 내 일은 내 일, 이제부턴 영욱과 자기 사이의 일에도 함부로 상관을 말라는 뜻까지 겸하고 있는 말이었다.

한마디로 그녀는 이제 영욱에 대해 도도할 만큼 자신이 만만해 있었다.

영욱이 그렇게 만들어놓은 것이었다.

62

다음 날— 지연은 드디어 허철 앞에 옷을 벗었다. 간밤에 벌써 반 이상 작정이 서 있었던 일이었다.

미스 콩의 말을 듣고 보니 지연은 이날 낮 과수원 숲 속에서 영욱들에게 당한 일이 더욱 씁쓰레했다. 나영욱의 행동은 이제 모두가 지연에 대한 에누리 없는 모욕으로 낙착되고 있었다. 이제부턴 방해가 되지 않을 테니 맘놓고 허철에게 옷을 벗어주라던 미스 콩의 말도 우연한 취중 넋두리가 아니었던 게 분명했다.

그렇다고 물론 그것이 지연이 옷을 벗게 된 이유의 전부는 아니었다. 이것저것 따질 사이도 없이 불쑥 그렇게 벗고 싶어졌고, 벗고 싶어졌기 때문에 허철의 화실로 뛰어들어버린 지연이었다.

하지만 그나마 지연의 심중을 헤아릴 수 없는 허철은 그녀가 신기하기만 했다.

"어허, 이제 겨우 내 말을 좀 믿게 되나 보군."

아무 예고도 없이 불쑥 화실을 들어서는 지연을 보고 허철은 놀라기부터 했다. 화실 안에선 특별한 분위기로 여인들을 다뤄온 그였지만 이날은 자신이 먼저 농지거릴 시작하고 있었다.

아무래도 아직 잘 신용이 가지 않은 얼굴이었다. 지연에게 또 무슨 변덕이 생기지나 않을까, 좀더 기다려보자는 심사 같기도 했다.

하지만 지연은 말이 없었다. 말없이 그저 허철을 건너다보고만 있었다. 유연하고 차분한 태도였다. 이미 작정이 다 서 있는 사람의 그것이었다. 고스란히 허철의 처분만 기다리는 낌새였다.

허철은 비로소 생각을 다시 가다듬기 시작했다. 천천히 담배를 한 알 꺼내 물었다.

미스 콩에게처럼 줄에 걸린 수건을 내려 건네주고 화실을 나왔다.

더 이상 아무것도 말은 하지 않았다.

하지만 허철은 아직도 마음의 초점이 잡히질 않았다. 미스 콩이나 그 이전의 어떤 여자들의 경우 때하고도 달리 심중이 영 어수선했다.

이것들이 오늘도 작당을 해서 집을 나갔나 보군.

그사이 미스 콩과 영욱은 또 기척을 감추고 없었다. 그는 느닷없이 그렇게 집 안이 조용해져 있는 데까지 신경이 쓰이고 있었다.

부르륵—

문뜩 그는 과수원 숲 너머로 파랗게 밀려가고 있는 초여름 하늘을 향하고 서서 배 속을 한번 크게 부셔냈다. 시선만은 역시 눈시울까지 차오른 초여름 하늘이나 무등산 그 어느 것에도 초점이 닿아 있지 않았다.

이윽고 그가 다시 화실로 돌아왔을 때였다. 허철은 이번에야말로 진짜 정신이 번쩍 되돌아왔다.

미스 콩에게 들어 그런지 지연은 그사이 아무 스스럼도 느끼지 않은 것처럼 한꺼번에 옷을 모두 벗어버리고 있었다. 옷을 벗은 채 커튼이 드리워진 남쪽 유리창문을 기대고 서서 우두커니 허철을 기다리고 있었다.

침착하고 안정된 마음속이 환히 다 들여다보일 만큼 유연스런 모습이었다. 허철이 건네주고 나간 수건을 한 손에 걸쳐들고 있었지만, 그녀가 창문을 향해 몸을 반쯤 비틀고 서 있었기 때문에 그것도 별로 부자연스레 보이지가 않았다.

그 지연을 보자 허철은 그만 불시에 숨이 멎어버릴 것 같았다.

이런 여자가 있었다니.

사이키 핑크—

제일 먼저 허철의 눈에 들어온 것은 눈이 부시도록 희고 아담한 그녀의 두 젖가슴 위에, 그려놓은 입술처럼 곱게 점 찍힌 사이키 핑크의 꽃점 둘이었다.

63

허철은 자신을 견디고 있었다.

지연을 짓부숴버리고 싶은 충동이 일시에 요동쳐 올랐기 때문이었다.

미스 콩을 향해선 그토록 잠잠하던 감정의 기폭이 지연을 만나자 여름날 우뢰처럼 소란스러웠다.

허철은 그걸 참아내야 했다.

불길처럼 활활 타오르는 세찬 소유욕, 여자가 지닌 모든 것을 일시에 깨부숴버리고 싶은 성급한 남자의 파괴 본능, 허철에겐 애초 그 모든 것이 창작의 원동력이었다. 그것이 없이는 처음부터 일이 불가능했다. 허철의 작품 제작은 그 거센 충동과 욕망들을 잔인할 만큼 혹독한 긴장 속에 인내하고 절제해내는 과정에서만 가능했다. 현실적인 소유욕이나 파괴의 충동이 예술적 창조력으로 승화되는 것이라 할까, 아니면 그 욕망의 창조적인 절제 그것이 바로 허철의 예술이라고 할까.

어쨌든 그는 그런 식으로 자신의 작업을 통하여 대상을 소유했고, 그러한 소유 행위의 산물이 작품이 되고 있는 셈이었다.

그는 좀더 참고 기다리지 않으면 안 되었다. 그의 육신 속에 아우성치며 들끓고 있는 것들이 마침내 어떤 새로운 질서를 이루며, 신비스런 소리로 지연의 그것을 찬미하게 될 때까지 그리고 그 찬미 소리가 보다 간절한 소망으로 음험스런 육신의 충동을 이겨낼 때까지 그는 좀더 참고 기다려야 했다.

이윽고 그는 천천히 지연에게로 다가갔다. 오랫동안 화실 구석에 처박아둔 모델대를 끌어낼까 했으나 금세 그건 단념을 하고 말았다. 모델대 대신 높직한 걸상을 가져다가 그녀의 뒤로 받쳐 넣었다.

"그대로…… 방향하고 자센 그대로 하고 가만히 의자 위로 걸터앉아요."

비스듬히 옆으로 비껴 선 자세 그대로 기대서듯 엉덩이만 조금 의자 끝으로 걸터앉게 했다. 머리를 유리창 벽에다 가볍게 대도록 하고 포근한 분홍색과 노랑이 엇갈린 수건은 그냥 손에다 들고 있게 했다.

지연은 아무 말도 하지 않았다. 아무 말도 하지 않았지만, 허철이 시키는 대로 고분고분 말을 잘 따랐다.

"그대로…… 몸에서 긴장을 풀고 그대로 좀 편하게 앉아 있어줘요."

허철은 다시 지연 곁을 물러나와 소파 쪽으로 돌아왔다. 그리고는 또 계속해서 기다리기 시작했다. 지연 곁에선 숨도 제대로 쉬어보질 못한 느낌이었다.

그는 다시 담배를 뽑아 물었다.

한 식경이나 또 시간이 흘렀다.

과수원의 아침나절은 한창 짙은 정적 속으로 무겁게 가라앉아 있었다. 화실 안은 그 잦아질 듯한 정적과 초여름 태양열로 하여 숨이 답답할 지경이었다.

그러나 지연은 아직도 꼼짝을 하지 않고 있었다. 아니 모든 것이 꼼짝을 하지 않고 있는 건 아니었다.

언제부턴지 그녀에게선 손에 쥔 수건이 조금씩조금씩 허벅지 아래로 흘러내리고 있었다. 머리채가 훨씬 무거워 보이는 걸 보면 그녀의 고개도 처음보다는 좀 앞으로 기울고 있는 게 분명했다.

허철은 어이가 없었다.

이런 철부지 아가씨라니……

가만가만 발소리를 죽이고 다가가보니 그녀는 이미 구석구석 얇은 잠에 젖어 있었다. 반쯤 유리창 벽을 향하고 있던 두 눈은 말할 것도 없고, 가늘게 쌕쌕거리는 숨소리에서도 어느새 달콤한 꿈이 묻어 나오고 있었다. 가슴에 점 찍힌 두개의 꽃점에도, 가릴 곳을 떠나 허벅지 아래로 흘러내린 그녀의 수건에도 모두가 그렇게 잠이 배어 있었다.

거기다 지연은 입술까지 조금 열려 있었다.

그렇지. 이 아가씬 아까부터 자꾸 어딘가를 반쯤 열어두고 있었지.

허철은 한동안 그 지연을 가만히 내려다보고 있다가 문득 중얼거렸다.

그의 눈빛이 갑자기 이상하게 빛나기 시작했다.

64

잠들어 열려 있는 여인.

말없는 유혹—

허철의 갈망은 절정까지 치달아 올랐다. 몇 차례 육중한 전율이 그를 꿰뚫고 지나갔다. 그는 지연에게서 구할 수 있는 마지막 인내를 경험하고 있었다.

지금 당장 이 여잘 부숴버리고 싶다.

그녀의 곁을 도망쳐버리지 않고는 더 이상 견뎌낼 수가 없을 것 같았다.

그러나 허철은 끝내 화실을 나가진 않았다.

이윽고 지연이 다시 눈을 떴을 때였다. 허철은 아직도 그 화실 안에 있었다. 소파에 걸터앉아 커다란 스케치북을 무릎에 세워 안고서 열심히 손을 움직이고 있었다.

드디어 일을 시작한 것이었다. 튀어나갈 듯 긴장한 얼굴이나 손놀림 하나 하나가 미스 콩 때처럼 그저 단순한 스케치는 아닌 듯했다. 물감을 쓰기 전의 느낌들을 그런 식으로 메모해두고 있는 것 같았다.

지연은 눈을 뜨고 나서도 함부로 허튼 기척을 건넬 수가 없었다. 허철은 아직 그녀가 눈을 뜬 줄도 모르고 자기 일에만 정신이 팔려 있었다. 지연은 이미 허철의 느낌 속에서 분명한 모습을 짓고 있으며, 그는 그 지연에 대한 자기 느낌 속의 모습만을 그릴 참이라는 듯 그녀를 건너다보는 일도 무척 드물었다.

어쩌다 스케치북을 넘어오는 시선조차 인색하기 그지없었다. 조금은 방관적이기까지 한 눈길로 잠시 잠깐 그녀 위를 스쳐가곤 할 뿐이었다.

지연은 언제까지나 그 허철의 시선이 붙잡히기만을 잠잠히 기다리고 있었다.

한데 사실은 허철 쪽에서도 이미 그 지연을 알고 있었던 것일까.

"고맙군."

작업이 대충 끝난 듯 그가 문득 소파에서 일어섰다.

"오후에 다시 시작하기로 하고 이젠 좀 쉬어요."

그림과 지연을 번갈아보며 낮고 은근한 목소리로 말했다. 도대체 잠이 들어 있는 사람에게 건네는 말 같지가 않았다. 그는 으레 그녀가 잠이 깨어 있을 줄 알았거나, 아니면 아예 처음부터 잠이 든 줄을 모르고 있었던 듯한 기색이었다.

"벌써 다 끝났어요? 전 그새 잠이 들었었나 봐요."

지연은 좀 신기한 느낌이었다. 그사이 아무 일도 없이 얌전히 일을 시작해준 것도 그랬지만, 그보다도 그녀가 잠이 들었던 사실조차 모르고 있었던 듯한 허철의 심중은 헤아릴 수가 없었다.

그녀는 옷을 찾아 입을 생각도 않고 미안하다는 듯 허철을 건너다보았다.

한데 허철의 대꾸는 좀더 뜻밖이었다.

"잠이 들어 있는 게 더 좋았어요. 다음번에도 되도록 잠을 잤으면 좋겠소."

"자고 있는 꼴을 그리려구요?"

"오늘처럼 늘 고운 잠에 취해들어주기만 한다면."

"하지만 지금은 저 중간에서부터 깨어 있었는걸요."

"그래서 내가 고맙다고 하지 않았소. 잠을 깨고서도 그냥 계속해서 자고 있는 척해주었으니 말요."

싱긋이 웃으며 허철은 그만 거기서 화실을 나갔다.

65

이날부터 지연은 계속해서 허철의 화실을 드나들었다.

지연이 화실을 드나들기 시작하자 미스 콩은 갑자기 태도가 달라져버렸다. 허철의 그림 일에는 될수록 관심을 가지려 하지 않았다. 걸핏하면 영욱하고 어울려 시낼 싸다니기나 좋아했다.

허철은 아무것도 개의치 않았다. 영욱과 미스 콩이 무슨 짓을 하고 다니든 알 바 아니라는 태도였다. 지연이 날마다 화실을 찾아와주면, 그리고 그 지연을 맘껏 그리고 있을 수만 있다면 다 그만이라는 식이었다.

그만큼 그는 지연과 그림에만 열심이었다. 이젠 스케치가 아니라 본격적인 작업이었다. 화가(畵架)를 세우고 화폭도 마련하고 있었다.

그는 그 화폭 앞에서 시간 가는 줄을 몰랐다. 화면 구성이 맘에 들지 않으면 몇 번씩 처음부터 다시 시작을 고쳐 하면서도 그는 조금도 지칠 줄을 몰랐다. 한나절도 좋고 하루도 좋았다.

지연에게 휴식을 주는 일도 없이, 점심까지 걸러가면서 하루해를 꼬박 그 화실 안에서 보낸 일도 있었다.

하지만 그 모든 시간 동안 허철이 늘 붓을 움직이고 있는 것은 물론 아니었다. 그는 오일 물감을 쓰고 있었는데, 물감을 개거나 붓을 빠는 데도 많은 시간을 허비했다. 어떤 때는 그저 몇 시간이고 혼자 상념에 젖어들며 우두커니 소파에만 걸터앉아 있을 때도 있었다.

화폭에 물감이 칠해진 것은 조금씩뿐이었다. 그것도 어떤 일정한 진로가 엿보이는 게 아니라 지극히 우발적이고 불규칙한 상태였다.

그러나 지연은 그 모든 시간을 항상 허철과 함께 있어야 했다. 커튼이 내려진 남쪽 유리창 벽 근처에다 등의자 하나를 들여다 놓고, 그 의자 위로 비스듬히 몸을 기대고 앉아 시들시들 언제나 졸음에 젖어 있어야 했다.

허철이 그런 졸음을 환영했고, 지연 자신도 의자에만 앉으면 늘 그 노곤한 졸음이 심신을 휘말아오곤 했기 때문이었다.

마침내 그림의 윤곽이 화폭 위에 떠오르기 시작했다.

옷을 벗은 채 조용히 등의자에 기대어 잠이 든 여인.

모든 것이 그 적막한 잠으로 하여 깊게 닫혀 있는 여인.

그러면서도 어딘가 그녀의 깊은 곳이 그리움처럼 몰래 열려 있는 여인.

그 여인의 잠이 허철의 화폭 위에서 하루하루 조용한 숨결을 얻어가고 있었다.

그녀의 후면, 그러니까 엷은 주황색 커튼이 화폭의 3분의 2나 채우고 있는 그 그림의 나머지 공간은, 시원스런 초여름의 무등산이 물그림자처럼 부옇게 그늘져 있었다. 유리창 쪽으로 반쯤 고개를 돌리고 있는 여인이 잠 속에서 그 무등산을 안아들이고 있는 듯한 느낌이었다.

한데 며칠 뒤 드디어 그림이 완성되었을 때였다. 지연으로서는 물론 그림이 완성되었는지 어쨌는지도 확실한 걸 알 수가 없었다. 그림이 완성되었다는 것은 허철이 화가에서 그 그림을 떼어 내렸기 때문이었다.

한데 어쨌든 허철은 그 그림을 떼어 내리고 나서 갑자기 또 태도가 이상해지기 시작했다.

그림이 완성되고 나면 기분이 좀 후련할 줄 알았던 허철은 오히려 그 반대였다.

자신의 그림을 영 참을 수 없어 했다. 지연에 대해서까지 어떤 심한 낭패감을 느끼고 있는 것 같았다.

몇 번씩 그림을 다시 들여다보곤 했지만 아무래도 그 영문 모를 낭패감을 씻을 수가 없는 기색이었다.

66

이윽고 허철은 새판잡이로 또 다른 그림을 시작했다.

역시 유리창 벽 옆에 잠들어 있는 지연의 모습이었다. 이번에는 지연에게 짙은 녹색 표지의 책을 한 권 펴 들고 있게 한 것이 처음과 다른 점이었다. 가슴과 배의 중간께를 끌어안듯이 한 손은 그 녹색의 책표지를 펼쳐 안고, 또 다른 한 손은 창밖을 향해 가벼운 팔베개를 지어 기대게 했다.

그리고 그런 식으로 며칠 후엔 또 한 점의 그림이 완성되었다.

그러나 허철은 이번에도 마찬가지였다.

도대체 자신의 그림을 참을 수 없어 했다. 낭패감만 점점 더해가는 기색이었다. 이번엔 그 낭패감이 지나쳐서 숫제 지연이 증오스러워지기까지 한 모양이었다.

"빌어먹을! 도대체 양보를 하지 않는군."

"모델이 너무 건방져서 이 꼴이란 말야, 하지만 부숴 없애버리기 전엔 양보를 해올 수도 없는 일일 테지."

지연을 향해 알아들을 수도 없는 소리들을 함부로 쏘아붙였다.

엉뚱한 화풀이를 당하게 된 꼴이었다.

하지만 지연은 막연하게나마 그 허철을 이해할 수 있을 것 같았다.

그림이 맘에 흡족하지 않아서겠지.

자기는 알아볼 수가 없었지만 허철의 그림에는 어딘지 아직 모자라는 데가 있기 때문일 거라고 간단히 생각해버리곤 했다.

허철은 물론 이번에도 일을 다시 시작했다. 그리고 다음번에도 또 그 다음번에도 그는 계속해서 일을 다시 시작했다.

결과는 언제나 마찬가지였다.

사정만 점점 더 나빠져갔다. 지연에 대한 터무니없는 증오감도 이젠 더 이상 견디기가 어려울 정도였다. 금세 꼭 무슨 일이 일어나고 말 것 같은 형세였다.

지연은 비로소 그 허철이 두려워지기 시작했다. 그가 번번이 그림을 다시 시작하고 있는 것은 반드시 그 그림의 흠 탓만이 아닌 것 같았다. 그림이 한 점씩 끝났을 때마다 이상한 낭패감에 젖어 지연을 저주스러워하는 것도, 그 자신의 능력에 대한 혐오나 자책감 때문일 거라고 너그럽게만 보아줄 수가 없었다.

그러고 있기에는 지연 자신의 느낌이 너무 긴박했다.

지연은 그 허철로부터 어떤 지독한 집념 같은 걸 느끼고 있었다. 그 집념이라는 것이 지극히 병적이고 위험스런 느낌을 주고 있는 것은 말할 필요도 없었다. 알 수 없는 것은 그 집념의 정체가 무엇인가 하는 것뿐이었다.

허철이란 사내— 그림만으로는 도저히 채워지지 않는 것을 지니고 있는 사내. 그 채워지지 않는 것이 무엇인가. 무엇으로 그것을 채우고 싶은 것인가.

(한데 그러던 어느 날이었다)

이날도 물론 허철과 지연은 하루 종일 화실을 지키고 있었고, 방 안에 어둑어둑 저녁 어스름이 스며들기 시작하면서부터는 불까지 밝혀가면서 한창 작업에 열중해 있던 참이었다.

마침내 엉뚱한 곳에서부터 사건이 터지고 말았다.

일에 빠져 둘 다 사람이 다가오는 기미를 알아채지 못하고 있었던 것일까.

느닷없이 화실 문이 벌컥 열리면서 예기치 않은 침입자들이 그 허철의 작업장 안으로 들이닥쳐온 것이었다.

67

"아하하아— 역시 두 분은 아직 예술 중이셨군. 불까지 켜구 한창 땀들이 나서 말씀이야 응?"

아침부터 또 미스 콩과 어울려 집을 나간 후로 하루 종일 꼴을 볼 수 없던 영욱이었다.

게다가 그 화실은 허철 자신이나 옷을 벗은 여자에겐 일종의 성역(聖域)처럼 되어 있는 곳이었다.

한데 언제 돌아왔는지 나영욱이 그 화실 문을 열어젖히고 서서 뱃심 좋게 너털거리고 있었다. 술기가 역연(歷然)한 목소리였다.

"한데 이건 아무리 생각해도 좀 불공평한 예술이란 말야. 한쪽만 옷을 벗거든. 기왕이면 이쪽도 함께 옷을 벗어야 공평할 텐데 말야. 그렇게 생각되지 않나, 화백 양반?"

터무니없이 당당하게 떠들어대고 있는 품이 일부러 작정을 하고 온 사람이 분명했다.

"아 참, 자네도 이리 들어오지그래. 거기도 여기서 발가벗고 함께 예술을 한 적이 있으니까 이쯤 구경은 다 양해가 될 거야. 권리가 있는지도 모르지."

나중엔 문 앞에서 쭈뼛거리고 있는 미스 콩까지 끌어들였다.

지연은 다만 어이가 없었다. 미처 부끄러운 생각도 들지 않았다. 불결스런 시선들을 견디면서 오연(傲然)하게 그 불의의 침입자들을 쏘아보고 있었다. 첨부터 말을 맞춰가지고 왔음에 틀림없는 영욱이나 미스 콩 쪽이 오히려 그 지연의 기세에 눌려 어물어물 시선을 가누지 못하고 있었다.

불시에 일을 당해 그런지 허철도 아직 말이 없었다.

독기 어린 눈초리로 영욱의 거동을 곰곰 지켜보고 있을 뿐이었다.

하니까 영욱은 좀더 의기양양해지고 있었다.

"흐흥 그러고 보면 우리 허 화백께선 이번에도 또 일이 순조롭지만은 않은 모양인걸. 비슷비슷한 나체 미인도가 벌써 다섯 점째 아냐. 아무래도 심상찮은 징조야."

어떻게든지 반응이 없는 허철의 비위를 꼬드겨서 싸움이라도 한판 벌여야 속이 시원해질 모양이었다.

"아마 일이 이렇게 돼가노라면 또 그 편리한 버릇이 도져야겠지? 그림을 적당히 끝내고 나선 모델을 때려부숴버리는 자네의 그 못된 버릇 말일세."

"나가!"

마침내 허철이 소리를 버럭 질렀다. 그 영욱에게 결국은 아픈 데를 찔리고 만 듯 표정까지 잔뜩 일그러졌다.

그러나 나영욱은 아직도 부족한 얼굴이었다.

"왜 내가 틀린 말을 했나. 자넨 언제나 그게 작업을 결말짓는 마지막 절차가 아니었나?"

지연을 힐끗거리며 느물대고 있는 꼴이 영락없는 쌈패였다. 그것도 한동안 상대를 만나지 못해 터무니없이 주먹이 초조해진 쌈패였다.

"나가! 더러운 주둥일 그저 한주먹에 부숴놓기 전에 썩 나가 없어지란 말야."

"그참 남의 충고를 너무 냉대하는군그래. 값진 물건일수록 여러 사람에게 고루 감상을 시켜야 제값이 나는 법이라기에 이러는 거 아냐. 자네 혼자 욕심만 가지고 너무 성급하게 깨부숴버리진 말라는 건데, 그리 화를 내면 지연 씨에게도 실례가 되지 않을까?"

영욱의 의도는 이제 의심할 여지가 없어 보였다.

"정 그렇담 할 수 없군."

속심을 알겠다는 듯 허철이 마침내 화필을 내던졌다.

이제 작정이 선 표정이었다.

"나와라, 이 새끼야."

화실 문을 박차고 나가는 허철의 얼굴에는 지금까지 그를 얽어매고 있던 무거운 사슬이 불시에 풀려버린 듯, 후련스런 통쾌감마저 엿보이고 있었다.

68

도시 엉뚱한 사내들이었다.

주먹다짐이 벌어지고 보면 결과는 보나 마나였다.

껑충하니 키만 컸지 다부진 데라곤 한 곳도 없어 보이는 영욱이 피를 볼 게 뻔했다.

한데도 영욱은 조금도 기가 꺾이는 기색이 없었다. 바득바득 비위를 긁고 덤빈 것도 그가 먼저였지만, 성난 멧돼지처럼 문을 박차고 나가는 허철을 보고도 눈 하나 깜짝하질 않았다. 오히려 그 허철을 기다리고 있었다는 듯 냉큼 그를 뒤쫓아 나섰다.

구실이 생긴 김에, 어쩌면 그런 구실이 없었더라도 싸움을 한판 벌일 참이었다는 기세들이었다.

그림을 끝내기 위해선 반드시 허철이 먼저 그녀를 깨부수러 덤빌 거라고, 지연이 여태 모르고 있었던 비밀까지 함부로 터져 나오는 판이었다.

지연은 대충 옷을 걸쳐 입고 화실을 나왔다.

바깥은 아직 날이 완전히 어두워지지 않고 있었다. 그녀는 기가 질려 어쩔 줄 모르고 있는 미스 콩을 데리고 사내들을 뒤쫓아 나섰다.

사내들은 주먹다짐을 벌이기 좋은 과수원 숲속으로 가고 있질 않았다. 아래쪽 큰길을 향해 아무 일도 없었던 사람들처럼 나란히 샛길을 걸어 내려가고 있었다.

화해 술부터 미리 마셔놓으려는 참이었을까. 큰길을 만나서는 또 앞서거니 뒤서거니 동네 주막집을 찾아들어가고 있었다.

그리고는 영 소식이 없었다.

하지만 싸움은 역시 예정을 어기지 않을 작정이었던 모양이었다.

지연과 미스 콩 둘이서 때늦은 저녁을 끝내고 난 다음이었다. 사내들의 일도 궁금해지고 해서 산책 삼아 슬슬 둘이서 과수원 길을 내려오고 있을 때였다.

길 아랫목 어둠 속에서 문득 사내들의 기척이 올라오고 있었다.

"더러운 새끼한테 더러운 술을 얻어먹었더니 취하는 것도 더럽구먼."

"실컷 떠들어둬라. 술이 깨는 기분은 좀 더 더러울 거다."

"개새끼, 내 술 깨는 기분을 걱정하는 거냐. 건방지게…… 어쨌든 좋다. 집에까지 닿기 전에 배 속의 건 몽땅 다시 토해줄 테다."

"흠! 고거 하난 잘 생각했다. 그러지 않아도 난 지금 네놈에게 똥물까지 다 토해내게 해줄 참이었다. 똥물 토한 아가리로 술을 깨는 기분이 썩 괜찮을 거다."

영욱이 먼저고 허철이 맞받는 순서였다.

싸움질을 무슨 운동시합으로나 여기는 투들이었다. 술을 마신 건 이를테면 그 시합의 준비운동쯤 되는 모양이었다.

두 사내는 이제 어릿어릿 윤곽이 잡힐 만큼 가까이 다가들고 있었다.

지연들은 미리부터 길을 비켜서서 숲 뒤로 몸을 숨기고 있었다.

하지만 거기서부터는 더 이상 사내들도 길을 올라오지 않았다. 한동안 그렇게 옥신각신을 되풀이하더니 기어이 거기서 육탄전이 시작되고 말았다.

"똥물을 누가 먼저 토해내나 두고 봐라. 이 치사스런 색광놈아! 나도 오늘은 네놈의 그 뻔뻔스런 화상을 아주 묵사발로 만들어놔야 편한 잠을 좀 자겠다."

영욱의 말이 채 끝나기도 전이었다.

"이 더러운 말무당 새끼가!"

영욱을 향해 이번에는 허철이 불쑥 주먹을 날려버린 것이었다.

69

두 사내는 금세 어둠 속에서 한덩어리가 되었다.

톡탁톡탁 치고받는 소리가 요란하더니, 나중에는 마구 흙밭에 엉켜 뒹굴어대기까지 했다.

의외로 허철은 뚝심뿐이었다. 어둠이 깊어서 그나마도 겨냥을 잘못 잡기가 일쑤였다. 반대로 영욱은 허철보다 동작이 훨씬 민첩했다. 끈기나 오기까지 허철을 능가했다.

싸움은 쉽게 결판이 나지 않았다. 툭탁거리다간 다시 엉겨붙고, 엉겨붙었다간 금세 또 멀찌감치씩 몸이 서로 나가떨어지곤 했다. 한쪽이 배를 타고 짓눌러대는가 하면, 다른 한쪽이 거꾸로 그의 등을 덮쳐 안고 나뒹그러지는 수도 있었다.

한데 둘은 그렇게 용을 쓰며 엎치락뒤치락하면서도 욕설만은 계속 쉬질 않았다.

"일년 열두달 용돈 비렁뱅이질이나 해 나르는 이 치사한 사기꾼 새끼야."

"너 말 한마디 잘했다. 그나마 비렁뱅이질 할 데도 없어서 그 나이가 되도록 친구 신세나 지고 다니는 네놈 염치는 그럼 무슨 상거지 염치냐 이 뻰뻰아."

오만 욕설을 다 섞어가며, 두 사람 처지에선 가장 조심스러워해야 할 말들을 서슴없이 뱉어냈다. 거기다 형세가 바뀔 때마다 욕설은 번번이 새 시빗거리를 찾아냈고 정도마저 점점 더 심해져 갔다.

"네놈은 도대체 그 알량한 환쟁일 구실 삼아 몇 명쯤이나 계집을 망가뜨려놓을 참이냐. 이 가짜 삼류야."

"거들떠보는 사람 하나 없는 말무당 주제에, 그래도 시를 쓴답시구 오만 십자갈 혼자 다 떠 짊어진 듯이 거드럭거리는 화상이라니 참…… 아나 시, 아나 십자가."

더러는 미스 콩이나 지연이 그 시비의 구실로 등장하는 때도 있었다.

"이번엔 얌전히 돌려보내라. 정말로 이번엔 내가 용서를 않겠다."

영욱이 먼저 허철을 짓누르는 소리.

그러나 허철이 이내 그 영욱을 떠밀치고 일어난다.

"흥, 네놈은 아직도 미스 콩이 걱정이구나. 하지만 그건 안심해

라. 첨부터 나도 네놈의 그 음흉한 속심은 짐작을 하고 있었다."

"눈이 뒤집히면 원래 보이는 게 없는 법이다. 그것들 눈이나 한 번 똑똑히 들여다보고 지껄여라. 너 같은 악당도 감히 그 눈을 흐려놓고 싶진 않을 게다."

"개가 똥을 봤구나."

산다는 것은 쉴 새 없이 욕을 만드는 일이며, 두 사람은 이날 밤 쌓이고 쌓인 욕설을 실컷 쏟아놓자고 싸움을 시작한 사람들 같았다. 그렇게 하여 상대방을 빌려 서로의 아픔을 확인하고, 격렬한 육신의 대결로 그 아픔을 조금이라도 씻어내고 싶어 하는, 어찌 보면 지극히도 가엾고 딱한 사람들이 아닌가 싶었다. 사내들은 아직 지연들이 가까이 다가서고 있는 기미조차 알아차리질 못하고 있었다.

하지만 그들도 끝내는 기진맥진이었다.

이윽고 사내들은 목까지 숨을 헐떡거리며 더 이상 몸을 일으키지 못했다. 속이 웬만큼은 후련해진 것일까. 아니면 숨이 막혀 이젠 말소리가 목구멍을 넘어올 수조차 없게 되어버린 것일까. 어둠속은 잠시 그 두 사내의 허탈한 숨소리만 가득했다.

한데 그로부터 또 한참 시간이 흐른 다음이었다.

으흐흐—

어린애처럼 땅바닥에 풀썩 엎드러져 있던 영욱 쪽에서 문득 괴상한 소리가 흘러나왔다.

70

웃음소린가 했더니, 영욱이 이를 악물며 소리를 억제하고 있었다.

웬일인지 그는 불시에 자신의 감정을 이길 수가 없어진 모양이었다. 괴상한 오열이 자꾸만 영욱의 잇사이를 새어나오고 있었다.

하지만 소리는 오래가지 않았다.

잠시 후 어둠 속은 다시 무거운 침묵 속으로 가라앉아버렸다.

"시를 쓰는 게 병이야."

이윽고 허철이 혼잣말처럼 중얼거리고 있었다. 그 역시 쓸쓸하고 공허한 목소리였다.

"그렇게 견딜 수 없어 하면서 왜 바보같이 시는 쓰려고 하지? 그까짓 시는 뭣 땜에 그만두지 못한다는 거지?"

마치 자신을 추궁하고 있기라도 하듯 한숨 섞인 목소리였다.

"나라고 몰라서 하는 소릴 물론 아니야. 나도 아직 그림을 그린다구 이러고 있지 않아. 하지만 이 광주에선 정말로 시밖에 쓸 일이 없을까. 삼류의 시를 쓰고 삼류의 그림을 그리는 일밖엔 정말로 다른 일이 없을까……"

영욱은 끝내 대꾸가 없었다.

허철만이 그 깊은 어둠의 무게를 혼자 감당해내려는 듯 한숨 섞인 소리로 자문자답을 계속하고 있었다.

"하지만 그건 아닐 거다. 네 녀석이 뭐래도 난 알고 있으니까.

넌 너무도 사랑이 많은 녀석이야. 무엇이든지 한꺼번에 너무 사랑하고 싶어 하지. 그리고는 혼자 못 견뎌 하고 거꾸로 그것들을 미워한단 말이다. 무등산을, 광주를, 그리고 자기 자신을……"

괴상한 광경이었다.

금방까지 주먹을 휘두르며 싸운 사람들 같지가 않았다. 허철은 끈질기게 영욱을 달래고 있었다. 하지만 그것도 모두 영욱을 두고, 그 영욱을 위해 지껄인 말들만은 아닌 것 같았다.

그는 그런 식으로 자신을 달래고 있었다. 영욱을 달래면서 그는 오히려 더 많은 것을 자신에게서 달래고 있었다.

지연은 차츰 사내들이 가여워지기 시작했다. 가슴을 번져가는 찡한 감동 같은 것이 그녀를 서서히 흥분시켜오고 있었다.

한데 다음 날 아침이었다.

간밤의 일들이 비로소 어떤 비상한 효험을 나타내기 시작했다.

이날 아침 지연은 사내들이 으레 형편없이 늦잠을 잘 거라 점치고 있었다. 육신의 피로에다 찜찜한 기분까지 겹쳐서 눈이 떨어진다 해도 일찍 잠자리를 빠져나오기는 여간 쉽지가 않을 터였다.

아침거리를 아예 느지막이 시작했다.

한데 어찌 된 일인지 사내들은 전혀 그 반대였다. 해도 오르기 전에 부석부석 방을 나와버렸다. 여느 때에 비하면 아직 꼭두새벽잠의 시간이었다. 둘 다 마찬가지였다. 방문을 나와서는 심호흡을 한다, 아침 체조를 한다, 전에 없던 소란까지 피워대고 있었다.

간밤의 일을 찜찜해하는 기색이라곤 눈곱만큼도 찾아볼 수 없었다. 그런 건 아예 기억에도 없거나, 오히려 그 일로 해서 지금까지 찜찜하게 마음속에 괴어 있던 것들을 말끔히 씻어내버린 듯한 표정들이었다.

"어젯밤 시합은 어떻게 된 거예요? 시합을 했으면 이긴 사람하구 진 사람이 있을 거 아녜요? 누가 이기고 누가 진 거지요?"

아침상이 차려져 왔을 때는 지연이 그런 농담을 꺼냈을 만큼 기분들이 활짝 개 있었다.

간밤의 일이 지연에겐 정말로 무슨 기분 좋은 운동 시합이라도 구경하고 난 듯한 착각이 일 지경이었다.

사내들에겐 그만큼 싸움의 효험이 대단한 것처럼 보였다.

71

하지만 바로 거기서부터 지연들에겐 한 가지 중요한 문제가 생겼다.

"시합이래도 반드시 진 사람 이긴 사람이 정해지라는 건 아니지요. 지고 이기는 사람이 없는 무승부라는 게 있으니까요."

"그럼 어젯밤 두 분 싸움도 무승부가 된 건가요?"

"왜 무승부라면 싱거워서요?"

"싱겁지 않구요. 예술하시는 분들이라니 할 수가 없나 봐요."

"그렇지 않아요……"

사내들은 이제 자신들의 싸움 이야기에도 전혀 말을 피하는 눈치가 없었다. 허철과 영욱이 번갈아가며 지연의 추궁을 받아내고 있었다.

"우린 지금까지도 늘 그렇게 무승부뿐이었답니다. 그래야 요담번에 또 결판을 내려 덤빌 여지를 남기지 않겠어요?"

"싸움이 취미로군요."

"지연 씬 시합이라고 하셨지요."

"하지만 요담번에도 또 무승부가 될 게 아녜요?"

"승부가 난다구 지연 씨가 유쾌해질 일도 없겠지요."

"승부를 내기가 싫어서 어젠 일부러 어두운 밤까지 기다리신 거군요."

"날이 너무 밝으면 훤한 면상에다 주먹을 날리기도 여간 불편한 게 아니지요."

"어쨌든 한번쯤 더 시합 구경을 하고 싶군요. 어젯밤처럼 가슴을 조이지 않고 말예요."

한데 그쯤 이야기가 되었을 때였다.

허철이 느닷없이 말을 잘라버렸다.

"그보다도 우리 며칠 사이에 어디 먼 데로 바람이나 좀 쏘이러 나가지."

시합 구경보다는 절간이나 바닷가 같은 데로 한 며칠 머리를 씻으러 떠나가자는 것이었다.

"그간 홀아비들 속옷까지 빨아대느라고 고생들이 많았는데……"

기분 좋은 제안이었다. 허철의 성격이나 생활 태도로선 충분히 가능한 일이었다.

하지만 지연은 그 소리를 듣자 이상스럽게 별안간 가슴이 덜컥 내려앉았다.

이유 같은 건 없었다. 그저 막연히 이젠 일이 다 끝나가고 있다는 기분이 들었다. 길을 나서고 나면 다시 과수원엔 돌아올 수가 없을 것 같았다. 돌아올 구실도 없었고, 게다가 허철이 이젠 그걸 바랄 것 같지도 않았다.

그런데 그런 지연의 느낌은 과연 빗나가질 않은 것 같았다.

이날 저녁때였다.

지연은 할 일 없이 혼자 뜰을 거닐고 있었다. 허철이 이날부턴 혼자 화실을 들어갔기 때문이었다. 지연도 이날은 자기 쪽에서 먼저 화실 문을 들어서기가 뭣한 기분이어서, 허철 쪽엔 일부러 기척을 숨겨보고 싶은 참이었다. 마침 과수원 쪽으로 혼자 언덕을 올라가 있던 영욱이 지연을 손짓해 불렀다.

한데 그 영욱이 고분고분 언덕을 올라오는 지연을 보고 첫마디부터 심상치 않은 소리를 꺼내는 것이었다.

"어때요? 아까 허철이 제의한 여행 얘긴데 생각을 해봤습니까?"

지연으로선 으레 그 일로 해서 생각이 많으리라는 어조였다.

"아니 별루요. 그 일 가지고 뭐 생각을 하고 말고 할 게 있나요?"

지연은 되물을 수밖에 없었다. 하니까 영욱은 재차 말을 비약했다.

"시치밀 떼는 걸 보니 역시 내키지가 않은가 보군요. 그렇담 군이 억지 여행을 따라나설 필요 없어요. 그 대신……"

"그 대신 또 뭐지요?"

"미스 유가 먼저 이 과수원을 떠나가주면 되는 거예요."

"이유가 있겠군요."

"물론…… 허철 군이 이젠 미스 유의 그림들을 완성시키고 싶어 하고 있으니까요."

72

허철이 이제 지연을 떠나보내고 싶어 하는 것은 사실인 것 같았다.

물론 그림 때문이었다. 그림을 완성시키기 위해서라는 것이었다.

그는 애초부터 자기의 그림에 대해 이상한 방법을 가지고 있었다. 사랑하지 않으면 어떤 여인도 그릴 수가 없고, 여인을 그리기 위해선 먼저 그녀를 짓부수고 싶은 충동이 일어야 한다고 했다. 그는 그 충동을 붓끝으로 참으면서 자신의 작품 속에서 은밀스레 눈앞의 여인을 소유해가는 것이라고 했다.

한데 이제 그 그림들이 허철의 마음에서 마지막 완성을 보기 위해선 지연을 다시 떠나보내야 한다는 것이었다.

"늘 보아온 일이지만 허철이란 인간은 자신이 그린 여인 곁에선 항상 그림을 다 완성하지 못한 상태가 되곤 합니다. 여자가 곁에 남아 있는 한 그는 한사코 자신의 그림이 불만이기 때문입니다. 그의 그림으로는 애초에 그가 원했던 만큼 여인을 소유할 수 없는 데서 오는 질투 같은 것이지요. 미스 유가 여길 떠나주는 것이 그 질투를 씻게 하고 그의 그림에 마지막 완성을 보는 일입니다."

영욱의 진지한 목소리는 조금도 과장을 하고 있는 것 같지 않았다.

하지만 지연은 아직도 이해할 수가 없었다. 모든 걸 오로지 자기의 그림하고만 상관지어놓고, 그 그림이란 걸 그토록 고통스러워하고 있는 허철이 오히려 터무니없어 보이기까지 했다.

"제가 만약 이곳을 떠나가주지 않는다면요?"

마침내 그녀는 영욱이 허철이라도 되는 양 반발을 하고 나섰다. 하지만 영욱은 점점 더 단호해져가고 있었다.

"그래도 어차피 결과는 마찬가지겠죠, 어떤 식으로든 그는 필경 그림을 완성하고 말 테니까요. 전에도 그랬어요."

"제가 떠나주질 않는데두요?"

"그땐 그가 좀더 간단한 방법으로 미스 유의 환상을 깨부수고 말 거요. 그게 원래 그 친구의 방법이었거든요."

"간단한 벙법이라면요."

"말하자면 이런 거지요. 한 사내가 한 여인의 몸에서 싫증을 느끼고 나면 그 여인의 모든 것은 이미 그 사내에게선 폐허가 된다……"

"……"

"허철은 지금까지 늘 그런 식으로 그의 여인들에 대한 질투를 씻어내면서 수많은 그림을 완성시켜왔어요. 그리고 나면 이제 더 이상 할 일이 없어진 여인들이 스스로 그의 곁을 떠나가곤 했지요. 하니까 미스 유도 결국은 그런 식으로 또 마찬가지가 되지 않겠어요. 이번만은 녀석의 인낸지 아량인지 별나게 미스 유가 먼저 떠나가주길 바라고 있는 모양이지만 말예요."

"한데 나 선생님은 무엇 때문에 일부러 제게 그런 말씀을 하고 계신 거지요?"

지연은 이제 그 영욱에게로 직접 추궁의 화살을 돌렸다. 일시에 난감스런 기분이 밀려와서 이젠 그 영욱마저 견딜 수가 없어진 때문이었다.

영욱은 그제서야 자신이 좀 쑥스러워진 모양이었다.

"그야 나도 하루 빨리 미스 유가 여길 떠나가주길 바라기 때문 아니겠소?"

농기 어린 얼굴로 지연을 돌아다보았다.

"나 선생님두요? 선생님은 또 뭣 때문에요?"

"난 원래가 내가 갖고 싶거나 곁에 두고 싶어 하는 건 더 멀리 던져버리길 좋아하니까요. 갖고 싶은 걸 갖고 싶다고 말하지 못하고 거꾸로 미워하기만 하는 성미거든요. 어차피 전 그런 놈인 줄을 아니까 그런 거예요."

"선생님이 절 미워한 적이 있으셨나요?"

지연은 다시 귀가 번쩍 뜨여왔다. 하지만 영욱은 아직도 그의 얼굴에서 장난스런 웃음기를 지우지 않고 있었다.

"잘은 모르지만 그런 적이 있었을지 모르겠군요. 어쩌면 아마 지금도 그러는지 모르겠구요. 하하하."

73

지연이 과수원을 떠나야 하는 것은 이제 어쩔 수 없는 일 같았다. 팔딱팔딱 가엾게 혼자 참새가슴을 앓아온 나영욱은 둘째치고 모처럼 점잖은 방법을 택하고 나선 허철이 하루빨리 그림을 완성하도록 하기 위해서도 그녀는 선뜻 이곳을 떠나줘야 할 처지였다.

하지만 지연은 당장 작정이 서질 않았다. 언제라고 예정을 잡아가면서 길을 나선 것은 아니었지만, 이번엔 일이 너무 갑작스러웠다. 거기다 미스 콩의 문제까지 함께 얹혀 있었다.

미스 콩으로선 제법 영욱에게 마음이 기울어져 있을 터지만, 그 영욱의 진심을 알고 있는 지연으로서는 그녀를 두 사내 사이에 내팽개쳐두고 혼자 과수원을 떠나버릴 수가 없었다. 하지만 그녀까지 앞세우고 나서기는 더욱 뭣한 일이었다.

그러나 무엇보다도 지연이 생각을 망설이게 되는 것은 그 허철이라는 인간 때문이었다. 도대체 그 허철이란 사내의 진짜 속심이 궁금했다. 허우대 값도 못하는 그 허약하디허약해 보이는 허철의 마음씨에 오히려 마음이 끌린 것일까. 아니면 세상일을 무엇이나 자신의 그림하고만 상관하여 생각하는 허철의 그 오만스런 이기심이 그녀에게 엉뚱한 전의를 불러일으킨 것일까. 영욱의 충고가 있은 다음부터는 지연의 관심이 새삼 그에게로 집중되고 있었다.

쉽사리 작정을 세울 수가 없었다.

한데 그런 식으로 하루하루 지연이 생각을 미적거리고 있을 때였다.

"화실로 좀 와 봐요."

하루는 허철이 느닷없이 지연을 화실로 불러들였다. 이날은 마침 하루 종일 비가 내리고 있어서 늘어지도록 낮잠을 자고 있는 판이었는데, 허철이 일부러 마당을 돌아온 것이었다.

심상치 않은 일이었다.

하지만 지연은 물론 허철의 주문을 거절하지 않았다. 거절할 필요가 없었다. 그렇지 않아도 언제 한번 조용히 화실로 가서 허철에게 마지막 약속을 남겨두려던 참이었다. 그리고 또 언제가 되든 그녀가 과수원을 떠나는 날을 위해서는 허철의 화실에 남을 그녀의 무심스런 분신들에게도 미리 작별의 인사를 나눠둬야 할 것 같았다.

그녀는 곧 안마당 쪽으로 허철을 뒤따라갔다.

한데 그녀가 화실을 들어섰을 때였다.

거기서부터 일은 더욱 수상쩍었다.

"벗어요."

허철이 다짜고짜 명령을 해오고 있었다.

그리고 나서 그는 마치 화가 잔뜩 나 있는 사람처럼 무섭게 지연을 노려보고 있었다.

지연을 떠나보내기 위한 여행엔 역시 자신이 없었거나 그렇다고 지연이 제풀에 선뜻 과수원을 떠나가주지도 않은 탓이었을 게다.

주위엔 지연의 나상들이 여기저기 눈에 띄기 좋게 널려 있었다. 허철은 한나절 내내 화실에 틀어박혀 그 그림들을 들여다보고 있었던 모양이었다. 그리고 이젠 그 그림들에 어떤 마지막 결단을 내리기 위해 지연을 화실로 불러들인 것 같았다.

하지만 지연은 아직 허철의 주문을 따르지 않았다.

"오늘은 그림을 그리지도 않지 않아요."

사실은 처음부터 다시 그런 주문을 따를 생각이 없었다. 그림이고 뭐고 그 영욱의 충고가 있은 다음부터는 허철 앞에 옷을 벗는다는 것이 오히려 어떤 모욕처럼만 느껴지고 있었다.

한데 허철도 어느새 그런 지연의 기미를 눈치채고 있었던 모양이었다. 얼굴빛이 불시에 더 험해지고 있었다.

"그래 이젠 옷을 벗기가 싫다는 건가?"

74

"벗어봐."

허철의 말은 사뭇 강압적이었다.

"마지막이 될지도 모르니까, 마지막 한번을……"

"그만두세요."

지연의 태도는 의외로 냉랭했다.

"마지막…… 마지막까지 절 그런 식으로 바보를 만들 참이세요?"

"바보를 만들다니?" 허철은 일순 멈칫해지는 기미였다.

"여자가 남자 앞에서 제 손으로 옷을 벗는 것처럼 굴욕스런 일이 또 있는 줄 아세요?"

"그렇다고 내 손으로 벗길 순 없는 일이니까."

"자기 손으론 그렇게 벗기고 싶은 욕심이 없는 남자 앞에서라면 더욱 큰 굴욕이겠지요."

"이건 그림 때문이야."

"그림은 이제 끝났어요."

"난 끝나지 않았어."

"거짓말이에요. 그림은 끝났어요. 끝나지 않은 건 허 선생님 혼자예요."

"결국 벗어주지 않겠다는 건가?"

"다시 말하지만 제 손으로 굴욕을 안으려는 여잔 없어요."

지껄여대다 보니 진짜 반발이 치솟았다. 생각지도 않았던 말들이 자꾸 함부로 튀어나왔다.

허철은 그제서야 생각이 바뀌기 시작한 모양이었다.

"그렇다면……"

지연이 굳이 여자를 고집한다면 자신도 그 지연 앞에 사내가 되어줄 결심이 선 것일까. 그는 별안간 지연의 어깨를 번쩍 끌어잡았다. 그리고는 질그릇 다루듯 난폭스럽게 그녀를 소파 위로 밀어던졌다.

지연은 허깨비처럼 맥없이 쓰러졌다.

허철이 이내 그 지연에게로 덮쳐왔다. 영욱이 말마따나 그는 당장이라도 자기의 그림들 앞에서 깨끗이 지연을 부숴 없애버릴 기세였다.

그러나 그는 아직도 선뜻 지연을 벗기려 들진 않았다. 격정을 가라앉히려는 듯 한동안 그녀의 등덜미를 끌어 쥐고는 거친 숨소리만 식식거리고 있었다.

하지만 그도 결국은 견딜 수가 없어진 모양이었다. 마침내 그는 커다란 머리통을 어린애처럼 지연의 목덜미로 파묻어왔다. 그리고는 끼득끼득 소리를 삼키며 울기 시작했다.

지연은 새삼스레 겁이 났다. 허철에 대해서보다 그녀 자신이 더 두려웠다. 하지만 겁이 나면서도 그녀는 모처럼 만에 속이 후련했다. 오래전부터 그런 허철을 기다려왔던 듯 고스란히 그의 행동을 받아들이고 있었다.

불시에 그가 측은한 느낌마저 들고 있었다.

지연은 그 허철에게 머리를 기댄 채 조용히 눈을 감아버렸다.

하지만 그뿐이었다.

이윽고 허철은 지연으로부터 번쩍 다시 머리를 빼고 일어났다. 하더니 그는 마치 넋이 다 나간 사람처럼

"아니야…… 이게 아니야…… 이런 식이 아니었어……"

멍청하게 지연을 내려다보며 혼자 중얼거리고 있었다. 그리고 마침내는 그 지연이 불시에 두려워지기 시작한 듯 겁먹은 소리로 떠듬떠듬 애원해왔다.

"나가요…… 여길 제발…… 여길 좀 나가줘요."

그리고는 그만이었다.

그리고 나서 허철은 또 내내 그 혼자서 담담하게 화실에만 들어박혀 있었다. 밤이 깊도록 바깥바람 한번 쐬러 나온 일이 없었다.

75

이튿날 아침이었다.

새벽같이 잠을 깨고 나온 허철이 엉뚱한 작업을 벌이고 있었다.

그는 느닷없이 화실에서 쓰레기를 한아름이나 쳐내고 있었다. 그리고 그 쓰레기를 뒤뜰 웅덩이로 가져다가 깨끗이 재를 만들어 버렸다.

모두가 지연을 그린 그림들이었다. 찢기고 부서진 지연들이 그렇게 비 갠 아침 하늘로 몇 줄기 연기가 되어 사라진 것이었다.

허철은 그러고 나서도 전혀 언짢은 기색이 없었다. 그림을 완성하기 위해 살아 있는 모델을 깨부수는 대신, 그 모델 앞에서 거꾸로 자신의 그림들을 깨부수고 만 것은 허철에게 있어서 보다 완벽한 낭패라 할 수 있었다. 하지만 허철은 그런 식으로라도 일을 빨리 결말지어버린 것이 훨씬 속 시원한 모양이었다.

뒤뜰을 돌아 나오면서는 가벼운 휘파람까지 날리고 있었다.

지연은 마침내 허철의 과수원을 떠나기로 작정했다. 그것으로 이젠 과수원을 떠나줘야 할 때가 너무 분명해졌기 때문이었다.

한데 허철은 실상 거기까지도 이미 다 계산이 서 있었던 모양이었다.

"우리 오늘 출발을 하는 것이 어떨까. 비 끝 날씨가 썩 좋은데, 전번에 말한 시골 나들이 말야."

아침상을 물리면서 선뜻 지연을 앞지르고 나섰다.

"대흥사쯤이 좋겠지. 벌써 여름이니까. 맘 내킨 김에 곧 떠나도록 하자구."

행선지까지 정하고 나서는 금세 채비를 서두르기 시작하는 것이었다. 기분을 온통 다 바꿔버리고 싶은 걸 게다. 혹은 기분을 바꾸고 나서 지연과 다시 일을 시작해보겠다는 생각이었는지도 모른다. 그건 이제 지연으로서는 상상할 수도 없는 일이었다.

하지만 허철의 제의는 어쨌든 반대할 이유가 없었다.

따지고 보면 굳이 그 허철을 뒤따라나설 필요는 없었다. 어떻게든 과수원을 떠나주면 그만이었다. 하지만 허철이 먼저 여행 이야기를 꺼낸 이상, 새삼스럽게 그를 반대하고 나설 필요가 없었다. 함께 길을 따라나섰다가 적당한 때 몸을 비켜서면 그만이었다.

방으로 돌아온 지연은 오랜만에 다시 옷가방을 챙기기 시작했다. 미스 콩에게도 몇 벌 되지 않는 옷가지들을 빠짐없이 챙겨 넣으라 했다.

"며칠 지낼 셈하구 준빌 단단히 해야 해."

그녀에겐 물론 아직 속심을 말해주지 않은 채였다.

하니까 미스 콩은 멋도 모르고 기분이 잔뜩 들떠 있었다.

"언니 언니, 어쩌다 우리가 절간 살림을 다 하게 됐지요. 이러다간 아주 머리를 박박 깎구 여자 중이 되는 거 아녜유?"

재빨리 옷가방을 챙겨놓곤 쉴 새 없이 지껄여대고 있었다.

지연은 아직 그 미스 콩을 어떻게 하겠다는 요량이 서지 않은 채 멍멍한 기분으로 가방을 대충 다 정리했다. 그리고는 여전히 일을 쉬지 않고 있는 미스 콩을 내쫓고 나서 방을 한번 깨끗이 정돈했다.

마지막으로 그녀는 허철과 영욱, 두 사람에게 조그만 메모 쪽지를 만들어 출입문 뒷벽에다 핀 꽂이를 해두었다.

'겨울이 되면 전 다시 서울로 돌아가요.

첫눈이 내리는 날은 보고 싶은 사람이 많았답니다……'

—첫눈이 내리는 날은, 첫눈이 내리는 날은……

이윽고 방문을 닫아걸고 나오면서 속으로 혼자 중얼거리던 지연의 눈시울에 이슬이 맺히고 있었다.

잃어버린 전설

76

마침내 지연들이 과수원을 출발한 것은 11시가 조금 지났을 때였다.

허철의 제안으로 일행은 마을로 내려와 대흥사까지 택시를 빌려 타고 있었다.

일행은 물론 네 사람이었다. 이번엔 허철이 앞자리에 앉고 나영욱은 지연들과 함께 뒷자리로 섞여 앉았다. 미스 콩을 가운데 두고 지연과 나영욱이 그 뒷자리의 창문을 하나씩 차지했다.

차는 이내 시내를 빠져나가 들바람 속을 달리기 시작했다.

엷은 구름에 휘감긴 무등산 봉우리가 차창 너머로 점점 멀어져 가고 있었다.

허철과 영욱은 오랜만에 맛보는 자동차의 속도감을 즐기면서 광주와 목포 간의 아스팔트 도로에 관한 이야기가 한창이었다.

그러나 지연은 이제 그들을 아무도 가까이 느낄 수가 없었다. 사내들과는 과수원을 나오면서 이미 작별을 고해버린 느낌이었다. 무등산이 멀어져가고 있는 것만큼이나 그들도 자꾸만 지연에게서 멀어져가고 있었다. 그리고 아직 한동안 더 시야를 넘나들던 무등산이 사라지고 나자, 지연도 이젠 완전히 혼자가 되어버린 기분이었다.

지연은 그저 말없이 차창만 내다보고 앉아 있었다.

그런 식으로 차는 남평을 지나고 나주를 지났다. 영산포를 지나면서부터는 아스팔트 길이 끝나버렸기 때문에 먼지 속을 덜커덩거리며 달리기 시작했다. 반대쪽에서 길을 거슬러오는 차를 만날 때마다 흙먼지로 앞이 캄캄해지곤 했다.

한데 그렇게 한참 더 먼지를 뒤집어쓰고 난 다음이었다.

행인지 불행인지 한적한 솔밭 사잇길을 지나고 있던 자동차가 갑자기 이상한 소리를 내기 시작했다.

"고장이에요. 시간이 좀 걸릴 거요."

운전사가 차를 세우고 내려가보더니 재수 없다는 듯 볼멘소리를 했다. 할 수 없었다. 네 사람은 차를 내려 고장이 수리되기를 기다리는 수밖에 없었다.

시간 정해 가는 길이 아닌 바에야 바쁘게 서두를 것도 없었다.

그러나 문제는 실상 그렇게 간단하지가 않았다. 시간이 예상외로 오래 걸리고 있었다. 고장이 꽤 심한 모양이었다.

운전사는 몇 번씩 엔진을 열었다 닫았다 하면서 운전석을 오르내렸으나 그때마다 번번이 시동이 제대로 걸리질 않았다.

마침내 운전사는 기진맥진이었다. 퉁명스런 목소리로 고장을 알리던 때와는 달리 기름투성이가 된 얼굴이 괴롭게 일그러져 있었다. 기다리다 못한 허철들의 재촉에도 대꾸를 하려 하지 않았다. 아예 무슨 말을 하고 싶지가 않다는 표정이었다. 자신있는 말을 해줄 수가 없는 사정임이 분명했다.

하지만 실상은 그게 인연이었다. 거기서부터 지연에겐 또 하나의 새로운 인연이 시작되고 있었던 셈이었다.

한 시간 남짓 거기서 그렇게 시간을 허비하고 난 다음이었다.

산길을 뒤따라오던 8톤짜리 대형 트럭 한 대가 제물에 그 고장 난 차 곁에서 속력을 죽이고 섰다. 물론 그사이에도 길을 지나간 차들은 수없이 많았지만, 고장을 아는 체하고 간 일은 한 번도 없었다.

이번엔 모처럼 만에 그 트럭이 길을 서준 것이었다. 그리고 곧 운전석 창문이 열리면서 서슴없이 커다란 남자의 목소리가 튀어나오고 있었다.

"거 하필 이런 데서 고장이오?"

77

반고수머리 몇 가닥이 이마를 흘러내린 사내가 트럭 운전석 창문으로 고개를 길게 내밀고 웃고 있었다.

고장 차 운전사는 그러나 그 사내가 조금도 고마운 기색이 아니었다.

“고장을 내고 싶어 내는 사람 봤소? 왜 차까지 세워놓고 구경이오?”

상대방은 거들떠보지도 않은 채 무턱대고 시비조였다.

하지만 트럭 쪽의 사내는 아랑곳이 없었다. 그는 남의 차 빵꾸가 정말 무슨 재미있는 구경거리라도 된다는 듯 계속 싱글거리고 있었다.

“허허 그만 소리도 듣기 싫은 걸 보니 그새 퍽 애를 먹은 모양이구랴.”

“집에서 애새끼 울고 있겠소. 상관 말고 어서 애한테나 가보슈.”

“그렇다고 홧김에 마구 들부수려 들진 말아요. 기계란 원래 처녀 뭐 만지듯 살살 달래가면서 다뤄야 하는 법이란 말요. 뭣하면 우리가 좀 손을 보아주고 가리까.”

하니까 사내는 처음부터 손을 돕기 위해 차를 세운 모양이었다. 트럭 위의 사내가 마침내 조수 격인 옆자리의 청년과 함께 운전석을 내려왔다.

“봅시다. 어디가 망가진 거요.”

농 값을 치르고 말겠다는 듯 자신만만한 얼굴로 덤벼들고 있었다.

고장 차 운전사는 그제서야 화가 좀 풀리는 모양이었다. 다가오는 사내들을 힐끗 한번 쳐다보고는 말없이 엔진을 열어 보였다. 그리고는 어디 한 번 솜씨를 두고 보자는 듯 사내들에게다 숫제 차를 맡기고 물러서버렸다.

한데 아닌 게 아니라 사내들에겐 솜씨가 좀 있는 모양이었다. 조수 격인 청년 쪽에 진짜 그런 솜씨가 있는 것 같았다.

"제기랄…… 정비사 자격 따놓은 게 이런 데 와서 광을 내게 될 모양이군."

이리저리 빵꾸를 조사하고 난 청년이 새삼 작업복 윗도리를 벗어젖히며 고장차로 달라붙었다. 고수머리 사내 쪽은 막상 그 청년의 일손만 지키고 있었다.

한데 그 무렵부터였다.

고수머리 트럭 운전사와 지연 사이에 드디어 엉뚱한 연극이 시작된 것이었다.

大興貨物—

길가에 세워진 트럭은 시멘트 부대를 가득 한 차 싣고 있었는데, 그 차 옆구리에 굵은 글씨로 씌어진 소속 회사 이름이 '大興貨物'이었다.

그걸 보자 지연은 문득 한 가지 생각이 떠올라온 것이었다.

"아저씨네 차 해남으로 가는 길인가요?"

할 일 없이 차 곁을 서성거리고 있는 사내에게로 다가가서 슬그머니 말을 건네기 시작했다.

"본사가 해남이요. 그런데 아가씨가 그건 어떻게?"

"회사 이름이 대흥화물 아녜요? 대흥산 해남에 있는 절이구요."

"그래 지금 대흥사로 놀러들을 가는 길이오?"

"글쎄요…… 놀기도 하고 돈도 벌면 더 좋겠지요."

사내가 비로소 지연을 돌아다보았다. 눈길이 꽤 유심스러웠다. 하더니 그는 뭔가 짐작이 간다는 듯 빙그레 미소를 짓고 나서는,

"아가씨 혹시 지금 어디 아픈 데 없소? 급하게 아픈 데가 있을 것도 같은데 말요."

목소리를 낮추면서 넌지시 되물어왔다. 듣기에 따라서는 여간 엉뚱한 소리가 아니었다. 하지만 지연은 금세 그 뜻을 알 수 있었다. 사내의 생각이 어디까지 미치고 있는진 알 수 없지만 우선은 그녀가 바라던 대로였다.

"다음이 영암이지요? 영암엔 약국이 있을 테죠?"

천연스럽게 사내의 말을 맞받아냈다.

78

다음부터는 사내가 모든 것을 알아서 처리했다.

"이봐, 아직도 멀었어? 이제 웬만하면 손볼 데나 잘 일러주고 우린 가자구."

차에 매달려 있는 청년을 재촉하고는 다짐하듯 또 지연을 건너다보았다.

"차보다도 이젠 이 아가씨가 더 급한 모양이니까 말야."

"그 아가씨도 어디가 고장인가요?"

청년이 어리둥절해서 물었다.

"것도 꽤 급하다잖아. 당장 영암으로 가서 약국을 찾아야겠대."

지연으로선 따로 말을 거들 것도 없었다. 그녀는 그런 식으로 곧 트럭 운전석 곁에 자리를 잡고 올라앉아버렸다.

"정말이야 미스 유? 정말로 어디가 아파서 그래?"

미심쩍어하는 허철들에겐 가방을 꺼내올 때 미리 안심을 시켜두었다.

"남자들은 몰라도 좋은 사고예요. 영암을 들어가다 첫번째 약국에서 기다릴게요."

무슨 눈치를 채고 있더라도 어차피 그쯤에서 물러서야 할 사람들이었다.

미스 콩을 혼자 남겨두게 된 것이 그녀를 얼마간 언짢게 했을 뿐이었다.

하지만 이제 그건 어쩔 수가 없는 일이었다. 실상은 미스 콩도 지연과 먼저 트럭을 타고 싶어 했으나 사내가 영 내켜 하는 눈치가 아니었던 것이다.

"보시다시피 남은 자리가 하나뿐이라서요. 이젠 차가 금방 고쳐질 텐데 아가씬 저분들하고 함께 와도 되지 않아요."

사정을 알 만할 텐데도 매정하게 그녀를 따돌려버렸다. 조금만 기다렸다가 영암에서 다시 만나면 되지 않느냐는 것이었다.

모든 게 사내 맘대로였다. 그리고 그런 식으로 지연만을 태운 채 차는 곧 시동이 걸려버렸다.

작별 인사 같은 건 아예 나눠보지도 못한 채였다. 지연은 혼잣속으로나마 작별의 눈길을 보내고 싶었지만, 뒤늦게 차를 뛰어오른 조수와 운전사 사이에 끼여 창문조차 제대로 내다볼 수가 없었다.

멍멍한 눈길을 하고 서 있는 허철들의 모습이 얼핏 그녀의 시야를 스쳤다 사라져가고 있었다.

지연은 그만 눈을 감아버렸다. 잠시 동안 아무것도 생각하지 말기로 그렇게 가만히 눈을 감고 있었다.

사내들도 우선은 그 지연을 가만 내버려두고 있었다. 고수머리 운전사는 이제 자신의 연극 솜씨에 마음이 제법 흡족해진 듯 의젓한 표정으로 열심히 차를 몰아가고 있었다. 차가 흔들릴 때마다 조수 녀석이 슬쩍슬쩍 체중을 실어오곤 했으나 지연은 그것도 별로 허물하고 싶은 생각이 없었다.

이윽고 그녀가 다시 눈을 떴을 때는 트럭이 이미 솔밭길을 멀찌감치 빠져나온 다음이었다. 트럭은 이제 엄청나게 큰 바위 벼랑들이 모여 앉은 것 같은 산봉우리를 눈앞에 바라보며 천천히 그 산기슭 쪽으로 다가들어가고 있었다.

월출산인 모양이었다.

"이제 영암인가요?"

지연은 비로소 고수머리 운전사에게 물었다.

"맞소. 여기가 영암골이오. 앞에 보이는 산이 하춘화 노래에 나오는 그 유명한 월출산이요."

사내는 기다렸다는 듯 금세 대답을 해놓고 나선 혼자 빙긋이 미소를 짓고 있었다. 지연이 그 사내의 기미를 놓칠 리 없었다.

"왜 웃으세요?"

"웃는 게 잘못된 게 있소?"

"혼자 웃는 건 음흉스레 보여요."

"그보다도 이제 아픈 덴 좀 나았소?"

"동네로 들어가면 약국을 찾을 거예요."

"그야 생각대로 하시구려."

그 사내는 어느새 얄미울 만큼 자신만만해져 있었다.

79

백기윤도 그랬고 허철도 그랬다.

이곳 사람들은 도대체 지연에게 무얼 묻는 일이 없었다. 묻지 않고도 사람을 알아보는 재주가 있는 모양이었다. 적어도 지연이 만난 사람들은 모두가 그런 식이었다. 자기들 마음대로 지연을 단정하고는, 또 자기들 생각에 따라 그녀를 마음대로 취급했다.

그런데도 또 그것이 지연을 크게 빗나간 일도 없었다.

운전사 사내도 마찬가지였다.

그 역시 지연에겐 아무것도 더 이상 물으려 하질 않았다. 허철들 앞에서 그녀와 주고받은 몇 마디 이야기로 지연에 관한 건 벌써 모든 걸 다 알아버린 것 같은 태도였다. 그리고 혼자 맘대로 그녀의 행동을 앞질러버리고 있었다.

차가 영암 거리로 들어섰을 때였다.

지연은 물론 약국을 금세 만날 수 있었다. 한데도 운전사 사내는 곧이곧대로 차를 세우려 하질 않았다.

"아픈 데도 거진 나았나 본데 약은 해서 뭘 하게요."

공연한 짓 할 거 없지 않느냐는 듯 약국 앞을 그냥 지나쳐버리곤 했다. 지연도 물론 일부러 약국까지 들를 생각은 하고 있지 않았다. 하지만 대흥사를 그만두려면 영암쯤에선 일단 차를 내려야 했다. 어슴푸레하나마 그런 생각으로 지연은 거기까지 트럭을 타고 온 것이었다.

"약을 사든 안 사든 아저씨가 상관할 일은 아니잖아요."

그러나 운전사 사내는 아직도 늘 지연을 앞질러버리고 있었다.

"약도 사지 않을 테면, 왜 그 놈팽이 친구들을 기다리려구? 그야 정 그자들을 다시 만나고 싶다면 해남엘 먼저 가 있으면서 기다려도 되잖은가 말야."

"것도 아저씨가 상관할 일은 아니에요."

"하지만 그 친구들, 아가씨 돈벌이엔 별로 도움이 안 될 주제들이던데 뭘."

사내는 이제 반말지거리까지 마구 튀어나오고 있었다.

"가만히 앉아 있으라구. 가만있어도 아가씨가 가고 싶은 델 데려다주면 그만일 거 아니겠어."

"하지만 이 차가 대흥사까진 가지 않을 게 아녜요?"

"글쎄, 아가씨가 원한다면 대흥사까지라도 가줄 수 있을는지 모르지. 하지만 설마 그럴 필요가 있을라구?"

지연이 뭐래도 속을 다 뻔히 들여다보고 있다는 식이었다. 의외로 의뭉스러운 데가 많은 사내 같았다.

지연은 그만 입을 다물고 말았다.

더 이상 하고 싶은 말이 없었다. 해야 할 말도 없었다.

이젠 찻길도 벌써 영암 거리를 훨씬 벗어져 나와 월출산 산허리를 부지런히 돌아나가고 있었다.

어차피 해남까진 가고 마나 보다—

몇 시간 동안이나마 앞길을 잠시 사내의 처분에 맡겨두는 수밖에 없었다.

하니까 사내는 그제서야 좀 마음이 놓이는 모양이었다.

"아까 그 차 아직도 한참이겠지?"

"아마 반시간은 더 손을 봐야 할걸요."

"녀석 그래도 요즘은 제법 눈치가 늘었어."

"헤헤 그게 다 누구 덕분이게요."

지연 때문에 아까는 차에다 일부러 고장을 남겨두고 왔던 듯, 조수석의 청년과 맘 놓고 실없는 소리들을 노닥거리기 시작했다.

한데 바로 그럴 무렵이었다.

마침내 사내들의 분명한 속심이 드러나고 있었다.

말도 없이 찻길이 슬그머니 뒤바뀌어버린 것이었다.

80

영암을 지나고 나서 한 10여 분쯤 달렸을 때였다.

찻길이 갈리고 있었다. 곧바로 월출산 기슭을 안고 돌아가는 해남 방향과, 그 길을 왼쪽으로 벗어져 나갔다가 금세 커다란 고갯길이 시작되는 장흥(長興) 방향이 있었다.

트럭은 월출산을 버리고 왼편 고갯길 쪽으로 방향을 꺾어 들어갔다.

지연이 가만있지 않았다.

"이쪽은 해남 가는 길이 아니잖아요?"

"안내판을 보고도 묻고 있소? 이쪽은 장흥이오."

운전사 사내는 무슨 상관이냐는 듯 천연스런 대꾸였다. 지연을 돌아보지도 않고 운전에만 신경을 쓰는 눈치였다.

"아깐 해남 쪽으로 간다고 하시잖았어요."

"그 아가씨 해남엔 누가 일자릴 잡아놓고 기다리나?"

그러지 못한 바에야 해남이든 장흥이든 무슨 상관이냐는 투였다.

"하지만 이 차 회산 해남이 아니잖아요?"

"해남 차라고 장흥 일 못하라는 법이 있나. 차 좋구 일 잘하면 서울 일 부산 일 다 좇아다니며 하는 거지."

장흥 어디 공사판으로 시멘트를 실어 나른다고 했다. 영산포와 공사판 사이를 하루 한 차례씩 그렇게 달포 이상이나 오르내리는 중이라 했다. 골짜기 건너 월출산이 아직 지척인 듯했다.

한데 그때였다. 운전사 사내가 지연에게 말없이 그 건너편 산기슭을 눈짓했다. 지연은 무심히 그쪽을 내려다보았다. 해남 쪽으로 가는 찻길이 눈 아래서 하얗게 멀어져가고 있었다. 그리고 그 산길을 방금 한 대의 자동차가 뽀얗게 질주해가고 있었다. 하늘색 차 색깔로 보아 허철들이 틀림없었다.

허철들의 자동차는 이내 그 산허리를 조그맣게 넘어가버렸다.

지연들도 곧 고개를 넘었다. 엔진 소리가 갑자기 부드러워졌다.

"첨부터 이럴 작정이었어요?"

지연이 마침내 항복하듯 사내를 쳐다보았다.

"글쎄…… 첨부터라는 게 어디서부터라는 건지…… 차를 세울 때부터 말인가?"

운전사 사내는 이제 제법 기분이 느긋해진 어조였다.

"그래요. 차를 세울 때부터 뭔가 좀 이상한 게 있었을 거예요."

"그야 고장 차하고 사내들만 있었으면 차를 세우지 않았을지도 모르지. 더군다나 그때 아가씬 우리 차가 몹시도 부러운 모양이었거든. 일행하곤 별로 기분 좋게 어울리는 기색도 못 됐구 말씀야."

"그래서요?"

"그래서 차를 내려보니 돈벌이가 하고 싶은 서울 아가씨더군."

사내는 싱긋이 웃으며 새삼 지연을 돌아다보았다.

"그래 어쩌실 셈예요. 제게 정말 돈벌이라도 시켜주실 참이세요?"

"그야 생각만 있다면. 이쪽도 공사판은 꽤 크니까 장사거리가 많거든."

"무슨 공산데요?"

"바다를 막고 있어. 술집 밥집은 물론, 근처에 배가 닿고 있어서 명색은 찻집이라는 것까지 있지. 여자람 할 일이 많아."

"구전을 내야겠군요."

"구전은…… 이렇게 기분 좋게 운전을 하고 가게 해주면 그만야."

그러고 나서 사내는 슬그머니 한 손으로 지연의 허리를 감아 안았다.

"실상은 얼마 전에도 거기까지 아가씨 한 사람을 데려다주었지만 구전은 이런 식으로 싸구려였거던. 정읍에서 장흥이라면 찻삯만도 얼만데 말야."

81

사내는 계속 의기양양해서 지껄여댔다.

한데 무심히 지껄여대고 있는 사내의 말에 지연은 문득 이상한 느낌이 들어왔다.

소식도 없이 슬쩍 자취를 감추어버린 전주의 송정화라는 여인이 떠올랐다. 전주와 정읍은 지척 간이었다. 사내들이 정읍에서 차를 태운 여자가 혹시 그 정화일지 모른다는 생각이 들었다.

설마 그럴 리가?

하면서도 지연은 혹시나 하는 느낌을 지워버릴 수가 없었다.

"정읍에서 여잘 태우고 갔다는 게 정말이세요?"

"아가씨만큼 미인은 아니지만 그래도 아직 한창 젊은 여자였지."

"그게 언제쯤이었어요?"

트럭이 다시 커브 길로 들어서자 운전사 사내는 마지못해 지연에게 둘렀던 팔을 뽑아냈다. 하니까 이번엔 조수석 청년이 또 기다리고 있었다는 듯 그 지연에게 어깨를 걸쳐왔다. 그리고는 신이 나서 묻지도 않은 소리까지 제물에 죄 털어놓고 있었다.

"보름쯤 됐지요, 아마—"

하루는 마침 시멘트 수송 작업이 비는 틈을 타서 정읍까지 소를 한 차 실어내고 돌아서는 참이었단다. 정읍을 출발하기 전 점심 식사를 끝내고 돌아와 보니 식당 뒤에 세워둔 트럭 운전석에 웬 낯모른 여인이 앉아 있더라는 것이었다. 알고 보니 여자는 방금 점심 식사를 하고 나온 식당 여자였는데, 어디든지 좀 먼 데까지 차를 태워달라더라는 것이었다.

"공사판으로 데려다주었어요. 그때 우리 찬 가장 먼 데가 그 공사판이었거든요."

듣고 보니 이야기가 점점 더 심상치 않았다.

"그래 생김샌 어땠어요?"

"생김샌 그저 그랬다니까요."

"이름을 알고 있나요? 이름이 뭐라던가요."

"왜 누구 짚이는 사람이 있는 모양이지?"

이번엔 운전사 사내가 다시 말을 가로막고 나섰다.

"하지만 이름 같은 거야 알 수가 없지. 그런 여자들이 이름을 제대로 말해주기나 하나?"

"가끔은 거짓말을 하는 여자들이 있긴 하지만요."

"그런 이름 아예 상관을 않고 지내는 편이 낫지."

그쪽 습속엔 제법 도가 트인 양 뽐내고 있었다.

"정 뭣하면 아가씨가 먼저 말을 해봐요. 아까 누군가 단단히 맘에 짚이는 사람이 있는 모양인데, 말을 해보면 내가 그 여잔지 아닌지 알아줄 수가 있을 거니까."

지연은 그만 입을 다물어버렸다. 한 가지만 더 물어보면 그 여자가 정화인지 아닌지는 금세 알아낼 수가 있었다. 정화는 평생 소리밖엔 모르는 여자였다. 그녀가 공사판엘 갔다면 거기서도 필경 소리를 하며 지내고 있을 게 분명했다.

하지만 지연은 그 마지막 질문을 꾹 참아버리고 말았다. 차츰 이상스런 두려움이 일고 있었다. 그 여자가 정화이거나 아니거나 지연은 그녀를 두려워할 이유는 없었다. 한데도 그녀는 당장 사실이 밝혀지는 것이 두려웠다.

알 수 없는 일이었다.

차가 한창 맑은 개울물을 끼고 달린 다음 마침내 장흥읍으로 들어서고 있었다. 지연은 그때까지도 계속 입을 다물고 있었다.

"그 여자 아직 공사판을 떠나지 않고 있나요?"

차가 서기 전 간신히 그 한마디를 보태고 나서는 더더욱 초조한 빛을 감추지 못하고 있었다.

82

장흥에서 잠시 점심 요기를 하고 난 다음 세 사람은 다시 공사판으로 차를 몰았다.

공사판은 거기서도 아직 백여 리나 더 나간 대덕면(大德面) 해변가라고 했다.

지연은 이제 될 대로 되라는 심사였다. 그 여자가 정화이건 아니건 한 시간 후면 어차피 명백한 사실을 만나게 되어 있었다. 그건 이제 피할 수가 없는 일이었다. 일부러 피해야 할 이유도 없었다.

그녀는 한동안 기분이 썩 헐거워지고 있었다. 하지만 그건 역시 잠깐 동안뿐이었다.

시간이 흐를수록 지연은 차츰 다시 그 여자가 정화가 아니기를 바라고 있었다.

"오늘 밤엔 또 화툴 한판 벌여야겠지? 아가씨도 새로 오고 했는데 환영 화투판 말야."

지연을 또 가운데로 끼어놓고 앉아서 두 사내가 저희끼리 수작을 주고받는 중이었다.

"물론이지요. 벌여야 하고말고요. 환영을 해주지 않으면 이 아가씨가 얼마나 섭섭해할라구요?"

조수석 사내가 까닭 없이 혼자 낄낄거리며 지연을 스쳐보고 있었다. 하니까 고수머리 운전사가 또 나무라듯 말을 잇는다.

"자식, 너무 좋아하지 마라. 아가씨 실력도 모르고…… 그렇게 혼자서 좋아하다가 제가 먼저 망신을 당하고 나설라구."

"설마 그렇게야 될라구요. 관상을 보아하니 아가씬 별로 화투 실력이 대단할 것 같지도 않은걸요."

물론 지연을 두고 하는 소리들이었다. 지연을 환영하기 위해 화투판을 벌인다는 것인데, 거기 무슨 꿍꿍이가 있는 모양이었다.

지연은 못 들은 체 그냥 사내들을 내버려두고 있었다.

하니까 작자들의 말수작은 갈수록 수상쩍어지고 있었다.

"글쎄, 그렇게 자신이 만만하다면 뱃고동 여자한텐 어째서 그 꼴이 되었지? 그 아가씨도 네 말대로 한다면 실력이 그리 대단한 편은 아니었지 않아, 하하하."

"그땐 실력 때문이 아니었지요. 그땐 그치가 그만 안에서부터 옷 껍데길 벗어내기 시작하는 바람에…… 거기다 그치 속옷나부랭이가 얼마나 여러 겹이었어요."

"저런! 한다고 또 이 아가씨한테까지 그걸 가르쳐줄라."

"하지만 이놈의 사내들 바지저고린 그런 요령을 부릴 수가 없다니까요."

"글쎄 그만두라니까. 이번에도 또 당하고 싶어서……"

그제서야 조수석 청년은 낌새를 알아챈 듯 입을 다물었다.

결국 또 옷을 벗고 벗기는 이야기였다. 환영 화투라는 게 바로 그런 옷 벗기기 내기임이 틀림없었다. 그리고 어떻게 그 화투판에 걸려든 여인 하나가 깊은 데서부터 옷가지를 벗어낸 재치를 발휘한 모양이었다.

지연은 다시 마음이 무거워지기 시작했다. 사내들의 이야기에 나오는 그 화투판의 여자가 자꾸만 정화 같은 생각이 들고 있었다. 정화가 거기 있는 것이 싫었다. 그리고 그 사내들 사이에서 천연스럽게 속옷을 하나하나 벗어내고 있었을 정화가 까닭 없이 두려워지고 있었다.

그 여자가 정화가 아니기를 바랐다.

아니 처음부터 정화가 그곳엘 온 일이 없기를 바랐다.

그녀는 어느새 발바닥까지 긴장을 하고 있었다.

차가 목적지에 가까워지는지 솔밭 사이로 멀리 바다가 보이기 시작했다.

83

트럭이 마침내 목적지 동네로 들어섰다.

공사판이 벌어지고 있는 서진(西鎭)마을은 예상했던 것보다 제법 규모가 번듯했다. 밋밋하게 바닷가로 뻗어 내린 산기슭을 따라 3백 호가 훨씬 넘는 집들이 물 끝까지 즐비하게 들어차 있었다. 초등학교와 어업조합과 경찰 파출소가 곳곳에 들어박혀 있고, 이발소 여인숙 병원 따위가 줄을 잇고는 해안통은 제법 도회지 냄새가 나는 상가 풍경을 이루고 있었다.

거기다 서진마을은 여수와 완도를 이어나가는 여객선들의 중간 경유지였다. 마을 앞바다에는 방파제를 겸한 부두 축대가 두 줄기 길게 뻗어나가 있었고, 방금도 그 방파제 안으로는 소형 여객선 한 척이 확성기 소리도 요란하게 흰 파도를 헤쳐 들어오는 중이었다.

서진마을은 그 배를 내려 차 시간을 기다리는 사람과, 차를 타고 와서 배를 기다리는 사람들로 늘 부두 근처가 붐빈다고 했다. 10리 밖 면소 쪽에 저자라도 서는 날은 인근 섬마을들에서 장꾼을 가득 실은 배들이 줄을 잇는다는 것이었다.

공사판까지 벌어지고 있는 요즘은 그 마을 아래쪽 해안통이 어수선할 정도로 활기가 넘치고 있었다.

공사판은 그 서진마을의 물뿌리에 벌어지고 있었다. 맞은편 장산(帳山) 섬까지 1킬로 남짓 축대를 쌓아 막아서 섬 반대쪽에 완성해놓은 2킬로 길이의 제방까지 넓은 바다를 농토로 개간해내는 사업이었다. 서진마을과 장산 섬에서 마주 뻗어 나온 방둑이 벌써 절반 이상이나 바다를 갈라놓고 있었고 개미 떼처럼 줄을 이은 궤도차들은 지금도 한창 마을 옆 산비탈을 헐어내리면서 쉴 새 없이 흙을 실어내고 있었다.

운전사 사내는 제방이 시작되는 부둣가의 한 창고 앞에서 차를 세웠다. 그리고는 곧 짐을 풀기 시작했다.

한데 운전사는 그걸로 이제 자기 일은 다 끝이 난 모양이었다. 짐을 푸는 일은 조수 혼자서 다른 인부들을 데리고 했다.

"우린 먼저 가지."

조수에게 차를 맡겨버리고는 지연에게 눈짓을 했다. 하더니 그는 어디라 예정도 일러주지 않고 무작정 혼자 그녀를 앞장서 걷기 시작했다.

서서히 열기를 잃어가는 저녁나절 햇빛이 잠시 그녀의 기분을 망연스럽게 했다. 썰물이 시작된 바다 쪽에서 선들선들 소음 섞인 해풍이 올라오고 있었다.

지연은 말없이 사내를 뒤따랐다.

두 사람은 이내 부듯가 상점가로 들어섰다.

지연은 새삼스럽게 또 마음이 자꾸 조마조마해지고 있었다. 상점들의 어느 유리창 뒤에서 정화가 몰래 자기를 숨어보고 있는 것만 같은 기분이었다. 그녀가 문득 자기의 뒤를 살금살금 뒤따르고 있는 듯한 음산한 착각이 들기도 했다.

사내는 지연의 기분을 아는지 모르는지 내처 자기 갈 길만 재촉하고 있었다. 상점가를 거의 다 빠져나갈 무렵에서 부두 쪽으로 다시 길을 굽어져 내려가더니 그제서야 그는 어떤 희한스런 간판 앞에서 불쑥 발을 멈추어 섰다.

"이제 다 왔어. 여기야."

살롱 〈뱃고동〉—

찻집인지 술집인지 얼핏 분간이 가지 않는, 어쨌거나 이 마을하고는 매우 어울리는 곳이 덜한 그 요령부득의 간판 앞에서 사내가 비로소 의기양양 웃고 있는 것이었다.

한데 다음 순간 지연이 사내를 따라 그 〈뱃고동〉 문을 들어섰을 때였다.

그녀는 다시 한 번 눈이 휘둥그레졌다.

84

인연이란 여간 심한 장난꾸러기가 아니었다.

바로 그 〈뱃고동〉에 정화가 있었다.

커피 30원—

홍차 30원—

사이다·콜라 80원—

살롱 〈뱃고동〉은 한눈에도 얼핏 다방과 주점을 겸하고 있는 겹영업집이 틀림없었다. 열 평 남짓한 홀 안엔 다탁(茶卓)으로보다는 술자리를 벌이기에 더 적당한 원형 탁자들이 죽 들어차 있었고, 주방으로 통하는 카운터 부스 뒷선반에는 맥주 정종 소주병들이 층을 이루며 가득가득 진열되어 있었다.

해만 떨어지고 나면 홀 안은 금세 왁자한 술집으로 변하고 말 꾸밈새였다.

하지만 아직은 손님이 없었다. 낮손님도 밤손님도 때가 안 맞는 모양이었다. 카운터 부스 아랫자리에 건달뱅이 냄새가 물씬거리는 갯멋쟁이 청년 둘이 걸상 등받이에 몸을 반쯤 누이다시피 하고 앉아 있는 게 손님의 전부였다.

그리고는 아가씨 한 사람이 물색 커튼을 매달아놓은 창문가에 서서 우두커니 바깥 바다를 내다보고 있을 뿐이었다. 손님을 갈아 태운 여객선이 예의 그 확성기 소리를 드높이며 방금 다시 부두를 떠나가고 있는 중이었는데, 아가씨는 그 확성기 소리에 귀가 가려 지연들이 홀을 들어서는 기척도 알아보지 못하고 계속 창밖만 내다보고 있었다.

한데 지연의 시선이 바로 그 여인의 뒷모습을 스쳤을 때였다.

아, 정화 언니가.

지연은 순간 눈앞이 어리벙벙해지고 말았다. 여인의 모습에서 지연은 한눈에 곧 정화를 알아본 것이었다. 아직도 한 줌에 질끈 잡아매어버린 뒷머리채, 별반 특징은 없으면서도 지연에겐 눈이 익은 둥그스름한 머리의 윤곽, 아니 그런 것이 아니었더라도 지연은 그 느슨한 한복 차림의 여인이 송정화 바로 그 여자라는 것을 직감으로 먼저 느껴버리고 있었다.

정화가 정말로 거기 있었다.

지연은 한동안 말을 잃고 있었다.

전혀 예측을 못한 일은 아니었다. 하지만 그녀는 너무도 일이 급작스러웠다. 너무 급작스럽게 그 정화를 만나버린 기분이었다.

운전사 사내는 처음부터 대충 일이 그렇게 되어갈 것을 예상하고 일부러 말을 참아온 모양이었다.

"왜 그래? 여기가 어디 맘에 들지 않아서그래?"

아직도 시치밀 떼는 시늉을 해 보였으나, 눈길만은 창가의 여인이 냉큼 어서 이쪽으로 돌아서주기를 기다리는 기색이 역력했다.

하니까 여인은 비로소 등 뒤에서 무슨 기척을 느꼈는지 서서히 몸을 돌려서고 있었다. 잊어버리고 있었던 듯 쩰깍쩰깍 다시 껌을 씹기 시작하고 있는 것이 눈에 선 모습일 뿐 그건 정화가 틀림없었다.

하지만 정화 쪽에선 아직 지연을 알아보진 못한 모양이었다.

"박 기사님 오셨어요."

슬리퍼를 질질 끌며 지연들 쪽으로 다가오면서도 그녀에겐 별다른 표정의 변화가 없었다. 지연이 나타나리라고는 물론 꿈에도 생각지 못한 그녀였겠지만, 사내 곁에 멍청하니 서 있는 지연에겐 아직 반눈길도 보내질 않고 있었다.

"나야 늘상 오는 사람이지만 오늘은 색다른 손님이 하나 있어요. 이 아가씨가 당신을 알아보는 눈치 같은데 그쪽은 어떤지 좀 똑똑히 알아보구려."

"언니, 정화 언니."

박 기사라고 불린 그 운전사 사내가 몸을 한발 비켜선 것과 지연이 자기도 모르게 불쑥 그 정화 앞으로 나서며 그녀의 두 손을 붙잡아버린 것은 거의 같은 시각의 일이었다.

"아니 이게……?"

정화는 그제서야 쩰깍쩰깍 껌 소리를 내고 있던 입속에서 갑자기 동작을 잃고 있었다.

85

"지연 씨, 지연 씨 아니세요? 지연 씨지요?"

믿을 수가 없다는 듯 정화는 두 손을 붙잡힌 채 연거푸 그녀의 이름을 외워대고 있었다.

"여기서 지연 씰 다시 만나는군요. 정말로 알다가도 모를 게 사람 인연이에요."

카운터 부스 아래 버티고 앉아 있던 건달뱅이들이 무슨 일인가 싶어 번쩍 몸을 일으켜버렸을 만큼 정화는 반가움이 대단했다.

그런 정화의 서슬에 지연은 오히려 기가 꺾일 지경이었다.

"그럼 난 이따 일이 끝날 때쯤 해서 다시 올 테니 둘이서 잘 해봐요. 오늘 밤 아가씨 환영 화투판이나 벌일 생각하고."

"알았어요."

이젠 제 할 일을 다했다는 듯 박 기사라는 사람이 문을 나가는 걸 보고도 정화는 아랑곳을 하지 않았다. 코끝에 걸린 소리로 건성 대답을 해주고는 다시 또 지연을 향해 사람의 인연이 얼마나 변전무쌍한가를 거듭거듭 감탄하고 있었다.

한데 그러다 보니 지연은 차츰 이상한 생각이 들기 시작했다. 정화의 태도가 아무래도 좀 자연스럽지가 못했다. 그녀는 뭔가 터무니없이 들떠 있는 기분이었다. 그건 지연이 알고 있었던 정화가 아니었다. 지연은 오히려 그 정화에게서 어떤 두려움 같은 걸 예상하고 있었다. 물론 정화가 지연 앞에 무슨 두려움을 지닐 이유란 없었다. 하지만 지연이 그녀를 만나게 될 일에 대해 어떤 두려움 같은 걸 지녀온 데도 별다른 이유는 없었다. 그러면서도 그녀는 막연히 그 정화와의 대면을 무척은 마음 무겁게 생각하고 있었다.

한데 정화는 정반대였다.

쩰깍쩰깍 껌을 씹는 버릇도 그녀하곤 영 어울리지가 않아 보였다.

그런 정화가 지연은 말할 수 없이 서먹하게 느껴지고 있었다. 더군다나 그 정화와 자리를 마주 앉고부터는 그런 느낌이 좀더 분명해지고 있었다.

"지난 얘기야 다시 해서 뭘 해요. 우리 여기선 그런 거 없었던 걸로 잊고 지내기로 해요."

전주에서의 이야기는 도대체 입을 열려고 하지 않았다. 그녀가 어떻게 전주를 떠났으며 백기윤은 그 후 어떻게 되었는가 하는 일들에 대해서는 말을 하려고도 물으려고도 하지 않았다. 지연이 〈뱃고동〉까지 찾아들게 된 경위나 그간의 생활에 대해서도 이미 다 짐작을 하고 있거나 부질없는 일들로만 여겨버린 모양이었다.

"여기 얘길 해요. 여긴 내가 먼저니까. 내가 이곳 얘기들을 해줄게요."

지난 얘기들은 덮어놓고, 앞으로 함께 지내갈 궁리나 하자는 것이었다.

"지연 씨도 이젠 한동안 이 동네다 몸을 묻고 지낼 게 아니에요. 그러자면 아무래도 동네 사정을 좀 알아둬야 해요. 우선 당장은 나부터 지연 씰 뺏기고 싶지 않으니까 이 〈뱃고동〉 사정부터 말예요……"

그 얼마 동안에 무척은 달라져버린 정화였다. 지연은 이제 그 정화가 새판잡이로 더 두려워질 지경이었다.

하지만 문제는 이날 밤이었다. 이날 밤 〈뱃고동〉엔 좀더 희한한 일이 벌어졌다.

바닷가에 어둠이 스며들자 〈뱃고동〉엔 예상대로 공사판 사람들이 떼 지어 몰려들었고, 홀 안은 순식간에 주점으로 모습이 바뀌어졌다. 지연은 살롱 〈뱃고동〉의 경영주이자 안채로 이어 붙은 동명의 여인숙 주인 사내에게 간단한 인사만을 건네고는 이날로 당장 정화를 거들고 나섰다. 여인숙 안방으로, 홀에 널린 탁자로 눈코 뜰 새 없이 바쁘게 돌아가는 정화가 딱할 정도로 손이 모자라 보였기 때문이었다. 한데 지연이 그렇게 한참 정화를 도와 홀 심부름을 하고 있을 때였다.

사공의 뱃노래 가물거리면……

홀 구석 어디선가 문득 정화의 유행가 가락이 흘러나오고 있었다.

86

육자배기 가락으로 목이 잘 다듬어진 정화의 구성진 유행가는 금세 홀 안을 가득 채워버렸다.

삼학도 파도 깊이 스며드는데
부두의 새악시 아롱젖은……

정화는 한쪽 구석 테이블의 남자들 사이에 끼어 앉아 있었다. 하지만 그녀는 홀 안의 모든 술꾼들을 위해 노래를 부르고 있었다. 홀은 좁고 정화의 노래는 그만큼 열심이었다.

"좋다!"

"잘한다!"

여기저기서 사내들이 젓가락 장단을 맞추고 나섰다.

지연은 오싹 소름이 끼쳐왔다. 가슴속이 다시 서걱거리기 시작했다. 당치도 않게 그 정화가 나이 먹은 퇴기처럼 처량스러웠다.

하지만 그것도 잠시뿐이었다.

이별의 눈물이냐 목포의 설움……

이윽고 노래가 한 차례 끝났을 때였다.

"한 곡조 더해라. 앵콜이다. 앵콜!"

"이번엔 십팔번이다. 거 있지 않나, 우리 옆집 신나는 순이, 이번엔 그걸 불러라."

박수와 고함 소리가 홀 안을 금세 뒤범벅으로 만들어버렸다.

공사판엔 대개 그런 일판만 쫓아다니는 외지 인부들이 2, 3백명이나 몰려들어와 있다 했다. 〈뱃고동〉을 찾아온 사람들도 대개는 그 떠돌이 일꾼 일색이었고, 그래 그런지 밤만 되면 싸움도 많고 술버릇도 여간 아니게들 거칠다 했다.

구석 자리 사내들은 이제 마구 정화와 한덩어리가 되어 킬킬거리고 비명을 올리고 한바탕 수라장을 이루고 있었다.

한참 만에야 정화가 혼란을 가라앉히려는 듯 다시 매무새를 고쳐 앉았다.

그리고는 이내 두번째 노래를 시작했다.

우리 옆집 순이는
밤만 되면 나간다.
지금쯤은……

그 노래였다. 전주를 떠나기 며칠 전 마지못한 목소리로 정화가 그 강명수란 사내와 합창을 하던 그 노랫가락이었다.

육자배기 가락을 뽑아대지 않고 있는 거나 망측스런 기분이 좀 덜하다 할까. 지연은 다시 한 번 머리가 아찔해왔다. 하지만 술꾼들은 물론 상관할 바가 아니었다. 순이는 순이는…… 나간다 나간다…… 젓가락을 두드려대며 목청껏 정화의 소리에 합창들을 하고 나섰다.

눈이 뱅뱅 돌끼다, 눈이 뱅뱅 돌끼다, 눈이 뱅뱅……

남이야 어느 대목을 가든 저 혼자 고장 난 유성기판처럼 죽어라 그 한 구절만을 되풀이하고 있는 작자도 있었다.

"이봐, 아가씨. 이번엔 네가 한 곡조 해라. 새로 왔으면 너도 신고를 해야 할 게 아냐."

"자 이거 마시고 두꺼비 맘보라두 한 대목 굴려봐!"

마침내 그 두번째 노래도 끝이 났을 때는 지연에게까지 소리를 시키려 들었다. 팔목을 비틀어 앉히며 배부른 소 물 먹이듯 소주잔을 마구 코앞으로 디밀어왔다.

지연은 그만 기가 질리고 말았다.

그 정도 소란스럽고 거친 술자리를 경험하지 못한 건 아니었다. 막소주잔이 겁이 난 것도 물론 아니었다.

하지만 지연은 어느새 사지에서 힘이 다 빠져 달아나버린 느낌이었다.

목구멍으로 소리가 넘어올 것 같질 않았다.

정화 때문이었다.

모두가 그 송정화라는 뜻밖의 여자 때문인 것 같았다.

87

"오늘 밤 지연 씨한텐 아무래도 환영휠 좀 톡톡히 치러줘야겠어요."

밤이 한참 늦은 다음 시끄러운 술손님들이 그럭저럭 거의 〈뱃고동〉 홀을 빠져나간 다음이었다.

이젠 좀 한숨을 돌리게 되나 보다 하고 있는데 빈자리에서 한동안 혼자 담배를 피워 물고 앉아 있던 정화가 다시 그 지연에게로 다가왔다. 이젠 홀 심부름도 거의 다 끝났으니 진짜 지연의 환영행사를 시작할 판인 모양이었다. 그녀는 지연의 어깨를 내려짚고 서서 슬그머니 뜻 모를 미소까지 짓고 있었다.

하지만 지연은 모든 게 귀찮았다. 모든 게 피곤하고 짜증스러웠다.

새삼스럽게 또 무슨 장난을 벌일 참인가.

환영횐지 뭔지는 생각하기도 싫었다.

"전 이제 그만 한잠 푹 잤으면 좋겠어요."

노골적으로 귀찮은 기색을 드러내 보이며 피곤하게 웃고 말았다. 하지만 정화는 이미 다 예정이 서 있었던 모양이었다. 지연의 사정 같은 건 아예 상관을 않으려는 눈치였다.

"이제부터가 우리 시간인걸요. 시간 놓칠 생각을 말아요. 지연 씨도 어차피 한번은 치러둬야 맘이 편해질 거구."

"맘이 편해지다뇨?"

"글쎄 두고만 봐요. 아까도 지연 씬 영 노래 부르기가 쑥스러운 모양이던데……"

"노랠 안 부른 게 허물이 되었나요?"

"그야 노랠 부르지 않은 게 되레 당연하지요. 지연 씬 아직 우리들 환영횔 치르지 않았거든요."

수수께끼 같은 소릴 하고는 또 혼자 애매한 웃음을 짓고 있었다.

이를테면 오늘 밤 안으로 그 환영횐가 뭔가 하는 장난을 치르고 나야 소리를 하는 데도 맘이 편해질 거라는 뜻인 것 같았다. 그렇다면 그 환영회라는 데선 화투놀이로 옷 벗기 내기를 하는 것보다도 더 짓궂은 장난이 꾸며지는 모양이었다.

하지만 어쨌거나 정화가 그것을 미리 말해줄 것 같진 않았다. 벌써부터 느끼고 있었던 일이기는 하지만 이날 밤 일에 관한 한 정화는 더욱더 지연의 편이 되어줄 기미가 보이지 않았다.

지연은 다시 한 번 그 정화에게 두꺼운 벽을 느끼고 있었다.

한데다 정화는 박 기사가 저녁때 〈뱃고동〉을 나가면서 던지고 간 다짐까지도 아직 그녀의 심드렁한 대꾸하곤 달리 머릿속에 분명히 간직해놓고 있었던 모양이었다.

"그럼 지연 씨 먼저 가 봐요. 안채 마당을 돌아가면 건물 맨 끝 쪽 9호실에 박 기사 양반들이 기다리고 있을 거예요. 난 마저 뒷손을 좀 보아두고 갈 테니까 지연 씨라도 우선."

할 수 없었다. 지연은 결국 자리를 일어서고 말았다. 홀에 따라 붙은 골방 쪽에 옷가방을 던져넣어두고 있긴 했지만 아직 그녀는 잠자리도 똑똑히 정해지지 않은 터였다. 등을 대고 누우려도 당장은 어디 맘 편한 장소가 없었다.

기왕지사 일이 이렇게 된 바에야 절차 같은 건 오늘 밤으로 다 끝을 내고 말자.

지연은 홀을 나섰다. 안채 마당을 들어서니 기다란 여인숙 건물이 시커멓게 바다를 가리고 들앉아 있었다. 부두를 핥는 바닷물 소리에 섞여 어디선가 왁자한 싸움 소리가 들려오고 있었다.

지연은 조심조심 여인숙 마당을 건너갔다. 정화가 일러준 대로 9호실은 건물의 맨 끝 쪽에 창문이 건물하고 돌아나 있는 방이었다. 댓돌 위에 남자 신발이 두세 켤레 흩어져 있었고, 불이 켜진 방 안에선 두런두런 여태도 술 취한 사내들 목소리가 흘러나오고 있었다.

"실례합니다."

지연은 가만가만 문을 두드리면서 낮게 인기척을 들여보냈다.

88

"어허 역시 인살 잊진 않는구먼."

방 안엔 언제부턴가 박 기사가 따로 술자리를 벌이고 앉아 있다가 지연을 냉큼 맞아들였다.

술자리엔 박 기사 외에도 낮부터의 그 조수 청년과 얼굴이 새까맣게 탄 안경잡이 중년 사내 한 사람이 상을 마주하고 있었다. 기회를 빼앗길세라 조수 녀석이 냉큼 자기 옆으로 지연의 자리를 만들어내고 있었다. 지연에 대한 이야기가 이미 좌중을 오간 다음인 듯했다.

안경잡이 사내도 지연에게 처음부터 꽤 익숙한 눈길을 보내고 있었다.

"이 아가씬가? 앉으시지."

머뭇거리고 있는 지연에게 자기가 먼저 자리를 권해왔다.

"사업장 장 감독이셔, 앞으로 이 동네서 지내자면 신셀 많이 져야 할 분이지."

박 기사가 비로소 안경잡이 사내를 정식으로 소개했다. 지연은 그 박 기사의 말투가 어딘지 좀 신경을 쓰이게 하고 있었으나, 모른 척하고 그냥 머리를 숙여 보였다.

"유지연이라구 해요. 잘 좀 봐주세요."

박 기사와 조수 청년에 대한 통성명도 겸한 인사였다. 하지만 장이라는 사내는 도대체 그런 것엔 관심이 없는 기색이었다.

"유지연이구 박지연이구 그런 건 상관되는 일이 아니구."

"그러게 잘 봐주기나 합시사구 인살 여쭙는 게 아녜요."

"어쨌든 골치깨나 좀 썩이게 됐어."

터무니없이 혼자 무거운 표정을 지어버리는 것이었다.

지연은 비로소 좀 이상한 생각이 들었다. 사내는 공연히 오만을 떨고 있는 것 같기도 했고, 아니면 뭔가 지연 때문에 귀찮스런 일을 예상하고 있는 듯싶기도 했다. 하고 보니 낮부터 그 환영퀸지 화투판인지를 벼르고 있던 박 기사들도 분위기가 영 딴판이었다. 그런 건 아예 생각지도 않고 있는 표정들이었다.

까닭을 알 수 없었다.

한데 그러고 있는 참에 마침 정화가 방문을 들어섰다. 그러나 정화 역시 방 안 일은 미처 귀띔을 받지 못한 모양이었다.

"왜들 아직 시작을 않고 있지요?"

방문을 들어서자 의아스런 표정부터 지었다. 왜 아직 그 옷 벗기 내기 화투판을 벌이지 않고 있느냐는 모양이었다. 호기심 가득한 눈초리가 이미 그녀에겐 그짓이 무척이나 익숙한 놀이가 되고 있음이 분명했다.

하지만 사내들은 역시 그 정화의 기대를 꺾고 말았다. 박 기사가 하품하듯 맥 풀린 소리를 씹고 있었다.

"잘못하다간 이 아가씨 환영퀸 대흥사쯤에나 가서 벌이게 될 것 같구만."

"왜 박 기사가 혼자 아가씰 빼돌리고 싶어졌어요?"

"천만의 말씀. 이 동네서 다시 아가씰 싣고 나가게 되면 거기도 함께 길을 나서줘야 할걸."

"무슨 일이 있었어요?"

정화는 그제서야 좀 불안한 안색이 되며 유심히 사내들을 둘러보았다.

"이 아가씨 오는 날이 하필 장날이었지 뭐유."

조수 청년이 지연을 쳐다보며 한마디 거들었다.

"오는 날이 장날이라니요?"

"오늘 동네 회의가 있었대요."

"회의라니, 무슨 회의가?"

"이제 이 동네 술집엔 외지 여잘 두지 못하게 결의를 했다나요."

청년이 남의 말 하듯 덤덤히 내깔긴 소리에 이어, 장 감독이라는 사내가 이번에는 결론을 내리듯 한마디 덧붙였다.

"하니까 동네에서들은 아주 자네들을 여기서 내쫓고 말겠다는 거야."

89

알고 보니 동네 술집에다 외지 여자를 들이지 못하게 한 마을 회의의 결과는 사실상 〈뱃고동〉 한 집에 해당하는 조처나 다름없는 것이었다. 마을 안에서 터놓고 외지 여자를 부리는 술집이란 바로 이 〈뱃고동〉 한 곳뿐이었고 마을 청년들이나 공사판 인부들이 밤 술집을 찾는 곳도 거개는 이 〈뱃고동〉이 되고 있었기 때문이었다.

말하자면 〈뱃고동〉에서 정화네들을 쫓아내자는 것이었다.

거긴 물론 이유가 있었다. 공사판이 시작된 뒤로 서진마을엔 너무 많은 외지 사람들이 몰려들어와서 마을을 온통 뒤집어놓다시피 했단다. 거친 말씨와 무례스런 행동은 공사판 사람들의 습속처럼 되어 있었다. 술푸념과 섰다판이 성행하는가 하면, 걸핏하면 싸움판까지 벌어져서 동네가 온통 어수선해지곤 했다. 무엇보다 자주 눈살을 찌푸리게 하는 일은 그 공사판 인부들에 껴묻어 들어온 술집 여자들 때문이었다. 젊은 녀석들이 대낮부터 술집을 드나들기 시작했다. 밤낮 없이 얼굴이 벌게가지고 길거리를 어슬렁거리는 일이 많아졌다. 일도 않고 죽자 살자 계집 엉덩이만 붙어 지내는 녀석도 있었다. 동네 분위기가 형편없이 흐려져갔다.

마을 사람들은 못마땅하기 이를 데 없었다. 정화 이전에도 마을에선 〈뱃고동〉 여자들을 몇 차례나 내보내게 했다. 그래저래 마을 사람들과 공사판 인부들 사이엔 눈에 보이지 않는 알력이 끊이지 않았단다.

한데 이번엔 그 〈뱃고동〉에다 숫제 여자를 들여오지 못하게 한다는 것이었다. 지연으로서는 아닌 게 아니라 오는 날이 장날이 된 셈이었다.

하지만 문제는 박 기사들의 태도였다.

"그러니까 아가씨들은 이제부터 더 신세를 져야 할 판이지. 처지가 같다고 할까, 이 박 기사나 나 같은 보호자들한테 말씀이야."

이쪽 생각은 묻지도 않고, 장이라는 사내가 먼저 보호를 자청하고 나서는 것이었다. 마을 사람들이야 뭐라든 자신은 지연들에게 〈뱃고동〉을 떠나게 하지 않겠다는 말이었다. 지연을 보자마자 대뜸 골치깨나 썩이게 됐다던 소리도 그런 생각에서였던 것 같았다.

지연은 그게 또 이상스러웠다. 그녀 역시 당장 다시 〈뱃고동〉을 떠날 생각은 물론 없었다. 쫓겨난다는 건 말도 안 되는 소리였다. 제 발로 떠나기도 뭣한 판에 누구라서 떠나라 마라 주제넘은 간섭이냐 싶었다. 하지만 자기 일도 아닌 터에 마을 사람들의 뜻을 거역하면서 여자들을 굳이 〈뱃고동〉에 붙잡아두고 싶어 하는 사내들의 속셈을 지연은 이해할 수가 없었다.

"여길 떠나준다면 신셀 지고 말고 할 것도 없겠지요."

그녀는 일부러 물러서는 체 말해보았다. 하니까 사내들은 그제서야 뭔가 실토를 할 기미였다. 장이라는 사내가 재빨리 그 지연을 가로막고 나섰다.

"하지만 그럴 필요 없어요. 지연이라고 했던가…… 아가씬 아직 사실을 몰라서 그런 거니까."

"사실이라뇨?"

"정환 벌써 짐작을 하고 있겠지만 작자들이 아가씨들을 여기서 몰아내고 싶어 하는 덴 이유가 따로 있거든."

"마을이 나빠지는 것 말고요?"

"물론이지. 오늘 저녁 아가씨들을 내쫓자고 회의에 앞장서 나선 건 이 〈뱃고동〉을 제일 많이 드나든 건달뱅이 녀석들이었다거든. 왜 그런 일이 생긴 줄 아나?"

"갑자기 소갈머리가 들어버린 건가요."

"천만의 말씀. 녀석들은 지금 화풀일 하고 있는 거야. 그 녀석들이 얼마나 귀찮게 치근덕거리던 놈들인가 정환 말 안 해도 잘 알 거야. 한데 우리가 밉살스럽게 아가씨들을 너무 잘 보호하고 있었거든. 녀석들이 아가씨들 근처에도 얼씬하지 못하게 말야."

그렇지 않으냐는 듯 빙글거리고 있는 정화를 쳐다보았다.

90

사내들은 결국 정화네를 계속 〈뱃고동〉에 머무르게 해놓고, 서진마을의 간섭으로부터 그녀들을 보호하겠다는 것이었다.

하지만 지연은 아직도 사내들을 잘 납득할 수가 없었다. 무엇 때문에 사내들이 그처럼 〈뱃고동〉 일에 열을 올리는지를 알 수가 없었다. 그리고 그 사내들의 보호라는 것이 구체적으로 무엇을 어떻게 한다는 말인지 확실한 뜻을 짐작할 수 없었다. 사내들의 태도는 그 이상 분명해지질 않았다. 아무래도 뭔가 수상쩍은 느낌이 지연의 머릿속을 맴돌고 있었다.

하지만 이야기는 어쨌거나 그걸로 끝이 났다. 사내들은 한동안 뜸해졌던 술잔들을 비워냈다. 이제 그따위 시시한 걱정은 접어두고 약속한 놀이나 시작해보자는 낌새들이었다. 정화가 그 빈 술잔들을 차례차례 다시 채워놓았다.

한데 그 정화가 한 차례 술잔을 모두 돌려 붓고 나더니 무슨 생각을 했는지 갑자기 자리를 불쑥 일어서버리는 것이었다. 기분도 찜찜하고 하니 이날 밤 환영 화투판은 다음 날로 예정을 미루자는 것이었다. 그리고 나서 그녀는 지연을 눈짓해서 방을 함께 나가고 말았다.

사내들이 서운한 눈치를 보인 것은 말할 것도 없었다.

"아니 정말 그냥 가는 거야?"

"이제 막 술맛이 나려는 참인데 공연히 매정하게 굴지 말라야."

설마하는 눈치다가 다급한 눈총을 쏘아 보내고 있는 사내들이었지만 별수가 없었다.

"하지만 오늘 밤 일이 미뤄졌단 건 잊지 말구 있어야 해. 그까짓 동네 놈들 수작일랑은 아예 염두에도 둘 필요가 없는 거니까 말야."

결국은 닭 쫓던 개 형국이 되고 만 사내들의 다짐에 엉뚱한 대꾸를 돌려보내고 있는 정화였다.

"알았어요. 하니까 안심하고 술이나 드시구 이따 상이 나거든 잊지 말구 문밖으로 내놔주세요."

어쨌거나 지연으로선 우선 마음이 놓일 일이었다.

한데 그렇게 사내들의 방을 빠져나온 지연은 비로소 그 정화로부터 이날 밤에 오간 이야기들에 관해 좀더 자세한 설명을 들을 수가 있었다. 그리고 그녀는 이야기를 듣고 나자 그 정화라는 여인이 다시 한 번 새삼스레 보였다.

"사내를 정해놓고 그 사내의 보호를 받는다는 게 무슨 뜻인지 아세요?"

그러니까 정화는 이날 밤 사내들을 떨치고 나와서도 곧바로 지연을 쉬게 하진 않았다. 그녀는 밤 파도가 부서지는 부두 쪽으로 지연을 끌고 가다 문득 자기편에서 먼저 이야기의 실마리를 끄집어낸 것이었다. 그리고는 지연의 대답도 기다리지 않고 제풀에 다 사정을 털어놓는 것이었다.

"우습게 들릴지는 모르지만, 기둥서방이란 말 들은 일 있으세요? 여자 혼자 지내기가 불안해서 남들 앞에 사내를 하나 정해놓고, 그 사내한테 여자가 못 당할 일을 떠맡기고 지내는 거 말예요"

보호를 받는다는 건 결국 누구에겐가 그 기둥서방 노릇을 시키고 지내야 한다는 뜻이라 했다. 서진마을에서 술을 팔고 지내자면 마을 젊은이나 공사판 인부들 성화에 부대끼기 마련이었고, 그걸 견뎌나가자면 누군가 한 사람에겐 터놓고 기둥서방 노릇을 시켜야 한다는 것이었다.

그리고 그런 기둥서방 감으로 적당하려면 공사판 인부들을 한 손에 쥐었다 폈다 하는 장 감독 정도는 되어야 한다는 것이었다.

91

지연은 이제 사정을 대강 다 짐작할 수 있었다. 화투판을 핑계댄 이날 밤 모임도 알고 보면 결국 지연에게 그 기둥서방 감을 정해주려는 절차였음이 분명했다. 그게 뜻하지 않은 소식 때문에 그만 예정을 미뤄버리고 만 것 같았다.

지연은 해괴한 생각보다 차츰 엉뚱한 호기심이 일고 있었다.

그렇다면 정화에게도 이미 그 기둥서방이라는 것이 한 사람 정해져 있어야 할 터였다.

백기윤이나 그녀가 태어난 바닷가 마을을 둘러싼 정화의 전설 같은 건 이미 그녀에게서 멀리 떠나가버리고 없었다. 정화는 처음부터 지연이 간직해온 그녀의 분위기를 잃어버리고 있었다. 기둥서방을 사고 지낼 만큼 그녀는 말과 행동과 생각들까지 깡그리 달라져버리고 있었다.

지연은 그 정화의 기둥서방이란 작자가 누군지부터 궁금했다. 그리고 만일 그녀가 오늘 밤 지연에게도 기둥서방 감을 한 사람 정해주려 했다면 그게 과연 어떤 작자인지가 은근히 알고 싶어졌다. 그건 물론 자리를 함께한 장 감독이나 박 기사 가운데 한 사람일시 분명한데 그들 가운데 하나는 이미 정화 쪽 사람이 되어 있을 것도 짐작할 만한 일이었다.

하지만 정화는 지연의 그런 궁금증엔 쉽사리 입을 열어주지 않았다.

"저야 뭐 두고 보면 차차 알게 되지 않겠어요. 그보다도 맘 내키거든 지연 씨나 좋은 사람 하나 잘 골라 봐요."

"글쎄, 사람을 고르재도 만나본 사람이 있어야죠."

"왜 오늘 밤에도 있었지 않아요. 장 감독하고 박 기사 말예요. 장 감독으로 말하면 마을에서나 일판에서 다 웃사람 대접받고 있는 터에 우리같이 떠돌이 여자들한텐 유난히 인정이 많은 위인이

거던요. 그 사람이 아니라면 박 기사 쪽도 풍채나 성미가 다 호남형인 데다 지연 씨하곤 예까지 차를 태워다준 인연을 살 수 있지 않아요. 염려할 게 있다면 둘 다 언제 여길 그만두고 떠나버릴지 모르는 처지들이긴 하지만 그야 우리도 앞일을 그리 길게 잡고 사는 처지들은 못 되지 않아요."

이야기 가운데서 늘 자기를 쓱 뽑아놓고 하는 말이 박 기사나 장 감독 어느 쪽으로도 함부로 무게가 기울질 않았다. 이를테면 정화 자신은 그 둘 가운데 어느 쪽하고도 관계를 내세우고 싶지 않으며 지연이 누구를 선택하든 자기로선 전혀 상관을 않겠다는 식이었다.

아무래도 그건 금세 분명해질 수가 없는 것 같았다.

하지만 이제 한 가지만은 분명한 것이 있었다. 그게 누가 되었든 지연도 언젠가는 결국 그 기둥서방이라는 것을 선택하게 되리라는 것이었다. 뭐니 뭐니 해도 지연으로선 금세 다시 마을을 떠날 생각이 없었기 때문이었다.

하지만 정화로선 오히려 그 점이 확실치를 않았던 모양이었다.

"그러나저러나 지연 씬 얼마 동안이라도 이 동네에 그냥 계셔주기나 할 건가요?"

새삼스럽게 지연의 의향을 다짐하고 들었다. 그리고는 지연이,

"글쎄 쫓겨나가긴 싫군요. 실상은 아직 마을 사람들 성화를 직접 만나보지도 못했구요. 정 뭣하면 기둥서방이라도 사서 버텨보고 싶군요."

오기만만한 결의를 보이자 비로소 정화는 조금 안심이 되는 듯

갑자기 목소리가 은근스러워졌다.

"그렇담 기억해둘 게 있어요. 오늘 밤 지연 씨 환영회가 연기되고 있다는 것 말예요. 아깐 지연 씨가 그런 소릴 듣고도 그냥 여기 있어줄지 어떨지를 몰라서 제가 그런 식으로 자리를 파해버렸지만 말예요. 떠난 사람 붙들고 공연히 번거로운 자릴 만들 필욘 없었거든요. 안 그래요?"

기둥서방

92

서진 앞 바다를 드나드는 여객선은 하루 한 번꼴로 날마다 그 요란한 확성기 소리를 울리며 부두로 들어왔다. 그리고 뭍사람과 바닷사람을 갈아 태우고 나면 여객선은 이내 또 흰 파도를 차며 바람 잔잔한 득량만 바다를 하얗게 멀어져가곤 했다.

지연은 언제나 그 배를 탈 수 있었다. 그 배를 타고 언제든지 서진마을을 떠나가버릴 수 있었다. 목포도 좋고 여수도 좋고, 가까운 데로는 금세 완도나 고흥쯤으로 건너갈 수도 있었다.

하지만 지연은 그냥 서진마을 〈뱃고동〉에 남아 있었다. 떠난다는 것은 언제나 그녀에겐 부질없는 꿈이었으며, 어디다 발을 묶고 머무른다는 것은 그러나 그 부질없는 꿈을 좇아 다시 그곳을 떠나기 위한 순간의 휴식 같은 것이었다.

하루마다 배가 있고, 그 배를 타고 언제든지 마을을 훌쩍 떠나 버릴 수 있다는 것은 오히려 지연에게 느긋한 여유를 주고 있었다.

마을에서도 당장은 난폭한 방법을 동원해올 기미가 보이지 않았다. 열흘인가 보름인가 시한을 정해놓고 그사이에 여인들이 스스로 마을을 떠나달라는 통보가 간접으로 전해져왔을 뿐이었다. 시한이 지나도 여인들이 마을을 떠나지 않고 있으면 그때 가선 어떤 책임 못 질 불상사가 일어날지 모른다고 하더라면서, 주인 사내는 그러나 조금도 신경 쓸 일이 못 된다는 듯 너털너털 객쩍은 웃음을 흘리고 있었던 것이다.

지연은 태연스레 〈뱃고동〉 일에만 익숙해져가고 있었다. 아침부터 저녁까진 건달뱅이 비슷한 동네 청년들과 낯을 익히고, 밤이 되면 공사판 인부들 사이에서 눈코 뜰 새 없이 거친 술타령을 받아냈다.

정화가 좋아한 것은 말할 것도 없었다.

한데 문제는 역시 그 기둥서방이라는 것이었다. 지연에겐 아직도 그게 숙제로 남아 있었다.

그녀에겐 아직 기둥서방이 정해지지 않고 있었다. 당장 그걸 정해가지고 싶은 건 물론 아니었다. 그럴 필요도 없었다. 사실을 말하자면 지연으로선 그게 처음부터 마음에 내켜오질 않았던 일이었다. 말이야 뭐라고 했든 혼잣속으로는 가능한 데까지 모든 걸 자기 힘으로 견디어나가볼 작정이었다. 어느 만큼은 자신도 있었다. 그리고 그런 식으로 며칠을 지내다 보니 그게 전혀 불가능한 것 같지도 않았다. 기둥서방을 정해놓지 않고도 마을 청년

들쯤 혼자서 족히 견뎌낼 만했다. 공사판 인부들의 성화도 아직은 그리 대단해 보이지가 않았다. 그래 지연은 저녁때만 되면 〈뱃고동〉에 나타나 얼씬거리는 그 박 기사와 장 감독 들과의 '환영회'라는 것마저 번번이 날짜를 뒤로 미뤄오는 터였다.

하지만 정화는 지연과 다른 여자였다. 그녀는 혼자서 세상을 살아본 일이 별로 없었다. 어려선 소리꾼 아버지가 곁에 있었고, 백기윤을 만나서부터는 그 백기윤이 언제나 그녀를 지키고 있었다. 이제 주위를 모두 떠나보낸 정화에겐 다시 또 누군가 그녀의 곁을 지켜줄 사람이 있어야 했다.

그녀에겐 정말로 기둥서방이라는 게 필요한 존재일 수 있었다.

한데도 지연은 아직 그게 누군지를 분명히 알 수 없었다. 정화가 속 시원히 사실을 다 털어놓은 일이 없었기 때문이었다.

지연이 궁금한 것은 오히려 그 정화 쪽 사정이었다.

한 가지 수상쩍은 취미가 엿보이는 곳은 있었다.

93

지연이 서진마을을 찾아든 첫날 밤이었다.

자정이 훨씬 지나서 지연이 그 첫밤을 지내기 위해 정화를 따라 들어갔을 때였다. 잠자리는 물론 그 〈뱃고동〉 홀에 이어 붙은 정화의 골방이었다.

한데 지연들이 그 골방을 들어섰을 때는 언제부터였는지 웬 십

오륙 세쯤 나 보이는 사내아이 하나가 먼저 방 안에 잠이 들어 있었다. 검게 탄 피부색 속에서도 얼굴이 갸름하고 눈코의 윤곽이 계집애처럼 오목조목 순하게 생긴 소년이었다.

"웬 아이예요?"

지연이 의아해서 물으니까 정화는 그저 아무렇지도 않게,

"요 아래 공사장에서 잔심부름을 하고 지내는 아이예요. 맘씨가 착해 보여서 잠자리를 주고 있어요."

훌훌 옷을 벗어부치며 상관할 거 없다는 눈짓을 해 보였다. 그리고는 사내녀석을 방 한구석으로 밀쳐놓으며 녀석과 지연 사이로 곧 자리를 잡고 누워버렸다.

지연도 이날 밤은 더 이상 소년에게 신경을 쓰지 않았다. 올데갈데없는 아이에게 잠자리 동무 삼아 온정을 베풀고 있나 보다 했다. 생김새도 그리 역겨운 데가 없는 아이였다. 집을 떠나 지내는 여인들에겐 흔히 볼 수 있는 취미였다.

한데 다음 날 아침이었다. 지연은 눈을 뜨자마자 그만 이상한 것을 보고 말았다. 희끄무레한 여명 속에 정화와 소년은 아직 곤한 잠에 취해 있었는데, 헌옷처럼 한쪽 구석에 널브러진 소년의 하체부에 엉뚱한 형상이 솟아나 있었던 것이다.

저 애도 벌써 남자였던가?

엉뚱스런 느낌부터 들었다. 그리고 그 어린 녀석의 얌전한 모습 속에 엉큼스레 눈을 피해 숨어 있다 나타난 남자가 공연히 괘씸스러웠다. 간밤의 잠자리마저 자꾸 꺼림칙한 느낌이 들어왔다.

하지만 지연은 물론 아는 체를 할 수가 없었다.

"그 아이 밤마다 오는 건가요?"

소년이 가고 나서 슬쩍 정화의 기미를 떠본 게 고작이었다. 하지만 정화는 역시 아무렇지가 않은 표정이었다.

"왜요? 그 아이 땜에 잠자리가 불편하셨나요?"

"아니 뭐, 잠자리가 불편해서라기보다두요. 그 아이 그래도 사내꼭지 명색인데 곁에서 함부로 옷을 벗고 눕기가 좀 뭣해서요."

"지연 씨도 참…… 아직 귀뿌리에 피도 안 마른 녀석을 가지고 뭘 그래요. 두고 보면 알겠지만 녀석이 그래도 얼마나 순진스럽고 사람을 따른다구요."

"그래도 자랄 덴 다 자랐을 나이 아녜요?"

"신경 쓸 거 없어요. 아직 꼬추예요."

자꾸만 말꼬리를 달고 있는 지연이 오히려 이상스럽다는 표정이었다. 혹은 정화 자신도 벌써 볼 걸 다 보아 알고 있으면서 그쯤은 모른 척해줄 수도 있지 않느냐는 기색이었다.

하지만 지연은 역시 정화처럼 소년이 쉽게 보이지가 않았다. 마음 한구석에 늘 꺼림칙한 것이 남아 있곤 했다. 그리고 그러면 그럴수록 그녀는 소년의 일거일동에 더욱 관심이 기울곤 했다.

정화 때문이었다. 정화가 수상쩍을 만큼 소년에게 집착을 하는 눈치였기 때문이었다. 아침잠을 깨어날 때마다 눈에 띄어오는 소년의 그 망측스런 형상은 지연에게조차 전혀 알은체를 하지 않는 정화였다.

한데 그러던 어느 날 아침이었다. 지연은 다시 한 번 심상찮은 광경을 목도하고 말았다. 역시 그 새벽의 여명 속에서였다.

94

지연이 우연히 눈을 떴을 때는 방 안이 아직 희부연 새벽 어스름결이었다. 여느 때 같으면 한참 더 아침잠을 즐길 수 있는 시각이었다.

하지만 이날 아침은 사정이 달랐다. 무심코 정화 쪽을 건너다보던 지연은 자기도 모르게 문득 상체를 반쯤 일으켜버렸다. 정화와 민웅(소년의 이름이 민웅이었다)의 이상스런 잠자리 모습 때문이었다.

정화와 민웅은 그때까지도 물론 깜깜 밤중이었다. 얇은 슈미즈 한 자락도 감당하기가 귀찮은 듯 사지를 아무렇게나 내던지고 있는 정화나, 그녀 곁에 활등처럼 답답하게 몸을 웅크리고 붙어 누운 민웅은 아직도 한창 숨소리가 잔잔했다.

한데 난처한 건 민웅의 손길이었다. 민웅의 한 손이 맨살이나 다름없는 정화의 가슴 위로 올라와 그녀의 소중한 것에 닿고 있는 것이었다.

물론 잠결에 그리된 것 같았다. 그리고 그 민웅의 손길에다 아무렇게나 가슴을 내맡기고 있는 정화의 모습은 마치 보채대는 어린애를 달래 잠재우고 있는 무심한 아낙의 그것같이 보이기도 했다.

하지만 지연은 두 사람의 모습에 마음이 무심해질 수가 없었다. 바로 그 잠결이라는 것이 문제였다.

의뭉스런 몸짓이 제 맘을 슬그머니 속여 넘기는 때가 그 잠결 속이다. 사람들은 종종 그 잠결을 핑계 삼아 책임지기 싫은 짓을 저질러버리곤 한다.

무의식중이나마 정화가 그걸 전혀 예상하지 않았다곤 할 수 없었다. 뿐만 아니라 그녀는 남자에 관한 한 무엇 하나 정상적일 수가 없는 여자였다. 처음부터 정상적이기가 힘든 여자였다.

지연은 자꾸만 기분이 야릇해져가고 있었다. 민웅의 손길이 마치 그의 잠든 육신에서 떨어져 나와 저 혼자 숨을 죽이며 정화의 비밀을 은밀히 즐기고 있는 것 같았다. 그녀는 아침 변소길도 나서지 못한 채 그 민웅의 손길만 민망스럽게 노려보고 있었다.

한데 잠시 뒤였다.

아닌 게 아니라 민웅에게선 다시 한 번 그 무심한 몸짓이 되살아나고 있었다. 끙, 소리와 함께 지금까지 정화의 가슴에 올려진 손을 더듬거려서 그녀의 머리를 끌어당기고 있었다. 그리고는 정화의 그 돌려진 얼굴에다 강아지 새끼처럼 자기 얼굴을 맞대놓고는 후루루 길게 한번 콧숨 떨리는 소리를 토해내고 있었다.

이번에도 물론 모두가 잠결에서였다.

그 민웅은 어떻게 보면 울음 끝에 잠이 든 어린애처럼 가엾고 불안스런 모습을 하고 있었다.

하지만 지연은 이제 터무니없이 두근거려오는 가슴을 가눌 수가 없었다. 그녀는 슬그머니 몸을 누인 채 다시 눈을 감아버리고 말았다.

정화가 잠을 깨는 기척이 안 보이는 게 우선 다행이었다. 그녀는 민웅 쪽으로 비스듬히 얼굴을 맞대이고 나서도 여전히 태평스런 안색이었다. 녀석의 무릎 하나가 그녀의 아랫배 위로 무겁게 기울어져왔으나, 그것마저 정화는 냉큼 치워내질 못하고 있었다.

하지만 지연은 이제 그 정화가 아직도 잠결이라고는 생각되지 않았다. 잠결이든 아니든 어차피 사정은 마찬가지였다.

그런 식으로 정화는 민웅 소년에게서 은밀히 어떤 남자를 느끼고 있음에 틀림없었다. 아무리 잠결에 지나간 일이라 해도 잠이 깬 다음까지 정화가 그걸 전혀 모르고 지낼 리는 없었다. 민웅 소년을 잠자리로 끌어들인 데서부터 그녀의 비밀은 실마리가 숨겨지고 있는 것 같았다.

지연은 그사이 자신이 너무 무심한 잠에만 빠져 지내온 듯싶어졌다.

95

다음 날부터는 밤잠을 아껴가며 두 사람의 기척을 살폈다.

민웅 소년은 하룻밤도 거르지 않고 꼭꼭 그 〈뱃고동〉의 골방을 찾아왔다. 일이 끝나고 가보면 어느새 스며들어왔는지 녀석이 먼저 그 골방 한구석에 노루잠이 들어 있곤 했다.

정화는 그 민웅에게 정말로 아무 흉허물을 느끼지 않는 듯 거침없이 녀석 곁으로 몸을 대어 누이곤 했다. 그리고는 지극히 태평스런 얼굴로 피곤한 꿈길을 더듬기 시작하는 것이었다.

하지만 문제는 두 사람이 다 그렇게 잠이 든 다음이었다. 상상했던 대로 잠꼬대들이 여간 아니었다. 누구의 입에선가 잊을 만하면 한 번씩 끙 소리가 토해지면서 팔다리가 함부로 휘둘리었다. 민웅의 머리통이 정화의 가슴팍을 파고들 때도 있었고, 그 민웅의 허리께를 마구 정화의 팔이 휘감아드는 수도 있었다. 치열한 잠꼬대라고나 할까. 둘은 그렇게 서로 몸이 얽혔다 풀렸다 하면서 경쟁이나 하듯 난폭한 꿈길을 헤매대는 것이었다. 어떻게 보면 두 사람 다 잠이 깨어 있으면서도 서로 그 잠을 핑계 삼아 의뭉스런 유희들을 벌이고 있는 거나 아닌가 싶을 정도였다.

그럴 때마다 지연은 가슴속이 조마조마해져서 숨도 못 쉬고 혼자 두꺼운 어둠 속을 응시하고 있기 일쑤였다.

하지만 뭐라고 해도 그건 역시 잠꼬대에 불과한 것 같았다. 그 이상 별다른 일은 일어나지 않았다. 그러다 두 사람은 어느새 조용히 자세를 고정해버리거나, 끝내는 한쪽이 정말로 잠이 깨어서 슬그머니 몸을 비켜내버리면 그만이었다. 한쪽이 몸을 비켜버리면 다른 한쪽도 금세 거친 잠꼬대가 조용히 가라앉아버리기 마련이었다.

하지만 이젠 확실한 것이 있었다. 정화나 민웅이 그 자신들의 잠꼬대를 알고 있다는 것이었다. 한쪽이 몸을 비켜버리면 다른 한쪽도 금세 무안을 당한 듯이 몸짓이 잠잠해져버리는 것을 보면 양쪽 다 어느 정도는 자신들의 그런 잠꼬대를 알고 있는 게 분명했다.

한 번은 이런 일도 있었다. 이날 밤은 두 사람의 잠꼬대가 너무

거칠었던 모양이었다. 잠꼬대 중간에서 민웅 소년이 그만 잠을 깨고 만 기척이었다. 하지만 그는 당장 몸을 비켜내기가 민망한 듯, 한동안이나 그 정화의 숨소리가 가라앉기를 기다리고 있었다. 이윽고 그 정화의 숨소리가 잔잔해지고 나자 민웅은 그제서야 조심조심 그녀에게서 몸을 비켜내가지고는 도둑괭이처럼 소리 없이 방문을 나가버리는 것이었다. 잠결이라기엔 너무나 침착하고 정연한 동작이었다. 한 식경이나 시간이 흐른 다음 다시 방으로 돌아온 민웅이 어둠 속에서도 풀기가 하나도 없어 보인 것은 오히려 당연한 노릇이었는지 모른다. 한데 그 민웅은 다시 잠을 이룰 수가 없는 듯 몇 번이나 가는 한숨을 삼키고 있는 기척이었다.

두 사람 다 자기들의 잠꼬대를 알고 있는 게 분명했다.

한데도 정화는 도대체 그걸 모른 척하고 있었다. 민웅 녀석도 마찬가지였다. 그걸 알면서도 녀석은 계속 〈뱃고동〉 골방 출입을 삼가려 하지 않았다. 그런 식으로 두 사람은 시침 뚝 떼고 그 은밀스런 잠꼬대의 비밀을 즐기고 있는 것이었다.

지연 모르게.

만원 버스 속에서 몸을 맞대고도 상대방이 그걸 느끼지 않기를 바라는 치한들처럼 엉뚱한 착각 속에서.

또는 자신은 아무것도 느끼지 않고 있는 것처럼 천연스런 얼굴로 상대방과 자신을 함께 속이고 있는 능구렁이들처럼.

96

정화와 민웅 사이는 그런 식이었다.

야릇한 취미라고 보아 넘길 수가 없었다.

차마 그 정화가 민웅 소년에게 기둥서방 노릇을 시키고 있다고는 생각할 수 없었다. 하지만 지연은 정화의 소행이 아무래도 개운치 않았다. 정상적인 남자 관계를 가져본 일이 없는 정화였다. 무당 속처럼 구석구석 비밀의 냄새가 물씬거리는 정화였다. 그 정화에게서라면 그런 상상도 족히 해볼 만한 것이었다. 지연 앞에선 한사코 그 민웅 소년을 형편없는 조무래기로 치부해버리려 드는 것도 그녀의 공연한 억지처럼 보였다. 하면서 그녀는 아무도 모르게 혼자 그 민웅에게서 남자를 느끼고, 그리고 그를 끌어들여서 잠자리를 지키며, 공사판 인부들이나 동네 청년들에 대해선 막연한 안도감을 구하고 있는 것인지도 모를 일이었다.

마침내 지연에게 한 가지 재미있는 계교가 떠올랐다.

"언니, 우리 오늘 밤에 민웅이 녀석 꼬추를 한 번 조사해봐요."

정화의 반응을 살피기 위해 어느 날 지연은 느닷없이 그런 제의를 하고 나섰다.

"뭐라구요? 누구 꼬추를 조사하자구요?"

정화가 당황한 것은 당연한 노릇이었는지 모른다. 그녀는 과연 얼굴색이 불시에 홍당무가 되면서 허겁지겁 지연을 가로막고 나서는 것이었다.

"알고 보니 지연 씬 여간 장난꾸러기가 아니군요. 그까짓 조무래기 꼬춘 조사해서 뭘 하게요?"

예상했던 대로였다. 꼬추니 조무래기니가 입에 붙다시피 한 민웅을 두고 그까짓 장난쯤 하잔다고 정화가 그리 펄쩍 뛰고 나서는 걸 보면 이미 사정은 짐작을 하고도 남았다. 하지만 지연은 내친김이었다. 좀더 짓궂게 그 정화를 떠밀고 들었다.

"조살 해보지 않고서는 아무래도 마음이 놓이질 않아요. 녀석의 가랑이 속에 다 큰 남자가 엉큼스레 숨어 있는 것만 같거든요."

"그렇지 않더라고 할 순 없는 일이지만 설마……"

"아니에요. 서울서 아는 이 가운데 이런 여자가 있었어요. 아들이 중학생이 되었는데 이상스럽게 자꾸 그 아들 녀석의 그걸 구경하고 싶어지더라나요. 전에는 목욕도 시켜주고 잠자리에 들어선 오줌이 찼나 안 찼나 꼬추를 매만지기도 했는데 녀석이 언제부터인가는 갑자기 그걸 조심하는 눈치더래요. 엄마의 손만 가까이 가도 질색을 하고 달아나면서 마구 화를 내기까지 하더라니까요. 그럴수록 그 여편넨 궁금해 견딜 수가 없어서 하루는 녀석이 소풍을 갔다 와서 세상모르고 곯아떨어진 틈에 기어이 허리띠를 풀어봤다는 거예요. 한데 웬걸. 그 여편넨 그만 기겁을 하고 놀랐다지 뭡니까. 그사이 녀석의 꼬추가 흉물스럽게 남자 꼴이 다 되어 있더라는 거예요. 어찌나 끔찍스러운지 그 여편넨 그만 허리띠도 채워놓지 않고 녀석의 방을 도망쳐 나와선 혼자 가슴을 두근거리고 있었다는 거예요. 그 담부턴 아들 녀석을 보기만 해도 공연히 녀석이 징그럽고 엉큼스러워서 정머리가 뚝뚝 떨어지더라지 뭡니까."

"하니까 지연 씨도 녀석한테서 그런 징그런 꼴을 보고 싶어진 건가요?"

듣고만 있던 정화가 갈피를 잡을 수 없다는 듯 난처하게 웃고 있었다.

"꺼림칙하지 않아요? 어쩌면 녀석도 벌써 그런 징그런 남자 꼴을 몰래 숨기고 있을지 모르니까 말예요."

"모르겠어요. 하지만 난 지금까지처럼 그냥저냥 지내는 게 약일 것 같네요."

지금까지처럼 어떻게 지내고 싶다는 건지 애매한 소리였지만, 지연의 장난엔 한사코 끼어들고 싶지가 않다는 것만은 분명한 어조였다. 달가울 리가 없었다.

97

추측이나 상상만으로는 언제나 정직한 사실을 만나기 어렵다. 정화와 민웅 소년의 관계도 마찬가지였다. 모든 건 그저 지연의 추측이었을 뿐이었다.

한데 결국은 사실이 드러나고 말았다.

하룻밤은 또 공사판 장 감독과 박 기사들이 9호실 여관방에서 늦도록 술타령을 벌이고 있었다. 홀 손님들이 거의 자리를 비우고 난 다음부터는 정화네까지 불러들여 애를 먹이고 있었다.

영자의 손목은 전찻간의 손잡이냐
이놈도 잡아보고 저놈도 잡아본다.

그사이엔 그렇게 거칠게 굴어본 일이 없던 사내들이었다. 환영회가 뭔가도 이쪽에서 먼저 귀띔이 가기를 기다리는 듯 얌전히 눈치만 살피고 있는 기색들이었다. 이쪽에서 매달려가지 않는 한 기둥서방 이야기도 사내들 쪽에선 먼저 꺼내고 나설 처지가 아니었다. 하지만 지연들 쪽에서도 아직 그토록 사정이 절박하지는 않았다. 공사판 인부들은 생각보다 마음씨들이 훨씬 대범했다. 그리고 단순했다. 누구 한 사람 내로라 앞장서 나서는 사람이 없었다. 여자란 으레 그렇고 그런 것이기 마련인데 무얼 혼자 나서서 치근덕거리고 돌까 보냐는 태도들이었다. 술뚝배기처럼 여자들을 고루 나눠 돌리면서, 어쩌다 엉덩이나 한번 쓸어보면 그 이상 즐거워질 수가 없었다. 그런 식으로 아무렇게나 어울려서 술을 마시고 그리고 아무렇게나 취해서들 돌아갔다. 누구도 특별히 지연을 귀찮게 해오는 사람은 없었다.

마을 젊은이들도 마찬가지였다. 아직도 날짜가 남아 있어 그런지, 작자들은 한번 시한을 통보해온 뒤로는 다시 무슨 귀찮은 간섭이 없었다. 오히려 그 지연들이 정말로 마을을 떠나가버리지나 않을까 걱정인 듯이 하루 종일 〈뱃고동〉 홀을 지키고 앉아 은근히 아쉬운 눈치를 보내오는 자들까지 있었다. 아직은 혼자서도 모든 걸 견딜 만했다.

정화와 민웅 사이의 일만 궁금하지 않다면 기둥서방 따윈 당분간 염두에 둘 필요가 없었다. 좋이 며칠간은 그런 식으로 잘 지내온 셈이었다.

한데 이날 밤은 사정이 달랐다. 사내들의 기세가 아무래도 심상치를 않았다. 갈수록 노랫소리가 험해지고 거기따라 손짓마저 전에 없이 거칠어지고 있었다. 무더운 여름밤 방문을 꼭꼭 닫아걸고 앉아서 무한정 짓궂은 술타령을 계속했다.

"치마들을 입었지? 그럼 여기다 땀 도장을 하나씩 만들어 봐."

나중에는 그런 엉뚱한 주문까지 하고 나섰다. 속옷을 벗어내고 겉치마만 걸치고 앉아서 비닐 방바닥에다 땀에 젖은 엉덩이 자국을 내보라는 것이었다.

"졸려죽겠지? 잠을 자고 싶을 거야. 엉덩인 벌써 땀바가지가 다 됐을 테니까 땀 도장만 하나씩 내놓구 가. 우린 여기서 손 하나 까딱 않구 있을 거니까 맘들 꼭 놓구."

그걸 만들어 내놔야 잠자리로 내보내주겠다는 것이었다. 별난 장난이었다.

지연은 그만 어이가 없어지고 말았다.

"이건 환영회도 아니잖아요?"

정화와 사내들을 번갈아 쳐다보며 항의하듯 표정을 곤두세웠다. 하지만 그건 이미 소용이 없었다.

"물론 아직 환영회는 아니지. 하지만 환영회가 늦어지고 있으니까 이런 식으로 우선 인사를 갖춰두자는 게 아닌가. 이젠 그만 잠도 좀 자둬야 할 때가 됐구 하니까 말야?"

장 감독이란 사내가 무슨 선심이라도 베풀 듯이 느물대고 있었다.

아무래도 무사히 방을 빠져나갈 수는 없는 형세였다.

98

민웅 소년이 9호실 사내들한테로 불려간 것은 지연들이 결국 그 땀 도장을 남기고 간신히 술방을 풀려나온 다음이었다. 땀 도장을 받아낸 사내들은 처음 약속대로 곧 여자들을 잠자리로 돌려보내주었으나 웬일인지 이번엔 다시 그 민웅 소년을 잠자리에서 끌어내간 것이었다.

지연은 괜히 그게 또 마음에 걸려왔다.

평소부터 좀처럼 말이 없는 아이였다. 아무나 사람을 따르는 성미도 아니었다. 더더구나 장 감독만 만나면 괜히 무슨 죄라도 지은 사람처럼 슬금슬금 눈치를 봐 돌던 녀석이었다.

쉬 마음이 놓일 수 없었다. 선잠을 깨고 나서도 불평 한마디 없이 금세 체념스런 얼굴을 하고 나서는 민웅이 더욱 마음에 걸려왔다.

하지만 사내들은 도대체 무슨 장난을 벌일 심산인지 표정들을 읽을 수가 없었다.

"하하, 오늘은 녀석한테 좀 신세질 일이 있으니까……"

"녀석도 좋아할 거야. 고 녀석 그래 봬도 알이 단단히 박인 놈이거든. 맘씨도 썩 착한 편이구 말야."

알 수 없는 소리들을 지껄여대면서 저희끼리서 비밀스런 웃음을 건네고 있었다. 아무래도 무슨 몹쓸 장난을 꾸미고 있는 낌새들이었다.

지연은 결국 다시 자리를 빠져나오고 말았다.

"그냥 놔두고 잠이나 자요."

정화가 싫은 눈치를 보였으나 지연은 기어이 골방을 나와 민웅이 끌려들어간 9호실까지 살금살금 도둑괭이 걸음을 해갔다.

과연 방 안에선 민웅 소년을 놓고 뭔가 벌써 사내들의 추궁이 시작되고 있었다.

"어느 쪽이냐 말야, 응? 어서 냉큼 말을 해봐."

"……"

"보면 금세 알 수 있을 거 아냐. 어느 쪽이 정화구 어느 쪽이 지연인지 그게 그리 힘이 든단 말야."

"……"

"자식! 속으로는 벌써 다 점을 찍어놓고 있으면서, 그게 말하기가 뭐 부끄럽다구 그러고 있어."

"……"

민웅을 다그치고 있는 것은 주로 장 감독 쪽이었다. 듣고 보니 무언가를 놓고 민웅에게 자꾸 정화와 지연을 구별해내라는 소리였다. 말할 것도 없이 방금 그녀들이 땀 도장을 찍어놓고 나온 엉덩이 자국 이야기일시 분명했다. 그 땀자국의 어느 쪽이 지연이고 어느 쪽이 정환지를 민웅에게 구별해내라는 것이었다. 그녀들이 방을 나간 다음 어느 작자가 그 땀자국에다 표시를 남겨둔 모양이었다.

하지만 민웅은 도대체 대답이 없었다. 누가 뭐래도 고집스럽게 입을 꾹 다물고만 있었다.

사내들의 추궁이 좀 더 거칠어지고 있었다.

"정 말해줄 생각이 없는 거야? 아니면 정말로 어느 게 누구인지 구별을 못한다는 거야?"

"……"

"하지만 그걸 정말 구분 못할 리는 없겠지. 밤마다 한방에 끼여 뒹구는 녀석이 그래, 이걸 보고도 아직 누가 누군질 알아내지 못할 리가 있나 말야."

그래도 녀석은 역시 마찬가지였다.

끝끝내 반응이 없었다.

하니까 이젠 사내들도 참을 수가 없어진 모양이었다.

"그럼 좋다! 네가 정 말을 하기 싫다면 우리도 억지로 말을 시키진 않는다."

일단 기세가 꺾이는 듯했으나, 사실은 그게 아니었다.

"그 대신 조사를 좀 할 게 있어. 네 녀석이 정말로 아직 이따윌 못 알아낼 만큼 사내가 안 되어 있었던 건지부터 조살 해봐야겠단 말이다. 그러지 않음 아가씨들한테도 우리가 여간 낯이 안 서는 일이거든."

더욱더 난처한 협박을 하고 나섰다.

99

민웅 소년이 다시 골방으로 돌아온 것은 그로부터 또 한참이나 실랑이를 벌이고 난 다음이었다.

하지만 지연도 거기서부터는 자세한 사정을 알 수 없었다. 사내들 방에서 또 새판잡이 장난이 시작되는 낌새를 보고 지연은 그만 자기가 먼저 민망스러워져서 슬그머니 발길을 돌아서버렸던 것이다. 정화가 그사이 잠이 든 시늉을 하고 있었기 때문에 지연은 불을 꺼놓고 몰래 그 민웅이 돌아오기만을 기다려온 참이었다. 한데 그렇게 방문을 들어선 민웅은 짐작대로 분을 참을 수가 없는 기색이었다.

더듬더듬 구석 자리를 찾아들고 나서도 좀처럼 몸을 누이려는 기미가 안 보였다. 어둠 속에 우두커니 버티고 앉아 언제까지나 거친 숨소리만 식식거리고 있었다. 제 깐엔 참을 수 없는 수모를 겪었을 게 틀림없었다. 우연스럽게도 사내들은 그 민웅을 두고 지연이 정화에게 제의한 장난을 먼저 대신할 낌새가 분명했던 것이다.

"그만 잊어버리고 자."

잠이 든 체하고 있던 정화가 느닷없이 어둠 속에서 한마디했다. 역시 자는 체만 하고 있었을 뿐 그녀는 지금까지 주위 동정을 하나하나 다 귀에 담고 있었던 모양이었다. 그리고 그녀는 그 민웅이 사내들에게서 어떤 수모를 당하고 왔는지도 혼자서 다 짐작을 하고 있는 어조였다. 이번에는 오히려 지연이 자는 체해줘야 할 판이었다.

민웅은 대꾸가 없었다. 정화가 그 민웅을 다시 달래고 있었다.

"바보같이 대장부 사내가 그깐 일을 가지고 뭘 그렇게 맘을 상하고 있어."

"……"

"이제 그런 사람들인 줄을 알았으면 되는 거야."

"……"

"그만 누워 자라니까 어서."

"내일부턴 나오지 않아요."

민웅이 마침내 투정하듯 볼멘소리를 했다.

"글쎄 오고 안 오곤 네 맘이니까 할 말이 없지만 오늘만은 우선 잠을 좀 자둬야잖아."

민웅은 다시 입을 다물어버렸다. 정화도 더 이상 말이 없었다.

하지만 두 사람은 아직도 역시 잠이 들 수는 없는 모양이었다. 누구에게선가 자꾸 한숨 소리 같은 것이 새어나오곤 했다. 미끄러지듯 슬그머니 몸을 누이고 난 민웅 쪽에선 아직도 그 민망스런 신음 소리가 끊이지 않고 있었다.

결국은 지연이 다시 몸을 일으켜버리고 말았다. 이번엔 숫제 불까지 훤히 밝혀버렸다.

"도대체 무슨 장난이에요. 그자들 왜 그런 짓을 한 거예요?"

더 이상 우물쭈물 참고 넘길 필요가 없을 것 같았다. 세 사람 다 어차피 잠이 들지 않고 있었다. 지연은 단도직입으로 가려웠던 곳을 들추고 나섰다. 그 바람에 정화도 그만 다시 눈을 뜨고 말았다. 더 이상 이야기를 참아 넘기기가 어려워 보인 모양이었다. 그녀는 아예 뉘었던 몸을 부스스 일으켜 앉고 있었다.

"작자들이 이 앨 미워하고 있으리라는 건 벌써부터 짐작을 하고 있었어요."

정화가 이윽고 입을 열기 시작했다.

"사내들이 그런 장난을 벌인 건 물론 이 애가 귀여워서 그런 건 아닐 테니까요. 하지만 따지고 보면 이 앤 좀 억울한 데가 많아요. 작자들이 골탕을 먹이고 싶어 하는 건 실상 이 애가 아니니까요."

당연한 노릇이 아니겠냐는 듯 정화는 희미한 미소를 머금으면서 천천히 말을 계속해나갔다.

100

사내들이 민웅을 미워하는 건 바로 정화 자기에게 골탕을 먹이고 싶은 때문이며, 정화는 전에부터 이미 그런 사정을 짐작하고 있었노라는 것이었다. 그리고 정화는 그 모든 인과 관계가 당연한 것인지도 모른다는 것이었다.

"작자들한텐 이 애가 이만저만 방해거리로 보이지 않을 테니까 말예요."

정화가 서진마을에 들어온 날 밤, 그녀는 그 환영 화투판에서 당장 장 감독이란 사내와 짝이 지어지고 말았다. 작자와 하룻밤 잠자리를 치르고 나선, 당분간 그 장 감독을 의지 삼아 지낼 작정까지 섞었노라 했다. 한데 그게 잘못 생각이었던 것이, 작자의 속심은 그 정도로 단순하지가 않더라는 것이었다. 그리고는 정화를 아주 제 계집으로 치부해버리며 사사건건 간섭을 해오는가 하면 남들한테는 터무니없이 투기의 눈길을 쉬지 않더라는 것이었다. 어느 날 없이 밤마다 잠자리를 탐내고 드는 것도 그녀로선 참을 수가 없었다고 했다.

"의지고 뭐고 엉뚱한 상전을 한 사람 모시게 된 꼴이었지 뭐예요."

하지만 그녀는 당장 어떻게 작자를 비켜설 수가 없어 난처하게 질질 끌리고만 있는 참이었는데, 그때 마침 민웅 소년을 찾아내게 되었던 거라 했다.

"이 애가 곁에 있어주면서부터는 사정이 달라졌지요."

민웅을 끌어들인 다음부터는 일부러 작자를 멀리하려 애써왔고, 장 감독도 함부로 억지를 쓰고 덤빌 수는 없게 되어버린 거라 했다.

정화의 이야기는 그 정도에서 끝이 났다.

그만하면 지연도 이제 장 감독들이 어째서 민웅에게 그런 화풀이를 하고 싶어 하는지, 그리고 은근히 정화를 괴롭히며 수모를 주고 싶어 하는지를 훤히 다 짐작을 할 수가 있었다.

민웅이 그만한 방해거리 노릇을 하고 있었다. 녀석이 어디까지 장 감독을 대신하고 있는지는 모르지만, 적어도 그가 그 장 감독으로부터 거꾸로 정화를 지켜주고, 어느 정도까지는 그녀의 의지가 되어주고 있는 것만은 틀림이 없는 사실이었다.

생각 같아서는 정화와 민웅 사이가 정확하게 어느 정도인가, 그 정화가 민웅 소년을 어떤 식으로 생각하고 있는가를 마저 물어보고 싶긴 했다. 민웅이 정말 잠을 자고 있는지 알 수 없었다. 정화로서도 차마 거기까진 다 정직하게 까 보여줄 것 같지가 않았다.

하지만 지연은 이제 거기까지도 대강 짐작이 가고 있었다.

정화와 민웅 사이의 그 민망스런 잠꼬대 광경이 떠올랐다. 그러면서도 늘 민웅 앞에선 아무것도 모르는 듯 시치미를 떼고 지내는 정화였다. 그리고 그녀 못지않게 의연스런 얼굴을 하고 밤마다 〈뱃고동〉 골방을 찾아드는 민웅이었다.

더 이상은 차마 염치없는 상상을 하고 싶지 않았다.

두고 보면 언젠가 발가벗을 때가 오겠지.

그보다도 이젠 지연 자신의 일이 더 걱정이었다. 정화와 민웅 사이가 그렇고, 그 정화가 끝끝내 장 감독에겐 그런 식이라면 언젠가는 작자가 또 지연에게로 귀찮은 눈길을 돌려올 건 분명한 이치였다. 아니 그렇게 되기를 바라고 정화는 처음부터 그 장 감독에게 점수를 놓으며, 지연에겐 자주 그 장 감독을 대면시켜온 것이었는지도 모를 일이었다.

하지만 지연은 이제 와서 그 장 감독을 받아들이긴 싫었다. 박 기사라면 혹 생각이 다를 수도 있었지만, 장 감독이라면 정화와의 일이 더더구나 꺼림칙했다. 한데 그 박 기사라는 사내마저 지연에겐 이상하게 늘 장 감독을 앞세우며, 자신은 뒤에서 은근히 몸을 사리는 눈치였다.

한데 다음 날이었다.

사태는 갑자기 돌변했다.

뜻하지 않은 손님이 서진마을 〈뱃고동〉으로 지연을 찾아들었기 때문이었다.

101

지연들 스스로 서진마을을 떠나도록 한다는 시한이 이젠 이틀인가밖에 남아 있지 않은 날이었다. 숨통을 틀어막을 듯싶던 한낮의 무더위가 물러서면서 바다 쪽에선 어느새 서늘한 저녁 바람이 일기 시작한 석양 녘이었다. 배 시간을 대어 들어온 서진마을 종점 버스에서 색다른 여자 승객 두 사람이 내렸다. 둘 다 엉덩이가 꼭 낀 바지에다 근방에선 보기 드물 만큼 색깔이 요란한 블라우스 차림들이었는데 한쪽은 키가 좀 작은 대신 사지가 오동포동 귀엽게 살쪄 있고, 다른 한쪽은 눈에 띄게 대담스런 화장을 하고 있으면서도 얼굴 모습 하나하나는 그리 알뜰하게 어울려 보이질 않는 아가씨였다. 특히 그 높고 긴 콧날 때문에도 두번째 아가씨는 인상이 여간 어정쩡해 보이질 않았다.

아가씨들은 차를 내려서도 다른 손님들처럼 부두로 나가 배표를 사지 않았다.

"〈뱃고동〉이란 데가 있나요?"

"〈뱃고동〉이 어느 쪽인가요?"

야릇한 웃음기를 띤 얼굴로 두 아가씨는 이내 해안동 상점가로 들어서며 〈뱃고동〉을 찾고 있었다. 그녀들과 마주친 서진마을 사람들이 어떤 표정, 어떤 대꾸를 하든, 아가씨들은 만나는 사람마다 쉬지 않고 〈뱃고동〉을 물어댔다. 그리고 마침내 그녀들이 〈뱃고동〉을 찾아내고 나서, 10여 일 전 지연이 그곳을 처음 들어서던 것처럼 쭈뼛쭈뼛 수상쩍은 표정으로 홀 문을 들어섰을 때였다.

"미스 콩!"

"지연 언니!"

물색 커튼 사이로 무연히 저녁 바다를 내다보고 서 있던 지연이 먼저 그녀를 알아보고 소리쳤다. 뒤따라 미스 콩이 왈칵 지연에게로 뛰어들었다.

두 여인은 금세 한덩어리가 되어 더 이상 말을 잃고 있었다. 긴 콧날을 한 여인이 한동안이나 그녀들을 기다리고 서 있어야 했다.

"도대체 어떻게 된 거야. 설마 미스 콩이 여기까지 날 찾아온 건 아닐 텐데?"

이윽고 지연이 먼저 입을 열면서 미스 콩을 찬찬히 내려다보았다. 그녀의 가슴에다 얼굴을 파묻고 있던 미스 콩의 눈길이 원망스럽게 그녀를 쳐다보았다.

"언닌 나쁜 사람이야. 난 정말 언니가 내게 그렇게 무정할 줄을 몰랐어."

영암 근처에서 그녀를 혼자 떼내버린 일이 못내 섭섭하다는 표정이었다.

"하지만 내가 언닐 그냥 놓치고 말 줄 알구? 유 언니가 내게 진력이 나서 죽고 싶을 때까지도 난 끝까지 언니만 줄줄 쫓아다닐 걸 뭐."

투정스런 어조로 지껄이다 말고는 새삼 눈물이 가득 괴고 있었다.

지연은 그만 가슴이 찡해왔다. 처음엔 그저 반가움이 앞서버린 바람에 이것저것 가려 생각할 틈이 없었으나, 미스 콩의 그 원망기 어린 힐난에는 새삼 콧잔등이 시큰해왔다.

"그래 여긴 어떻게 용케 알아냈어? 어떻게 내가 여기 있는 줄을 알고 온 거지, 응?"

지연은 미스 콩이 서진마을까지 자기를 찾아온 건 열 번 고맙고 잘한 일이라고 그녀를 위로해주고 싶었다.

그녀는 미스 콩의 허리께를 부드럽게 끌어대면서 두 사람 사이엔 방금 숨바꼭질놀이라도 끝나고 난 듯 은근스레 묻고 있었다.

사실은 그 영암 근처 산길에서 어물어물 지연을 헤어지게 된 미스 콩이, 그사이 허철 일행과는 어떻게 지내다가 이 구석 서진까지 그녀를 찾아오게 되었는지도 지연으로서는 보통 궁금한 일이 아니었다.

102

"그보다도 참, 이리 와서 인사들부터 하세요."

그 경황에도 미스 콩은 그녀와 함께 차를 내려 온 여인과 지연을 소개하는 일은 잊질 않았다. 아직도 비실비실 미스 콩의 눈치만 살피고 있는 여인을 손짓해다가 그녀는 냉큼 두 사람을 소개해버렸다.

"여기가 내가 말한 미스 유 언니고 이쪽은 해남을 갔다가 만난 미스 전 언니라우. 유 언니 얘길 했더니 한번 꼭 만나보고 싶다고 여기까지 일부러 언닐 보러 왔으니까 알아서 해요."

하고 나선 마치 제 집이라도 찾아온 듯 서슴없이 혼자 유리창가로 걸어가더니 바다가 내다보이는 그 창문 밑 자리로 털썩 몸을 주저앉아버리는 것이었다. 광주의 그 과수원집을 나설 때 지녔던 옷가방은 아예 카운터 부스 뒤에다 던져넣어버렸다.

지연은 그 전이라는 여자를 데리고 미스 콩이 앉아 있는 곳으로 갔다. 별달리 긴 인사말을 건넬 필요는 없었다. 말을 하지 않아도 서로 사정이 뻔한 처지들이었다. 미스 전 쪽에서도 그쯤은 벌써 요령이 몸에 익어진 모양이었다.

"그냥 이렇게 왔어요."

간단한 한마디를 건네고는 쑥스러운 듯 그 긴 콧날 위에다 뻣뻣한 미소를 지어 보이고 있었다.

지연은 콜라를 한 잔씩 내다주고는 자신도 미스 콩 곁으로 자리를 잡아 앉았다.

"하니까 난 아무것도 모르고 그냥 대흥사까지 작자들을 따라 갔지 뭐예요."

콜라를 한 모금 마시고 난 미스 콩이 잊어버릴 뻔했다는 듯 제 물에 다시 경위를 털어놓기 시작했다. 아직도 카운터 부스 아래 버티고 앉아 흘금흘금 수상쩍은 눈초리를 보내고 있는 동네 놈팽이들도 아랑곳없이, 그녀의 목소리는 조금도 조심성이 없었다.

"도대체 언니한테 무슨 눈치를 챈 게 있었어야지요."

허철들은 전혀 말이 없더라는 것이었다. 영암에선 약방마다 차를 세우고 지연을 찾아보는 기미였으나, 그것도 실상은 그러는 시늉을 해 보인 것뿐이었던지 허탕을 치고 나서도 별반 섭섭한 눈치가 안 보이더라는 것이었다.

내친김에 아마 트럭을 타고 해남까지 먼저 간 게지.

그쯤 단념을 하고 나서는 사내들을 따라 대흥사까지 가서 지연을 기다려봤으나 거기서도 지연은 끝내 소식이 없더라고 했다.

"이삼 일 그치들하고 함께 지내다 보니 갑자기 이상한 생각이 들질 않겠어요. 작자들이 이젠 아예 언닐 기다리는 기미조차 없었거든요. 갈 데로 갔겠지 하는 눈치들이었단 말예요. 처음부터 그런 줄 알면서 이자들이 일부러 내겐 모른 척하고 있었구나 싶어지지 뭐예요. 그길로 곧 해남읍으로 나갔어요. 역시 말리질 않더군요."

"그래 해남읍엔 나가서 어쩔 작정이었지?"

지연은 자신의 추측들이 별로 크게 어긋나지 않았음을 알고 나자 기분이 새삼 씁쓸해졌다. 미스 콩에게 다시 한 번 미안한 생각이 들었다 하지만 미스 콩은 이제 그런 덴 조금도 개의칠 않는 표정이었다.

읍으로 나가선 '대흥화물'이란 델 찾았단다. 마침 그 화물회사를 손쉽게 알아낼 수가 있어 찾아가 알아보니 짐작대로 8톤 트럭 한 대가 장흥 쪽 일을 맡아 나가 있더라는 것이었다.

"일이 쉬우려고 그랬던지, 그 대흥화물 사장이란 분이 마침 이 서진마을 뱃고동 여인숙까지 환히 기억을 하고 있지 뭐예요."

그래서 미스 콩은 한 며칠 맘 푹 놓고 해남 구경을 하고 난 다음 미스 전이란 여자를 만나 이날 아침 지연을 함께 찾아 나서게 된 것이라 했다.

103

미스 콩이 서진마을까지 지연을 찾아온 경위는 대략 그러했다.

대흥사에선 두 사내들 사이에서 무슨 일이 있었는지, 그리고 그 사내들을 헤어진 후의 자신의 신변에 관한 이야기는 거의 입을 열지 않았다.

지연도 거기까지 자세한 말을 시키고 싶진 않았다. 그보다도 이제부턴 두 아가씨들을 어떻게 이 마을에서 탈 없이 지낼 수 있게 해주느냐가 당장 급한 문제였다. 지연을 만나면 뭐가 어떻게 되겠지, 무작정 그런 식으로 자기를 찾아온 아가씨들이었다. 하지만 지연으로선 실상 사정이 옹색했다. 〈뱃고동〉엔 이미 더 이상 여자가 필요하지 않았다. 그렇다고 공사판 천막집 같은 데서 그럭저럭 막 소주잔이나 팔고 지내랄 순 없는 노릇이었다. 잠자리도 걱정이었다. 하지만 그보다도 더욱 걱정스런 일은 마을 사람들의 태도였다. 그러지 않아도 이젠 마을에서 정해준 시한이 이삼 일밖에 여유가 없었다. 마을을 떠나주긴커녕 오히려 패거리까지 불러들이고 있는 꼴을 보면 마을 사람들이 다시 어떻게 나올지가 의문이었다.

일단 정화에게 의논을 해보는 수밖에 없었다. 하지만 정화라고 무슨 뾰족한 방도가 있을 리 없었다.

"있는 데까진 함께 있어보는 수밖에요. 내 쥔 남자한텐 귀띔을 해놓을 테니 우선 그냥 여기 있어봐요."

지연으로부터 이런저런 사정을 듣고 난 정화는 얼핏 쓰다 달다 표정이 없었다. 체념 조의 말투가 정화 역시 그밖에는 다른 방도를 생각할 수가 없었던 모양이었다.

하지만 미스 콩은 사정을 알 리 없었다.

"언니 언니 언니. 뱃고동 일 어때요. 바쁘지 않을 땐 함께 바닷가로 나가 해수욕을 하면 멋지겠어요."

"박 기사라는 사람도 물론 여긴 자주 오겠죠? 나, 그 사람 만나면 가만두지 않을래요. 언니 혼자 살짝 이런 데로 빼돌리구, 화가 안 나겠어요."

물색 모르고 혼자 호들갑을 떨어댔다. 정화를 만나고 나선 그 호들갑이 더욱 기승스러워졌다. 전주의 그 〈오아시스〉 다방에서 서로 얼굴을 대면한 일이 있으련만 성미가 워낙 건성스런 미스 콩이라 처음엔 전혀 그 정화를 알아보지 못했다. 하지만 내력을 알고부터는 마치 지연보다도 그 정화를 만난 것이 더 다행스럽다는 듯 신바람이 일고 있는 그녀였다.

"미스 전 언니도 이젠 맘 푹 놓아요. 그래 내 처음부터 뭐랬어요. 우리 미스 유 언니만 찾아내면 만사 안심이랬잖아요."

"한데 식구가 갑자기 두 사람씩이나 불어나서 잠자리가 비좁지 않겠어요."

으레 일이 그렇게 되기 마련 아니냐는 듯 제멋대로 설쳐댔다. 골방을 기웃거리며 벌써 잠자리 걱정까지 하고 있는 판이었다.

저녁 손님이 몰려들기 시작하면서부터는 시키지도 않은 〈뱃고동〉 홀 일을 제물에 앞장서 나서버리고 있었다.

맹랑한 아가씨였다. 미스 콩은 그런 식으로 누가 뭐라기도 전에 스스로 자신의 처지를 결정해나가고 있는 것이었다.

지연은 차라리 마음이 편했다. 내일 일은 또 어떻게 되든 우선 당장은 미스 콩을 두고 이러쿵저러쿵 생각을 망설일 여지가 없었다.

정화 말마따나 그런 식으로 함께 견뎌보는 거지 뭐.

어물어물 그냥 함께 〈뱃고동〉 일을 시작해버리고 있었다. 정화 역시 그 미스 콩을 만류하는 기미가 없었다.

한데 결국은 그게 말썽이었다. 기어이 〈뱃고동〉에 폭풍이 몰아닥쳤다.

104

첫날 하루는 그런 식으로 무사히 밤을 넘겼다.

주인 남자는 입장이 좀 난처했던지 밤새 한 번도 홀을 내다보지 않았고, 여자가 한꺼번에 둘씩이나 늘어버린 〈뱃고동〉 술꾼들은 오히려 잔치라도 만난 듯 홍겨워들 했다. 막판에 잠깐 박 기사들이 홀을 스쳐가는 기미가 있었지만, 그때도 별다른 말썽은 일어나지 않았다. 미스 콩은 한창 바쁘게 다른 술자리에만 정신이 팔려 있었고, 미스 콩을 알아본 박 기사 일행도 미처 사정을 귀띔받지 못한 듯 어리둥절한 표정만 짓고 있다 돌아갔다. 좀더 조용한 기회에 사정을 알아보고 다시 올 심산들인 것 같았다.

민웅 녀석이 마침 그 〈뱃고동〉 골방과 토라진 다음이어서 잠자리에도 큰 불편이 없었다.

한데 말썽이 시작된 건 이튿날 오후였다. 시초는 물론 미스 콩 때문이었다.

"언니 우리 동네 구경이나 좀 시켜줘요."

아침부터 미스 콩은 그런 배포 유한 소리로 지연을 난처하게 했다. 선선할 땐 거리 구경을 하다가, 햇볕이 두꺼워지면 어디 물가를 찾아가서 목욕이나 하다 오자는 것이었다.

지연이 찬성할 리 없었다. 그러지 않아도 마을 사람들 눈이 한결 조심스런 판이었다.

"당분간은 동네 사람들 눈에 띄지 않는 게 좋겠어."

좋은 말로 미스 콩을 만류했으나 그녀는, 지연을 이해하려 하지 않았다. 끝내는 그 미스 전을 앞세우고 저희들끼리 〈뱃고동〉을 빠져나가버렸다.

한데 그 미스 콩들이 눈치도 없이 한차례 마을을 헤매고 돌아온 저녁나절이었다. 한 대밖에 없는 홀 선풍기 앞에 모여 앉아 〈뱃고동〉 여인들이 더운 땀을 식히고 앉아 있을 때였다.

남자 세 사람이 불쑥 〈뱃고동〉 홀 문을 들어섰다. 한 사람은 나이가 제법 지긋한 서진마을 이장님이었고, 다른 두 사람은 이 〈뱃고동〉 홀에도 가끔 모습을 나타낸 적이 있는 마을 젊은이들이었다. 첫눈에도 반가운 손님들일 수가 없었다. 어디서부터 길을 따라왔는지 조금 있으니까 주인 사내까지 홀 문을 들어서고 있었다.

"자네들 말이 틀리진 않았구먼그래."

선풍기 앞에 모여 있는 여인들을 하나하나 심상찮은 눈길로 훑어보고 난 이장이 젊은 친구들을 돌아보고 한 소리였다. 짐작대로 여인들 문제로 이장이 〈뱃고동〉을 찾아온 게 틀림없었다. 이장은 두 젊은 친구들의 심술스런 계략에서였음이 틀림없어 보였다.

젊은 친구들은 무슨 개선장군이나 된 것처럼 이장 곁에서 서로 의기양양 눈웃음을 짓고 있었다. 주인 사내나 지연들 쪽에선 아직 무슨 말을 하고 나설 계제가 아니었다.

"그런데 자네, 자네 말일세. 이 뱃고동에서 여자들을 내보내기로 한 날짜가 며칠이나 남았는 줄 알고 있는 건가?"

마침내 이장이 〈뱃고동〉의 주인 사내에게 따지고 들었다. 그러나 주인 사내는 별로 할 말이 없는 모양이었다.

"글쎄요. 첨에 정해주신 날짜는 낼모레 사인 줄 알고 있습니다만."

공연히 두 손을 싹싹 비벼대며 잔뜩 송구스런 표정을 짓고 있었다. 하니까 이장은 좀더 목소리가 준엄해지고 있었다.

"한데도 여자들을 내보내긴커녕 어제도 또 그것들을 둘씩이나 불러들였다니 자네 도대체 무슨 배짱인가. 그것도 이젠 아무 데서나 마구 빨개벗구 미역질을 하고 다니는 걸 보면, 네들이 우릴 어쩔 테냐, 해볼 테면 어디 한번 맘대로 해보라는 식인 모양인데, 그게 다 누구 배짱에선지 말을 좀 해보란 말일세."

105

영락없이 미스 콩의 불찰 때문이었다. 나가라는 판에 하필 동네를 찾아들어온 것도 뭣한데, 그랬으면 또 다소곳이 〈뱃고동〉에나 들어박혀 있지 않고 깐죽깐죽 거리를 돌아다닌 것이 더욱 동네 사람들 비위를 건드린 모양이었다. 어디라 눈이 없는 곳이라고 대낮에 미역질까지 하고 왔다면 이쪽에서도 할 말이 있을 수 없었다.

주인 사내는 계속 저자세였다.

"글쎄요. 미처 거기까진 단속을 못 해둔 게 제 불찰이었습니다. 앞으론……"

"앞으로가 아니야 앞으로가…… 낼모레까진 저 애들을 당장 내보내야 한다는데 앞으론 또 무슨 앞으로야."

"하지만 모레까지야 어떻게 당장…… 저 애들한테도 무슨 요량이 서야 내보낸다 어쩐다 말을 건넬 수가 있지 않겠습니까."

"허허 그참, 이 동네 성인 났군. 성인 났어. 그래 요량이 서지 않았으니까 저 애들을 차마 모레까진 내보낼 수가 없다 이 말인가. 저 애들 땜에 동네가 온통 술주정뱅이 오입쟁이로 난장판이 나도 자넨 그만이다, 이거냔 말일세."

"언제 제가 동네일엔 상관을 않는다고 했습니까."

"그러지 않으면? 그러지 않으면 왜 저까짓 알량한 계집들한테 미련을 못 버려? 그게 바로 저 계집들을 미끼 삼아 술이나 팔면 그만이라는 괘씸한 배짱이 아니고 뭔가."

"……"

주인 사내는 마침내 입을 다물고 말았다. 풀이 죽은 얼굴로 원망스럽게 이장의 얼굴만 쳐다보고 있었다.

지연은 이제 보고만 있을 수가 없었다. 지연은 주인 사내에게 아직 할 말이 남아 있음을 알고 있었다.

'공연히 시기들이 나서 그런 거야. 두고 보라고, 내가 이 짓을 그만둔다고 동네 술집에 여자의 씨가 말라지나? 네들이 여길 나가기만 하면 그날로 당장 어느 놈이 또 다른 아가씨들을 자기 술집으로 불러들일 거야.'

사내는 동네 안에서 누군가가 그런 식으로 〈뱃고동〉 장사를 망쳐놓은 다음 사뭇 음흉한 방법으로 자기의 경기를 빼앗아가려는 수작이 분명하다고 울화통을 터뜨린 일이 있었다. 그런 속을 뻔히 알면서도 어떻게 손을 쓸 수가 없는 것이, 자기는 원래 서진마을 토박이가 아니어서 마을에선 누구보다도 만만한 존재가 되고 있기 때문이라는 것이었다.

"따지고 보면 이게 다 먹고살자고 하는 노릇인데 이장님이 좀 너무하신 것 같군요."

그녀는 부지중 몸을 한 발짝 앞으로 나서며 주인 사내를 대신하기 시작했다.

"뭐라? 내가 너무한다구?"

이장은 그러자 기다리고나 있었다는 듯 금세 그 지연 쪽으로 공박을 가해올 태세였다.

"그래, 너 그 말 한마디 참 똑똑하다. 그야 나도 네들이 먹고살겠다는 것까지 말리려 드는 건 물론 아니다. 하지만 먹고사는 것도 가지가지다. 먹고사는 방법이 문제란 말이다. 한데 네들은 하필 이게 뭐냐, 이게 정말 사람이 먹고사는 길이냐? 이런 것도 사람 먹고사는 방법이랄 수가 있느냔 말이다. 어디 똑똑한 아이니까 네 입으로 말을 좀 해 봐라."

숨도 쉬지 않고 지연을 한꺼번에 몰아붙이려 들었다.

106

지연은 당분간 할 말이 없었다.

주인 사내나 다른 여자들은 멍청하니 구경만 하고 서 있었다. 미스 콩은 벌써부터 겁을 잔뜩 먹고 서 있는 표정이었다. 이게 갑자기 무슨 변인가 싶은 모양이었다.

"잘못은 잘못인 거니까…… 너무하셨다는 말 이장님한테 사괄 드리지그래."

아직도 계속 빙글거리고만 있던 동네 젊은 치들이 지연의 부아를 돋워오고 있었다. 지연은 다시 울화가 북받쳐왔다.

"천만에요. 사과드릴 일은 없어요. 우리들한테 이게 먹고사는 길이니까요. 먹고사는 길이 되고말고요."

이장과 사내들을 번갈아 보며 빳빳하게 대들었다. 이장이 좀 멈칫해졌다가는 이내 어이없다는 듯 껄껄거리고 있었다.

"허허…… 그참 먹고사는 방법 하나 떳떳해서 좋구나."

"떳떳하지 못할 것도 없지요. 내 발로 들어와서 내 몸 움직여 먹고사는데 왜 떳떳하지 못해요."

"글쎄 누가 뭐래나. 떳떳해서 좋겠다구 했지."

"그렇담 왜 우릴 나가라 들어가라 간섭이세요? 우리들 떳떳한 거하고 이 동네 사람들하고 무슨 상관이게 말씀예요."

"상관이 없는 건 아닐 테지."

"어떤 상관이냐고 여쭙지 않아요?"

"아따! 머리가 좀 똑똑한 아인 줄 알았더니 그걸 정말 몰라서 그러나?"

"모르겠으니 말씀을 해보세요."

"보자 하니 셋 중엔 그중 얼굴이 밴밴하다구 나서쌓는 모양인데, 그 밴밴한 얼굴부터가 상관이다. 그 밴밴한 얼굴을 해가지고 무슨 해먹을 게 없어서 하필 남의 사내들 땀 흘린 주머니만 기웃거리고 사느냐 이거다. 간들간들 남의 동네 젊은것들이나 꾀어내다 넋을 다 뽑아놓구, 엉뎅이 방뎅이 내휘두르며 주머닛돈을 녹여내구, 그게 다 네년들의 그 잘난 상판 값이 되고 보니 상관이 안 될 수 있느냐 이 말이다."

"그뿐인가요?"

"왜, 그뿐이람 섭섭할 것 같으냐. 그렇담 내 좀더 지껄여주랴? 지금 동네서 하는 일을 봐라. 산을 허물어 내리고 바다를 둘러막고 하는 줄은 너도 보아 알게다. 계집한테 눌어붙어 술 마시고 시시덕거릴 여가들이 없단 말이다. 그런데 아직도 정신을 못 차리고 있는 버러지 같은 인간들이 있으니 이게 다 누구 때문이냐. 그 버러지들이 모여들 소굴을 만들고 있는 곳이 어디냔 말이다."

"……"

"사람의 일엔 무엇이나 도리라는 게 있는 법이다. 먹고사는 일이라고 모두가 사람 사는 방법이라곤 할 수가 없는 거란 말이다. 사람들이 누굴 가리켜 버러지 같으니 뭐니 손가락질을 하는 것도 다 그 도리라는 것이 있고 그 도리를 벗어난 때문인 것이야. 혼자 억지로는 세상을 못 사는 이치가 바로 그런 거다."

"……"

"이젠 좀 알아들었나? 알아들었으면 더 말썽 부리지 말고 순순히 마을을 떠나는 게 좋을 게다. 사정이야 딱하겠지만 버틴다고 이로울 일이 있는 것도 아닐 테거든. 솔직한 얘기로 다른 동네에서들은 벌써 술집 없는 마을 만들기 운동이 한창인 모양인데, 이건 도대체 우리 동네 체면 문제하고도 상관이 크단 말이다."

이장은 이제 할 말을 다한 모양이었다. 지연에게서 전혀 대꾸가 없으니까 그 이상 혼자서만 말을 계속할 수도 없었다.

"그럼 난 이제 돌아가겠네. 다음 일은 자네가 잘 처리할 줄 믿고……"

주인 사내에게 한번 더 다짐을 주고는 만족스런 얼굴로 발길을 돌이키는 참이었다.

"하지만 우린 떠나지 않을 거예요."

지연에게서 불쑥 단호한 한마디가 떨어졌다.

107

느릿느릿 문을 향해 걸어가던 이장이 그 소리에 다시 몸을 획 돌아섰다.

"뭐라? 그래 마을을 떠나진 않을 테라고?"

그게 정말 네 입에서 나온 소리냐는 듯 지연 앞으로 바싹 얼굴을 들이대왔다. 그러는 이장 앞에 지연은 다시 말문이 막히고 말았다. 한동안 망연한 기분뿐이었다.

"옳아! 그러고 보니 이게 그 술집 계집들의 곤조통이라는 게로구먼그래 응?"

이장은 다시 여유 있는 미소를 띠고 있었다.

"글쎄 떠나주고 말고가 자네들 맘대로라면 그럴 수도 있겠지. 하지만 이건 이 동네의 발전을 위한 마을 전체의 뜻이고 명령이란 걸 알아둬야 해."

"……"

"이렇게 좋은 말로 사람대접을 해줄 때 고분고분 돌아서는 게 백번 나을 걸 왜 그러니."

"하지만 우린 안 떠나요."

"끝끝내?"

"갈 곳이 없어요."

이상한 일이었다. 이장의 말은 한마디 한마디가 지연에겐 견딜 수 없는 수모였다. 그의 말이 이치에 맞고 안 맞고는 처음부터 문제 바깥이었다. 아니 그의 말이 옳다고 여겨지면 여겨질수록 그녀의 수모감은 주체할 길이 없었다. 그러고 그럴수록 지연은 이장 앞에 당당한 태도를 보여야 한다고 생각했다. 할 말이 없는 것도 아니었다. 사람이 사람한테 쫓겨난다는 게 뭐냐. 술집에 오는 사람이 없으면 나가지 말래도 남아 있을 년이 있는 줄 아느냐. 제 발로 문지방을 들어서는 작자들이 있는 한은 〈뱃고동〉을 떠나지 않을 테다. 〈뱃고동〉을 찾아오는 사람에겐 누구에게나 기꺼이……

한데 도대체 말이 나오질 않았다. 엉뚱스레 자꾸 눈물만 솟아오르려고 했다. 갈 곳이 없다— 생각지도 않은 소리였다. 그녀는 갑자기 사지에서 힘이 쭉 빠져나가버린 느낌이었다.

"그만들 두세요."

정화가 끼어들지 않았더라면 끝내 눈물까지 보이고 말 뻔했다.

정말로 갈 곳이 없단 말인가.

물론 그런 건 아니었다. 하지만 지금 당장은 꼭 그런 기분이었다. 그저 모든 게 망연하고 절망스런 느낌뿐이었다.

"이장님도 그만하면 하실 말씀은 다 하신 게 아니세요. 그쯤 해두시고 이젠 그만 좀 돌아가보세요."

정화가 다시 한 번 퉁명스럽게 쏘아주었다.

"오냐 돌아간다. 네년들이 안달을 치지 않아도 이젠 돌아갈 참이다. 하지만 네들이 여길 떠나는 것하고 갈 데가 없다는 거하곤 우리한테 상관이 안 된다는 걸 알아둬야 한다. 그걸 잘 명심해둬라."

한 번 더 다짐을 주고 나서 마침내 이장은 홀을 나갔다. 동네 젊은 치들이 밉상 맞게 눈을 한번 찡긋해 보이고는 이장을 뒤따라나갔다.

하지만 지연은 이미 그들을 보고 있지 않았다. 창문 밖으로 파랗게 차올라온 바다를 내다보고 있었다.

그 바다 위로는 방금 부두를 떠나간 정기여객선이 하얀 물꼬리를 끌며 멀어져가고 있었다.

"이장님도 언제 한번 살짝 놀러와보세유. 술하고 계집 싫어하는 사내 없다는데, 기차게 한번 대접을 해드릴게유."

사또 지나간 뒤 나팔 격으로, 이장들이 나가버린 문 쪽에다 미스 콩이 모처럼 익살을 떨고 있는 것도 지연은 귀에 잡혀오질 않았다.

쫓겨나진 않을 테다. 염려 마라. 쫓겨나진……

입으로는 그렇게 중얼거리면서도 모든 것이 그저 막막한 기분뿐이었다.

108

이장 일행이 돌아가고 나자 〈뱃고동〉 홀은 마치 회오리바람이 지나간 듯 조용해졌다.

하지만 우린 떠나지 않을 거예요.

마지막으로 지연이 내뱉은 소리가 아직 여인들의 귀청을 울리고 있을 뿐이었다.

정말로 떠나지 않을 것인가. 그럴 수가 있을까.

아직은 회오리바람 정도였다.

눈앞에 받아놓은 거나 다름없는 진짜 폭풍이 언제 갑자기 몰아닥쳐올지 모른다.

떠나지 않고 버티어낼 수가 있을까.

모두가 그런 생각뿐이었다.

하지만 그건 장담할 수가 없는 일이었다. 두렵고 난감스러웠다. 지연도 물론 마찬가지 심정이었다. 그녀는 〈뱃고동〉을 떠나지 않겠노라 못 박고 나선 일을 아직도 후회하거나 번복하고 싶은 생각은 없었다. 하지만 그녀 역시 앞으로의 일이 두렵고 막막하기는 다른 여자들이나 매한가지였다.

"난 뭐라고 할 말이 없구만. 이런 일은 그저 본인들 생각에 맡기는 수밖에 다른 도리가 없는 거니까. 잘들 알아서 해요. 잘들……"

주인 사내마저 이젠 어쩔 수가 없다는 듯 몇 마디 하나 마나 한 소리만 지껄이다 꽁무니를 빼버렸다.

"미안해요. 결국은 우리가 이런 말썽을 몰고 온 것 같아요."

미스 전이 송구스러운 듯 겨우 한마디해놓고는 조심조심 지연들의 눈치를 살피고 있었다. 여인들은 그 소리에도 아직 이렇다 저렇다 대꾸를 하고 나서는 사람이 없었다. 제각기 혼자 생각에만 골몰하고 있는 표정들이었다. 그냥저냥 저녁 술손님이 모여들기 시작할 무렵까지도 여인들은 내내 그런 꼴이었다.

한데 정화는 그러고 나서야 겨우 무슨 작정이 서오는 모양이었다.

"잠깐 나 좀 보세요."

미스 콩들이 잠시 자리를 비우는 틈을 타서 다급하게 지연을 홀 밖으로 손짓해냈다. 지연이 여인숙 마당 쪽으로 나가자 정화는 뭔가 좀 초조한 낯빛으로 그녀를 기다리고 있다가,

"어쩔 작정들이세요. 지연 씬 아까 여길 떠나지 않겠다고 한 말 정말이세요?"

다짜고짜 지연의 의중부터 확인하려 들었다.

"글쎄요. 그게 말처럼 쉬웠으면 좋겠지만……"

지연은 말끝을 흐릴 수밖에 없었다. 자신 없는 웃음을 웃으면서 정화를 희미하게 건너다보았다.

하지만 정화는 이제 그쯤만으로도 충분히 지연의 의중을 알아

차린 모양이었다. 비로소 얼굴에 번져 있던 초조감이 가시면서 차분차분 다음 말을 이어나가기 시작했다.

"알겠어요. 그렇담 우리한테도 방법이 있어야겠지요."

"좋은 방법이 있어요?"

"할 수 없죠. 지금까지하곤 사정이 달라질 테니까 도움을 받는 수밖에요."

"도움이라니 누구한테 말예요?"

"왜 그 있지 않아요. 장 감독이랑 박 기사랑……"

"기둥서방 말이군요."

"왜 아직 맘에 내키는 사람이 없어요?"

"이런 판국에 맘에 내키구 안 내키구가 어딨어요."

"그럼 됐어요. 그럼 이제부턴 진짜 기둥서방을 한 사람씩 정해 놓구 그 사람들 신셀 좀 지기로 해요."

"하지만 언닌 민웅 도련님 나이가 어려서 이런 일에 신셀 지긴 아직 좀 딱한 형편이 아녜요?"

이번엔 지연이 웃음기를 머금으며 진반 농반으로 정화의 의중을 파고들었다.

아닌 게 아니라 정화는 금세 얼굴이 붉어지며 당황하는 기색이 역력했다.

"글쎄, 민웅이 그랬던가요? 그렇담 나도 다른 사람을 또 하나 기둥서방으로 삼으면 되잖아요?"

시인도 부인도 아닌 소리로 슬그머니 대답을 놓쳐 넘기고 있었다.

109

어쨌거나 지연과 정화 사이엔 약속이 이루어졌다.

제각기 한 사람씩 기둥서방을 정해 가지기로 했다. 미스 콩과 미스 전에게도 마찬가지로 사람을 하나씩 붙이기로 했다.

그것도 기왕이면 저쪽 처분만을 따를 것이 아니라 조금이라도 더 맘에 맞는 사람을 이쪽에서 먼저 골라잡도록 하자는 데까지 뜻이 합해졌다.

지연은 내심 박 기사를 점찍고 있었다. 박 기사라는 사람은 애초에 그녀를 〈뱃고동〉까지 데려다준 인연도 있었지만, 지내볼수록 사람이 듬직하고 호탈한 구석이 엿보이는 사내였다. 술자리에선 가끔 손버릇이 거칠어지기도 했지만, 그렇다고 뒤에까지 마음이 쓰일 정도로 치칙하게 굴어댄 일은 없었다. 어차피 사람을 하나 정하자면 그중 박 기사 쪽이 무난할 듯싶었다.

하니까 지연은 처음부터 그 박 기사에겐 은근히 끌리는 데가 있었던 모양이었다. 일단 마음을 정하고 나니 이상스럽게 속이 편해지고 있었다. 알 수 없는 생기 같은 게 느껴지고 있었다. 미구에 닥쳐올 그 〈뱃고동〉의 회오리바람을 견디어낼 자신감까지 솟아 올랐다.

"떳떳한 건 아니지만 우리들한텐 그게 차라리 분수에 맞는 팔자 풀이가 될 수도 있겠죠."

민웅과 장 감독을 함께 염두에 두어선지 오히려 체념 조가 되고 있는 것은 정화 쪽이었다. 그녀는 이날 밤으로 그 미스 콩들이랑 함께 '환영행사'를 마련하자는 약속을 남기고 다시 홀로 들어갔는데 그때 그녀가 신세타령 비슷하게 자신 없는 소리를 지껄이고 있는 것도 지연은 영 마음에 들질 않았다.

지연은 적어도 그 정화처럼은 체념스러워질 필요가 없었다. 그녀는 제법 박 기사가 기다려지고 있었다.

박 기사는 아직 모습을 나타내지 않고 있었다. 가끔은 밤이 한참 늦은 다음에야 그의 차가 마을로 돌아오는 수가 있었다.

하지만 오늘은 그런 일이 없겠지. 물론 그런 일은 없었다. 이날따라 더위에 지친 밤바다가 한결 잔잔해져 있었다. 그 잔잔한 바다 위로 바들바들 여름 별들이 가라앉기 시작했을 때였다. 바야흐로 막 술기가 어우러지기 시작한 〈뱃고동〉 홀 안으로 커다란 박 기사의 모습이 들어섰다. 그의 뒤에선 키가 훨씬 작은 조수 녀석이 언제나처럼 쓸데없이 두 눈을 바쁘게 굴려대고 있었다.

"9호실에 장 감독님이 기다리고 계세요."

정화가 먼저 그를 알아보고 얼핏 곁으로 다가가서 귀띔을 해준다.

두 사람은 알겠다는 듯이 곧 여인숙 9호실 쪽으로 홀 문을 나갔다.

하지만 지연은 물론 아직 홀을 나갈 수 없었다. 9호실엔 벌써부터 장 감독이 따로 술상을 벌이고 앉아 있었지만 그 방은 우선 홀일이 서투른 미스 콩에게 술시중을 맡겨두고 있는 참이었다. 홀일이 좀 우선해질 때까지는 9호실을 찾을 수가 없었다.

지연은 그냥 정화와 함께 홀 일을 계속하고 있었다. 손님들이 자리를 일어설 때를 기다리면서 조금씩 취기만 돋아가고 있었다. 드문드문 손님들이 건네오는 술잔을 받아내면서 혼자 가만히 자신의 술기나 가늠해보곤 했다.

한데 그러고 있을 때였다.

"나 좀 보세요."

박 기사가 9호실로 건너간 지 한 시간쯤 지났을까, 왔다 갔다 방 손님들 상 시중을 들고 있던 미스 전이 지연을 홀 밖으로 불러냈다.

지연은 어딘가 그 미스 전의 표정이 심상치 않아 보여서 금세 홀 밖으로 그녀를 뒤따라나갔다.

"저 방, 지금 9호실에 있는 남자들 도대체 어떤 작자들이지요?"

홀을 나서자 미스 전이 다짜고짜 9호실을 가리키며 물어왔다.

110

"그 방 사람들 무슨 일이 있어요?"

지연은 뭔가 마음속에 짚여오는 것이 있었으나 우선은 그렇게 되물어보는 수밖에 없었다.

"무슨 일 정도가 아니에요. 지연 씨가 직접 한번 가보세요."

"글쎄 무슨 일이냐니까요."

"미스 콩이랬지요, 그 아가씨, 지금 저 방 남자들 앞에서 빨가

벗기우고 있어요.”

어이가 없다는 표정이었다.

지연도 좀 어이가 없어졌다. 결국은 또 미스 콩이 선수를 치고 나선 꼴이었다.

“첨부터 저치들 좀 수상하다 했어요. 글쎄 아깐 나한테도 슬슬 수작을 걸어오지 않겠어요. 무슨 화투내기를 하자나요. 한 판마다 진 사람이 입고 있는 옷을 한 가지씩 벗어내야 한다구요.”

미스 전은 사내들의 수작이 괘씸스러워 못 견디겠다는 어조였다.

“하지만 그뿐이람 또 모르겠어요……”

다음 말은 듣지 않아도 뻔한 소리였다. 한쪽에서 계속 화투판을 지게 되면 그쪽은 물론 마지막까지 옷을 몽땅 벗어내야 하고, 그러나 그 마지막 한 가지는 상대를 발가벗긴 승자 편에서 그가 원하는 때 따로 내기의 마무리를 지을 권리를 갖게 되어 있다. 내기의 마무리를 짓는 일이 문제되는 것은 물론 여자 쪽에서 화투를 지고 났을 때였다. 어쨌든 그게 바로 내기화투판을 벌이는 목적이고 ‘환영회’를 빌려 어색하지 않게 기둥서방을 짝짓는 방식이라 했다.

“그래 미스 콩을 정말 발가벗긴 건 누구였어요?”

지연은 이제 그게 궁금했다. 몇 발짝만 가보면 알 수 있을 일을 차마 발이 떨어지지 않아서 미스 전에게 묻고 말았다. 한데 이건 더욱더 낭패였다.

“장 감독이란 작잔 지금 화가 잔뜩 나 있을 거예요. 아깐 그 작자가 옷을 홀랑 벗을 뻔했거든요."

그렇다면 그 장 감독 대신 미스 콩을 벗겨내고 있는 것은 박 기사임이 분명했다.

지연은 이제 더 이상 우물쭈물대고만 있을 수가 없었다.

"미스 콩더러 홀 일을 좀 나와 도우라고 해줘요."

우선은 그녀를 방에서 끌어내놓고 볼 일이었다. 미스 전에게 명령조로 이르고는 자신도 곧 홀 안으로 되돌아갔다.

한데 그 9호실에서는 그사이 벌써 게임이 한차례 끝나고 난 다음이었을까. 지연의 부탁으로 9호실 쪽으로 돌아간 미스 전이 1분도 되지 않아서 금세 그 미스 콩을 데리고 홀 안으로 들어섰다. 지연은 아직도 그 보송보송한 얼굴에 장난기가 사라지지 않고 있는 미스 콩을 보자 입을 다물고 있을 수가 없었다.

"너 지금 그 방에서 무슨 싱거운 짓을 하고 있었니."

다짜고짜 옆구리를 밀쳐대며 그녀를 다시 안마당으로 끌고 나갔다. 미스 콩은 의외로 태연스러운 표정이었다.

"언니도 벌써 알고 있었수?"

좀 그랬으면 어떠냐는 기색이 역력했다.

"그래 알고 있었다. 박 기사한테 옷을 홀랑 벗어 보였다면서?"

"일부러 그래 줬어요."

"일부러 그래 줘? 너 그게 나중엔 무슨 꼴을 당하게 되는 건지나 아니?"

"첨부터 다 약속을 하고 내길 시작했는걸요 뭐. 사내들인데 그거밖에 생각하는 게 있어요? 호호."

"그런데 일부러 옷을 벗어줘?"

"그야 나한테도 생각이 있거든요."

"생각이라니?"

"내기엔 져주고도 마지막 판 옷을 안 벗으면 그만 아녜요? 나 아까 그 박 기사라는 사람이 들어오는 걸 보고 작자한테 애를 좀 먹여줄 작정을 했어요."

점점 더 심상찮은 소릴 하고 있었다.

111

결국은 미스 콩까지 박 기사를 점찍고 나선 셈이었다. 영암에서 그녀를 떼어두고 지연 혼자만 차에 태워간 일로 앙갚음을 해줘야겠다는 게 그녀의 구실이었다.

하지만 그건 어차피 구실일 뿐이었다. 남녀 간의 일이란 애초부터 그렇게 외곬으로만은 생각할 수가 없는 것이었다.

앞일을 장담할 수 없는 것이 젊은 사람들 사이의 일이었다. 미스 콩이라고 그런 간단한 이치를 짐작 못 할 리는 없었다. 깜찍스런 구실에 불과했다.

어쨌거나 일이 좀 이상하게 꼬여들고 있었다. 지연으로서는 불시에 또 선수까지 빼앗기고 만 꼴이었다. 선수를 빼앗기고 나서도 미스 콩한테는 그런 내색을 해 보일 수조차 없었다.

문제는 박 기사 생각에 달린 일이다.

이번에는 자기 쪽에서 한번 그 박 기사를 건드려보는 수밖에 다른 도리가 없다고 생각했다. 지연은 다시 마음을 가다듬었다.

이윽고 홀 손님들이 하나하나 자리를 뜨기 시작했다.

지연은 그쯤에서 뒤치다꺼리를 정화에게 맡겨버리고 그녀 혼자 먼저 박 기사들한테로 건너갔다. 어차피 사내들하고는 이날 밤으로 무슨 결말을 지어두자는 약속이 되어 있었고, 정화도 거기엔 아직 별다른 마음의 변화가 엿보이지 않고 있었기 때문이었다. 정화는 차라리 즐거운 얼굴로 지연더러 먼저 방을 가보라며, 자기도 곧 그녀를 뒤따라오겠노라 다짐까지 보내주고 있었다.

한데 지연이 그 9호실 방문을 열고 박 기사들을 찾아든 다음이었다.

사정은 이번에도 지연의 기대를 빗나가고 있었다.

"옳아, 이번엔 미스 유로구만그래. 어쨌거나 너 마침 잘 와줬다. 어서 이리 앉거라."

처음부터 지연을 반기고 나선 것은 박 기사가 아닌 그 안경잡이 장 감독이었다.

"한데 이거 오늘 밤엔 박 기사 혼자 양팔에 계집 팔자가 될 모양이군그래. 아까부터 저애들이 왜들 이 모양이지?"

장 감독의 질투어린 수다도 아랑곳없이 부득부득 자기 곁으로 자리를 비집고 앉은 지연을 보고도 정작 그 박 기사라는 사람은 조금도 홍겨워지는 빛이 없었다.

"아닌 게 아니라 이거 식성도 별로 좋지 않은 사람한테 공연히 빚만 지우는 게 아냐?"

엉거주춤한 눈길로 멋없이 그녀를 건너다보고만 있었다.

장 감독만 점점 더 기승이 더해갔다.

"거봐라. 네가 아무리 뭣해도 오늘 밤 그 양반한텐 별 볼일이 없어. 너보다 먼저 꼬리표를 찬 아가씨가 있거든. 자 그러니까……"

물건 짝처럼 함부로 지연의 옷자락을 끌어당기고 있었다. 박 기사는 계속 어정쩡한 웃음만 흘리고 있었다.

"밸도 없으세요? 전 이렇게 박 기사님 곁에만 앉고 싶어 하는데 계속 그렇게 무정한 웃음만 웃고 계시게요?"

팔을 붙들며 매달리는 시늉을 해보았으나 소용이 없었다. 장 감독 앞에서는 뭔지 기를 펼 수가 없는 처지처럼 보이기도 했다.

"장 감독님은 정화 언니가 있지 않아요. 언닐 놔두구 왜 저한테 이러세요?"

면박을 주면서도 이젠 영락없이 그 장이라는 사내에게로 자리를 옮겨 앉아야 할 판이었다.

한데 그때 마침 구세주가 나타났다. 홀 일을 끝낸 정화가 미스 콩이랑 미스 전을 거느리고 주렁주렁 방문을 들어선 것이다.

112

아가씨들이 셋씩이나 떼거리로 몰려들어온 바람에 장 감독은 그만 얼굴빛이 머쓱해지고 말았다.

"웬 난리들이야? 웬일로 한꺼번에들 몰려왔어?"

나무람하듯 여인들을 노려보면서도 슬그머니 다시 고쳐 앉고 있었다.

"왜, 꽃밭을 만들어드리니까 싫으세요?"

정화가 금세 그 장 감독 곁으로 끼어앉으며 주정을 떠맡고 나섰다. 하니까 이번에는 미스 콩도 박 기사를 가운데다 끼고 지연과 자리를 건너 앉았다.

판세 돌아가는 꼴을 바라보고 있던 미스 전이 마지막으로 아직 짝을 못 짓고 앉아 있는 조수 녀석을 차지했다.

그럭저럭 짝들이 정해진 셈이었다.

애매한 건 지연뿐이었다. 미스 콩과 양쪽에서 박 기사를 끼고 앉은 지연은 사실 이것도 저것도 아니었다. 미스 콩의 극성을 당해낼 것 같지도 않았다.

그녀는 엉거주춤 박 기사의 눈치만 살피고 있었다.

하지만 사내들 쪽에서도 이젠 별다른 기미가 없었다. 정화가 이리저리 미리 귀띔을 해놓았던 것일까. 제풀에 척척 짝짜꿍이 정해진 것을 보고도 마땅찮은 기색을 하는 사람이 아무도 없었다. 새삼스레 화투판 같은 걸 벌일 낌새는 더더구나 안 보였다. 더 이상 번거로운 절차는 필요가 없다는 표정들이었다.

알았다, 알았어. 그러니까 고분고분 말들이나 잘 듣거라.

벌써 속셈들이 다 정해져버린 듯 술들만 퍼마시고 있었다. 지연만 빼놓고 나면 결국 모든 일이 예정대로 잘 되어나가고 있는 것처럼 보였다.

하지만 실상은 그런 것만도 아니었다. 그리고 그것이 〈뱃고동〉 여인들의 기둥서방을 짝 짓는 첫날밤 행사의 전부도 아니었다.

시간이 흐르자 분위기가 조금씩 달라지기 시작했다.

우선, 장 감독이라는 사내가 서서히 다시 지연을 넘보기 시작했다.

"넌 아까부터 괜히 잘난 체하다가 거기서 혼자 뭘 하고 있는 거냐."

"젠장맞을! 이왕 남아돌아가는 거면 이리로 와서 둘이 함께 한번 안겨들어 봐라. 한꺼번에 두 계집 거느리는 재미 좀 보자꾸나."

슬슬 지연의 비위를 긁어대는가 하면 틈만 생기면 팔뚝을 비틀어 쥐며 그녀를 성가시게 했다. 정화에겐 아예 미안해하는 기색조차 없었다.

하지만 그보다도 더욱 엉뚱한 것은 그 박 기사라는 사람이었다. 알고 보니 박 기사는 미스 콩하고도 별로 궁합이 잘 맞질 않은 것 같았다. 내기화투를 이겨준 것은 그저 그것이 내기였기 때문에 그랬을 뿐이라는 듯, 도대체 그 이상은 수상쩍은 거래가 오가는 기척이 없었다.

"왜 날씨가 더워서 그렇게 부처님처럼 가만히 앉아 계세유. 하지만 남자분들 아무리 무더운 날씨에도 여자 살 뜨거운 줄은 모른다데, 호호."

"그게 넌 지금 어머니 뱃김이나 다 식었다고 하는 소리냐."

미스 콩이 열심히 매달려와도 숫제 여자 취급을 하려 들지 않았다. 차라리 그렇게 노는 꼴이 우습다는 식이었다.

그래도 제법 무드를 잡고 노는 건 미스 전과 조수 녀석뿐이었다. 녀석은 언젠가 화투내기로 여자를 벗기려다가 자기가 먼저 옷을 홀랑 벗게 된 바람에 기가 죽었다더니 이날 밤은 미스 전에게 수작을 건네는 솜씨가 여간 아니니 능했다.

하지만 그 모든 것은 역시 서곡에 불과했던 모양이었다.

"자 그럼 이제 그만 밤 목욕들이나 나가지."

장 감독이 드디어 결연스런 한마디를 내뱉고는 불시에 자리를 일어섰다.

113

밤 목욕.

그 밤 목욕이 마지막 행사였다.

날씨가 더워지면서부터 장 감독은 가끔 부두 끝으로 나가 더운 몸을 바닷물에 식히고 돌아오는 적이 있노라 했다. 깊이를 어림할 수 없는 검은 밤바다로 몸을 띄워 나가노라면, 금세 무슨 여자 무당이라도 범하고 있는 듯한 별스런 기분이 느껴지곤 한다는 것이었다. 꺼림칙하면서도 자릿자릿 흥분이 느껴져오고 무시무시하면서도 은밀스런 감동 같은 걸 맛본다고 했다.

돌아오는 길에 우물물로 소금기를 씻고 나면 그 이상 기분이 개운할 수가 없다는 것이었다.

정화도 몇 번 그런 밤 수영을 즐긴 일이 있노라 했다.

별스런 취미들이었다.

하지만 그게 결국 이날 밤의 마지막 행사로 정해졌다. 더위를 씻는 일 외에 또 하나 다른 의미가 곁들어진 행사였다. 아니 정말로 그 밤 수영을 즐기게 될지 어떨지 그건 문제가 아니었다. 바다 쪽으로 서로 짝을 지어 나가면 그것으로 그만이었다. 사실은 술기들도 훨씬 도를 넘고 있었다. 혹은 정말로 그 부두 끝까지 따라나가 파도를 타려는 사람이 있을는지도 모른다.

어쨌든 모두들 밤 수영을 위해 〈뱃고동〉을 나섰다.

정화는 장 감독과, 미스 콩은 박 기사와, 그리고 미스 전은 그 애송이 조수 청년과 차례차례 집을 나갔다.

지연만은 물론 혼자였다. 아니 그녀는 혼자였기 때문에 처음부터 아예 부두 쪽으로는 길을 따라나서지도 않았다. 어물어물 사람들을 내보내고는 문간께서 잠시 밤바람을 쏘이다가 이내 발길을 돌이켜버리고 말았다. 그리고는 할 일 없이 혼자 골방 구석에 드러누워 쑥스런 상념들을 쌓기 시작했다.

일착으로 이 〈뱃고동〉 골방으로 돌아올 아가씨는 누가 될까. 그때까진 내가 먼저 잠이 들어 있어야 할 텐데— 하지만 어쩌면 그럴 필요가 없을는지도 모르지. 오늘 밤엔 아무도 다시 이 뱃고동 골방을 찾아오지 않을 수도 있는 거야.

정화와 미스 콩과 미스 전을, 그리고 장 감독과 박 기사와 조수 녀석의 얼굴들을 차례차례 하나씩 떠올리면서 그런 부질없는 상념들을 되풀이해나가고 있었다. 이날 밤 안으로는 아무도 다시 뱃고동 문을 들어설 것 같지 않다가도 금세 또 생각이 바뀌어 정말 온 밤을 다른 데서 지내고 올 듯싶은 아가씨의 얼굴은 하나도 분명하게 생각해낼 수가 없게 되어버리곤 했다.

한데 이상한 일이었다.

마치 그 지연의 상념을 아껴주기나 하려는 듯 30분도 채 지나지 않아서 미스 콩이 제일착으로 〈뱃고동〉 골방 문을 들어서버린 것이었다. 그리고 그보다는 좀더 시간이 걸렸지만 박 기사의 그 조수 청년을 따라나간 미스 전도 지연의 예상보다는 훨씬 일찍 미스 콩을 뒤따르고 있는 것이었다.

수영 솜씨가 없는 탓도 있었겠지만 미스 콩은 밤 목욕은커녕 물가에도 가까이 가보지 않은 눈치였다.

"나 박 기사 그치한테 애를 먹이긴 아예 그른 것 같아요. 허우대만 멀쩡해가지고 사내 꼴은 영 거죽뿐인 것 같다니까요."

"말도 마라. 차라리 그게 더 낫지. 난 하는 데까진 다 시늉을 해주느라구 얼마나 땀을 빼고 왔는지 모르겠다. 녀석이 워낙 숫기가 약해서 망정이었지……"

"그래도 박 기사가 제법 기특한 건 이번에 또 우리들한테 말썽이 생기면 자기도 모른 체하진 않겠다나요."

"어쨌거나 밤바닷물 하난 시원해서 좋더구나."

지연이 자는 척하고 있으니까 저희끼리 킬킬대며 주고받는 소리들이 시종 우습지도 않다는 식이었다.

아직도 돌아오는 기미가 안 보이는 것은 정화 한 사람뿐이었다.

또 하나의 풍속

114

이날 밤 이후, 〈뱃고동〉 여인들은 며칠 동안 계속해서 밤 목욕을 즐기며 다녔다.

날씨도 갑자기 더 더워졌거니와, 한밤중의 그 검푸른 바닷물 속으로 조심조심 몸을 들이밀고 있노라면 마치 무슨 몹쓸 음모라도 꾸미고 있는 것처럼 짜릿한 기분을 맛볼 수 있었기 때문이었다.

일테면 그 밤 목욕에 제법 맛들이 붙은 셈이었다. 사내들이 달가워하거나 말거나 이젠 여인들 스스로 그 밤 목욕을 앞장서 나서곤 했다. 박 기사의 트럭은 종종 서늘한 밤길에 일을 하는 때가 있었는데, 그런 날은 지연도 한두 번 그 밤 목욕을 따라나선 적이 있었다. 장 감독까지 떼팽개치고 여인들만 되는 날은 그 밤바다가 한층 더 으스스해져서 좋았다.

결국 그 며칠 동안 〈뱃고동〉엔 그런 식으로 별다른 말썽이 없었던 셈이었다.

하루 이틀 시간이 지나고부터는 사내들과의 사이도 제법들 익숙해진 듯했고 당장 다시 벼락을 내리러 올 듯싶던 이장 나리도 며칠 더 그녀들의 낌새를 두고 보자는 심산인지 한동안 소식이 잠잠했다.

적어도 겉보기론 말썽 없는 나날이었다.

한데 알고 보면 반드시 그런 것만도 아니었다. 실상은 한 가지 해괴한 사건이 있었다.

사건의 장본인은 미스 전이었다. 그리고 그 사건의 씨앗은 첫번 밤 목욕 놀이가 있었던 날 밤, 정화는 새벽녘까지 돌아오지 않고, 그래서 지연하고 미스 콩들만 셋이서 밤을 나게 된 바로 그날부터 서서히 움이 터져 나오기 시작하고 있었다.

그날 밤 골방에서 일어났던 일부터 차근차근 이야기를 풀어나가는 것이 좋겠다.

하니까 미스 콩과 미스 전이 예상보다 일찍 밤 목욕에서 돌아와 방금 밖에서 겪은 일들이 우습지도 않다는 듯 저희끼리 서로 키들거리기를 계속하고 있을 때였다.

잠이 든 체 한참이나 눈을 감고 있던 지연은 어느 때부턴가 문득 그 두 여자의 키들거리는 소리가 이상스럽게 들리기 시작했다.

"박 기사 그치가 너한테 그렇게 매정스럽게 나온 건 어쨌든 기분 나쁜 일은 아니지 뭐야."

"그건 언니한테나 그런 거죠 뭐."

"미스 콩은 그럼 정말 기분이 나빴단 말야?"

"기분 나쁘지 않구요."

"요게!"

"아고고…… 그럼 나 안 그럴게요."

"다시 말해봐."

"안 그럴게 요거 놔줘요. 나 기분 나쁘지 않아요. 호호……"

주고받는 이야기들도 조금은 심상치를 않았다.

박 기사가 미스 콩을 무사히 돌려보내준 걸 가지고 별스런 말씨들을 벌이고 있었다. 그나마 어느 때부턴가는 아예 사내들 이야기를 쏙 빼어버리고 둘 사이에서만 뜻이 오가는 소리들을 띄엄띄엄 낮게 속삭이고 있었다.

"더워요."

"좀 가만있어……"

"으흐응……"

지연은 마침내 참을 수가 없어졌다. 슬그머니 눈을 뜨고 조심조심 어둠 속을 들춰보기 시작했다.

기겁을 할 일이 일어나고 있었다. 눈을 감고 짐작했던 대로 두 여인 사이엔 방금 해괴한 애무 같은 것이 진행되고 있었다.

지연은 잠시 숨소리를 꼴깍 참아 삼키고 있었다.

115

숨소리를 참아 삼킨 채 지연은 공연히 혼자 가슴을 두근거리고 있었다.

미스 전이 저런 여자였던가.

저런 여잘 여기까지 끌고 오다니 미스 콩도 그럼 벌써 넋이 다 홀려들고 말았단 말인가.

그간에 겪은 미스 전의 거동이나 인상가지들이 하나하나 다시 머릿속에 되살아났다.

요란스런 화장기에도 불구하고 어딘지 오밀조밀한 여자 티가 모자란 얼굴, 고집스럽게 두드러져 나온 콧날하며 남자들의 그것처럼 굵고 뻣뻣해 보이는 목줄기의 인상……

자신의 용모에 대해 남모르는 열등감을 지니고 있음에 틀림없는 여자였다. 그리고 그런 열등감을 보상하기 위해 나중엔 자기 자신을 거꾸로 남성시하고 싶은 이상심리가 싹터온 것인지 모를 일이었다.

미스 콩이 박 기사들 앞에서 옷을 벗은 걸 보고 흥분하던 일이나, 그녀의 일엔 걸핏하면 미스 콩이 대신 앞장을 서고 나서는 데도 다 그렇고 그런 까닭이 있었던 것 같았다.

불결하고 기분 나쁜 상상이었다.

그야 인간의 애정 심리라는 것이 원래 좀 엉뚱스럽고 척척한 구석이 많은 것이기는 했다. 여자의 경우엔 그게 특히 심하다 할 수 있었다.

어느 여자에게 있어서나 그녀의 가장 여자다운 애정 심리가 성숙해가는 과정은 거의 마찬가지 경험을 거치게 되는 것 같았다. 어렸을 땐 덮어놓고 무섭기만 하던 것, 불결하고 징그럽고 부끄럽기만 하던 것, 그런 것들과 차츰차츰 익숙해져가는 과정, 무섭고 불결하고 징그럽던 것들이 거꾸로 세상에선 가장 소중하고 허물이 없는 것으로 변하면서 마침내는 그것을 스스럼없이 사랑해버리기까지 하는 엄청난 조홧속에서 여자들은 한 귀여운 소녀로부터 성숙한 여인이 되어가는 것이다.

적어도 지연 자신의 경험으로는 그랬던 것 같았다.

하지만 그런 지연으로서도 미스 전하고 미스 콩 사이의 일은 역시 기분이 언짢았다.

하필이면…… 하필이면 미스 콩이……

지연은 그 미스 콩이 못내 안타까웠다. 그럴 바엔 차라리 박 기사라도 좀 미스 콩을 똑똑히 다뤄줬으면 싶어졌다.

하다 보니 이젠 어느새 지연 자신이 그 미스 전이라는 여인에 대해 해괴한 두려움이 솟아오르기 시작했다.

한 번 더 어둠속을 확인해보고 싶었지만 차마 다시 눈이 떨어지질 않았다. 눈을 뜨지 않아도 둘 사이엔 여전히 그 은밀스런 유희를 계속하고 있는 기미가 역력했다.

"이젠 그만 자요."

"왜 그래?"

"그냥…… 졸려죽겠어요."

"조금만 더 있어 봐……"

"……"

흡사 한 사내와 계집이 완연했다. 게다가 이젠 둘이 다 그런 유희에는 제법 손발이 익어져온 듯 어느 한쪽도 그 짓을 못 견디게 역겨워하는 낌새가 없었다.

띄엄띄엄 오가던 말소리까지 차츰 기척을 감추어가고 있었다.

그리하여 이제부턴 그림자와 그림자가 맞붙어 움직이는 것처럼 소리도 없이 여인들은 서로 한 마리의 연체동물이 되어 느릿느릿 상대방의 어둠을 즐기고 있는 것이었다.

116

이튿날 아침.

지연은 공연히 자기 쪽에서 먼저 미스 콩을 대하기가 주저스러웠다. 미스 콩은 둘째치고 그 미스 전이라는 여자에 대해선 숫제 얼굴조차 바로 쳐다보기가 싫었다.

역겹고 불결스러웠다. 여자들만 모이는 곳에선 가끔 그런 일이 있다고 들었지만, 막상 자기 앞에서 그런 일이 벌어지고 있다 생각하니 지연은 속이 다 메스꺼워 올라왔다.

당사자들 쪽이 오히려 여유만만했다. 미스 전이나 미스 콩은 아침이 밝고 나자 언제 그런 일이 있었더냔 듯 표정들이 천연스러웠다.

"언니 언니 언니, 이제부터 나 정화 언닐 좀 다시 봐야겠어요. 어젯밤엔 언니 혼자 그거였거든요. 언니 말고 누구 밖에서 밤을 지내온 사람이 있는 줄 아세요?"

새벽녘이 되어서야 비로소 〈뱃고동〉 문을 들어선 정화를 두고 미스 콩은 신이 나서 놀려대고 있었다. 이렇다 저렇다 말이 없는 정화를 보자 미스 전까지 곁다리를 껴들었다.

"덕분에 잠자리가 넓어서 좋았어요. 하지만 이건 질투가 나서 죽을 지경이네요."

자기들의 음침스런 거동은 누가 엿봤으랴 싶은 모양이었다. 아니면 그쯤 장난을 즐겼기로 마음이 거리낄 건 또 무어냐는 배짱들이 분명했다.

지연은 그러는 미스 콩들이 점점 더 역겨워지고 있었다.

"아닌 게 아니라 어젯밤엔 정화 언니가 없으니까 잠자리가 너무 넓었었나 보지?"

아침을 끝내고 난 다음 지연은 한가한 틈을 보아 미스 콩을 따로 만나고 있었다. 싫든 좋든 미스 콩에겐 모른 체 하고만 있을 수가 없었고, 그러자면 우선은 그녀의 맘속부터 분명한 것을 뒤집어보아야겠기 때문이었다. 간밤의 일에서부터 슬그머니 말머리를 꺼내 보였다.

하지만 미스 콩은 첫마디부터 딴전이었다.

"그럼 언닌 어젯밤 미리부터 정화 언니가 들어오지 않을 줄을 알고 있었던 거유?"

"미리부터 아나 마나 정화 언니가 안 들어온 건 안 들어온 거 아냐."

"난 그걸 알았어야지요."

요 앙큼한 것 봐라?

"하지만 자리에 누울 때부터 뭐가 좀 헐북한 줄은 알았으니까 잠꼬대가 그리 험했던 거 아냐."

"나 잠꼬대가 심했수?"

"글쎄다. 그게 다 잠이 들기 전이라면 잠꼬대랄 수가 없겠지만 자기가 무얼 어떤지도 모른다는 걸 보면 역시 잠꼬대였던 게지?"

"난 영 기억이 안 나는데……"

"하긴 정말 잠꼬대가 흉한 건 미스 콩보다 미스 전 쪽이었으니까."

"옳아, 그럼 미스 전 언니가 나한테 무슨 잠꼬댈 걸어온 모양이군요."

끝끝내 시치밀 떼고 있었다. 지연은 그만 화가 치밀었다. 이젠 말을 아낄 필요가 없었다.

"너 정 그런 식으로 나올 테냐? 어젯밤 미스 전이 돌아오고 나서 무슨 짓을 했어? 그때 내가 잠이 들어 있었는 줄 아니?"

마구잡이로 미스 콩을 몰아붙였다.

미스 콩은 그제서야 얼굴이 좀 붉어졌다. 더 이상 지연의 추궁을 피해낼 수가 없어진 모양이었다.

"잠이 들지 않았음 다 보고 있었을 텐데 그런 건 뭐하러 다시 물어요."

지레 화를 내면서 나무라들고 있었다.

지연도 지지 않고 추궁을 계속했다.

"뭐 하러 다시 묻느냐구? 그래 아직도 모르는 게 있어서 그런다. 미스 전이라는 여자, 그 여자 도대체 어떤 여자냐?"

"그걸 왜 제게 물어요. 궁금하심 미스 전 언니한테 직접 알아보세요."

"내가 어떻게? 미스 콩처럼 어두운 잠자리 속에서 말야?"

"서두르지 않아도 알게 될 때가 있을 거예요."

117

서두르지 않아도 알게 될 때가 있을 게다.

미스 콩은 확실한 대답을 피해버렸다. 대답 대신 오히려 지연을 위협하고 있었다.

머지않아 너도 나처럼 될 때가 올 거란 말이다.

미스 콩의 말속엔 그런 뜻이 너무 역력히 드러나 있었다.

뭘 숨기고 싶은 것일까. 그리고 무엇 때문에 미스 콩은 그런 식으로 나를 골리고 싶은 것일까.

지연은 오싹 소름이 돋아 올랐다. 더 이상 추궁을 계속할 기력마저 잃고 말았다. 물어봐야 미스 콩이 고분고분 속을 털어 보여줄 것 같지도 않았다.

한데 이날 낮참이었다.

지연은 비로소 자신이 어떤 알 수 없는 덫에 걸려들고 있다는 사실을 어렴풋이 알아차리기 시작했다.

"미안해요. 어젯밤엔 제 잠꼬대 땜에 잠을 많이 설쳤다면서요?"

정화와 미스 콩이 모두 함께 있는 자리에서 이번에는 미스 전이 먼저 아는 체를 하고 나섰다. 진심으로 미안해서가 아니라, 자신이 그쯤 되어먹은 여자인 줄을 미리 알아줘서 다행이라는 표정이었다.

"잠을 설칠 건 없었어요. 내가 잠꼬댈 당한 건 아니었으니까요."

지연이 노골적으로 언짢은 안색을 지어 보이니까 미스 전은 다시,

"하지만 지연 씨도 절 좀 조심은 하셔야 할 거예요. 담번엔 바로 지연 씨한테 잠꼬대가 옮겨갈는지 모르잖아요?"

지연의 젖가슴을 툭 건드려보며 저 혼자 음산스런 웃음을 짓고 있었다.

아닌 체하면서도 은근히 위협을 주고 있는 것이었다.

지연은 그만 기가 질리고 말았다. 아침에 한 이야기를 미스 콩이 벌써 다 그녀에게 건네놓았음에 틀림없었다. 미스 콩과 그 여자가 뒤에 숨어 말을 주고받아온 것이었다. 무슨 이유에선지 두 여자가 의기투합해서 자기를 함께 옭아 잡으러 들고 있는 게 분명했다.

지연은 비로소 자기의 덫을 의식하기 시작했다. 자신만만 아무것도 감추려들지 않은 듯한 여인의 태도에서도 오히려 어떤 짙은 비밀의 냄새가 느껴졌다. 말없이 혼자 생글거리고만 있는 미스 콩의 얼굴이 그토록 얄미울 수가 없었다.

"염려까지 해줘서 고맙군요. 그러지 않아도 벌써 댁을 조심해야겠다는 생각을 단단히 새겨두고 있는 참이었어요."

쏘아붙이고 나서 지연은 얼핏 시선을 외면해버렸다.

"무슨 일들이에요. 잠꼬댈 조심해라 마라, 대관절 여태까지 무슨 얘기들을 하고 있는 거예요."

시종 사연이 깜깜한 건 정화 한 사람뿐이었다. 이 사람 저 사람 얼굴을 번갈아 보고 있던 정화가 마침내 이야기 가운데로 뛰어들어왔다. 듣다 보니 이젠 정화 역시 아무래도 분위기가 심상찮게 느껴진 모양이었다.

하지만 미스 콩이나 전 들은 물론 그 정화에게도 속 시원한 대답을 들려주려 들지 않았다.

"그냥 잠꼬대 얘기예요. 어젯밤 제가 잠꼬댈 좀 심하게 했었나봐요……"

미스 전이 어물어물 대답을 눙쳐 넘기고는 저희끼리 서로 얼굴을 마주 바라본다. 당분간 정화에겐 말을 참아두자는 눈치들이었다.

역시 비밀을 만들고 있는 것이었다.

지연은 속엣것이 다시 울컥 치솟아 오르려고 했다.

"하지만 정화 언니도 여간 조심을 하지 않으면 안 될 거예요. 잠꼬댈 좀 유심히 지켜보세요."

한마디쯤 덧붙여두지 않고는 견딜 수가 없었다.

118

지연과 미스 전은 결국 정면에서 서로 맞서고 나선 셈이었다.

잠자리의 희유(戲遊)에 관한 한 미스 전은 거의 공개적으로 지연을 위협해왔고, 지연은 지연대로 그녀의 척척한 곳을 똑똑히 까뒤집어줄 심산이었다.

하지만 여유를 보인 것은 역시 미스 전들 쪽이었다. 무엇보다 우선 그녀들 사이엔 질투라는 게 없었다. 소문대로 한다면 둘 사이엔 사내가 끼었을 때보다도 더욱 심한 질투가 엿보임 직했다. 지연이나 정화를 두고 불화가 이는 게 정상이었다. 한데도 이 둘은 전혀 딴판이었다. 미스 전은 전대로, 미스 콩은 콩대로 조금도 서로 상대방을 간섭하려 드는 기미가 없었다. 지연이나 정화를 두고도 마찬가지였다. 질투커녕 오히려 지연을 그 둘 사이로 끌어들이려고만 하는 판이었다.

미스 전이 지연을 대해오는 데도 도대체 무얼 쑥스러워하거나 서두르는 눈치가 없었다.

"지연 씨 같은 여잘 아직 혼자 내버려두다니 이 동네 사내들은 모두 눈이 삔 장님이나 얼간이들뿐인가 보죠?"

"하지만 차라리 다행이지 뭐예요. 이렇게 혼자 탐스럽게 익은 몸뚱이를 그 무지한 털북숭이 사내들한테 내맡기게 된다고 해봐요. 얼마나 징그럽고 억울한 일이겠어요?"

지연의 부끄러운 곳을 함부로 툭툭 건드리며 더없이 만만스런 미소를 지어 보이곤 했다.

여자들끼리 밤 목욕을 나가거나 잠자리를 만들 때, 특히 그 잠자리를 만들 때만은 어김없이 미스 콩과 따로 한 짝이 되곤 했으나, 이젠 그 잠자리에서마저 그녀는 조심성이 퍽 적어졌다.

"밤마다 손질을 해줘도 왜 이 모양일까."

"뭐가 어때서요?"

"미스 콩은 아무래도 담벼락에 붙은 초인종 꼭지야."

"그럼 미스 유 언니 껄 한번 조사해봐요."

"대단해?"

"복숭아예요."

"아직 자지 않고 있을 거야."

"호호 어쩜 겁이 다 나는가 보죠?"

장난인 듯 아닌 듯 함부로 키들대는 바람에 이젠 정화까지 눈치를 채고 말았을 정도였다.

요모조모 미스 전은 여유가 만만했다.

하니까 지연 쪽이 오히려 자신이 없었다.

미스 전이 여유만만해하면 할수록 지연은 점점 더 그녀가 불결하고 음산스럽고 위태롭게만 느껴졌다. 그리고 그 미스 전이 자꾸자꾸 거대해지면서 자신은 그녀 앞에 기가 잔뜩 죽어가고 있었다.

지연은 초조하고 불안했다. 미스 전 앞에선 마치 뱀에게 쏘인 개구리처럼 심신이 오싹 굳어지곤 했다. 그녀와 한방에서 어둠을 지켜야 하는 밤 동안은 유독 맘이 불안했다. 깜짝깜짝 잠이 놀라

깨지는가 하면, 간신히 다시 눈을 감고 나서도 피곤한 악몽이 계속되곤 했다.

어쩔 수가 없었다.

한데 그러던 어느 날 밤이었다.

하니까 그것은 지연이 미스 전들의 그 첫 번 수작을 엿보고 나서 다시 사흘째 되는 날 밤이었는데, 이날 밤 일로 해서 지연에겐 지금까지 상상치도 못했던 비밀이 또 하나 불쑥 얼굴을 내밀어버린 것이었다.

아직도 어둠이 깜깜한 새벽녘이었다. 예의 그 불안스런 꿈 때문에 밤새 깊은 잠을 설치고 있던 지연은 어느 참부턴가 또 무엇이 몸을 답답하게 옭아매오는 듯한 느낌 속에서 갑자기 잠귀가 엷어지고 있었다.

119

지연은 놀랍고 끔찍스러웠다.

갑자기 세상이 거꾸로 뒤집혀버린 느낌이었다.

미스 전은 여자가 아니었다. 분명히 여자가 아니었다.

그녀는 사내였다. 사내를 지니고 있는 남자였다. 어느 순간엔가 지연은 너무도 역력히 그걸 감득했다.

"가만! 알았으면 이제 조용하라구요."

위협어린 미스 전의 말소리도 귀에 들려오지 않았다. 정신없이 사지를 버둥거리며 그녀를 떠 밀쳐댔다.

그 바람에 이젠 정화까지 잠이 깨고 만 모양이었다.

"왜…… 여태 잠들을 자지 않고 있어요?"

잠에 취한 목소리였지만, 분명히 무슨 낌새를 알아차린 기미였다.

하지만 지연으로서는 그게 차라리 다행스러웠다.

미스 전이 마침내 지연의 몸을 물러났다.

끙—

한꺼번에 김이 다 빠져나간 듯 사지가 갑자기 무너져 내리더니, 이윽고는 모든 것을 단념하고만 듯 스적스적 어둠 속으로 다시 미스 콩을 건너가고 있었다. 그리고는 채 1분도 지나지 않아서부터 크릉크릉 부산한 콧소리를 뿜어대기 시작했다.

한바탕 실랑이를 치르고 나니 기운이 몹시 진해진 모양이었다. 도대체 지금까지 무슨 일이 있었더냐는 듯한 형색이었다.

정화 역시 아깐 별로 마음에 짚이는 게 없었던지 금세 다시 숨소리가 잠잠해져 있었다.

하지만 지연은 이제 잠을 잘 수가 없었다. 잠이 올 턱이 없었다. 말똥말똥 눈을 뜬 채 방금 겪은 일들을 하나하나 다시 되새기고 있었다.

미스 전이 여자가 아니라니……

도대체 그럴 수가 없었다. 용모나 거동이 어딘가 좀 오밀조밀한 데가 모자라 보이긴 했지만, 그녀가 설마 여자 옷을 입고, 사내들만 득실거리는 술집을 찾아다니며 작부 행세를 하는 여장 사내라고는 상상도 못한 일이었다.

방금 그녀에게서 느꼈던 사내의 감촉이 자신의 착각이 아니었을까 의심스러워질 지경이었다. 도대체 그녀가 진짜 사내로는 믿어지지가 않았다. 워낙 장난기가 좀 심한 미스 콩이긴 했지만, 그녀가 정말 여자 사내였다면 그 미스 콩이 자기에게만은 정말 뭔가 미리 귀띔을 해주었음 직도 했다.

하지만 미스 전은 역시 사내였다. 부인을 하려도 육중하게 지연을 스쳐오던 그 무서운 사내의 감촉이, 그리고 그때의 그 놀라운 충격이 아직도 그녀의 몸 한구석에 너무 생생하게 살아 있었다. 미스 전이 지연의 놀라움을 오히려 대견스레 여기고 있었던 것도 자신의 비밀을 드러내 보인 때문이 틀림없었다. 뿐만 아니라 미스 전은 정체가 드러나기 직전까지도 자꾸 뭔가 지연에게 알려줄 게 있노라 별러댄 일이 있었다.

더 이상 의심할 여지가 없었다.

결국 그녀가 주위의 눈을 용케 잘 속여온 것이었다. 박 기사네 조수 청년하고는 짝까지 지어 지내온 여자였다.

그러면서도 아직 끄떡 없이 정체를 숨겨온 걸 보면 뱃심이나 요령을 알아볼 만한 여자였다.

생각할수록 기분이 아슬아슬했다. 그런데 날이 밝고 나면 저 인간은 도대체 어떤 얼굴을 하고 나설 건가, 그런저런 상념들을 좇느라 지연은 계속 눈을 붙이지 못하고 있었다.

그리고 끝내는 그런 식으로 아침이 훤히 밝아버리고 말았다.

120

잠에서 깨고 나면 이 여잔 도대체 어떻게 나올 건가.

날이 밝자마자 지연은 곧 자리를 빠져나왔다. 시원한 아침 기운에 찬물로 얼굴을 씻고 나니 기분이 한결 개운했다.

이젠 아예 정체를 드러내고 나설 건가, 아니면 지금까지처럼 그냥 시치밀 떼고 지내려 할 건가.

미스 전의 태도가 새삼 궁금스러워질 뿐이었다.

어느 정도 점을 칠 수는 있었다. 간밤의 태도나 주위 사정으로 보아 십중팔구 시치밀 떼고 나서기가 쉬웠다.

하지만 지연의 추측은 양쪽 다 조금씩 빗나가고 있었다.

미스 전은 이날 아침 굉장히 늦잠을 자고 있었다. 지연이나 정화는 둘째치고 넷 중에선 아예 늦잠꾸러기로 내놔버린 미스 콩이 방을 나서고 나서도 그녀는 아직 기동을 시작하는 기척이 없었다. 아침상을 들여갔을 때도 마찬가지였다. 홑이불 자락을 뚤뚤 말아 감은 채 그녀는 계속 눈을 감고 있었다.

잠이 그토록 곤해서만은 아닐 게 분명했다. 아마도 그녀는 간밤의 일을 후회하고 있는 것 같았다. 그리고 그 일이 쑥스러워 잠결에서나마 그토록 기동을 주저하고 있는 것 같았다. 꺼림칙한 기분을 견디기 위해 아침잠을 아끼고 있는 것이었다.

"이 여자 왜 이래요? 간밤에 무슨 일이 있었나 보죠?"

미스 콩은 벌써 짐작이 간다는 듯 배실거리고 있었다.

눈치가 안 닿고 있는 것은 이번에도 정화 한 사람뿐이었다.

한데 그럭저럭 아침들이 끝나고 나서 예정을 알 수 없던 미스 전이 마침내 골방 잠자리를 털고 나왔을 때였다.

거기서부터가 지연은 더욱 갈피를 잡을 수 없었다. 미스 전이 너무도 기가 죽어 있었기 때문이었다. 그녀는 부석부석 골방을 빠져나와서도 아침 따윈 아예 찾아 먹을 생각이 없는 듯, 멍멍한 얼굴만 하고 있었다. 한참 만에야 찬물을 몇 방울 얼굴에 찍어 바르고 나서는 공연히 혼자 허튼 웃음을 지어 보이곤 했다.

"오늘도 어지간히 날씨가 찔 모양이군."

혼잣소리처럼 가끔 입속말을 웅얼거릴 뿐 누구한테 이야기를 걸어오는 일도 없었다. 마지못해 하는 거동으로 조금씩 홀 일을 거들기 시작한 다음까지도 내내 그런 식이었다. 그러면서도 또 한편으로는 지연을 향해 뭔가 자꾸 불안하고 초조한 눈길을 숨기지 못하고 있었다.

너무도 자신 없고 기가 죽은 모습이었다.

자신만만 난폭스럽기만 하던 간밤의 태도는 흔적도 찾아볼 수 없었다.

알 수 없는 일이었다.

지연은 그 미스 전을 어떻게 이해하고 어떻게 응대해야 할지를 얼핏 가늠해낼 수가 없었다. 어쨌거나 이젠 저녁 잠자리 같은 것에서부터 그녀의 정체가 드러난 데 대한 뒷일을 정화한테 미리 의논해둬야 할 처지인데도 지연은 생각이 자꾸 망설여지고 있었다. 그녀의 모습 속에 엉큼스런 사내가 숨을 죽이고 숨어 있다는 사실은 실감이 가지 않고 오히려 그 기가 죽은 모습만 자꾸 딱하게 여겨졌다.

지연은 차츰 견딜 수가 없어졌다.

하지만 그 지연보다 참을 수가 없었던 건 역시 미스 전 쪽이었던 모양이었다. 아니면 이제 비로소 그녀에겐 어떤 작정이 내려진 것이었을까.

해가 설핏해진 저녁녘이었다.

"나 좀 보겠어요?"

미스 전이 얼핏 지연을 홀 밖으로 불러냈다.

다른 사람에겐 수상한 눈치를 엿보이지 않고 싶은 듯 주위를 피해 건네는 말이었다.

121

한가한 낮 시간도 아니고 오래잖아 술손님이 모여들 저녁참에 와서야 그러고 나서는 걸 보면 그사이 미스 전은 꽤 생각이 많았던 것 같았다.

지연은 말없이 그녀를 따라 홀 문을 뒤쫓아 나갔다.

"아직 시간이 있으니까 바람이나 좀 쐬러 가요."

지연이 홀 문을 나서자 그녀는 이쪽 의향도 묻지 않고 따라오라는 듯 부두 쪽 길을 앞장서 걸어갔다.

지연은 새삼스레 그녀의 뜻을 거역하고 나설 수가 없었다. 이유 같은 건 물을 필요도 없었다. 얘기가 듣고 싶었다. 슬리퍼 차림으로 묵묵히 그녀를 뒤따르기 시작했다.

미스 전도 당분간은 더 말이 없었다. 마을 상점가를 지나서 진짜 바다 가운데로 부둣길을 들어설 때까진 지연을 다시 돌아다보는 일조차 없었다.

하다가 두 여인이 마침내 마지막 부두 끝에 이르러 섰을 때였다. 지연을 등지고 서서 아직 한동안 파도만 내려다보고 있던 미스 전이 문득 입을 열기 시작했다.

"벌써 짐작이 가고 있을지 모르지만 나 지연 씨한테 부탁이 한 가지 있어요."

여전히 지연에게서 눈길을 외면하고 선 채였다.

지연은 그 미스 전이 아직도 여자로만 생각되고 있는 자신이 이상스러워질 지경이었다.

"얘기해보세요."

"들어주겠다는 건가요?"

"글쎄요…… 하루 종일 입을 다물어주었는데 그 밖에 또 무슨 부탁이 있을까요?"

"……"

"우선 얘길 해봐요."

"여길 떠나주세요."

끝내 지연에겐 등을 돌리고 선 채였다. 지연은 그 미스 전의 태도에서 차츰 알 수 없는 압박감을 느끼기 시작했다.

"나더러 여길 떠나라구요?"

"왜, 떠나기가 싫은가요?"

"싫고 좋고 간에 이유가 없지 않아요?"

"왜, 이윤 있지요. 지연 씨가 내 비밀을 알고 있으니까……"

"그렇담 떠나야 할 쪽은 미스 전이 아니야요?"

"그렇게 생각될 수도 있겠죠. 하지만 내가 먼저 떠날 생각이 없다면?"

"하더라도 내가 댁의 일을 상관할 바는 아니잖아요?"

"그렇지 않아요. 상관이 있어요."

미스 전이 비로소 지연을 향해 돌아섰다.

"두 사람 다 여길 떠나지 않고 있으면 난 비밀을 지켜야 하고, 그러자면 우선 비밀을 알고 있는 지연 씨부터 입을 막아둬야 하잖아요."

"……"

"입을 다물게 하는 방법이 뭔 줄 알겠어요?"

"……"

"어젯밤엔 실패를 하고 말았지만 앞으론 실수가 없을 거예요. 이미 비밀을 알아버린 지연 씨와 이곳에 함께 머물러 있자면 나로서도 어쩔 수가 없을 거예요."

미스 전은 이제 한순간도 지연에게서 눈을 떼지 않고 있었다. 그리고 그런 눈길로 지연을 지금 당장 그렇게 만들어놓고 말겠다는 듯 한 걸음 한 걸음 그녀 앞으로 다가들고 있었다.

"자 어떻게 할 건지 대답을 해봐요."

지연은 그만 기가 질리고 말았다.

미스 전에게선 이제 어떤 살기마저 느껴져오고 있었다.

그녀는 대답을 할 수가 없었다. 멈칫멈칫 한 걸음씩 몸을 물러서면서 열심히 상대방의 표정을 살피고 있을 뿐이었다.

122

대답을 하지 않으면 지연을 당장 바다에다 집어 던져버리기라도 할 듯 미스 전은 계속 그녀 앞으로 다가들고 있었다.

한데 어느 순간 지연은 정말로 그 미스 전의 행동이 심상찮은 느낌이 들기 시작했다. 웬일인지 그녀가 자기를 붙들러 덤비고 있는 것 같은 공포감이 온몸을 휩싸왔다.

그녀는 재빨리 몸을 돌이켰다.

미스 전도 이미 지연의 그런 눈치를 알아채고 있었던 모양이었다. 지연은 벌써 때가 늦고 있었다.

미스 전이 먼저 지연의 어깻죽지를 휙 낚아채버렸다. 쓸데없는 수작 말라는 듯 위협적인 완력으로 지연을 바싹 움켜 붙들었다. 파도가 일렁이는 축대 가장자리로 지연을 끌고 가서는 파도의 중심이 물 위로 둥실 떠오를 때까지 팔 힘을 지긋이 떠 버텨왔다.

그러나 그뿐이었다.

이윽고 그녀는 다시 지연을 축대 위로 안전하게 끌어당겨놓고는 조용히 시선을 외면해버렸다.

끝끝내 한마디도 말이 없었다.

그것으로 할 말 다 한 모양이었다. 지연도 이젠 굳이 하고 싶은 말이 없었다.

떠나든지 말든지 네 맘대로 해라. 하지만 떠나지 않고 남아 있겠다면 완력을 써서라도 입을 다물게 해놓고 말 테다—

미스 전의 태도엔 그쯤 단호한 결의가 엿보였다. 혹은 그보다도 더 무겁고 직접적인 협박의 의미가 숨어 있을 수도 있었다.

그녀의 비밀—어느 쪽이 되는 그녀의 비밀이 지켜지지 않을 때는 막다른 경우까지 미리 각오를 해두고 있으라는 살기 어린 위협—지연은 그녀의 완력에서 거기까지 상상이 뻗고 있었다.

더 이상 할 말이 없었다.

잠시 후—

두 사람은 이제 그런 식으로 서로 얼굴을 외면한 채, 말없이 축대 끝에 몸을 웅크리고 주저앉아 있었다. 아예 〈뱃고동〉으론 돌아갈 생각들도 않고 물빛 짙어져가는 저녁 바다만 하염없이 바라보고 있었다. 아깟번 이야기는 둘 다 어느새 까마득히 잊어버린 표정들이었다. 저녁 뱃길을 떠난 돛단배 한 척이 느릿느릿 포구를 멀어져가더니, 이윽고는 부연 저녁 수평선 위를 조그맣게 맴돌고 있었다. 그 수평선 위의 배 그림자가 깜박 어둠 속으로 스며들어버리고 나자 지연은 그제서야 문득 생각이 떠오르는 듯 다시 입을 열었다.

"한데 미스 전은 그게 오랜가요? 변장을 하고 지내온 게 말예요."

갑작스런 질문에 미스 전도 이젠 바다에서 천천히 시선을 돌려왔다. 그녀 역시 아깟번보다는 표정이 훨씬 부드러워져 있었다.

그녀는 그 부드러운 표정으로 말없이 고개를 끄덕였다.

"언제부터? 아마 어렸을 때부터 그런 취미가 있었던가 보지요?"

"……"

"하지만 난 이해할 수가 없어요. 무엇 때문에 세상을 그런 식으로 불편하게 살아가고 있는 거죠? 공연히 자신의 떳떳한 남자를 숨겨가면서 말예요."

"불편하게 살아가다뇨?"

비로소 미스 전이 싱긋 웃음을 지어 보이고 있었다. 가당치도 않은 소리라는 표정이었다.

123

"그야 불편한 데가 전혀 없다고는 할 수 없는 노릇이겠죠."

미스 전이 변명하듯 다시 말을 잇고 있었다. 자연 그녀의 신상에 관한 이야기가 묻어나올 수밖에 없었다.

"불편한 점보다는 편리한 데가 더 많다는 뜻인가요?"

지연은 좀 장난기가 밴 목소리로 추궁을 계속해나갔다. 미스 전도 계속 애매한 웃음기를 머금은 얼굴이었다.

"처음엔 별로 그렇지도 않았어요. 편리한 것보단 두렵고 난처한 일뿐이었지요."

"다시 남자로 돌아올 생각은 하지 않았었나요?"

"물론 그런 생각도 여러 번 가져봤어요."

"그런데?"

"쉬운 일이 아니었어요."

"아직도 장난기가 앞섰던 거군요."

"장난기 때문이 아니었어요."

"애초부터 그런 장난기로 시작한 일이 아니었나요?"

"호기심이 없었다곤 할 수 없겠죠. 그렇다고 세상을 온통 그런 호기심이나 장난기로만 살아갈 수는 없는 노릇 아니에요."

"……?"

"호기심보다 더 중요한 게 있었어요. 세상 사는 방법 말예요. 그때 나한텐 그게 유일한 방법이었거든요. 지금 생각하면 그렇지도 않았는지 모르지만 그때 처지론 그 길밖에 방법이 없는 것 같은 느낌이었어요. 그렇게 시작된 일이었지요. 함부로 방법을 바꿀 수가 없었지요. 그럴 용기도 없었구요."

무슨 일에나 구실은 있게 마련이었다. 그럴 수밖에 없었노라는 처지라는 게 뭔가. 지연은 고개가 갸웃거려졌다. 하지만 그녀는 거기까지 내력을 파 들어가고 싶지는 않았다. 여차직하면 술집을 흘러다니는 여인들의 그 쌔고 쌘 팔자타령이 한바탕 쏟아져 나올 판이었다.

"그렇담 지금도 아직 그 용기가 없어선가요?"

"글쎄요. 이젠 용기보다도 아예 그럴 필요가 없어진 것 같아요. 그럭저럭 이 짓에 몸이 익숙해져오다 보니 이젠 이편이 훨씬 편하거든요.

난 여자 옷을 입은 남자가 아니라, 남자가 덜 퇴화된 여자 쪽이에요. 남자는 기억만 남아 있을 뿐 다시 돌아가려 한다 해도 이젠 돌아갈 남자가 남아 있지 않은 형편 같아요."

"하지만 미스 전은 앞으로도 계속 자신의 남자를 불편스레 숨겨가야지 않아요?"

"남자를 숨기는 건 대수로운 일이 아니에요."

"나한테처럼 말이겠군요. 미스 콩한테는 아마 좀 더 안전하게 입을 다물려놓았겠지만 말예요."

"미스 콩은 아마 지연 씨한테도 자기처럼 입을 잘 다물게 해놓기를 바라고 있을 거예요."

물론 그렇겠지. 처음부터 미스 전을 여기까지 끌어들인 건 그 의뭉스런 계집이었으니까.

"짐작하고 있어요. 그렇담 나도 벌써 그렇게 된 걸로 해두죠 뭐. 어쨌든 여길 떠나게 될 때까진 나도 미스 콩만큼은 비밀을 지켜두고 싶은 참이니까요."

혼자 다짐을 하고 나서 지연은 이제 그만 자리를 털고 일어섰다. 이야기를 하다 보니, 자꾸 미스 전 속에 숨어 있는 남자의 모습이 되살아 나오는 느낌이어서 더 이상은 그녀 곁에 붙어 앉아 있을 수가 없었다. 〈뱃고동〉 일도 조금은 걱정이 되기 시작했다.

미스 전도 지연의 기미를 알아채고 자리를 따라 일어섰다. 하지만 그녀는 아직도 〈뱃고동〉으로는 바로 돌아갈 생각이 없는 모양이었다.

"왜…… 집엘 가려구요?"

기지개를 커다랗게 켜 올리며 쑥스러운 웃음을 흘리고 있었다.

"그럼 지연 씨 혼자 먼저 가 봐요. 난 조금만 더 여기 있다 뒤따라갈게요."

124

잠시 후, 지연은 결국 그녀 혼자 터덜터덜 〈뱃고동〉 문을 들어서고 있었다.

그런데 이때 또 〈뱃고동〉에선 웬일인지 미스 콩이 그녀를 몹시 기다리고 있었다.

"나 좀 봐요, 언니. 여태까지 언닌 도대체 어딜 갔다 이제 슬금슬금 나타나는 거예요."

아직은 그리 일손이 분주한 시간이 아닌데도 대뜸 힐난부터 하고 드는 것이었다. 일손이 바빠져서 그런 것 같지가 않았다.

"여태까지 얼마나 언니들을 찾고 있었다구…… 한데 미스 전 언닌 아직도 돌아오지 않아요? 언니하고 함께 나간 게 아니었어요?"

이게 벌써 뚱딴지같이 질투를 하고 있는 건가?

하지만 뭔가 겁을 먹고 있는 듯한 얼굴빛이 그런 것도 아닌 것 같았다. 미스 전에 대해서라면 질투커녕 오히려 속이 고소해할 아가씨였다.

"어딜 가긴…… 부두 끝에 나가 바닷바람을 좀 쐬고 오는 길인데."

"미스 전 언니랑도 같이요?"

"그래, 하지만 미스 전은 좀 더 늦을 거야."

"그럼 잘됐군요."

뭐가 잘됐다는 것인지 미스 콩은 그제서야 조금 안심이 되는 표정이었다.

"한데 왜 그래? 무슨 일이 있었어?"

"큰일 났어요. 안으로 좀 들어가 봐요."

"안엔 또 왜?"

"글쎄 들어가보면 안다니까요. 정화 언니랑도 거기 있어요."

하고 보니 홀 심부름은 미스 콩 혼자서 하고 있었다.

지연은 웬일인가 싶어 안으로 들어갔다. 아닌 게 아니라 안채 마루에서 좀 수상한 일이 벌어지고 있었다.

정복 차림을 한 파출소 순경 한 사람이 주인 사내를 불러놓고 뭔가 이야기를 묻고 있었다. 주인 사내와 정화가 대답을 해주면 순경은 하나하나 그걸 서류철 속에다 적어 넣고 있었다.

뭣 땜에 순경이 찾아온 걸까.

지연은 무턱대고 불길한 예감부터 들었다.

미적미적 눈치를 살피고 있으려니까 정화가 이내 그녀를 손짓해 불렀다.

주인 사내도 곧 그녀를 알아보고 순경 쪽에다 눈짓을 보냈다.

"한 아인 지금 돌아오는군요."

무얼 조사하려는 걸까.

하지만 순경은 아직 지연을 쳐다보지도 않고 있었다. 그녀가

다가서는 기척만 듣고는,

"아가씨가 전미숙인가?"

다짜고짜 이름부터 물어왔다.

"아니에요. 전 유지연이에요."

그녀가 이름을 고쳐주니까 순경은 다시,

"유지연? 아가씨가 유지연이라…… 좋아요. 그럼 아가씨부터 먼저 끝내기로 하지."

서류철을 한두 장 넘기면서 혼잣말처럼 중얼거리고 나서는 비로소 지연의 얼굴을 천천히 올려다보았다.

"아가씬 이 동네로 온 지가 얼마나 되었지?"

"아직 한 달이 좀 못 됐어요."

지연은 점점 더 마음이 불안해지고 있었으나 목소리만은 아무렇지 않게 대답했다.

"7월 초순쯤 되겠군. 주민등록증 가졌어?"

"서울 거 그냥이에요."

"서울 아가씬가 보군그래."

"주민등록 주소가 서울예요."

"어쨌든 아직 이 동네 사람은 아니잖아. 아무튼 좋아요. 그거라도 내놔봐요."

"백 속에 넣어둔걸요. 찾아가지고 올게요."

"빨리 갔다 와요."

125

주민등록증까지 찾아가지고 와보니 지연에 대한 조사는 실상 대단한 게 아니었다. 이름이나 나이 따위 주민증에 기재된 사항들을 그대로 옮겨 적고 난 순경은,

"그러니까 그 전미숙인가 하는 애까지 합하면 아가씨가 모두 네 사람인 거군요?"

지연에겐 이제 더 물을 것이 없다는 듯 다시 주인 사내 쪽으로 시선을 옮겨버렸다. 그리고 그 주인 사내가 그렇다고 고개를 끄덕이니까 순경은 이제 그만 할 일이 다 끝난 듯 서류철을 접어 들며 자리를 일어서버리는 것이었다.

"한데 그 미숙이라는 앤 금방 찾아올 수가 없는 모양이지요?"

"글쎄요. 저 혼자 집을 나가서 쉬 찾아지지가 않는 모양이군요."

"알았어요. 그럼 그 애한텐 내일 중에 잠깐 파출소로 나와달라고 해주세요."

"그렇게 하지요."

"주민등록증 잊지 말고요."

당부를 남기고 나서 순경은 마침내 발길을 돌이켜버렸다.

우선은 대수롭지 않은 일이었다. 하지만 지연은 아무래도 속이 좀 석연칠 않았다.

"도대체 무슨 일예요?"

뒤늦게 주인 사내한테 물었으나 그 역시 확실한 대답을 못했다.

"글쎄…… 말은 그저 단순한 영업소 현황 조사라지만 자네들 신상까지 하나하나 조사해가는 걸 보면 난들 진짜 속을 알 수가 있나."

미심쩍어하는 소리뿐이었다. 미스 콩이 겁을 먹고 덤빈 것도 무리가 아니었다.

알고 보니 그녀는 미스 전 때문에도 더 맘이 불안해했던 것 같았다. 미스 전이 제대로 된 주민증을 가지고 있을 리 없었고, 설령 그런 걸 가지고 있다 해도 잘못하면 정체가 드러날 위험이 있었다. 조사를 먼저 끝낸 미스 콩은 그 점이 염려되어 더욱 조바심을 치고 있었던 게 분명했다.

정작 파출소 출두 지시까지 받고 있는 미스 전이 되려 태평이었다.

"나 미스 콩 얘기 듣고 그냥 여기 있었어요."

지연들이 홀로 돌아가 보니, 미스 전은 벌써 홀 일을 돌아와 거들고 있다가 장난스럽게 웃고 있었던 것이다.

"도대체 주민증은 뭣 땜에 보자는 거예요. 술집만 떠돌아다니는 팔자에 무슨 소용이 닿아 그런 걸 착실히 지니고 다닐 거라구 말예요."

정화가 바로 그 주민증을 지참하고 파출소를 나오라던 말에도 그녀는 코웃음만 웃어 넘기고 있었다.

"내가 왜 파출솔 찾아가요. 알아볼 게 있으면 자기들이나 한번 더 오라지. 나 그런 데 취미 없어요."

속셈이야 어쨌든 자기하곤 도대체 상관할 일이 아니라는 식이었다.

하고 보니 지연은 이래저래 더 맘이 편칠 않았다. 느닷없이 그 동네 이장의 얼굴까지 떠올랐다. 명목은 달랐지만 이날 일은 꼭 그 이장들이 〈뱃고동〉을 찾아왔던 용건하고 무슨 상관이 있는 것만 같아졌다.

한데도 미스 콩은 덮어놓고 겁만 먹은 꼴이었고, 더더구나 미스 전은 속이 다 훤히 들여다보이는 억지 장담뿐이었다.

따지고 보면 모든 것이 미스 전과 그녀의 터무니없는 비밀 때문이었다. 그녀와 그녀의 비밀 때문에 처음부터 모든 일이 그렇게 자꾸 난처하게만 얽혀들고 있는 것이었다.

126

미스 전의 비밀이 드러나고 나서도 〈뱃고동〉엔 아직 이렇다 할 말썽이 없었다. 그녀의 비밀이래야 내용을 아는 사람은 아직 당사자 외에 미스 콩하고 지연뿐이었다. 한데다 그 일에 대해선 세 사람 다 입을 꼭 다물고 지내는 처지라 소문이 더 이상 번질 수가 없었다.

피차 서로 눈치들만 살피고 있었다. 미스 전은 언제쯤 지연이 〈뱃고동〉을 떠나주나, 미스 콩은 지연과 미스 전의 사이가 어느 정도 깊어졌나, 그리고 지연은 이 불결스런 비밀의 수렁에서 어떻게 말썽 없이 자신을 뽑아내나, 돌아가며 조심조심 눈치들만 살피고 있었다.

지연과 미스 전 사이도 그런 식으로 그럭저럭 약속이 지켜지고 있는 셈이었다.

파출소 쪽에서도 그 후론 별다른 전갈이 없었다. 미스 전더러 파출소를 한번 들러달라고 하고 간 뒤로는 더 이상 오라 가라 말이 없었다. 미스 전이 파출소를 찾아가지도 않았고 그쪽에서 사람이 오는 일도 없었다. 미스 전으로선 더구나 함부로 들락거릴 곳이 못 되었다. 사정을 알지 못한 정화가 그게 공연한 말썽거리나 되지 않을까 걱정해도 그녀는 도대체 아랑곳하지 않았다.

"일부러 부탁을 하고 갔는데 잠깐 가보고 오지 그래요."

"할 일도 없나 보군요."

"그쪽에서 사람이 오는 것보단 이쪽에서 미리 가보고 오는 게 낫지 않겠어요."

"상관없어요."

"죄를 짓고 사는 것도 아닌데 무슨 일인지나 알아보고 오지 않구."

"글쎄 죄를 짓고 살지 않음 그만 아녜요."

"그래도 뭔가 맘속이 꺼림칙해서."

"신경 쓸 거 없어요. 보나마나 별일도 아닐 거예요."

미심쩍어하는 정화가 오히려 귀찮아죽겠다는 투였다.

그런 식으로 어물어물 며칠이 지나갔다.

한데 그러던 어느 날 밤 마침내 사고가 생기고 말았다. 다름 아니라 바로 그 미스 전의 해괴한 비밀이 〈뱃고동〉 바깥사람들에게까지 눈치를 채이고 만 것이었다.

사고가 난 것은 여인들의 밤 목욕 때문이었다.

복더위가 유독히도 기승을 떨치고 난 날 밤이었다. 하루 일이 끝나고 나자 여인들은 이날도 남자들 없이 저희끼리 밤 목욕을 나가고, 〈뱃고동〉에는 지연 혼자 홀에 남아 뒤치다꺼리를 하고 있었다. 요즘 와서 지연은 될수록 미스 전하고는 자리를 함께하지 않으려 했고, 그게 버릇이 되어 지연은 이날도 밤 목욕을 사양한 채 그녀 혼자 선선히 뒷일을 떠맡아버리고 나선 것이었다.

한데 이상스런 것은 목욕을 나간 사람들이었다. 지연이 홀 일을 끝내고 나서 한 식경이 지나도록 밤 목욕꾼들이 돌아오는 기척이 없었다. 남자들이 없을 땐 대체로 목욕 시간이 짧았고, 그런 때에다 비하면 이날 밤은 아가씨들이 벌써 두 번도 돌아오고 남을 시간인데 아직 소식들이 없는 것이었다.

무슨 일들일까. 여태까지 물속에서 이러고 있을 리는 없구……

마음 한구석이 불안해지면서도 지연은 기다리다 못해 혼자서 먼저 잠자리로 들어갔다. 그리고는 어슴푸레 막 잠이 들까 말까 하는 참인데 누군가가 다급하게 그녀를 불러 깨우는 소리가 들려왔다.

"지연 씨 좀 일어나 봐요. 큰일 났어요."

지연은 금세 다시 잠이 번쩍 깨었다.

엉겁결에 자리를 박차고 일어나 보니 언제 돌아왔는지 겁을 잔뜩 집어 먹은 정화의 얼굴이 엉거주춤 그녀를 내려다보고 있었다.

127

“참 별일이 다 있어요. 꼭 내가 도깨비한테 홀린 기분이라니까요.”

평소엔 늘 조용하고 침착하기만 하던 정화가 이날 밤은 웬일인지 흥분을 가누지 못하고 있었다. 그것도 정화 혼자 일행을 앞질러온 것인지, 방 안엔 아직 다른 사람의 모습이 나타나지 않고 있었다.

“큰일이라니, 무슨 일이에요? 무슨 일인데 이 밤중에 자는 사람을 깨우구 야단예요?”

지연은 불길한 예감을 억누르면서 태연하게 정화를 쳐다보았다.

“글쎄 나도 무슨 일인지 알 수가 없다니까요. 말을 하면 아마 지연 씬 나더러 미친 여자라고 할 거예요.”

“날씨가 너무 더운 건 사실예요. 하지만 얘길 들어봐야 누가 미쳤는지 안 미쳤는질 알 수 있잖아요.”

“곧이듣기지 않더라도 내 말을 끝까지 들어봐요.”

지연의 성화에 쫓겨 정화는 비로소 자초지종을 털어놓기 시작했다.

물이 얕은 축대 끝 경사 근처에서 세 사람은 다른 날처럼 조용조용 목욕들을 하고 있었단다.

“언제나처럼 미스 전은 저만큼서 혼자 물속에 몸을 담그고 있었고, 미스 콩하고 나는 허리께도 채 물이 닿지 않는 데서 간신히 더위를 식히고 있었어요. 달빛 없는 밤 바닷가라 서로 소리를 조심하면서 일찍 목욕을 끝낼 참이었지요. 한데 그때 느닷없는 일이 생겼어요. 축대 뒤에서부터 갑자기 환한 전짓불이 몇 줄기 우리한테로 비쳐오지 않겠어요."

알고 보니 동네 놈팽이들이 축대 뒤에서 몰래 밤 목욕을 지키고 있다 덤벼든 것이라 했다. 물가에 앉아 있던 정화들은 불빛 속에서나마 어쩔 수가 없었다. 웬만하면 물속에다 몸을 숨긴 채 그냥 녀석들이 불을 끄고 물러나기를 기다려봄 직했으나 얼떨결에 그런 생각이 떠오를 경황도 없었다. 불빛이 가까이 모이기 전에 허겁지겁 옷들을 찾아 걸쳐 입었다. 그쯤 망신은 각오를 하는 수밖에 없었다.

한데 모가지 하나만 남기고 몸을 온통 물속에 담그고 있던 미스 전의 경우는 그나마 사정이 어려웠다. 그녀 역시 기를 쓰고 뛰어나와 옷을 움켜들었지만 그걸 몸에 걸쳐입을 수 있을 만큼은 미처 여유를 가질 수가 없었다. 그녀는 옷을 움켜쥔 채 다시 물속으로 뛰어들었다. 그리고는 한참 만에야 어거지로 물속에서 옷을 꿰어 입고는 어름어름 다시 축대 위로 몸을 끌어올려왔다.

그때까지 사내들이 미스 전에게 전짓불을 모아 비추고 있었음은 물론이었다.

"한데 놀라운 것은 미스 전이 옷을 움켜쥐고 다시 물속으로 뛰어들 때까지의 그 잠깐 사이였어요. 사내들의 전짓불빛에 스친 그 여자의 모습 말이에요."

정화는 거기서 잠시 말을 쉬었다. 놀라지 말라는 듯 이윽히 지연을 들여다보다가는 한참 만에야 다시 낮게 속삭여왔다.

"그게 왜 그랬는 줄 아세요? 미스 전은 남자였어요."

"……"

"믿기지 않을는지 모르지만 난 분명히 그걸 보았어요. 그녀가 나중에 물속에서 옷을 걸치고 나온 모습까지 자세히 보았지만, 미스 전은 아무래도 남자의 형상이 틀림없었단 말예요."

"……"

"놀라지 않는 걸 보니 역시 내가 미친 소릴 하고 있는 줄 아는 모양이군요. 하지만 이건 틀림없는 사실예요. 나 혼자 본 거라면 또 몰라요. 미스 콩이나 놈팽이들, 거기서 전짓불을 켜고 기다리고 있던 그 사내 녀석들도 이건 모조리 눈치를 채고 있었단 말예요."

128

"생각만 해도 아슬아슬해요. 그것도 모르고 우린 여태 그런 사람하고 잠자리까지 한데 섞여 뒹굴어댄 걸 생각하면…… 정말 감쪽같이 속아왔지 뭐예요."

정화는 지연에게 자기의 말을 믿게 하려고 한동안 애를 먹고 있었다.

"글쎄 지금 생각해보면 전혀 이상한 데가 없지도 않았던 것 같아요. 밤 목욕을 나갈 때마다 꼭 혼자서만 한쪽으로 눈을 피해 간다든가…… 기껏해야 미스 콩하고나 짝이 맞지 않았어요. 미스 콩만큼은 미리 그런 사실을 알고 있었을 테니까 말예요. 하지만 우리들이야 설마 어디 상상이나 할 법한 일이었어요? 지연 씨도 아마 마찬가지였겠지만 심지어 둘이씩 짝을 맞춰가지고 밤 목욕을 나다닌 사내까지 그런 눈치는 전혀 모르고 있었던 거 아녜요?"

갈수록 목소리가 낮아져가고 있었다.

"그런데 그 미스 전은 지금 어디 있어요?"

마침내 지연이 정화를 가로막고 나서며 천천히 말문을 열었다.

"이젠 정화 언니까지 알 만한 사람은 다 알아버렸으니까 속이 차라리 편해졌을 텐데 왜 아직 집으론 돌아오지 않고 있지요?"

놀라거나 괴이쩍어하는 기색이 조금도 없었다. 미스 전의 행방부터 묻고 드는 바람에 정화가 오히려 뜻밖이라는 표정이었다.

"그렇담…… 지연 씬 벌써 사실을 알고 있었군요."

"알고 있었어요."

"그러면서 왜 내겐……"

정화가 다시 한 번 놀라고 있었다.

"언니한텐 며칠 사이에 의논을 드리려던 참이었어요."

"첨부터 눈칠 챘던 게로군요."

"엊그젯밤 잠자리에서였어요."

"봉변을 당하진 않았어요?"

"재수가 좋았던 모양이에요. 하지만 이젠 앞으로가 문제지요."

"……"

"도대체 미스 전은 지금 어디 있어요?"

지연은 다시 그녀의 행방을 물었다. 미스 콩이 함께 돌아오지 않고 있는 것도 예사론 생각되지가 않았다. 하니까 정화는 그제서야 잊어버리고 있었다는 듯 다시 근심스런 어조가 되고 있었다.

"미스 콩이랑 함께 파출소에 있어요."

"파출소엔 어떻게?"

"동네 녀석들이 어거지로 파출소까지 끌고 갔어요."

"그럼 그치들도 벌써 알 만큼은 다 알아버린 거군요."

"그랬길래 사람을 무슨 죄인 다루듯 하지 않았겠어요?"

"언니도 파출소까지 갔다 오는 길인가요?"

"미스 전이 그런 꼴이니까 우리까지 모두 한통속으로 몰릴 수밖에요. 하지만 난 파출소 앞에서 용케 몸을 비켜설 수 있었어요."

"안에까진 끌려가지 않았군요."

"하지만 일이 있으면 다시 부르러 오겠지요."

"일이야 또 무슨 일이 있겠어요."

지연은 우선 정화를 안심시켰다. 하지만 듣고 보니 사정은 꽤 난처하게 꼬여가고 있었다. 미스 전이 한사코 파출소 호출을 불응해온 것도 이젠 다 허사가 되고 만 셈이었다.

지연은 갑자기 막다른 골목을 느꼈다. 내일 아침이면 모든 것이 끝나 있을지도 모르겠군.

일이 그 지경이 되고 보니 박 기사나 장 감독 같은 사내들도 이젠 다 소용 없는 인물들이었다.

어느 날인가 그 서진마을 이장나리가 지연들을 내쫓으러 왔다가 의기양양 장담을 남기고 돌아서던 모습이 거인처럼 자꾸 커다랗게 떠올라왔다.

129

다음 날 아침, 예상대로 지연은 파출소로 불리어갔다.

일단은 〈뱃고동〉으로 돌아와 밤을 지낸 미스 전이랑, 미스 콩, 정화까지 네 여자가 모두 함께였다.

하지만 파출소에선 이미 미스 전의 비밀에 대해선 알아볼 것을 다 알아본 다음이었다. 미스 전이 모든 것을 순순히 털어놓았기 때문에 그녀의 정체에 대해선 새삼스레 곁에서 말을 보탤 필요가 없었다.

이날 아침 그녀들을 다시 부른 것은 혹시 그 미스 전 주변에서 무슨 협박이나 봉변을 당한 일이 없는지, 그걸 알아보기 위해서라 했다. 그것도 미스 콩은 간밤에 벌써 대질이 다 끝나 있었고, 정화로 말하면 끝끝내 눈치를 못 채고 있다가 어젯밤에야 간신히 눈이 뜨인 형편이었다.

문제는 지연 한 사람이었다.

하지만 지연으로서도 미스 전을 고해바칠 만큼 심한 봉변을 당한 일은 없었다. 그녀의 비밀을 알게 된 허물로 지연이 곧 서진을 떠나야 한다든지, 그때까진 무슨 일이 있더라도 입을 꾹 다물고 지내도록 다짐을 받고 있는 일 따위로 미스 전의 입장을 난처하게 만들고 싶지는 않았다.

지연은 전혀 봉변이나 협박 같은 걸 받은 일이 없다고 내버텼다.

그러나 취조 순경은 도대체 믿기지가 않는다는 표정이었다.

"그럴 리가 있나? 장성한 남녀가 며칠씩 한방에서 몸을 뒤섞고 지내면서 일통이 안 날 리 있나 말야. 더구나 한쪽은 자기가 남자라는 걸 숨기면서 잠자리까지 은밀히 스며든 인간인데."

"그래도 봉변을 당한 일은 없었는걸요."

"하기야 봉변을 당하고도 그걸 차츰 봉변이 아니라고 생각하고 싶어질 수는 있겠지."

"그게 아니라니까요."

"그럼 협박을 받은 건가?"

"봉변을 당하지 않았음 협박을 받을 필요도 없잖아요."

"도대체 그럼 자넨 저 아가씨의 정체를 언제 안 건가?"

"한 사오 일쯤 전이에요."

"어떻게? 그걸 어떻게 알았는질 말해봐."

"저녁 잠자리에서였어요."

"잠자리에서 어떻게?"

"새벽녘에 화장실엘 가려고 불을 켰어요. 했더니 홑이불을 밀어내버린 미스 전의 모습이 남자였어요. 하지만 미스 전은 그때도 아직 잠이 들어 있었어요."

"밤중에 화장실에 다니는 건 그때가 처음이었던가?"

"다른 날도 가끔 그런 때가 있었어요. 하지만 주의해 보지 않았으니까 알 수가 없었죠. 다른 땐 미스 전이 몸단속을 더 잘했을 테구요."

"그래서…… 그래서 어쨌어?"

"그래서 다음 날 미스 전한테 조용히 물었지요. 하니까 미스 전도 순순히 시인을 하더군요."

"알았어. 어쨌거나 너희들은 참 대단하게도 의가 좋구나. 그쯤 서로 사이가 좋았던 거 아냐?"

"……"

"본인들이 한사코 그렇게 피해가 없었다고 우기는 데야 더 이상 상관할 일은 아니지."

순경은 마침내 단념하고 물러설 눈치였다. 커다랗게 기지개를 켜 올리며 자리를 벌떡 일어섰다. 그리고는 한쪽 곁에서 서류철을 뒤적이고 있는 동료 순경을 향해 혼잣말처럼 중얼거리고 있었다.

"하지만 그래 봐야 결과는 외려 더 나빠지기만 할 텐데, 셋 다 참 딱한 아가씨들이로군."

130

지연들이 미스 전의 입장을 싸고 돈 건 순경의 말대로 그녀 자신들에게 불리한 결과를 불러들인 꼴이 되고 말았다.

지연이고 정화고 모두가 미스 전하고 한통속 취급을 당하게 된 것이었다.

"이잘 아무리 싸고돌아 봐야, 사내가 계집 옷을 걸치고 남의 눈을 속여 지낸 사실만은 변명이 되지 않거든. 그보다도 이 가짜 아가씨와 한통속이 되어 놀아나고 있었다는 사실만 입증을 해준 거란 말야."

마을엔 이미 다 소문이 번져 있고, 소문 위에 떠오른 미스 전을 조처하자면 지연들에게도 비슷한 대우가 불가피하다는 것이었다. 지연들이 그녀를 고발하지 않는 한, 서로 한통속이 되어 마을 분위기를 흐려놓은 책임을 나눠 질 수밖에 없다는 것이었다.

"사실은 전부터도 자네들이 마을에서 말썽이라는 걸 알고 있었어. 언젠가는 꼭 무슨 일이 생길 줄 알았지. 미리 손을 써보려고도 했어. 물론 마을 사람들 편을 들고 싶어서 그런 건 아니야. 불시에 어떤 불상사가 생길지도 모르니까 그걸 미리 막아보자는 것이었지. 한데 이건 생각지도 않은 데서 불쑥 사고가 터지고 말았단 말야. 그것도 자네들은 끝끝내 한통속으로만 놀겠다는 꼴이구 말야. 섭섭하지만 이젠 어쩔 수가 없는 일야."

이것저것 따지지 않을 테니 진짜 말썽이 커지기 전에 마을을 멀리 떠나가라는 것이었다. 미적미적하고 있으면 이번엔 마을 사람들이 나서기 전에 자기가 용서를 않겠다는 것이었다.

미스 전에겐 당장 이제부터 남장으로 돌아가라는 조건이 붙여졌지만 그런대로 무척 너그러운 처분이었다.

여인들은 이윽고 다시 〈뱃고동〉으로 돌아왔다.

〈뱃고동〉 근처엔 아직 아침나절인데도 사람들이 꽤 여럿 모여 있었다. 홀 문이 닫혀 있었기 때문에 집 주위만 서성거리고 있는 사람들은 대개가 마을 놈팽이들이었다.

벌써 소문을 듣고 구경들을 나와 있음에 틀림없었다.

여인들은 〈뱃고동〉 홀을 거치지 않고 여인숙 문 쪽으로 쫓기듯이 몸을 숨겨들어갔다. 지연과 정화가 앞장을 서고, 미스 전하고 미스 콩은 죄인처럼 풀이 죽은 걸음걸이로 두 사람을 뒤따르고 있었다.

"어이— 그 아가씨들 오늘은 어째 아직 장사를 시작하지 않는 거야."

"소문이 참 근사하던데, 빨리빨리 서두르라구. 오늘부턴 몇 갑절 손님이 많을 텐데, 그 틈에 한몫을 잡아야지."

"너무들 그러지 마라. 이래 봬도 난 고거한테 몸살이 다 날 뻔한 몸이다."

야유 소리들이 뒤쫓아와도 누구 한 사람 대꾸를 해보려는 사람이 없었다. 사람들의 눈을 피해 골방까지 숨어들어가서는 말없이 서로 얼굴만 마주 바라보고 있었다.

"이젠 어떡헐 참들이에요."

견디다 못해 지연이 모처럼 한마디 침묵을 깨고 나섰으나, 여인들은 역시 마찬가지였다. 아무도 대꾸가 없었다. 멀뚱멀뚱 서로 눈치들만 살피고 있었다.

"정화 언닌 어쩔 참예요?"

지연이 이번에는 다시 정화를 점찍으며 같은 질문을 되풀이했다.

하지만 정화라고 무슨 뾰족한 생각이 있을 리 없었다. 체념 어린 눈길로 한동안 지연의 얼굴을 찬찬히 들여다보다가는,

"글쎄요…… 지연 씬 무슨 생각이 있으세요?"

무심결에 난감한 심사만 드러내 보이고 있었다.

131

이날 저녁.

지연은 드디어 서진을 떠나는 여객선 위에 몸을 싣고 있었다. 아침나절 파출소를 다녀 나올 때 벌써 작정이 떨어진 일이었다. 섭섭하지만 이젠 다른 도리가 없었다. 그리고 결단이 내려진 다음엔 하루라도 미적미적 시간을 끌고 있을 필요가 없었다.

하지만 배를 탄 건 그녀 혼자였다.

떠나고 머무르는 것이 다른 아가씨들은 지연처럼 몸에 익어지질 못했던 탓일까. 아니면 서진마을에 아직 무슨 그럴 만한 인연들을 남기고 있었던 것일까.

정화는 민웅 소년이라도 한 번 더 만나고 싶은 낌새였다. 미스 콩은 안절부절, 배 시간만 안타까워할 뿐, 끝끝내 지연을 따라나서진 못했다. 박 기사나 미스 전을 그런 식으로 헤어지기가 뭣한 모양이었다. 예정도 없이 훌쩍 마을을 떠나가는 지연이 오히려 불안스런 표정들이었다.

이런 짐작이 모두가 사실이 아닐 수도 있었다. 하지만 지연은 어쨌든 혼자서 배를 탔다.

말리는 사람은 없었다.

"여수 쪽이 되겠군요. 이 배가 그쪽이니까."

"여수까진 가지 않을지도 모르겠어요. 도중에 쉬는 곳이 있을 테니까요."

"도중엔 녹동뿐이에요. 소록도가 가까워요."

"하지만 아마 부산까지 가버리기가 쉬울 거예요."

"몸을 아끼세요."

"인연이 있으면 또 만나겠지요."

"잘 가요."

그뿐이었다. 부두까지도 나오지 않고 〈뱃고동〉 문 앞에서 작별을 끝내고 돌아섰다. 하루나 이틀 뒤엔 남은 사람들도 다시 마을을 떠나야 할 처지들이었지만, 그걸 말하는 사람은 아무도 없었다. 묻지도 않고, 스스로 말을 하지도 않았다. 정화네들보다 한발 먼저 발길을 돌이켜버리던 주인 사내마저 아가씨들의 예정을 궁금해하는 빛이 없었다.

부우우—

여객선은 어느새 서진 앞 바다를 꽤 멀리 벗어져 나와 있었다. 포구를 떠날 때 시작된 확성기 소리가 그치고 이번엔 긴 뱃고동 소리가 저녁 뱃길을 서두르고 있었다. 거기서부터 여객선은 뱃머리를 동쪽으로 고쳐 잡기 시작했다.

이번에도 결국은 또 이런 식이 되고 말았구먼.

조타실 옆 난간에 기대서서 멍청하니 서진 쪽 바닷가를 건너다보고 있던 지연은 그때서야 비로소 자신이 그 서진마을과 정화들의 곁을 떠나가고 있다는 사실을 천천히 실감하고 있었다. 정화나 미스 콩은 다시 못 볼 사람들이 되어버린지도 모른다고 생각하니 마음 한구석이 새삼 허전해져왔다. 올해 들어선 이상하게 낭패만 거듭하고 있는 자신이 전에 없이 불안스러워지기도 했다.

하지만 그녀는 이제 다시 떠나고 있었다. 그것도 완전히 그녀 혼자서였다.

지연에겐 무엇보다 그것이 중요했다.

세찬 바닷바람이 쉴 새 없이 그녀의 얼굴을 때리고 지나갔다. 바다 위엔 이제 서서히 붉은 저녁놀이 내리기 시작하고 있었다.

지연은 머리카락이 형편없이 휘날리는 것도 아랑곳없이 계속 그 바닷바람을 받으며 무심히 갑판 난간에 기대 서 있었다.

그녀의 머릿속에선 서진과 〈뱃고동〉에서의 그 무더운 한여름의 기억들이 하나하나 바람결에 씻겨나가고 있었다.

그림자 없는 사람

132

8월을 접어들어서도 관상대는 계속 기온 30도를 장담했다. 해수욕장 주변은 여전히 사람이 들끓었다.

한데도 바닷물은 어느새 열기를 조금씩 잃어가고 있었다. 햇덩이가 머리 위를 지나가는 한낮 말고는 섬뜩섬뜩 몸에 닿는 감촉이 좋질 않았다.

사람들은 별로 물을 자주 찾지 않았다. 모래톱을 어슬렁거리거나 비치 파라솔 아래 얌전히 몸을 쉬고 앉아 있는 축들이 많았다. 끝끝내 물속엔 들어가 보지도 않고 발길을 돌이키는 치들까지 있었다.

해수욕장은 벌써 경기가 한풀 꺾여가는 참이었다.

하지만 지연은 상관하지 않았다. 아직은 초조해질 필요가 없었다.

부산. 인구 2백만의 대도시. 이 엄청난 규모의 항구 도시에서 그녀가 예정 없는 시간을 허비한 것은 이제 겨우 이틀뿐이었다. 낮에는 해운대 해수욕장 근처에서 그녀 나름의 물놀이를 즐기고, 저녁이면 언젠가 그녀가 보름 남짓 짧은 인연을 남기고 간 동래 온천 쪽으로 들어와 새로운 인연의 가능성을 점치고 다녔다.

오늘이 동래에서 해운대 쪽으로 길을 잡아 나선 사흘째 아침이었다. 한데 이날은 또 아침부터 제법 일진이 그럴듯하게 풀릴 기미가 엿보이고 있는 것이었다.

"해수욕을 하자면 물이 좀 차갑겠구먼."

"글쎄요. 더윈 한물간 셈이지만 그래도 사람이 꽤 많이 모이던걸요."

"우린 그냥 뱃머리로 나갑시다."

지연은 지금 남의 택시를 공짜로 얻어 타고 있었다. 그녀를 태워준 사내와 운전수가 아까부터 뜸뜸이 어깨너멋말을 주고받는 중이었다. 느지막이 잠자리를 빠져나온 지연이, 오늘은 송정이나 송도 쪽이 어떨까 싶어 한동안 차를 망설이고 있을 때였다. 택시 한 대가 다짜고짜 그녀 앞으로 다가서더니 뜻밖의 친절을 베풀어온 것이었다.

"해운대 쪽입니까. 타십시오."

택시 안엔 이미 손님이 있었다. 도어 밖으로 지연을 권해온 것도 선글라스를 눈에 걸친 그 뒷좌석의 젊은 사내였다. 그녀의 차림으로 그렇게 행선지를 짐작해낸 모양이었다.

지연은 사양하지 않았다. 오늘따라 굳이 해운대 쪽을 피할 이유는 없었다.

"전 버스를 기다렸는데요."

"좋습니다. 내가 태워다드리죠."

"고마워요. 그럼……"

냉큼 앞자리로 차를 올라앉았다.

취미가 좀 분주한 사낼 테지.

그쯤 치부해버리고 나서 차를 얻어 타고도 별로 불편스런 느낌이 없었다.

지연의 예상과는 달리 사내 쪽에서도 일단 그녀를 차에 태우고 나서는 전혀 지저분한 기척을 건네오지 않았다. 어떻게 바닷가를 아가씨 혼자 가고 있느냐는 따위, 그런 때면 으레 사내들이 수작을 걸어옴 직한 말을 한마디도 입에 담지 않았다. 묵묵히 입을 다물고 있다가는 이따금 운전수와 싱거운 몇 마디를 주고받을 뿐이었다. 지연이 오히려 싱거워질 지경이었다.

하지만 지연은 어쨌거나 기분이 선선했다. 아무래도 오늘은 일진이 괜찮을 것 같았다. 사내들의 이야기엔 별로 신경을 쓰려고도 하지 않았다. 차창을 스쳐오는 바람결에 공연히 혼자 기분이 들떠가고 있었다.

한데 얼마쯤 그렇게 차를 달리고 난 다음이었을까. 지연은 문득 이상한 생각이 들기 시작했다.

찻길이 바뀌고 있는 것이었다. 택시가 달리고 있는 것은 해운대가 아니라 시내 쪽이 분명해 보인 것이었다.

133

동래에서 해운대라면 길이 왼쪽으로 굽어져야 했다. 한데도 지연들은 지금 방향을 거꾸로 해서 시내 쪽으로 차를 달리고 있었다. 익숙지 않은 지리였지만 지연으로서도 그쯤 착오는 금세 알아차릴 수 있었다. 그녀는 이내 수상쩍은 느낌이 들기 시작했다.

"지금 이 차 시내로 들어가고 있지 않아요?"

따지듯한 목소리로 운전사에게 물었다.

한데 이번에는 그 운전사의 대답이 좀 더 수상쩍었다.

"그렇습죠. 이 길로 가면 물론 시내 쪽이죠."

조금도 주저하는 빛이 없었다.

"하지만 아깐 해운대로 간다고 하지 않았어요?"

"글쎄요. 뒤엣손님은 그쪽이 아닌 모양인데요. 아까 뱃머리로 가자시던 말씀을 못 들으셨나요?"

"뱃머리가 어떤 곳인데요?"

"뱃머리가 뱃머리죠. 저기 통통선으로 낚시꾼들을 실어내는 곳 말입니다."

사내가 아까 운전사에게 한 말이 그럼 그런 소리였던가. 하지만 누구 맘대로?

"난 해운댈 가던 길이에요."

지연은 순간 발끈해서 쏘아붙였다. 사내 쪽은 돌아보지도 않고 일부러 운전사만 몰아세웠다. 하니까 이번에는 뒷자리에서 가만히 입을 다물고 있던 사내가 그제서야 대꾸를 대신해왔다.

"알고 있습니다. 하지만 난 지금 낚시질을 가는 길이오."

"그러면서 제겐 왜 거짓말을 했지요?"

"해운댈 가더라도 아가씨가 만날 사람은 어차피 한 사람뿐일 테니까요. 게다가 해수욕엔 이제 때가 좀 늦었어요."

"그건 댁이 상관할 일이 아니에요. 차나 내려주세요."

"차를 내려드리는 건 어렵지 않지만 아가씨도 그렇게 화를 내서 서두를 건 없을 것 같군요."

놀랄 만큼 당돌하고 여유가 만만한 사내였다. 뭔가 벌써 이쪽의 정체를 다 눈치채고 있는 사람만 같았다.

지연은 공연히 기가 한풀 꺾이는 기분이었다.

"도대체 뭘 어쩌자는 거예요?"

"글쎄, 뭘 어쩌자는 건 아니구 그저 아가씨한텐 해수욕보다 낚시질을 좀 권해보고 싶어서죠. 통통선을 타고 바다를 나가보면 호젓한 섬 정취가 그만이거든요."

"낚시질 솜씬 벌써 짐작하겠군요. 하지만 전 사양하겠어요."

"걱정 말아요. 칭찬을 하면서도 아직 진짤 모르는 모양인데, 난 한번 물린 고기는 놓치는 법이 없는 솜씨니까요."

점점 더 노골적이었다. 이젠 거의 협박이었다. 영락없이 이쪽 사정을 빤히 다 들여다보고 하는 소리였다.

지연은 그만 어이가 없어졌다. 사내를 상대하긴 아무래도 자신이 벅찬 느낌이었다. 그녀는 그만 입을 다물어버렸다.

차가 마침 목적지에 닿은 모양이었다. 퐁퐁퐁, 발동선 기관 소리가 들려오는 어떤 낚시점 앞에서 서서히 속도를 줄이고 머물러 섰다. 사내는 이내 차를 내려가서 옆자리에 쌓아둔 낚시 도구를 끌어냈다.

하지만 지연은 계속 앞자리에 버티고 앉아 있었다. 짐이 내려지고 나면 차를 돌려 세울 참이었다. 이윽고 사내가 그 지연에게로 다가왔다.

"내려요, 어서……"

도어를 열어젖히며 다시 한 번 그가 지연을 강요해왔다. 여전히 고압적인 어조였다. 지연은 그만 사내에게서 얼굴을 외면하고 말았다. 할 수 있다면 한마디쯤 따끔한 말을 쏘아붙여주고도 싶었다.

한데 바로 그때였다. 사내 쪽에서 다시 뜻밖의 말이 튀어나왔다.

"흐음, 아무래도 의사가 없으신 모양이군. 그럼 이렇게나 말하면 생각이 바뀔 수 있을까. 미스 유…… 유지연 씨, 그만 좀 내려와보시란 말입니다."

134

지연은 소스라치게 놀랐다.

사내의 입에서 분명 그녀의 이름이 흘러나온 것이었다. 벌써부터 그녀를 알고 있는 사람이 틀림없었다.

누군가. 어디서 만난 작자였던가.

지연은 얼굴빛이 한층 딱딱하게 굳어지면서 유심히 사내를 올려다보았다.

검게 그은 얼굴. 단단하게 다져진 어깨. 서른을 넘었을까 말까 한 한창 젊은 나이의 사내— 짙은 선글라스 뒤에서 그의 얼굴이 빙긋이 미소를 머금고 있었다.

아닌 게 아니라 어디서 본 일이 있는 듯한 얼굴이었다. 하지만 그저 그뿐이었다. 언제 어디서, 어떻게 만났던 사람인지는 역시 짐작이 가지 않았다.

"누구시죠?"

이런 경우 되도록 관심을 아껴버리는 것은 지연의 오랜 버릇이었다. 기억이 확실치 않은 사람과의 인연이란 늘 그녀를 거북하게 하는 것들뿐이었다. 지연은 제풀에 목소리를 잔뜩 긴장하고 있었다.

하지만 사내는 어지간히 자신이 만만한 태도였다.

"기억이 썩 둔하시군. 아직 1년도 채 안 된 일인데……"

어쨌거나 차부터 내리고 보자는 듯 불쑥 그녀의 손을 잡아 끄는 것이었다. 그리고 이젠 더 이상 실랑이를 길게 끌고 있기도 귀찮다는 듯,

"설악산…… 작년 가을 설악산 가신 일은 기억하겠소?"

간단히 지연의 기억을 들춰주고는 지금까지 줄곧 얼굴을 가리고 있던 검은 선글라스를 슬쩍 벗어 보이는 것이었다.

순간 지연은 다시 한 번 놀라지 않을 수 없었다.

그녀는 비로소 사내를 알아볼 수가 있었다.

지난해 가을. 늦단풍이 스산스럽던 철늦은 설악산이 번개처럼 머리를 스쳐갔다. 그러고 그 며칠 동안 무참스럽도록 철저하게 그녀를 지배해버리던 사내. 두렵고 고통스러우면서도 마술에나 걸린 듯 사내의 그 말 없는 횡포를 고스란히 받아들이고 있었던 자기…… 그러나 첫눈이 내리는 날 서울에서 다시 만나자던 약속은 소식이 감감했었지. 그리고 그때부터 그 한 해의 기억들은 하나하나 머리에서 거품처럼 사라져가고 있었지.

지연은 자기도 모르게 문득 치를 떨고 있었다. 설악산이나 사내와의 일들을 찬찬히 들춰낼 필요도 없었다. 바로 지금 그녀 앞에 사내가 서 있는 것이었다. 그리고 그 사내의 얼굴을 본 순간 지연은 곧바로 그를 알아본 것이었다.

그녀는 자릿자릿 사지에서 힘이 다 빠져나가버린 느낌이었다. 그가 이끄는 대로 비실비실 차를 끌어내리고 말았다.

"반갑지 않을는지 모르지만 인연을 욕할 순 없는 거 아니오."

낚시 도구들을 차곡차곡 어깨에 걸머지면서 사내가 오만스럽게 웃어 보였으나 그녀는 대꾸 한마디 못 하고 있었다.

선글라스로 다시 얼굴을 가려버린 사내의 거동만 넋을 잃은 듯 멀거니 바라보고 있을 뿐이었다. 사내의 말처럼 반갑다거나, 반갑지 않다거나 하는 생각도 가질 수 없었다. 그녀의 생각은 이미 그런 선택 이전에서 끝나버리고 있었다.

그녀는 이윽고 발동선 기관 소리가 들려오는 바다 쪽으로 줄에 매인 듯 어정어정 사내를 뒤따르고 있었다.

135

열댓 명 남짓한 낚시꾼으로 발동선은 초만원이 되어 부두를 떠나갔다.

지연은 그 낚시꾼들 사이로 간신히 사내 곁을 지키고 앉아 있었다.

이상한 일이었다. 사내에게 한번 모습을 들킨 후로는 지연 자신이 계속 어떤 보이지 않는 힘에 이끌리고 있었다. 이제 그를 거역한다는 건 엄두조차 내볼 수가 없었다. 제풀에 사내를 따라와서 제풀에 그의 곁을 지키고 있었다. 그가 만약 지연을 놓아준다 해도, 그녀 자신이 이젠 그 보이지 않는 힘에 이끌려 사내에게로 다시 돌아와버릴 것만 같았다.

그녀는 완전히 자신의 의지를 잃고 있었다. 그리고 그것이 이상스럽게 그녀를 더 편안하게 해주고 있었다.

지연은 차라리 기분이 잔잔해져 있었다.

발동선은 그새 기름이 얼룩진 내항을 재빠르게 빠져나가고 있었다.

지연은 아직 그 배의 행선지조차 알지 못하고 있었지만 그걸 궁금해하지도 않았다. 사내가 자기를 지금 어디로 데려가고 있는지, 어디쯤 가서 배를 내리게 되는지 따위는 아예 알아보고 싶은 생각도 없었다.

사내 역시 이미 그런 지연을 잘 알고 있는 듯 배를 타고부터는 아무 말이 없었다. 여느 사람들 같으면 그쯤 된 판에 뭔가 서로 궁금한 이야기가 있었을 테지만, 두 사람은 양쪽이 똑 마찬가지였다. 아무것도 물으려 하지 않았고, 아무것도 지나간 일은 들추려 하질 않았다.

그렇다고 두 사람은 이미 그렇게 말이 필요 없을 만큼 상대방을 서로 자세히 알고 있는 것도 아니었다. 사정은 오히려 그 반대였다.

한 모모와 유 모모—

알고 있는 것은 그 뜻 없는 이름(그나마 지연 쪽에선 한 모모라는 사내의 성밖에, 이름까진 기억이 없었다)과 설악산 현장에서 익어진 서로의 얼굴 정도라고 해야 옳을 판이었다. 그리고는 설악산에서 시작되고 설악산에서 끝난 둘 사이의 일이 양쪽 기억의 전부였다. 하지만 그때 그 설악산에서마저 두 사람은 별로 상대방의 내력엔 관심을 가져본 일이 없었고, 끝내는 그렇게 감감하게 서로를 헤어지고 만 처지들이었다.

처음부터 뭘 궁금해하고 말 건덕지가 없는 형편이었다. 하지만 지연은 그것도 물론 불편하게 느껴지지가 않았다. 그녀는 배 가는 대로 자신을 내맡긴 채, 가끔가끔 사내의 시선만 무연스레 뒤쫓고 있었다.

발동선은 이제 항구를 훨씬 벗어져 나와 있었고, 거기서부터는 점점이 흩어진 작은 섬들을 스치면서 하나하나 낚시꾼들을 떨어뜨리고 지나갔다. 하지만 사내는 아직 움직일 기척을 보이지 않고 있었다. 부두를 떠난 지 반 시간이 넘도록 이곳저곳 바다만 헤매고 있었다. 적당한 섬이 찾아지지 않는 모양이었다. 섬마다 먼저 온 낚시꾼이 있었다. 사람의 흔적이 없는가 싶으면 이쪽 배에서 훌쩍 앞장서 내리는 사람이 생기곤 했다.

지연들을 포함해서 배에는 이제 남은 사람이 네댓 명밖에 되지 않았다. 사내는 그래도 아직 별다른 표정이 없었다.

그런 식으로 결국은 한 시간 가까이나 바다를 헤맸다. 그리고 그런 끝에 마지막으로 사내는 어떤 조용한 섬 기슭으로 뱃머리를 대게 했다. 일대의 섬들이 벌거숭이 바윗돌 모양인 데 비해 돌벼랑을 지나면서 푸른 나무가 제법 파랗게 깔려 올라간 섬이었다.

이름이 쥐섬이라 했다.

136

조용한 섬이었다.

처음부터 그런 곳을 찾아 헤맨 끝이기는 하지만 낚시꾼 한 사람 스며든 기척이 없었다. 파도에 깎인 암벽 사이사이로 깨끗한 자갈밭이 널려 있고, 낮 더위에 겨운 잡목 그늘에서는 이름 모를 새들이 조로롱거리고 있었다. 사람의 흔적이라고는 가물가물 먼 건너편 바위섬 기슭뿐이었다.

암벽 기슭에 매달린 그 바닷새 같은 낚시꾼들의 모습과 이따금 섬 모퉁이를 지나가는 발동선들의 아무스레한 손짓뿐이었다.

지연은 이제 완전히 사내와 단둘이었다. 발동선은 오후 5시에 다시 그들을 데리러 오게 되어 있었다. 그때까진 두 사람이 이 조그만 섬의 주인이었다.

사내는 금방 낚시를 서둘렀다. 앉음새가 괜찮은 바위 기슭을 찾아 메고 온 짐을 풀기 시작했다. 커다란 아이스박스가 열리고 낚싯대가 풀렸다. 그의 짐 속엔 별별 물건이 다 준비되어 있었다. 낚싯대나 미끼통 같은 낚시 용구 외에도 칼, 조미료 따위의 요리 용구까지 미리 준비하고 있었다. 아이스박스 속에는 갖가지 과일이 가득 채워져 있었고, 음료수와 점심거리는 또 다른 짐을 만들고 있었다.

"낚시가 싫으면 맘대로 해요. 목욕을 하든지 잠을 한숨 자든지 거기 맘 내키는 대로……"

낚시를 던지고 나서야 사내는 지연의 의향을 묻는 눈치였다.

"물엘 들어갔다 오면 시장기가 좀 돌게요. 그럼 이리로 가요. 저쪽 바위 너머에 옹달샘이 있으니까 간물 부실 걱정은 말구……"

자신 있느냐는 듯 지연을 유심히 쳐다보았다. 수영보다 낚시질을 가르쳐주겠다던 소리는 염두에도 남아 있지 않은 모양이었다.

지연은 무심히 고개를 끄덕였다. 하지만 그녀는 고개를 끄덕이고 나서도 이내 수영을 시작할 기미는 보이지 않고 있었다. 사나운 바닷물에 자신이 없었다. 자신이 있고 없고보다 처음부터 수영 같은 건 생각이 없었다.

무엇하러 예까지 사낼 따라온 건가. 수영을 하자고 온 건 물론 아니었다. 낚시질을 배우자고 온 것도 아니었다. 사내 때문이었다. 무얼 어쩌자는 생각도 없이 그저 그 사내 때문에 저절로 몸이 움직여온 것뿐이었다.

한데 이번엔 사내까지 그런 식이었다. 지연더러는 싱겁게 수영이나 하라고 했다. 아직도 무언가를 혼자 기다리고 싶은 눈치였다. 말도 없이 그는 어느새 낚싯줄만 열심히 내려다보고 있었다.

옛날에도 이 작자는 그렇게 말없이 기다리기를 좋아했었지. 그리고 난 그것이 그토록 견딜 수 없게 두려웠었지.

지연은 끝끝내 사내의 곁을 떠나지 않았다. 떠나지지가 않았다. 밀짚모자를 깊숙이 덮어쓰고 앉아서 사내와 함께 그의 낚싯대를 지키고 있었다. 그리고 그와 함께 기다렸다. 사내는 더 이상 말이 없었다.

세 간 반짜리 사내의 플라스틱 낚싯대가 이따금 빈 허공을 그어 내리고 있을 뿐이었다.

빈번히 빈 낚시였지만 사내는 그걸 초조해하는 것 같지는 않았다.

한 식경이나 그런 시간이 흘렀다.

이윽고 사내가 주머니에서 담배를 한 대 꺼내 물었다.

그리고는 비로소 지연이 아직 곁에 있는 것을 발견하기라도 한 듯 유심히 그녀의 눈을 들여다보고 있었다. 마침내 그의 긴 기다림이 끝나가는 징조였다.

137

지연은 사내를 쳐다보지 않았다.

사내가 지연을 들여다보고 있었다.

"변했군. 가엾은 여자야……"

드디어 그가 말했다.

지연이 화닥닥 그를 쳐다보았다.

"왜 두려워하지 않는 거야."

그가 다시 말했다. 화가 난 눈초리로 무겁게 그녀를 노려보고 있었다.

심상찮은 트집이었다. 하지만 지연은 좀 엉뚱한 느낌이 들었다. 영문을 알 수 없었다.

이 사내가 지금 무슨 말을 하고 싶은 건가?

"변했다는 말 참 반가운 말이군요. 정말로 오랜만에 들어보는 소리예요."

지연은 일단 궁금증을 참아 눌렀다. 사내의 시선을 피해내며 의뭉스레 궁금한 미소만 흘리고 있었다.

"그런 말을 들으니까 제게도 마치 과거라는 게 있었던 것 같은 생각이 들어요."

"갈수록 당당해지고 있군."

사내는 여전히 얼굴빛을 고치지 않았다. 지연은 그만 참을 수가 없어졌다.

"당당하다뇨…… 제가 지금 뭘 그토록 당당하다는 거예요?"

"두려운 게 없지 않아?"

"뭘 두려워해야 하죠?"

"일부러 앨 쓸 건 없어."

사내는 마침내 목소리가 시들해지고 말았다. 흥미가 없어진 모양이었다. 낚싯줄에 시선을 고정한 채 뭔가를 다시 묵묵히 기다리기 시작했다.

지연도 그만 입을 다물 수밖에 없었다.

비로소 머릿속에 짚여오는 것이 있었다. 사내의 기이한 성벽이 떠올라왔다.

사내들은 보통 여자가 겁을 먹고 팔딱거리는 것을 좋아한다. 팔딱거리지 않는 여자는 단숨에 흥미를 잃어버리고 만다. 하지만 이 사내만은 달랐다. 그는 원래부터 숨이 죽은 여자를 좋아했다. 그러는 것 같았다. 처음부터 기를 죽여 두려움에 젖게 하고, 그 앞에선 함부로 오금을 못 펴게 만들었다. 그리고는 마치 최면에나 걸린 듯 고분고분해진 여자를 폭군처럼 제 맘대로 학대했다.

일종의 가학성 기질에다 완벽한 지배욕의 소유자였다.

지연은 물론 처음부터 그걸 의식하고 있었다. 의식하기도 전에 벌써 사내의 암시에 스스로 걸려들고 만 꼴이었다. 작정 없이 그를 따라나선 것도 이상스런 사내의 암시에 끌리고 있었던 셈이었다.

한데 사내는 그런 지연이 오히려 마땅찮은 기색이었다.

그만큼 자신을 잃어가는 증거가 될까. 팔딱거림이 없는 지연이, 무심스러운 듯 고분고분 이끌리고 있는 지연이 오히려 당당하단다. 두려움이 없다고 내키지가 않은 안색이었다.

하지만 지연으로서도 그건 어쩔 수가 없었다. 그가 지연을 그렇게 느끼는 것은 그 자신의 이유 때문이었다. 지연이 상관할 일이 아니었다. 상관할 수도 없었다. 그러지 않아도 언젠가는 결국 다시 지연에 대한 자신을 회복하고 말 인물이었다.

지연은 한동안 사내의 옆모습만 조심스럽게 지켜보고 앉아 있었다.

문득 시장기가 들기 시작했다.

그녀는 가만가만 사내의 등을 두드렸다.

"저 벌써 배가 고파오기 시작했어요."

138

이런 일이 있을 줄을 미리 짐작하고 있었기라도 한 듯 사내는 점심 준비가 충분했다.

두 사람은 바위 그늘을 찾아가 사내가 마련해온 도시락을 비웠다. 과일을 깎고 술도 몇 잔씩 나눠 마셨다. 희한한 식욕이었다. 식욕을 끄기까지 한동안 시간이 걸렸다.

사내가 마침내 돌자갈 위로 몸을 길게 뉘었다.

"이제 잠이나 한숨 잘까……"

점심 전보다는 한결 느긋해진 표정으로 지연을 돌아다보았다.

"왜 낚신 아예 포길 하실 작정인가요."

지연도 이젠 빈 그릇들을 챙기며 장난스럽게 웃고 있었다.

"오늘은 틀렸어."

"왜 아깐 솜씨 자랑이 대단하시더니?"

"아침부터 너무 큰 게 걸렸어. 첫물이 너무 좋으면 그날은 낚시가 안 되는 법이야."

"하지만 고긴 아직 한 마리도 낚지 못했잖아요."

"왜 못 낚아. 낚시가 휠 만큼 큰 거였는데……"

지연을 보고 웃고 있었다. 지연은 벌써 사내의 말뜻을 짐작하고 남았다. 하지만 그녀는 사내의 요량을 알 수가 없었다.

낚시질도 하지 않고 예까지 와서 정말 잠만 자고 가겠다는 건가?

그녀는 자리를 챙기고 나서 자신도 그 한쪽 그늘 끝으로 비스듬히 몸을 기댔다.

한데 그때였다. 그 지연을 보고 사내가 불쑥 예정에 없는 소릴 했다.

"그래, 거기도 한잠 미리 자두라구. 밤낚실 하게 될지도 모르니까."

"밤낚실 하게 될지 모른다구요? 아깐 5시쯤에 배를 오래 놓았지 않아요?"

뜻밖이었다. 지연은 자신도 모르게 비스듬히 기댔던 몸을 다시 일으켰다.

하지만 사내는 목소리가 조금도 흔들리지 않았다.

"글쎄, 난처하지 않게 배를 돌려보내게만 된다면…… 아마 눈을 피해버리는 게 좋을 거야."

"하지만 아깐 그런 말은 하지 않았잖아요."

"……"

"굶어 지낼 수도 없구."

"과일은 좀 남았잖아. 밤낚시가 되면 술하고 찌개 가지고 한두 끼는 견딜 수 있을 거야."

"여기선 배를 부를 수도 없잖아요."

"그렇게 걱정이 되거든 이따가 배를 타는 거지 뭐. 말리진 않을 테니까."

"아깐 저더러 뭐라시더니 이제 보니 거기가 더 당당하시군요."

"그만두자구. 제법 무슨 그림자깨나 긴 사람들같이……"

"그림자라뇨?"

"왜 거기하고 난 애초부터 그림자가 없는 사람들끼리가 아니었나?"

"점점 더 모를 소리군요."

"상관없는 얘기야. 잠이나 좀 자두자구. 우리한텐 다 맞지 않는 얘기들이니까."

사내는 그만 눈을 감아버렸다. 아무래도 생각이 밤낚시에 기운 모양이었다. 아니면 벌써 술기가 그토록 짙어진 것일까.

눈을 감고 나선 거짓말처럼 이내 숨소리가 잠잠해져버렸다.

자기 말마따나 그림자가 없다는 게 이상스럽게 그럴듯해 보이는 사내였다. 어쨌거나 자신이 만만한 사내라고 할 수밖에 없었다.

139

5시가 가까운데도 사내는 아직 잠을 깨지 않고 있었다. 바위 그늘이 돌아가면 사내도 햇볕을 피해 몸을 빙빙 옮겨 다니고 있었다. 배 시간 같은 건 염두에도 없는 듯 한가한 낮잠이었다.

지연은 그사이 벌써 세 차례나 물속을 다녀 나온 터였다. 사내처럼 낮잠도 오지 않고, 그렇다고 그냥 그늘에만 멍청히 앉아 있기가 뭣해서 시작된 물놀이었다. 한번 몸을 적시고 나니, 물기만 마르면 이내 잔등이가 끈적끈적해져서 다시 파도를 헤치고 들게 되곤 했다. 물밑이 고르지 않고 게다가 파도까지 거세어서 깊은 데로는 헤엄을 쳐나가지 않았다.

한데 지연이 그렇게 세번째 물속을 다녀 나왔을 때였다. 시간을 보니 벌써 5시가 가까워져 있는 것이었다. 뿐만 아니었다.

정말로 5시엔 배가 올 건가?

혼자 거동을 망설이고 있는 참인데 그새 벌써 발동선이 섬모퉁이를 돌아오는 소리가 들려왔다.

지연은 이제 어물거리고 있을 수가 없었다. 밤낚시를 하게 될 건지 어떨 건지는 생각해볼 틈도 없었다. 어쨌거나 우선 사내부터 깨워놓고 볼 일이었다.

"보세요. 일어나 봐요. 배가 오는가 봐요."

지연은 황급히 사내를 흔들어 깨웠다.

발동선 엔진 소리가 점점 더 가까이 다가오고 있었다. 그늘을 따라 돌다가 바윗돌에 몸이 용케 가려지고 있었지만, 이젠 그 발동선에서 이쪽을 찾고 있는 소리까지 역력히 들을 수 있었다.

"배 왔어요— 빨리들 내려오세요."

섬을 천천히 돌아오면서 소리소리 외쳐대고 있었다.

사내는 곧 눈을 떴다. 그리고 그 발동선 소리에서 이내 사정을 짐작한 모양이었다. 하지만 그뿐이었다. 사내는 역시 몸을 일으키려 하질 않았다. 다가오는 뱃소리에 귀를 기울이며 말없이 지연만 쳐다보고 있었다. 얼마간 긴장기 같은 것을 띠고 있는 그의 눈이 지연의 의사를 묻고 있는 것 같았다.

하지만 지연 쪽에서도 이젠 말이 없었다. 그녀 역시 묵묵히 사내의 시선을 맞받아내고 있을 뿐이었다. 배를 좇아 나설 기민 엿보이지 않았다. 엉거주춤 낮춰진 자세가 조금도 움직이질 않고 있었다.

"저기 바위 끝에 낚싯대가 있구먼그래."

"5시에 오래 놓구 어디를 갔나?"

두 사람을 데리러 온 배는 이제 그들을 가리고 있는 바위 뒤쪽까지 다가와 있었다.

"빨리들 오세요. 배가 왔어요."

접안이 용이한 곳을 배를 바싹 끌어 대오고 있었다. 여전히 배의 모습은 보이지 않은 채였다. 모습이 보이지 않은 채 소리만 계속 들려오고 있었다.

지연의 얼굴 위로 마침내 희미한 미소가 지나갔다. 그러자 사내도 곧 그 미소를 알아본 모양이었다.

이윽고 그는 몸을 천천히 일으켰다. 그리고는 곧 바위 위로 모습을 드러내고 올라갔다.

"여길세 여기."

기척을 보내고 나선 무턱대고 배를 돌려가라는 손짓을 해 보였다.

"수골 해준 건 고맙지만 오지 않아도 되는 걸 그랬어."

"밤낚시까지 하시려구요? 그렇담 언제쯤이나 다시 배를 대 올까요."

저쪽도 이내 눈치를 알아보고 하는 소리였다.

하지만 사내는 다음 배편마저도 예정을 주지 않았다.

"일부러 다시 여길 올 것까진 없네. 그냥 둬도 내일쯤은 다른 배편이 한번이나 있을 게 아닌가."

140

배를 돌려보내고 나서 사내는 비로소 다시 낚시터로 올라갔다. 지연도 이젠 옷가지를 걸쳐 입고 다시 사내의 곁을 지키고 앉아 있었다.

이번에는 제법 구경하기가 심심칠 않았다. 낚싯줄을 드리운 지 몇 참 만에 방석처럼 둥글넓적한 먹도미를 두 마리나 건져 올렸다. 조금 뒤에는 생각지도 않았던 바닷장어까지 올라왔다.

저녁거리가 잘 됨 직했다.

아닌 게 아니라 사내는 거기서 그만 낚시를 거두어버렸다. 해가 어지간히 기울어져 있기도 했지만 그 정도로 사낸 이제 저녁 준비를 시작하려는 눈치였다.

"어두운 담엔 솜씨를 낼 수가 없어."

구석구석 어디선가 취사도구들을 찾아내며, 그러나 이번에도 지연의 손은 빌리지 않을 생각임을 분명히 했다. 버너를 세우고 빈 도시락을 씻어 오고, 어디다 끼어왔는지 옹달샘을 찾아가선 밥쌀까지 몇 줌 하얗게 씻어 담아 왔다.

도미는 그냥 바닷물에서 배를 갈랐다. 한 마리에선 횟거리를 조금 떠내고 나머지는 모두 고추장을 벌겋게 풀어 넣어 찌개감을 만들었다.

모든 일을 사내 혼자 도맡아 했다. 지연은 어정어정 구경만 하고 다닌 꼴이었다. 마침내 버너 위에서 찌개국이 끓기 시작했다.

사내는 그제서야 손을 씻고 와서 남은 술병을 땄다. 고추장에 회를 찍으며 느긋느긋 술잔을 비우기 시작했다.

발동선들이 낚시꾼들을 거두어가버린 바다 위에는 이제 늦은 뱃길을 재촉해가는 먼 화물선들의 엇갈림뿐이었다.

이래저래 그럴듯한 저녁이었다.

지연도 몇 차례 사내가 건네주는 대로 냉큼냉큼 술잔을 비워냈다. 뭍에선 아무래도 얼굴이 찡그려지곤 하던 30도짜리 소주였지만 이곳에선 목구멍을 독하게 쏘아오는 게 그쪽이 훨씬 좋았다.

"배를 타지 않길 잘했어요."

"도미회 몇 점에 맘이 너무 싸게 팔리는군."

"그럼 도미한테 맘을 판 셈이군요."

"도대체 겁이 없는 아가씨라니까."

"또 그 소리…… 도대체 겁을 먹을 게 뭐가 있어요."

"이 섬엔 지금 미스 유가 귀신한테 잡혀가도 구해줄 사람 하나 없단 말야. 그걸 알고 있어?"

"왜 한 선생님이 구해주지 않을래요?"

"나? 나야 없는 것보다 더 위험하지?"

"그건 또 왜요?"

"늑대가 사람 구해줬다는 소리 들어봤어?"

이야기가 마구 함부로 터져 나오고 있었으나 허물을 느낄 수가 없었다. 거기니 댁이니 하던 호칭이 모처럼 만에 한 선생으로 바뀌고 있었다.

"호호호…… 한 선생님이 늑대라구요? 하지만 그건 참 선량한 늑댄가 보군요?"

"선량한 늑대라니?"

"날 조심합쇼 하고 미리 자신을 고백하고 나서는 늑대는 선생님한테서 첨예요. 그렇게 착한 늑대는 외려 안심인걸요."

지연은 신이 나서 지껄여댔다.

한데 지연은 역시 뭔가 오해를 하고 있었던 것일까. 한참 그렇게 허물없이 떠들어대다 보니 사내의 분위기가 뜻밖에 다시 침침하게 가라앉아가고 있는 것이었다.

141

알 수 없는 일이었다.

대체 그답지가 않았다.

당당하군. 너무 당당해.

사내의 눈길은 그런 말을 하고 있을 때처럼 자신이 없어 보였다. 말없이 술만 마시고 있었다. 밥 냄비는 아주 지연에게 내맡겨버린 채 무한정 술잔만 비워내고 있었다.

이상스런 것은 지연마저 이젠 그 사내가 전혀 두려운 생각이 들지 않는 것이었다. 그 앞에선 오금도 펴지 못하고 고스란히 사내의 학대를 받아들여야 했던 지연이, 이젠 그 자릿자릿 공포스런 긴장감 같은 것을 조금도 맛볼 수가 없는 것이었다. 그리고 그럴수록 사내는 점점 더 분위기가 거북하게 가라앉아가고 있는 듯만 싶어 보이는 것이었다.

웬일일까. 무슨 일로 사내가 이처럼 괴상하게 달라져버린 것일까.

이유를 알 수는 없었지만 그 몇 달 사이에 사내의 성정이 변한 것은 어쨌거나 분명한 사실 같았다. 걸핏하면 자신을 잃은 표정이 되곤 했다.

지연은 그 사내가 오히려 불편스럽기 그지없었다. 이젠 차라리 자신이 초조해져오는 듯한 느낌이 들고 있었다.

하지만 사내는 갈수록 엉망이었다.

"이상한 일이야. 난 자꾸 미스 유가 견딜 수 없어지고 있어……"

역시 초조하긴 마찬가지, 그 초조한 자신을 술잔만 가지고는 더 이상 버텨내기가 힘든 모양이었다. 마침내는 묻지도 않은 소리를 제풀에 먼저 실토하고 나서는 것이었다. 모든 것을 그저 눈빛으로 말하고 분위기로 행동을 이끌어내던 사내였다. 그 눈빛과 분위기로 사내는 놀랄 만큼 완벽하게 지연을 복종시킨 과거가 있었다. 한데 이젠 그 사내가 말수까지 잘아지고 있는 것이었다. 그는 물론 이 몇 시간 동안에도 대부분 입을 다물고 있는 시간이 많았고, 경박스럽게 잡담 같은 걸 늘어놓는 일은 거의 찾아볼 수가 없었다. 하지만 다른 사람이라면 몰라도 사내에게선 벌써 그 정도로도 너무 입이 자주 열린 꼴이었다.

연은 맥이 풀린 듯 사내를 쳐다보았다.

"제가 견딜 수 없으시다니…… 뭐가 어떻게 말예요?"

"그림자가 없는 인간…… 거기도 나처럼 그림자를 못 가진 사람인 줄 알았는데……"

"그림자? 그림자 얘긴 아까 선생님이 상관없다고 하시잖았어요? 그런데 지금 그 얘긴 왜 또 꺼내시죠?"

"이젠 생각이 확실해졌으니까……"

"도대체 그 그림자가 어쨌다는 말씀이에요?"

"햇빛 아래 나서보지 않은 사람은 자기 그림자를 가질 수가 없지."

"그래서요?"

"미스 유에겐 그림자가 보이지 않길래 응달이 좋아서 응달로만 살아가는 아가씬 줄 알았지. 한데 그게 내 착각이었어."

"어떻게요?"

"이번에 보니 미스 유는 늘 밝은 햇빛 속에 있었어. 하지만 그 햇빛 속에서도 미스 유는 여전히 그림자가 보이지 않았지. 왠 줄 알아? 미스 유는 자기 그림자를 안으로 드리우고 사는 아가씨였거든. 자기의 그림자까지도 말야."

"무슨 말씀인지 전 통 알아들을 수가 없네요."

"못 알아들어도 상관없어. 어쨌든 미스 유는 그만큼 자신이 만만한 여자라는 거야. 그리고 난 그런 미스 유를 견딜 수 없어진 거구."

사내는 믿기지 않을 만큼 많은 말을 지껄였다. 지연으로선 알 듯 모를 듯한 소리를 거기서도 아직 한참 더 늘어놓고 있었다.

142

지연이 그림자를 보이지 않는 것은 그녀가 응달을 살아온 때문이 아니라 했다. 지연은 밝은 햇빛을 지나가면서도 자신의 그림자를 안으로 지닌 여자라 했다. 부끄럼이나 망설임 때문이 아니라 인색하리만큼 당당한 그녀의 생활 감각, 아니면 그 삶의 양식 때문이라 했다.

하지만 사내는 그렇지가 못한 형편이라 했다. 갑자기 엄살기를 섞어가며 지껄여댄 소리대로 한다면, 그의 처지는 이를테면 지연의 그것과는 정반대처럼 보이고 있었다.

"나 역시 그림자가 없는 인간인 것은 미스 유하고 마찬가지예요. 하지만 이건 눈에 보이지 않는 차이가 많아요."

그는 지연처럼 그림자를 자기 안으로 드리운 것이 아니라 처음부터 아예 그림자를 가질 수가 없었노라고 했다. 햇빛 아래 나서 보지 못한 사람은 그림자를 가질 수 없는 것이 바로 사내 자신의 경우라 했다. 그리고 그렇기 때문에 그는 지연에 대해 그토록 견딜 수가 없다고 했다.

사내는 거의 애원에 가까운 목소리였다.

하지만 지연은 아직도 뭐가 뭔지 생각이 분명해지질 않았다. 말뜻이 확실치 못한 건 둘째치고, 그가 갑자기 풀이 죽은 목소리로 그렇게 많은 말을 지껄여대고 있는 까닭을 이해할 수가 없었다. 도대체 그다운 행동이 아니었다. 믿기지가 않는 일이었다.

분명한 것은 어쨌거나 그가 지연을 두려워하고 있다는 것이었다. 그것이 어디서, 누구 때문에 생긴 것이건 간에 사내는 그 두려움 때문에 끊임없이 자신을 주저하며, 망설망설 초조감을 씹고 있는 기미가 역력해 보이는 것이었다.

지연 역시 이젠 그 사내가 견딜 수 없어졌다. 사내는 예사 남자가 아니었다. 지연은 처음부터 사내를 다른 남자들처럼 예사롭게 생각해본 일이 없었다.

그것은 사내가 말 한마디 없이도 그녀를 누구보다 완벽하게 복종시킬 수 있었던 강렬한 돌파력, 그리고 그 행동의 간결성에 연유한 것이었다. 한데 지금의 사내는 그와 정반대 의미에서 유별

나다 할 수 있었다. 그는 오히려 여느 사내들보다도 더 많은 내력을 지닌 사람처럼 자꾸만 복잡하고 무력해져가고 있었다.

지연은 마침내 자리를 일어섰다.

사내가 흠칫 눈빛을 빛내는 듯했으나 이번에야말로 그녀는 사내의 존재를 깨끗이 무시해버렸다. 사내가 그녀를 지배해올 수 없다면, 지연 쪽에서도 구태여 그의 눈치에만 매달려 거동을 억제당할 필요가 없었다. 사내의 말마따나 그녀는 당당한 듯싶게 그의 곁을 비켜났다. 낚시를 드리웠던 바위 쪽으로 올라가 한동안 소란스런 파도 소리를 지키고 있었다.

바다는 이제 완전히 저녁 어둠에 싸여들고 있었다. 띄엄띄엄 흩어진 밤배들의 불빛이 저희끼리 서로 무슨 은밀한 사연들을 건네고 있는 것 같았다. 어디선가 멀리 밤공기에 젖은 뱃고동 소리가 지나갔다.

지연은 온통 자신이 그 밤바다 속으로 서서히 녹아들어가고 있는 기분이었다. 그녀는 가슴속이 한결 포근하게 젖어들고 있었다. 밤바다의 모든 것이 그녀에게로 스며들어와서 그녀 안에 숨쉬고 있었다.

지연은 이윽고 그녀의 어깨를 짚어오는 손길을 느끼며, 천천히 고개를 뒤로 돌이켰다.

143

사내가 어둠 속으로 무겁게 그녀를 내려다보고 있었다. 그의 눈길엔 까닭을 알 수 없는 복수심 같은 것이 이글거리고 있었다.

지연은 불시에 아랫도리에서 힘이 쏙 빠져나가버린 느낌이었다. 비실비실 흘러내리듯 심신이 함께 가라앉아가고 있었다.

사내가 재빨리 그녀의 허리를 끌어 받쳤다.

"널 부숴 없애고 말 테다."

사내는 뜻밖에 다시 난폭스러워져 있었다. 약물에 맥이 늘어져 가고 있는 사람을 다루듯 성급하고 발작적인 거동이었다.

지연은 아무 말도 하지 않았다.

사내는 그 지연을 정말 바다에라도 내던질 듯 훌쩍 두 팔로 받쳐 안았다.

지연은 역시 별다른 반응을 보이지 않았다. 어떤 말이나 몸짓도 그녀는 이미 의지를 잃어버리고 있었다. 초저녁 밤하늘이 파도에 실린 듯 그녀의 눈길을 오르내렸다. 별들은, 자루에서 쏟아놓은 듯 빛무리가 지고 있는 밤 별들은 저희끼리 서로 끈이 매달려서 오슬오슬 함께 흔들리고 있었다.

사내가 이윽고 곤두박질치듯 지연을 내던졌다. 그리고는 이내 그 화사한 별무리들로부터 그녀의 시선을 차단해왔다. 모래와 돌자갈이 한데 섞인 물 끝이었다.

지연은 한동안 소란스런 파도 소리 외에는 눈과 귀를 모두 빼앗기고 있었다. 눈과 귀를 빼앗긴 채 무참스럽도록 가열한 사내의 질투를 견디고 있었다.

사실로 그것은 지연의 육신에 대한 사내의 질투라고밖에 할 수 없는 것이었다. 아니 그 지연의 육신에 대한 질투의 불을 끄기 위해 그는 지연에게 그토록 난폭스런 복수를 감행하고 있는 것인지도 모를 일이었다. 눈빛과 분위기로 지연을 복종시키고, 그런 식으로도 얼마든지 그녀에 대한 마지막 지배력을 확인받곤 하던 사내, 그 사내가 이날 밤은 유별나게 초조하고 난폭스러웠다.

그는 질투와 복수심의 화신이 되어 있었다.

널 부숴 없애고 말 테다—

넋 없이 지껄이던 소리가 우연 같질 않았다.

하지만 지연으로서도 끝끝내 사내의 복수를 지키고만 있을 수는 없었다. 지연 역시 지금은 사내의 그 괴상한 복수극에 참가하고 있었다. 그녀가 사내의 복수를 돕고 있었다. 무엇보다도 지연 자신이 그것을 좋아했다. 누구에겐가 자신을 완전무결하게 종속시키고, 그로부터 자신을 난폭하게 지배당하며, 그의 학대를 견디고 질투와 복수의 값을 치르고 싶어 했다. 아무도 모르게, 심지어는 그녀 자신도 의식할 수 없을 만큼 깊은 곳에서 오랫동안 그것을 은밀히 꿈꾸어오고 있었다. 질투와 복수가 치열할수록 속은 더 후련하기 마련이었다.

그녀의 귓전에선 서서히 파도 소리가 멀어져가고 있었다. 그리고 그 잃어버렸던 파도 소리가 으스무레 다시 지연의 귓전으로 스며들기 시작했을 때는 사내 쪽에서도 이미 그녀의 시선에서 다시 하늘을 열어주고 있었다.

지연의 시선 위로 거침없이 다시 별무리가 쏟아져 내려왔다.

"정말로 부숴버릴 수가 없을까. 흔적도 없이 깨끗하게 부숴 없애버릴 수가……"

사내는 복수를 끝내고 있었다. 하지만 끝끝내 그는 자신에게서 그 질투의 불길을 말끔히 꺼 없앨 수는 없었던 모양이었다. 그의 목소리에선 아직도 지워지지 않은 질투의 흔적이 묻어나오고 있었다.

그러나 이젠 더 이상 복수를 꿈꿀 수도 없었던 것일까. 그는 지연 곁으로 가만히 몸을 기대 누운 채, 그녀와 함께 그 잠들지 않는 밤하늘만 망연스레 우러러보고 있었다.

144

"무얼 생각하고 있어?"

한 식경이나 시간이 흐른 다음이었다. 이윽고 사내가 나직한 목소리로 지연에게 물어왔다. 얼굴로는 여전히 밤하늘을 떠받고 있는 자세 그대로였다.

지연은 얼른 대꾸를 하지 않았다.

그녀 역시 처음부터 계속 같은 자세였다.

"무얼 생각하고 있느냐니까 지금."

사내가 똑같은 말을 되풀이해서 물었다. 그런 시간엔 으레 누구나 자기 상념을 지니게 마련 아니겠느냐는 투였다. 필시 그 자신이 여태까지 어떤 상념을 뒤쫓고 있었던 게 틀림없었다.

지연은 그제서야 사내의 기척을 알아차린 듯 천천히 입이 열렸다.

"아무것두요. 아무것도 생각하고 있는 게 없어요."

얼굴로는 여전히 그 별빛 쏟아지는 밤하늘을 떠받고 누운 채였다. 별들은 너무도 가까웠다. 그러다 보면 그것들은 또 어느새 옛얘기처럼 아득한 곳에 있었다.

밤하늘은 수수께끼였다. 그것은 영원을 느끼게 했다. 그리고 문득 죽음 비슷한 것을 느끼게 했다. 하지만 지연은 아무것도 생각한 것이 없다고 했다.

"역시 그렇군. 그게 당연하겠지."

사내는 지연의 대꾸에 뭔가 깊이 수긍되는 것이 있는 듯 혼자 중얼거렸다.

"하지만 생각이 떠오르지 않는다고 가슴속까지 텅 비어 있었던 건 아닐 테지."

"무슨 뜻이에요?"

"미스 유는 머리로 생각하지 않고 가슴으로 생각하고 있었을 거야."

"기어이 무얼 생각하고 있었어야 하나요?"

"얼굴과 가슴이 아무리 단단한 인간이라도…… 그게 인간이라는 증거니까……"

"그럼 거기선 분명히 무슨 생각을 좇고 있었겠군요."

지연은 사내의 호칭을 다시 '거기'로 바꿔놓고 있었다. 사내는 선선히 지연의 말을 시인했다.

"그야 물론……"

"어떤 생각이었어요?"

"지금 내 곁에 누워 있는 이 여자가 무얼 생각하고 있을까……"

"무얼 생각하고 있을 거라 여겼어요?"

"그야 당연히 자기 곁에 누워 있는 사내 생각이어야겠지 뭐."

"거길 어떻게요?"

"이자가 누굴까? 전에는 그런 것 같지 않더니 오늘 밤은 어째서 이리 가엾게 허둥대고만 있는가…… 그동안 작자에게 무슨 일이 있었던 걸까……"

"맞았어요."

지연이 갑자기 사내의 말을 가로막고 나섰다. 사내가 비로소 고개를 지연 쪽으로 돌려왔다.

"맞았다니?"

"이제 생각이 났어요. 거기 말이 맞아요. 전 아까 그런 걸 생각하고 있었던 게 틀림없었을 거예요. 우린 여태까지 상대방을 너무 모르고 있었으니까요."

그러나 이번에는 사내가 다시 그 지연의 말을 가로막고 나섰다.

"역시 그랬었군. 하지만 그건 반밖에 맞지 않아요. 사실 난 그때보다도 더 재미있는 생각을 하고 있었으니까."

"그건 또 어떤 생각이었는데요?"

"이 여잔 지금 자기 곁에 가만히 누워 있는 남자가 어느 땐간 불시에 자기를 죽이러 덤빌지도 모른다는 생각 따윈 상상조차 못 하고 있을 테지……"

남의 말하듯 덤덤한 목소리로 지껄이고 나서 지연을 찬찬히 지켜보고 있었다.

145

이야기가 뜻밖에 이상한 방향으로 흐르고 있었다. 지연은 자기의 귀를 의심했다. 처음엔 사내의 말이 무슨 뜻인지조차 얼핏 이해가 가질 않았다.

"누가 누구를 죽이러 덤빈다구요?"

"내가 거길."

사내가 간결하게 덧붙이고 난 다음에야 정신이 번쩍 들었다.

지연은 그만 입을 다물어버렸다. 이유 같은 건 묻고 싶질 않았다. 분명한 이유가 있을 리 없었다. 이상스런 일이지만 사내에겐 그게 오히려 당연한 것처럼 느껴졌다. 그리고 사내라면 충분히 그럴 수가 있을 것 같았다.

"왜, 내가 맘에 들지 않은 소릴 했나? 막상 당해보면 그리 번거롭게 따지고 말 것도 없는 일일걸 뭐."

지연이 입을 다물고 있으니까 사내가 다시 혼잣말처럼 중얼거렸다. 그러면서 이번에는 누워 있던 몸을 천천히 일으키며 지연의 하늘을 위에서부터 커다랗게 차단해오고 있었다.

"겁날 거 없어. 아주 간단한 거야."

살인 연습이라도 벌일 셈인 듯 두 손으로 지연의 목줄기를 더듬어왔다. 장난스런 행동하곤 딴판으로 사내의 목소리에선 역시 아무런 감정도 묻어나오지 않고 있었다.

"간단한 거야. 아주 간단해."

주문처럼 중얼거리며 사내의 손길이 마침내 지연의 목줄기를 누르기 시작했다.

한데 이상한 일이었다.

지연은 조금도 사내의 행동을 방해하려 들질 않고 있었다. 사내가 두렵지 않은 게 아니었다. 그녀는 벌써부터 사지가 오그라들 듯 전신에 긴장을 느끼고 있었다. 사내의 손길이 목줄기에 닿아올 때는 전기라도 맞은 듯 눈앞이 아찔했다.

한데도 그녀는 도대체 사내를 말리려 들질 않았다. 말릴 생각도 없었고 몸이 그렇게 되어줄 것 같지도 않았다. 순간적으로 가끔 날카로운 경련 같은 것이 그녀의 몸을 꿰뚫고 지나갈 뿐이었다. 지연은 그때마다 오히려 어떤 짜릿짜릿한 쾌감 같은 걸 맛보고 있었다.

그녀는 심신이 온통 마비되어가고 있었다. 무엇보다도 어떤 괴상한 나태감 같은 것이 그녀를 옴쭉달싹못하게 하고 있었다. 그리고 그 괴상한 나태감이 지연은 더할 수 없이 달콤했다.

그녀는 마침내 잠들기 전의 졸음처럼 몽롱하고 달콤한 나태감을 즐기고 있었다.

사내의 손길엔 갈수록 힘이 실려오고 있었다. 사람의 동작엔 그것을 한번 시작하고 보면 그 동작 자체의 무위한 의지가 생겨버리기 마련이다. 사내는 이제 정말로 지연의 숨통을 끊어버릴 것 같았다. 목줄기를 짓누르고 있는 그의 손길엔 차디찬 살기가 어려들고 있었다.

하지만 지연은 끝끝내 사내의 힘을 벗겨내려 하질 않았다. 그럴수록 그녀는 점점 더 의식이 황홀해지고 있었다. 그 달콤하고 깊은 나태감 속으로 그녀의 심신은 무한정 기분 좋게 가라앉아가고 있었다.

그녀는 마침내 부르르 몸을 떨기 시작했다. 그리고 이젠 더 이상 참을 수가 없어진 듯 목구멍 속에서 무슨 신음 소리 같은 것을 꾸룩꾸룩 꿈틀거리고 있었다.

한데 그때였다.

사내에게 문득 정신이 되돌아온 모양이었다. 지연의 목을 감아누르던 손에서 갑자기 힘을 풀어버렸다. 그리고는 마치 싸움을 지고 물러앉은 사람처럼 힘없이 중얼거리고 있었다.

"역시 넌 두려워하질 않는군."

146

별들이 다시 지연의 얼굴 위로 쏟아져 내리고 있었다. 별만큼이나 먼 곳에서 그녀의 의식이 함께 추락하고 있었다.

지연은 마침내 딱딱한 돌자갈을 등줄기에 느꼈다. 사내를 돌아

보니 그는 이제 완전히 탈진한 모습이었다. 맥없이 뻗어 내린 두 팔을 무릎으로 받쳐 대고 앉아서 참괴스런 듯 검은 바다만 굽어보고 있었다.

한참 만에야 그는 몸을 부스스 털고 일어서더니, 지연에겐 말 한마디 없이 흐느적흐느적 혼자 바위 위로 기어 올라가버렸다.

밤낚시를 시작할 참인 것 같았다.

지연은 공연히 허망스런 기분에 싸여 아직도 한동안 몸을 움직이지 않고 있었다. 사내에 관해 생각을 좀 한 곳으로 모아보려고 했다. 사내는 정말로 나를 죽이려 했을지 모른다. 무슨 생각에서였을까. 그리고 무엇 때문에 도중에서 갑자기 행동을 중지해버렸던 것일까. 그의 행동 하나하나를 그토록 우왕좌왕 망설이게 하고 있는 것이 도대체 무엇이란 말인가.

좀처럼 생각이 한 곳으로 모이질 않았다. 그녀는 사내에 관해 너무도 아는 것이 없었다. 짚이느니 궁금스런 일뿐이었다. 그나마 모든 궁금증이 텅 빈 허공만 맴돌고 있었다. 헛수고였다.

지연은 결국 제풀에 자리를 털고 일어났다.

이젠 어차피 내친걸음이었다. 갈 데까지 가보고 싶은 심사였다.

불안하고 자신 없는 사내의 망설임을 마지막까지 추궁해가보자는 심사였다.

사내는 불도 켜지 않은 채 묵묵히 낚싯대에만 정신이 팔려 있었다. 밤이 되면서 더욱 요란해진 파도 소리에 씻겨 한동안은 지연의 기척을 알아차리지 못한 모양이었다.

"아직 소식이 없어요?"

지연의 말소릴 듣고서야 얼핏 고개를 뒤로 돌아다봤다.

"아, 거기 와 있었어?"

하지만 그는 별로 달갑지가 않은 기색이었다. 금세 다시 눈길을 바다 쪽으로 외면해가고 있었다.

"왜 아무 데서나 한잠 자두지 않구……"

잠이나 자란다. 밤낚시가 있으니까 미리 한숨 낮잠을 자두라던 소리는 염두에도 없는 모양이었다.

하지만 이제 지연은 사내의 말을 순종하지 않았다.

사내 곁으로 바싹 자리를 붙어 앉았다.

"전 피곤하지 않아요. 그러다가 뱀이라도 나오면 어떻게 해요."

"이 섬엔 뱀이 없어. 게다가 바닷가엔……"

"어쨌든 전 잠을 자긴 싫어요. 이렇게 곁에 앉아서 밤새 얘기나 듣겠어요."

"낚시는 하지 않구?"

"거기도 별로 낚시질엔 열심인 것 같지가 않은걸요 뭐."

"하지만 새삼스럽게 얘긴 무슨……"

"아녜요. 얘길 좀 해야 해요. 아까도 말했지만 우린 서로 너무 말을 하지 않았어요. 아무것도 아는 것이 없지 않아요."

"이제 와서 무얼 알고 싶다는 거지?"

"거기선 아까 오늘 밤에 절 죽이려 덤빌지도 모른다고 하지 않았어요. 벌써 연습까지 해놓으셨구요. 그렇게 되기 전에 조금은 거기가 누군지를 알아둬야겠어요."

사내가 다시 지연을 무겁게 돌아보았다. 그러나 그는 곧 내뱉

듯이 말했다.

"그건 안심해도 좋을 거요"

"무엇으로 안심을 하죠?"

"내일 아침에 모습이 보이지 않는 사람은 오히려 이쪽일 수도 있으니까."

"뭐라구요?"

"이런 날 밤은 물론 아무것도 장담을 할 수가 없어요. 하지만 남을 죽일 생각을 품은 사람이라면 적어도 자신의 죽음에 대해선 그보다도 몇 배나 더 많은 유혹을 경험하면서, 그것을 견디고 있는 사람일는지 모르니까 말요. 그걸 알아두면 돼요."

147

요컨대 사내는 밤새 지연을 해치기 전에 자기가 먼저 그녀 앞에서 사라져버릴지 모른다는 소리였다.

뜻밖의 얘기였다. 도대체 속을 짐작할 수 없는 사내였다. 뭔가 어슴푸레 손에 잡히는 것이 있는가 싶으면 금세 그것이 또 엄청난 수수께끼가 되어 새판잡이로 그녀를 당황하게 하곤 했다.

사내는 방금 자기가 한 말의 의미를 한 번 더 확인해주려는 듯 한동안 가만히 입을 다물고 있었다. 수굿하니 몸을 굽힌 채 검은 바다만 들여다보고 있었다.

하지만 그는 역시 낚시에는 그리 열심인 것 같지가 않았다. 느닷없이 죽음 이야기가 튀어나오고부터는 그 자신이 자꾸 말을 계속하고 싶은 유혹에 쫓기고 있는 것 같았다. 수긋하니 검은 바다를 굽어보고 있는 모양이 마치 그런 괴상한 유혹을 견디고 있는 것처럼 보였다. 아니 사내는 어쩌면 그 죽음에 대한 이야기를 계속하고 싶은 만큼 이미 자기 자신의 자살에 대해서도 똑같이 강한 유혹을 느끼고 있는 것만 같았다.

"그러니까 사실은……"

결국은 사내가 다시 입을 열었다.

"누군가 다른 사람을 죽이고 싶어지는 사람이 있다면, 그는 그보다 먼저 자기 자신을 죽이고 싶은 유혹을 수없이 경험하면서, 그 다른 사람의 죽음으로 자기의 죽음을 대신시키려는 음험스런 흉계가 도사리고 있을지도 모르지. 다른 사람의 죽음으로 자신의 유혹을 어루만지며 그것을 견디어내려는 엄청난 이기심에서 말예요. 하지만 난 반드시 그렇게는 생각지 않고 있어요. 곧이들릴 소린 아니겠지만, 난 실상 자기의 죽음을 대신시키는 살인이란 어떤 의미에서는 그 사람의 자살의 한 형식이라는 생각이 자꾸 강해지거든. 다른 사람의 죽음도 자기 죽음의 일부라는 느낌이 먼저일 수도 있지만 말예요"

"그러니까 아깐 결국 자기 대신 절 죽일지도 모른다는 말이었어요?"

사내가 잠시 말을 쉬는 틈을 타서 재빨리 지연이 뛰어들었다. 그녀는 물론 사내의 말을 모두 분명하게 알아들을 수는 없었다. 더군다나 마지막 부분에 가선 그 뜻이 더욱 아리송하기만 했다.

곧이를 듣고 말 것도 없었다. 그녀는 알아들을 수 있는 데서부터 말꼬리를 붙들어 잡았다.

하지만 사내는 다시 한 번 이야기를 뒤엎고 있었다.

"처음부터 그런 생각에선 아니었을지도 모르지."

"그렇다면요?"

"애초엔 내게 그 자신이라는 게 너무 없었기 때문이었겠지요."

그것이 어떻게 이유가 되고 있는진 모르지만, 자신이 없다는 말은 어쨌든 사내 자신의 입을 통해선 처음 나온 소리였다.

"자신이 없어지면 사람을 죽이고 싶어지나요?"

"그게 미스 유 같은 여자일 경우에는. 자신이 없을수록 상대방을 안전하게 소유하고 싶은 욕망이 강해지거든. 철두철미 복종시키면서 틈을 주기 싫어하게 된단 말예요. 하지만 무엇보다 안전하게 상대를 소유하는 방법은 역시 그 상대를 죽여 갖는 것뿐이거든요."

"그토록 자신이 없었나요?"

"없었지. 게다가 미스 유는 무참스러울 만큼 자신만만하구."

"자신만만했던 기억은 별로 없어요. 전 언제나 마찬가지였어요."

"기억을 못 할 만큼 자신만만했지. 그렇게 말하고 있는 지금 그 미스 유까지도."

"도대체 무슨 일이 있었길래 그토록 기가 꺾인 시늉이세요. 아무래도 설악산 때하곤 다른 사람이 된 기분이니 말예요."

거기까지 기가 꺾여 체념을 하고 나선 탓일까. 사내는 그럭저럭 속을 꽤 털어놓은 셈이었다. 지연은 내친김에 마지막 궁금증을 디밀어내고 있었다.

148

사내는 지연을 지배하지 못하고 있었다. 지연은 사내의 말에 복종하지 않았다. 첨부터 복종하고 말 일이 없었다. 지연이 오히려 사내를 부리고 있었다.

"글쎄…… 작년 설악산 때 하곤 좀 달라져 보일 수도 있겠지. 그건 내가 더 잘 느끼고 있으니까. 하지만 거긴 몰라도 좋은 일이에요. 들어봐도 곧이들리지가 않을 테구."

사내가 짜증을 내지 않는 건 어쨌든 다행스런 일이었다. 여느 때 같으면 그쯤에서 그만 입을 다물어버리기가 십상이었다. 하지만 이날 밤은 사정이 영 딴판이었다.

"얘길 들으면 아마 웃고 말걸."

은근스레 뒷일부터 걱정했다. 얘길 굳이 참아두고 싶지가 않은 기미였다.

"저 웃지 않아요. 웃지 않을게요."

지연은 재빨리 사내를 안심시켰다.

그는 천천히 담배를 한 대 피워 물었다. 연기를 한 모금 길게 빨아 뱉고 나서는,

"아무래도 낚신 잘 안 될 모양이고……"

지연 쪽은 돌아보지도 않고 불쑥 그녀에게 물어왔다.

"그래 거긴 자기 이름을 잃어버리고 산 사람을 본 일이 있소?"

"이름을 잃어버리다니요?"

"가령 말이에요. 가령 어떤 사람이 자기 아닌 다른 사람에게 이름을 빌려주고 나서 그 이름을 영영 다시 찾을 수 없게 되어버린다면 그 사람은 자기 이름을 잃어버린 게 되지 않아요?"

"점점 더 모를 소리군요. 이름은 또 어떻게 빌려준다지요?"

사내는 이미 이야기의 서두를 꺼내놓은 셈이었다. 하지만 그건 지연의 상상하고는 영 엉뚱한 소리들이었다. 무슨 잠꼬대 같은 소릴 지껄이고 있는지 뜻을 알아들을 수 없었다.

하지만 사내 쪽으로 말하면 그건 도대체 아무것도 이상할 것이 없다는 식이었다.

"그야 간단한 일이지. 다른 사람이 자기 이름 대신 남의 이름, 남의 경력을 가지고 행세하면서, 남의 호적부를 자기 호적부로 삼고 살아가고 있으면 그게 이름을 통째로 빌려간 게 안 되겠소?"

"그래 한 선생님 자신이 그런 식으로 누구한테 이름을 빌려주셨다는 건가요?"

"두 번씩 말을 시키는군."

"무엇 때문에요. 무엇 때문에 다른 사람의 이름을 대신 빌려 쓰면서 살아야 할 사람이 있어요?"

"거기까진 아직 꼬치꼬치 캐묻지 말아요. 하여튼 그런 일이 있었다는 것만 알아두면 그만이니까."

"하지만 그게 정 걱정이시라면 빌려준 이름을 다시 찾아오면 그만 아녜요?"

"그럴 수가 없게 되어버렸다는 말도 벌써 두번째가 되고 있어요."

"어떻게 되었다는 거죠?"

"지난겨울 그 이름을 빌려간 친구가 제 손으로 죽어버렸어요."

"그럼 일이 더 쉽게 되지 않았어요?"

"아무래도 이야기가 적당치 않은 모양이로군. 그 친군 빌려간 내 이름하고 함께 죽어버렸단 말예요."

"이름하고 함께하지만 선생님은 지금 이렇게 살아 계시지 않아요."

"이름이 없는 사람이지요. 죽어버린 이름의 유령이란 말입니다."

"뭐가 뭔지 알아들을 수가 없어요."

"어렵게 들으니까 어려운 거예요. 사실은 아주 간단해요."

사내는 오히려 지연이 답답하다는 어조였다.

149

하기야 사내 말대로 사실만 추려 듣는다면 얘기는 간단했다.

한 사람이 누구에게선가 남의 이름을 빌려 쓰면서 그의 경력과 그의 호적부에 기대어 세상살이를 해가다가, 마침내는 그 빌려간 이름과 함께 스스로 목숨을 끊어버린다. 따라서 그 이름을 빌려준 사람은 자기 이름을 잃어버린 살아 있는 유령이 되고 만다……

애긴즉 간단했다.

하지만 지연으로서는 역시 실감이 가지 않는 이야기였다. 실제로는 있을 수가 없는 일이었다.

사내와 그 이름을 빌려갔다는 친구 사이엔 애초에 무슨 이유로 그런 일이 일어나게 되었다는 건가? 그리고 두 사람 사이에선 그런 일이 어떻게 계약을 맺듯이 분명하게 약속되어질 수가 있단 말인가. 뿐만이 아니었다. 그런 일이 가령 현실적으로 가능하다 해도 그 이름을 빌려갔다는 작자는 또 무엇 때문에 스스로 목숨을 끊었으며, 그것으로 어떻게 남의 이름을 죽음까지 지니고 갈 수가 있단 말인가.

아무것도 믿을 수가 없는 일이었다.

어디서부터 물어들어가야 할지 지연은 갈피를 잡지 못하고 있었다.

하지만 사내는 자신의 이야기에 조금도 어떤 과장기 같은 걸 느끼는 기색이 없었다.

"하기야 아가씨처럼 건강하고 분명한 세상살이, 그런 축복받은 상식의 세계에서는 이런 애기가 쉽사리 용납될 수 없겠지요. 애기가 좀 괴상하게 여겨지는 것도 무리가 아닐는지 몰라요. 하지만 인간사 어떤 구석에는 불가항력이라는 게 있어요. 불가사의…… 불가항력, 어느 편이 더 적절한 말이 될는지 모르겠지만, 사람들은 하여튼 자신도 모르는 어떤 기이한 힘에 이끌려, 역시 자신의 지혜로는 설명해낼 수가 없는 일을 저지를 때가 종종 생기곤 한단 말입니다. 내 좀 더 차근차근 얘길 들려주지요……"

낚시만 아니었더라면 그는 이제 본격적으로 이야기를 털어놓을 참이었다. 그런데 하필 그때였다. 잊어버린 듯 잠잠하던 사내의 주의가 불시에 낚싯대로 옮겨졌다. 사내의 두 팔이 발작하듯 쳐들리고 커다랗게 휜 낚싯대 끝에서 기세 좋게 도미 한 마리가 끌려 올라왔다.

"물길이 좋아질 모양이군."

사내는 신이 난 듯 중얼거렸다.

이야기가 다시 끊어져버리고 말았다.

사내는 새삼 낚시 쪽에만 정신이 팔리기 시작했고, 거기서부터는 줄곧 심심찮은 입질이 새벽 참까지 사내의 주의를 놓지 않았다. 지연도 그만 중간에서 졸음기가 들기 시작했다.

하지만 이야기는 어쨌든 그렇게 끝날 수가 없었다.

이튿날 아침이었다.

사내는 결국 다시 참았던 이야기를 시작했다. 아침이라고 해야 해가 제법 하얗게 높아진 다음이었다. 지연은 그때서야 간신히 잠을 깨고 난 것이었다. 날이 밝아오는 것을 보고는 물 끝이 먼 바위 아래로 잠자리를 옮겨간 것이었다. 어느 참부턴가, 지연 곁에 아무렇게나 곯아떨어져 있던 사내도 이제 부석부석 눈을 뜨고 있었다.

미적지근한 아침 햇살이 끈적끈적 불쾌하게 몸으로 달라붙어 오고 있었다. 지연은 잠이 깨고 나서도 영 피곤기가 가시질 않은 기분이었다. 배가 고픈 것도 아닌데 속만 사뭇 아파왔다. 발동선이 오는 기척도 없었다.

사내는 몸을 움직이지 않고 있었다. 그 역시 잦아들 듯 피곤한 모습을 하고 누워서 뻥하니 빈 하늘만 쳐다보고 있었다. 아침엔 무슨 요깃거릴 준비해볼 기미가 보이지 않았다. 피로한 공복감을 견디면서 땅바닥으로 그냥 잦아들어버리기라도 할 양인 듯했다.

그러다가 문득 그가 이야기를 시작한 것이다.

150

사내의 이야기는 이러했다.

사내의 이름은 원래 한혁민.

수복 지구에 속하는 강원도의 어떤 산골 태생. 고향엔 별로 기억할 만한 연고자가 없었으므로 어렸을 때 일찍 서울로 나와 그곳 변두리 생활을 하고 있었다. 혼자 힘으로 근근이 중학교와 고등학교(둘 다 물론 야간부였지만)를 졸업하고 나중엔 대학교(그도 물론 초급 대학 야간부였지만) 학적까지 얻어 갖게 됐다.

하지만 이때쯤해선 이미 그의 심신이 지칠 대로 지쳐 있었다. 1년을 지내고 나니 더 이상 버티어낼 기력이 남아 있지 않았다.

이듬해 봄 신학기 등록기가 되자 그는 학교 대신 군영 생활을 지원해 들어갔다. 그리고 그로부터 다시 1년쯤 뒤엔 벌써 익숙해질 대로 익숙해진 제복 차림으로 서울 거리를 어슬렁거리고 있었다. 오랜만에 정기휴가를 받아 나온 것이었다. 하지만 이때라고 그에게 특별한 일이 있을 리 없었다. 반가운 일도 찾아볼 사람도 없었다. 그런 식으로 어물어물 귀대 날짜만 기다리고 있었다.

문제의 사내를 만난 것은 바로 그 무렵이었다.

갑자기 서울 거리가 웅성웅성 술렁거리기 시작했다.

3월달에 있은 선거로 해서 세상은 훨씬 이전부터 어수선해져 있었다. 그 때문에 휴가 특명을 받아놓고 나서도 출발이 연기되느니, 조기 귀대 명령이 내려질 것이라느니 말이 많았었다. 하지만 워낙 이 후방 일하곤 거리가 먼 전방 부대가 되어 휴가 출발에는 지장이 없었다. 일단 부대를 출발하고 난 다음부터는 아무것도 아랑곳을 하지 않았다. 한혁민 자신이 부대 일엔 관심을 두려 하지 않았다.

그러고 있는 참인데 변이 터지기 시작한 것이었다. 소문으로만 술렁이던 학생들이 온통 거리로 쏟아져 나오기 시작했다. 서울 거리는 나날이 어수선해져가고 있었다.

그러던 어느 날, 혁민은 마침내 자신도 그 들끓는 인파로 껴묻어 들어갔다. 제복으로 나서기가 뭣해서 썰렁한 여름 남방을 찾아 걸치고 나선 날이었다. 그는 인파의 앞쪽에서 효자동 쪽으로 밀려 올라갔다. 그리고 그 중앙청 돌담이 끝나가는 곳에서 요란스런 총소리를 들었다.

그리고 나서 그 사내를 만났다.

한혁민과 사내는 통인동의 어떤 허름한 한옥집 대문 뒤에 서 있었다. 처음에는 물론 두 사람 다 상대방을 의식하지 못하고 있었다. 자기도 모르게 대문을 뛰어들어오고 나서 가쁜 숨을 가라앉히고 있었다. 집 밖에선 아직 발작을 일으킨 듯한 총소리와 쫓고 쫓기는 발소리가 낭자했다.

잠시 후, 두근거리는 가슴을 조금 가라앉히고 나니, 사내가 말없이 그를 쳐다보고 있었다. 그 역시 이젠 어느 정도 가쁜 숨을 진정시키고 있는 기색이었으나, 창백한 얼굴엔 아직 견딜 수 없는 불안이 감돌고 있었다.

혁민은 이윽고 주머니에서 담배를 한 알 뽑아 물었다. 그리고는 사내에게 말없이 담뱃갑을 내밀었다. 사내는 혁민의 얼굴을 한번 더 근심스럽게 들여다보고 나서는 역시 아무 말 없이 담배를 한 대 뽑아 들었다.

담배를 뽑아 드는 사내의 손가락이 신경질적으로 가늘게 떨고 있었다.

"두려워하고 있군요."

사내에게 성냥불을 그어주며 혁민이 비로소 한마디 했다.

사내가 불을 붙이다 말고 흠칫 그를 쳐다보았다. 그리고는 이내 힘없이 반문해왔다.

"두렵습니다. 형씬 두렵지 않습니까."

그의 손가락이 그랬던 것처럼 목소리에서도 분명한 떨림이 느껴져오고 있었다.

151

너는 두렵지 않느냐—

사내의 반문에 혁민은 제풀에 속이 찔끔해졌다. 이 판국에 두렵지 않은 사람이 어디 있을까 보냐. 그런 것을 공연히 내가 쓸데없는 소리를 한 것인가.

"두렵지 않긴요. 이렇게 도망질을 쳐오지 않았습니까?"

혁민은 이내 쑥스런 미소를 지어 보이고 나서 변명처럼 덧붙이고 있었다.

"하지만 우린 대개 그걸 잊어버리고 있는 게 보통 아닙니까. 우리가 여기까지 온 건 그걸 여태 잊어버리고 있었기 때문인 게 틀림없으니까요. 미련스런 소린지 모르지만 우리가 때로 그걸 잊어버릴 수 있다는 건 무척도 다행스런 일이지요. 잊어버려야 해요."

"하지만 전 그럴 수가 없어요."

사내가 담배 연기를 길게 뿜어내면서, 혁민을 물끄러미 들여다보았다.

"잊어버릴 수가 없다는 겁니까?"

혁민이 반문했다.

"그래요. 전 한 번도 그걸 잊어본 적이 없어요. 여기까지 오면서도 죽 그걸 잊지 않고 있었어요."

"별난 성미시군요. 상식적으론 잘 이해되지가 않는걸요."

"그럴 테죠. 형씬 정말로 두려워하고 있질 않았으니까요."

"절 단정하십니까?"

"당연한 얘기예요. 형씨보다 제가 두려움이 큰 건 이유가 있으니까요."

"무슨 이유지요?"

"전 이름이 없습니다."

사내는 이름이 없다고 했다. 이를테면 호적부상의 이름이 없다는 것이었다. 육이오 사변 전까진 시골 동네 사람들 중에서도 가끔 볼 수 있는 일이었다. 한데 이 사내 역시 무슨 이유에선지 이름이 없다는 것이었다. 그리고 그렇기 때문에 이름을 가진 사람들보다는 자신의 두려움이 클 수밖에 없지 않느냐는 말투였다.

이상한 일이었다. 터무니없는 사내의 터무니없는 논리였다. 한데도 혁민은 사내의 말에 느닷없이 어떤 공감 같은 걸 느끼고 있었다. 그의 말이 당연스럽게 느껴지고 있었다.

그 때문이었다.

그날 저녁. 계엄령이 퍼진 서울 거리. 혁민은 그 삼엄한 서울 거리의 어떤 대폿집 구석에서 한 번 더 사내를 만나고 있었다. 그리고 그는 거기서 그 사내에 대한 불가사의한 공감을 한 번 더 확인하고 있었다.

사내의 고향은 휴전선 북쪽이었다. 이름을 잃어버린 건 전쟁 때였다고 했다. 그의 이름은 그의 가족이 가지고 있었는데, 가족을 찾을 수가 없었다고 했다. 이름을 찾기 위해 가족을 찾았는데, 가족을 찾아내지 못하고 말았으니까 이름도 잃어버린 거라 했다.

불편한 점이 한두 가지가 아니더란다. 하지만 그는 새삼스럽게 이름을 갖기가 두렵더란다. 이름에 대한 두려움 때문에 가호적조차 만들지 않았단다. 불편스런 점을 참으면서 용케용케 고집을 지키고 살아오고 있었는데, 어느 날 문득 그의 생각 속에서 죽음이란 걸 만나게 된 거라 했다.

사내의 두려움은 바로 그 죽음의 그림자와 관계가 있었다. 그리고 계속해서 그것을 두려워하고 있었다. 희한하게도 그는 이름이 없었기 때문에 더욱더 그것을 두려워하고 있었다.

사내는 몹시도 이름을 갖고 싶어 했다.

혁민은 이날 밤 드디어 자기 이름을 사내에게 빌려주었다. 자기의 이름을 사내가 함께 사용해도 좋다고 했다. 혁민은 자기 쪽에서 먼저 사내가 그래 주기를 바랐고, 사내 역시 희미한 웃음으로 그의 제의를 받아들여준 것이었다.

152

잠꼬대 같은 짓이었다.

이름을 빌려준다는 게 무엇이 어떻게 된다는 것인지 자세히 생각해보지도 않았다. 무엇 때문에 그런 터무니없는 생각이 떠오르게 됐는지도 알 수 없었다. 혁민이 자신의 그 불가사의한 유희(유희랄 수밖에)에 대해 그 나름으로 어떤 동기나 의미를 찾을 수 있게 된 것은 훨씬 나중 일이었다.

하지만 그 당장은 분명한 것이 아무것도 없었다. 그저 자기도 모르게 무작정 그러고 싶었을 뿐이었고, 그러한 요구가 자신에게서까지 이상스럽게 절박해진 느낌 가운데서 행해진 일이었다. 그리고 혁민은 그 며칠 후 휴가를 끝내고 다시 부대를 찾아들어갔던 것이다.

그리고 나서 다시 2년.

혁민은 마침내 병영 생활에서 제대를 하고 나왔다.

한데 혁민은 그렇게 제대를 하고 나와서야 비로소 그의 주변에 심상치 않은 일이 일어나고 있음을 알았다. 이름을 빌려주었다는 일이 어슴푸레하게나마 그에게 어떤 피할 수 없는 간섭을 시도해오고 있었다.

아닌 게 아니라 사내는 한혁민이라는 그의 이름을 멋들어지게 빌려 살고 있었다. 이름을 대용한 것만이 아니었다. 한두 장 전방까지 편지를 보내온 일도 있었지만 그사이에 그는 혁민에 관한 일들을 놀랍도록 자세히 조사해놓고 있었다. 출생의 내력이나 학력 경력 따위는 물론 성격, 취미, 버릇에서부터 교우, 친척 관계, 심지어는 여자 관계 하나까지도 빠짐없이 조사를 끝내놓고 있었다. 혁민 개인의 비밀이나 주변 사정들이 모조리 사내의 것이 되어 있었다.

하지만 그는 혁민에 대해 이런저런 비밀을 알아내고 그것을 머릿속에 간직하고 있는 것뿐이 아니었다. 그는 그러한 혁민의 비밀이나 내력들을 송두리째 자기 것으로 만들기 위하여 쉴 새 없이 그것을 생활로 익혀가고 있었다. 혁민이 알고 있는 것을 그가 알고, 혁민이 있어야 할 곳에 그가 있으며, 혁민의 버릇을 배우고 혁민의 생각대로 그의 생각을 맞춰나가도록, 매사에 주의를 게을리하지 않고 있었다.

놀라운 것은 혁민이 입대하기 전에 그럭저럭 중단하고 만 야간 대학 나머지 1년을 어떻게 해선지 그사이에 그가 대신 끝을 맺어 놓은 일이었다.

"어차피 우린 둘이서 한 사람 이름 몫을 하고 살아갈 형편이니까."

귀띔하듯 그가 혁민에게 한 말이었다.

그는 결국 또 한 사람의 혁민이 되어 있었던 것이다. 그리고 그때부터 혁민과 사내는 정말로 둘이서 한 이름을 살기 시작한 것이었다.

이름을 빌려준 행위의 의미가 비로소 분명해지고 있었던 것이다.

혁민은 별로 마음에 거리껴 하질 않았다. 오히려 기분이 훨씬 헐거웠다. 한 이름에 두 사내의 생활이 기대진다는 것은, 거꾸로 말하면 그 한 이름이 지닌 구체적인 생활의 무게가 두 사내에 의해 지탱되어진다는 말도 되었다. 혁민은 후자 쪽을 더 많이 느끼고 있었다.

그는 사내에게 무엇을 베풀고 있다기보다 그의 이름과 생활이 사내로부터 어떤 커다란 부추김을 받고 있다는 느낌이었다.

'한혁민'은 이제 그가 사내에게 빌려준 이름이 아니라, 둘이서 함께 그것을 살아내야 할 공동의 이름이었다.

153

다시 몇 해가 지나갔다.

두 사람은 아직도 한혁민이라는 이름으로 탈 없이 함께 살아가고 있었다. 그들은 이제 육신만 둘로 나뉘어 있을 뿐 생각하는 것 행동하는 것 모두가 거의 한 사람의 그것처럼 되어버리고 있었다. 누가 먼저고 나중인가도 구별할 수 없을 만큼 되어 있었다.

다만 한 가지 문젯거리가 있다면, 얼굴 모습이 다른 두 사람이 언제까지나 그런 식으로 한 데만 붙어 지낼 수는 없다는 점이었다. 이것저것 불편스런 곳이 많았다.

그래서 두 사내는 결국 근거지만은 따로따로 떨어져 갖기로 했다. 하나는 부산으로 내려가서 자동차를 운전했고, 나머지 하나는 그냥 서울에 남아 출판사 교정공 노릇을 하고 있었다. 하지만 두 사람은 그렇게 서로 몸이 떨어지고 나서도 여전히 변함없는 한혁민(이제는 두 사람의 공동의 생애가 담겨질)의 생활을 계속하고 있었다. 서로서로 상대방에게서 자기의 그림자를 느끼면서, 자기 몫으로 나뉜 그 한혁민의 반쪽 인생을 충실히 살아내고 있었다.

한데 그러던 어느 해 겨울 — 그러니까 그게 바로 지난겨울이었는데 — 두 사내 사이에 뜻하지 않은 사고가 생기고 말았다.

한쪽 사내가 갑자기 종적을 감추어버린 것이었다. 부산으로 내려가 자동차를 운전하던 그 한혁민이었다. 앞뒤를 따져 말하자면 나중에 이름을 얻어간 그 한혁민이었다.

알 수 없는 일이었다.

서울의 혁민은 말할 수 없이 당황했다. 갑자기 세상일에 온통 자신을 잃고 말았다. 사라져버린 사내가 지금까지 자기들의 반쪽을 얼마나 힘들여 살아주고 있었는가를 다시 한 번 절감했다. 그는 불안했다. 혼자서는 도저히 그가 떠맡겨버리고 간 혁민의 전부를 살아낼 자신이 없었다.

어느 날 저녁, 총소리가 머문 서울의 그 허름한 대폿집 구석 자리에서, 사내에게 자기의 이름을 빌려주겠노라(그건 사실 자기 이름을 둘이서 함께 살아내자는 애원이었던 게다) 말했던 그 잠꼬대 같은 행동의 동기도 이제 더욱 분명해진 것 같았다.

그는 사내를 찾아 나섰다. 이를테면 잃어버린 그의 반편을 찾아나선 거라고나 할까. 신문광고를 내고 부산을 내려가고 심지어는 그가 찾을 만한 자동차 회사들의 종업원 명단을 뒤지고……

하지만 모두가 허사였다. 그가 몸을 담았던 부산의 회사에서도 그랬고, 서울이나 다른 어느 곳에서도 사내의 종적에 대해선 무슨 흔적을 찾아낼 수가 없었다. 혁민은 점점 더 초조해져가고 있었다. 일손을 놓아버린 채 계속 그의 종적을 좇는 데만 정신이 팔려 지냈다. 그리고 마침내는 기어이 사내를 찾아내고야 말았다.

하지만 그건 불행하게도 진짜 사내가 아니라 사내의 흔적이었다. 사내가 사라지고 나서 언제 어떻게 되었는지 하는 정도의 조그만 흔적일 뿐이었다.

그의 고향 호적부에서였다.

하지만 혁민은 그 호적부에 나타난 어슴푸레한 사내의 행적에 또 한번 눈앞이 아득해지고 말았다.

사내가 죽은 것이었다.

내력을 알아보니 자살이라는 것이었다.

154

사내가 자기 몰래 혼자 자살을 해버린 사실을 알고 난 혁민은 그 후 한동안 정신이 멍청해져 있었다.

견딜 수가 없었던 게지.

유서 한 장 남지 않은 그의 죽음은 자세한 사연을 알 수 없었다. 하지만 혁민은 그의 죽음에 몹시도 마음이 아팠다. 그는 사연을 알 수 없으면서도 사내의 죽음에 대해 어떤 막연한 공감을 느끼고 있었다. 사내가 숨겨버리고 간 죽음의 사연이 그 자신의 어느 구석에선가도 은밀히 숨을 죽이며 숨어 있는 것 같았다. 그는 사내의 죽음이 바로 자기 자신의 그것처럼 절실한 아픔을 주고 있었다.

혁민은 그가 원망스럽고 안타까웠다.

하지만 혁민의 그러한 느낌은 실상 잠시 잠깐뿐이었다. 그는 이내 생각이 바뀌기 시작했다.

사내가 죽음으로 해서 그는 이제 또다시 혼자가 되어 있었다. 그는 이제부터 다시 혼자서 살아야 했다. 사내가 떠맡겨버리고 간 그의 반쪽 몫을 다시 혼자서 살아내야 했다. 그는 외롭고 막막

했다. 그리고 두려웠다.

하지만 혁민의 생각이 변해진 것은 무엇보다도 그가 사내에게 속임을 당했다는 느낌이었다. 사내는 그의 이름을 가지고 이름과 함께 죽어버린 것이었다. 혁민은 그의 이름과 죽음까지도 모두 사내에게 빼앗겨버린 꼴이 되어 있었다. 이름이 없어서 죽음이 두렵다고 했던가, 사내는 아마 그 이름 때문에 처음부터 계획적으로 혁민을 속이고 있었던 것만 같았다.

어떻게 생각하면 지금의 혁민은 알맹이를 몽땅 잃어버리고 빈 껍데기만 남아 있는 것 같은 느낌이었다. 사내는 혁민에게서 그의 이름을 나눠 갔을 뿐만 아니라 그의 학력과 경력을 함께 소유했으며, 취미와 버릇과 행동거지를 익혔고, 느끼고 생각하는 의식의 취향까지도 그를 닮아온 것이었다. 그런 식으로 그는 하나하나 혁민을 탐해오다가 드디어는 그 모든 것과 함께 그의 이름과 죽음까지도 깡그리 자기 것을 만들어버린 것이었다.

남아 있는 혁민은 빈껍데기였다. 그는 살아 있는 유령이었다. 자신이 자신을 그렇게 느끼기 시작했다.

그는 잃어버린 자신을 찾아야 했다. 빼앗긴 이름과 자기의 죽음을 되찾아내야 했다. 사무적으로만 생각하면 어려운 일은 아니었다. 사연을 밝히고 죽어버린 호적부만 살려내면 그만이었다.

하지만 혁민은 그러지를 않았다. 그런 식으로는 일을 해결 짓고 싶지가 않았다.

사실은 그럴 수가 없었다. 겁이 났던 것이다. 이름을 살려내고 사내가 떠맡아간 반쪽 몫을 다시 찾아 살아낼 용기가 선뜻 솟아

나질 않았다.

그는 다른 방법으로 일을 시작했다. 사내가 살다 간 행적을 뒤쫓아 다시 한 번 부산을 찾아 들었다. 그의 행적을 뒤쫓아가면서 그가 하던 일을 익히고 그가 사귀던 여자를 사귀며 그가 살다 간 흔적이며 무엇 하나 빠짐 없이 거두어 간직해나갈 작정이었다. 그런 식으로 혁민은 그의 이름으로 살고 간 그 이름의 반몫에 해당하는 한 사내의 생애를 이번에는 살아 있는 자기의 생활 내력으로 하나하나 다시 회수작업을 벌여나갈 참이었던 것이다.

155

사내는 이제 이야기를 거의 다 끝내가고 있는 것 같았다. 눈을 감은 채 한동안 조용히 말을 끊고 있었다.

지연은 아직도 한참 더 사내를 기다리고 있었다. 사내의 이야기에 섣불리 어떤 간섭을 하고 나설 수가 없었다. 사내의 이야기가 계속되는 동안 그녀는 한 번도 입을 연 일이 없었다. 잦아질 듯 기력이 진해진 몸을 허물어뜨리고 누워서 조용히 사내의 이야기를 귀에 담고 있었다.

기이한 사내였다. 기이하다기보다 터무니없는 사내였다. 사내는 처음부터 제정신을 가지고 살아온 사람이 아니었다. 마술에라도 걸린 사람 같았다. 그리고 그는 아직도 그 몹쓸 마술에서 제 넋을 못 찾고 있는 형국이었다.

하지만 지연은 이 엉터리없는 사내의 이야기를 쉽사리 웃어넘길 수가 없었다. 사내의 분위기가 너무도 차분했다. 그리고 그 꿈꾸듯 조용조용한 사내의 목소리에선 이상스럽게 간절한 것이 느껴져오고 있었다.

지금 내가 왜 이런 곳에서 이런 얘길 듣고 있는 건가. 무엇 때문에 이런 얘기에 맘이 홀려들고 있는 건가. 그리고 이 사낸 지금 어째서 이토록 열심인가. 이런 얘길 이토록 내게 길게 털어놓고 있는 것인가 말이다.

그런 생각을 하면서도 이번에는 지연 자신까지 자꾸 사내의 분위기에 이끌려들고 있었다. 졸림 속을 헤매듯 자꾸자꾸 사내의 이야기 속으로 빠져들어가고 있었다. 그리고 마침내는 그녀 자신이 사내가 되어, 자기도 모르게 사내의 어떤 간절한 소망 같은 것을 만나고 있었다.

사내는 죽음을 생각하고 있었다. 아니 그는 그 자기의 죽음을 그리워하고 있었다. 그리고 그가 그것을 그리워하고 있는 것만큼이나 친구의 죽음을 질투하고 있었다.

그녀는 아릿아릿 홍분기를 느끼고 있었다. 노곤한 행복감 같은 것이 발끝에서부터 천천히 그녀의 육신을 흘러지나가고 있었다. 그녀는 자신도 모르게 부르르 몸을 떨고 있었다.

아무것도 말을 할 수가 없었다.

무연스런 침묵이 한참 더 계속되고 있었다. 햇볕이 훨씬 뜨거워지고 있었다.

구름 한 점 없는 섬 하늘 복판을 하얗게 맑은 햇덩이가 한창 녹아 흐르고 있었다. 조로롱 조로롱…… 어디선가 나무 그늘에 숨은 새 울음소리가 이따금 파도에 씻겨나가곤 했다.

아직도 섬을 찾는 발동선은 기척이 없었다.

"부산에선 그럼 그 친구분의 행적을 찾아 헤매고 있었던 거군요."

참을 수가 없다는 듯, 지연이 이윽고 사내 쪽을 돌아보며 물었다. 사내도 이젠 어느 참부턴가 커다랗게 뜬 눈망울에 하늘을 가득 담고 있었다. 눈동자가 텅 빈 눈이었다. 그가 하늘을 보고 있는 것이 아니라 하늘이 그를 보고 있었다.

지연의 소리를 듣고서야 그는 눈에 담긴 하늘을 밀어내면서 천천히 그녀를 돌아다보았다.

"그 친구?…… 그래 그런 셈이지. 그 친구를…… 지난 한여름 내내……"

한숨 쉬듯 느릿느릿 말하고 나서는 다시 시선을 외면해버렸다.

"그래 이젠 다 끝난 셈이지. 이젠 다 끝났어……"

사내가 혼잣말처럼 중얼거리고 있었다.

"무엇보다도 난 이제 녀석의 죽음을 알아냈으니까. 그 녀석 죽음 가운데서도 무엇보다 내게 가장 중요했던 사실을 말예요."

156

사내는 오랜만에 혼자 득의에 찬 미소를 머금고 있었다.

지연은 다시 묻지 않을 수 없었다.

"무슨 일을 알아냈는데요? 그분의 죽음 가운데서 선생님께 가장 중요한 사실이란 게 어떤 거였어요?"

"글쎄 내게 중요한 게 무어였겠어?"

사내는 잠시 대답을 아끼고 싶은 눈치였다. 하지만 얘기는 어차피 이제 올 데까지 와버린 다음이었다.

"녀석이 정말 자살을 한 건가 아닌가 하는 점이 문제였어요. 작자가 어쩌면 자살이 아닌 다른 사고로 우연히 그렇게 된 건지도 모르니까 말요."

지연의 대꾸는 기다리지도 않고 먼저 저쪽에서 해답을 털어놓고 있었다.

"녀석의 죽음이 자살이냐 아니냐 하는 것은 그가 정말로 내게서 죽음을 탐내 갔느냐 아니냐를 결정해주는 중요한 단서가 되는 일이거든. 난 녀석의 죽음을 찾아내려고 죽도록 애를 썼음을 보면 그가 죽기 전에 과연 어느 정도 그 죽음이라는 걸 염두에 두고 있었느냐를 알 수 있었으니까 말이오."

"그래 끝끝내 그걸 찾아내셨군요. 부산에서였나요?"

"그래요 부산에서…… 바로 지난 초여름 일이었지."

"그럼 두번째 길에서였군요."

"그렇지요. 첫번째는 소식을 모르고 돌아갔구…… 그러다가 고향에서 그의 죽음을 보고 다시 부산엘 와서……"

"그렇담 그분이 죽은 건 선생님의 첫번째 부산행 다음이었겠군요."

"그런 셈이죠. 작자는 내가 부산엘 와서 설치는 걸 가만히 숨어 보고 있다가 갑자기 행동을 서두른 거예요."

"그래 어떤 식이었어요?"

"물론 예상대로였지요. 자살이었어요."

그의 죽음을 찾아낸 것으로 사내는 모든 해답을 얻어낼 수 있었다고 했다.

"얼핏 보면 사내의 죽음은 자살인지 사곤지 구분하기가 좀 애매한 데가 있긴 했어요. 부둣길을 달리다가 차를 불쑥 바닷물로 내던졌거든요. 현장을 보지 않으면 그런 사고가 생길 수도 있는 것처럼 생각하겠지요. 하지만 그건 분명히 고의적인 사고였어요. 그 당시 작자의 사고를 담당했던 사람들의 말도 그렇지만, 사고가 일어난 시간이 벌건 대낮이었거든요. 차에 실은 손님도 없었구. 인적이 좀 뜸한 곳이긴 했지만 웬만해선 대낮에 그런 사고가 생길 리 없지요. 무엇보다도 녀석에게 고의가 확실했던 건 차 속에 들어 있는 녀석의 몰골이었어요. 이건 물론 사고를 다룬 경찰에서 들은 얘기지만 녀석은 그때 차를 끌어내놓고 보니 운전석에 핸들을 붙들고 앉아 있는 자세가 하나도 흐트러지질 않았더라는 거예요. 생각할 수가 없는 일이지요."

혁민은 사내의 자살을 단언했다.

경찰에서도 물론 그렇게 단정했고, 사체 처리도 결국은 그런 식으로 끝내져 있더라는 것이었다. 본적지에선 연고자가 나타나지 않았으므로 사망진단서 송부만으로 일이 깨끗이 끝나버린 것이었다.

"하지만 선생님은 아까 그 친구분이 자기의 자살을 확실하게 해놓지 않은 데가 있는 것처럼 말씀하신 곳이 있었지요?"

지연은 문득 생각나는 일이 있어서 다시 한마디 끼어들었다.

"그랬었지. 하지만 그는 자살을 한 거예요. 그런 식으로 내게서 모든 걸 빼앗아간 거란 말입니다."

"자살이 아닐 수도 있잖아요?"

지연은 한번 더 다그쳐 물었다.

157

막연히나마 지연은 정말 사내의 죽음이 자살이 아닐 수도 있다는 생각이 든 것이었다.

"모든 일이 만약 선생님 말씀대로라면 그분은 자기의 자살을 좀더 확실하게 해놓을 필요가 있지 않았겠어요? 자기의 죽음을 더욱더 분명하게 자기 것으로 만들어버리기 위해서 말예요. 애매한 구석을 남겨두고 싶지가 않았을 것 아니냔 말입니다."

하지만 사내의 죽음에 대한 혁민의 추리는 상상 이상으로 철저했다. 사내가 왜 자기의 자살을 좀더 분명히 해놓지 않았는가 하는 점에 대해선 혁민 역시 이미 생각을 끝내놓고 있었다. 말할 것도 없이 그의 상상은 지연을 훨씬 앞지르고 있었다.

"머리가 제법 민첩하게 돌아가는 편이구먼. 하지만 그건 아직도 한 가지밖에 모르는 소리예요."

사내가 다시 지연을 향해 의미있는 미소를 흘리고 있었다.

"나도 물론 처음에는 그 점이 좀 이상하게 생각됐던 게 사실이에요. 하지만 녀석에겐 또 녀석대로 이유가 있었던 거지요. 무슨 말이냐 하면, 그런 식으로 녀석은 자기의 죽음에다 말썽을 좀 붙여두자는 것이었어요."

사내의 어조는 신념에 차 있었다.

"얼마 안 가서 곧 판명이 된 일이긴 했지만, 녀석은 그 자기의 죽음이 고의에 의한 자살인지, 우연히 생긴 사고에 의한 것인지를 두고 얼마간이나마 세상에서 말썽거리가 되어주기를 바랐던 거란 말입니다. 이를테면 그는 방구석에 드러누워 알약이나 몇 개 털어넣고 나선 확인시켜줄 수가 없다고 생각한 거지. 될수록 말썽을 일으켜서 자기의 죽음을 많은 사람에게 확인시키고, 그래서 나중엔 나의 귀에까지 그의 소식이 전해져서 다시는 그로부터 나의 이름과 죽음을 되찾아낼 엄두가 나지 않도록 만들고 싶었던 거란 말입니다……"

피해망상이랄까. 집념이랄까.

혁민의 어조에는 거의 어떤 광기(狂氣)마저 느껴져오고 있었다.

사내는 이제 몸을 벌떡 일으키고 있었다.

"하지만 이제 와서 보면 모든 일이 작자의 소망대로만 되어진 건 물론 아니었어요. 작자의 속심은 너무 쉽게 해득되어버렸고, 그자의 그 의뭉스런 소망은 지방신문의 사건기사 몇 줄로 간단히 끝이 나고 말았거든. 하긴 그런 바람에 내가 여기까지 그의 행적을 쫓아 잡는 데도 그리 애를 먹었지만 말입니다."

말을 끝내고 나서 사내는 이제 그래도 뭐 의심스런 데가 있느냐는 듯 지연을 멀거니 내려다보고 있었다.

"그러고 보니까 여태까지 가장 궁금한 걸 묻지 않고 있었던 것 같아요."

지연은 마치 그 사내의 표정에 응답이라도 보내듯 무연스런 눈초리로 그를 마주 쳐다보았다. 사내가 말없이 그녀를 기다리고 있었다.

"선생님은 이제 그런 식으로 그 친구분의 죽음을 찾아내셨노라 하셨지요. 한데 무엇 때문이지요? 무엇 때문에 그토록 열심히 그걸 찾아내야 하셨느냔 말씀이에요."

지연의 질문은 이제 바로 사내 자신에게로 돌려지고 있었다. 하지만 그는 이번 일에 대해서만은 지연의 궁금증을 한결같이 미리 꿰뚫어보고 있었던 듯한 투로 그녀를 대해오고 있었다.

"그건 벌써 얘기가 된 줄로 아는데……"

"똑똑히 알아듣질 못한 것 같아요."

"그야 물론 작자한테 도둑맞은 것들을 다시 내 것으로 찾아오기 위해서지 뭐겠어."

"그분의 죽음까지두요?"

"물론 죽음까지도. 내겐 사실 처음부터 그게 가장 중요한 것이었으니까……"

158

역시 지연의 짐작대로였다.

혁민은 사내의 죽음을 질투하고 있었다. 그리고 그것을 되찾아 내기 위해 미친 사람처럼 사내의 죽음을 뒤쫓고 있었다. 하지만 어떻게? 그런 일이 도대체 어떻게 가능하단 말인가.

"그래서 선생님은 기어이 그 친구분한테서 죽음을 빼앗아내신 건가요?"

지연은 자신도 거기까지는 잘 실감이 가지 않은 표정으로 사내를 올려다보았다.

"아니 그것까지는 아직……"

이번에는 사내 쪽에서도 자신이 좀 덜한 어조였다. 어물어물 말끝을 흐리고 있었다.

"하지만 아까 말씀으론 이제 모든 게 다 끝났다고 하지 않았어요?"

"끝난 건 그의 자살을 찾아낸 것이었겠지."

"그렇담……"

"아직 가장 중요한 일이 남았어요. 그 때문에 이 한여름을 어물어물 아직 부산에서 서성거리고 있는 게 아니오."

"그럼 이제부턴 어떡헐 참이게요?"

지연이 정말로 궁금한 대목을 파고들었다. 하지만 사내의 말속에는 웬일인지 거기서부터 다시 자신이 붙고 있었다.

"뻔한 순서지요."

"어떤 식으로 마지막 마무리를 지을 작정이세요?"

"그 친구한테 어떻게 죽음을 다시 빼앗아오겠느냔 말이군. 걱정해줘서 고마워요."

"걱정해드리고 있는 건 아니에요."

"하지만 이젠 걱정할 거 없어요. 이렇게 준비가 다 끝났으니까."

"어떻게요?"

"거길 만난 거…… 이젠 더 이상 미적거릴 필요가 없어졌어요."

사내는 문득 지연을 이야기 속으로 끌어들이고 있었다.

"제가 왜요? 저하고도 무슨 상관이 있는 건가요?"

"상관이 있구말구. 그래서 난 거기한테 이런 얘길 모두 다 털어놓고 있었던 건데……"

"알 수가 없군요."

"몰라도 상관없는 일이에요. 알아야 할 필요도 없구. 거긴 그저 이렇게 내 얘기만 조용히 들어주면 그만인 거예요."

"알아선 안 된다는 건가요."

"가만있어도 언젠가는 저절로 알아질 때가 있을 테니까."

"기다리고 있을까요?"

"아마 오래 걸리진 않을 거요."

"하지만 선생님은 마지막 마무릴 어떻게 지을 작정인가도 아직 말을 하지 않았어요. 그것도 함께 기다리고 있을까요?"

"계속해서 빚을 지는 기분이군."

"그럴 건 없어요. 전 아직 빚을 준 일은 없으니까요. 아무것도 모르고선 무슨 빚을 줄 수가 없지 않아요."

지연은 그만 입을 다물었다. 사내에게선 더 이상 별다른 이야기가 나올 것 같지 않았다. 눈꺼풀까지 스며온 허기 때문에 이제는 말을 더 계속할 기력도 없었다. 온몸이 금세 땅 밑으로 가라앉아가는 느낌이었다.

지연은 마치 자신의 육신 속으로 검은 밤이 담뿍 밀려들어오는 기분 속에서 사내의 마지막 말을 듣고 있었다.

"하지만 난 그렇겐 생각할 수가 없어요. 난 지연 씨한테 결국 큰 빚을 진 거예요. 지금까지도 그랬지만 앞으론 더욱더 무거운 빚을 말이에요. 사실을 말하자면 지연 씨도 벌써 그건 알고 있었던 거지요. 여태껏 내 얘기를 열심히 들어준 거……"

사내의 입에선 처음으로 지연의 이름까지 불리고 있었다.

159

지연과 사내가 쥐섬을 빠져나온 것은 이날 오후 5시가 가까울 무렵이었다. 두 사람 다 초주검이 되어 간신히 섬을 지나가는 발동선 한 척을 불러들일 수 있었다.

항구까지 돌아온 두 사람은 배를 내리자마자 우선 가까운 음식점을 찾아가 요기부터 서둘렀다. 뜨거운 국물로 속을 좀 덥히고 나니 지연은 또 시름시름 졸음기가 달려들기 시작했다.

하지만 지연은 이제 사내를 헤어져야겠다고 생각했다. 배를 타고 올 때부터의 생각이었다. 식탁에 마주 앉아 허기를 꺼 내리는 동안도 지연은 줄곧 그 생각을 하고 있었다.

사내를 헤어져야겠다는 것만이 아니었다. 한시바삐 그녀는 아주 이 부산을 떠나버리고만 싶어졌다. 물론 사내 때문이었다. 사내를 만나 그의 이야기를 들은 때문이었다.

난 지연 씨한테 큰 빚을 진 거예요. 지금까지도 그랬지만 앞으로 더욱더 큰 짐을 말예요……

섬에서 지껄이던 사내의 그 마지막 말이 이상하게 자꾸 마음에 짚여오고 있었다. 하지만 지연은 사내의 그 마지막 말 때문에 그와 부산을 떠나자고 자신을 재촉하고 있는 것은 물론 아니었다. 관련이 없다곤 할 수 없었다. 그러나 지연의 생각이 그보다도 더 먼저였다. 사내의 말이 있기 전에도 지연은 벌써 모든 것을 앞질러 감득하고 있었다. 사내가 왜 그토록 망설이며 자신 없는 인간이 되고 말았는가, 그리고 그가 무엇 때문에 생면부지의 인물에게 자신의 이름을 빌려주는 따위의 이상심리가 발동하게 되었는가 하는 데서부터, 그가 마침내 사내의 죽음을 질투하고 절분해하는 이유에 대해서까지도 어느 정도 공감 같은 걸 느끼고 있었다. 자기의 죽음을 되찾겠노라 벌러대면서도 한사코 아직 호적부의 이름만은 되살려내려고 하질 않은 이유에 대해서도 물론 짐작 가는 대목이 있었다. 그는 자신을 두려워하고 있는 것이었다.

사내에 대한 지연의 그만한 이해는 그가 그녀에게 이미 커다란 빚을 지고 있었다는 말에 충분한 값이 될 수 있는 것이었다. 그리고 그런 의미에선 지연 쪽에서도 이미 그러한 사실을 알고, 그의 이야기에 그토록 열심히 귀를 기울여주었던 게 아니냐는 사내의 말도 틀림이 없는 듯했다. 지연은 사실 그녀가 이해할 수 있을 만큼은 그의 이야기를 열심히 들어준 것이었다. 빚을 준 것이었다.

하지만 문제는 앞으로의 빚이었다. 그 앞으로의 빚에 대해서는 지연으로도 잘 짐작이 가지 않은 점이었다. 사내는 그 죽음을 다시 자기의 것으로 빼앗아오는 작업의 마무리를 어떻게 끝맺을 것인가에 대해서는 끝끝내 말을 하지 않았다. 그리고 그것이 지연과는 어떻게 상관이 되어질 것인가에 대해서도 아직은 비밀을 만들고 있었다. 앞으로 다시 사내가 지연에게 빚을 지게 될 일이란 바로 그 마지막 작업에 관계될 것이라는 점만은 분명한 사실이었다.

앞으로의 빚이 문제였다. 지연이 사내와 부산을 떠나버리고 싶어진 것은 바로 그 앞으로의 빚과 상관이 되고 있었다. 그리고 그것은 사내의 그런 말이 있기 전서부터도 이미 지연의 마음속에서 어렴풋한 그림자를 느끼고 있었던 일이었다.

어쨌거나 지연은 이제 사내를 헤어질 결심이었다. 어느 틈에 그녀 역시 어떤 두려움 같은 걸 느끼기 시작한 것일까, 궁금한 대로 그녀는 사내의 그 꺼림칙한 수수께끼의 현장을 벗어나고 싶은, 어서 빨리 그곳을 벗어져나야 한다는 조급한 예감에 쫓기고 있는 것이었다.

두 사람은 이윽고 식당을 빠져나왔다.

160

"어디로 가시겠어요."

식당 문을 나서자 지연은 자기 쪽에서 먼저 사내를 헤어지고 싶은 눈치를 보였다.

"왜 이젠 혼자 달아나고 싶어서?"

낚싯대며 아이스박스 따위를 주렁주렁 짊어진 사내가 시무룩한 표정으로 되물어왔다. 하지만 이젠 사내 역시도 더 이상 지연을 붙들고 나서려는 기미가 없었다. 갈 테면 가보라는 듯 흐느적흐느적 혼자서 길을 앞장서 걸어가고 있었다. 벌써부터 지연이 그럴 줄 짐작하고 있었던 듯한 태도였다. 혹은 이제 그 지연에겐 볼일을 다 보고 난 듯한 홀가분한 기색마저 엿보이고 있었다.

"우린 다른 약속은 없었잖아요?"

지연은 끌리듯이 사내를 뒤따라가고 있었다. 마치도 사내 쪽에서 무슨 새로운 약속이라도 남겨주길 바라는 꼴이 되고 있었다. 실상인즉 마지막으로 한 가지 사내에게서 확인해보고 싶은 일이 있긴 했다. 하지만 사내 쪽에선 여전히 걸음을 멈추지 않았다. 뒤조차 돌아보지 않고 계속 같은 속도로 발길을 옮겨가고 있었다.

"그랬던가……? 하긴 약속을 한 건 없었지. 우린 처음부터……"

"그림자가 없는 인간들이었죠. 만나고 헤어져 있는 것조차 우연밖엔 따로 생각하기가 쑥스러운……"

지연이 재빨리 사내의 말을 빼앗아버렸다. 하니까 사내는 그제

서야 얼핏 한번 지연을 돌아다보더니,

"하지만 그건 좀 너무 심한 것 같군."

실없는 웃음을 흘리고 나서는,

"그렇담 지연 씬 지금 어디로 갈 작정이시지?"

자기로서도 오히려 분명한 대답을 들어두고 싶다는 투로 물어오고 있었다.

"그건 아까 제가 선생님께 여쭌 질문 그대로군요."

자기 쪽이건 사내한테건, 행선지 따위엔 이미 서로 관심이 없다는 것을 알면서도, 지연은 한 번 더 질문을 뒤집고 있었다.

"선생님 먼저 말씀해보세요. 선생님은 지금 어디로 가고 계신 거죠?"

"글쎄……"

"그렇담 저한테도 별로 그걸 알고 싶은 건 아니시겠죠."

"글쎄……"

사내가 뭐라고 대꾸를 해오든 지연에겐 역시 마찬가지 대답이 되었을는지 모른다. 하더라도 사내의 대답은 너무 무기력했다. 도대체 관심이 담기지 않은 목소리였다.

지연은 마침내 입을 다물고 말았다.

사내에겐 처음부터 약속을 남기고 싶은 생각이 없었다. 첫눈이 내리는 날의 무교동 거리. 사내와의 사이엔 그런 약속이 아무 의미도 없는 일처럼 생각되고 있었다. 처음부터 무슨 약속을 남길 생각에서 그를 따라온 건 아니었다. 막연한 예감에 불과한 것이었지만, 지연은 뭔가 마지막으로 확인을 해보고 싶은 것이 있었다. 사내가 겨울을 약속할 수 있는지 없는지를 알고 싶었다. 하지만 그는 이제 그 겨울을 약속할 수 없는 게 분명했다. 사내에겐 겨울이 너무 먼 것이다.

지연의 발걸음이 차츰 속도를 잃어갔다. 사내와의 거리가 조금씩 멀어져가고 있었다.

하지만 사내의 걸음걸이는 아직도 여전했다. 지연이 그를 뒤따라오든 말든, 어쩌면 이미 그녀가 자기를 뒤따라오고 있었다는 사실까지 망각을 해버리고 만 듯 혼자서만 어정어정 길을 걸어나가고 있었다.

지연은 마치 대낮에 한길을 걸어가고 있는 몽유병자를 보는 것 같았다.

그녀는 행여 그 사내가 자기를 뒤돌아보지나 않을까 싶어 조마조마 가슴을 조이면서도 끈에 매인 사람처럼 한참 동안이나 더 사내의 뒤를 따라가고 있었다.

돌아서면 빈 하늘

161

사내가 서두르지 않았더라면 지연은 아직 한동안 부산에서 거동을 망설이고 있었을는지 모른다. 부산을 떠나자고 하고 나서도 당장은 시기가 맞질 않았다. 여름은 엉거주춤 물러서기 시작하는데, 그렇다고 이내 가을이 성큼 다가서줄 것 같진 않았다. 어중간한 시기였다. 산간 쪽은 더더구나 어중간하다. 이런 땐 차라리 바다 쪽이 그럴듯하다.

사람들이 서둘러 여름을 떠나가고 나면 바다는 혼자 먼 수평선으로부터의 가을을 기다린다. 조용한 바다의 눈길, 그 눈길의 응시가 되살아난다. 사람들은 때로 저 혼자 쓸쓸해져서 빈 해변가를 거닐곤 한다. 힘 안 들이고 만날 수 있는 사람들이다. 그들은 누구나 혼자이며 자신의 그리움을 주체하지 못하여 스스로 쓸쓸해져버린 사람들이다.

지연은 그것을 알고 있었다. 이맘때면 차라리 바닷가가 조금은 나은 편이었다. 웬만하면 그냥 발이 머무르는 부산에서 그럭저럭 가을을 기다리고 싶었다.

하지만 역시 그럴 수는 없었다. 사내의 눈치가 아무래도 심상치를 않았다. 분위기에서부터 여유가 없었다. 이유 같은 건 아무래도 좋았다. 사내가 있는 부산에선 하루 빨리 몸을 비켜버리고 싶었다. 사내와 사내의 소식으로부터 될수록 먼 곳으로 자신을 숨겨버리고 싶었다.

다시 이틀이 지난 다음이었다.

지연은 마침내 부산을 떠나는 버스 위에 몸을 싣고 있었다. 차내 화장실과 넓은 화물고가 자랑이라는 서울행 그레이하운드 2층 좌석이었다. 행선지가 서울로 정해져 있는 것은 물론 아니었다. 그녀는 아직 확실한 행선지가 없었다. 고속버스 정류장까지 나왔다가 가장 쉬운 차를 골라잡은 것이 서울행이었다. 하지만 아직 서울이란 곳은 쑥스럽기 그지없는 곳이다. 진짜 행선지는 차를 타고 가면서 생각할 참이었다.

우선은 차부터 떠나고 볼 일이었다.

중간 휴게소까지 가노라면 생각이 차츰 정해지겠지.

하지만 버스는 아직 출발 시간을 5분이나 남겨놓고 있었다. 지연은 공연히 또 맘이 조급해져서 그사이에 쓸데없이 화장실을 한 차례 다녀왔다.

버스가 서서히 차체를 움직여 차고를 빠져나가기 시작했다. 지연은 그제서야 마음속이 좀 후련해져오는 기분이었다. 마치 누구에게 쫓기고 있기라도 한 듯 조마조마하던 가슴이 간신히 평온을 되찾아가는 참이었다.

무사히 달아나는구나. 무사히……

하지만 바로 그때였다.

아무려나, 지연은 그런 식으로 사내의 빚을 피해버릴 수는 없었던 것일까. 그녀는 정말 생각지도 않은 곳에서, 생각지도 않은 사람에게 기어이 다시 발목을 붙잡히고 만 것이었다.

"세상엔 참 별별 친구도 다 많군."

통로 쪽으로 그녀와 자리를 나란히 하고 앉아 있던 사내가 혼잣말처럼 천연스럽게, 그러나 지연에게 무슨 동의라도 구하고 싶은 듯 분명한 목소리로 중얼거려오고 있었던 것이다. 그는 지연보다도 다섯 살쯤 나이를 먹어 보이는 남자였는데, 아까부터 줄곧 지방신문 한 장을 펴들고 여기저기 지면에만 정신이 팔려 있던 사내였다.

"글쎄 이것 좀 보세요. 멀쩡한 친구가 대낮에 자동찰 타고 바닷물로 뛰어들었다니 참…… 이건 무슨 영화 같은 데서나 볼 수 있었던 얘기 아니오?"

사내는 이제 노골적으로 지연에게 이야기를 걸어오고 있었다.

162

무심히 지껄이고 있는 사내의 말에 지연은 귀가 번쩍 뜨였다.

낮에 자동차가 바닷물로 뛰어들었다면?

지연은 반사적으로 사내의 시선을 좇고 있었다. 사내가 손가락으로 문제의 기사를 찍어 보이고 있었다.

역시 틀림없었다.

한혁민이라는 사내, 그가 자동차로 바닷물에 뛰어든 것이었다. 먼젓번 사내와 똑같은 방법, 똑같은 장소에서였다. 자동차는 하루 전날 밤 사이에, 영도 근처의 어떤 주차장에서 종적을 감춘 영업용 택시라고 했다.

사내는 물론 차와 함께 순식간에 바닷물로 잠겨버렸고, 얼마 뒤에 다시 육신이 뭍으로 끌어올려졌을 때는 먼젓번 사내의 그 모습 그대로 상처 하나 없이 고스란히 운전석을 지키고 앉아 있는 모습이었다고 했다.

지연은 갑자기 정신이 멍멍해지고 있었다. 사내는 기어이 그런 식으로 자기의 죽음을 빼앗아내고 만 것이었다. 그리고 지연이 부산을 빠져나가기 전에 그런 식으로 결국은 빚을 지워오고 만 것이었다.

하지만 그렇게 해서 정말로 사내한텐 자기의 죽음이 찾아질 수 있을까.

지연은 금세 다시 의연스런 표정을 가다듬으며 고개를 갸웃거리고 있었다. 하기야 이번의 사건에도 벌써부터 사내가 바라고 있었을 만큼의 말썽은 일기 시작하고 있었다. 신문이나 경찰은 전에 없이 이 사건을 이상스럽게 생각하고 있었다. 사람들은 얼마 전에도 한번 같은 장소에서 똑같은 사고가 있었음을 기억하고 있었다. 사건이 더욱 이상스러운 것은, 두번째 사내마저, 먼젓번에 이미 사고를 저지르고 간 한혁민 그 사람과 똑같은 이름 똑같은 본적을 가졌다는 점, 그리고 똑같은 장소와 똑같은 방법을 택하고 있다는 점이었다. 곡절이 있을 게 분명하다는 얘기들이었다.

추측과 상상이 활발했다.

하지만 그것으로는 물론 사내의 죽음이 온전히 그의 것으로 되돌려질 수는 없었다. 아직은 사내의 곡절이 밝혀지지 않고 있었다. 무엇보다도 지연이 아직 빚을 짊어져주고 싶은 각오가 서지 않고 있었다. 지연은 비로소 사내의 빚이라는 게 어떤 성질의 것인가를 분명히 깨닫고 있었다. 그녀가 입을 다물고 있는 한은 분명한 곡절이 밝혀질 수 없었다. 그녀가 가령 입을 연다 해도, 마음으로부터 그것을 떠맡아주기를 꺼려 하는 한 사내의 죽음을 값해줄 만한 증거는 아무한테서도 구할 길이 없었다.

지연은 점점 더 머리가 어지러워져오고 있었다. 버스는 그새 벌써 시가지를 빠져나가 비정스럴 만큼 시야가 말끔한 고속도로 위를 달리고 있었다.

"어떻습니까. 세상은 아무래도 요지경 속이지요?"

옆자리의 사내가 슬슬 다시 말을 걸어오기 시작했다. 지연은 그제서야 사내 쪽으로 관심을 좀 돌려보려고 했다.

"글쎄요. 뭐가 뭔지 전 납득이 잘 가질 않는군요. 하지만 사람들 일이 다 그렇고 그런 거겠죠. 뭐."

재미없는 소린 그만두고 다른 얘기나 시작해보라는 투의 대꾸를 보냈다.

하지만 사내는 물론 지연의 기분을 알 턱이 없었다. 사내는 지연의 말을 듣고도 얼핏 화제를 옮기지 못하고 있었다. 그는 오히려

"세상을 무척 쉽게 살아가시는 아가씨 같군요. 하지만 그렇게 간단하지만은 않을 거예요. 여기엔 분명 우리들이 알 수 없는 엄청난 곡절이 있을 겁니다."

느닷없이 지연을 힐난하는 어조가 되고 있었다.

163

"글쎄요. 저한테라고 세상살이가 그리 쉬운 것만은 아니겠죠. 하지만 전 일부러 세상을 어렵게 살아가려고 하진 않아요."

지연은 좀 귀찮은 느낌이 들기 시작했으나 그렇다고 갑자기 입을 다물어버릴 수는 없었다. 사내가 다시 말꼬리를 붙들고 나섰다.

"거봐요. 세상을 어렵게 살아가려고 하진 않는다는 거…… 바로 그런 사람한텐 세상만사 무슨 일이고 어렵지가 않은 법이죠."

"하지만 이런 따위 사고는 날마다 신문에서 볼 수 있지 않아요?"

"이런 따위 사고라? 그렇지요. 이런 따위랄밖에 없겠죠."

"제가 말을 잘못했나요?"

"아닙니다. 말을 잘못하신 건 없어요. 그저……"

"그저?"

"솔직히 말하자면 여자가 어째 좀 너무 삭막한 것 같군요."

"저더러 무얼 어쩌라는 거죠?"

"글쎄요…… 무얼 어쩌라는 게 아니라 뭔가 좀 따뜻한 게 있었으면…… 사람이 사람한테 대한 사랑 같은 거 말입니다."

알 수 없는 사내였다. 그는 엉뚱스런 일로 자꾸만 쉬지 않고 지연을 간섭해오고 있었다. 마치도 그는 지연과 그 한혁민이라는 사내와의 일을 알고 있거나, 또는 혁민이 그녀에게 떠맡기고 싶어 했던 빚까지 다 짐작하고서 그녀의 결심을 재촉하고 있는 것만 같았다.

지연은 도대체 생각을 정리할 수가 없었다. 곁에 앉은 사내가 마치 혁민의 어떤 분신과 같은 착각까지 들고 있었다.

"글쎄, 전 세상을 그렇게 일부러 어렵게 살아가려고는 하지 않는 여자라니까요."

지연은 쏘아붙이듯 대꾸했다. 하지만 사내의 간섭은 집요할 정도였다. 뿐더러 그의 이야기는 갈수록 엉뚱스러워지고 있었다. 남자들의 의식 속에는 아무래도 뭔가 비슷한 수수께끼가 숨겨져 있는 모양이었다. 혁민에 대한 사내의 관심은 지연보다도 오히려 더한 편이었다. 그리고 그는 어쩌면 지연보다도 더 가까운 곳에서 혁민의 죽음을 느끼고 있는 것 같았다.

"아가씨가 이런 일에 관심을 갖지 않으려고 하는 건 어쩔 수가 없는 일이지요. 하지만 관심을 갖지 않는다고 우리한테 전혀 상관이 없는 일이 되어버릴 순 없을 겁니다. 상관이 없다고 잡아떼기엔 너무도 가까이 있는 일들이에요.

그리고 어쩌면 그게 바로 우리 자신의 일인지도 모르지요."

"선생님, 혹시 그 사람 아는 분이 아니세요?"

"아는 사람이라뇨?"

"그렇지도 않으시담 너무 열심인 것 같군요."

"알고 있진 못하지만 그를 썩 가깝게 느낄 수는 있으니까요."

"이상하군요. 선생님은 아직 아무것도 곡절을 모르고 계시지 않아요."

"자세한 곡절 같은 건 실상 문제가 아닐는지 모르지요. 그리고 그것도 벌써 어느 정도는 무게를 느낄 수가 있는 거구요. 어쨌거나 이 친구한텐 결국 그런 식으로 끝장이 온 거 아닙니까."

할 수 없었다.

지연은 그만 입을 다물고 말았다. 이젠 자기 쪽에서 먼저 화제를 바꿔주거나 아니면 아예 사내 혼자 실컷 지껄이다 지쳐날 때까지 입을 다물고 앉아 있는 수밖에 없었다.

164

"이 차 휴게소가 어디쯤인가요?"

버스가 대구 근방을 지나고 있을 즈음에야 지연은 겨우 새 화제를 꺼낼 수 있었다. 이 길로는 어차피 서울까지 차를 탈 수가 없었다. 출발부터 이미 길이 갈라지고 있었지만 금년만은 설악산을 찾고 싶은 생각도 없었다.

한혁민이라는 사내. 서울을 제외하고 나서도 아직 그의 흔적이나 기억에서부터는 될수록 멀어질 수 있는 곳이어야 한다. 그녀는 우선 휴게소가 어디쯤인가를 알아둬야 할 것 같았다.

하지만 사내는 뭔가 오해를 한 모양이었다.

"휴게소는 왜요?"

공연히 혼자 의기양양해져서 대답을 좀 아끼고 싶은 눈치였다. 하지만 지연은 사내의 기분 같은 건 아랑곳하고 싶은 생각이 없었다.

"어디쯤서 차가 설질 알고 싶어서요. 아마 추풍령이겠지요? 추풍령일 거예요."

멋대로 혼자 단정을 내리고는 다시 입을 다물어버릴 기세였다. 하니까 사내는 그제서야 좀 다급해진 어조가 되어,

"아닙니다. 추풍령일 수도 있고 대전을 훨씬 지날 수도 있어요. 운전수 컨디션에 따라 늘 달라지는 거니까요. 하지만 굳이 휴게솔 기다릴 필욘 없을 텐데요."

아직도 엉뚱스런 추측을 계속하고 있었다.

"무슨 말씀을 하고 계신 거예요?"

"이 차엔 화장실 시설이 있어요."

"고맙군요. 하지만 화장실 때문이 아녜요."

지연은 웃음이 나왔으나, 그런 소릴 듣고 나니 미상불 오줌이

좀 마려운 것 같기는 했다. 하지만 이제 와서 다시 화장실을 간달 수는 없었다. 그녀는 그냥 휴게소를 기다리기로 했다.

하지만 그녀는 오래지 않아 이번엔 그 휴게소 때문에 의외로 마음이 조급해지기 시작했다. 처음엔 그저 어렴풋이 기미만 느껴져오던 것이 사내의 얘기로 한번 마음을 쓰게 된 다음부터는 자신도 모르게 자꾸 아랫배에 긴장이 늘어가고 있었다. 영락없이 화장실을 한번 다녀와야 할 판이었다. 하지만 그녀는 아직도 참고 있었다.

추풍령까지만 해도 아직 한 시간은 걸리겠지. 하지만 대전을 지나는 편이 차라리 다행일는지도 모르지. 대전을 지난다면 아마 속리산이 제법 가까울 테니까……

지연에겐 그때 속리산이 떠오른 것은 무엇보다 다행이었다. 속리산은 그녀에게 더없이 안성맞춤이었다. 그런저런 생각으로 지연은 어떻게든 주의를 좀 돌려보려고 했다. 하지만 소용없는 짓이었다. 아랫배의 긴장은 좀처럼 덜어지는 것 같질 않았다. 마음만 점점 더 초조해져가고 있었다. 하지만 지연은 아직도 버티고 앉아 있었다.

무슨 쓸데없는 고집이 생긴 것인지 알 수 없었다. 긴장 때문에 이젠 몸을 일으킬 수 없을 만큼 사지가 다 마비되어버린 것 같기도 했다.

"대전을 지난 휴게소라면 속리산이 퍽 쉽겠군요."

"거리로는 문턱이나 다름없는 셈이지요. 하지만 추풍령이든 어디든 휴게소에서 손님을 갈아 태우는 차는 없으니까……"

"그야 물론 그렇겠죠."

그런저런 소리를 주고받으며 끝끝내 긴장을 참고 앉아 있었다.

하다 보니 버스는 역시 예고도 없이 추풍령 휴게소를 훌쩍 지나쳐버리고 있었다.

165

버스는 아직도 반 시간 이상이나 질주를 계속하다 간신히 다음 휴게소에 닿았다.

지연은 이것저것 따지고 있을 겨를이 없었다. 차가 멎기도 전에 옷가방을 선반에서 꺼내들고 하차 준비를 서두르고 있었다. 사내가 그 지연을 보고 의아스런 눈초리를 짓고 있었다.

"서울 표를 사지 않으셨던가요?"

"이 차 손님들은 모두 서울까지 직행이 아니에요?"

"그야 그렇지요. 한데 가방은 왜?"

"상관없어요. 하지만 전 이따가 혹시 출발 시간까지 돌아올 수가 없을지도 몰라요. 시간을 대 오지 못하더라도 찾지 말고 떠나라고 해주세요."

안 해도 좋았을 부탁을 남기고는 차가 멎는 대로 곧 통로를 빠져나오고 말았다. 멍청하니 그녀를 쳐다보고 있는 사내를 더 이상 괘념할 필요는 없었다. 차를 내리자마자 뒤도 돌아보지 않고 우선 화장실부터 찾아들어갔다. 정거 시간이 10분이라고 했지만 그런 건 이제 아무래도 상관없었다. 오랜만에 후련스런 몇 순간을 즐길 수 있었다.

(남자들이란 이래서 세상이 훨씬 만만할 거야. 이 짓만 가지고도 작자들은 언제나 세상을 실컷 골려주는 기분일 테거든.)

내력이야 어쨌든 지연 자신이 그런 남자들의 습성을 따른 것은 적지 않이 유쾌한 일이었다.

화장실을 나오자 그녀는 기분이 훨씬 가벼워지고 있었다. 몸을 꽁꽁 묶고 있던 긴장이 풀리고 나니 그녀는 갑자기 할 일이 아무것도 없는 사람처럼 한가한 느낌이 되고 말았다. 그녀는 천천히 세면기 앞에 붙은 거울 쪽으로 다가서서 매무시를 손보기 시작했다. 주름 잡힌 옷자락과 머리를 매만지고, 얼굴 화장도 조심스럽게 윤곽을 새로 만들었다.

시간을 보니 얼추 10분이 훌쩍 지나고 있었다. 그녀는 화장실을 나왔다. 예상대로 벌써 그녀가 타고 온 버스는 자취를 감추고 없었다.

(작자가 말을 제법 새겨들을 줄 아는 편이군. 하지만 이제부턴 어떻게 한다?)

속으로 혼자 중얼거리며 우선은 그 콜라 나부랭이를 팔고 있는 차양막 쪽으로 천천히 계단을 내려오기 시작했다. 주차장엔 등산복 차림의 놀이패와 자가용, 전세버스들이 어수선하게 들어차 있었으므로 콜라나 한 병 사 마시면서 차근차근 다음 예정을 요량해볼 참이었다.

한데 바로 그때였다.

"보기보단 참을성이 대단한 아가씨군요."

느닷없이 등 뒤에서 나지막한 사내의 목소리가 들려왔다. 지연이 얼핏 얼굴을 돌려보니 뜻밖에도 거기엔 벌써 차와 함께 휴게소를 떠났어야 할 사내가 유유히 그녀를 보고 웃고 있었다.

"왜 차칸에선 그렇게 기를 쓰지 않았어도 댁을 여기 못 내리게 붙들 사람이 없었을 텐데…… 고집인가요?"

지연은 잠시 정신이 얼떨떨했다. 하지만 그녀는 자신의 그런 기미를 사내에게 눈치채게 하진 않았다.

"차에선 몸이 몹시 흔들려서 불편하지 않아요."

알아들을 리 없으리라 생각하면서 아무렇지 않게 사내를 쳐다보았다.

"한데 전 물론 선생님이 서울까지 가시는 분인 줄 알았는데요?"

"그야 서울 표를 산 건 아가씨도 마찬가지 아니오?"

"그런데요?"

"차장한테 귀띔을 하고 내렸지요. 차표를 두 장 버린다구…… 물론 아가씨가 걱정이 되어서 그랬겠지만……"

사내도 전혀 아무렇지가 않은 표정이었다.

166

갈수록 엉뚱한 사내였다.

"저 때문에 차표를 버리실 이유는 없었을 텐데요?"

지연은 이 사내 때문에 아무래도 말썽이 좀 생길 것 같은 예감이었다. 될수록 관심이 담기지 않은 목소리로 말하고 나서는 그녀 혼자서 천천히 콜라 가게 차양 쪽으로 걸어갔다. 하지만 사내 역시 지연 못지않게 여유가 만만했다.

"이유가 있고 없는 건 아가씨가 괘념할 일이 아닙니다."

어정어정 차양막까지 지연을 뒤따라와 그녀의 맞은쪽 자리를 차지하고 앉아서는 또,

"그래 속리산은 물론 첫 번 길이 아니겠지요?"

대답 같은 건 물으나 마나라는 듯 싱겁게 그녀를 건너다보고 있었다.

지연은 입을 다물고 있었다. 도대체 무얼 어쩌자는 속셈인지 사내의 거동만 지켜보고 있었다. 무엇보다도 작자에겐 부산에서의 그 한혁민이라는 사내의 냄새가 느껴져와서 그것부터 우선 지워 없어져줬으면 싶었다.

그는 지연이 청하기도 전에 자기 쪽에서 먼저 콜라를 시켜 내왔다. 지연이 별로 사양하는 기색도 없이 병을 따 마시고 있는 것을 보더니,

"목이 마르셨나 보군요. 하기야 아직은 여름이니까. 속리산에도 단풍철은 한참 더 기다려야 할걸요."

지나치듯 덤덤한 목소리로 또 지연을 간섭해오기 시작했다.

"도대체 무슨 연극을 시작하시려는 참인지 짐작이 닿질 않는군요. 선생님은."

지연이 마침내 정면으로 대들고 말았다. 일이 기왕 여기까지

되어왔고 보면 어물어물 말을 우회하고 있는 것이 오히려 우스운 것 같았다.

하지만 여전히 사내는 태평스런 얼굴이었다.

"연극을 시작하다뇨? 무슨 연극을 말입니까?"

영문을 알 수 없다는 듯 오히려 어리둥절한 표정까지 지어 보이고 있었다.

"차표는 왜 버리셨죠?"

"글쎄요. 그건 아마 아가씨가 속리산을 들어갈 작정이 아니시던가요?"

"제가 속리산을 가거나 말거나 선생님이 상관하실 일은 아니잖아요?"

"그야 물론입니다."

"그런데 왜 자꾸 간섭을 하고 나서는 거예요?"

"간섭은 무슨? 내가 언제 아가씰 간섭한 일이 있었나요?"

할 말이 없었다. 사내 쪽에서 드러내놓고 그녀의 행동을 간섭해온 일은 물론 없었다. 어물어물 주변을 스치며 그녀의 주의를 건드리고 있을 뿐이었다. 간섭이랄 순 없었다. 하지만 지연은 간섭을 느끼고 있었다.

"세상을 일부러 어렵게 살아가진 않으려 한다더니…… 아가씨한테도 그게 별로 쉬운 일은 못 되나 보군요."

사내가 그 지연을 향해 빙글빙글 웃고 있었다.

"하지만 신경 쓰실 건 하나도 없어요. 아가씨의 속리산행이 나한테 상관없는 일인 것처럼 내가 속리산을 가는 것도 아가씨한텐 실상 아무 상관이 없는 일일 테니까 말요."

167

지연이 속리산을 가는 것에 대해 사내가 아무 상관을 하지 않은 것처럼, 지연에게도 사내가 속리산을 가는 일엔 별다른 신경을 쓰지 말라고 했다.

하지만 사정은 결국 그럴 수가 없게 되어가고 있었다. 사내가 속리산을 들어가는 차편을 구해온 것이었다. 그는 지연을 혼자 차양막 아래 남겨두고 주차장으로 내려가더니, 무슨 수를 썼는지 이윽고는 다시 그 지연에게로 돌아와서 말했다.

"난 법주사까지 갈 차편이 하나 마련되었어요. 기왕 작정이 서신 참이면 자리를 하나 더 마련해볼까요?"

으레 그럴 수밖에 없지 않겠느냐는 듯 서둘러대는 사내를 따라가보니 옹색스런 작자의 말투하곤 딴판으로 웬 자가용 승용차 한 대가 벌써 발동까지 걸어놓고 두 사람을 기다리고 있었다.

"어서 타십시오. 시간이 좀 바빠져서……"

사내와 운전사 사이엔 이미 거래가 다 끝나 있는 듯했다. 운전사는 아마 속리산 근처에 들어가 있는 주인을 하산시키기 위해 차를 대령시키러 가는 길이나 되는 것 같았다. 자리가 텅 빈 승용차의 핸들을 붙들고 앉았다가는 친절하게 두 사람을 맞아주었다. 사내의 사례가 그만큼 만족스러웠던 탓이리라.

하지만 지연은 공연히 이것저것 아는 체하고 나설 필요는 없었다. 무엇이 어떻게 되었건 우선 산까지나 가고 볼 일이었다. 그녀는 별로 사양하는 기색이 없이 냉큼 차 안으로 몸을 던져 올라갔다. 사내가 곧 그녀를 뒤따라 오르며 도어를 닫아버렸다. 운전사는 역시 기다릴 사람이 없는 모양이었다.

"자 그럼 슬슬 출발할까요?"

그는 곧 차를 움직이기 시작했다.

하고 보니 지연은 이제 정말 사내의 말대로 그에게선 신경을 편하게 가질 수가 없었다. 눈에 보이지 않는 사내의 간섭의 끈이 그녀의 느낌 속으로 점점 더 분명하게 닿아오고 있었다. 불쾌하다거나 귀찮게만 여겨지고 있는 건 아니었다. 차창을 스치는 바람결과 포장이 잘 된 아스팔트 도로의 시원한 시계 때문이었을까. 지연은 그런대로 한동안은 사내의 존재를 수월히 견뎌내고 있었다. 그를 향해 공연히 혼자 쑥스런 미소까지 건네 보냈을 정도였다.

하지만 문제는 사내의 태도였다. 사내의 태도에는 아직도 변화가 보이질 않고 있었다. 지연의 미소에도 별다른 반응이 없었다. 차를 타고 나서부터는 아예 입을 다물어버린 채 창밖만 무심히 지키고 앉아 있었다. 지연과 자기 사이엔 차를 함께 빌려 탄 우연밖에 아무런 상관도 생각하고 있지 않다는 듯, 또는 차를 타기 전에 다짐한 자신의 약속을 그런 식으로 굳이 증명해 보이고 싶기라도 한 듯 무관스런 태도를 지키고 앉아 있었다.

지연은 오히려 그게 답답했다. 또다시 사내가 어떤 간섭을 시작하고 나설까 두려우면서도, 이상스럽게 그의 그런 분위기를 견딜 수가 없어졌다. 그녀는 차라리 사내의 간섭이 기다려지고 있었다.

문득 희미한 기억이 한 가지 떠올랐다. 비슷한 경험이 있었다. 간섭을 피하려다가 오히려 그 간섭을 기다리게 되고 만 그런 경험이었다.

여학교를 졸업하고 났을 무렵, 어떤 특급열차 기차간에서였다.

168

지연은 그때 여학교를 졸업하고 나서 모처럼 만에 그녀 혼자서 시골여행을 다녀오던 길이었다. 산이고 강이고 간에 그때까지는 어디나 늘 '아빠'의 손에만 이끌려 다녀야 했던 지연이 이번만은 모처럼 그녀 혼자서 단독 여행을 끝내고 돌아오는 참이었다. 답답한 유니폼을 벗어버린 탓도 있었겠지만, 그리고 그 인자하고 자상스런 '아빠'와의 여행을 한 번도 불편스럽게 여겨본 일은 없었지만, 어느 때보다 홀가분하고 후련스런 기분이 느껴지는 그런 여행이었다. 지연은 돌아오는 기차칸에 앉아서도 지난 며칠 동안의 그 알뜰스런 기분에 싸여 제법 행복한 상념들을 씹고 있었다.

한데 오래지 않아 지연은 차츰 자신의 그 달콤한 상념에서 주의가 흐트러지기 시작했다. 이상스런 방법으로 그녀의 상념을 방해해오는 자가 있었다.

말끔한 작업복 차림의 육군 소위였다. 소위가 지연의 좌석 곁에 서서 그녀의 상념을 방해하고 있었다. 무슨 수상쩍은 거동이나 눈짓 같은 게 있어서 그런 건 아니었다. 찻간은 애초부터 만원이랄 수가 없었다. 어쩌다가 걸상 하나를 세 사람이 겹치기로 끼어 앉은 모습들이 보이고는 있었지만, 그래도 사람들은 재주껏 모두 엉덩이 붙일 자리를 하나씩 차지하고 앉아 있었다. 지연의 찻간에는 서 있는 사람이 아무도 없었다. 서 있는 사람은 오직 그 육군 소위 한 사람뿐이었다. 휴가라도 다녀오는지 손가락이 무거워 보일 만큼 커다란 기념반지를 끼고 있는 소위는 처음부터 자리를 애원하고 싶은 기색이 없었다. 그는 찻간을 들어서자마자 빈자리가 없는지 주위를 한번 휘 둘러보고 나서는 그것으로 그만이었다. 누구한테 자리를 끼어앉아 가자는 말 한마디 없이 통로에서 그냥 그대로 진을 치고 만 것이었다. 조그만 비닐 손가방을 선반에다 던져올린 다음 추근추근 손에 든 신문을 펴 읽기 시작하는 것이었다.

지연을 방해한 일이란 없었다. 그런 일이 없었을 뿐 아니라 지연의 존재 따윈 아직 염두에도 두고 있지 않은 그런 기색이었다.

그러나 문제는 소위의 위치였다. 지연의 좌석은 출입구에서도 그리 가깝다곤 할 수 없는 중간 정도의 통로 쪽이었다. 한데도 소위는 하필 그 지연의 좌석 근처까지 다가와서 그녀 곁에 진을 치고 버티기 시작한 것이었다. 소위의 비닐 가방은 바로 그녀의 머리 위로 던져졌고 신문을 펴든 채 흔들거리고 있는 그의 유니폼 자락은 이따금 지연의 팔걸이를 조금씩 기댔다 떨어져나가곤 했다. 일은 실상 그것뿐이었다.

한데도 지연은 그게 차츰 견딜 수가 없어져가고 있었다. 작자가 일부러 자기 곁으로 다가와서 그러고 있는 것만 같았다. 아직은 이렇다 할 기미가 엿보이지 않았지만 필경은 작자가 자리를 비집고 들어앉으러 들 것 같기만 했다. 처음부터 자리를 나눠 앉자고 하는 것인데 그러질 않은 게 후회스럴 지경이었다.

어쨌거나 그녀는 자신의 상념을 계속할 수가 없었다. 지연은 슬그머니 눈을 감아버리고 말았다. 작자에게 기회를 주지 않기 위해서였다. 하지만 눈을 감고 나서도 지연은 역시 마음이 편하지를 않았다. 소위의 신문지 끝이 바스락바스락 자꾸 목 근처를 스치고 있었다. 그녀는 마침내 짜증이 나기 시작했다. 슬그머니 다시 눈을 뜨고 소위를 쳐다보았다. 하지만 소위는 여전히 마찬가지였다. 지연이 그를 쳐다보는 줄도 모르는 듯 계속해서 신문만 들여다보고 있었다. 한손으로 앞좌석의 등받이를 붙들고 다른 한 손으로는 또 신문지를 옹색하게 펴 쥐고 서 있는 양이 지연의 존재 같은 건 아예 안중에도 두어본 일이 없는 낌새였다.

169

"권태기의 부부가 옛날 신혼여행 길을 다시 찾고 계신 것 같군요."

차를 몰아대면서 운전사 사내가 뒷좌석을 돌아보며 지껄이고 있었다. 지연과 사내 사이를 제 나름대로 점쳐버리고 있는 듯 작자의 말투에는 조심성이 없었다.

"누가 말이오?"

그때까지 계속 입을 다물고 앉아 있던 사내가 남의 말처럼 한마디 듣고 있었다.

"누군 누구겠습니까. 두 분 말씀이지요. 도대체 웬일로 그리 입들을 다물고 앉아 계시지요?"

자신이 답답해 못 견디겠다는 듯 두 사람을 돌아보며 껄껄 웃고 있었다.

하지만 사내는 운전사의 말에 대꾸를 하지 않았다. 그는 다시 입을 다물어버린 채 아까처럼 또 창밖으로 무연스런 시선만 흘리고 있었다.

지연 역시 사내들의 이야기엔 끼어들고 싶은 생각이 없었다. 그녀는 아직도 아깟번 상념을 계속하고 있었다.

시간이 꽤 지나서 그런지 열찻간은 야간 차의 새벽녘처럼 조용했다. 사람들은 말없이 창문을 내다보고 있거나, 등받이에 머리를 흔들흔들 굴려대며 때 없는 오수(午睡)들을 즐기고 있었다. 아직도 고집스럽게 자세를 흩트리지 않고 있는 것은 예의 그 소위 한 사람뿐이었다.

지연은 다시 눈을 감아버렸다. 이젠 정말 다른 사람들처럼 졸음기라도 좀 찾아와줬으면 싶었다. 하지만 눈을 감고 있다고 그 지경에서 졸음기를 기대하기란 어림없는 일이었다. 그럴수록 온 신경이 소위 쪽으로만 쏠려가고 있었다. 눈을 감고 있기가 오히려 답답했다. 그녀는 마침내 자기 쪽에서 먼저 소위의 기색을 초조하게 엿보는 꼴이 되어버리고 있었다. 그녀는 차라리 소위 쪽에서 좀 부탁을 해와주기라도 했으면 좋을 듯싶어졌다.

아가씨— 미안하지만 자리를 좀 나눠 앉을 수 없을까요.

다리가 무척 피곤하군요. 웬만하면 그냥 신셀 지지 않고 싶었는데……

금방이라도 그런 소리가 귓가에 스쳐올 것 같기만 했다. 소위가 슬그머니 그녀의 어깨를 밀치고 드는 착각을 일으킬 때도 있었다. 신문지가 부스럭거릴 때는 가슴을 두근거리며 소위의 목소리가 기다려지곤 했다.

하지만 그런 것은 모두가 지연 혼자의 상상일 뿐이었다. 소위는 끝끝내 지연을 아랑곳하지 않았다. 언제부턴가 그는 지연의 팔걸이로 몸을 조금씩 기대오는 기척이 느껴져오고 있기는 했다. 그러나 그뿐이었다. 지연이 반쯤 눈을 뜨고 올려다보았더니, 아직도 계속 신문을 들여다보고 있는 줄만 알았던 소위는, 한 손으로는 그 신문을 쳐들고선 자세 그대로 끄덕끄덕 희한스런 졸음질을 시작하고 있었던 것이다. 그러면서도 소위는 끝끝내 자리를 부탁해오진 않았고, 서울까지 내내 그런 식의 여행을 고집스럽게 계속하고 있었던 것이다. 그리고 서울역에 닿을 때쯤해서는 차가 미처 멎기도 전에, 일찌감치 혼자 승강구 쪽으로 걸어나가 있다가 부리나케 모습을 감춰가버리고 만 것이었다.

그는 결국 지연을 간섭해온 일이 없었다.

간섭을 받은 것은 물론 그녀 스스로였다. 어처구니없는 일이었다.

그러나 지연은 그날따라 한 가지 이상스런 사실을 깨달았다. 어깨가 묵적지근한 기분으로 서울역 출찰구를 빠져나왔을 때였다. 그리고 거기서 그녀가 모처럼만에 단신 여행을 끝내고 돌아오는 딸의 귀환을 기다리고 서 있는 아빠의 모습을 발견했을 때였다. 그때 문득 지연은 그것을 깨달았다.

170

그녀는 이미 그녀의 짐을 짊어지고 있었다.

그것도 누군가가 그녀를 위해 마련한 짐이 아니라 그녀 스스로 짊어진 짐이었다. 서울역 출찰구를 빠져나오다 그녀를 기다리고 서 있는 아빠를 보고 지연이 깨달은 것은 바로 그것이었다.

기이한 일이었다.

그녀의 아빠는 이 세상 누구보다 그녀에겐 어떤 거추장스런 짐이 지워지는 것을 싫어했다. 그녀가 어떤 식으로 어떤 모양의 짐을 짊어지는 것도 원하지 않았다. 그리고 있는 정성을 다해 그녀가 그렇게 되기를 바라오고 있었다. 그런데 하필이면 그 아빠를 보는 순간 바로 그 아빠한테서부터 지연이 그녀의 짐을 깨닫게 된 것이었다.

하지만 우연이랄 수는 없는 일이었다.

사연이 있었다.

지연은 어렸을 때부터 엄마가 없는 아이였다. 그녀는 엄마의 기억이 없었다. 아빠의 기억뿐이었다. 아빠는 엄마가 없는 이상한 사람이었다. 엄마 없이 당신 혼자서 그녀를 길러온 아빠였다. 엄마가 없는 대신 그 엄마의 몫까지 지연을 귀여워해주고 자상한 아빠가 되어주었을 것은 말할 나위가 없었다.

그리고 또 그 엄마가 없는 대신 아빠는 한 가지 독특한 취미를 가지고 있었다. 여행과 등산벽이 그것이었다. 틈만 나면 아빠는 며칠씩 집을 비우며 어디론지 먼 여행을 다녀오곤 했다. 여행을 떠날 만큼 틈이 길지 않으면 산이라도 찾아갔다. 우락부락 거친 옷차림을 하고 집을 나갔다간 해가 저문 다음에야 그 무거운 배낭만큼이나 힘겨운 피곤을 한 짐씩 짊어지고 돌아왔다.

원래부터 말이 적은 아빠였지만 그렇게 산이나 여행을 다녀온 아빠는 집을 떠날 때보다도 더한층 입이 무거워져 있곤 했다. 우락부락 거친 모습 위에 이상스럽게 쓸쓸한 그늘이 어려 있곤 하던 아빠였다. 지연에게 여행이나 등산 취미가 생긴 것은 그 아빠 때문이었다. 지연이 중학교를 입학한 해부터 아빠는 당신의 등산길에 지연을 끌어내기 시작한 것이었다. 그리고 조금 뒤에는 이삼 일씩 걸리는 여행길에도 그녀를 꼭꼭 함께 데려가주었다.

부녀는 6년 동안 그런 식으로 등산과 여행을 계속했다. 웬만한 산, 웬만한 시골길은 안 가본 곳이 없을 정도였다. 그때는 아직 등산이나 여행 붐 같은 것이 생기지 않았던 시절이었지만 부녀는 그렇게 곳곳으로 쉼 없이 산을 찾아다녔다.

아빠에게 엄마가 없다는 사실 같은 건 지연이 미처 이상스러워해볼 여지도 없었다. 지연의 어린 시절은 그런 식으로 그냥 자연스럽고 행복한 것이었다.

어째서 엄마가 없을까.

엄마는 어떤 사람이었을까.

어쩌다 그런 생각이 들었다 해도 지연은 그저 그런 정도의 대수롭지 않은 궁금증뿐이었다. 그녀의 주변에도 가끔 엄마가 없는 친구들이 있었는데, 그런 아이들처럼 그녀의 아빠도 6 · 25 난리통에 엄마를 잃어버리고 말았거나, 아니면 다른 무슨 몹쓸 병환으로 세상을 일찍 떠나셨을 거라고쯤 여기고 있었다. 얘길 물어봐도 아빠가 도대체 엄마에 관한 일은 입을 뗀 적이 없었으므로 사실을 알아낼 길도 없었다.

그것은 오직 아빠 한 사람만의 비밀이었다.

엄마에 대한 일은 묻지 않고 말하지 않는 것이 그녀의 버릇이 되고 있었다. 그리고 그것은 지연이 차츰 철이 들어갈수록 그녀에겐 어떤 무거운 금기(禁忌)가 되어버리고 있었다.

하지만 그 6년이 끝났을 때— 하니까 그것은 지연이 막 여학교 제복을 벗고 나서 새로운 삶의 경험이 시작될 무렵이었는데, 그때 비로소 아빠의 그 오랜 비밀은 모습을 드러내고 말았다.

171

지연은 산을 다니면서 자기도 모르게 하나하나 아빠의 버릇을 배워가고 있었다. 등산복 색깔을 고르는 데서부터 산 음식의 조리법이나 배낭을 지고 가는 걸음걸이, 심지어 산행만 시작되면 그때부터 갑자기 말수가 줄어버린 데에 이르기까지 하나같이 아빠의 버릇과 분위기를 닮아가고 있었다. 일부터 그렇게 되려고 해서가 아니었다. 아빠의 버릇들은 이유를 설명 듣지 않아도 저절로 익혀져버렸고, 그것이 자신에게 익혀지고 보면 이유 같은 건 벌써 스스로 이해가 끝나 있곤 했었다.

한데 아빠에겐 그 지연으로서도 좀처럼 익혀질 수 없는 버릇이 한 가지 있었다. 저절로 익혀질 수가 없는 버릇이니 이해가 가지 않는 건 물론이었다. 다름 아니라 아빠는 언제나 산행이 시작되면 배낭을 짊어져야 하는 것이었다. 지연 역시 배낭을 메지 않은 건 아니었다. 하지만 그녀의 배낭은 아빠의 그것에 비하면 배낭이랄 수도 없는 것이었다. 아빠의 배낭은 그만큼 무게가 엄청났다. 산에 갈 때마다 아빠는 그렇게 배낭을 엄청나게 무겁게 만들었다. 지연에게 그저 배낭 모양만 만들어줄 뿐 취사 용구며 방한기구, 야영 천막 따위는 모조리 당신의 배낭에다 꾸려 담았다. 배낭이 차지 않으면, 쓸데없는 물건을 꺼내다가 기어이 무게를 만들어내곤 했다. 그리고는 그것을 짊어지고 힘겨운 모습으로 산행을 떠나가곤 하는 것이었다.

뿐만이 아니었다. 그녀의 아빠가 산을 오를 때는 언제나 정상거리 4분의 3쯤 되는 곳에서 점심을 치르곤 했는데 거기에서 또 당신의 이해할 수 없는 기벽이 한 차례 나타나곤 했다. 점심을 치르느라 비워낸 배낭에다 일부러 다시 돌멩이 같은 걸 채워 넣어서 애초의 배낭 무게를 만들어내는 것이었다. 그리고선 그것을 짊어지고 산정까지의 나머지 길을 올라갔고, 다시 또 그 모양으로 산을 내려오곤 하는 것이었다.

산행이란 실상 그렇게 등덜미에 일정한 무게를 짊어지고서야 길을 오르내리기가 편하다는 것이었다. 배낭을 짊어지지 않거나 무게가 가벼우면 걸음걸이에 오히려 중심이 잡히지 않는다고 했다. 짐을 지지 않으면 심신이 오히려 헐거워져서 그렇지 않을 때보다도 더 길을 오르기가 피곤하다고 했다.

하지만 지연은 이해할 수가 없었다. 곧이들을 수가 없었다. 짐을 지고 걷는 것이 어느 정도 몸의 균형을 취하는 데 도움이 되는 건 사실이라 치더라도, 가벼워진 배낭에다 일부러 돌멩이까지 집어넣어가면서 힘겹게 산을 오르고 있는 건 아빠의 과장이라고 생각했다.

지연은 그 점만은 아빠를 닮을 수가 없었다. 이해할 수도 없었고, 이해하려고 해본 일도 없었다. 당신 쪽에서 먼저 이해를 바라올 리도 없었다.

그런 식으로 6년이 지났다.

부녀는 여전히 산행을 계속하고 있었다. 아빠의 그 기이한 버릇도 아직 여전했다. 하지만 지연에겐 이제 얼마간 달라진 것이 있었다. 그녀는 이제 그전처럼은 철부지 어린애가 아니었다. 그녀는 이미 제복을 벗고 있었다. 그리고 전보다는 좀 더 적극적으로 아빠를 이해하고 당신을 위로해드리고 싶을 만큼 심신이 성장해 있었다. 무엇보다도 그녀는 이제 그 아빠의 기이한 버릇에 대해 어슴푸레나마 어떤 공감 같은 걸 느끼기 시작하고 있었다.

그러던 어느 봄날이었다. 그날도 지연 부녀는 서울 근교의 어떤 산길을 오르다가 산마루의 3분의 2쯤 되는 곳에서 막 점심 취사를 끝내고 난 참이었는데, 지연은 그때 자기의 가벼워진 배낭에다 호기심 반 과장 반으로 제풀에 돌멩이를 몇 덩이 채워넣고 있었다. 그리고 바로 그것이 뜻밖에도 아빠의 그 엄마에 대한 오랜 비밀의 실마리를 끌어낸 직접적인 동기가 되어주었던 것이다.

172

"지연이 너, 게서 지금 뭘 하고 있는 게냐."

지연이 배낭에다 돌멩이를 채워 넣는 것을 보고 아빠가 등 뒤에서 조용히 물어왔다. 지연은 그 아빠의 목소리에 전에 없이 핀잔기가 어리고 있음을 느낄 수 있었다. 그녀는 손을 멈추고 아빠를 돌아다보았다. 알 수 없는 실망과 놀라움이 엇갈린 표정으로 아빠가 물끄러미 그녀를 내려다보고 서 있었다.

"……"

지연은 얼핏 대꾸할 말이 없었다. 몹쓸 장난이라도 벌이다 들킨 것처럼 무안스런 기분이었다.

"그만둬라."

아빠가 혼잣말처럼 조용히 타일러왔다.

"배낭을 무겁게 지는 것은 좋지 않아, 가볍게 지도록 해라. 그보다는 아예 아무것도 짊어지는 것이 없는 편이 낫겠지만……"

말을 끝내고 나서 아빠는 곧 몸을 돌이켜 세워버렸다. 이상스럽게 맥이 빠져 보이는 걸음걸이로 아빠는 일부러 지연을 비켜주고 있었다.

지연은 배낭 속에 집어넣었던 돌멩이를 다시 들어냈다. 덜럭덜럭 속이 빈 배낭을 다 꾸려 들고 일어서보니 아빠는 그사이에 당신 혼자 호젓이 식후 휴식을 취하고 있었다. 잔디밭 한쪽에 꼬직이 몸을 뻗고 누워서 봄볕을 받고 있었다. 그 햇빛이 눈부신 듯 한 손을 이마에 얹고 있는 아빠의 입에선 반쯤 탄 담배가 저 혼자 재를 물며 긴 실연기를 뿜어올리고 있었다.

아빠는 이미 잠이 들어 있는 모습 같기도 했다. 하지만 아빠는 실상 잠이 들어 있는 건 아니었다. 아빠는 무언가 깊은 상념에 빠져 있는 것이었다. 산을 오를 때면 가끔 볼 수 있는 모습이었다. 지연은 그것을 알고 있었다. 알 수 없는 것은 그 아빠의 상념이 어디에 뿌리가 닿아 있는가 하는 것뿐이었다. 너무도 튼튼한 벽을 지닌 아빠의 상념은 지연에게 그 정체를 엿보인 일이 한 번도 없었다.

하지만 이날은 그것도 사정이 달랐다.

지연은 아빠의 기분을 짐작하고 있었다. 확실한 건 아니지만, 지연에게도 이날은 어떤 우울한 상념의 뿌리가 내려지고 있었다. 돌멩이로 빈 배낭을 채우려 했던 행동이 원인이었다.

아빠에게 얘길 하고 싶었다. 말이 기왕 나온 김에 이날만은 더 이상 얘길 참아두기가 싫었다.

그녀는 가만가만 발소리를 죽이며 아빠에게로 다가갔다.

짐작대로 아빠는 역시 잠이 들어 있지 않았다. 지연이 다가서자 비로소 입에 물었던 담배를 뽑아냈다.

"거기 좀 누워서 다리를 쉬도록 해라."

한 손을 여전히 이마에 얹어놓은 채 지연을 곁으로 누우라고 했다. 지연은 곧 아빠 말대로 했다. 말없이 당신 곁으로 몸을 펴고 드러누웠다. 햇빛을 가리기 위해 한 손을 이마에 얹은 것도 당신과 똑같이 했다.

하지만 아빠는 그뿐이었다. 다시 또 말이 없었다. 지연을 곁에 둔 채 졸듯이 계속 눈을 감고 있었다.

"아빠한테 저 이런 말 여쭤도 괜찮을지 모르겠어요."

마침내 지연이 먼저 말을 시작해버리고 있었다.

하니까 아빠도 이번에는 무슨 얘기냐는 듯 머리를 잠깐 지연에게로 돌려오는 것 같았다.

"저 이젠 배낭을 좀 무겁게 짊어져도 괜찮을 것 같아요."

지연은 거의 단도직입으로, 그러나 속삭이듯 지껄이고 있었다.

173

"아빠, 저한테도 이젠 배낭을 좀 나눠 지게 해주세요. 저한테도 제 배낭을 맘대로 꾸려 지도록 놔둬보시란 말씀예요."

"안 돼!"

잠잠히 듣고만 있던 아빠가 느닷없이 말을 잘라버렸다. 나지막하면서도 단호한 목소리였다.

"일부러 짐을 짊어지려고 할 건 없어. 짐을 지지 않는 것이 좋은 거란 말이다."

흥분을 가라앉히려고 애를 쓰고 있는 게 역력한 어조였다.

지연은 그러나 이제 입을 다물어버릴 수가 없었다.

"하지만 아빠는…… 아빠는 일부러 돌멩이까지 집어넣지 않아요?"

"그건 내가 이미 그렇게 버릇이 들어버린 탓이다. 등덜미에 무거운 짐을 견디지 않고는 오히려 산을 오르기가 불편스런 버릇이 말이다."

"저도 이제 웬만큼 무거운 짐을 견뎌낼 수 있을 만큼은 자랐다니까요."

"그렇더라도 일부러 짐을 자청해 질 필요는 없을 게다. 이건 아무래도 좋은 버릇이라고는 말할 수가 없는 거니까. 짐을 지지 않고도 편하게 산을 오를 수만 있다면 그보다 바랄 일이 있을 것 같으냐?"

"……"

"난 너무나 몹쓸 버릇을 지니고 사는 셈이야. 산을 오를 때뿐 아니라 세상살이가 다 그런 식인지도 모를 일이지. ……하지만 이젠 어쩔 수가 없게 된 것이야. 너무도 오래 익어진 버릇이거든. 그 대신 난 이걸 바라오고 있었던 거다……"

아빠의 목소리는 이제 사뭇 애원기마저 띠어가고 있었다.

"오랫동안 바라오고 있었던 것은…… 너만이라도 다시 짐을 짊어지는 버릇에 길이 들지 않기를, 너만은 절대로 짐을 지지 않고도 편하게 산을 오를 수 있게 되기를 바라온 아비였단 말이다. 그런데 넌 오늘……"

당신의 버릇을 흉내 내고 나서는 지연이 그지없이 원망스럽다는 투였다.

"날 흉내 내려고 하진 마라. 빈 몸으로도 얼마든지 산을 편하게 오를 수 있는 쪽을 버릇으로 익혀가란 말이다."

아빠는 거기서 일단 말을 다 끝마친 듯했다. 한동안 기척이 없었다.

하지만 아빠는 그때 새삼 지연의 성장을 실감하고 있었던 것 같았다. 그리고 그 지연에게 당신이 그토록 오랫동안 짊어져온 등덜미의 무게를 갑자기 호소라도 하고 싶어졌는지 모른다.

"언젠가는 너한테 얘기할 수 있게 되길 기다려왔다마는……"

이윽고 아빠가 다시 말을 시작했다.

그리고 아빠는 그 지연의 성장을 보고 비로소 그 '언제'라는 때가 눈앞에 다가와 있음을 알아차린 듯 뜻밖의 이야기를 풀어놓는 것이었다.

그게 엄마의 이야기였다.

엄마가 살아 있었다. 그녀의 엄마는 죽지 않고 있었다. 병환으로 세상을 일찍 떠난 것도 아니었고, 그렇다고 전쟁 통에 생이별을 당한 것도 아니었다. 그녀의 엄마가 아빠를 버린 것이었다. 그리고 지연을 버린 것이었다.

그녀의 엄마가 아빠를 버리고 간 사연은 이러했다.

174

아빠는 만혼이었다.

8·15해방 후, 서른이 훨씬 넘은 나이로 아빠는 가까운 친구분의 주선에 따라 어떤 여인을 사랑하기 시작했고, 결혼을 서두르게 되었다는 것이었다.

하지만 여인에 대한 아빠의 사랑은 지극히도 방법이 서툴렀던 모양이었다. 여인은 1년 남짓 아빠 곁을 지키다가 지연을 낳고 나서는 곧 자취를 감추어버렸다고 했다. 알고 보니 여인은 처녀 시절부터 어떤 다른 남자를 사랑하고 있었고, 아빠 곁을 떠나게 된 것도 결국은 그 옛 남자 때문이더라고 했다. 아빠는 아무것도 모르고 당신의 방법대로 여인을 사랑하려 했을 뿐이었다고 했다.

하지만 아빠는 자신의 사랑이 서툴렀음을 후회하며 오래잖아 곧 여인을 용서했노라 했다. 그리고 그 서투른 방법으론 또 다른 여인을 사랑할 수가 없어 산을 다니기 시작했노라 했다.

다만 한 가지 바람이 있었다면, 아빠는 언젠가 지연에게 그러한 당신들의 사연을 이야기하여 아빠에 대한 그녀의 깊은 이해를 얻을 수만 있다면 그것으로 그만이었을 거라 했다. 그럴 수 있을 만큼 아빠는 지연의 나이를 기다려왔으며 당신이 다시 다른 여인을 사랑할 수 있을 건지 어떤지도 모두 그다음 일로 작정을 미뤄오고 있었던 거라 했다.

"볼 수는 없지만 오랜 세월을 난 너와 네 엄마와 함께 있어온 셈인 게다. 그 여자도 아마 아직은 너의 곁에 있을 게다. 난 그걸 알고 있다. 나하곤 이미 상관이 없는 사람이지만 너한텐 아직도 엄마일 수 있을 거니까. 네가 원하기만 한다면 앞으로도 언제까지나 말이다. 아마도 그 여자 역시 그러기를 바라며 여지껏 어디선가 너를 숨어 보고 있을지 모르는 거다. 그 여잘 떠나보내고 말고는 너한테 달린 일이어야 할 게다."

아빠가 당신의 반생을 통해 오랫동안 짊어져온 짐의 무게란 결국 지연과 그녀의 '엄마'라는 여인에 대한 것이었고, 그리고 지연에 대한 당신들 사이의 그 은밀스런 비밀의 무게였다. 아빠는 마치 지연을 어루만지듯 근심스런 말투로 이야기를 끝내고 있었다.

"일부러 무거운 배낭을 짊어지려고 할 건 없다. 난 어차피 그런 식으로 등이 굳어온 사람이고, 앞으로도 그럴 수밖에 없도록 버릇이 익어져버렸지만, 네가 또 같은 짐을 지는 것은 참을 수가 없더구나. 그것만은 절대로 내가 용서하지 못할 줄 알아라."

진정한 당부였다.

하지만 말을 마치고 나자 아빠는 금세 기분을 바꾸고 싶어진 모양이었다.

"자 그럼 이제 또 올라가볼까."

지연이 뭐라고 입속말을 중얼거리고 있는 듯했으나 그녀의 대꾸 따윈 아예 듣고 싶은 생각도 없는 것 같았다. 느닷없이 몸을 벌떡 일으켜버리며 그녀를 재촉하기 시작했다. 그리고는 당신의 그 무거운 배낭을 걸머지며 바쁘지도 않은 산길을 소년처럼 서둘러대고 있었다.

"이젠 정말 완연한 봄이야. 정상까지 올라가보면 산색이 훨씬 달라져 보일 게야."

이야기를 털어놓은 탓으로 오랜만에 마음속이 가벼워진 것일까. 배낭을 지고 서서도 아빠는 마치 그 배낭의 무게를 잊어버린 사람처럼 웃고 있었다.

175

아빠의 사연이 드러난 다음에도 두 사람은 여전히 산행을 계속하고 있었다.

아빠는 그 무렵 완전히 평온을 되찾고 있었다. 엄마의 얘기 같은 건 이제 아예 염두에도 남아 있지 않은 듯 의연스런 모습이었다.

하지만 그건 아빠의 겉모습이었다.

지연은 이제 그걸 알게 되었다.

아빠가 자꾸 쓸쓸하게만 느껴지고 있었다. 그리고 그 배낭에 짓눌린 아빠의 등덜미가 어느 때보다도 더 힘겹게만 느껴지고 있었다. 투덕투덕 산길을 오르고 있는 발걸음도 전에 없이 둔해 보이기만 했다.

아빠는 벌써 늙어가고 있었다.

지연이 그 옛날 엄마와의 사연을 귀담아들어줄 때가 되면 그때 비로소 아빠도 엄마 아닌 다른 여인을 사랑할 수 있을는지 모른다고 했다. 아빠는 아마 그런 식으로 당신의 인생을 새로 한번 시작해볼 희망으로 오랫동안 지연의 성장만을 기다려왔음에 틀림없었다.

하지만 막상 지연이 그 당신의 사연에 귀를 기울일 만큼 하게 되자, 아빠는 마치 이제 그것으로 당신의 할 일을 모두 다 끝내버린 사람처럼 심신이 한꺼번에 늙어버리고 있는 것이었다. 길을 오르다 말고 발을 멈춰 서는 횟수가 눈에 띄게 늘어갔고, 어떤 땐 가끔 바쁜 숨을 가라앉히며 지연 몰래 가만히 한숨을 뿜고 있는 모습까지 엿보이곤 했다.

지연은 차츰 마음이 무거워지기 시작했다. 하지만 아직도 그녀는 자신의 처지를 분명하게 의식하지 못하고 있었다. 아빠의 처지가 까닭 없이 안타깝고 가슴 아플 뿐이었다. 하지만 비밀이란 언제나 그만한 무게를 지니고 옮겨지는 법이다. 아빠의 비밀은 그 값에 해당하는 무게와 함께 지연에게로 옮겨진 것이었다.

아빠도 미처 거기까진 자세한 계산을 해보지 않았을는지 모른다. 무엇보다도 아빠는 그 모든 것이 오직 당신 혼자 견디어온 당신만의 사연이었고 앞으로도 계속 그렇게 되리라는 것을 굳게 믿고 있음에 틀림없었기 때문이었다. 그랬기 때문에 아빠는 지연의 성장만을 믿고 그것을 털어놓은 다음, 그녀에겐 앞으로 어려운 짐을 지는 일이 없도록 하라는 당부를 남길 수가 있었을 것이다.

하지만 지연은 물론 그렇게 될 수가 없었다. 그녀는 이미 자신의 짐을 짊어져버리고 있었다. 아빠가 짊어져온 그 비밀의 무게만이 아니었다. 아빠의 비밀과 그 비밀을 참아온 아빠의 긴 세월의 무게였다. 그리고 어디선가 그녀를 숨어 보고 있을지도 모른다는 엄마와 그 보이지 않는 눈길의 무게였다.

분명하지 않은 것은 지연 자신의 느낌뿐이었다. 마음이 무겁고 답답할 뿐 지연은 아직 자신의 그러한 처지를 분명히 깨닫질 못하고 있는 것이었다.

그러나 끝내는 그것도 분명해질 날이 오고 말았다. 지연 혼자서 모처럼 그 시골 여행을 끝내고 돌아오던 날이었다.

지연은 그때 기차간에서부터 그 소위와의 말없는 실랑이 때문에 심신이 잔뜩 피로해져 있었다. 자신도 알 수 없는 어떤 이상스런 허탈감에 젖어 서울역 출찰구를 빠져나오던 참이었다.

그녀의 아빠가 그녀의 귀환을 기다리고 있었다. 그리고 지연은 그때 문득 그것을 깨달은 것이었다.

176

아빠의 모습은 뜻밖에도 초라하기 그지없었다. 지연이 서울을 떠나 있은 며칠 동안 그렇게 모습이 달라져 보일 수가 없었다. 무슨 옷매무새 같은 게 흐트러졌다거나 얼굴 모습이 초췌해져 있어서 그런 건 물론 아니었다. 그녀의 느낌이 그랬다. 아빠는 몇 년의 세월을 한꺼번에 늙어버리기라도 한 것처럼 자신 없는 모습을 하고 서 있었다. 기력이라곤 하나도 없는 표정으로 초조하게 지연을 기다리고 있었다. 그러다 마침 출찰구를 빠져나온 지연을 발견하고는 말도 못하고 혼자 그녀를 멍청하니 바라보고 있을 뿐이었다.

지연 몰래 당신 혼자 안도의 한숨이라도 내쉬고 있는 표정이었다.

지연은 그런 아빠를 만나고 있었다.

그리고 문득 자신의 등덜미를 짓눌러오고 있는 형언할 수 없는 무게를 느끼고 있었다.

난 벌써 내 짐을 지고 있었어.

그 순간 지연은 너무도 분명하게 그걸 깨닫고 있었다. 그녀의 아빠가, 그 아빠의 사연과 세월들이, 그리고 그 보이지 않은 엄마라는 여인의 눈길과 지연 자신의 삶들이 어쩔 수 없이 그녀의 짐을 만들고 있었다. 무엇보다도 지연은 이제 그 아빠를 마음대로 떠나서는 안 된다는, 어쩌면 자기는 영원히 그 아빠를 떠날 수가 없을는지도 모른다는 상상으로 잠시 막막한 절망감마저 느끼고 있었다.

가엾은 아빠…… 미안해요. 아빠는 제게 한사코 짐을 지지 말라고 하셨지요. 그게 아빠의 간절한 바람이라 하셨지요. 하지만 전 벌써 이렇게 저의 짐을 짊어지고 말았군요. 지연은 속으로 혼자 흐느끼듯 절규하고 있었다.

하지만 아빠. 실망하진 마세요. 사람은 누구나 그렇게 되기 마련인가 봐요. 자기의 짐은 자기 스스로 짊어지게 되는가 봐요. 난 오늘 그걸 알게 되었어요. 아빤 바라지 않겠지만 난 이렇게 스스로 내 짐을 짊어져버린 거예요…… 두 사람은 집으로 돌아왔다.

아빠는 끝끝내 아무 말이 없었다.

하지만 지연은 상념을 멈추지 않았다.

며칠 동안 같은 생각에 밤잠까지 놓치곤 했다. 그때마다 번번이 그 기차간에서의 소위가 떠오르는 것이 우연처럼 생각되지는 않았다.

지연이 집을 떠난 것은 그런 일이 있은 지 한 달쯤 지난 다음이었다. 봄이 한창 무르익은 어느 날 아침이었다. 아빠가 사무실로 나간 다음 지연은 평소와 같이 아무렇지 않게 대문을 나섰다. 책가방에 한두 가지 자질구레한 일용품을 집어넣고 있었을 뿐 평소의 등굣길 그 모습 그대로였다. 기분이 달라진 것도 없었다. 대문을 나와서도 그녀는 아직 별다른 작정이 없었다. 작정을 세우려고 하지도 않았다.

하지만 이날 저녁 지연은 다시 아빠에게로 돌아가질 않았다. 서울을 떠나진 않고 있었다. 교외 어느 허름한 여인숙, 그것도 불기 하나 없는 냉랭한 방구석에 들어박혀 침착하게 노트장을 채워 내려가고 있었다.

……슬퍼하지 마세요, 아빠. 아빠가 바라오신 것처럼 전 짐을 지기가 싫은가 봐요. 짐을 지지 않으려는 거예요. 아마 어쩜 그렇게 될 수가 있을 것 같애요. 슬퍼하심 싫어요. 짐을 지지 않도록 조용한 기도만 보내주심 되는 거예요……

아빠를 위해서 쓴 그녀의 처음이자 마지막 글이었다.

177

"저게 정이품(正二品) 벼슬을 받은 소나무라죠?"

지연들의 자동차는 어느 커다란 노송 곁을 지나고 있었다. 운전사가 오른쪽 차창을 가리키며 오랜만에 침묵을 깨고 있었다. 조선조 초엽 어느 왕이 그 밑을 지나갈 때, 나무가 스스로 가지를 들어서 왕의 연을 통과하게 했대서 정이품 벼슬을 받았다는 소나무였다. 지연에게도 물론 기억이 남아 있는 소나무였다.

"그렇대나 봐요. 팔자 좋은 소나무지 뭐예요."

"하지만 이젠 너무 늙은 고목이 되었어요. 5백 년도 훨씬 넘었을걸요. 5백 년은 아직 못 됐을까요?"

운전사는 원래부터 말을 썩 좋아하는 성미인 듯했다. 모처럼 지연의 대꾸를 얻어낸 게 기뻤던지 쓸데없는 소리로 자꾸 말을 걸어오고 있었다.

"5백 년…… 5백 년은 넘었겠지요."

지연은 창문 뒤로 흘러가는 소나무를 돌아보며 으스무레 기억을 더듬어가고 있었다.

"하지만 저 소나무 늙어갈수록 호사가 늘어가는걸요. 전엔 그저 나무 곁에 세워진 팻말 하나뿐이더니 이젠 치장이 제법 요란스러워졌어요."

"전에도 여길 와보신 일이 있으십니까?"

"어렸을 때요. 아빠하구……"

"그렇담 기억이 새롭겠군요."

기억이 새로울 건 없었다. 하지만 적어도 무심할 수는 없었다.

사진이 한 장 있었다. 지금은 어디론지 찾아볼 수가 없게 되어버렸지만, 아빠와 함께 그 소나무 아래 안겨서 선 낡은 카메라 사진이었다. 바람이 제법 쌀쌀해진 늦가을, 법주사를 찾던 길에서였다. 사진을 볼 때마다 그 쌀쌀하고 먼지 낀 속리산 길이 떠올라서 기분이 으스스해져오던 지연이었다.

하지만 이제 그 소나무 아랜 아빠도 지연도 없었다. 낡고 희미한 그녀의 사진도 없었다. 무엇보다도 이제 이 세상엔 그녀의 아빠가 없었다. 아빠는 이미 이 세상 사람이 아니었다.

지연의 시선 속에선 텅 빈 소나무의 모습만이 뒤로뒤로 멀어져가고 있었다. 그리고 그 멀어져가는 소나무처럼 또는 잃어버린 그녀의 카메라 사진처럼 아빠의 모습도 오래지 않아 까마득하게 멀어져가고 있었다.

지연은 이윽고 자리를 고쳐 앉았다.

사내는 끝끝내 자세를 바꾸지 않고 있었다. 지연이 지금 무슨 생각을 하며 어떤 기분을 느끼고 있든 자기로선 도대체 알 바가 아니라는 듯한 태도였다. 운전사의 말수작에도 입 한번 벙긋한 적이 없었다. 한결같이 그저 창유리만 내다보고 앉아서 옆사람을 위해서는 귀도 입도 눈도 다 돌벽처럼 닫아두고 있는 형상이었다.

하지만 지연은 이제 모든 걸 알고 있었다. 사내가 지금 어떤 모습을 하고 있든 지연은 어차피 그 사내로부터 끊임없이 간섭을 느끼고 있었다. 그녀 스스로 그 간섭의 짐을 무겁게 짊어져버리고 있었다. 기차간에서의 그 말없는 소위에게서처럼, 그리고 그 지연에게는 한사코 짐을 지지 않기를 소원했던 그녀의 아빠 바로 당신에게서 그랬던 것처럼.

비슷한 경험이었다.

달갑지는 않지만 회피할 수 없는 경험과의 재대면이었다.

178

옆자리에 앉아 있는 사내가 자꾸 한혁민으로 착각되고 있었다. 한혁민이 부산에서부터 그녀를 계속 뒤쫓아오고 있는 기분이었다.

지연은 등덜미가 다시 묵적지근한 부담감 같은 걸 느끼고 있었다. 한혁민의 죽음이 그녀의 상념 속에 둥지를 틀고 있었다. 사내의 침묵이 그녀에게 끊임없이 승복을 강요해오고 있었다.

지연은 그녀 스스로 이미 자신의 짐을 짊어져버리고 있었다.

아빠를 떠난 후 오랜만에 다시 겪은 경험이었다. 그사이엔 그럭저럭 그런 식으로만 지내온 지연이었다. 아니, 아빠를 떠난 것으로 당장 모든 짐을 벗어버릴 수 있었던 것은 물론 아니었다.

고비가 한번 있었다. 아빠를 떠나고 나서 한 1년쯤 지난 다음이었을까. 그때쯤은 뭔가 새로운 생활이 시작되었으리라 기대되던 아빠가 갑자기 세상을 떠나고 만 것이었다. 병원 입원 이틀 만에 식도암 진단이 내려지고, 거기서 다시 이틀 만에 당신 혼자 쓸쓸히 눈을 감은 아빠였다 했다.

지연이 그 아빠의 소식을 전해 들은 것은 어느 날 번잡한 맥줏집 창가에 앉아 있던 당신의 한 친구분으로부터였고, 그때는 이미 한 줌 재로나마 당신의 유해마저 흔적을 찾아볼 수 없게 된 지 한 달이 훨씬 지난 다음이었다. 아빠의 간절한 소원으로 당신의 유골은 어느 날 밤 친구분에 의해 조용히 강물로 띄워 보내졌으며, 당신이 병원으로 갈 때까지 홀로 쓸쓸히 지켜오던 옛집은 언제 찾아질지도 모르는 지연을 위해 한 권의 통장으로 친구분에게 간편히 보관되고 있었다.

지연은 그러나 그 통장을 찾진 않았다. 그녀는 그냥 다시 서울을 떠나고 말았다.

이번에야말로 진짜 아빠를 떠난 기분이었다. 그리고 그때부턴 한번도 뒤를 돌아본 일이 없었다. 뒤를 돌아볼 만한 내력을 만들지 않았다. 내력을 만들지 않으니까 후회할 일도 없었다. 아빠의 소망대로였다.

몇 해가 흘렀다.

하지만 어디가 잘못이었을까.

이상스럽게도 지연은 이날 자신도 모르게 지난 일들을 열심히 되씹고 있는 것이었다. 아빠를 생각하고 당신과의 옛일들을 추억하며 모처럼 만에 다시 잊혀진 세월을 되돌아보고 있었다.

대체로 얼룩 하나 남지 않은 텅 빈 하늘뿐이었다. 그녀의 세월들은 그 텅 빈 허공에 묻혀 어디를 지나 여기까지 흘러와 있는지 허망하기 그지없었다. 하면서도 또 알 수 없는 것은 거짓말처럼 생생하게 되살아나 있는 등덜미의 그 뻐근한 무게였다.

지연은 이윽고 견딜 수가 없다는 듯 고개를 절레절레 흔들었다. 보이지 않는 올가미를 쓴 것처럼 고갯짓이 몹시 거북했다. 헐럭헐럭 콧잔등 근처까지 편치 않은 느낌이 들고 있었다.

이게 다 작자 때문일 거야.

지연은 무엇보다 우선 사내의 그 말 없는 간섭부터 벗어나야겠다고 생각했다.

작자가 병이었어. 작자를 곁에서 쫓아버려야 하는 거야.

막연히 혼자 그런 다짐을 되풀이하고 있었다.

하다 보니 그럭저럭 이젠 찻길도 거의 다 끝나가고 있는 것 같았다.

자라나는 굴레

179

자동차가 마침내 법주사 경내로 가까워지고 있었다.

"미안하지만 손님들, 이쯤에서 차를 좀 미리 내려주시겠습니까."

운전사는 아직 주차장까지는 거리가 한참인데도 길가에다 미리 차를 세우면서 싱긋 웃어 보이고 있었다. 주인에게 눈치를 채이고 싶지 않으니 사정을 알아달라는 수작이었다. 당연한 절차였다.

"그럽시다. 여기까지만 해도 백번 고맙소."

"고마웠어요."

사내와 지연은 곧 차를 내렸다.

"그럼 재미들 많이 보십시오."

운전사가 장난스런 표정으로 한마디 던지고 나서는 재빨리 차를 몰아가버렸다.

망할 자식. 제가 뭘 안다구.

지연과 사내는 어이가 없다는 듯 잠시 서로 멍청스럽게 얼굴을 마주 바라보고 서 있었다. 어쨌거나 이젠 지연이 사내를 쫓아보내야 할 차례였다. 하지만 지연은 아직도 기회를 미뤄둘 수밖에 없었다. 절까진 어차피 길을 함께 올라가야 할 형편이었다. 미리부터 실랑이를 벌일 필요는 없었다. 사내를 떼어낼 무슨 방법이 정해져 있는 것도 아니었다.

지연은 무심결에 사내를 기다리고 있었다.

"우리도 그럼 올라가볼까요."

사내가 마침내 쑥스런 미소를 흘리며 발길을 옮겨놓기 시작했다. 지연은 말없이 사내를 뒤따르기 시작했다. 힘이 드는 건 아니었지만 지연에겐 옷가방이 있었고 앞서 가는 사내는 덜렁덜렁 빈손뿐이었다. 사내는 이내 그걸 깨달은 모양이었다.

"가방을 좀 들어드릴까요?"

뒤늦게 그녀를 돌아보며 물었으나,

"상관 마세요."

무안스런 대꾸만 만나고는 이내 다시 고개를 돌이켜버리고 말았다.

"악을 쓰진 말아요. 아가씰 상관하고 싶어서 그런 건 아니니까."

늦더위에 지친 숲길가엔 매미 소리가 아직 한창이었다. 지연은 아예 입을 다물어버린 채 묵묵히 발길만 옮겨놓고 있었다.

몇 참을 가지 않아서 곧 절간 입구가 나타났다. 인적 소리가 낭자하고 기념품 가게들이 길가로 줄을 잇기 시작했다. 주막과 음식점이 늘어서고, 이따금은 제법 번듯한 간판을 내건 여관집까지 눈에 띄었다.

지연은 생판 눈이 선 걸음걸이로 그 가겟길을 지나가고 있었다. 동료들한테 가끔 얘길 들은 일은 있었지만 너무나도 달라진 게 많은 길이었다. 그녀가 옛날 아빠와 함께 이곳을 찾았을 때의 모습은 기억조차 되살려볼 수가 없었다. 그녀는 마치 초행길을 들어선 듯 어리둥절한 기분이었다. 작정도 없이 그저 무심스레 사내의 발걸음만 뒤좇아가고 있었다.

하지만 결국은 그 지연으로서도 작정을 내릴 때가 다가왔다. 그녀를 앞서 가고 있던 사내가 문득 발길을 멈춰서버린 것이었다.

"이번에도 상관할 일이 아닌지 모르지만, 요기는 좀 하고 나야겠지요?"

주점인지 음식점인지 모를 가게 앞에서 갑자기 그녀의 의향을 물어오는 것이었다.

그녀를 강요하려는 눈치는 조금도 엿보이지 않았다.

하지만 지연은 금세 작정이 서질 않았다. 어물어물 대꾸를 망설이고 있으니까 사내는 더 이상 물으려고도 하지 않았다. 따라오든 말든 맘대로 하라는 듯 자기 혼자 먼저 가게 문을 냉큼 들어서버리고 있었다.

180

지연은 오래 망설이지 않았다.

그럭저럭 점심때가 훨씬 지나 있었다.

아닌 게 아니라 우선은 그 허기부터 좀 꺼둬야 할 것 같았다.

누군가 이곳에서 구면을 한 사람쯤 만날 수 있을는지 모른다. 이곳을 오기로 했을 때부터의 막연한 기대였다. 하지만 무작정 처음부터 길거리를 서성댈 수는 없는 노릇이었다. 분위기도 살필 겸 지연은 곧 가게 문 안으로 사내를 뒤따라 들어갔다.

가게 안은 구색보다 알속을 좇아 꾸며져 있었다. 밖에서 보기엔 막국수에 병술이나 따 팜 직한 꾸밈새더니, 문 하날 들어서 보니 실속은 전혀 그런 게 아니었다. 음료수나 따 마시게 되어 있는 홀은 있으나 마나 하게 보잘것이 없었고, 그 홀 안쪽으로 뚫린 긴 통로 양켠에 진짜 손님방들이 차려져 있었다. 한복 차림의 여인도 몇몇 얼굴을 빼꼼거리고 있었다.

지연이 뒤따라 들어가자 사내는 벌써 방을 하나 정해가지고 차분히 자리를 잡아들어가고 있었다. 이만큼 되었으면 지연으로서도 이제 어련하겠느냐는 듯 일방적인 태도였다.

하지만 지연은 거기서 다시 한 번 망설이지 않을 수 없었다. 너무도 질질 끌기만 하는 느낌이었다. 사내 쪽에 특별히 그녀를 압도해오는 데가 있는 것도 아닌데 자꾸만 이런저런 구실이 따라붙었다. 고속버스 휴게소에서부터 내내 그런 식이었다. 지연은 자신이 좀 우스워지고 있었다. 냉큼 사내를 따라 들어갈 수가 없었다. 식탁에 눌러앉아 미적미적 눈치를 살피고 있었다.

한데 그때였다.

"게서 뭘 하고 있소. 어서 들어오지 않구."

방 안으로 들어갔던 사내가 생각난 듯 다시 머리를 내밀며 소리치고 있었다.

이상스런 것은 사내의 어조가 그새 뜻밖이랄 만큼 당당해지고 있는 것이었다. 작자가 이젠 어느 정도 자신을 얻은 것일까. 이제 와서 새삼 무슨 말씽이냐는 듯 그의 말투는 사뭇 명령조가 되어 있었다. 잠깐 동안 방 안으로 사라졌다 나타난 얼굴에서도 어떤 노골적인 오기 같은 걸 읽을 수 있었다.

지연은 잠시 사내의 눈길만 마주 바라보고 있었다.

"왜? 아직도 상관을 말라고 하고 싶어서 그래?"

사내가 다시 말을 시작했다. 빙긋빙긋 지연을 내려다보고 웃고 있는 사내는 어느새 말씨까지 반말지거리가 되고 있었다.

"하지만 이젠 그쯤 해두구 그만 들어오라구. 그만하면 됐으니까."

"……"

"글쎄, 이제 그만하면 알 건 다 알았다니까, 뭘 아직도 그러구 있는 거야."

"알긴 뭘 알았다구 아우성이에요?"

지연은 마침내 자리를 일어서고 말았다. 사내가 자기에게 뭘 알았다고 그리 자신만만해하는 것인지 속셈을 알 수 없었다.

하지만 사내는 지연이 못 이긴 체 문지방을 넘어서는 것을 보자 점점 더 의기양양해지고 있었다.

“알 수 있었구말구. 그쯤이면 너무 충분하지. 아가씨한텐 너무도 소중한 걸 말요. 하니까 이제부턴 나한테 좀더 고분고분해지도록 해봐요. 내 곧 아가씨한테 그걸 말해줄 테니까. 그게 아무리 소중한 것이라도 당사잔 잘 알아차리질 못하고 있기가 십상이거든.”

181

여종업원 하나가 나타나서 음식 주문을 받아갔다.

이번에도 온통 사내 혼자 주문을 도맡아버리고 있었다. 지연에겐 묻지도 않고 혼자 맘대로 두 사람 몫의 주문을 끝내버린 것이었다. 산중 음식답지 않게 이것저것 육물거리를 청해 들이고 있었다. 돌아서는 여인을 다시 불러 세우고는 반주까지 몇 잔 부탁해 보냈다. 반주로는 산에서 따서 산에서 익혀 내려온 머루열매주가 있다고 했다.

어쨌거나 사내는 그렇게 혼자 주문을 끝내고 나서는 다시 또 지연을 건너다보며 비실비실 실없이 웃고 있었다. 지연이 별로 반응을 안 보이니까 이번에는 자기 쪽에서 이야길 꺼내고 싶어진 게 분명해 보였다. 기대를 걸 것은 없었다. 하지만 지연으로서는 실상 사내의 말에 무심해져버릴 수만은 없었다.

이 작자가 지금 무슨 꿍꿍일 꾸밀 참인가.

은근히 호기심이 동하고 있었다. 뿐만이 아니었다. 그녀는 이미 사내를 뒤따라 방 안까지 들어와 있었다. 그럭저럭 제풀에 또 이끌림을 당해준 셈이었다. 그리고 이젠 사내가 바랐던 것 이상으로 태도가 훨씬 눅어져 있었다. 사내 혼자 점심 주문을 끝냈을 때도 말 한마디 덧붙이려 하질 않았다.

"이제 말씀해보세요."

결국은 지연이 먼저 입을 열었다.

"무얼?"

"저한테 소중한 걸 알아내셨다는 거 말예요."

"듣고 싶은가?"

"말씀해주신다면요."

"그야……"

사내는 잠시 시치밀 떼는 시늉이었으나 짐작대로 말을 오래 참고 있진 못했다. 그는 곧 속셈을 뒤집어 보이기 시작했다.

"내 말을 듣고 나면 아가씬 아마 틀림없이 내게 감사를 하고 싶어질 일인데…… 다름 아니라 아가씬 내가 보기에 제법 길을 들여볼 만한 여자라 이겁니다."

"제게 무슨 길을 들인다구요?"

"그렇다니까. 틀림없어요. 아가씬 길만 잘 들이면 아주 쓸 만한 여자가 될 수 있어요. 충분히 길을 들일 만한 가치가 있는 여자지요. 아가씨 자신은 아마 그걸 잘 모르고 있겠지만 나한텐 그게 너무도 분명해졌어요."

듣고 보니 엉뚱한 소리였다.

지연은 좀 어이가 없어졌다.

"길을 들인다면 무얼 어떻게 한다는 거죠?"

실없는 소리나마 시간이나 메우자는 기분으로 한마디 더 거들었다. 그러나 사내 쪽은 반드시 농담만을 지껄이고 있는 것 같지는 않았다. 여전히 자신이 만만한 말투가 그 나름으로는 제법 자리가 잡힌 생각이 있는 듯싶었다.

"그야 우선 굴레를 씌워야죠. 굴레를 씌워서 그 굴레를 단단히 조여맨 다음 아가씨가 그 자신의 굴레에 편안하게 익어질 만큼 길을 들여간다 이 말입니다."

"그렇담 제게 그 굴레를 씌우고 길을 들여줄 사람이 누구지요?"

"거기까진 벌써 걱정을 하지 않아도 될 거요. 결심을 한 사람이 있으니까."

"선생님인가요?"

"좋은 방법을 알고 있어요."

"하지만 제가 싫어한다면?"

"그것도 미리 걱정을 할 건 없어요. 결국은 내 방법을 따르게 될 테니까."

"저 좀 웃어도 괜찮아요?"

"웃고 싶으면 맘대로 웃어둬요."

지연은 정말로 거기서 웃음이라도 웃어넘기지 않을 수 없었다.

182

사내는 여간만 단도직입적이 아니었다.

길만 잘 들여주면 지연은 제법 쓸 만한 여자가 될 거란다. 그리고 사내는 이미 지연을 길들여줄 좋은 방법까지 알고 있단다. 그 자신이 지연에게 길을 들여줄 결심을 하고 있단다.

제정신을 가지고 이러나 싶을 만큼 당돌한 사내였다.

지연은 오히려 맥이 빠진 듯 시들시들 실없는 웃음을 흘리고 있었다. 한 가지 익살맞은 연상까지 떠오르고 있었다.

—얘, 사내가 계집 휘어잡는 약 중에서 뭐가 제일인 줄 아니?

—계집이 사내한테 옴짝달싹 못하게 붙잡히는 건 뭐니 뭐니 해도 그저……

이렇다더라 얘, 저렇다더라 얘. 할 일 없이 모여 앉으면 지연들 사이에서도 계집이 계집으로 길이 들여지는 방법에 대해 이야기가 오간 적이 많았다. 한데 그 방법으론 뭐니 뭐니 해도 그저 사내의 사내 구실을 첫째로 쳐야 한다는 의견이 늘 으뜸이었다. 사내도 사내 나름, 천차만별로 구실이 각각 다르다고 했다.

작자의 방법이라는 것 역시 그런 걸 염두에 둔 거나 아닌지 의심스러웠다. 그러지나 않고선 도대체 믿는 게 뭐가 있단 말인가. 터무니없이 자신이 만만해진 사내를 보고 지연은 거기서 더 실소를 참을 수가 없어졌다.

하지만 사내는 여전히 태연스러웠다.

"웃음이 나오는 걸 보니 아마 내 말이 잘 믿기지가 않는 모양이군. 하지만 웃고 싶으면 실컷 웃어둬요. 그리고 나면 아마 오래잖아 내 말을 믿게 될 때가 올 테니까."

지연이 어떻게 생각하든 자기는 그저 자기 생각대로 일을 만들어가겠다는 듯 유유히 지껄이고 있었다.

"하지만 이것 하나만은 미리 다짐을 해둬야겠소. 내가 아가씨한테 이런 호의를 베풀고 싶어 하는 데 오핸 갖지 말아달라는 걸 말요. 내 쪽에 욕심이 전혀 없는 건 거짓말이겠지만 이건 아가씨한테 더욱 다행스런 일이 될 테니까."

"맘씨가 무척 자비로우신가 봐요."

"아가씨 같은 사람을 만나면."

"절 어떻게 길들이고 싶으신지 듣고 싶군요. 굴레를 씌우는 방법도 무척 자비롭겠네요?"

"그야 물론."

"좀 알아듣기 쉽게 말씀해보세요."

"그건 미리 말할 수 없어요. 기다리고 있으면 저절로 알아질 때가 올 테니 우선 솜씨가 무척 좋은 줄만 알고 있어요."

"비법인가요……"

"이를테면…… 아버지가 달구지꾼이었거든요."

지연은 비로소 웃음기를 거두었다.

사내한테서 또 엉뚱한 말이 튀어나오고 있었다. 사내의 아버지가 달구지꾼이었다는 말은 지금까지 사내가 그녀에게 지껄여온 이야기들하곤 전혀 성질이 다른 소리였다.

그런 말이 튀어 나올 계제가 아니었다. 사내의 말로는 마치 그 비법이라는 걸 달구지꾼인 아버지한테서 얻어 배웠노라는 식이었다. 무슨 상관이라도 있단 말인가.

지연은 얼핏 짐작이 가지 않았다. 그녀는 잠시 어리둥절한 표정으로 사내를 건너다보고 있었다.

그때 마침 점심상이 들어왔다.

말을 좀더 참아둘 수밖에 없었다.

183

연보랏빛 머루술이 고운 술색 못지않게 혀를 끌었다.

사내는 그 머루술에 끌려 자리가 점점 무거워지고 있었다. 유리잔에 가득가득 따라 채운 술을 몇 잔째나 계속하고 있었다. 지연이 별로 다른 눈치를 보이지 않는 한 그대로 그냥 방구석에 눌러앉아 해를 보내고 말 기세였다. 지연에게 잔을 권해온 것만도 벌써 서너 차례는 넘어 되는 것 같았다.

하지만 지연으로서도 아직 그리 사내를 못 배겨낼 정도는 아니었다. 서두를 일이 있는 것도 아니었다. 조금씩조금씩 앞에 놓인 술잔을 비워내면서 끈질기게 작자를 상대하고 있었다. 산에서 따서 산에서 익혀냈다는 머루술이 그래 그런지 지연에게도 제법 싱싱한 입맛을 돋워주고 있었다. 하지만 지연이 여태 끌리듯 질질 사내 곁에 붙어 앉아 있는 것은 술맛 때문은 물론 아니었다. 사내의 얘기 때문이었다. 사내가 아직 달구지꾼 아버지의 얘기를 끝내지 않고 있었다. 그리고 그 달구지꾼 아버지에게서 배운 '비법'에 대해서도 그는 아직 말을 다 끝내지 않고 있었다.

"내 아버지가 달구지꾼이었다는 건 아마도 내 생애에 있어선 가장 고마운 일로 기억되어야 할 중요한 사실이었지요. 알고 보면 그게 바로 나한테 그 소중한 비법을 익혀준 고마운 인연이었거든요."

술기가 어지간해지면서부터 사내는 자랑스러운 듯 자기가 먼저 아버지의 이야기를 꺼내고 있었던 것이다. 그리고 지연이 듣거나 말거나 띄엄띄엄 혼자 그 달구지꾼 아버지의 기억을 더듬어 나가고 있는 것이었다.

"아버지는 평생 동안 달구지를 끌었어요. 달구지를 끌면서, 당신의 한평생을 그 달구지 위에 싣고 다니다 세상을 끝낸 지독한 무식꾼이었다 이 말이에요."

그런데 그 지독히도 무식한 달구지꾼 아버지한테 한 가지 절제의 작업 원칙이 있었다는 것이었다. 아버지의 작업 원칙이란 당신에게 있어서는 거의 유일한 재산 목록이랄 수 있는 황소에 관한 것이었는데, 아버지가 그 짐을 끄는 황소 다루는 법이 남달리 엄격하고 철저했다는 것이었다.

"굴레를 단단히 잡아 매줘야 힘이 덜 드는 거다— 이게 그 노인의 요령이었어요. 짐이 무거울수록 굴레가 더 단단해져야 해. 굴레가 헐럭거리면 작은 짐도 아파서 힘을 못쓰게 되거든. 공연히 죄 없는 짐승만 더 지쳐나는 거지— 그게 노인이 당신의 짐승을 부리는 요령— 뿐만 아니라 그 짐승을 아끼고 사랑하는 절묘한 방법이었어요.”

곁에서 보기엔 가혹하기 짝이 없었다 했다. 한데도 노인은 그 편이 외려 짐승을 아끼는 가장 좋은 방법이라면서 죽을 때까지 굳이 고집을 버리지 않았다고 했다. 짐승을 갈아 들이고 나면 애시당초 무거운 짐으로 길을 들이기 시작하는 건 물론, 일을 부리다가도 어쩌다 한번 실수를 저지르는 날이면 그 당장 다른 짐승을 바꿔 들여다 놓곤 또 전보다도 더 심한 작업 훈련을 시작하곤 했다는 것이었다.

“그런데 재미있는 건 노인의 그 고집이라는 게 실상은 전혀 엉뚱한 것만은 아니었더라 이겁니다. 제법 진리가 있었어요……”

사내는 이제 결론을 말하려는 듯, 빙긋빙긋 장난스런 눈초리로 지연을 이윽히 건너다보고 있었다.

184

“노인의 고집에 진리가 있었다는 건 당신의 방법이 짐승들에겐 정말 효과가 있었거든요. 굴레를 잘 매어줄수록 짐승들은 힘을 덜 들이고도 무거운 짐을 끌 수가 있었단 말입니다. 한데 알고 보니 이게 우리가 세상을 살아가는 것하고도 같은 이치예요. 알아들어요? 세상을 힘들지 않게 살아가자면 우리도 각자 자신의 굴레를 몸에 맞게 조여 매고 거기에 익숙해질 필요가 있는 거지요……"

짐작대로였다. 사내의 이야기는 비로소 다시 지연을 겨냥하기 시작했다. 그러니까 사내는 지연에게 자기가 그녀의 굴레를 조여 매주고, 지연이 그 굴레에 익숙해지도록 길을 들여주는 일은 분명히 선심에 속하리라는 것이었다.

그럴듯한 말이었다. 굴레가 잘 조여 매질수록, 그리고 그 굴레에 익숙하게 길이 잘 들여질수록 짐승들은 무거운 짐을 끌 수 있게 된다는 이야기도 묘한 공감을 가질 수 있었다.

지연은 차츰 사내의 말에 휘말리려 하고 있는 자신을 깨달았다.

하지만 이건 어딘지 꾐수가 숨어 있을 거야. 교묘한 꾐수가 틀림없어.

그녀는 곧 머리를 가로저었다. 바로 그 사내의 꾐수를 비웃어 주기라도 하듯,

"하지만 전 굴레를 조여 쓸 필요가 없는걸요. 저한텐 그럴 만한 짐이 없으니까요."

시침 뗀 표정으로 생글생글 사내를 쳐다보았다.

"아니, 그렇지는 않아요!"

사내 쪽도 여전히 자신만만이었다.

"자기 짐이 없다는 건 엉터리 없는 바보들의 거짓말일 거요. 사람들은 누구나 태어날 때부터 자기 짐을 짊어지게 마련인 걸 모른다는 건…… 막말로 누구 다른 사람이 자기 목숨을 대신 살아줄 수는 없는 거 아니오? 싫더라도 자기 생명은 자기 혼자 도맡아 살아내야 하는 거, 그게 원래부터 지고 나온 짐이고 굴레인 거

지, 뭐 눈알이 셋 박힌 놈이라도 그 점만은 다를 게 없는 게 우리 인간들의 숙명이란 말요."

얼굴엔 여전히 농 치듯한 웃음기를 잊지 않고 있으나 목소리가 훨씬 단호해지고 있었다.

"하지만 전 아직까지 자신을 그렇게 느낀 일이 없는걸요. 느끼지 못했다면 없었던 거나 마찬가지 아니에요?"

지연은 다시 한 번 억지를 부렸다.

사내는 이제 지연에겐 귀도 주지 않으려고 했다.

"알고 보니 천치였던 게로군."

"천치래도 그런 식으로 그냥 편하게만 살아왔으면 그만일 게 아녜요. 이제 와서 새삼스럽게 그런 거추장스런 일을 알아야 할 건 없지 않아요."

"문제는 바로 그런 아가씨의 태도니까. 그런다고 아가씨가 정말로 그걸 모르고 있었던 건 아니거든……"

"정말 모르고 있었다면요."

"물론 거짓말일 테지. 아가씬 실상 그걸 모르고 있었던 게 아니라 모른 체하고 싶었던 것뿐이니까. 그러면서 공연히 자신의 굴레를 쓰지 않은 척하려니까 오히려 힘만 더 들게 된 거 아니냐 이거예요."

"……"

"아가씬 벌써 자신의 굴레를 쓰고 있어요. 그 굴레가 헐거우니까 오히려 헐떡헐떡 다른 사람보다 더 힘이 들고 아플 것도 틀림없어요. 그걸 알아야 해요. 그리고 용감하게 그걸 시인하고 그 굴례의 아픔이 사라질 때까지 그걸 정직하게 참아내야 한단 말예요. 아마 머지않아 꼭 그렇게 될 거요."

185

사람들은 누구나 태어나면서부터 자기의 짐을 짊어지게 마련이며, 그러므로 사람들은 각자 자기의 짐을 편하게 짊어질 굴레와 그것에 길들여질 운명이 따른다는 말이었다. 굴레를 지고 나서도 그게 잘 조여 매지지 않으면, 헐럭헐럭 아픔만 더할 거라는 말이었다.

사내는 자신있게 단정했다. 그것은 물론 지연을 염두에 두고, 그녀의 굴레를 위해 되풀이된 사내의 다짐이었다.

아빠하곤 정반대였다.

아빠도 물론 비슷한 것은 있었다. 아빠가 산을 오를 때 무거운 배낭을 짊어지고, 그 배낭의 무게에 익숙해지면서 더욱더 산을 잘 오를 수 있게 되었던 것은, 자기의 굴레를 마련하고 그 굴레에 길이 들어가면서 차츰 아픔을 줄여가는 사내의 방법과 크게 다를 바가 없었다.

하지만 아빠와 사내 사이엔 아직도 커다란 차이가 있었다. 무엇보다도 아빠는 그 등덜미가 뻑지근한 삶의 무게라는 것을 생래적인 것으로는 생각지 않았다. 지연에게만은 그런 짐을 지우지 않으려는 게 당신의 소망이었다. 살아가면서 누구로부턴가 그것을 떠맡아지게 되는 것처럼 생각한 아빠였다.

지연으로서도 이미 그러한 아빠에게 잘못이 있다는 것은 알고 있었다. 그것은 짊어지우는 것이 아니라 스스로 짊어진다는 것을 깨닫고 있었다. 그 아빠를 마음에 지니지 않으려고 스스로 집을 나온 그녀였다.

사내의 생각은 그보다도 가혹했다. 태어날 때부터 아예 짐을 지고 나온다는 것이었다. 짐을 지고 지지 않는 것은 선택이 아니었다. 남은 것은 어떻게 빨리 그것에 길이 들여지느냐는 것뿐이었다.

지연은 입을 다물고 말았다.

사내의 얘기를 더 이상 부인할 수가 없었다. 그의 말이 어쩌면 옳은 것인지도 모른다는 생각이 들고 있었다.

돌아서면 언제나 텅 빈 자기의 하늘. 허공을 헤치듯 아빠로부터 멀리멀리 떠 흘러온 자기의 시간들. 그 허망한 시공의 저쪽 끝에 아직도 그녀의 가엾은 아빠의 모습이 보이고 있었다. 그녀는 아직도 아빠를 떠나지 못하고 있었다. 한 번도 자기를 떠나본 일이 없는 아빠가 그녀 안에 있었다. 그녀가 그 아빠의 무게를 지니고 있었다. 확실한 발 디딤이 없었기 때문에 오히려 그게 더 그녀를 거북스럽게 해오고 있었던 것 같기도 했다.

정말일까…… 정말로 난 지금까지 거짓말로 자신을 속여오고만 있었던 것일까.

지연은 계속 입을 다물고 말았다.

사내도 이젠 할 말을 다 한 모양이었다. 그만하면 이제 알아들을 건 다 알아들었으리라는 듯 반쯤 남은 술잔을 마지막으로 훌쩍 비워냈다. 그리고 나서 지연 쪽 사정은 물어보려 하지도 않고

"자 그럼 이제 그만 여길 나가도록 하지."

무작정 자리를 일어설 기세였다.

마지막 술잔을 비워내는 동작에서도 단호한 결단 같은 게 엿보이고 있었다.

지연으로서도 머뭇거릴 일은 없었다. 두 사람은 곧 식당 문을 나섰다.

서늘한 산그늘이 어느새 골짜기를 덮어 내려오고 있었다.

186

"그 가방부터 어디다 좀 맡겨둬야겠군. 덜렁덜렁 거추장스러운데……"

사내가 이번에는 망설일 기회를 주지 않았다. 식당 문을 나서자 그는 곧 지연의 가방을 보고 말했다. 말을 하고 나서는 자기 혼자 또 어정어정 지연을 앞장서 걷기 시작했다.

지연은 사내의 처분만 따랐다.

그가 여관을 찾아냈다. 안마당이 온통 꽃밭으로 꾸며져 있고, 그 꽃밭들의 둘레에는 빼곡빼곡 페인트 칠한 돌멩이가 가득 실어져 있는 여관이었다.

방을 하나 정했다. 세면소와 화장실이 멀리 떨어진 건물의 한

쪽 끝방이었다. 사내는 그 방에다 지연의 가방을 들춰 넣고는 여관을 다시 되돌아섰다. 방을 하나밖에 정하지 않는 사내의 속셈은 명백한 것이 있었으나, 그는 마치 지연 혼자서 그 여관을 들게 할 요량이나 되는 것처럼 천연스러웠다.

"예까지 찾아오니 절간 구경은 끝내놔야겠지?"

지연은 그러나 사내를 추궁하진 않았다. 그녀는 마치 신혼여행을 떠나온 신부처럼 약간은 쑥스러운 기분을 지닌 채, 그러나 이제부턴 모든 걸 사내의 처분에 내맡겨두고 싶은 심경으로 순순히 그를 뒤따라나섰다. 다시 한 번 가겟길을 지나서 절간 경내로 들어갔다. 사내도 이젠 지연의 태도에서 마음을 놓은 모양이었다.

"손이 무척 조그맣군."

두 사람 발길이 경내로 들어선 다음부터는 그가 어느새 지연의 손을 가볍게 끌어 쥐고 있었다.

"하지만 무척 차가운 손일 거예요."

지연의 대꾸도 인색한 편이 아니었다. 모르는 체 그냥 사내에게 손을 주고 있었다.

"아직 여름이니까……"

"손이 차면 마음도 차갑다지요?"

"하지만 여름에 찬 손은 겨울에 따뜻해져요."

사내는 이내 웃음 띤 얼굴로 지연의 손을 놓아두었다. 싫지 않은 사내였다. 지연은 갑자기 자기 곁으로 바싹 다가와버린 사내를 거기서 다시 발견한 것 같은 느낌이었다. 그리고 그 사내의 존재가 전에 없이 소중스런 느낌마저 들고 있었다.

알 수 없는 노릇이었다.

손을 함부로 주지 마라. 여자에겐 바로 그 손이 마음의 문인 것이다.

여학교 때 국어과 현대문 선생님의 충고였다. 마흔이 가깝도록 노총각 신세를 못 면한 선생님이 틈 있을 때마다 그 현대문 강의 대신 열을 내시곤 하던 말씀이었다.

여자가 한번 손을 주고 나면 멀지 않아 모든 것을 주고 말 것이다. 손을 주는 것이 시작이다. 처음부터 함부로 손을 주지 않는 것이 좋을 것이다……

알 수 없는 것은 이제 와서 새삼스레 그 선생님 말씀이 생각나서가 아니었다. 사내에게 손을 잠깐 준 것이 후회스러워져서도 물론 아니었다. 여자를 알 턱 없는 노총각 선생님의 충고 따윈 염두에도 두어본 일이 없는 지연이었다.

그녀는 일찍이 손이 없는 여자였다. 마음의 문은커녕 자신의 손에 대해 특별한 관심을 가져본 일이 없었다. 관심이 없었으니까 누구에게 손을 주어본 기억도 없었다.

그녀는 손이 없는 여자였다.

그런데 그 지연에게 문득 잃어버렸던 자기의 손이 다시 돋아난 것이었다. 사내에게 손을 준 일이 마음속에 어떤 흔적을 남기고 있었던 것이다.

187

이런 식으로 벌써 작자의 굴레 속으로 걸려들고 있는지도 모르지……

지연은 사내 몰래 혼자 씁쓸한 미소를 흘리고 있었다. 산그늘이 벌써 널찍한 법주사 경내를 골고루 내려덮고 있었다. 풀기 잃은 햇빛이 산처럼 높은 노천불상 상단부에다 간신히 희미한 얼룩을 조금 만들고 있었다. 높이나 규모가 나라 안에선 제일 간다는 불상임에도 불구하고 시멘트를 개어 바른 제작 방식이나 불상 양식이 규모에 비해선 큰 평가를 받지 못한다는 그 법주사의 명물 불상이었다. 사내와 지연은 그러나 그 웅대한 규모에 끌려 자신도 모르게 그 불상 앞까지 따라와 있었다.

사내가 문득 다시 지연의 손길을 찾고 있었다. 지연은 순순히 그의 손길을 맞받아 쥐었다. 손을 서로 맞받아 쥐고 나서도 눈길들은 무연스레 불상의 상단부를 좇고 있었다. 산골의 하늘은 여름날 저녁때 더욱 맑아지는 것 같았다. 절망스럽도록 멀고 깨끗한 하늘이 불상 위를 요요히 빗겨 흐르고 있었다.

"절 정말 길을 들여보실 작정이세요?"

지연은 문득 참을 수가 없어진 듯 입을 열었다.

눈길을 사내 쪽으로 옮겨놓으며 자신의 느낌에도 좀 뚱딴지 같은 소리를 묻고 있었다. 사내가 불상 꼭대기에서 눈길을 끌어내려 잠시 그 지연을 들여다보았다. 그리고 그는 금세 그 지연의 표정을 잃어버린 듯 그녀의 손을 놓고 나서 눈가에다 짓궂은 웃음기를 머금기 시작했다.

"왜? 갑자기 또 뭐가 좀 불안해지신 건가? 하지만 이젠 걱정을 해도 소용없어요. 아가씰 길들여주는 거라면 벌써부터 시작이 되고 있는 일일 텐데 뭘."

사내에겐 자기의 생각을 언제나 농담으로밖에 말하지 못하는 버릇이 있는 것 같았다. 수수께끼처럼 알쏭달쏭한 소리를 지껄이고 나서 사내는 다시 불상 앞을 천천히 비켜나가기 시작했다. 하지만 이번에는 지연에게도 그의 말이 어쩌면 사실인지 모른다는 생각이 들어왔다. 막연하게나마 사내가 이미 그의 작업을 시작하고 있을지 모른다는 느낌은 벌써부터 있어온 것이었다.

"하지만 전 길을 들여놔도 별로 쓸 만한 여잔 못 될 거예요."

지연은 사내를 뒤따르며 느닷없이 간절한 어조가 되어가고 있었다. 사내가 다시 발을 멈추고 돌아섰다.

"날 함부로 무시하는군. 하지만 아가씬 아마 그렇지가 않을걸."

"무얼로 장담하시죠?"

"그야 물론 나의 눈을 믿는 거지. 난 처음 아가씨를 보았을 때부터 그걸 알 수 있었어요. 처음부터 난 아가씨의 그 고집스런 참을성이 맘에 들었으니까."

"제게 무슨 참을성이라뇨?"

"사람들은 누구나 처음부터 자기 짐을 지고 나기 마련이라는 건 몇번째 되풀이되는 설교가 되겠지만, 그보다도 사람들은 그

짐을 끌기 위해 누구나 자기의 굴레를 마련해내선 너무도 일찍 그것 속에 익숙해져버리기 마련이거든. 하지만 아가씬 그게 아니었어요. 짐을 지고서도 자기한테 짐짓 그게 없는 것처럼 고집을 부리고 있는 꼴이었지 뭐요. 한사코 굴레를 쓰지 않으려고, 아마 어쩌면 그 굴레까지 이미 다 콧잔등에 느끼고 있으면서 그걸 다시 벗어내려고 헐럭벌럭 발버둥을 치고 있는 그런 꼴이었단 말요. 어쨌거나 내겐 그렇게 잘 조여지지 않은 굴레를 여태까지 잘 견뎌낸 아가씨의 고집이 여간 맘에 들지 아니었지 뭐요."

"그게 절 길들여보고 싶은 이윤가요?"

"서양 영화 같은 데 있지 왜…… 그건 옛날에 달구지꾼 아버지도 그런 식이었지만, 사나운 말일수록 길을 잘 들여놓으면 명마가 되는 법이거든."

188

사내는 두어 시간 동안 지연을 이끌고 다니며 절간 안을 두루 구경했다.

이윽고 날이 어두워졌다.

두 사람은 거기서 그만 절을 내려왔다. 길을 걸어 내려오면서 사내가 지연에게 물었다.

"어때요? 내일쯤은 한번 산을 올라가봤으면 싶은데……"

"알아서 하세요."

"대답이 어째 좀 신통칠 않군그래. 묻고 있는 건 그쪽 의산데."

"저야 어디 이런 꼴을 하고 산을 탈 수 있나요?"

"차림새야 바진 한 벌쯤 있을 테니 거기다 농구화나 한 켤레 사 신으면 그만이겠지 뭐."

"농구활 살 수 있나요?"

"아까 봐둔 곳이 있어요. 하지만 그거면 산을 탈 자신은 있는지 모르겠어."

"그야……"

다음 날 산에 오르기로 했다.

작정이 난 김에 가게로 가서 간단한 등산 용구를 마련했다. 사내와 지연이 각각 농구화 한 켤레씩과 하루쯤 쓰고 버릴 싸구려 밀짚모자를 골랐다. 점심 요깃거리를 담아가기 위해 비닐 천으로 된 작은 가방도 하나 마련했다.

물건 값은 모두 사내가 치렀다. 밀짚모자는 머리에 얹고 농구화는 지연이 두 켤레 다 비닐 백 속에 넣어 들었다. 거기서 다시 두 사람은 어떤 노변 식당을 찾아가 간단히 저녁 끼니를 때우고 나왔다.

하고 나니 이젠 할 일이 없었다. 낮참에 가방을 맡겨놓은 여관으로 내려가 밤을 지낼 차례였다.

지연은 비로소 긴장기가 조금씩 느껴져오기 시작했다. 사내의 거동이 궁금했다.

이자가 이젠 어떻게 나올 건가. 이런 식으로 어물어물 밤을 함께 지내갈 판인가. 그런 식으로 이미 맘이 아주 편해져버리고 있는 건 아닐까……

하지만 그때였다.

사내는 지연에게 생각을 오래 헤매게 하진 않았다.

"먼저 내려가 있어요."

몇 발짝 길을 내려오다 말고 사내가 문득 걸음을 멈춰서버렸다. 들를 데가 있으니 지연더러 혼자 먼저 여관방으로 내려가 있으라는 것이었다. 술 생각이 난 모양이었다. 빙긋빙긋 짓궂은 눈길이 밤 술집을 찾고 있는 게 분명했다. 지연을 동행시키지 않으려 하는 걸 보면 그가 찾고 있는 곳도 어느 만큼은 상상이 가능했다.

지연은 슬그머니 질투 같은 것을 느끼고 있었다. 그렇다고 얼굴색이 달라지며 그의 속셈을 아는 척하고 나설 일은 물론 아니었다. 알고 보면 마음이 그토록 언짢아진 것도 아니었다.

"내일 아침에 뵙게 되겠군요."

담담하게 말하고 나서 발길을 옮겨 딛기 시작했다. 사내가 이내 지연의 말뜻을 알아들은 모양이었다.

"협박을 하고 있는 셈이군그래. 하지만 안심해요……"

천만의 말씀이라는 투였다.

"어쨌거나 그렇게 되진 않을 테니까 먼저 내려가 쉬어요. 잠이 오거든 기다릴 거 없이 먼저 자고 있어도 좋구……"

"그 여관으로 오시려면…… 방을 하나밖에 잡아놓지 않았잖아요?"

"정 뭣하면 보이에게 말해서 방을 한 간 더 내놓으라 해두구료."

무엇이나 우선은 그녀 편할 대로 하라는 식이었다.

지연은 그녀 혼자 길을 내려갔다.

189

여관방에는 심부름꾼 아이가 침구를 미리 가져다둔 모양이었다. 문을 열고 들어서니 낮참엔 보이지 않던 잠자리들이 방구석 한쪽 그녀의 옷가방 곁에 얌전히 놓여 있었다. 풀기가 제법 깔깔해 보이는 요때기와 얇은 여름 이불이 각각 한 장씩이었다. 베개가 두 개씩 얹어져 있는 걸 보면 침구도 아마 이인용인 모양이었다.

지연은 잠깐 방 안을 살피고 나서 다시 문을 열고 나왔다. 어쨌거나 방을 하나 더 잡아놓아야겠다고 생각했다. 심부름하는 아이를 불러다 물어보니 지연과는 좀 거리가 떨어진 세면실 곁에 빈방이 아직 하나 남아 있다고 했다. 차라리 그게 안성맞춤인 듯했다.

지연은 곧 심부름꾼 아이에게 그쪽 방에도 침구를 들여놓으라 일렀다.

"네 네, 염려 맙쇼. 아까 그 남자분하고는 따로따로신 모양이군요, 그분이 돌아오시면 이쪽 방을 안내해드립죠."

공연히 혼자 눈치가 빠른 체하는 녀석을 돌려보내고 나서, 다시 방으로 들어가 세면도구를 찾아 들고 나왔다. 방이 벌써 하나밖에 남지 않은 걸 보면 손님이 제법 드는 여관인 모양인데, 그런 여관치곤 소란을 피우는 사람이 없었다. 비닐 발이 반쯤 내려진 방 안은 사람이 아직 들어오지 않았는지 불도 켜지 않은 곳이 많았다.

세면실 쪽에도 사람의 흔적이라곤 그림자 하나 얼씬하지 않았다. 후적후적 얼굴하고 손발만 대강 씻어내고는 금세 다시 방으로 돌아와버렸다. 방문을 닫아걸고 잠옷 삼아 허드레옷을 갈아입고 나니 주위가 더욱 교교해진 느낌이었다. 시골 여관 같은 데선 으레 들을 수 있는 옆방 기척조차 감감 무소식이었다. 방문 앞을 지나올 때 불이 꺼져 있었던 걸 보면 거기도 아직 방 손님이 외출을 나가고 없는 건지 모를 일이었다.

지연은 문득 자기가 공연한 짓을 한 것 같은 느낌이 들기 시작했다. 사내가 어쩌면 이 여관을 찾아오지 않을지도 모른다는 생각이 들었다. 그의 방까지 따로 잡아두고 있는 것이 아무래도 싱거운 짓이 되고 말 것만 같았다. 그녀 먼저 여관으로 내려가 쉬고 있으라 할 때나, 뭣하면 그녀 맘대로 방을 하나쯤 더 잡아둬도 좋다든가 할 때의 사내의 기분은 그런 식이 아니었다. 지연이 좋아하거나 말거나 그는 어쨌든 지연을 뒤따라오고 말 기세가 분명했었다. 하지만 이제 지연은 사내가 정말 그녀 앞에 나타나서, 그녀와 함께 밤을 지내려 할지도 모른다는 건 상상도 하지 않고 있었다. 그가 나타날 경우 어떻게 그를 응대해야 할 것인가 하는 자기 쪽 태도에 대해서도 아직은 생각이 미치지 않고 있었다.

그녀는 다만 사내가 나타나지 않을지도 모른다는 생각뿐이었다. 그녀는 사내를 기다리고 있었다. 뜰을 들어서는 발자국 소리가 들릴 때마다 가슴이 풀썩풀썩 내려앉고 있었다. 하지만 그때마다 발자국 소리는 그녀를 맥없이 빗나가버리곤 했다. 번번이 다른 방문을 찾는 다른 발자국 소리였다.

사내는 아직 나타나지 않고 있었다.

다른 방들은 이제 손님들이 거의 다 돌아온 것 같았다. 이윽고는 뜰을 들어서는 그 발자국 소리들마저 기척이 딱 끊어져버렸다. 서성서성 문밖을 스쳐 지나가는 심부름꾼 녀석의 발소리만이 이따금 그 불안스런 밤 정적을 흩트리곤 할 뿐이었다.

한데 사내는 아직도 기척이 감감이었다.

190

똑, 똑, 똑.

조심조심 방문 두들기는 소리가 났다. 지연은 자기도 모르게 문앞으로 얼른 몸을 가져갔다. 하지만 그녀는 이내 노크 따윌 하고 서 있을 사내가 아님을 깨닫고는 거동을 잠시 주춤거리고 있었다.

"누구세요?"

"……"

할 수 없이 문을 조금 열어보았다.

짐작대로 사내가 아니었다. 여관 심부름꾼 녀석이 죄지은 사람처럼 송구스런 몸짓을 하고 서 있었다.

"무슨 일이지?"

"함께 오신 손님…… 아직 들어오지 않으셨어요?"

주춤주춤 중얼대면서 구걸기 같은 게 느껴져오는 웃음을 짓고 있었다. 그만 또래의 소년들이 흔히 자신의 사내 티를 감추고 싶은 척 지어내는 음흉스런 구걸기였다. 그런 웃음이었다.

지연은 기분이 역했다.

"그런 걱정은 안 해줘도 좋아. 상관 말고 돌아가요."

매정스럽게 내뱉고는 문을 콩 닫아버렸다. 여자 혼자 객방을 지키자면 별의별 물것을 다 스치게 마련이지만 쓸데없는 일로 쓸데없이 더 마음이 불편해지고 있었다.

망할 자식 같으니라구.

사내에겐지 심부름꾼 녀석에겐지 그녀는 허탈한 저주를 씹으면서 신경질스럽게 문고리를 걸어버렸다.

지연은 이제 서서히 지치기 시작했다. 끝끝내 그런 식으로 사내를 기다리려고 한 자신이 우스워졌다. 자리 위로 비스듬히 몸을 기대고 누웠다. 불빛이 적막했다. 그녀는 불빛을 죽이기 위해 자리에서 다시 몸을 일으켰다. 그때였다.

마침내 사내가 돌아왔다.

거친 발소리가 가까워지더니 잠긴 문이 덜그덕덜그덕 함부로 흔들렸다.

"흠…… 자지 않고 기다리고 있었군그래."

문을 따주자 사내는 무턱대고 방 안으로 밀려들어오며 지연의 비위를 건드리고 있었다.

"내 이럴 줄 알았으면 좀더 일찍 오는 건데 그만…… 어쨌든 고마워."

말씨나 행동이 하나도 흐트러진 데가 없었다. 그만 시간이면 넋을 잃고 술걸레가 다 되어 있을 법한데, 사내에게선 그런 기미가 전혀 안 보였다. 붉게 충혈된 눈길도 침착성을 잃지 않고 있었다. 어딘지 모진 독기 같은 게 느껴지는 사내였다.

그는 아직 술병과 과자나부랭이가 담긴 신문지 봉지를 한옆에 끼고 있었다. 지연이 깔아놓은 자리를 한쪽으로 밀어젖히며 이제 또 새판잡이로 술판을 시작할 기세였다.

"자, 이리 와 앉아요. 이제부터 우리 같이 한잔하자구."

지연은 아직 자리에 앉지 않고 있었다. 구경하듯 멀거니 사내의 거동을 내려다보고 있었다. 이상스럽게 자존심이 상해왔다. 술이 취했으면서도 취하지 않은 정연스런 사내의 거동에 뜻 모를 질투가 일고 있었다.

지연의 첫마디에 사내는 술병을 따다 말고 의외인 듯이 그녀를 올려다보았다.

"방을 또 잡아놨다구? 그야 그렇겠군. 하지만 우선……"

"제가 그쪽으로 방을 옮길까요?"

"왜…… 이를테면 지금 화를 내고 있는 건가?"

사내가 마침내 도도하게 웃고 있었다.

191

어디선가 기침 소리와 방문 여닫는 소리가 들려왔다. 잠잠하던 여관 안에 드문드문 다시 인기척이 일고 있었다. 스륵스륵 신발 끄는 소리가 방문 앞을 스치기도 했다.

객방의 밤은 초저녁참이 피곤하다. 여관 숙박객들은 이제 그 초저녁 피곤기가 가신 모양이었다. 기침 소리가 한결 맑았다.

하지만 소리들은 오래가지 않았다. 문밖은 이내 다시 짙은 정적이 채워지고 있었다.

사내는 아직 도도한 웃음기를 얼굴에서 지우지 않고 있었다.

지연은 그를 돌아서지 못했다. 사내의 웃음이 이상스럽게 그녀를 참을 수 없게 만들고 있었다. 터무니없이 그녀는 사내의 그 도도한 웃음을 질투하고 있었다. 질투 때문에 지연은 그 사내로부터 견딜 수 없는 굴욕감 같은 것을 느끼고 있었다. 그것은 지연에 대한 사내의 가차 없는 도발이었다. 지연은 다시 한 번 사내를 내려다보았다. 사내가 손을 멈춘 채 그녀를 기다리고 있었다. 지연은 이윽고 제풀에 고집을 꺾고 말았다. 사내의 맞은편 자리로 말없이 몸을 꺾고 주저앉았다.

"화를 내긴…… 이렇게 돌아왔으면 됐지 뭘."

사내는 그제서야 진짜 마음이 놓인다는 시늉이었다. 들고 있던 술병을 따놓으며 새삼스레 지연을 얼러넘기고 있었다.

"호텔 방이 못 돼서 섭섭하긴 하지만…… 그래도 난 아까부터 얼마나 화려한 밤을 그리고 있었다구. 자 이리로, 더 좀 가까이 다가앉으라구……"

바로 듣기엔 좀 민망스런 소리까지 함부로 지껄여대고 있었다.

하지만 지연은 물론 그걸로 모두 그녀의 고집을 꺾어버린 것은 아니었다. 그녀가 방을 나가지 않는 건 사내에 대한 승복이 아니라 그의 웃음에 대한 자신의 반발 때문이었다. 이번에는 그녀가 웃고 있었다.

"좋아요. 하지만 전 술은 싫어요. 구경만 하고 앉겠어요."

"그야 여태까지 술을 기다리고 있었던 것은 아닐 테니까. 하지만 괜찮아요. 눈가에 아직 심술이 가시질 않고 있는데 한잔 마시고 나면 맘이 편해질 거요."

"전 상관하지 말아요."

"역시 또 그 소리군. 상관하지 마라……"

"처음부터 약속이 그랬지 않아요."

"약속? 그런 약속은 벌써 시효가 지났는 줄 아는데?"

"누구 맘대로요?"

"생각보단 머리가 미련한 편인가 보군. 밤중에 약속 같은 거 기억하는 사내 봤소? 밤이 되면 사내들은 약속을 갖지 않아요."

"편리하시군요."

"자 그러니까……"

사내는 기어이 지연과 자기 앞에 술을 각각 한 잔씩 따라놓았다. 지연 앞엔 빨간 술을, 자기 앞에 맑고 하얀 술이었다.

"자 들어요. 이 한 잔은 단숨에 주욱—"

술잔을 집어 들고 지연을 건너다보았다.

지연도 술잔을 집어들었다.

사내가 술잔을 입으로 가져가며 감시하듯 그녀에게서 시선을 떼지 않고 있었다.

192

사내는 술이 담긴 종이컵을 한 번도 입에서 떼지 않았다. 눈길을 계속 지연에게 머무른 채 단숨에 술잔을 다 비워내고 있었다.

지연은 빨간 술이 담긴 종이컵을 반쯤 비워냈을 뿐 더 이상 사내를 따라가지 못했다. 그녀는 거기서 그만 잔을 내려버린 채 맹한 눈길로 사내를 기다리고 있었다.

사내가 마침내 빈 컵을 발딱 거꾸로 뒤집었다가 그것을 다시 앞으로 내밀었다. 잔을 깨끗이 비워낸 것이었다.

한데 그때였다.

사내에게서 별안간 이상한 일이 일어났다. 그는 마치 다시 한 잔 술을 채워달라는 듯 빈 컵을 잠시 지연 앞에 내밀고 있었다. 말짱한 거동하곤 달리 붉게 충혈된 사내의 눈이 뚫어지게 지연을 쏘아보고 있었다. 그러다가 그는 웬일인지 지연을 향해 씨익 한 번 알 수 없는 웃음을 흘렸다.

하지만 사내는 그러고 그만이었다. 웃음기가 채 사라지기도 전에 손에 든 술잔이 방바닥으로 맥없이 흘러 떨어졌다. 그와 동시에 고개가 꺾이고, 몸뚱이 전체가 무너지듯 앞으로 푹 거꾸러져 버렸다.

어이없는 일이었다. 지연을 놀래주려고 일부러 그러는 것 같은 동작이었다.

지연은 한동안 넋을 잃은 듯 멍청하니 사내를 내려다보고 있었다. 하지만 그건 물론 일부러 꾸며낸 장난은 아니었다. 사내는 그렇게 한번 몸이 허물어지고 나자 다시는 정신을 차리지 못했다.

눈을 감은 채 뭐라고 입속말 같은 소릴 몇 마디 웅얼웅얼하더니 그대로 그냥 깊은 잠 속으로 떨어져버리는 것이었다.

멀쩡해 보인 것은 사내의 외양이나 거동뿐이었음이 분명했다. 그게 아마 그의 술버릇이었을 것이다. 그는 이미 밖에서부터 취기의 한계가 다 채워져서 돌아온 것이었다. 멀쩡해 보인 외양이나 거동도 아마 그의 끈질긴 의식의 관성에 의한 것이었던 게 분명했다. 그러다가 그 지연과의 한잔으로 사내는 그만 마지막 의식의 끈을 놓쳐버리고 만 것이었다.

그는 어느새 코까지 쿨쿨 곯아대고 있었다.

지연은 그만 자리를 일어섰다. 주변을 대강 정리하고 밀어붙였던 잠자리를 다시 아랫목으로 펴 내렸다. 육중한 사내의 몸뚱이를 어거지로 그 자리 위로 밀어 올리고 나서 목단추를 한두 개 풀어주었다.

사내는 그저 아무것도 모르고 흐늘흐늘 지연에게 몸을 내맡기고 있었다. 지연의 손길이 닿을 때면 웃음 입속 소릴 물면서도 끝끝내 정신을 차리지 못했다.

잠에 취한 얼굴이 이상하게 피곤하고 적막해 보였다. 지연은 그녀 역시 피곤하고 적막스런 기분으로 한참 동안이나 그 잠든 사내의 얼굴을 들여다보고 있었다. 그렇게 그 잠든 사내의 얼굴을 들여다보던 지연의 입가에 자신도 모르게 문득 희미한 미소가 떠오르고 있었다.

이윽고 그녀가 몸을 천천히 일으켰다. 그리고는 잠시 불을 꺼줄까 어쩔까 망설이다가 그대로 그만 사내의 방을 나섰다.

밤하늘에 웬 날씬지 별이 하나도 없었다.

193

이튿날은 공교롭게 아침부터 비가 내리고 있었다. 지연은 그 가을을 재촉하는 호젓한 빗소리 속에 곤한 눈이 뜨였다.

산을 오르지 말라는 거군.

정신이 들자마자 그 생각부터 들어왔다. 또 한 번 배반이 일어나고 있었다. 첫번째 배반은 밤사이 사내로부터의 그것이었다. 사내가 먼저 술에 젖어 주저앉아버린 것은 그녀로선 우선 맘 가벼운 일이었는지 모른다. 하지만 지연은 그 사내의 일로 해서 밤부터 어떤 가벼운 배반 같은 걸 느끼고 있었다. 지연 앞에 사내는 스스로 자신의 무력감을 드러내버린 느낌이 짙었다. 거기서 첫번째 배반이 일어나고 있었다. 그리고 두번째가 날씨 때문이었다. 날씨 때문에 산을 오르지 못하게 된 것이었다. 사내하고 굳이 산을 오르고 싶었던 것은 아니었다. 그가 굳이 산을 오르자고 했더라면 지연 쪽에서 오히려 무슨 구실을 붙여 산행을 거절했을는지도 모른다. 하지만 막상 그 날씨 때문에 일이 틀려지고 있는 것을 보니 지연은 사내와 자기 사이에 또 한 번 배반이 일어나고 있음을 느꼈다. 그리고 그 두번째의 배반 역시 지연의 기분 속에선 간밤의 사내 쪽에, 그 사내의 허망한 무력감 쪽에 엉뚱한 허물이 돌려지고 있었다.

하지만 사실은 물론 그렇지 않았다. 모든 일이 사내의 책임은 아니었다. 그는 지연의 생각처럼 심신이 온통 무력해져 있지도 않았다.

지연이 잠자리를 대강 치우고 나서 사내의 기미를 살피러 나섰을 때였다. 마루를 건너가려다 보니 사내의 방문이 활짝 열어젖혀져 있었다. 아침 기동이 사내 쪽에서 먼저 시작된 게 분명했다. 세면실까지 다녀온 듯 말짱한 표정으로 방 안을 서성대고 있던 사내가 지연이 나타난 것을 보고는,

"싱거운 사람을 다 보겠군. 도망을 가긴……"

간밤의 자기 행동은 지극히 당연한 것이었다는 듯 첫마디부터 농기 어린 공박을 건네오고 있었다.

"선생님 혼자 화려한 밤을 지내시라구요."

지연도 이럴 땐 농담조가 될 수밖에 없었다. 말끔하게 정돈된 방 안을 둘러보면서 목소리에다 좀 과장스런 투정기를 실었다.

"화려한 밤?"

"그래요. 어젯밤 선생님은 술집에서부터 내내 그 화려한 밤을

그리고 계셨다고 하지 않았어요?"

"하하하…… 고맙군. 하지만 잡쳤어."

"왜요? 뭐가 잘못된 게 있었나요?"

"글쎄 별로 잘못된 덴 없었을 텐데…… 아마 내가 너무 안심을 했던 것 같아."

"……"

"하지만 뭐 염려할 건 없어요. 밤만이 화려해질 수 있는 건 아니니까."

"선생님한텐 아마 오늘 낮도 마찬가지가 될 것 같은데요?"

"그건 또 왜?"

"비가 오고 있지 않아요……"

"산행 말인가? 그야 산뿐이라면 비가 그칠 때가 있겠지."

"저 얼굴 좀 씻고 오겠어요."

지연은 세면 기구들을 찾아들고 방을 나왔다. 사내가 다시 간밤하곤 딴판처럼 느껴지고 있었다. 하지만 지연은 이제 어렴풋이나마 그 사내 앞에서 자신이 피곤해져가고 있는 사실을 느끼기 시작했다.

194

아침을 먹고 나도 비는 그치지 않았다. 골짜기가 온통 빗속에 조용히 가라앉아 있었다.

지연들은 그 빗소리를 들으면서 무료스레 방구석에만 붙들려 있었다. 사내는 아침부터 또 혼자 술을 시작하고 있었다,

"이젠 여름이 거진 다 간 게로군. 조용조용 차분한 빗소리를 들어봐. 이건 완연한 가을비야."

비가 그치기를 기다리는 기색이라곤 조금도 없었다. 지연과의 산행 따윈 더더구나 염두에도 두고 있지 않은 것 같았다.

하지만 지연은 언제부턴가 부쩍 그 빗소리가 그치기를 기다리고 있었다. 산을 가고 싶은 건 아니었다. 지루했다. 엉뚱스런 사내의 엉뚱스런 술자리를 지키고 앉아 있는 자신이 아무래도 터무니없었다. 그리고 피곤했다.

어떤 식이든지 다른 일이 좀 일어나줬으면 싶었다. 하다못해 우선 그 빗소리라도 그쳐줬으면 좋을 것 같았다.

그러나 빗소리는 그치지 않았다. 사내 쪽에서도 그 지연을 위해선 별다른 신경을 쓰지 않고 있는 것 같았다. 도대체 그는 지연의 존재 따윈 관심조차 제대로 두어보지 않은 눈치였다.

무연스레 술만 마시고 있었다.

"알 수 없는 일이에요."

참다못해 지연이 사내의 주의를 깨뜨리고 나섰다.

"뭐가?"

관심이라곤 눈곱만큼도 실리지 않은 사내의 대꾸.

"우린 지금 어떻게 여기 이렇게 함께 있게 된 거죠?"

"……"

"뭣 땜에 둘이서 지금 이런 꼴을 하고 앉아 있는 거죠?"

"……"

"비가 빨리 그쳤으면 좋겠어요."

사내가 그 지연을 한번 힐끗 스쳐보고 나서 천천히 술잔으로 손을 가져갔다. 눈꼬리에 가는 미소 같은 것이 매달리고 있었다.

"서두르는군."

"서두르는 건 없어요. 그런 일이 없잖아요?"

"그런데?"

"지쳤어요. 선생님은 이상하게 사람을 지치게 만드는 재주가 있는가 봐요."

"흠……"

"비가 그치면 전 돌아가겠어요."

"어딜?"

"어디로든지, 우선 선생님부터 헤어져야죠."

"하지만 이젠 그렇게 되지 않을 텐데……"

"부탁인가요?"

"아니, 그런 부탁을 하지 않더라도."

"자신이 만만하시군요."

"거길 여자로 길들여주겠단 거…… 난 벌써 빚을 갚기 시작했거든."

"부질없는 일이에요. 전 그런 빚 받은 기억도 없구요."

"그야 물론 기억이 확연할 순 없겠지. 난 여잘 아프게 하진 않는다고 했으니까. 하지만 생각해보면 곧 알 수 있어요."

사내는 그제서야 지연 앞에도 술잔을 하나 채워 내놓으면서 그녀가 곧 알아들을 수 없는 소리들을 알쏭달쏭 길게 늘어놓고 있었다.

"아까 나더러 사람을 지치게 하는 재간이 있다고 한 것도 이를테면 그런 거지. 생각을 해봐요. 난 실상 아가씨가 그렇게 피곤해질 일을 한 적은 없었거든. 한데도 아가씨가 그새 그토록 피곤해지고 있다면 그건 어딘가 좀 이상한 데가 있지 않은가 말야. 바로 그거야. 아가씨가 스스로 지쳐버린 거. 왜 그랬는지 이유를 곰곰이 생각해봐요."

195

지연이 지녀온 상식은 사내에게서 하나하나 깨뜨려져나가고 있었다.

지연이 그것을 깨달은 것은 아직도 그녀가 사내와의 그 요령부득의 시간을 이틀쯤 더 허비하고 난 다음이었다.

비는 하루 만에 곧 개었다.

그러나 사내는 산을 오르려 하질 않았다. 산행을 한 번 더 다음날로 미뤘다. 하지만 지연들은 그 다음 날도 역시 산을 오르진 않았다. 지연으로서도 별로 사내를 추궁하는 기미가 없었다. 산행은 결국 두 사람이 법주사 근처에서 서성서성 서로 시간을 연장하기 위한 구실에 불과했다.

지연은 기다렸다. 무엇에 끌려선지 사내 곁을 훌쩍 떠나버리질 못하고 있었다. 아마도 그녀의 게으름 탓이었겠지만, 망설망설 맥없이 사내의 주위를 맴돌고 있었다. 사내를 기다리고 있었다. 알쏭달쏭 형체가 잡히지 않는 사내에게서 뭔가 좀 분명한 것이 떠오르기를 기다리고 있었다. 사내가 설명되어지지 않고는 그를 떠날 수가 없었다.

하지만 끝끝내 그런 일은 일어나주지 않았다. 사내와 지연 사이엔 아무 일도 없었다. 지연만 지칠 대로 지쳐버렸다. 지친 채로 이제 막 사내를 떠날 참이었다.

한데 그때였다.

지연에게 문득 사내의 모습이 떠올라왔다. 그녀가 지녀온 상식으론 도저히 만나질 수가 없는 사내의 모습이었다. 남자들에 대한 그녀의 모든 상식이 이 사내의 경우에선 도대체 무용지물이었다. 그는 결국 그렇고 그런 남자가 아니었다.

그렇고 그런 남자—

지연에게 있어선 모든 남자가 다 그렇고 그런 남자였다. 그것이 남자들에 대한 지연의 일반적인 이해 방식이었다. 그녀의 오랜 상식이었다. 이 사내라고 예외일 수가 없었다.

언젠가는 이자도 결국 제 모습을 드러내겠지.

그게 잘못이었다. 사내는 지연의 그런 오랜 상식을 부인했다. 지연의 기대대로 그렇고 그런 남자의 모습을 드러내주지 않았다. 일부러 그랬는지도 모른다. 어쨌든 지연에겐 자꾸 알 수 없는 배반이 일어났다. 그녀는 스스로 지쳐버렸다.

하지만 그것은 물론 지연 자신의 허물이었다. 사내의 말대로 그가 정말 지연을 지치게 해온 일은 없었다. 지연은 처음부터 사내에게 자신의 상식을 고집했다. 그에게서 그렇고 그런 남자를 기다렸다. 그러면서 스스로 배반을 만들고 스스로 지쳐나고 있었다. 사내 쪽에서 그녀의 상식을 부인하면 할수록 더욱더 완강하게 그것을 주장하고 싶어 했다. 사내를 자기 식으로 증명해내고 싶어 했다. 헛일이었다.

지연은 비로소 자신을 납득하기 시작했다. 그리고 그 사내와 자기 사이의 알 수 없는 배반들을 이해하기 시작했다.

하지만 거기까지뿐이었다.

그녀는 아직도 사내의 비밀을 송두리째 만나고 있지는 못했다. 그게 바로 그녀에게 굴레를 뒤집어씌우고, 그것을 아프지 않게 길들여주려는 사내의 은밀한 방법이라는 데까진 아직도 미처 눈치를 채지 못하고 있었다. 어슴푸레나마 벌써 자신의 굴레를 깨닫고 그것을 지지 않기 위해 무의식적으로 자꾸 고갯짓을 되풀이하고 있는 자기 행동의 의미를, 그 자기 고집의 의미를 깨닫지 못하고 있었다.

그녀는 사내에게서 자기의 상식을 확인하고 싶은 고집 때문에 거꾸로 그 상식을 하나하나 깨뜨려가고 있었다. 한번 뒤집어쓴 굴레는 흔들수록 몸에 익숙해진다는 이치도 깨달을 틈이 없었다.

그녀의 고집은 결국 스스로의 굴레를 만들고 있었고, 그것을 점점 더 튼튼하게 해가고 있었던 셈이었다.

196

속리산을 들어온 지 닷새째 되던 날 사내가 드디어 산을 내려갔다.

"이젠 좀 정직해봐요. 아마 정직해질 수 있을 거요."

지연과의 산행은 끝끝내 이행하지 않은 채였다. 산행뿐만 아니라 다른 어떤 방법으로도 사내는 지연의 상식을 도우려 하지 않았다. 가까이 있는 것은 더욱 멀리 있었다. 사내와 지연은 그 며칠 사이에 너무도 늘 가까이 있었다. 하지만 바로 그 가까움이 지연에겐 더욱더 견딜 수 없는 배반감을 안겨왔다. 배반뿐이었다. 자기의 상식을 사내에게서 증명해내고자 했던 지연의 고집은 거기서 다시 마지막 배반을 만나고 만 것이었다. 사내의 하산은 그 모든 배반의 완성이었다. 그리고 지연에겐 실패의 확인이었다. 하지만 사내는 별로 지연을 위로하려 하지도 않았다.

"첫눈이 내리는 날 무교동이랬겠다. 그때가 되면 아마 얘기가 제법 많아지겠지."

비실비실 웃으면서 수수께끼처럼 훌쩍 산을 내려가버렸다. 지연에게 그녀의 굴레를 길들여주겠노라던 약속에 대해서도 일언반구 다시는 말을 보태지 않았다. 정말로 수수께끼 같은 사내였다.

하지만 이젠 사내가 그렇게 산을 내려가버리자 지연에겐 그 사내의 수수께끼가 서서히 풀려나가기 시작했다. 산을 내려간 사내가 아직도 그녀에게 남아 있었다. 사내의 얼굴 모습이, 그의 말소리나 분위기가 그가 떠난 다음까지도 계속해서 그녀에게 남아 있었다. 이상한 일이었다. 하지만 그녀에게 남아 있는 것은 사내뿐만이 아니었다. 망각 속에 흘려두고 온 얼굴들이 사내를 계기로 하여 차례차례 다시 그녀에게서 되살아나고 있었다. 말갛게 지쳐버린 전주의 백기윤과 따뜻한 산에 미친 광주의 그 순박한 청년들이 떠올랐다. 그녀의 가엾은 아빠로부터 시작하여 그녀에게 자기의 죽음을 떠맡기고 가버린 청년까지, 잊혀질 뻔한 얼굴들이 하나하나 다시 그녀의 상념을 간섭해오기 시작했다. 사내의 말을 빌리자면 아마도 그것은 오랫동안 그녀가 잊고 지내온 그녀의 삶의 무게 같은 것이, 허망하게 무너져버린 그녀의 상식하고 자리를 바꿔오고 있는 것 같은 느낌이 들기도 했다.

하지만 이제 지연은 그것들을 자신에게서 부인하려고 하진 않았다. 부인할 수가 없었다. 남자들에 대한 그녀의 상식은 사내 앞에 이미 폐허가 되어 있었다. 지연은 그 쓸쓸한 자기 폐허 위에서 어쩔 수 없이 그것들을 만나고 있었다.

정직하게 견디기로 했다. 사내가 그녀에게 이젠 좀 정직해져보라고 한 것도 그런 뜻이 틀림없었을 것 같았다. 무엇보다도 지연은 그 가엾은 아버지와 자신의 죽음을 떠맡기고 간 사내의 일을, 그리고 그녀를 떠나고 나서도 아직까지 그녀에게 남아 있는 사내와 자기 자신들을 좀더 정직하게 견뎌내기로 마음먹었다.

그러자 한 가지 이상한 일이 일어났다. 오래지 않아 지연은 자기의 콧잔등을 무엇인가 서서히 조여매오고 있는 것 같은 거북살스런 느낌이 들기 시작한 것이었다. 그리고 그런 느낌은 시간이 흐를수록 그녀의 얼굴에서 한층 더 뚜렷하게 그녀를 괴롭혀오고 있었다. 알 수 없는 일이었다.

하지만 지연은 이내 그것을 깨달았다.

그것은 굴레의 감촉이었다.

사내는 이미 그녀의 굴레를 마련해주고 있었다. 하지만 그것은 사내의 굴레가 아니었다.

굴레는 지연의 콧잔등 위에서 근질근질 스스로 자라나고 있었다.

그리고 겨울

197

지연에겐 가을이 오지 않았다.

아니 가을이 오지 않은 건 아니었다.

어느 날 오후 고추잠자리 한 마리가 문득 산골의 하늘을 날고 있었다. 찐득찐득 흘러내리던 햇빛이 그 고추잠자리의 투명한 날개 위에 살풋이 얹혀 있었다.

가을이 다가온 신호였다.

햇빛들은 이제 땅 위까지 흘러내리기를 싫어했다. 그것들은 나뭇잎들 위에 있었다. 나뭇잎을 타고 앉아 저희끼리 즐거운 장난에 취해 지내기 시작했다. 팔딱팔딱 뛰놀다간 히득히득 미끄러지고…… 이 나무 저 가지로 하루 종일 나뭇잎들을 건너다녔다.

저녁참엔 염치없는 약탈까지 감행했다. 석양녘이 가까워지면 햇빛들은 또 서둘러 나무를 내려온다. 산길을 내려가는 저녁 차의 창문들엔 무법자처럼 햇빛들이 매달린다. 그리고는 어디론지 저물어가는 먼짓길을 구불구불 떠나간다. 산길을 내려가는 저녁 차의 뒤창문에 저문 햇빛이 실리지 않은 것은 없었다. 더러는 그렇게 골짜기를 떠나가지 못하고 가게 문 유리나 여관 간판 위에서 지친 숨을 할딱할딱 거두어가고 있는 것도 있었다.

하지만 다음 날 아침이 되면 햇빛들은 어디서 또 쏟아지듯 몰려와서 여전히 그 나무들을 괴롭혀대곤 했다.

나무들은 피곤해지기 시작했다.

햇빛들의 성화에 못 이겨 나무들은 마침내 옷을 벗기 시작했다.

하지만 나무들은 지혜가 있었다. 꿈을 아낄 줄 아는 지혜가 있었다. 나무들은 차마 그 무성한 계절들의 꿈을, 그 꿈의 옷들을 땅으로는 벗어 던지기가 싫었던 모양이었다.

나무들은 스스로 불타기 시작했다. 땅으로 떨어지는 대신 하늘을 향해 스스로를 불태우기 시작했다. 햇빛들도 나뭇잎들 위에서 나무와 함께 불탔다. 그리고 그 나뭇잎과 햇빛들의 불꽃이 조금씩 야위기 시작했을 때 나무들은 눈을 감고 마지막 옷을 벗었다.

가을이 가고 있었다.

지극히도 짧은 가을이었다. 지연에겐 미처 마음에도 두어볼 수 없었던 짧은 가을이었다. 그녀에겐 가을이 오지 않은 거나 마찬가지였다. 그리고 그런 가을이 지나갔을 때 지연은 서둘러 산을 내려오고 말았다. 서울로 돌아가서 무교동의 첫눈을 기다리기 위해서였다.

사실을 말하자면 그녀에겐 도대체 그 가을이 머무를 수가 없었던 것이다. 가을보다 겨울이 먼저 와서 첫눈을 재촉하고 있었던 것이다.

전에 없던 일이었다. 지연이 겨울을 기다리지 못하고 서둘러 산을 내려와버린 것은 그녀에게 가을이 머무를 수 없었던 것 이상의 이변에 속할 일이었다.

하지만 그녀는 어쨌거나 그렇게 서둘러 산을 내려오지 않을 수가 없었다. 사내들을 스치면서 실없이 흘려놓은 약속들이, 그 첫눈 오는 날의 무교동 거리가 그녀를 못 견디게 강요해온 때문이었다.

여느 해 같으면 상상도 못 해본 일이었다. 그렇다고 무슨 즐거운 기대가 있어서도 아니었다.

즐거운 기대라면 사정은 오히려 그와 정반대였다. 두려움 때문이었다. 그녀의 어떤 두려움 때문에 지연은 거꾸로 자신을 서두르고 있었다.

198

서울로 돌아오는 차 속에서도 지연은 별반 새로운 기대가 없었다. 그 역시 여느 해완 크게 다를 바가 없었다.

저물어가는 서쪽 창문 밖으로 서서히 가라앉아가고 있는 붉은 해를 내다보고 있었다. 다른 해에도 마찬가지였다. 다른 해에도 지연은 그 서울로의 귀환 찻길에서 번번이 그런 일몰을 구경하고 있었다. 서울을 떠나는 것은 언제나 봄날의 아침결이었고 반대로 그 서울로의 귀환 길은 예외 없이 늦가을 오후 차편이었다. 대개는 차 속에서 일몰을 만나기 마련이었다.

그렇게 차창을 내다보고 앉아서 아침결에 떠난 길을 저녁참에 되돌아오듯 지극히 가벼운 감개 같은 걸 맛보기도 했다. 하지만 그뿐이었다. 거기서 어떤 가슴 부푼 기대 같은 걸 지녀본 적은 없었다.

올해도 물론 그런 식이었다.

하지만 올해는 좀 다른 것이 있었다. 마음속이 텅텅 비어 돌아오던 옛날의 그 허허한 기분이 아니었다. 전에 없이 기분이 무거웠다. 그리고 두려웠다. 무심히 흘려두고 온 그 첫눈 오는 날의 약속들 때문이었다.

되풀이 말할 것도 없는 일이지만 그것은 지연의 기대 때문이 아니었다. 첫눈에 대한 기대 따윈 제대로 가져본 일이 없었다. 실없이 약속을 흘리고만 다녔을 뿐, 어느 시러배가 정말로 그 무교동거리까지 첫눈을 찾아주리라는 기대를 가지기는 어려웠다. 그런 약속은 약속으로만 뜻이 있었다.

그런 약속 때문에 특별히 어떤 사내의 얼굴을 길게 지니는 일은 드물었다. 하지만 그건 사내들 쪽에서도 사정이 마찬가지였다. 사내들도 약속을 지키러 나타나는 사람은 거의 없었다. 대개의 사내들은 약속을 깜깜 잊어버리고 말았다. 잊어버린 건지 어떤지는 알 수 없지만, 어쨌거나 그 무교동의 지연에게 나타나서 그녀의 기억 속에 묻혀진 모습을 되살려주고 간 사람은 찾아보기가 힘들 정도였다. 한두 달쯤 지나다 보면 시효에 상관없이 장난삼아 그녀 곁을 스쳐가는 사내들이 한둘씩 나타나기는 했다. 하지만 그런 일은 어쩌다 한번씩뿐이었고, 그나마도 또 그런 때는 지연 쪽에서 오히려 기억이 희미해서 기분만 번거로워지기 십상이었다.

첫눈에다 기대를 걸었을 리 없었다.

한데도 이번에는 그 약속들이 지연의 마음속에 끈질기게 살아있었다. 그리고 그녀를 초조하고 두렵게 만들고 있었다.

사내들이 약속대로 그녀를 찾아 나타날 것만 같았다.

전주의 그 백기윤이, 무등산 밑의 그 말무당이나 젊은 나체 환쟁이가 그녀를 찾아 나타날 것 같았다. 누구보다도 지연에게 그 굴레의 수수께끼를 남기고 간 사내는 그럴 수 있는 인물임이 분명했다. 그는 특히 부산에서의 그 사내의 죽음과 아빠의 추억까지 떠메고 와서 그녀를 못 견디게 할 것 같은 기분이었다.

지연은 다시 사내를 만나고 싶지가 않았다. 터무니없이 마음이 부담스러워졌다. 그가 약속을 잊어줬으면 싶었다. 사내뿐만 아니라 누구와도 그랬다. 하지만 소용없는 일이었다. 그녀가 서둘러 산을 내려온 것은 바로 그런 두려움에 대한 자기 초조감 때문이었다.

피해버리고 싶긴 하지만 피할 수가 없는 일이라면 산을 미리 내려가서 정직하게 기다리고 있는 쪽이 차라리 마음이 편해질 것 같았었다.

차창 밖은 어느새 저녁 어스름이 밀리고 있었다.

199

서울은 계절이 없는 도시였다.

온도계와 일기예보와 난롯불 따위가 계절을 대신하고 있는 곳이었다. 사시사철 변화 없는 인파와 자동차 행렬들이, 폭발할 듯 치솟아오른 콘크리트 건물과 거리의 소음들이, 그리고 그 소음과 건물 위로 하늘까지 사무쳐 올라간 자욱한 먼지들이 이 도시의 계절을 질식시켜버리고 있었다.

그러나 서울은 그 계절 대신 밤과 낮이 화려하게 바뀌는 곳이었다. 해가 지면 여기저기서 화려한 네온사인이 꽃피기 시작한다. 거리와 창문들은 휘황한 불빛으로 장식된다. 소음과 먼지 속에서 불꽃들은 그것을 빨아먹고 더욱더 화려하게 빛나기 시작했다.

지연은 그런 밤의 서울로 돌아왔다.

서울역 근처에서 무작정 차를 내렸다. 시간이 좀 어중간하긴 했다. 처음부터 신촌 쪽으로 마음을 정해놓은 곳은 있었다. 신촌 쪽에 그런 아파트가 하나 있었다. 겨울을 날 때마다 정해놓고 동료들끼리 방을 얻어 지내곤 하는 아파트였다. 해마다 몇 사람씩 얼굴이 바뀌어 들기는 해도 거기만 찾아가면 누군가 한 사람쯤 옛 동료를 찾아낼 수가 있었다. 서울을 떠나지 않고 그럭저럭 거기서 다시 겨울을 맞는 축도 있을 수 있었고, 그런 사람이 없더라도 누군가가 그녀 먼저 서울로만 돌아와줬다면 반드시 그 아파트에다 진을 치고 있게 마련이었다. 이번만은 지연 쪽에서 때를 훨씬 서둘러 온 터라 장담을 할 수가 없었지만 그렇더라도 희망이 전혀 없는 건 아니었다. 아파트엔 제법 신접살림 비슷한 것을 내고 있는 친구도 하나 있었다. 주변 여인들 가운데는 흔히 그런 경우가 많았다. 맘에 맞는 남자를 만나면 덮어놓고 셋방살림을 차리기 좋아하는 축들이 있었다. 어떤 때는 한 해도 가고 어떤 때는 또 한 달도 못 가서 파탄이 나긴 했지만 어쨌거나 그렇게 열심히들 자기 살림을 차리고 싶어 하는 아가씨들이 있었다. 그런 아가씨 중의 하나가 어느 사내와 아예 동료들이 진을 치고 지내는 그 아파트 안에다 그런 살림을 내고 있었다. 지난봄에 지연이 서울을 떠날 때까지도 그 아가씨는 화장대며 전축 따위를 신이 나서 사들이고 있었다.

별일만 없었다면 그녀를 찾아가볼 수도 있었다. 다른 사람이 돌아와 있지 않더라도 그녀만 찾아가보면 저간의 사정은 대강 다 알 수가 있었다.

하지만 아직은 아무래도 시간이 좀 마땅칠 않았다. 한창 밤 영업시간이었다. 이런 시간에 얌전히 아파트를 지키고 앉아 있을 규수가 있을 리 없었다. 살림을 차리고는 있다고 해도 그 아가씨 역시 밤일을 아주 그만둬버린 것은 아니었다. 그렇다고 옷가방까지 둘러메고 그길로 어정어정 무교동부터 기어들어갈 수는 물론 없었다.

그녀는 한동안 생각을 망설이고 있었다. 그러나 결국은 다시 신촌 쪽으로 차를 잡아타고 말았다. 어쨌거나 우선은 아파트를 찾아가볼밖에 없었다.

이제 겨우 밤 9시. 영업 시간이 끝나려면 12시가 거진 가까워야 한다. 덮어놓고 그때까지 기다리고 있을 수는 없었다. 그때 가서 사정이 여의치 않았다간 일이 더 낭패였다. 시간이 있을 때 미리 아파트로 가보는 것이 좋을 것 같았다.

수위 아저씨에게라도 물어볼 수가 있겠지.

지연은 무교동 대신 신촌 고개를 넘어갔다.

한데 사정은 역시 그녀가 짐작했던 대로였다. 아파트엔 물론 그녀의 귀환을 맞아주는 사람이 없었다.

200

아파트에서 그녀를 기다려주는 사람이 없는 것을 섭섭해할 수는 없었다. 충분히 예상을 하고 온 일이었다.

지연이 찾아간 아파트에서는 아무도 사람을 불러낼 수가 없었다. 그녀가 서울을 떠날 때까지 머물러 있던 방에서도, 그리고 그 살림을 따로 내고 있던 아가씨의 방에서도 인적을 만날 수가 없었다. 한결같이 문들이 꼭꼭 채워져 있었다. 일반 주택만 같으면 사람이 없더라도 안에 사는 사람들의 분위기는 점칠 수가 있겠지만, 쇠가 꼭꼭 채워진 아파트의 문밖에선 아무것도 집안 사정을 짐작해낼 수가 없었다.

아래로 내려가서 수위에게 뭘 좀 알아보재도 아파트엔 그사이 수위 자리까지 낯모른 청년으로 바뀌어 있었다. 일자리를 얻어온 지가 일주일도 채 되지 않는다는 청년은 도대체 입주자들에 관해선 사정을 아는 것이 없었다.

"글쎄요. 밤늦게 돌아오는 아가씨들이 몇 사람 있었던 듯싶기는 한데유. 하지만 명념해보지 않아서 장담은 못하겠어유."

공연히 혼자 몸둘 바를 몰라 하면서 느릿느릿 말을 빼는 사내한테서는 아무것도 확실한 것을 알아낼 수가 없었다.

하지만 지연은 우선 그 사내에게 옷가방을 맡겨두고 나서 때늦은 저녁 거리로 다시 아파트를 나섰다. 어디 가서 시장기나 때우면서 천천히 시간을 기다려볼 참이었다. 사내의 말 때문에 새로 무슨 기대가 생긴 건 아니었다. 방이 아직 비어 있는 데에 생각이 미쳤기 때문이었다. 이 시간에 집을 온통 비워둘 사람은 흔할 수가 없었다. 밤일을 나가 있기가 십상이었다. 아직은 기다려볼 여지가 있는 것 같았다. 가까운 데에 여관이나 하나 보아두었다가 일이 영 글러지면 그쯤에서 우선 하룻밤을 지낼 수도 있었다.

지연은 밝은 불빛을 따라 시장 거리까지 걸어 나가다가 아무 데나 우선 눈에 띄는 대로 식당부터 찾아 들어갔다. 갈비탕이나 곰탕 따위 국물 많은 음식들만 팔고 있는 집이었다. 시간이 너무 늦은 탓인지 텅 빈 홀 안엔 손님이 한 사람도 없었다. 지연은 뜨뜻한 갈비탕 국물이 좋겠다고 생각했다. 어쩐지 아까부터 속이 영 건조했다. 심신이 온통 이상하게 메말라가고 있는 것 같았다. 으슬으슬 알 수 없는 한기마저 느껴져오고 있었다. 허기가 몹시

심해진 모양이었다.

지연은 갈비탕을 주문했다. 그리고 그녀는 이내 그 갈비탕이 날라져오자 그릇이 그득하도록 밥을 말아댔다.

정신이 한창 시장기를 끄고 있었다.

한데 그때였다.

지연은 문득 그릇을 열심히 비우고 있는 자기의 모습이 보이기 시작했다. 느닷없이 자신이 황량스러워졌다. 넓은 식당에 자기 혼자 그러고 앉아 있는 꼴이 더욱더 황량스러웠다. 눈물이 나올 것 같았다.

그녀는 그만 숟갈을 놓아버렸다. 도망치듯 식당 문을 뛰어나와 오던 길을 되돌아 걷기 시작했다. 시장 골목의 휘황한 불빛들이 그녀의 등 뒤에서 점점 멀어져가고 있었다.

쓸쓸했다. 갈 곳이 없다는 생각이 들기 시작했다. 언제나 갈 곳이 있었던 것 같았는데 그 갈 곳이 갑자기 자기 앞에서 사라져버린 것처럼 쓸쓸하고 망연스런 기분이었다.

201

돌아갈 데가 있었다는 건 나 혼자의 착각이었을까.

나한텐 처음부터 돌아갈 데가 없었던 게 아니었을까.

돌아가리라. 돌아가리라. 겨울이 오면 고향처럼 서울로 돌아가 무교동의 그 첫눈을 기다리리라— 언제나 마음속에서 그렇게 믿고 있던 서울로 돌아왔어도 지연은 도대체 아직 그녀가 기다리던 곳으로는 돌아오질 못하고 있는 것 같았다. 그녀에겐 처음부터 돌아갈 곳이 없었던 것 같았다.

지연은 여기저기 밤늦은 골목길을 배회하고 있었다. 하지만 별 수가 없었다. 12시가 거진 가까워질 때쯤 해선 발길을 다시 휘어 잡았다. 결국은 그 아파트였다.

다행히도 아파트엔 그녀의 동료들이 셋씩이나 남아 있었다. 한 사람은 이미 지연과도 한집 잠을 몇 달씩 잔 일이 있는 아가씨였고 다른 두 사람은 그 미스 염이라는 아가씨가 지연들이 떠나고 나서 새로 아파트로 끌어 들여온 애숭이 신참들이었다. 미스 김과 미스 조로 불리는 아가씨들이었다. 지연이 다시 아파트 문을 들어서려니까 때마침 그녀들도 밤일을 끝내고 돌아오다가 문 앞에서 넷이 함께 얼굴을 마주친 것이었다.

"미스 유가 일착이야. 미스 유가…… 아무도 아직 소식이 없었는데, 미스 유가 올핸 금메달을 타야겠어."

지연보다 나이가 두 살쯤 위였지만 누구에게도 그런 기미를 엿보이지 않은 미스 염이었다. 덜렁덜렁 사람을 아무렇게나 대하는 그녀였지만 맨 먼저 얼굴을 내밀고 나타난 지연에겐 반가움을 감출 수가 없는 모양이었다. 아파트의 맨 꼭대기에 있는 옛날의 그 7층 방으로 일행을 몰고 올라가면서도 남자처럼 그녀는 지연의 어깨를 쉴 새 없이 툭툭 두들겨대고 있었다.

"7층 그대로야. 모두들 서울을 달아나는 걸 보고 있으려니까 종당엔 나 혼자더군. 나도 좀 어디론가 서울을 내뺐다 올까 하다가 그럭저럭 주저앉아버리고 말았지. 처음 몇 달은 한동안 혼자였어. 그러다가 이 아가씨들이 왔지."

말이 좀 많은 것도 그만큼 지연을 반겨주는 증거였다. 방문을 들어서서도 그녀는 좀처럼 입을 쉬지 않았다. 살림을 내고 있던 친구는 그새 파탄이 나서 아파트를 나가고 말았다는 거하며 새로 온 수위 녀석이 나이 먹은 옛날 아저씨보다도 눈치가 훨씬 덜하다는 따위, 지연이 없는 사이에 그녀 혼자 겪은 일을 이것저것 분주하게 털어놓고 있었다. 고참 티를 피우고 싶어선 아니겠지만, 미스 조나 김 쪽엔 입조차 뻥긋해볼 기회를 주지 않았다. 그녀들이 부엌으로 저녁 겸 밤참을 만들러 나가는 것도 못 본 체하고 앉아서 지연에게만 계속 정신이 팔려 있었다.

"그런데 미스 유가 올핸 어떻게 된 거야? 금메달도 좋지만 미스 유가 올핸 이렇게 발이 빠른 걸 보니 별 볼일이 없었던 거 아냐? 어디 가 있었어."

하지만 지연은 처음부터 미스 염의 그 분주한 환영사엔 그녀와 똑같이 상냥한 답사를 보내줄 수가 좀처럼 없었다.

"나 오늘 한데서 자는 줄 알았어요."

간신히 한마디씩 응대를 하면서도 이상하게 그녀는 아직 마음이 편해지질 않고 있었다. 미스 염이 여태까지 아파트에 남아 있어준 것은 무엇보다 고맙고 다행스런 일이었다. 하지만 그것만으로는 아직 편안스레 마음속의 피로를 털어놓을 기분이 들지 않았다.

미스 염이 그런 지연을 오히려 자꾸만 더 피곤하게 만들고 있었다.

202

풍속이 달라진 것은 아무것도 없었다.

미스 염의 식구들은 아침마다 늦잠을 잤다. 새벽 2시가 지나고 눈을 붙이기 시작하면 이튿날 아침은 10시도 좋고 12시도 좋았다.

잠이 깨고 나서도 누구 하나 자리를 빠져나가 아침을 서두르는 사람은 없었다. 자리 속에서 그냥 트랜지스터라디오를 켜보거나, 미스 염이 혼자 있을 때 사 들여왔다는 그 고물 텔레비전 프로를 점검하기 시작한다. 테이블 손님이나 동료들 사이에선 자주 그 텔레비전 연속극 이야기가 오가곤 했다. 화면이 아니라도 그녀들은 인기 프로의 줄거리를 빠짐없이 알고 있었다. 그리고 그녀들은 언제나 궁금해했다. 하지만 언제 한 번 그 인기 연속극의 재방송 프로에 시간을 대어 일어나본 일이 없었다. 대개는 그저 생활의 지혜니 뭐니 하는 따위의 시시한 화면이 지나가거나, 그나마도 어떤 때는 아예 아침 방송이 모조리 끝나고 만 다음일 때가 많았다.

텔레비전은 있으나 마나였다.

그럭저럭 자리를 털고 나와 아침 겸 점심을 치르고 나면 12시가 훨씬 넘는다. 그쯤 기동을 서둘러대는 데도 대개는 영화 구경 따위의 무슨 다른 약속이 있는 아가씨가 먼저 나서서 설치지 않으면 안 되었다.

하지만 그 어려운 기동이 시작되고 나서도 아가씨들의 일과에는 역시 별다른 변화가 있을 수 없었다. 영화 구경 약속이라도 있으면 핑계 삼아 일찌감치 아파트를 빠져나간다. 하지만 누구한테나 그런 약속이 있는 건 아니었고, 그만 일이 또 날마다 반가울 수도 없었다. 대개는 그저 주간지 나부랭이를 뒤적이며 방 안을 함께 뒹굴었다. 부족한 잠을 보충하거나 방송 퀴즈를 풀기도 했다. 편지를 쓰는 사람은 없었지만 일기장을 사다 놓고, 밀린 날짜를 꼬박꼬박 채워가는 아가씨도 있었다.

출근 준비는 서너 시쯤서부터 시작한다. 몸이 맞는 사람끼리 번갈아 바꿔 입을 옷을 정하고 머리를 손질하러 아래층 미장원을 들러 온다. 그런 준비가 끝나고 나면 마지막으로 라면을 한 개씩 끓여 먹는다. 아파트는 5시가 되기 전에 나갔다가 12시가 되기 전에 돌아온다. 때로는 엉뚱한 변덕이 나서 하루 이틀 일을 쉬어버리는 아가씨도 있었고, 자주 있는 일은 아니지만 12시가 넘도록 문을 들어설 줄 모르는 아가씨가 생길 때도 있었다. 하지만 그런 일엔 누구 하나 남을 상관하려 하질 않았다. 남의 일엔 웃거나 울거나 참견을 하지 않았다.

그런 식이었다.

지연도 물론 하루 이틀 사이에 재빨리 다시 그런 생활로 이끌려 들어갔다. 한 가지 다른 점은 아직도 지연은 밤일을 나가지 않고 있다는 점뿐이었다. 출근을 미루고 있는 셈이었다. 한 며칠 게으름이나 실컷 피워둘 참이었다. 늦게 자고 늦게 일어나고, 남 못 보는 텔레비전 프로나 찾으면서 뒹굴뒹굴 며칠 동안 미스 염의 신세를 지고 있었다. 이제 비로소 그녀가 돌아올 곳엘 돌아와 있다는 기분을 하루하루 실감으로 확인해나가고 있는 중이었다.

드는 시간도 나는 시간도 간섭할 사람이 없이 달콤한 게으름에 취해 지낸 나날이었다.

203

서울로 돌아온 다음의 그 며칠간의 휴식처럼 알뜰한 것은 없다. 지연들에게 있어선 새로운 일자리가 정해지기까지의 그 며칠 동안이 1년 중에선 가장 소중하고 기분 좋은 시기라고 할 수 있었다. 언제 어디서나 맘만 정해지면 밤일은 금세 다시 시작할 수 있었고, 동료들은 또 이 피곤한 귀환자들을 위해 한동안씩 너그러운 아량을 보여준다. 지연이 그 포근한 게으름에 젖어 지낸 며칠 동안은 아무도 그녀를 간섭하는 사람이 없었다.

하지만 지연은 노상 그렇게 게으름만 피우고 지낼 수는 물론 없었다. 언제까지나 옆에 사람 신세만 지고 지낼 수는 없었다. 다시 일을 시작해야 했다.

하지만 지연은 아직도 기동을 시작하지 않고 있었다. 마음을 정하지 않은 채 하루하루 날짜만 허송하고 있었다.

마음을 정하나 마나 그녀가 나갈 곳은 처음부터 한 곳뿐인 셈이기는 했다.

바 〈플로리다〉—

플로리다 해변처럼 반라의 미인들을 연상하라고 그런 간판을 지어 달았다는 곳이 지연의 서울 무대였다. 미스 염이나 아파트 친구들이 자리를 잡고 있는 곳도 그곳이었고, 지난봄 지연이 서울을 떠날 때까지 밤마다 어두운 조명을 탓하던 곳도 그곳이었다. 23국의 ×948이란 전화번호에, 한여름 지연이 만나는 사내마다 약속을 남기고 다닌 곳도 물론 그곳이었다.

하지만 지연은 그곳이 이젠 망설여졌다. 미스 염을 뒤따라나서기가 하루하루 더 주저스러웠다. 바로 그 약속들 때문이었다. 게으름을 며칠 잘 피우고 나니 그동안 무게가 좀 엷아져 있는 듯싶던 기억들이 새삼스럽게 또 그녀의 머릿속을 헤집어대기 시작했다. 〈플로리다〉에는 마치 사내들 쪽에서 먼저 빚쟁이처럼 그녀를 찾아와 기다리고 있을 것 같은 느낌이었다. 지연은 그걸 견디기가 싫었다. 미스 염과 의논하여 일자리를 아예 다른 데로 옮겨버릴까도 생각해보았다.

"별 볼일 없었는 줄 알았더니 알짜는 그렇지도 않았던 모양야."

미스 염이 마침내 그런 지연을 간섭해오기 시작했다. 무작정 방구석에만 처박혀 지내고 있는 지연에게 이젠 슬슬 기동을 시작할 때가 되지 않았느냐는 신호였다.

"어떻게 이젠 피로도 좀 풀렸을 텐데, 일 나가는 건 아주 그만둘 작정으로 이러는 거야?"

하지만 지연은 그 미스 염에게 마저 시원스런 태도를 보여줄 수가 없었다. 분명한 생각이 정해지질 않고 있었다. 속을 다 털어 보여주면 미스 염의 이해를 구할 수는 있었을 것이다. 하지만 지연은 그 이야기를 털어놓기가 싫었다.

"언니, 나 자릴 좀 옮겨봤으면 어떨까 해요. 〈플로리다〉 말구 어디 그 비슷한 다른 곳으로 말예요."

일을 나가지 않고 있는 변명처럼 자신 없는 소리만 하고 있었다.

"그야 옮기고 싶다면 네 맘대로 하는 거지 뭐. 하지만 왜 그러지? 올핸 아직 하루도 나가보지 않구 왜 마음부터 달라졌어?"

미스 염도 더 이상 지연을 간섭하려 들지 않았다.

"옳아…… 이제 보니 너 〈플로리다〉를 팔아서 죄를 좀 짓고 돌아다닌 모양이로구나그래."

자기가 물은 소리를 자기가 또 적당히 대답해버리면서, 지연의 일에서는 될수록 의견을 아끼고 있는 그녀였다.

204

지연이 미스 염의 아파트를 찾아든 지도 그럭저럭 벌써 보름이나 가까운 시일이 지나고 있었다. 지연이 산을 내려온 것이 그만큼 빨랐던 때문인지 그녀 외에 서울을 떠나간 아가씨들은 한 사람도 아직 소식이 돌아오질 않고 있었다. 아파트엔 물론 말할 것도 없었지만 무교동의 그 〈플로리다〉 쪽으로도 누구 하나 얼굴을 나타내온 일이 없노라는 것이었다.

지연은 결국 그 무교동 쪽에서도 일착이었다. 그 무렵부터 지연은 다시 밤일을 나가기 시작한 것이었다.

바 〈플로리다〉였다.

더 이상 망설이고 있을 수가 없었다. 마음을 바꿀 수도 없었다. 마음을 바꿔볼까고 망설이고 있으면 있을수록 〈플로리다〉를 떠날 수가 없었다. 그것은 오히려 〈플로리다〉를 떠날 수 없는 자기 확인의 시간이었고, 그곳에 대한 막연한 두려움의 연장일 뿐이었다. 지연은 그 끈질긴 두려움의 정체를 만나버리지 않고는 언제까지나 마음이 편해질 수가 없을 것 같았다. 두려움이 오히려 그녀를 〈플로리다〉로 재촉해냈다. 그녀는 정직하게 그것을 기다리기로 했다. 〈플로리다〉에서 첫눈을 기다리기로 했다. 속리산의 그 수수께끼 같은 사내로부터 비롯한 굴레가 그만큼 확고하게 지연을 옭아매버리고 있었는지도 모를 일이었다.

어쨌거나 지연은 다시 그 〈플로리다〉를 나가기 시작했다.

"금년에도 팔자를 바꾸지 못했구만. 아무 데나 그만 들앉아버리지 않고 뭐가 좋아 이런 덴 또 찾아들어왔누."

"미스 유도 이젠 제법 틀이 잡혔거든. 나이가 마다할 때까진 맘대로 습성을 버리기가 어려울 거야."

무교동을 떠나지 않고 있던 동료들이 그녀의 귀환을 허물없이 환영해주었다.

지연은 다시 한 번 가슴속이 서걱이기 시작했다. 눈 익은 사람이 많은 게 오히려 편치 않았다. 마담이나 미스 염 같은 몇몇 사람은 그렇다 치더라도 아는 눈이 너무 많았다.

그녀는 그 많은 눈길 앞에 자신을 아무렇게나 드러내놓고 있는 것처럼 마음이 불안했다. 눈길들이 한순간도 자기를 떠나지 않고 있는 것 같았다. 그리고 그런 눈길들 사이에선 언제부턴가 자기를 은밀히 지켜보고 있는 사내들의 그것까지 종종 느껴져오곤 했다. 그것은 물론 지연의 착각이었다. 하지만 지연은 자신의 그런 착각을 맘대로 벗어날 수가 없었다. 하루에도 몇 차례씩 가슴이 철렁철렁 내려앉곤 했다.

테이블 손님에겐 주의를 제대로 기울이지 못하고 있을 때가 많았다. 멍청하니 앉았다가 핀잔을 맞고 자리를 쫓겨나는 일까지 있었다.

"너, 요즘 무슨 걱정거리가 있는 거 아냐. 어째 통 맘이 안 잡히는 모양이구나."

미스 염이 또 지나가는 소리로 그녀를 걱정하기 시작했다. 마음을 못 잡고 허둥대는 지연의 거동들이 암만해도 정상으론 보이지가 않았던 모양이었다.

하지만 이제 그 지연에겐 뭐라고 해도 한 가지 분명한 것이 있었다. 자기는 다시 〈플로리다〉를 떠나지 못하리라는 사실이었다. 적어도 그 첫눈이 올 때까지는 〈플로리다〉를 떠나지 않고 있을 자신을 알고 있었다. 미스 염이나 다른 누구에게 위로를 구해 받을 성질의 일이 못 되었다.

지연의 조바심은 오히려 그 첫눈 때문이었다.

아직도 그 첫눈이 내리지 않고 있었기 때문이었다.

205

지연은 첫눈이 오는 것을 겁내고 있었다, 라기보다 이젠 아예 누구보다도 그녀가 그 첫눈을 기다리고 있었다. 겁을 먹고 있는 만큼 초조하게 그것을 기다리고 있었다.

그러나 아직 눈이 내리리라는 소식은 없었다.

"올핸 좀 첫눈이 늦어지려나 보지?"

어느 날 아침 지연은 때늦은 잠자리를 빠져나와 유리창 앞에서 혼자 우두커니 그런 소리를 중얼대고 있었다. 창밖엔 마침 문틈을 덜컹거리며 가을비가 차갑게 뿌려대고 있었다.

"눈이 늦어지는 게 아니라 미스 유가 아마 눈을 몹시 기다린 게지."

자는 줄만 알았던 미스 염이 이불깃 위로 그녀를 말끔 올려다보고 있었다.

"어때, 내가 바로 맞혔지? 그렇게 눈이 기다려질 만큼 좋은 약속이 있었을 게야, 아마."

돌아서는 지연을 쳐다보며 미스 염은 계속 혼자 추리를 즐기고 있었다.

"좋은 약속은 뭐……"

지연은 좀 적막스레 웃어 보였으나 미스 염은 아직도 그 지연의 말을 냉큼 곧이들으려 하질 않았다.

"그런 약속이 아니람 왜…… 다른 해도 벌써 눈이 내린 적은 없었잖아?"

"어쨌든 올핸 좀 눈이라도 펑펑 쏟아져줬으면 시원하겠어요."

"글쎄 저것 좀 보라니까. 아무래도 심상치가 않아."

"심상치가 않음 무슨 수가 있어요. 기대를 꺾어 미안하지만 사정은 오히려 정반댈지도 몰라요."

"반대나 마나 어쨌든 눈을 기다리는 건 행복한 거야."

"……"

"애길 숨기고 싶은 건 상관하지 않겠지만, 그렇다구 자기 맘까지 숨길 필욘 없을 거야."

"숨기고 싶은 게 있어봤음 좋겠어요."

"하지만 걱정하진 마라. 이번에 비가 개면 날이 더 부쩍 추워질 테니까. 날만 추워지면 눈을 보는 건 시간문제거든."

그런 일이 있고 나서도 눈 소식은 여전 감감이었다. 날씨만 벼락같이 추워져가고 있었다. 앞서거니 뒤서거니 지연과 함께 서울을 떠나갔던 친구들도 그때부턴 하나씩 둘씩 〈플로리다〉로 다시 모여들고 있었다. 지연들의 아파트에도 벌써 그런 사람이 둘이나 껴들어와서 비워둔 방 하나를 차지하고 있었다. 지연들의 아파트 어디 할 것 없이 지연의 주위는 한동안 다시 그녀들로 떠들썩했다.

한데 그러던 어느 날이었다.

마침내 눈 소식이 왔다.

그러나 그 눈 소식은 물론 서울이나 무교동 거리의 그것은 아니었다. 서울의 밤 기온이 모처럼 영하로 떨어져 내려간 다음 날 아침 미스 염의 그 고물 트랜지스터라디오가 첫눈 소식을 전했다. 전방의 고지들이 금년 들어 처음으로 눈에 덮였다는 것이었다.

서울에도 이젠 첫눈이 그리 오래지 않을 터였다. 밤공기가 점점 더 싸늘해져갔다. 오후가 되면 금세라도 눈발을 쏟아져 내릴 듯 하늘이 꾸물거릴 때가 많았다.

지연은 막바지까지 긴장한 기분으로 하루하루를 보내고 있었다. 눈이 내려버리기를 기다리고 있었다.

그리고 지연이 정말로 그것을 바라고 있었든 어쨌든 간에 그것과는 상관없이 서울에도 마침내는 첫눈이 내리고 말았다.

206

11월도 하순께로 접어든 어느 날 아침이었다. 아파트 창문을 내다보니 바깥세상이 온통 하얀 눈에 덮여 있었다. 멀고 가까운 지붕들이, 인적 드문 골목길과 담벼락 뒤의 정원들이, 어느 한 곳 빠진 데 없이 밤사이에 그만 하얗게 변해 있었다. 그리고 그 지붕들과 골목길과 담벼락들 위로는 아직도 하늘 가득한 눈송이들이 쉬임 없이 내려 덮이고 있었다. 7층이나 되는 지연들의 아파트 창문에서는 설경이 한층 장관이었다. 하늘과 세상이 온통 그 뽀얀 눈보라 속으로 자꾸 멀어져가고 있었다.

"눈이 왔다. 모두들 일어나서 첫눈을 봐라."

지연들의 아파트엔 이내 법석이 일기 시작했다. 첫눈이란 누구에게나 반가운 것이었다. 어른 아이 할 것 없이 남자 여자나 할 것 없이 땅 위에 두 발을 딛고 살아가는 사람이라면 대머리나 동상 환자들에게까지도 첫눈은 무작정 반가운 것이었다. 더군다나 이번처럼 밤사이에 불쑥 그 첫눈이 내리고 보면 반가움은 한층 더하기 마련이었다.

"정말이야. 올핸 정말 첫눈답군. 아직도 계속 쏟아지고 있어."

"밤에 내린 첫눈은 낮까지 가질 않는 일이 많은데."

"하지만 날씨가 포근한 걸 보니 아직도 한참 더 내릴 거야."

안방 건넛방에서 늦잠을 뿌리치고 나온 아가씨들이 잠옷 채 창문가로 모여들었다. 그리고 행여나 그 첫눈이 저녁까지 가기 전에 또 싱겁게 그쳐버리지나 않을지 제각기 한마디씩 걱정을 보태고 있었다.

첫눈에 대한 약속은 물론 지연 혼자만의 버릇은 아니었기 때문이었다. 그것은 그녀들 모두의 풍속이었다. 누구에게나 그런 약속이 있을 수 있었다. 적어도 한여름 서울을 떠나 있었던 아가씨들에겐 그런 약속이 한두 건쯤 있을 수 있었다. 아가씨들은 제각기 자기들의 맘속에 숨긴 약속을 생각하고 그것을 걱정하고 있는 것이었다. 하지만 그것은 실상 행복한 걱정이었다.

약속을 위해선 이미 충분하리만큼 많은 눈이 내려준 것이다. 이제 다시 눈발이 그친다 해도 그것으로 첫눈은 충분했다.

"그만하면 오늘은 다들 정신없이 바빠질 판이군그래. 어때 미스 유도 어젯밤 좋은 꿈 많이 꿨어?"

첫눈이 늦는 것 같다고 하니까, 그걸 몹시 기다리기 때문일 거라고 지연의 속을 점쳐냈던 미스 염이었다. 그런 지연을 아직 기억하고 있었던지 미스 염마저 어느새 지연의 뒤에서 그녀를 툭 건드리고 나서는 것이었다.

누구나 그것으로 분명한 첫눈을 맞은 것이었다. 저녁까지 눈발이 그치지 말아주길 바라는 것은 약속을 보다 화려하게 즐기고 싶은 욕심 때문이었다.

어쨌거나 지연에겐 상관없는 일이었다.

그녀는 이제 마음이 훨씬 차분해지고 있었다. 가슴이 조금씩 두근거려지고 있는 건 그녀에게도 어쩔 수가 없는 일이었다.

하지만 그뿐이었다. 초조하게 마음을 조여대고 있을 때보다는 기분이 한결 후련스러웠다. 특별히 수선을 피우거나 흥분해할 일은 없었다.

평소처럼 그냥 하루를 지내는 거야.

트랜지스털 듣구 미장원을 다녀오구, 그리고 라면을 먹고 가서 테이블을 맡는 거야. 아무것도 달라질 것은 없어……

담담한 심경으로 다시 한 번 자신을 안심시키고 있는 것이었다.

207

눈발은 지연들이 모처럼 이른 아침을 끝마치고 났을 때까지도 걷힐 줄을 모르고 있었다.

정오께가 가까워지면서부터는 구름이 좀 엷어지는 듯하더니,

2시가 지난 다음부터는 새판잡이로 또 하늘이 뽀얗게 변해버렸다.

아가씨들은 더욱더 신이 나서 법석이었다. 아침부터 머리를 하러 간다 옷을 다려 온다 들뜨기 시작하더니, 오후부터 다시 눈발이 날리기 시작하는 것을 보고는 시간도 되기 전에 하나 둘씩 아파트를 서둘러 빠져나가버렸다. 약속이 있건 없건 들뜬 기분들을 참을 수가 없는 모양이었다.

서두르지 않는 건 지연뿐이었다.

그녀의 다짐대로 지연은 그녀 혼자 들뜨지 않은 하루를 보내고 있었다. 곁에선 무슨 일이 일어나도 자신의 기분을 다치지 않으려고 했다.

아침을 먹고 나선 트랜지스터라디오를 들었고 트랜지스터라디오의 음악 프로가 끝났을 땐 그녀 혼자 뒹굴뒹굴 묵은 주간지들을 뒤적였다. 낮참에 한창 구름장이 엷어졌을 때쯤엔 낮잠까지 한숨 붙이고 일어났다. 그리고 그 오후부터 다시 눈발이 날리기 시작했을 땐 그녀 혼자 우두커니 창문 밖을 지키고 서 있을 때도 있었다.

그땐 제법 많은 사람의 얼굴들이 그녀의 상념 속을 지나갔다. 백기윤이 지나가고, 허철들이 지나갔다. 미스 콩과 정화 들이 지나가고, 뱃고동의, 부산 앞바다의, 속리산의 사내들이 지나갔다. 멀고 가까운 얼굴들 속엔 세월에 가려진 아빠와 지연 자신의 얼굴도 지나가고 있었다.

하지만 지연은 아직도 담담했다.

겁낼 건 없는 거야. 견딜 수가 없어지면 쫓아버리면 그만이니

까. 그럼 쫓아버리면 그만이구말구. 겁을 낼 건 조금도 없어

그런 식이었다. 그런 식으로 지연은 끝끝내 침착한 하루를 보내고 나서 출근 준비를 시작했다. 그래도 좀 여느 날보다는 시간을 일찍 잡아야겠다 싶어 4시가 되기 전에 미장원을 다녀왔다. 차근차근 라면까지 끓여먹고 나니 이젠 그녀도 아파트를 나서야 할 때가 된 것 같았다.

지연은 곧 오버를 꺼내 입고 아파트 문을 나섰다. 머플러로 머리를 싸야 할 만큼 바깥은 아직 눈발이 계속되고 있었다.

시장으로 나가는 골목길과 그 골목 밖 버스 정류소까지도, 그리고 고가도로 위를 달리는 버스 창문과 거리의 간판들 위로도 눈발은 줄기차게 쏟아져 내리고 있었다. 차창으로 내다본 남산 길이 뽀얗게 먼 눈보라 속에서 하늘로 사라져 올라가고 있는 것 같았다.

무교동은 눈발이 더욱 굵었다. 5시도 안 된 골목 안이 눈발 때문에 벌써 어둑어둑해올 지경이었다. 그 바쁜 어스름 속에서 바 〈플로리다〉의 네온사인이 유난히 요란스런 원색 문자들을 빛내고 있었다.

지연은 그 번쩍거리는 네온사인 간판 아래서 잠시 동안 오버 깃에 쌓인 눈송이를 털어낸 다음 〈플로리다〉로 들어섰다. 언제나와 마찬가지로 어딘가 좀 매정하고 인색스런 느낌이 드는 그녀의 발걸음 그대로였다.

하지만 역시 첫눈의 효험은 함부로 무시할 것이 아닌 모양이었다.

〈플로리다〉의 홀 안은 벌써부터 손님이 제법 붐비기 시작하고 있었다.

208

그렇게 보아서 그런지 〈플로리다〉는 마치 때 만난 잔칫집처럼 분위기가 잔뜩 들떠 있었다. 여느 때 같으면 마수걸이 손님이나 몇 사람 있을까 말까 한 시간인데, 벌써부터 테이블이 제법 붐비기 시작하고 있었다. 아가씨들도 이미 출근이 완료된 듯 칸막이 너머마다 그녀들의 웃음소리가 낭자했다. 카운터 부스 쪽 전화기 근처가 아가씨들로 붐비고 있는 것도 여느 때하곤 완연히 정도가 다른 것 같았다. 지연까지 공연히 행여나 하는 마음이 들어올 정도였다.

탈의실로 가는 길에 전화기 근처를 잠깐 기웃거려보지 않을 수 없었다. 하지만 그녀에겐 역시 아직 전할 만한 소식이 와 있질 않은 것 같았다.

"첫눈도 오고 했는데 미스 유가 오늘은 좀 늦은 편이군그래."

전화기 곁을 지키고 앉아 있던 마담은 지연을 별로 주의해보지 않고 있었다. 특별히 그녀를 찾은 손님이 있었던 것 같은 말투도 아니었다.

그럴 테지. 첫눈 따윌 염두에 두고 사는 얼간이가 있을 턱 없지. 제발 좀 끝까지 그렇게 현명해줬음 좋으련만.

그녀는 곧 탈의실로 들어가 옷을 바꿔 입고 나왔다. 하지만 아직 안심을 할 수는 물론 없었다. 안심이 되질 않았다. 멤버 C나 미스 염같이 가까운 지면을 스칠 적마다 자신도 모르게 그쪽 표정을 살피고 있곤 했다. 자기를 찾는 전화나 손님이 있었을 텐데 누군가가 그것을 아직 주인에게 전해주질 못하고 있는 것 같았다. 밴드가 시작되고, 홀 분위기가 잔뜩 무르익어진 다음부터는 신경이 마구 불쑥불쑥 곤두설 지경이었다.

하지만 미스 염도 멤버 C도 도대체 그 지연에겐 별다른 기색을 보인 일이 없었다. 전화기 쪽에서는 말할 것도 없었고 유별나게 이날 밤은 그녀를 찾아주는 단골손님조차 하나 없었다.

미상불 모든 것이 그녀가 바라던 대로 되어준 셈이었다. 지연은 번호 주문이 없는 테이블로만 여기저기 몇 군데씩 자리를 옮겨 다니고 있었다.

그런 지연을 보고 미스 염이 좀 의외라 싶어진 모양이었다.

"애, 너 이번엔 정말 진짜를 점찍은 모양이구나?"

테이블 하날 정리하고 돌아오던 그녀가 지연을 잠깐 스치다 말고 건네온 말이었다.

"진짜라니 무슨 황송한 소릴. 보시다시피 난 오늘 밤 말짱 빈탕인걸요."

지연이 일부러 적막스런 표정을 지어 보이니까

"깍쟁이 같으니라구. 두고 보면 알 걸 가지고 뭘 자꾸 얌전을 빼려고그래. 진짜니까 여기까진 데려오기가 싫었던 거지 뭐."

아무래도 잘 곧이를 들을 수가 없다는 얼굴이었다.

"진짜 턱 밖에다 모셔놓구…… 글쎄 좀 두고만 보라니까. 이따간 아마 제일 먼저 꽁무니를 빼고 말 테니까."

"그야 언니 말대로래도 나쁠 것은 없겠어요."

"한사코? 그게 꼭 정말이람 눈은 왜 기다렸지?"

눈치가 빠른 게 오히려 불편하달밖에 없는 노릇이었다.

지연은 그만 입을 다물고 말았다. 긍정도 부정도 아닌 어정쩡한 웃음만 남기고 나서 그녀의 테이블 쪽을 향해 발걸음을 총총히 재촉해 가버렸다.

209

끝끝내 지연을 찾아준 사람은 없었다. 전화 역시 마찬가지였다, 라고 말하면 지연은 이날 밤 그토록 누군가를 간절히 기다리고 있었던 것이 되는 셈이다.

사실이었다.

지연은 늦게나마 그것을 깨달았다. 드문드문 칸막이 자리들이 비워나가고, 자욱하던 밴드 음악이 끝난 다음 아가씨들마저 하나하나 홀 문을 빠져나가고 있을 때쯤이었다. 지연은 마침 그녀의 마지막 손님을 배웅하러 나갔다가, 그 역시 방금 홀 문을 서둘러 나가고 있던 미스 염을 다시 마주쳤다.

"정말로 아직 나가지 않는 거야?"

미스 염이 먼저 지연을 보고 믿기지 않는다는 듯 말해왔다. 하지만 그때 미스 염은 눈길이 몹시 분주해 있었다.

"어쨌든 이따가 봐. 지금 나 바쁘니까."

코끝까지 치켜 올린 오버 깃 너머로 그녀는 눈꼬리를 한번 찡긋해 보이고 나서 허겁지겁 지연 곁을 비켜가버렸다.

지연은 그 미스 염이 분주스레 골목길로 멀어져가는 모습을 바라보고 서 있다가 불현듯 그것을 깨달은 것이었다.

자기도 분명 누군가를 기다리고 있었던 것 같았다. 누구를 기다리고 있었는지, 확실한 얼굴을 생각해낼 수는 없었다. 백기윤도 같았고 허철인 것도 같았다. 미스 콩이나 정화나 혹은 그녀에게 엉뚱스런 굴레를 약속하고 간 수수께끼의 사내나 그 밖에 다른 누구일 수도 있는 것 같았다. 그것은 그 어느 누구도 아니었고 그 모든 사람일 수도 있었다.

한 가지 확실한 건 그들 중의 누구도 자기를 찾아주진 않았다는 것뿐이었다. 그녀 곁에 남아서 그녀와 함께 있어준 것은 그것들을 기다려온 자기 자신뿐이었다.

왜 아무도 와주지 않았을까—

전에도 물론 그런 식으로 그녀를 찾아준 사람은 없었다. 처음부터 기대를 가졌던 일은 아니었다. 여태까진 오히려 두려움만 견뎌오던 그녀였다.

하지만 이젠 그것을 깨달았다. 그들을 두려워하고 그들과의 대면을 겁을 먹고 피하려 했던 것도 기다림이 있었기 때문이었다. 기다리고 있었기 때문에 두려워진 것이 분명했다.

지연은 천천히 다시 홀 안으로 돌아왔다. 홀 안은 이미 황량하게 비어 있었다. 칸막이가 치워지고, 조명이 높여지고, 그리고 아직 그곳을 떠나지 않은 아가씨 몇 사람이 마지막 퇴근 채비를 서두르고 있었다.

지연은 곧 탈의장으로 들어가 옷을 갈아입고 나왔다. 동행을 구할 길이 없었으므로 그녀 혼자 밤길을 서두르는 수밖에 없었다.

문을 열고 나서 보니 골목 안은 눈발이 깨끗이 그쳐 있었다. 눈발이 그쳐 있는 건 아깟번도 마찬가지였지만, 지연은 그것을 이제서야 분명히 알아차리고 있었다.

지연은 그 눈발마저 그쳐버린 골목길— 백열전등 불빛만이 휘황한 텅 빈 골목길을 걸어 나가면서 느닷없이 쓸쓸해진 자신의 모습을 보고 있었다.

그러자 그녀는 그 오랜만에 정직해진 자신의 모습을 지워버리고 싶기라도 한 듯 가던 길을 문득 멈추고 서서 고갯짓을 몇 번 절레절레 흔들어대고 있었다.

이건 아마 정말로 내가 누굴 기다리고 있는 건가?

한데 그때였다. 지연은 갑자기 이상한 착각이 일어났다. 그녀의 얼굴에서 느닷없이 어떤 괴상한 느낌이 일고 있었다. 언젠가와 같이 콧잔등 위를 간질간질 괴롭히던 그런 거북한 감촉이었다.

지연은 그만 고갯짓을 멈춰보았다.

느낌이 사라졌다. 다시 흔들어보았다. 같은 느낌이 되살아왔다. 지연은 그 희미한 느낌을 확인해보기 위해 갈 길을 잊은 채 그 짓을 몇 번씩 되풀이하고 있었다.

오버 깃을 높이 세운 사내 하나가 그러고 있는 지연 곁을 아무렇게나 지껄이고 지나갔다.

"허허, 그 아가씨 오늘 밤엔 어지간히 받아 마신 꼴이군그래."

견인성(堅忍性) 보헤미안의 견딤의 미학

우찬제
(문학평론가)

1. 『사랑을 앓는 철새들』의 문제성

이청준의 장편 『사랑을 앓는 철새들』이 처음으로 공간(公刊)된다. 1973년 4월 2일부터 12월 2일까지 『서울신문』에 209회에 걸쳐 천경자 화백의 삽화와 더불어 연재된 소설인데, 작가 생전에는 단행본으로 출간되지 않고 연재본으로만 남아 있었다. 이 소설이 단행본 형태로 독자들에게 전달되지 않은 이유에 대해 작가는 이렇다 할 흔적을 남기지 않았다. 그러니 살아남은 이들이 이청준의 소설 시대를 반추하면서 몇 가지를 조심스럽게 짐작해볼 수 있을 따름이다. 작가의 소설 스타일상 신문 연재 형식이 다소간 거북했을 것이라는 점, 그래서 본인이 쓰고 싶은 만큼 이르지 못한 소설이라고 생각했을 것이라는 점, 더욱이 소설에 대한 작가의 각별한 염결성을 고려하면 수정하고 싶은 욕망이 적지 않았으리라는 점, 그러나 바로 이어진 장편 『당신들의 천국』(『신동아』 1974년 4월호~12월호) 연재에 집중하느라 수정할 시간을 허락받지 못했을 것이라는 점, 『당신들의 천국』이 출간되는 1976년경부터는 「서편제」(『뿌리 깊은 나무』 1976년 4월호)를 비롯한 이른바 「남도 사람」 연작이 발표되기 시작하는데, 『사랑을 앓는 철새들』에서 가장 인상적인 인물 중의 하나인 송정화의 소리 내력이 그 연작 형태로 웅숭깊게 형상화되므로 이 소설을 다시 수정하는 데 심리적 거북함을 느꼈을 것이라는 점 등등이 내가 생각할 수 있는 지극히 어설픈 추리에 해당한다.

다시 말하건대 『사랑을 앓는 철새들』은 작가 입장에서 진행형의 작품이라고 생각했던 것 같다. 그러나 이 소설에 작가가 매설해놓은 문학적 문제의식이나 소설 방법론, 모티프, 테마 등은 이청준 소설 시대의 많은 것을 해명할 수 있는 상당한 단서를 제공하고도 남는다. 진실을 탐문하기 위해 온갖 불편함과 수고로움을 견디면서 영원한 순례길을 나서는 보헤미안의 나그네 의식이 그렇고, 한의 역설을 통한 한국적 예술혼의 탐구가 그러하며, 「지배와 해방」(『세계의 문학』 1977년 봄호)과 연계되는 소설의식이 또한 그러하다. 그림자 존재론을 중심으로 무의식과 존재의 뿌리로 내려가 심연의 진실을 탐문하는 모습도 인상적이거니와, 굴레의 역설과 포월을 통해 도저한 견딤의 미학과 자유 지향 의지를 형상화하려 한 것도 이청준 소설의식의 핵심에 값한다. 서사 대상에 대한 부단한 되새김과 되씹음을 통해 조심스럽게 사태의 진실에 접근하는 소설적 방법론도 어지간하다. 아울러 남장 여성의 이야기를 비롯한 이런저런 1970년대 사랑의 풍속에 대한 실감 있는 흥미를 구할 수도 있겠다.

2. 순환 여로의 길 소설

흔히 그렇듯이 연재 직전에 예고 기사가 있다. 「젊은 한 여성을 따라 변화하는 현대 속의 애정상 추적」이란 제하의 『사랑을 앓는 철새들』 연재 예고 기사는 이렇다. "살 곳과 사랑할 사람을 찾아 철새처럼 옮겨 다니며 사는 한 젊은 여성을 통해 변화하는 현대의 사회풍속과 현대인의 생각 그리고 그 배경들을 분석도 하고 느껴도 보는 이야기가 엮여지리라고 합니다. 감미롭고 청징(淸澄)한 주인공 여인을 따라 독자들도 즐거운 여행을 떠나게 될 것 같습니다"(『서울신문』 1973년 3월 31일 자). 연재에 앞서 작가 이청준은 다음과 같이 연재의 변을 밝힌다.

> 여인들이 특히 그렇지만 사람들은 시대마다 자기 시대에 알맞은 사랑의 풍속(風俗)을 만들어낸다. 우리는 지금 참을 수 있을 만큼 유쾌한 사랑의 풍속을 누리고 있는 것인지 모르겠다. 그것은 좀 의심스런 일이다.
>
> 훈훈한 사랑의 풍속을 갖고 싶다. 방방곡곡 흘러 다니면서 세상을 살아가야 하는 한 후소 같은 여인이 우리 시대가 마련한 갖가지 풍습과 인간 유형들을 경험하고, 그러한 경험 끝에 이 여자는 어떤

젊은 한 여성을 따라 변화하는 현대 속의 애정상 추적

사랑을 앓는 철새들

새소설 2일부터 연재

李淸俊 작 · 千鏡子 그림

서울신문사

사랑의 풍속을 마련해 가지게 될 것인가를 알아볼 작정이다.

우리는 늘 누군가를 사랑하고 있거나 사랑하고 싶어 하고 있으며, 그러한 사랑의 방법이야말로 어떤 의미에선 우리의 생 전체를 결정짓는 승패의 기본일 수 있기 때문이다.

독자와 함께 사랑할 수 있는 지혜롭고 아름다운 주인공이 창조될 수 있기를. (『서울신문』 1973년 3월 31일 자)

이 기사에서 주목되는 것은 '사랑의 풍속'과 '분석' '사랑의 방법'이다. 이청준은 단지 사랑의 풍속을 감미롭게 옮겨놓는 소설을 쓰고 싶지 않았던 것이다. 그보다는 좀더 분석적으로 사랑의 진정한 방법론을 탐문하고 싶었던 것으로 보인다. 여기서 사랑의 방법론은 곧 삶의 방법론이고 소설의 방법론과 통하는 것이기도 하다. 『사랑을 앓는 철새들』은 8개월 동안 연재되는데 봄에 서울을 떠나 이리, 전주, 광주, 장흥, 부산, 속리산을 거쳐 늦가을에 다시 서울로 돌아오는 '유지연'이라는 여성의 순환 여로를 얼개로 이야기가 진행된다. 『인문주의자 무소작 씨의 종생기』 『신화의 시대』를 비롯한 이청준의 여러 소설들이 그렇듯이 『사랑을 앓는 철새들』도 '길 소설'이다. 길 떠난 나그네가 경험하는 사랑의 풍속과 그에 대한 심리적 이지적 분석, 사랑의 진정한 방법에 대한 서사적 추론 등이 중심 이야기를 형성한다. 모두 11장으로 나뉘어 전개되는 이 소설의 경개는 다음과 같다. (장 번호는 연재본과 전집본 본문에 없는 것으로 필자가 임의로 붙인 것임.)

1장 「봄이 오면」(총 16회): 이른 봄 유지연은 목포행 기차를 탄다. 옆 좌석의 백기윤을 만나 소리 내력에 대한 이야기를 듣는다. 전북 무안군 어느 바닷가 산비탈에서 노랫소리를 흥얼거리며 콩밭을 매던 아낙이 어느 날 소리 사내로부터 태기를 받아 "열 달 뒤에 조그만 계집아이 모습으로 그 소리를 낳았"(p. 22)다는 이야기다. 백기윤은 "그런 내력을 지닌 어떤 여인의 소리를 쫓아다니고 있는 셈"(p. 22)이라고 말한다. 이리에서 내린 유지연은 전주로 가 백기윤이 말한 〈오아시스〉 다방에서 그를 다시 만나게 된다. 전주에서 유지연은 일본인 강명수와 소리꾼 송정화를 만난다. 송정화의 소리를 들으면서 바로 백기윤이 말한 소리 내력의 여인임을 직감한다.

2장 「청부 연애」(총 21회): 백기윤은 송정화의 소리를 무척 아끼고 있으며 한이 깊어져 소리가 깊어지기를 바라는데, 얼치기 소리 애호가 강명수가 송정화의 소리를 망칠 수 있으니, 유지연에게 강명수와 연애를 하여 송정화의 소리를 보호해달라고 강렬히 청한다. 유지연이 청부 연애를 망설이고 있는 동안 송정화는 강명수로 인해 소리의 타락을 경험하고 홀연 전주를 떠난다.

3장 「따뜻한 산」(총 12회): 송정화가 떠났으므로 자신이 더 이상 전주에 있을 이유가 없다고 생각한 유지연은 〈오아시스〉 다방에서 함께 일하던 미스 콩과 함께 광주로 간다. 거기서 화가 허철과 시인 나영욱을 만나 그들이 기거하는 과수원에서 함께 생활하게 된다. 무등산 풍경과 조우하는 유지연의 내면 정경이 깊어진다.

4장 「사랑과 예술」(총 26회): 복잡한 갈등을 거쳐 유지연은 사랑하지 않고는 그릴 수 없다는 예술관을 지닌 허철의 나체 모델이 되어준다. 실제 대상에 대한 욕망을 현실적으로 소유하지 않고 절제하여 예술적으로 승화시키려는 허철의 시도는 그러나 번번이 만족스럽지 않다. 예술적 승화와 현실적 소유 욕망이나 파괴 욕망 사이에서 격렬하게 갈등하는 허철의 내면을 짐작하는 나영욱은 유지연에게 떠나달라고 종용한다.

5장 「잃어버린 전설」(총 16회): 허철, 나영욱, 미스 콩과 함께 대흥사로 가던 유지연은 노중에 차가 고장 나 고치는 사이에 지나가던 트럭 박 기사를 만나 혼자만 빠져나온다. 박 기사에 의해 장흥의 서진마을 공사판 술집으로 가게 된다. 거기서 소리 내력을 지닌 여인 송정화를 다시 만나게 되는데, 전주에서와는 달리 아우라를 잃어버린 그녀의 모습에 당혹스러워한다.

6장 「기둥서방」(총 22회): 공사판 술집에서 견디는 방안의 하나로 기둥서방 풍속이 이야기된다. 송정화는 장 감독의 치근덕거림을 피하기 위해 민웅이라는 소년을 자기 방에서 재우고 있었던 것이다. 그러나 유지연은 송정화와 민웅의 관계가 범상치 않음에 놀란다. 이 술집에 미스 콩이 미스 전을 데리고 찾아든다.

7장 「또 하나의 풍속」(총 18회): 조금 덜 세련된 여자인 줄 알았던 미스 전이 남자임이 밝혀진다. 처음엔 미스 전과 미스 콩의 잠자리가 수상하여 미스 전이 레즈비언이 아닐까 여겨, 유지연은 불결하고 기분 나쁜 상상을 했었는데, 이내 여장 남자였음을 고백 받는다. 얼마 후 미스 전은 여름밤 목욕을 하러 바다에 갔다가 동네 사람들의 전짓불 감시에 의해 발각되어 파출소에서 조사를 받기도 한다. 이 사건 이후 유지연은 혼자 배를 타고 서진마을을 떠난다.

8장 「그림자 없는 사람」(총 29회): 유지연은 부산 해운대 해수욕장에서 지난해 가을 설악산에서 자신을 철저하게 지배했던 사내 한혁민을 만나게 된다. 그와 함께 섬으로 가서 한혁민의 그림자 없는 사연을 듣게 된다. 자신의 이름을 빌려 함께 쓰던 사내가 부산에서 택시 운전을 하다가 고의 사고를 일으켜 죽은 이후에, 한혁민은 자기 삶을 도둑맞았다는 생각 때문에 주체할 수가 없다는 것이다. 특히 자신이 가장 중시하는 죽음까지 먼저 가져갔다는 사실로 고통스러워한다. 죽음을 포함해 송두리째 도둑맞은 자신의 삶을 되찾고 싶다며 몸부림친다.

9장 「돌아서면 빈 하늘」(총 18회): 유지연은 한혁민과 헤어져 부산에서 서울로 가는 버스 안에서 그의 자살 소식을 신문에서 접한다. 이름을 빌린 한혁민이 했던 방식과 똑같이 택시 사고를 위장한 자살이었다. 추풍령을 지난 휴게소에서 불현듯 버스를 포기하고 속리산으로 향한다. 이때 옆자리의 사내도 동행하게 된다. 수수께끼 같은 이 사내(이 인물에게는 이름이 주어져 있지 않다)와 얘기를 주고받는 가운데 유지연의 가족사를 포함한 과거사가 부분적으로 전개된다.

10장 「자라나는 굴레」(총 18회): 속리산에서 사내로부터 굴레의 존재론을 전해 듣는다. 굴레를 단단히 조여 맨 다음 그 굴레에 편안하게 익숙해질 만큼 길을 들여간다는 소 굴레 이야기를 하면서, 굴레를 넘어서기 위해서는 우선 그 굴레를 정직하게 받아들이는 일부터 해야 한다고 사내는 말한다. 그런 이야기를 들으면서, 또 이전의 사내들과의 관계를 되새김질하면서, 유지연은 문득 "자기의 콧잔등을 무엇인가 서서히 조여매오고 있는 것 같은 거북살스런 느낌"(p. 517)을 받는다. 그러면서 정직하게 견디기로 결심한다.

11장 「그리고 겨울」(총 13회): 봄날 아침결에 서울을 떠났던 유지연은 언제나처럼 늦가을 오후 차편으로 서울로 돌아온다. 서울에 올라온 그녀는 언제나 갈 곳이 있다고 생각했었는데 이번에는 왠지 갈 곳이 없음을 느끼고 쓸쓸해한다. 예전에 함께 일하던 여성들을 만나 조금 쉬다가 다시 무교동 업소에서 일하며 첫눈 올 날만 기다린다. 백기윤을 비롯한 사내들과 첫눈이 내리는 날 무교동에서 만나기로 했던 터였다. 그러나 막상 첫눈이 푸짐하게 내린 날 아무도 그녀를 찾아주지 않는다. 쓸쓸하게 만취한 상태에서 유지연은 견디어야 할 자기 존재를 응시하면서 다시 콧잔등 위에서 굴레의 감촉을 느낀다.

3. 남도 소리와 한의 숙명

서툴게 간추린 줄거리에서 보았듯이 『사랑을 앓는 철새들』에서 유지연의 첫 여로는 남도 소리 내력의 탐색과 관련된다. 1장과 2장에서 첫 동행자인 백기윤의 이야기와 편지, 송정화와의 대화 등을 통해 제시되는 남도 소리 대목은 「퇴원」(『사상계』 1965년 12월호)에서 「병신과 머저리」(『창작과비평』 1966년 가을호)와 『씌어지지 않은 자서전』(『문화비평』 1969년 봄호)을 거쳐, 「소문의 벽」(『문학과지성』 1971년 여름호)과 『조율사』(『문학과지성』 1971년 봄호~가을호) 등에 이르는 작품들에서 이렇다 할 환부가 없이도 너무나 아픈 환자, 현실에서 상처받아 지친 영혼, 하여 말과 맘을 잃어버린 존재들의 이야기를 써오던 이청준이, 상처를 발본적으로 치유하기 위한 원형적인 상상력을 아울러 펼치기 시작했음을 말해준다. 말하자면 상상력으로 자기 이야기의 고향을, 그 시원을 찾아 나서기 시작한 셈이다. 「남도 사람」 연작이나 「해변 아리랑」(『문예중앙』 1985년 봄호) 등 여러 소설에서 되풀이해 나오게 되는 고향 바닷가 콩밭 풍경이나 남도 소리를 흥얼거리며 김을 매는 정경이 매우 실감 있게 제시되기 시작했음은 물론이거니와, 현실의 고난과 한을 넘어 흥얼거리며 견디는 남도 서정의 근본적 에너지를 소리의 세계에서 탐문하기 시작한 것이다.

백기윤을 통해 전해지는 이야기는 이렇다. 전라북도 무안군 어느 바닷가 산비탈 콩밭에서 하염없이 여름을 보내는 아낙이 있었다. "마을에서 정절이 굳기로 소문난 그 과수댁 아낙은 해만 오르면 산비탈 밭뙈기로 나와 지글지글 끓는 해를 머리 위에 이고 지냈다"(p. 19). 바다를 굽어보며 흘러내린 산골짜기 쪽은 녹음이 엄청나게 깊었다. 언젠가부터 골짜기 우거진 녹음 속에서는 "구성진 남도 육자배기 노랫가락이 흘러나오"(p. 20)기 시작했다. "아낙이 그 노랫가락을 얼마나 마음에 가까이하고 있었는지는 물론 확실하지 않다. 다만 이것만은 확실했다. 여인은 골짜기의 녹음으로부터 노랫가락이 흘러나오면 가라앉을 듯 콩밭 사이를 오가면서 자신도 늘 묘한 소리를 내고 있었다. 우우우, 무슨 바다 울음소리 같기도 하고 또 혼자 그저 콧노래를 흥얼거리고 있는 것 같기도 한 소리를 그녀는 쉬임없이 흘러 내고 있는 것이었다. 그것은 아마 그 녹음 속의 노랫가락이 이미 그녀의 마음을 흘려 그녀로 하여금 스스로 가슴을 울게 한 것이었는지도 모른다"(p. 21). 그러던 어느 날, 그 녹음 속의 소리가 "뱀처럼 산 어스름을 타고 살금살금 산을 내려"(p. 22)와 아낙을 범한다. "그리고 그 여인은 열 달 뒤에 조그만 계집아이 모습으로 그 소리를 낳았습니다"(p. 22). 이런 이야기를 하면서 백기윤은 그런 내력을 지닌 어떤 여인의 소리를 쫓아다니고 있다고 말한다.

백기윤의 처음 이야기에서 빠진 부분을 서술자는 차츰 보충해 나간다. 그 콩밭 가에 사내아이(백기윤)가 있었다는 것, 그러니까 백기윤과 송정화는 씨 다른 남매였던 것이다. 소리 내력이 태어난 사건으로 인해 정절이 굳었던 어미가 목매어 이생과의 인연을 끊어 가자, 백기윤은 송정화와 함께 소리 사내 손에 길러졌다. 상상적 동일시의 대상인 어미를 속절없이 빼앗아간 사내에 대해 격렬한 살부 충동을 느끼면서도 견디던 아이는 사내가 소리를 가르치려 하자 이내 떠나고 만다. 그럼에도 불구하고 세상살이에 지치고 외로운 백기윤은 결국 그 소리를 잊지 못한다. 왜 그런가? 이글거리는 해〔天〕와 콩밭〔地〕, 그리고 그 사이를 수직으로 연결하는 녹음의 우주수(宇宙樹)가 서로 호응하면서 생생력(生生力)의 자궁(아낙)을 통해, 소리가 탄생된 것이기 때문이다. 백기윤이 시종 타나토스와 에로스의 격렬한 혼돈 속에 들끓는 것도 이런 사정에서 말미암은 것이다. 어미를 애도하는 타나토스의 충동과 소리에 자연스럽게 이끌리는 에로스는, 아비가 다른 여동생인 정화에게도 그대로 투사된다. 정화를 파괴하고 싶은 타나토스의 정념과 정화의 소리를 아끼는 에로스는 백기윤의 뿌리 깊은 콤플렉스 한 가지다. 백기윤이 일본인 강명수와는 달리 소리에 대해 설명하지 않고 소리를 들으며 풍경과 내면 정경을 응시하는 것도 그런 콤플렉스와 관련된다. 물론 이부 남매인 백기윤이나 송정화는 피차 육체적 에로스를 동경하기도 하지만, 백기윤 입장에서는 그것이 파괴적인 타나토스로 이어질 것이므로 억제하며 견딜 수밖에 없다. 그것을 송정화는 견디기 어려워하기도 한다. 무엇보다 백기윤은 송정화가 한을 소리로 승화시켜주기를 간절히 바란다. 둘이 타나토스에의 충동을 넘어 소리 지향의 에로스로 교감할 때 소리는 깊어지고 한을 넘어선다. 나아가 제3자인 유지연에게도 교감의 지평으로 확산된다.

앞서거니 뒤서거니 북장단이 노랫가락을 잘라나갔다. 어디서 그런 힘이 나오는지 배에서부터 끌어올린 듯 도도한 여인의 목소리는 느린 듯하면서도 조금도 처지는 느낌이 없었다.

끊어질 듯 높았다가는 절벽처럼 떨어지고, 해심처럼 깊었다가는 태산처럼 치솟았다. 그런 소리는 별로 들어보지도 못한 지연이었지만, 여인의 노랫가락은 그녀에게 이상스럴 만큼 쉽게 젖어오고 있었다. 소리에 귀를 기울이다 보니 지연은 사지에서 힘이 다 빠져나가버린 느낌이었다. 언제부턴가는 백기윤이 기차에서 말한 그 바닷가 풍경이 하늘하늘 떠올라왔다. 반짝반짝 햇빛이 부서지는 바다와 녹음 짙은 산골짜기가 그녀 자신의 추억이나 된 것처럼 역력하게 다가오고 있었다. 부표처럼 깜빡이는 밭고랑의 여인— 그리고 불볕을 안고 그녀의 머리 위를 지나가는 태양이 지연 자신의 머리 위에서 이글이글 불타고 있는 것 같았다. (pp. 40~41)

지연이 정화를 그 소리의 핏줄이라고 단정하는 것도 이 교감에서 비롯된 것이었다. 그러나 『사랑을 앓는 철새들』에서 소리 이야기는 여기서 멈춘다. 정화가 강명수를 견디다 못해 불시에 전주를 떠났고 장흥에서 지연과 다시 조우하지만 거기서 정화는 이미 남도 소리꾼과는 거리가 있는 생활을 하기 때문이다. 또 소설 구조적으로 백기윤의 여로를 따르는 것이 아니라 지연의 여로를 따르는 길 소설이기에, 지연이 다른 공간에서 다른 사랑의 풍속을 탐문해야 하는 속사정도 작용했을 것이다. 이청준은 『사랑을 앓는 철새들』에서 잠시 풀어놓은 소리 내력 이야기를 1970년대 후반에 「서편제」(『뿌리 깊은 나무』 1976년 4월호), 「소리의 빛」

(『전남일보』 1978년), 「선학동 나그네」(『문학과지성』 1979년 여름호) 등 「남도 사람」 연작을 통해 더욱 곡진한 한의 가락으로 풀어 보인다. 요컨대 『사랑을 앓는 철새들』의 1, 2장은 「남도 사람」 연작을 잉태한 의미 있는 사건이었던 셈이다. 회임 기간 동안 소리와 한의 의미론도 깊어진다. 「남도 사람」 연작에서 소리는 역동적인 한의 창조적 승화를 통한 영혼의 울림이다. 소리꾼 여인의 삶과 도저히 떨어질 수 없는 총체적인 의미에서의 한 살이의 실체가 바로 그녀의 소리이기도 하며, 나아가 그녀 개인만의 단독자적인 세계가 아니라 타자들의 겹무늬로 아로새겨진 공동선의 세계이기도 하다. (지나가는 김에 하는 소리지만 「남도 사람」 연작에는 인물들의 이름이 주어지지 않는다. 그런데 임권택 감독의 영화 「서편제」에서는 명명이 이루어지는데, 소리꾼 여인이 송화다. 혹시 『사랑을 앓는 철새들』의 송정화에서 가운데 글자를 빼고 호명한 것이 아닐까?)

4. 사랑과 예술 혹은 「지배와 해방」

전주를 떠나 광주 무등산 자락으로 간 유지연과 미스 콩은 화가 허철과 시인 나영욱 등과 함께 생활한다. 광주의 다방에서 허철이 유지연을 나체 그림 모델로 지목하여 데려간 것인데, 유지연이 모델이 되고 허철이 그리는 과정에서 논의되는 사랑이나 욕망과 관련된 예술론이 주목된다. 허철은 "예술은 아름다움을 파괴하는 것이 아니라 그것에 보다 완벽하고 긴 생명을 불어넣는 것"(p. 161)이라고 생각하는 화가이다.

"예술이란, 사실은 대상에 대한 자기 욕망의 절제라고도 할 수 있는 것이랍니다. 무슨 말인고 하면 우리들의 욕망이란 아무 곳에서나 함부로 눈을 뜨게 마련이죠. 하지만 그 욕망대로 대상을 소유해버린다면, 그건 예술이 될 수 없습니다. 대상에 대한 자신의 욕망의 절제. 바꾸어 말하면 실제 대상을 가만 놔둔 채 그 욕망을 승화시켜 자기 속에 또 하나의 대상을, 아니 실제 대상보다도 더 완벽한 아름다움의 실체를 창조해 가지게 된단 말입니다. 그것이 예술입니다. 하니까 대상에 대한 사랑이 크면 클수록 소유 욕망도 커지고, 그것은 예술가의 자기 절제에 의한 창조력을 자극하는 원동력이 되는 거라고 할 수 있어요." (p. 161)

이런 예술론에 동의하여 모델을 해준 유지연이었지만 그녀가 보기에 욕망을 절제하고 예술로 승화시키는 작업은 생각보다 훨씬 격정적이고 고통스런 일이었다. 그녀를 초점화한 서술자의 진술에서는 이렇게 정리된다.

불길처럼 활활 타오르는 세찬 소유욕, 여자가 지닌 모든 것을 일시에 깨부숴버리고 싶은 성급한 남자의 파괴 본능, 허철에겐 애초 그 모든 것이 창작의 원동력이었다. 그것이 없이는 처음부터 일이 불가능했다. 허철의 작품 제작은 그 거센 충동과 욕망들을 잔인할 만큼 혹독한 긴장 속에 인내하고 절제해내는 과정에서만 가능했다. 현실적인 소유욕이나 파괴의 충동이 예술적 창조력으로 승화되는 것이라 할까, 아니면 그 욕망의 창조적인 절제 그것이 바로 허철의 예술이라고 할까.

어쨌든 그는 그런 식으로 자신의 작업을 통하여 대상을 소유했고, 그러한 소유 행위의 산물이 작품이 되고 있는 셈이었다. (pp. 175~76)

욕망을 현실적으로 소유하거나 지배하지 않고 예술적 창조력으로 승화시켜야 한다는 것, 그러나 소유욕이나 파괴본능 같은 것들은 중요한 창작의 원동력이 된다는 것과 같은 생각은 훗날 「언어사회학 서설」 연작의 일환인 「지배와 해방」에서 훨씬 심화된 논지로 형상화되며, 이청준의 문학관과 예술관의 핵심으로 부상한다. 그 의미심장한 씨앗 주머니가 바로 『사랑을 앓는 철새들』에서 비롯된 것이었음을 우리는 어렵지 않게 추정해볼 수 있다.

작가는 세계를 지배하려는 개인의 욕망에서 글을 쓰기 시작했으되, 그는 그 개인의 삶의 욕망과 독자의 삶을 다 같이 배반할 수 없다—그는 자신의 욕망과 독자와의 창조적인 화해 관계에 놓일 수 있는 지배 방식을 통해 그 독자에 대한 작가로서의 책임을 수행해나가야 하는데, 그들은 원래가 이율배반의 관계처럼 보일 수도 있다—그러나 작가는 독자의 삶을 현실적으로 지배하려 하지는 않는다는 점, 그리고 그가 그의 독자를 지배해나가는 이념의 수단은 우리의 삶의 진실에 가장 크게 관계된 자유의 질서라는 점에서 양자의 갈등은 해소되어질 수가 있는 것이다……

결국 작가는 자유의 질서에서 독자를 지배해나간다는 것입니다. 억압이나 구속이나 규제가 아닌 자유의 질서를 찾아 그것을 넓게 확대해나감으로써 이 세계를 지배해나간다는 것입니다. 지배라는 말이 흔히 우리들에게 인상 지어주기 쉽듯이, 그는 우리의 삶을 그의 지배력으로 구속하고 규제하고 억압하는 것이 아니라 오히려 그것들로부터 우리의 삶을 해방시키고 그 본래의 자유롭고 화창한 삶의 모습으로 돌아가게 하려는 것일진대, 독자들도 그의 지배를 승인하고 스스로 그의 질서를 따르지 않을 수가 없을 것입니다.(「지배와 해방」, 『서편제』, 이청준 전집 12, 문학과지성사, 2013, pp. 341~42)

『사랑을 앓는 철새들』에서 소유욕이나 파괴 충동이 「지배와 해방」에서는 현실에서 패배한 자의 복수심이나 지배욕으로 명명된다. 개인적 복수심에서 출발하되 그것의 즉자성을 반성하고 "새로운 질서로 세계를 지배하고 싶은 욕망"을 지배욕으로 호명한다. 일종의 "파괴적인 정신 질서"인 복수심과는 달리, 지배욕은 "개인과 사회 간의 한 창조적인 생산 질서일 수" 있다고 작가는 생각한다. 복수심의 경우 대상을 억압하는 측면이 있다면, 지배욕은 그 억압적이고 나아가 "파괴적인 복수심으로부터 자신의 삶을 창조적으로 해방시켜나가기 위한 자신의 깊은" 욕망이다. 그러나 예술적으로 승화된 지배욕은, 이청준의 경우, 현실에서 작용하는 것이 아니다. 이청준이 지배하고자 하는 것은 차라리 초월 질서에 가깝다. 현실 질서에서 작가가 설 자리는 거의 없다고 생각한다. 작가가 어렵게 찾아낸 새로운 세계의 문이 열리는 순간, 혹은 그것이 독자들의 '동의와 승인' 속에서 현실화되는 순간 다시 작가는 현실에 패배하기 때문이다. 따라서 작가는 끊임없이 초월을 모색해야 한다. 새로운 세계의 문을 찾아 나서지 않으면 안 된다. 그런 점에서 작가는 "언제나 자신이 도달한 세계에서 또 다른 다음번 이념의 문을 향해 끝없이 고된 진실에의 순례를 떠나야 하는 숙명적인 이상주의자"(「지배와 해방」, 같은 책, p. 336)일 수밖에 없는 것이다. 이것이 이청준이 생각한 보헤미안적인 작가상이다. 그 보헤미안은 자유의 질서를 투시할 수 있는 시선을 지니고 고된 진실의 순례를 거듭 떠나야 하는 존재이다. 무차별적으로 자유로운 보헤미안이 아니라 기품 있게 견디면서 진실하게 자유를 추구하는, 견인성(堅忍性) 보헤미안이다. 『사랑을 앓는 철새들』에서 유지연의 나체 그림을 계속 시도하다가 결국 모두를 불태워버리는 허철도 그렇고, 주인공 유지연의 행적 또한 그렇게 견디면서 길 트기하는 보헤미안의 초상과 닮아 있다.

5. 그림자·굴레·영혼의 자유

흔히 보헤미안들은 영혼이 움직이는 대로 행한다. 그들의 방황과 탈주는 영혼의 자유를 위한 몸부림이다. 영혼의 자유를 통해 존재를 입증하려는 노력은 흔히 고통이나 상처와 동행하기 마련이다. 『사랑을 앓는 철새들』에서 유지연도 부단히 탈주한다. 그 어느 곳에서도 쉽사리 정처를 마련하려 들지 않는다. 그녀가 만나는 사람들과의 관계도 그렇게 이어질 듯 끊어진다. 편안한 관계를 제 몫으로 소유하려 하지 않는 까닭이다. 그러기에 유지연의 여로는 존재와 풍속의 의미 있는 성찰로가 되기도 한다. 그녀가 부산 해운대 해수욕장에서 재회한 한혁민과의 만남 또한 인간 존재론에 대한 성찰의 세목을 제공하기에 충분하다. 지난해 가을 늦단풍이 스산스럽던 설악산에서 만난 적이 있던 사내. 그때의 관계는 "무참스럽도록 철저하게 그녀를 지배해버리던 사내. 두렵고 고통스러우면서도 마술에나 걸린 듯 사내의 그 말 없는 횡포를 고스란히 받아들이고 있었던 자기……"(p. 363)라는 문장으로 요약된다. 다소 어이없는 관계이긴 하나 지연은 그렇게 회고하고 있으며, 그 관계는 다시 만난 부산에서도 지연을 무의식적으로 지배한다. 별다른 감정이나 이유 없이 그에게 이끌리고 있음을 그녀 자신도 이해하기 어려울 정도이다. 가령 이런 식이다. "이상한 일이었다. 사내에게 한번 모습을 들킨 후로는 지연 자신이 계속 어떤 보이지 않는 힘에 이끌리고 있었다. 이제 그를 거역한다는 건 엄두조차 내볼 수가 없었다. 제풀에 사내를 따라와서 제풀에 그의 곁을 지키고 있었다. 그가 만약 지연을 놓아준다 해도, 그녀 자신이 이젠 그 보이지 않는 힘에 이끌려 사내에게로 다시 돌아와버릴 것만 같았다./그녀는 완전히 자신의 의지를 잃고 있었다. 그리고 그것이 이상스럽게 그녀를 더 편안하게 해주고 있었다"(p. 364). 그런데 설악산에서의 한혁민과는 다른 존재가 되어 그녀에게 자기 사연을 전한다. 자신이 그림자 없는, 이름 없는 존재라는 것이다.

어려운 처지로 자라 고단하게 야간대학을 다니다가 군 입대한 한혁민은 휴가 때 4·19혁명을 겪는다. 혁명의 열기와 혼란 대열 속에서 한 사내를 만나게 된다. 해방 전 북녘에서 태어나 전쟁 때 월남해 혈혈단신으로 자란 그는 제 이름도 지니지 못한 채 불안하고 불편하게 살아온 사람이었다. 그와 함께 불안을 나누던 한혁민은 우정 자신의 이름을 나누어 갖기로 한다. 두 사람이 한 이름으로 살아간다는 것이 어떤 것인지 구체적으로 따져보지도 않은 채 불안과 연민에 젖어 그렇게 하기로 했던 터였다. 군 복무를 하는 사이, 이름을 빌린 한혁민은 그의 출생에서 교우관계, 취미 등을 조사해 비슷하게 살면서 심지어 휴학한 학교에 복학해 학업까지 대신 마친다. 제대한 진짜 한혁민은 잠깐 놀랐지만 제 이름 하나 지탱하기 어려운 세상을 둘이 나누어 감당하는 것이 오히려 더 나을 수도 있다고 자위하며 그럭저럭 살아간다. 그러던 중 이름을 빌린 한혁민이 부산으로 내려가 택시 운전을 하다가 고의적인 사고를 내 자살한다. 이로써 그의 이름은 호적부에 사망 처리된다. 이를 안 진짜 한혁민은 자신이 '그림자가 없는 사람'(이름은 물론 죽음까지도 사내에게 빼앗겼기에) 혹은 유령 같은 존재가 되었음을 절감하며 좌절하고 방황하게 된다. 이름을 빌린 한혁민이 죽음을 먼저 가져감으로써, 한혁민이라는 존재의 소유를 독차지했다고 생각하기 때문이다. 그래서 그는 "작자한테 도둑맞은 것들을 다시 내 것으로 찾아오기" 위한 복수극을 기획하며 죽음까지 찾아오려 한다고 말한다. "물론 죽음까지도. 내겐 사실 처음부터 그게 가장 중요한 것이었으니까……"(p. 421) 지연이 그를 벗어나며 우려했던 대로 한혁민은 결국 이름을 빌린 한혁민과 똑같은 방식으로 자살하고 만다.

이와 같은 '그림자 없는 사람'의 이야기는 이전에 이청준이 쓴 「가수(假睡)」(『월간문학』 1969년 9월호)를 연상케 한다. 1년 사이 똑같은 장소에서 똑같은 방법으로 기차에 치여 죽는 주영훈들의 이야기 말이다. 그들도 한혁민들과 마찬가지로 4·19혁명 와중에 이름을 나누어 가지고 살아가다가 그와 같은 죽음을 연출한다. 죽음을 통해 한 이름의 삶을 소유하려는 기획과 그에 대한 질투 내지 죽음을 되찾으려는 필사적 몸부림까지 거의 흡사하다. 다만 「가수」는 이미 두 주영훈들의 죽음이 완성된 이후에 취재하는 기자에 의한 탐색 형식으로 이루어진 반면에 『사랑을 앓는 철새들』에서는 살아 있는 진짜 한혁민이 사연을 전하고 죽음을 맞는 것이 다를 뿐이다. 「가수」의 구성은 이청준 특유의 중층적 탐색담의 형식으로 일종의 진실 탐문의 서사가 중심이다. 왜 그들은 이름을 나누어 가졌으며, 그렇게 죽어갔는가, 진짜는 무엇이며 누구인가, 하는 서사 문제를 풀어나가는 형국이었다. 그러니까 진실 탐문의 방법과 사건 이후의 담론이 주된 세목이었던 것이다. 비슷한 이야기를 하면서도 『사랑을 앓는 철새들』에서는 「가수」에서 이르지 못한 진실 발견의 한 가능성을 이야기한다.

앞에서도 잠시 비쳤지만 한혁민은 이름을 빌려준 사연에 대해 이렇게 말한다. "혁민은 별로 마음에 거리껴 하질 않았다. 오히려 기분이 훨씬 헐거웠다. 한 이름에 두 사내의 생활이 기대진다는 것은, 거꾸로 말하면 그 한 이름이 지닌 구체적인 생활의 무게가 두 사내에 의해 지탱되어진다는 말도 되었다. 혁민은 후자 쪽을 더 많이 느끼고 있었다./'한혁민'은 이제 그가 사내에게 빌려준 이름이 아니라 둘이서 함께 그것을 살아내야 할 공동의 이름이었다"(p. 409). "구체적인 생활의 무게"를 지목하고 있는 것이다. 견딜 수 없는 생활/존재의 무게 때문에 그것을 나누기 위해 이름을 나누었지만 삶의 최종 목적지인 죽음을 도둑맞은 다음에는 유령 존재를 견디기 어려웠다는 이야기다. 불편한 생활의 무게를 덜고 존재의 자유를 신장하기 위한 기획이었지만, 죽음의 선취로 인해 자유의 존재 근거를 박탈당한 한혁민으로서는 좀처럼 견디기 어려웠던 터이다.

그렇다면 왜 그토록 생활은 무거운가? 어쩌면 그렇게 존재는 견디기 어려울 정도로 무겁기만 한가? 숙명에 값하는 질문이 아닐 수 없다. 한혁민의 죽음 소식을 접한 이후의 여로에서 유지연이 탐문하는 주제는 바로 그런 것이다. 속리산 여정에 동행하는 사내와의 이야기 속에서 구체화되는 '굴레' 이야기가 거기에 해당한다. 그런데 '굴레' 이야기라면 사실 이청준이 이 소설 이전에도 명료하게 형상화한 바가 있다. 「굴레」(『현대문학』 1966년 10월호), 「보너스」(『현대문학』 1969년 2월호), 「가학성 훈련」(『신동아』 1970년 4월호), 「들어보면 아시겠지만」(『월간중앙』 1972년 3월호)

등에서 억압의 체증이 가중되던 시절의 분위기를 담아, 개인의 영혼과 운명에 가해진 억압의 굴레를 예각적으로 파착하여 독특한 방식으로 굴레의 존재론을 풀어 보였던 것이다. 특히 사장의 자가용 운전기사인 현수네 가족 삼대에 걸친 굴레의 사연을 구조화한 「가학성 훈련」에 나오는 소 굴레와 그 운명에 관한 이야기는 대단히 인상적인 장면이었거니와, 『사랑을 앓는 철새들』에서도 구조적으로 되새김질된다. 속리산 사내도 역시 그 아버지의 소 굴레 이야기를 강조하고 있는 것이다.

"굴레를 단단히 잡아매줘야 힘이 덜 드는 거다— 이게 그 노인의 요령이었어요. 짐이 무거울수록 굴레가 더 단단해져야 해. 굴레가 헐럭거리면 작은 짐도 아파서 힘을 못쓰게 되거든. 공연히 죄 없는 짐승만 더 지쳐나는 거지— 그게 노인이 당신의 짐승을 부리는 요령— 뿐만 아니라 그 짐승을 아끼고 사랑하는 절묘한 방법이었어요." (p. 486)

"누구 다른 사람이 자기 목숨을 대신 살아줄 수는 없는 거 아니오? 싫더라도 자기 생명은 자기 혼자 도맡아 살아내야 하는 거, 그게 원래부터 지고 나온 짐이고 굴레인 거지, 뭐 눈알이 셋 박힌 놈이라도 그 점만은 다를 게 없는 게 우리 인간들의 숙명이란 말요. (……) 아가씬 벌써 자신의 굴레를 쓰고 있어요. 그 굴레가 헐거우니까 오히려 헐레벌떡 다른 사람보다 더 힘이 들고 아플 것도 틀림없어요. 그걸 알아야 해요. 그리고 용감하게 그걸 시인하고 그 굴레의 아픔이 사라질 때까지 그걸 정직하게 참아내야 한단 말예요. 아마 머지않아 꼭 그렇게 될 거요." (pp. 487~89)

첫 인용은 비슷한 반복이지만 두번째 인용 대목에서 굴레의 의미론은 조금 더 내면화되고 심화된다. 「가학성 훈련」에서는 사회적 물리적 권력 관계에 의한 가학과 피학의 정치학이 전경화되었다면, 『사랑을 앓는 철새들』에 이르러서는 존재에 대한 내면 탐색의 측면이 더 우세하다. 그렇다고 해서 숙명에 순명해야 한다는 생각 쪽으로 나가는 것은 물론 아니다. 그보다는 굴레를 허황하게 거부하거나 벗어던지기보다는 굴레를 정직하게 받아들이고 견디면서 굴레를 넘어서야 한다는 쪽이다. 철학자 김진석의 말법을 빌려 굴레 포월론이라고 불러도 좋을 이런 숙고는, 이인성 연작의 표제처럼 '한없이 낮은 숨결'로 인간 사회와 존재를 성찰한 작가에 의한 진실 발견에 속한다. 현실을 섣불리 초월할 수 없으므로 견디면서 포월해야 한다는 이런 견딤의 미학은 영혼의 자유를 위해서도 매우 의미심장한 지혜가 된다고 작가는 생각한 것 같다. 영혼의 자유가 그리 쉽게 확보될 수 있는 것이라면, 4·19세대 작가로서 이청준이 그토록 오랫동안 자유 지향의 문제에 대해 그리 공들이지 않아도 좋았을 것이기 때문이다.

7. 소설 길, 혹은 견딤의 미학

앞에서 살핀 것처럼 1973년 연재소설인 이청준의 『사랑을 앓는 철새들』은 견인성 보헤미안의 견딤의 미학을 잘 보여준다. 동시대의 산문적 현실을 날카롭게 인식하고 성찰하기 위해 작가는 예술론과 존재론을 넓고 깊게 조망하고, 그것을 종합하면서 문학적 정의에 입각한 나름의 지혜의 윤리를 제안하는데, 그것이 바로 견딤의 미학이다. 예술론에서는 전통적인 판소리 세계와 보편적인 그림의 세계(예술가 주체와 대상의 관계)를 중심으로, 존재론에서는 굴레의 역사성과 보편성 문제와 견딜 수 없는 존재의 무거움 문제 및 이름의 보편성과 문제성을 중심으로 성찰의 세목을 때로는 보여주고 때로는 이야기해준다. 요컨대 작가가 보기에 동시대의 사람들은 대개 '사랑을 잃은 사람들'이다. 그 '사랑을 잃은 사람들'은 잃은 상처로 인해 곧 '사랑을 앓는 사람들'이 된다. 그렇다면 사랑을 잃어 사랑을 앓는 사람들은 어떻게 살아야 할 것인가? 유지연의 여로가 지속적으로 맞씨름하는 핵심은 바로 그것이다. 대답은 결코 간단치 않다. 작가의 진행적인 생각은 견딤이다. 견디는 것이다. 견디면서 포월하는 것이다. 가령 속리산에서 사내와의 만남을 정리하고 상경하기 직전 유지연의 내면 풍경을 보기로 하자.

> 정직하게 견디기로 했다. 사내가 그녀에게 이젠 좀 정직해져보라고 한 것도 그런 뜻이 틀림없었을 것 같았다. 무엇보다도 지연은

그 가엾은 아버지와 자신의 죽음을 떠맡기고 간 사내의 일을, 그리고 그녀를 떠나고 나서도 아직까지 그녀에게 남아 있는 사내와 자기 자신들을 좀더 정직하게 견뎌내기로 마음먹었다.

그러자 한 가지 이상한 일이 일어났다. 오래지 않아 지연은 자기의 콧잔등을 무엇인가 서서히 조여매오고 있는 것 같은 거북살스런 느낌이 들기 시작한 것이었다. 그리고 그런 느낌은 시간이 흐를수록 그녀의 얼굴에서 한층 더 뚜렷하게 그녀를 괴롭혀오고 있었다. 알 수 없는 일이었다.

하지만 지연은 이내 그것을 깨달았다.

그것은 굴레의 감촉이었다.

사내는 이미 그녀의 굴레를 마련해주고 있었다. 하지만 그것은 사내의 굴레가 아니었다.

굴레는 지연의 콧잔등 위에서 근질근질 스스로 자라나고 있었다. (pp. 517~18)

이 부분은 『사랑을 앓는 철새들』뿐만 아니라 이청준 소설 전체의 성격을 잘 알게 해준다. 먼저 견딤의 원인은 안팎에서 동시다발적으로 다가온다. 지연의 경우 아버지와 여로에서 인연을 맺은 사내들이라는 외부는 물론(직접적으로 거론된 한혁민의 가학성뿐만 아니라 이 소설의 여로에서 유지연이 접하는 남성들은 정도의 차이는 있지만 대개 가학적인 면모를 보이고, 유지연은 피학적이다. 혹은 가학성 연습을 하고 있는 형국이다. 얼마나 고통스럽게 견디어야만 했던가) 그들과의 관계 속에서 형성된 복수 자아(자기 자신들)라는 내부, 양면에서 견딤의 원인이 추동된다. 이청준도 난세를 형극처럼 살다가 허망하게 일찍 떠난 큰형, 공부하는 잠시 고향에 들른 자식에게 파산 형세를 눈치채지 못하게 하기 위해 하룻밤 팔린 집에서 자식을 재우고 새벽밥을 먹인 다음 눈길에 자식을 떠나보내고 홀로 눈길을 허망하게 걸어야 했던 어머니, 치매로 고생하시다 생을 마감하신 어머니, 시집살이의 신고로 고통받은 누이를 비롯한 여러 가족들, 그리고 4·19혁명과 유신 시절과 광주항쟁 때의 여러 상흔과 눈길들, 그에 앞에 해방 전후기의 혼란상과 한국전쟁기의 전짓불, 한으로 소리를 다져나간 남도 소리꾼들 등등 그에게 떠맡겨진 무수한 산문적 대상들을 진실하게 견디면서 나름의 소설 길을 열어야 했던 터였다. 떠맡겨진 대상들에 대한 내면의 복합 심리는 오히려 외부의 대상들보다 더욱 자심한 것이어서 무엇보다도 자기 자신을 견디는 자기와의 싸움이 그의 소설 길을 더욱 촘촘한 그물로 만들지 않으면 안 되게 했을 것으로 짐작된다. 예의 섬세한 그물망을 통해 이청준은 냄비처럼 속성으로 들끓기보다는 뚝배기처럼 오래 견디고 무던하게 숙성시킨 상상력과 산문정신을 보이고자 했다. 이를 위해서 이청준은, 『사랑을 앓는 철새들』에서 유지연이 굴레를 남이 마련해준 것이 아닌 자신의 굴레로 자설적으로 받아들이듯이, 소설가로서의 진실한 포월적 굴레를 소명처럼 받아들이면서, 밤 산길 독행자 처지를 묵묵히 감당했던 것이다. 그로써 작가 이청준은 견인성 보헤미안의 독특한 벼리가 될 수 있었던 것이 아닐까.

〔2016〕